KB080769

Charles Dickens

A Tale of Two Cities

•

두 도시 이야기

창비 세계문학

34

두 도시 이야기

찰스 디킨스

성은애 옮김

창비

차례

•

제3권 폭풍의 진로
371

일러두기

1. 이 책은 Charles Dickens, *A Tale of Two Cities* (London: Penguin Books 2003)를 번역 저본으로 삼았다.
2. 이 책의 삽화는 영국에서 발간된 초판(London: Chapman & Hall 1859)에 들어간 해블롯 나이트 브라운(Hablot Knight Browne, 일명 '피즈Phiz')의 삽화를 가져온 것이다.
3. 본문 중의 각주는 옮긴이의 것이다.
4. 외국어는 가급적 현지 발음에 준하여 표기하되, 일부 우리말로 굳어진 것은 관용을 따랐다.

A TALE

OF

TWO CITIES

BY

CHARLES DICKENS

1859년도 초판 표지

1859년도 초판 머릿그림

저자서문

　아이들과 친구들과 함께 윌키 콜린스 씨의 연극 「동결」에서 연기하면서[1] 나는 이 이야기의 주요한 기획안을 떠올렸다. 그때 나는 그 생각을 나 개인이 구현하려는 강렬한 욕망으로 가득했고, 보고 있는 관객들에게 특별한 주의와 관심을 기울여 제시해야만 하는 그러한 마음의 상태를 상상 속에서 더듬어나갔다.

　그 기획을 자꾸 생각하다보니 점점 현재의 모양을 띠게 되었다. 이것을 만들어내는 동안 내내 나는 이 일에 완전히 사로잡혀 있었다. 나는 이 페이지들에서 마치 그것을 모두 나 스스로 해내고 겪었던 것처럼 이루어진 일들을 입증했고 또 고통을 겪었다.

　혁명 기간, 혹은 그 이전의 프랑스 인민의 상황에 대한 언급은 (아무리 사소한 것이라도) 가장 믿을 만한 증인들에 의해서 진실

---

1 디킨스는 이 연극에서 씨드니 카턴과 비슷한 인물인 리처드 워두어 역을 맡음.

하게 이루어진 것이다. 내 희망 중 하나는 그 무시무시한 시절을 이해하는 데 쓰이는 대중적이고 생생한 매체들에 뭔가를 보태는 것이었다. 칼라일의 훌륭한 책²이 보여준 철학에 뭔가를 더 보태기를 바랄 수는 없겠지만 말이다.

런던, 태비스톡 하우스
1859년 11월

....

2 토머스 칼라일(Thomas Carlyle)의 『프랑스 혁명사』(*The French Revolution: A History*, 1837)를 말함.

제1권
되살아나다

1장
시대

최고의 시간이었고, 최악의 시간이었다. 지혜의 시대였고, 어리석음의 시대였다. 믿음의 세기였고, 불신의 세기였다. 빛의 계절이었고, 어둠의 계절이었다. 희망의 봄이었고, 절망의 겨울이었다. 우리 앞에 모든 것이 있었고, 우리 앞에 아무것도 없었다. 우리 모두 천국으로 가고 있었고, 우리 모두 반대 방향으로 가고 있었다. 요컨대 그 시대는 현재 시대와 아주 비슷해서, 그 시대의 가장 요란한 권위자들 중 일부는 좋은 쪽으로든 나쁜 쪽으로든 그 시대가 최상급으로만 견주어 받아들여져야 한다고 고집했다.

영국의 왕좌에는 턱이 큰 왕과 평범한 얼굴의 왕비가 있었다. 프랑스의 왕좌에는 턱이 큰 왕과 아름다운 얼굴의 왕비가 있었다.[3] 양쪽 나라 모두 빵과 물고기의 보존을 관장하는 귀족들에겐 전반적

---

3 작품의 배경인 1775년 당시 영국은 조지 3세와 샬럿 쏘피아가, 프랑스는 루이 16세와 마리 앙뜨와네뜨가 재위 중이었음.

으로 상황이 영원히 이렇게 고정적임이 너무나도 분명했다.

우리 주님이 탄생하신 지 1775년째 되는 해였다. 이 좋은 시절에 영국에 영적인 계시가 내려졌으니, 이는 다음과 같았다. 싸우스콧 부인[4]은 최근 이십오세의 행복한 생일을 맞이했는데, 근위 기병대의 어떤 예언 능력이 있는 사병 하나가 그녀가 나타나 런던과 웨스트민스터를 집어삼킬 예정이라고 예언했다. 콕레인의 유령도 계시를 내뱉고 나서 다시 누운 지 대략 열두해밖에 되지 않았고,[5] 방금 지나간 올해의 영혼들도 (그 독창성에 있어서는 초자연적으로 미흡하다지만) 계시를 내뱉은 참이었다. 최근에는 미국에 있는 영국 백성의 의회로부터 세속의 일들에 관한 계시들만이[6] 영국 왕실과 인민에게 전해졌다. 그건 좀 이상한 이야기지만 콕레인에서 태어난 닭들을 통해 전해받은 어떤 전갈보다도 인류에게 더 중요한 것으로 드러났다.

방패와 삼지창을 든 자매보다[7] 대체로 영적인 문제에 덜 호의적인 프랑스는 지폐를 발행하여 써버림으로써[8] 언덕 아래로 아주 매끄럽게 굴러내려갔다. 게다가 프랑스는 한 젊은이가 오륙십 야드 앞에 지나가는 수사들의 너저분한 행렬에 빗속에서 무릎을 꿇고 경의를 표하지 않았다는 이유로, 그리스도교 목회자들의 인도하에 그의 손을 자르고 혀를 집게로 뽑아내고 산 채로 화형에 처하도록

....

4 Joanna Southcott(1750~1814). 예언 능력이 있다고 알려진 실존인물.
5 런던 스미스필드 부근 콕레인에서 1762년경 유령 출현 소동이 있었음.
6 1774년에서 1775년 사이에 있었던 미 의회의 독립 논의를 말함.
7 로마인들이 영국에 붙인 이름인 '브리타니아'는 종종 방패와 삼지창으로 무장한 여성으로 묘사됨.
8 당시 프랑스 정부의 재정 위기를 빗대어 말함.

선고하는 등의 인도적인 성취를 이룩했다.[9] 프랑스와 노르웨이의 숲에는 어떤 나무들이 자라나고 있는데, 그렇게 고통받은 자가 죽어야 할 때가 되면 산지기, 즉 **운명**이 이미 점찍어두었다가 베어내어 판자로 만들고 그 안에 포대 하나와 칼 한자루를 집어넣은, 끔찍한 역사를 지닌 일종의 이동식 틀[10]을 만들어놓았을 수도 있다. 빠리 근교의 어떤 기름진 땅을 경작하는 사람들의 거친 별채에는 **농부**, 즉 **죽음**이, 시골길의 진창이 잔뜩 튀고 쿵쿵거리는 돼지와 홰를 치는 닭 들이 들어찬 엉성한 수레를 일찍이 혁명의 사형수 호송마차로 삼고 바로 그날의 날씨를 피하기 위해 따로 분리해놓았을 수도 있다. 그 산지기와 그 **농부**는 쉬지 않고 일하지만, 하도 조용히 일해서 그들이 조용한 발걸음으로 돌아다니는 소리를 들은 사람이 없었다. 그들이 깨어 있는지 의심하는 것은 차라리 무신론적이며 반역적인 일일 정도로 말이다.

영국에는 국가적인 자랑거리로 삼을 만한 질서와 보호랄 것이 없었다. 수도에서도 매일밤 무장한 사내들에 의해 대담한 절도나 노상강도 사건이 발생했다. 각 가정에선 여행할 때는 가구를 가구상 창고에 안전하게 옮겨놓고 나서 가라는 경고를 공공연히 받았다. 어둠속의 노상강도는 대낮에는 시내에서 일하는 상인이었는데, 그가 '대장' 노릇을 하면서 멈춰세운 그의 동료 상인이 그를 알아보고는 어찌 된 거냐고 하자 멋들어지게 머리를 쏘아버리고 달아났다. 우편마차가 일곱명의 강도에게 습격당하자 차장이 세 놈을 쏘았는데 '그의 무기에 문제가 생겨' 다른 네 놈에게 총을 맞아 죽었

9 종교 행렬에 대한 불경죄로 1766년에 처형된 슈발리에 드 라 바르(Chevalier de la Barre) 사건을 말함.
10 기요띤을 말함.

다. 이 사건 이후로 우편마차는 무저항으로 평화롭게 강탈당했다. 저 멋진 런던 시장 각하께서는 터넘그린에서 강도 한 놈을 만나 가진 것을 내줘야 했고, 그리하여 그 유명하신 분께서는 그의 수행원들 보는 앞에서 완전히 망신을 당했다. 런던 감옥의 죄수들은 간수들과 싸웠고, 법의 지상권은 그들에게 실탄을 잔뜩 장전한 나팔총을 쏘아댔다. 도둑들은 궁정의 응접실에서 귀족들의 목으로부터 다이아몬드 십자가를 낚아챘다. 소총수들이 수출입 금지품을 찾아서 쓴트자일스로 들어갔고, 군중이 소총수들에게 총을 쏘고 소총수들은 군중에게 총을 쏘았는데, 아무도 이런 일들이 일반적인 방식에서 크게 벗어난다고 생각하지 않았다. 그 와중에 늘 바쁘고, 소용없는 것보다 더 나쁜 교수형 집행인은 늘 수요가 있었다. 길게 늘어선 자잘한 범죄자들을 엮어매기도 하고, 화요일에 체포된 주말 강도를 교수형에 처하기도 하고, 뉴게이트의 죄수들 손을 십여명씩 태우기도 하고,[11] 웨스트민스터 홀 앞에서 소책자들을 태우기도 하고, 오늘은 흉악한 살인자를, 내일은 농부 아들에게서 6펜스를 강탈한 불쌍한 좀도둑을 죽이기도 하면서 말이다.

이 모든 일들이, 그리고 이와 비슷한 수많은 일들이 1775년이라는 이 중요한 해에 일어났다. 산지기와 농부가 묵묵히 일하는 동안, 이런 일들에 둘러싸여, 커다란 턱을 가진 저 두사람과 평범한 얼굴과 예쁜 얼굴을 가진 다른 두사람은 꽤나 요란하게, 그들의 신성한 권리를 드높이 치켜들고 걸어갔다. 이렇게 1775년은 중대한 인물들과 수많은 작은 존재들, 무엇보다도 이 연대기에 나오는 자들을 그 앞에 놓인 길을 따라 인도했다.

---

11 절도죄로 잡힌 사람들의 손을 자르는 형벌을 암시함.

2장
우편마차

11월의 어느 금요일 늦은 밤, 이 이야기와 관계된 첫번째 인물 앞에 놓여 있는 것은 도버로 가는 길이었다. 그에게 도버로 가는 길은 슈터스힐[12]을 육중하게 올라가는 도버행 우편마차 너머에 있었다. 그는 다른 승객들과 마찬가지로, 우편마차 옆에서 질척한 언덕길을 걸어올라갔다. 그들이 이 상황에서 걷기 운동을 조금이라도 즐겨서는 아니었다. 언덕과 마구馬具와 진흙과 우편마차가 모두 너무 무거워서 말들은 이미 세번이나 멈춰섰으며 그것 말고도 한번은 마차를 블랙히스 쪽으로 돌리려는 반란의 목적으로 마차를 길 건너로 끌고 가기까지 했던 것이다. 그러나 고삐와 채찍과 마부와 차장은 일치단결하여, 다른 경우라면 어떤 짐승은 이성을 가지고 있다는 주장에 호의적이었을 그런 취지를 금지하는 군율을 이

---

12 런던 동남쪽 도버 방향으로 8~9마일 사이에 위치한 가파른 언덕길. 이름에서 암시되듯 무장 강도가 자주 출몰하는 곳으로 유명함.

미 읽어 알고 있던 터라, 그리하여 말들의 무리는 항복하고 자신의 의무로 되돌아갔다.

풀 숙인 머리와 떨리는 꼬리로 그들은 두꺼운 진흙을 짓이기듯이 뚫고 나아가며, 사이사이 큰 관절이 산산조각 나는 것처럼 허우적거리고 비틀거렸다. 마부가 조심스럽게 "워—호! 자—그럼!"이라고 하면서 그들을 세워 쉬게 할 때마다, 가까이 서 있던 우두머리 말은 머리를 세차게 흔들어털면서, 비범하게 표현력이 강한 말처럼, 마차가 언덕 위로 올라갈 수 없다고 부인하는 것이었다. 우두머리 말이 이렇게 절그렁 소리를 낼 때마다 승객들은 마치 신경이 예민한 것처럼 깜짝깜짝 놀랐고 마음이 불편해졌다.

계곡마다 안개가 무럭무럭 피어올라, 하릴없이 쉴 곳을 찾는 악령처럼 언덕 위로 쓸쓸하게 떠돌았다. 축축하고 아주 차가운 안개는 병적인 색깔을 띤 바다의 파도가 그러하듯 결결이 잔물결을 이루며 연이어 공중으로 올라가고 있었다. 안개는 마차에 달린 램프의 불빛으로부터 그 자신과 주변의 길 몇 야드 말고는 모든 것을 차단해버릴 정도로 두꺼웠고, 힘겨워하는 말들은 마치 그들이 그 안개를 모두 만들어내기라도 한 것처럼 안개 속으로 뜨거운 입김을 내뿜었다.

조금 전의 그 승객 말고 다른 두명의 승객 역시 우편마차 옆에서 언덕을 터벅터벅 올라가고 있었다. 세명은 모두 광대뼈와 귀까지 꽁꽁 싸맸고 목이 긴 장화를 신고 있었다. 세사람 중 누구라도 눈으로 봐서는 나머지 두사람이 어떻게 생겼는지 말할 수 없을 것이었다. 모두가 다른 사람들의 신체적 눈만이 아니라 마음의 눈으로부터도 자신을 꽁꽁 싸맨 채 숨어 있었다. 그 시절, 여행자들은 도중에 만나는 누구라도 강도이거나 강도들과 연계되었을 수 있기에 느닷없이 흉금을 터놓기를 매우 꺼렸다. 모든 역참이나 술집 주인에서부터 가장 지위가 낮은 마구간의 이름없는 하인까지 '대장'에게 고용된 사람들이 있던 시절이어서, 강도단의 일원일 가능성이 아주 높았던 것이다. 그 1775년 11월의 금요일 밤, 슈터스힐을 힘겹게 올라가는 우편마차 뒤편 자기 자리에서 선 채로 발로 탁탁 박자를 맞추며, 제일 아래 단검이 놓이고 그다음엔 여섯대, 혹은 여덟대의 장전된 대형 권총이, 그리고 제일 위에는 장전된 나팔총 한자루가 든 무기 상자를 앞에 놓고 보면서 그 위에 손을 올려놓은 도버행 우편마차의 호송대원도 그렇게 생각하고 있었다.

도버행 우편마차는 늘 그렇듯 화기애애한 상태로, 호송대원은 승객들을 의심했고 승객들은 서로를, 그리고 호송대원을 의심했으며, 그들은 모든 다른 사람을 의심했고 마부는 말들 말고는 아무도 믿지 않았다. 말에 대해서라면, 또렷한 양심으로 구약 신약 성경에 걸고 맹세하건대 말들이 그 여행을 할 만한 상황은 아니었다.

"워―호!" 마부가 말했다. "자, 이제! 한번만 더 가면 언덕 정상에 올라갈 수 있을 거야. 제기랄, 거기까지 가는데 이 정도면 고생은 충분히 했어! 조우!"

"어이!" 호송대원이 대답했다.

"지금 몇시나 되었나, 조우?"

"십분 지났어, 11시에서."

"젠장!" 짜증난 마부가 외쳤다. "그런데 아직 슈터스 꼭대기에도 못 가다니! 쯧! 이랴! 가자!"

표현이 확실한 말은 채찍에 기가 막혀 가장 부정적인 태도로 단호하게 버둥거렸고 다른 세마리 말도 그 뒤를 따랐다. 다시 한번 도버행 마차는 힘겹게 나아갔고 승객들의 장화도 그 옆에서 철벅

거리며 나아갔다. 그들은 마차가 멈추면 같이 멈춰가면서, 마차를 바짝 따라갔다. 세사람 중 누구라도 이 안개와 어둠속에서 조금이라도 앞서가자고 다른 이들에게 제안하는 자가 있다면 그는 당장에 노상강도에게 총을 맞게 될 게 뻔했으니 말이다.

마지막 분발로 우편마차는 언덕 꼭대기에 이르렀다. 말들은 멈춰서서 숨을 돌렸고 호송대원은 내려서서 내리막에 대비하여 바퀴에 미끄럼 방지 장치를 하고 마차 문을 열어 승객들을 태웠다.

"쉿, 조우!" 마부가 마부석에서 내려다보며 경고 조로 외쳤다.

"뭐라고, 톰?"

그들은 둘 다 귀를 기울였다.

"말 한마리가 달려오는군, 조우."

"말 한마리가 질주해오는데, 톰." 호송대원이 문에서 손을 떼고 잽싸게 자기 자리로 올라가며 대답했다. "여러분! 제발, 다들 빨리요!"

이렇듯 다급하게 간청하며 그는 나팔총의 공이치기를 당겨놓고 공격태세를 취했다.

이 이야기의 예약된 주인공인 승객은 층계를 딛고 올라탔다. 다른 두 승객도 그의 뒤를 바짝 붙어서 따라 타려던 참이었다. 그는 층계에 발을 딛고 반쯤은 마차 안에, 반쯤은 바깥에 있었다. 다른 두 승객은 그의 아래쪽 길에 서 있었다. 그들은 모두 마부 쪽에서 호송대원 쪽으로, 다시 호송대원 쪽에서 마부 쪽으로 시선을 돌리며 귀를 기울였다. 마부는 뒤를 돌아보았고 호송대원도 뒤를 돌아보았으며, 표현이 확실한 우두머리 말도 반발하지 않고 귀를 쫑긋하며 뒤를 돌아보았다.

마차가 힘겹게 우당탕 올라가던 소리가 멈추고 난 정적이 밤의 정적에 더해져서 사방은 정말로 매우 조용했다. 말들의 헐떡이는 숨소리는 마치 마차가 요동치는 것 같은 요란한 움직임을 전달해 주었다. 승객들의 심장이 하도 크게 뛰어서 그 소리가 들리기라도 할 것 같았다. 그러나 어쨌든 고요한 정적은 숨이 찬 사람들이 숨을 멈추고 기대감에 맥박이 빨라진 상황을 청각적으로 표현하고 있었다.

질주하는 말굽 소리가 언덕 위로 정신없이 빠르게 들려왔다.

"여─호!" 호송대원이 가능한 한 큰 소리로 외쳤다. "야, 거기! 서랏! 쏜다!"

발소리가 갑자기 멈추고 철벅거리고 버둥거리는 소리가 들리더니 안개 속에서 한 남자의 목소리가 들려왔다. "도버행 우편마차요?"

"뭐든 네가 상관할 거 없잖아!" 호송대원이 쏘아붙였다. "넌 뭐냐?"

"도버행 우편마차냐고요!"

"왜 알고 싶은 건데?"

"승객 한 사람을 만나야 하오, 거기 있다면."

"어떤 승객?"

"자비스 로리 씨요."

우리가 점찍어둔 승객이 곧 자기 이름이라고 나섰다. 호송대원과 마부, 그리고 다른 두 승객은 그를 미심쩍다는 듯 바라보았다.

"당신은 거기 그대로 있어." 호송대원이 안개 속의 목소리에게 외쳤다. "내가 까딱 실수라도 하면 당신 살아생전에는 바로잡을 수 없을 테니까. 로리라는 이름의 신사분은 바로 대답하시오."

"무슨 일이오?" 그 승객이 약간 떨리는 목소리로 물었다. "누가 나를 찾소? 제리?"

("저놈이 제리라면, 난 제리 목소리가 싫어." 호송대원이 중얼거렸다. "목소리가 너무 거칠어서 거슬려, 제리란 놈은.")

"그렇습니다, 로리 씨."

"무슨 일인가?"

"T 주식회사에서 전해드리라는 급한 전갈입니다."

"아는 사람이오." 로리 씨는 길로 내려서며 말했다. 뒤에 있던 승객 두사람은 로리 씨를 예의 바르다기보다는 신속하게 도왔고 즉시 마차 안으로 허겁지겁 들어가 문을 닫고 창문도 닫아버렸다. "가까이 와도 됩니다. 이상한 사람 아니니까."

"아니길 바랍니다만, 확신은 못합니다." 호송대원은 거칠게 혼잣말로 말했다. "어이, 당신!"

"네! 여기요!" 제리는 아까보다 더 거친 목소리로 말했다.

"천천히 걸어와, 알았나? 그리고 안장에 권총집이 있거든 그 근처에 손을 갖다대지 마. 난 무지 빨리 실수하거든. 그리고 총을 쏘면 늘 내가 먼저 쏜다고. 그러니 이제 모습을 드러내."

안개가 물러서면서 말과 말을 탄 사람의 모습이 천천히 드러났고, 그 승객이 서 있는 우편마차 옆으로 다가왔다. 말을 탄 사람은 멈춰서서 호송대원을 올려다보고는 승객에게 작게 접힌 종이를 건네주었다. 그가 타고 온 말은 숨을 헐떡이고 있었고 말과 말을 탄 사람 모두 말발굽에서 그 남자의 모자에 이르기까지 온통 진흙투성이였다.

"호송대원!" 승객이 조용히 은밀한 거래의 어조로 말했다.

눈치 빠른 호송대원은 오른손은 치켜든 나팔총의 개머리판에, 왼손은 총열에 대고 눈으로는 말을 타고 온 사람을 보면서 짧게 대답했다. "예."

"걱정할 것 없소. 나는 텔슨 은행에서 일하오. 런던의 텔슨 은행 알지요? 나는 빠리로 출장 가는 길이오. 이걸로 술이나 한잔하시게. 이 쪽지를 읽어도 되겠소?"

"그러시다면, 빨리 읽으십쇼."

그는 마차의 불빛을 받으며 쪽지를 펴고 처음에는 혼자서, 나중에는 큰 소리로 그것을 읽었다. "'도버에서 아가씨를 기다리시오.' 봐요, 길지 않잖소. 제리, 내 대답은 **되살아남**이라고 전하시게."

안장에 앉은 제리가 화들짝 놀랐다. "거참 되게 이상한 답신이네요." 그는 가장 거친 목소리로 말했다.

"이 전갈을 전하면 써서 준 것만큼이나 확실하게 내가 이것을 받았다는 것을 알 것이네. 안녕히 돌아가시게, 그럼."

이 말을 남기고 그 승객은 마차 문을 열고 올라탔다. 시계며 지갑 등을 재빨리 장화 안에 숨겨놓고 이제 잠자는 척하고 있던 동료 승객들은 이번엔 그를 도와주지 않았다. 다른 종류의 행동을 유발할 위험으로부터 벗어나고 싶다는 것 이상으로 더 분명한 목적은 없었다.

마차는 내리막길로 접어들면서 그 주변으로 묵직한 안개구름이 맴도는 채로 다시 천천히 나아갔다. 호송대원은 곧 나팔총을 무기상자에 다시 넣어두었고 나머지 내용물을 점검하고 허리춤에 찬 여분의 권총을 보고는, 몇가지 공구들, 횃불, 성냥갑 등이 들어 있는, 자리 아래 있는 조금 더 작은 상자도 들여다보았다. 종종 일어나는 일이지만 마차 등불이 바람이나 폭우에 꺼지면 위에 틀어박혀 부싯돌과 쇳조각으로 짚에 불을 붙여 오분 안에 꽤 안전하고 쉽게 (운이 좋다면) 불을 얻을 수 있도록, 그는 그렇게 완벽하게 준비를 갖추어두었던 것이다.

"톰!" 마차 지붕 너머로 부드럽게 부르는 소리.

"어이, 조우."

"그 전갈 들었어?"

"들었지."

"그게 무슨 소린지 알겠어, 톰?"

"전혀."

"그것참, 마찬가지군." 호송대원은 생각했다. "나도 그런데."

제리는 안개와 어둠 속에 혼자 남겨져 잠시 말에서 내렸다. 지친 말도 쉬게 할 뿐만 아니라, 자기 얼굴에서 진흙도 닦아내고 모자챙에 족히 반 갤런은 찬 것 같은 물기도 털어내기 위해서였다. 흙이 잔뜩 튄 팔에 고삐를 걸치고 우편마차의 바퀴 소리가 더이상 들리지 않을 때까지 서 있자니, 밤은 다시 고요해졌다. 그는 언덕 아래로 내려가려고 돌아섰다.

"템플 바에서부터 달려왔으니 말이야, 평지로 내려갈 때까지 네 앞다리를 믿을 수가 없잖아." 목이 쉰 이 전령은 자신이 타고 온 암말을 보며 말했다. "'되살아남.' 무지하게 이상한 전갈이네. 이건 말도 안돼, 제리! 그렇잖아, 제리! 되살아나는 게 유행이라면 넌 되게 재수가 없는 거야, 제리!"

우편마차

3장
밤의 그림자

생각해보면 기막힌 일은, 모든 인간이 서로에게 심오한 비밀과 신비의 존재로 만들어져 있다는 점이다. 밤에 대도시로 진입할 때면 이런 숙연한 생각이 들곤 한다. 저 컴컴하게 모여 있는 집들 하나하나가 모두 나름의 비밀을 간직하고 있다는 것, 저 집들의 방 하나하나도 모두 나름의 비밀을 간직하고 있다는 것, 거기 살고 있는 수십만개의 뛰는 심장들 하나하나도 상상해보면 가장 가까이 있는 심장에게도 하나의 비밀이라는 것! 어쩌면 두려움, 심지어 죽음에 대한 두려움 중 얼마간은 이와 연관이 있다. 이제 내가 사랑하는 이 귀한 책장을 더 넘기지는 못하겠으니, 나중에 다시 읽으리라는 희망도 부질없다. 이제 빛이 그 위로 비추는 순간 내가 그 안에 잠겨 있는 숨겨진 보물이나 다른 것들을 흘낏 보았던, 그 깊이를 알 수 없는 심연을 들여다보는 것도 할 수가 없다. 내가 한 페이지밖에는 읽지 않았어도 그 책은 가볍게 덮어버리고 영원히 그 상태로 놓아두도록 되어 있었던 것이다. 빛이 수면에서 뛰놀고 내가 아무 것도 모른 채 물가에 서 있을 때, 그 물도 영원히 얼어붙어버리도록 되어 있었던 것이다. 내 친구는 죽었고, 내 이웃도 죽었고, 내 사랑, 내 영혼의 애인도 죽었다. 항상 개별성 안에 존재하며, 내 생이 끝날 때까지 내 안에 가지고 가야 할 그 비밀이 가차없이 공고해지고 영속화되어버린 것이다. 내가 지나가는 이 도시의 어떤 묘지에 잠들어 있는 사람들 중에서, 그 가장 내밀한 성격에 있어서 나에게 이 도시의 바쁘게 살아가는 사람들보다, 혹은 내가 그들에게 불가해한 것보다 더 불가해한 자가 있을까? 이렇듯 타고난, 그리고 양도할 수 없이 물려받은 지분에 있어서는, 말을 타고 가는 그 전령은 왕이나 국무장관이나 런던의 가장 부유한 상인과 정확히 똑같은 양을 소유하고 있었다. 힘겹게 굴러가는 낡은 우편마차의 좁은 객실에 갇힌 세 명의 승객들도 마찬가지였다. 그들은 서로에게 마치 각자 자신의 말 여섯마리가 끄는 마차에 타고 있는 듯, 혹은 그와 옆 사람 사이에 카운티 하나 넓이의 간격을 두고 육십마리 말이 끄는 마차에 타고 있는 듯, 서로에게 수수께끼 같은 존재인 것이다.

전령은 천천히 말을 타고 돌아가면서 종종 술집에 들러 술을 마시면서도 내내 혼자 생각에 잠겨 모자를 푹 눌러쓰는 경향을 보였다. 그의 눈은 모자에 아주 잘 어울리는 모양으로서, 색이나 형태에 깊이가 없는 얕은 검은빛을 띠고, 마치 서로 너무 멀리 떨어져 있다가 따로따로 무슨 짓을 하다 들키기라도 하면 어쩌나 하고 두려워하는 듯 너무 가까이 붙어 있었다. 삼각형 타구唾具처럼 생긴 낡은 뾰족모자를 쓰고, 턱과 목을 칭칭 동여매고도 무릎까지 늘어지는 커다란 머플러를 두른 그의 눈빛은 음산했다. 술을 마시러 멈출 때면 그는 왼손으로 머플러를 잠깐 잡아내리고는 오른손으로 술을 부어넣었다. 그리고 술을 마시자마자 다시 머플러를 둘렀다.

"아냐, 제리, 아냐!" 전령은 말을 타고 가면서 계속 한가지 생각만 하고 있었다. "그러면 안돼, 제리, 제리, 넌 정직한 직업인이잖아. 그건 네 방침에 어울리지 않아! 되살아났다고……! 분명 술을 마시고 있던 게야, 망할, 그렇고말고!"

그가 전해야 할 전갈이 너무 당혹스러워서 그는 몇번이고 모자를 벗고 머리를 긁적였다. 울퉁불퉁하게 머리가 벗어진 정수리를 제외하면 그의 머리카락은 뻣뻣하게 검은색이었고 들쑥날쑥 뻗쳐있었으며, 그의 넓적하고 뭉툭한 코까지 거의 닿을 정도로 길게 자라 있었다. 그건 마치 머리카락이라기보다는 마치 대장장이가 만들어놓은 듯 강력한 대못이 박힌 담장 꼭대기 같아서, 최고의 등짚고 뛰어넘기 선수라도 세상에서 가장 넘기 위험한 사람이라는 이유로 그를 거절할 것 같았다.

템플 바 옆 텔슨 은행 입구의 초소에 있는 야간경비원에게 전하고 그가 다시 안에 계신 높은 분께 전하기로 되어 있는 그 전갈을 가지고 종종걸음으로 돌아가는 동안, 그에게는 밤의 그림자들이 마치 그 전갈로부터 솟아나온 것 같은 모양을 띠었고, 그가 타고 온 암말에게는 불편함이라는 사적인 주제로부터 솟아나온 것 같은 모양을 띠었다. 그림자들이 무수히 많은 것 같았다. 왜냐하면 말은 가는 길의 모든 그림자마다 움찔했으니까.

그 시간, 우편마차는 세명의 알 수 없는 사람들을 태우고 지루한 길을 힘겹게 구르며 흔들리고 울렁거리고 덜컹거리면서 가고 있었다. 그들에게도 마찬가지로 밤의 그림자는 꾸벅꾸벅 졸린 눈과 부질없이 오가는 생각들의 모양을 띠며 모습을 드러냈다.

우편마차에 텔슨 은행이 나타났다. 옆 사람과 부딪히지 않게 막

아주며 마차가 특히 흔들릴 때마다 제자리로 되돌아가게 해주는 가죽 끈 사이에 은행 손님이 팔을 끼우고 자기 자리에서 반쯤 감긴 눈으로 꾸벅꾸벅 조는 동안, 작은 마차 창문과 창문으로 희미하게 비치는 마차의 불빛과 맞은편에 앉은 승객의 커다란 짐이 은행으로 변하여 정신없이 일하고 있었다. 마구가 쩔렁이는 소리는 돈이 짤그랑거리는 소리였고, 국내외에 연결망을 가진 텔슨보다 더 많은 어음이 인수되었으며, 계속 세배나 더 높게 지불되었다. 그리고 그 승객이 알고 있던 (그는 아는 것이 적지 않았다) 값진 보물들과 비밀을 간직한 텔슨의 지하금고가 그의 앞에 열렸고, 그는 커다란 열쇠와 희미하게 빛나는 촛불을 들고 그 안으로 들어가 그것들이 그전에 마지막으로 보았을 때와 마찬가지로 안전하고 든든하고 견실하고 평온하게 잘 있는 것을 보았다.

그러나 은행이 거의 늘 그와 함께 있었고 마차도 늘 그와 함께 있었지만 (마치 아편에 취해 고통스러운 것처럼 혼란스러운 방식으로였지만) 그날밤 내내 계속 떠오르는 또다른 인상의 물결이 있었다. 그는 그 일부를 무덤에서 파내러가는 길이었다.

그의 앞에 드러난 수많은 얼굴 가운데 어떤 것이 그 매장된 사람의 진짜 얼굴인지, 밤의 그림자는 그에게 가르쳐주지 않았다. 그러나 그것들은 모두 마흔다섯살 남자의 얼굴이었고, 제각기 기본적으로 다른 정념들을 표현하고 있었으며, 그 피로하고 지친 얼굴의 핼쑥한 정도도 모두 달랐다. 교만, 경멸, 반항, 완고함, 순종, 개탄 등이 차례차례 지나갔다. 푹 꺼진 뺨과 시체 같은 낯빛, 앙상한 손과 이목구비도 모두 달랐다. 그러나 그 얼굴은 기본적으로 하나의 얼굴이었고, 각각의 얼굴은 때 이르게 나온 듯 창백했다. 졸고 있던 승객은 이 환영에게 여러번 물었다.

"얼마나 오래 묻혀 있었습니까?"

대답은 늘 같았다. "십팔년쯤."

"발굴되리라는 희망은 이미 다 버렸습니까?"

"오래전에."

"되살아났다는 것을 알고 있습니까?"

"그렇다고 하더군요."

"살고 싶습니까?"

"잘 모르겠습니다."

"그녀를 만나게 해드릴까요? 와서 보시겠습니까?"

이 질문에 대한 대답은 매번 달랐고 서로 모순되기도 했다. 어떤 때는 쉰 소리로 "잠깐! 그애를 너무 일찍 보면 내가 죽을 거요"라고 대답했다. 또 어떤 때는 아련하게 눈물을 흘리며 "그애에게 데려다주오"라고 대답하기도 했다. 어떤 때는 멍하니 당혹스러운 표정으로 바라보고는 "난 그녀를 몰라요. 무슨 말인지 모르겠군"이라고 답하기도 했다.

이렇게 상상 속 대화를 나누며 승객은 환상 속에서 가래로, 커다란 열쇠로, 또 손으로, 계속 땅을 파고, 파고, 파고, 또 파서 이 불쌍한 자를 꺼내곤 했다. 얼굴과 머리카락에 흙이 묻은 채로 마침내 빠져나온 그는 갑자기 먼지가 되어 사라졌다. 그러면 승객은 스스로 깜짝 놀라 깨어나 창문을 내리고 뺨에 안개와 비의 현실을 맞아보는 것이었다.

그러나 그의 눈이 안개와 비에, 램프의 흔들리는 불빛에 뜨이고 길가의 산울타리가 마차에 밀려 뒤로 물러날 때에도, 마차 밖에 있던 밤의 그림자는 마차 안에 있던 밤의 그림자들에 뒤이어 계속 내려왔다. 템플 바 옆에 있던 진짜 은행 건물, 지난날의 진짜 업무, 진짜 금고, 그를 뒤따라 보내진 진짜 급행 전갈, 되돌려보낸 진짜 전갈도 다 거기에 있을 것이었다. 그들 가운데로부터 유령 같은 얼굴이 떠올라 그는 다시 그 얼굴에 말을 걸었다.

"얼마나 오래 묻혀 있었습니까?"

"십팔년쯤."

"살고 싶습니까?"

"잘 모르겠습니다."

파고, 파고, 또 파고, 마침내 나머지 두 승객 중 한사람이 못 참고 그에게 몸짓을 하여 창문을 올려닫고 팔을 안전하게 가죽 끈 안에 끼우도록 했지만, 그는 졸고 있는 두사람의 모습을 바라보다가 마침내 그들을 놓쳐버리고 다시 은행과 무덤 생각에 빠져들었다.

"얼마나 오래 묻혀 있었습니까?"

"십팔년쯤."

"발굴되리라는 희망은 이미 다 버렸습니까?"

"오래전에."

피로한 승객이 햇살에 놀라 일어나 밤의 그림자들이 사라진 것을 알고 나서도, 그 말은 마치 방금 한 것처럼, 그가 평생 들은 말 중 가장 또렷하게 귓전에 맴돌았다.

그는 창문을 내리고 떠오르는 태양을 내다보았다. 지난밤 말의 멍에를 풀어놓고 남겨두었던 쟁기가 그대로 서 있는, 갈아놓은 밭고랑이 보였다. 그 너머 고요한 관목숲에는 아직도 불타는 붉은색과 황금빛 노란색 나뭇잎들이 나무에 달려 있었다. 대지는 차고 축축했지만 하늘은 맑았고, 태양은 밝고 고요하고 아름답게 떠올랐다.

"십팔년이라!" 태양을 바라보며 승객이 말했다. "하느님 맙소사! 산 채로 십팔년을 묻혀 있었다고!"

4장
준비

우편마차가 오전쯤 도버에 잘 도착하자, 로열 조지 호텔의 접객 웨이터가 늘 그러하듯 마차 문을 열어주었다. 그는 다소 요란하게 격식을 차려 문을 열어주었는데, 왜냐하면 이 겨울에 런던에서 우편마차를 타고 오는 것은 용감한 여행자로 축하인사를 받을 만한 성취이기 때문이었다.

그 시각, 축하인사를 받을 승객은 한명밖에 남아 있지 않았다. 다른 두명의 승객은 각기 도중에 목적지에서 하차했던 것이다. 마차의 곰팡내 나는 내부는 축축하고 더러운 짚이 깔려 고약한 냄새를 풍기는 것이 꼭 커다란 개집 같았다. 승객 로리 씨가 지푸라기와 복슬복슬하게 얽힌 덮개 천 조각과 너풀거리는 모자와 진흙투성이 다리를 한 채로 마차에서 내리니 꼭 커다란 개 한마리가 내리는 듯했다.

"내일 깔레로 가는 정기선이 있지요?"

"네, 날씨가 괜찮고 바람이 좋으면요. 조수는 아마 오후 2시쯤이 가장 좋을 겁니다. 주무시겠습니까?"

"밤까지는 방에 들어갈 일이 없소만, 어쨌든 침실은 필요합니다. 이발사도요."

"아침도 드셔야죠? 네, 그렇게 하시죠. 콩코드실室을 보여드려! 손님 여행가방과 더운물도 콩코드실로. 콩코드실 손님 장화도 벗겨드려. (방에 가시면 석탄불을 피워놓았을 겁니다, 손님.) 콩코드실로 이발사를 보내. 거기 움직여, 지금, 콩코드실로!"

콩코드실은 늘 우편마차를 타고 온 손님에게 배정되었고, 우편마차를 타고 온 손님은 늘 머리부터 발끝까지 꽁꽁 싸매고 있었으므로 그 침실은 로열 조지 호텔이라는 업소에는 묘한 흥밋거리였다. 그 방에 들어가는 사람은 모두 같은 모양으로 보였지만 나올 때는 온갖 다양한 사람들로 변했다. 그리하여, 크고 네모난 소매와 커다란 주머니 덮개가 달린, 낡았지만 아주 잘 손질한 갈색 정장을 차려입은 예순살가량의 신사가 아침을 먹으러 지나갈 때, 우연히도 다른 접객 웨이터와 두명의 짐꾼과 몇명의 하녀와 주인이 모두 콩코드실과 커피 룸 사이에서 여기저기 배회하고 있었다.

아침나절이라 커피 룸에는 갈색 옷을 입은 그 신사밖에 없었다. 그의 아침 식탁이 불 옆에 차려져 있었고, 그는 난롯불 빛을 받으며 자리에 앉았다. 그가 식사가 나오기를 기다리면서 어찌나 가만히 앉아 있던지, 마치 초상화를 그리려고 앉아 있는 듯했다.

양 무릎에 손을 올려놓고 앉은 그는 매우 단정하고 차분한 사람처럼 보였다. 커다란 시계가 덮개 달린 그의 조끼 아래서 마치 타오르는 불길의 가벼움과 덧없음에 그 무게와 길이로 맞서는 듯, 낭랑한 설교를 하는 것처럼 뚝딱거리고 있었다. 그의 다리는 멋졌고 그는 그것을 약간 자랑스러워하는 듯, 섬세한 직조로 짜인 매끈한 갈색 양말을 딱 맞게 신고 있었다. 그의 구두와 버클도 평범한 것이었으나 깔끔했다. 그는 묘하게 생긴 매끈하고 곱슬곱슬한 아맛빛 가발을 머리에 딱 밀착해서 쓰고 있었고, 아마도 그 가발은 사람의 머리카락으로 만들었겠지만 그 이상으로, 마치 비단이나 유리섬유로 짜낸 것 같은 느낌이었다. 그의 셔츠는 양말만큼 세련되지는 않았지만 근처 바닷가에 부서지는 파도 마루처럼, 또는 바다 저 멀리 햇살 아래 점점이 반짝이는 돛배처럼 희었다. 습관적으로 절제되고 고요한 얼굴이었지만 그 묘한 가발 아래 촉촉하게 빛나는 두 눈이 얼굴을 밝혀주는 것이, 과거에는 텔슨 은행의 차분하고 과묵한 표정에 익숙해지도록 훈련하는 데 꽤 노력이 필요했을 것 같았다. 그의 뺨에는 건강한 빛이 돌았고, 그의 얼굴은 주름이 지긴 했지만 고생한 흔적은 별로 없었다. 물론 텔슨 은행의 은밀한 독신 은행원은 기본적으로 다른 사람의 근심을 감당해왔을 터이지만, 그렇게 한 다리 건넌 근심은 한 다리 건너온 중고 의류와 마찬가지로 쉽게 오고 가고 하는 법이다.

초상화 모델로 앉아 있는 사람 흉내가 절정에 이르자 로리 씨는 졸기 시작했다. 아침식사가 도착하여 잠을 깨웠고, 그는 의자를 당겨 앉으며 웨이터에게 말했다.

"오늘 어떤 아가씨가 한명 이리로 올 텐데 언제 도착할지 모르니 숙소를 준비해줬으면 좋겠소. 자비스 로리를 찾을 수도 있고, 그냥 텔슨 은행에서 온 사람을 찾을 수도 있소. 내게 알려줘요."

"네, 손님. 런던의 텔슨 은행 말이십니까?"

"그렇소."

"네, 손님. 저희는 런던과 빠리 사이를 여행하는 텔슨 은행 분들을 종종 모셨지요. 텔슨 회사의 거래소 말입니다."

"네, 우리는 영국 회사이기도 하지만 프랑스에도 거래소가 있거든요."

"그렇죠, 손님. 손님께선 자주 여행을 하지 않으시나봅니다, 손님?"

"최근엔 안했죠. 우리가…… 아니, 내가 프랑스에서 온 게 십오년 전이니까요."

"그렇습니까? 제가 여기서 일하기 전이군요, 손님. 우리가 여기서 일하기 전입니다. 그때엔 조지 호텔이 다른 사람의 소유였거든요, 손님."

"그렇군요."

"그렇지만 제가 생각하기론, 손님, 텔슨 같은 회사는 십오년 전에는 물론이고 오십년 전에도 번창하지 않았습니까?"

"그 세배쯤 곱해서, 그러니까 백오십년쯤 전부터라고 해도 사실과 크게 다르지 않아요."

"정말요, 손님!"

웨이터는 입을 오므리고 두 눈을 동그랗게 뜨면서 식탁에서 뒤로 물러나 냅킨을 오른팔에서 왼팔로 옮기곤 편안한 자세로 섰고, 손님이 먹고 마시는 동안 전망대 혹은 감시탑에서 보듯이 그를 지켜보며 서 있었다. 고금을 막론하고 태곳적부터 웨이터들이 지닌 용도에 따라.

로리 씨는 아침식사를 마치고 바닷가로 산책을 나갔다. 작고 좁고 구불거리는 도버 읍내는 해안에서 떨어져 숨어 있었고 마치 바다에 사는 타조처럼 백악白堊 절벽으로 머리를 비쭉 내밀고 있는 형상이었다. 바닷가에는 바다에서 몰려온 해조 더미와 돌들이 여기저기 뒹굴고 있었고, 바다는 제가 하고픈 대로 했으며 바다가 하고 싶어하는 것은 파괴였다. 바다는 읍내에 대고 으르렁거리고, 절벽에 대고 으르렁거리고, 미친 듯이 해안을 깎아내렸다. 집들 사이의 공기에는 생선 비린내가 너무나 강하게 나서 아픈 사람들이 바다에 몸을 담그듯이 아픈 물고기들이 하늘로 올라가 공기에 몸을 담근 것이 아닌가 여겨질 정도였다. 항구에도 생선 비린내가 약간 났고, 밤에는 바다 쪽을 보면서 산책하는 자들도 많았다.[13] 특히 밀물이 들어와 만조가 가까워지면 더욱 그랬다. 딱히 사업을 하지도 않는 소상인들이 때로는 설명할 수 없는 방법으로 큰돈을 버는 경우가 있었고, 그 이웃 아무도 램프 켜는 사람[14]을 견디지 못한다는 점이 특이했다.

오후가 되면서 가끔 프랑스 해안이 보일 정도로 맑아지곤 하던 공기가 다시 안개와 수증기로 가득해졌고, 로리 씨의 생각도 따라서 흐려지는 것 같았다. 해가 지고 그가 커피 룸의 난로 앞에 앉아서 아침을 기다리듯이 저녁식사를 기다리고 있을 때, 그의 마음은 벌겋게 타오르는 석탄을 분주하게 파고, 파고, 또 파고들었다.

식후의 보르도산 적포도주 한병쯤은 붉은 석탄을 파는 자에게 아무런 영향도 주지 못했다. 다른 때라면 일을 그만하도록 만들어 주었을 것이지만 말이다. 로리 씨가 한참을 그냥 앉아 있다가 혈색이 좋은 나이 지긋한 신사가 한병의 마지막 잔을 따를 때 그러할 법한 것 중 가장 완전한 만족감을 느끼는 표정으로 마지막 한잔을

---

13 도버 항에 밀수업자들이 많이 드나들던 것을 말함.

14 해가 지면 사다리를 들고 다니며 가로등을 켜는 사람을 말함. 이들을 견디지 못한다는 것은 밀수꾼들이 어둠을 틈타 배에 은밀하게 불빛으로 신호를 보내는 것을 암시함.

막 따랐을 때, 좁은 길로 덜컹거리는 바퀴 소리가 올라왔고 호텔 마당으로 들어왔다.

그는 술잔에 입을 대지 않은 채 그대로 내려놓았다. "왔구나!" 그가 말했다.

잠시 후 웨이터가 들어와 마네뜨 양이 런던에서 도착하여 텔슨에서 온 분을 뵙자고 한다고 전했다.

"이렇게 빨리?"

마네뜨 양은 오는 길에 요기를 했으므로 아무것도 필요하지 않으며, 괜찮으시다면 텔슨에서 온 분을 즉시 만나야 한다고 했다.

텔슨에서 온 신사는 멍한 표정으로 다급하게 잔을 비우고 그의 묘하게 작은 아맛빛 가발을 귀 주변에서 정돈하고 웨이터를 따라 마네뜨 양의 객실로 가는 수밖에 없었다. 객실은 크고 어두웠으며 장례식이라도 치르듯이 검은 마미단馬尾緞으로 단장했으며 커다란 검은 탁자들이 놓여 있었다. 탁자들은 여러번 기름칠을 하고 또 해서, 방 가운데 탁자에 놓인 두개의 긴 촛불이 탁자의 결 하나하나에 다 반사되고 있었으며, 검은 마호가니로 된 깊은 무덤에 파묻힌 듯, 그들을 파내기 전까지는 빛을 기대할 수 없는 듯이 보였다.

방이 너무 어두워서 로리 씨는 낡은 터키산 양탄자 위로 걸어가면서 잠시 동안 마네뜨 양이 어디 옆방에 있는가보다 생각했다. 그러다가 두개의 긴 촛불을 지나치면서 촛불과 벽난로 사이 탁자 옆에 열일곱살쯤밖에 안되어 보이는 젊은 여자가 자신을 맞이하려고 서 있는 것을 보았다. 그녀는 승마용 외투를 입고 밀짚으로 만든 여행용 모자의 리본을 아직도 손에 쥐고 있었다. 그의 눈이 키가 작고 날씬하고 어여쁜 체격, 풍성한 금발, 뭔가 묻는 것 같은 표정으로 그를 보는 푸른 두 눈, 비범해 보이는 이마(그것이 얼마나 젊고 부드러운가를 기억하며)가 묘하게 치켜지고 찌푸려져 딱히 당혹감도 놀라움도 경계도, 혹은 단지 환하게 굳어 있는 관심도 아니면서 그 네가지 감정을 모두 포함하는 표정으로 변하는 모습을 바라보며, 그의 눈이 이러한 모습에 머물러 있을 때, 그가 우박이 몰아치고 파도가 높게 일던 어느 추운 날 팔에 안고 바로 그 해협을 건너온 그 아이와 생생하게 닮은 모습이 그의 눈앞에 갑자기 스쳐갔다. 그 닮은 모습은 그녀 뒤에 있던 흐릿한 체경의 표면을 스쳐가는 입김처럼 지나갔고, 그 거울의 테두리에는 몇몇은 머리가 없고 모두 불구인 검은 큐피드의 자선시설 행렬[15]이 소돔의 사과를 검은 여신에게 바치는 모양이 새겨져 있었다. 그는 마네뜨 양에게 정식으로 인사를 했다.

"좀 앉으세요." 아주 또렷하고 상냥하고 젊은 목소리. 약간 외국인 억양이 있었지만 아주 조금이었다.

"손에 입을 맞추겠습니다, 아가씨." 로리 씨는 옛날식 매너로 다시 절을 하고는 자리에 앉았다.

"은행에서 어제 편지를 받았어요. 어떤 소식, 아니, 발견이⋯⋯"

"표현이 중요한 게 아니니까, 아가씨, 어떻게 말해도 됩니다."

"⋯⋯오래전에 돌아가셔서⋯⋯제가 뵌 적도 없는 불쌍한 제 아버지의 재산 약간에 관해서⋯⋯"

로리 씨는 의자를 움직여 검은 큐피드의 자선시설 행렬을 향해 걱정스러운 표정을 지어보았다. 그 말도 안되는 바구니에 누구에겐가 도움이 될 만한 것을 가지고 있기라도 한 것처럼!

"⋯⋯제가 빠리에 직접 가서, 그 목적으로 빠리에 파견된 은행의

---

15 '큐피드의 행렬'은 신고전주의 시대에 유행하던 장식. 디킨스는 검은색의 큐피드 행렬에서 자선시설로부터 줄지어 나오는 아이들을 연상함.

신사분과 얘기를 해야 한다고요."

"그게 접니다."

"네, 말씀하세요, 선생님."

그녀는 무릎을 굽혀 인사하여 (당시 젊은 아가씨들은 무릎을 굽혀 인사를 했다) 그에 대해서 얼마나 더 연장자이며 얼마나 더 현명하다고 느끼는가를 예쁘게 전달했다. 그도 그녀에게 다시 인사를 했다.

"전 그래야 할 것 같아서 은행에다 답신을 했어요. 제게 조언을 해줄 정도로 물정을 아시고 친절하신 어떤 분과 프랑스에 가야 하는지, 그리고 제가 고아이고 함께 갈 친구가 없기 때문에 여행을 하는 동안 그 훌륭한 신사분의 보호를 받는 위치에 있게 된다면 좋겠다고요. 그분께선 이미 런던을 이미 떠나셨지만 아마 뒤따라 보낸 전령이 그분께 여기서 저를 기다려달라고 부탁을 드린 것 같아요."

"그 일을 맡게 되어 기뻤죠." 로리 씨는 말했다. "그 일을 실천하는 것은 더 기쁠 테고요."

"선생님, 정말 감사합니다. 정말 감사드려요. 은행에선 그분께서 제게 자세한 것을 설명해주실 거라고 했고, 또 놀라운 것이니 미리 대비해야 한다고 했어요. 저는 최선을 다해서 준비를 했고, 당연히 그게 무엇인지 정말로 알고 싶어요."

"당연하죠." 로리 씨가 말했다. "네…… 전……"

잠시 말을 멈추고 그는 다시 귀 부근의 곱슬곱슬한 아맛빛 가발을 고쳐쓰며 말했다. "얘기를 시작하기가 무척 힘드네요."

그는 이야기를 시작하지 않고 우물거리면서 그녀를 바라보았다. 젊은이가 이마를 치켜드니 예의 그 묘한 표정이 나타났고, 그렇지만 그건 특이할 뿐만 아니라 예쁘고 개성 있는 것이기도 했다. 그는 마치 자기도 모르게 그렇게 한다는 듯, 아니면 지나가는 어떤 그림자를 멈추게 하기라도 하는 듯, 손을 들었다.

"선생님, 절 처음 보시는 건가요?"

"아닌가요?" 로리 씨는 두 손을 벌려 쭉 내밀면서 뭔가를 암시하듯이 미소를 지었다.

미간과 여성스럽고 작은 코 바로 위에 아주 섬세하고 가느다란 주름이 있어, 그녀가 이제까지 옆에 서 있던 의자에 생각에 잠긴 얼굴로 앉으면서 그 표정이 깊어졌다. 그는 그녀가 생각에 잠긴 것을 지켜보다가 눈을 들어올리는 순간 말을 이었다.

"당신이 입양된 나라에서는 내 생각에 당신을 영국 아가씨로 부르는 것이 좋겠지요, 마네뜨 양?"

"그럼요, 선생님."

"마네뜨 양, 난 직업인이에요. 제겐 해야 할 일이 하나 있지요. 이 얘기를 들을 때 나를 그냥 말하는 기계라고만 생각하세요. 정말, 그 이상이 아니니까요. 괜찮다면 아가씨에게 우리 고객 중 한사람의 이야기를 하려고 합니다."

"이야기라고요!"

그는 그녀가 반복한 단어를 일부러 그렇게 쓴 것 같았다. 그는 재빨리 "네, 고객요. 은행에서는 우리와 연관된 사람들을 고객이라고 부르지요. 그는 프랑스 신사였습니다. 과학자였고, 학식이 뛰어난 분이었죠. 의사이셨어요."

"보베 출신 아니신가요?"

"네, 보베 출신입니다. 당신 아버지 마네뜨 씨처럼, 그 신사도 보베 출신이었죠. 당신 아버지 마네뜨 씨처럼, 그분도 빠리에서 명성이 높았습니다. 난 그분을 그곳에서 알게 되었지요. 우리 관계는 사업상의 관계였지만, 아주 은밀한 것이었습니다. 그때 나는 우리 회사의 프랑스 사업소에 나가 있었고—아! 그게 벌써 이십년 전이네요."

"그때라는 게…… 언제인지 여쭤봐도 되나요, 선생님?"

"아가씨, 그러니까 이십년 전입니다. 그분은 결혼을 하셨죠, 영국 여자와요. 그리고 전 수탁인 중 하나였어요. 그의 일은 다른 수많은 프랑스 신사들과 프랑스 가문들처럼 전적으로 텔슨 은행의 손에 달려 있었지요. 마찬가지로 전 수십명의 고객들에게 이런저런 방식으로 수탁인 역할을 했습니다. 이건 모두 사업상 관계일 뿐이었어요, 아가씨. 우정이라든가 특별한 관심이나 감상 같은 것은 없었습니다. 업무 일과 동안 한 고객에게서 다른 고객으로 옮겨가듯이, 난 내 사업상 경력에 따라 그동안 이런 일 저런 일로 옮겨다녔죠. 간단히 말하면 난 감정이라곤 없어요. 그냥 기계일 뿐이에요. 계속하자면……"

"그렇지만 이건 제 아버지 얘기군요, 선생님. 그리고 제 생각엔……" 호기심으로 일그러진 이마는 그에게 집중하고 있었다. "아버지보다 이년 늦게 어머니마저 세상을 떠나고 제가 고아가 되었을 때, 영국으로 저를 데려오신 분이 선생님이시군요. 선생님이시라는 확신이 드네요."

로리 씨는 마음을 터놓고 그의 손을 잡으려고 조심스럽게 내민 작은 손을 잡아 예의 바르게 입술에 갖다댔다. 그러고 나서 그는 아가씨를 다시 의자에 데려다 앉힌 뒤 그녀가 앉아서 그를 올려다보는 동안 그녀를 내려다보며 의자 등받이를 왼손으로 잡은 채 오른손으로는 번갈아 턱을 만지고 가발을 귀 주변으로 잡아당기거나, 자신이 하는 말에 맞춰 손으로 가리키거나 했다.

"마네뜨 양, 그게 접니다. 그리고 그후로 내가 아가씨를 한번도 만나지 않은 것을 생각하면, 이제 내가 지금 내겐 감정이 없다거나 내 주변 사람들과 내가 맺는 관계는 단지 사업상의 관계일 뿐이라고 말할 때 그게 얼마나 사실인지를 알 수 있을 겁니다. 아니요, 아가씨는 그때부터 텔슨 회사의 피후견인이었죠. 그리고 전 그후로 텔슨 회사의 다른 일들 때문에 바빴고요. 감정이라! 그럴 시간도 없었고, 기회도 없었어요. 아가씨, 난 내 일생을 오로지 거대한 돈의 압착 롤러를 돌리면서 보낸 겁니다."

이렇듯 자신의 일상적인 업무 일과를 이상하게 묘사한 후, 로리 씨는 양손으로 아맛빛 가발을 머리 위에 납작하게 누르고는, (거의 불필요한 일이었는데, 왜냐하면 그 가발의 빛나는 표면은 이미 더이상 납작할 수가 없을 정도였기 때문이다) 다시 아까의 태도로 되돌아갔다.

"이제까지, 아가씨, (아가씨가 말했듯이) 이게 아가씨의 불쌍한 아버지 얘기입니다. 이제 좀 다른 얘기를 해보죠. 만약 아가씨의 아버지가 예전에 돌아가시지 않았더라면—무서워하지 마세요! 저런 놀랐군요!"

그녀는 정말로 놀라서 움찔했다. 그녀는 양손으로 그의 팔목을 잡았다.

"제발," 로리 씨는 격렬하게 떨면서 애절하게 그를 꽉 붙들고 있는 손 위에 의자 등받이를 잡고 있던 왼손을 올려놓으며 달래는 어조로 말했다. "제발 감정을 통제하세요. 업무상의 문제입니다. 말씀드렸지만……"

그녀의 표정이 너무 당혹스러워 그는 말을 멈추었다가 잠시 혜

맨 후 다시 말을 이었다.

"말씀드렸지만, 만약 마네뜨 씨가 돌아가시지 않았다면, 만약 그분이 갑자기 조용히 사라지신 거라면, 만약 행방불명되신 거라면, 만약 그분을 추적할 기술은 없지만 그 끔찍한 장소가 어디인지 어렵지 않게 추측할 수 있다면, 만약 그분이 같은 나라 사람 중, 내가 젊을 때에는 저 바다 건너의 가장 대범한 사람들조차도 속삭이며 말하길 두려워하는 그런 특권을 행사할 수 있는 원수가 있었다면, 예를 들어 어떤 사람을 아무리 긴 기간이라도 감옥에 가두어 망각되도록 만들 수 있는 백지 서류를 작성하는 특권 말이죠, 만약 그분 부인이 왕과 왕비와 법원과 사제에게 간청하여 그의 소식을 물었으나 모두 수포로 돌아갔었다면, 그렇다면 이 불행한 신사, 보베 출신의 의사 이야기가 바로 당신 아버지 이야기가 될 수도 있는 거죠."

"좀더 말씀해주세요, 선생님."

"네, 그러죠. 감당할 수 있겠어요?"

"지금 이 순간의 불확실성만 아니라면 무엇이든지 감당할 수 있어요."

"침착하게 말하네요, 아가씨는…… 침착해요. 좋습니다!"(그의 태도는 그의 말보다는 덜 만족하는 듯했지만.) "업무상의 문제예요. 이걸 업무상의 문제, 꼭 해야 할 업무상 문제라고 생각하세요. 자, 이제 이 의사의 부인이, 비록 매우 용감하고 기개가 있는 분이었지만 어린아이가 태어나기 전에 이러한 이유로 엄청난 고통을 겪었다면……"

"그 어린아이는 딸이죠, 선생님."

"딸이죠. 그러니까, 업무상의 문제라고요── 절망하지 마세요.

아가씨, 그 가엾은 부인이 아이가 태어나기 전에 너무나 많은 고통을 겪어서, 그 불쌍한 아이만은 얼마나 힘든지 그녀가 알고 있는 그 슬픔을 조금이라도 물려받지 않게 해야겠다고 결심하고는 애아버지가 죽었다고 믿으며 딸을 키웠다면─아니요, 무릎 꿇지 마세요! 세상에, 왜 무릎을 꿇어야 하는데요!"

"진실을요. 오, 정말 훌륭하시고 자애로우신 선생님, 진실을요!"

"그…… 업무상의 문제라고요. 당신 때문에 헷갈립니다. 내가 헷갈리면 어떻게 업무를 할 수가 있겠어요? 냉정하게 생각하자고요. 예를 들어 지금 아가씨가 내게 9펜스의 아홉배는 얼마인지, 혹은 20기니는 몇 실링인지 말할 수 있으면 아주 좋겠어요. 아가씨가 그런 상태라면 나도 훨씬 더 마음이 편하겠습니다."

이 항의에 직접 대답하지는 않으면서도 그녀는 그가 그녀를 부드럽게 일으키자 조용히 자리에 앉았다. 그의 팔목을 계속 잡고 있던 그녀의 손도 아까보다는 훨씬 차분해졌으므로, 그녀는 자비스 로리 씨에게 약간 확신을 주었다.

"좋아요, 좋아. 용기! 업무! 아가씨는 해야 할 일이 있는 거예요. 유용한 일 말입니다. 마네뜨 양, 아가씨의 어머니도 함께하시는 거예요. 어머니가 돌아가셨을 때─아마도 상심한 채로 돌아가셨을 텐데─끝까지 아버지를 찾으려는 허망한 수색을 멈추지 않았고, 두 살 된 아가씨를 남기고 떠나셨어요. 그리고 아가씨는 자라면서 당신 아버지가 감옥에서 상심하고 있는지, 혹은 그 긴 세월 동안 쇠약해졌는지, 불확실한 상황에서 사는 어두운 구름을 느끼지 못한 채로 아름답고 행복하게 피어났죠."

그는 이렇게 말하며 물결치는 금발을 애틋하게 내려다보았다. 마치 그 머리카락이 이미 잿빛으로 물들어버린 것을 혼자 상상이라도 하는 듯이.

"아가씨는 부모님이 가진 것이 별로 없고 그나마 다 어머니와 아가씨에게 맡겨져 있다고 알고 있죠. 돈이나 다른 자산에 관해서는 새롭게 발견된 것이 없었어요. 그렇지만······"

그는 손목이 더 꽉 잡히는 것을 느끼고 말을 멈추었다. 아까 그의 주의를 특별히 끌었고 이제는 아주 굳어버린 그 이마의 표정은 고통과 공포의 표정으로 깊어졌다.

"그렇지만 아버지를 발견했어요. 그분은 살아 계십니다. 너무 당연하게도 많이 변하셨을 겁니다. 거의 폐인이 되었을 수도 있어요. 물론 최선을 바라야겠지만 말입니다. 아직, 살아 계십니다. 아가씨의 아버지는 빠리의 옛 하인 집으로 옮겨져서 우리가 그리로 가는 길인 겁니다. 나는 할 수 있다면 그분의 신분을 확인하기 위해서, 아가씨는 아버지를 생명과 사랑과 도리와 휴식과 편안함으로 회복시키기 위해서."

그녀는 몸 전체를 떨었고 그 때문에 그의 몸도 떨렸다. 그녀는 나지막하지만 또렷하고 겁에 질린 목소리로, 마치 꿈속에서 말하듯 말했다.

"아버지의 유령을 보게 될 거예요! 유령일 거예요—아버지가 아니라!"

로리 씨는 그의 팔을 잡고 있던 손을 조용히 쓰다듬었다. "자, 자, 자! 봐요, 이것 봐요! 이제 최선과 최악을 다 알려줬어요. 이제 그 가엾게도 고통받은 양반을 보러 가는 길이고, 항해도 순조롭고 육로도 순조로울 테니 아가씨는 곧 아버지 곁에 있게 됩니다."

그녀는 같은 어조로, 거의 속삭이는 정도로 낮게 반복했다. "전 자유로웠고, 행복했지만, 아버지의 유령이 저를 찾아온 적은 없었어요!"

"한가지만 더 얘기할게요." 로리 씨가 그녀의 주의력을 강화할 유용한 수단이라는 듯 강조하여 말했다. "그분은 다른 이름으로 발견되었어요. 그분의 이름은 오랫동안 잊혔거나 오랫동안 감춰져 있었겠죠. 그게 뭐냐고 묻는다면 그건 소용없는 것보다 더 나쁜 일일 겁니다. 그분이 여러해 동안 무시당했는지 아니면 계속 고의적으로 수감되어 있었는지 알려고 하는 것 역시 소용없는 것보다 더 나쁠 겁니다. 이제 와서 어떤 질문을 하는 것은 소용없는 것보다 더 나쁠 겁니다. 왜냐하면 위험할 테니까요. 어디서든 어떤 식으로든 그 주제를 언급하거나, 당분간은 무슨 일이 있어도 그를 프랑스에서 빼내오는 일은 안하는 게 좋겠어요. 심지어 영국인이고 게다가 프랑스의 신용에는 매우 중요한 텔슨 직원이라 안전한 저도 그 문제를 언급하는 것은 피하니까요. 저는 그 문제를 공공연하게 언급한 어떤 글귀도 가지고 가지 않아요. 이건 완전히 비밀 업무거든요. 내 신임장, 기재사항, 비망록은 모두 한줄에 포함되어 있어요. '되살아남.' 그건 무엇이라도 의미할 수 있지요. 그런데 웬일입니까! 아가씨는 한마디도 못 알아듣네. 마네뜨 양!"

완전히 고요하고 조용하게, 심지어 의자에 기대지도 않고, 그녀는 그의 손길 아래 주저앉아 아주 정신을 잃어버렸다. 눈을 뜬 채 그를 뚫어지게 바라보며, 그 마지막 표정이 마치 그녀의 이마에 조각되거나 낙인 찍힌 것처럼 말이다. 그녀가 그의 팔을 너무 꼭 붙들고 있어서 그는 그녀의 손을 떼어내다가 그녀가 다치게 될까봐 무서웠다. 그래서 그는 움직이지 않은 채 큰 소리로 도움을 청했다.

흥분한 와중에도 로리 씨가 보기에 온통 붉은 기가 돌고 붉은 머리에 특별히 꽉 끼는 옷을 입고 머리에는 근위 보병연대의 나무 계량컵, 그것도 품질 좋은 계량컵처럼 생긴, 아니면 커다란 스틸턴 치즈처럼 생긴 대단한 보닛을 쓴, 괄괄하게 생긴 여인이 호텔 하인들보다 먼저 방으로 뛰어들어와서, 그의 가슴에 억센 손을 올려놓고 그를 가장 가까운 벽으로 날려버림으로써, 그를 가엾은 아가씨로부터 떼어내는 문제를 바로 해결했다.

('분명 남자일 거야!' 벽에 부딪힘과 동시에 숨이 막힌 로리 씨는 이렇게 생각했다.)

"이런, 이것 봐라!" 호텔 하인들에게 이 인물이 고함쳤다. "거기서서 뻔히 쳐다보지만 말고 가서 뭘 좀 가져오지 않고! 뭐 구경난거 아니잖아, 응? 가서 뭘 좀 가져오라니까! 알게 해주겠어, 정신차리게 하는 약이랑, 찬물, 그리고 식초 안 가져오면 어떻게 되는지. 빨리, 얼른!"

하인들이 즉시 흩어져 회복에 필요한 것들을 찾으러 갔고, 그녀는 환자를 부드럽게 소파에 눕히고는 아주 솜씨 있고 부드럽게 그녀를 돌보았다. 그녀를 "아가!" "내 새끼!"라고 부르면서 매우 당당하면서도 사려 깊게 그녀의 금발을 어깨 너머로 펼쳐놓았다.

"갈색 옷 입은 당신!" 그는 성난 얼굴로 로리 씨를 돌아보며 말했다. "할 말 있어도 죽을 정도로 겁을 주지는 말아야 할 것 아니야! 봐요, 이 예쁘고 창백한 얼굴과 찬 손을. 이래도 은행가라고 할수 있는 거요?"

로리 씨는 이렇게 답하기 어려운 질문에 너무나 당황해서, 하인들이 거기 그대로 멀뚱멀뚱 서 있으면 어떤 언급되지 않는 것을 '알게 해준다'는 신기한 벌칙으로 호텔 하인들을 모두 내보내버린 이 억센 여인이 환자를 점점 회복시켜 그녀를 달래어 숙여진 머리를 어깨에 기대게 하는 동안 멀찌감치 서서 훨씬 미미한 동정심과 겸손으로 그 광경을 바라보는 수밖에 없었다.

"이제 괜찮은 것 같소." 로리 씨가 말했다.

"괜찮다고 해도 갈색 옷 당신에게 감사할 일은 없어요. 예쁜 것!"

미미하게 동정심과 겸양을 느끼고 난 로리 씨가 말했다. "당신이 마네뜨 양을 따라서 프랑스까지 가는 건가요?"

"아마도!" 억센 여인이 대답했다. "내가 바다를 건너가야 할 운명이라면, 내 팔자를 섬나라에 묶어놓은 게 하느님의 뜻이었을까요?"

이것 역시나 대답하기 힘든 질문이었기에, 자비스 로리 씨는 이 문제를 조금 더 생각하기 위해 자리를 떴다.

5장
포도주 상점

길거리에 커다란 포도주 통 하나가 떨어져 깨졌다. 그 사고는 통을 마차에서 내리려다가 일어났다. 술통은 우르르 굴러내려 쇠 테두리가 터져나가 호두 껍데기처럼 산산조각 난 채로 포도주 상점 문밖의 자갈밭 위에 놓여 있었다.

주변의 모든 사람이 하던 일을, 또는 하지 않고 놀던 일을 멈추고 그 자리로 달려와 포도주를 마셨다. 그 길에 깔린 거칠고 울퉁불퉁한 자갈들은 사방으로 삐죽삐죽해서 다가오는 사람을 다치게라도 하려고 그렇게 만들어졌다고 생각할 수도 있을 정도였지만, 지금은 그 자갈들 때문에 작은 웅덩이들이 생겨나 있었다. 각각의 웅덩이들은 그 크기에 따라 서로 밀치는 사람들이 그 주위를 둘러싸고 있었다. 어떤 남자들은 무릎을 꿇고 두 손을 모아 포도주를 퍼서 홀짝거리는가 하면, 손가락 사이로 포도주가 다 흘러내리기 전에 그들의 어깨 너머로 넘겨다보는 여자들이 그것을 마시도록 도와주기도 했다. 다른 남녀들은 망가진 작은 토기 머그잔을 웅덩이에 담그거나, 심지어 여인의 머리에 썼던 수건을 벗겨서 웅덩이에 담갔다가 아이들의 입에다 짜 넣어주기도 했다. 다른 사람들은 포도주가 흘러가는 것을 막으려고 진흙으로 작은 둑을 쌓기도 했다. 다른 이들은 높은 창문에서 내다보는 사람들의 지시를 받아서 이리저리 뛰어다니며 새로운 방향으로 흘러가기 시작한 포도주 줄기들을 막으려 하고 있었다. 다른 이들은 푹 젖어 안쪽에 포도줏빛이 물든 통 조각을 들고 빨거나, 심지어 좀더 촉촉하게 포도주가 묻은 조각들을 게걸스럽게 씹어대기도 했다. 포도주가 흘러내려갈 하수도는 없었지만, 포도주를 모두 마셨고 그만큼 또 흙에 흡수되기도 해서, 그 거리에는 마치 청소부가 왔다 간 것 같았다. 그 거리를 아는 사람이 청소부라는 기적적인 존재를 믿을 수만 있다면 말이다.

칼칼한 웃음과 즐거운 남자, 여자, 아이들의 새된 목소리가 포도주 놀이가 지속되는 내내 길거리에 울려퍼졌다. 그 경기는 거칠지는 않으면서 장난기가 넘치는 것이었다. 그 놀이에는 특별한 종류의 동료애가, 모든 사람이 서로 하나가 되려는 뚜렷한 특징이 있었고, 그래서 특히 운이 좋거나 좀더 명랑한 사람들은 장난스럽게 껴안고, 건배를 하고, 악수를 하고, 심지어 십여명씩 손에 손을 잡고 춤을 추기도 했다. 포도주가 다 없어지고 포도주가 가장 많았던 곳까지 손가락으로 박박 긁어내고 없어지자 이 시위는 갑자기 시작되었던 것처럼 갑자기 멈추어버렸다. 나무를 켜다 말고 톱을 남겨놓고 온 남자는 다시 톱질을 시작했다. 굶주린 자신의, 또는 자기 아이의 손가락과 발가락의 고통을 덜어보려고 뜨거운 재를 냄비에 담아 나오다 그것을 문간에 두고 온 여인은 다시 그리로 돌아갔다.

텁수룩한 머리에 창백한 얼굴을 하고 팔을 온통 드러낸 채 지하실에서 겨울 대낮의 지상으로 나온 남자는 다시 지하실로 내려갔다. 그리고 어둠이 몰려왔다. 그 장면에는 햇살보다는 그게 더 어울렸다.

그 포도주는 적포도주여서 그것이 쏟아진 빠리 근교 쌩땅뚜안[16]의 좁은 길바닥을 붉게 물들였다. 포도주는 수많은 사람의 손과, 얼굴과, 여러사람의 맨발과 여러사람의 나막신을 물들였다. 톱으로 나무를 켜던 남자의 손은 장작에 붉은 자국을 남겼다. 아이를 돌보던 여인의 이마는 그녀가 다시 이마에 두른 낡은 천의 얼룩 때문에 물이 들었다. 통 조각을 게걸스레 빨던 사람들은 입 주변에 호랑이 같은 얼룩이 묻었다. 그렇게 얼룩이 묻은 사람 가운데, 길쭉하고 너저분한 주머니처럼 생긴 나이트캡을 머리를 넣었다기보다 빼놓았다고 보일 정도로 살짝 걸쳐 쓴 키 큰 익살꾼 하나가 포도주에 물든 진흙에 손가락을 담갔다가 벽에 이렇게 썼다. **피**.

그 포도주가 또한 길바닥에 쏟아지고 그 얼룩이 그곳의 수많은 사람에게 붉게 물들 그 시간이 다가오고 있었다.

쌩땅뚜안에 잠깐 햇빛이 구름을 몰아냈다가 다시 구름이 덮이고 나니, 구름의 어둠은 무거웠다. 추위, 먼지, 질병, 무지, 그리고 빈곤은 그 구름의 당당한 존재를 보좌하고 있는 거대한 힘을 가진 귀족들이었다. 그러나 특히 마지막 것이 가장 그러했다. 끔찍하게 갈아대고 또 갈아대는 공장을, 물론 노인을 젊게 만들어주는 환상적인 공장이 아닌 그런 공장을 겪은 사람들이 구석구석에서 떨고 있었고, 문마다 들락날락했으며, 창문마다 내다보고, 바람에 흔들리는 온갖 옷가지의 흔적에서 펄럭이고 있었다. 그들을 쇠락케 하

---

16 빠리 바스띠유 동쪽의 빈민가.

는 공장은 젊은이를 늙게 만드는 공장이었다. 아이들은 늙은이의 얼굴과 낮은 목소리를 가지게 되었다. 그 아이들에게, 그 아이들의 늙어버린 얼굴에, 세월의 고랑마다 새겨지고 새로 생겨나는 표지는 굶주림이었다. 어디나 굶주렸다. 굶주림은 큰 집에서 빨랫줄에 걸린 낡은 옷을 입고 밀려나왔다. 굶주림은 지푸라기와 누더기와 나무와 종이로 그들에게 달라붙었다. 굶주림은 그 남자가 켜는 장작의 가장 조그만 조각에도 반복되었다. 굶주림은 연기가 나지 않는 굴뚝에서 내려다보고, 쓰레기 더미를 뒤져도 먹을 것이라고는 하나도 없는 더러운 길에서 올려다보았다. 굶주림은 빵 가게의 선반에 새겨져 있었고, 얼마 안되는 질 나쁜 빵 조각마다 쓰여 있었다. 쏘시지 가게에, 팔려고 내놓은 죽은 개로 만든 모든 음식에도 쓰여 있었다. 굶주림은 원통에서 돌아가는 군밤 사이에서도 마른 뼈처럼 덜그럭거렸다. 굶주림은 기름을 넣은 듯 만 듯 껍질째 지져낸 감자 조각을 담은 얕은 그릇마다 잘게 썰려 들어 있었다.

굶주림은 그에 알맞은 곳은 어디든 머물렀다. 범죄와 악취로 가득한 좁고 구불거리는 길은 다른 좁고 구부러진 길로 갈라지고, 온통 누더기와 나이트캡을 쓴 사람들로 우글거리면서 누더기와 나이트캡 냄새를 풍기고, 모든 눈에 보이는 것들은 병들어 보이는 시무룩한 표정을 하고 있었다. 쫓기는 것 같은 사람들의 분위기에는 궁지에 몰린 야생 동물이 최후의 발악을 할 가능성 같은 것도 아직은 남아 있었다. 우울하게 움츠리고 있었지만 그들 사이에는 불타는 눈이 없는 것은 아니었다. 무엇인가를 억누르느라 하얗게 질린, 꽉 다문 입술도 없지 않았다. 그들이 견딜 것이라고, 또는 가할 것이라고 생각하는 교수대의 밧줄과 비슷하게 찌푸려진 이마도 없지 않았다. 가게 간판들은 (가게 수만큼이나 많았는데) 모두 빈곤을 음울하게 드러내 보여주고 있었다. 정육점 주인과 돼지고기 파는 사람은 아주 말라빠진 고기만을 그려놓았다. 빵 가게 주인은 볼품없고 거친 빵을 그려놓았다. 포도주 상점에서 술을 마시는 모습으로 거칠게 그려진 사람들은 묽은 포도주와 맥주가 너무 양이 적다며 불평하면서 함께 얼굴이 달아오른 채로 은밀하게 이야기를 나누고 있었다. 도구와 무기 들 말고는 아무것도 풍요롭게 표현되지 않았다. 그러나 칼 장수의 칼과 도끼는 날카롭게 빛났고, 대장장이의 망치는 묵직했으며, 총 제조업자의 개머리판은 살기등등했다. 길에 위험스럽게 튀어나온 돌들은 사이사이에 진흙과 물이 고여 보행에는 적합지 않았지만, 그나마 갑자기 문간에서 끊어지곤 했다. 그것을 보완하려고 도랑이 길 한가운데 나 있었다. 도랑에 물이 흐르는 경우는 큰비가 왔을 때뿐인데, 그나마 갑자기 이상하게 흘러서 집으로 흘러들어오곤 했다. 길 건너 멀찍이 떨어진 곳에는 어설픈 가로등이 하나씩 밧줄과 도르래에 매달려 있었다. 밤이 되어 램프 켜는 사람이 램프를 내려 불을 붙이고 다시 그것을 올려놓으면, 머리 위에서 희미하게 병색을 한 심지들의 무리가 마치 바다에 나온 배와 선원 들이 태풍이라도 맞이한 것처럼 흔들렸다.

그 지역에 사는 앙상한 허수아비 같은 사람들이 하릴없이 굶주리며 램프 켜는 사람을 오랫동안 지켜본 결과, 그의 방법을 개선하여 그 밧줄과 도르래로 사람을 매달아올려 그들의 암울한 조건을 밝혀줄 그런 때가 올 것이었기에.[17] 그러나 그때는 아직 오지 않았다. 프랑스에 부는 바람마다 부질없이 앙상한 사람들의 누더기를 뒤흔들었지만 노래와 깃털에 정신이 팔린 새들은 경계심을 느끼지

---

17 혁명 때 군중이 가로등을 교수대로 활용한 것을 빗대어 말함.

못했다.

포도주 상점은 길모퉁이의 가게였고, 다른 가게들보다 외양이나 수준이 좀 나았다. 포도주 상점의 주인은 노란색 조끼와 녹색 바지를 입고 상점 밖에 서서 쏟아진 포도주를 둘러싼 다툼을 지켜보고 있었다. "이건 내 문제가 아냐." 그는 마침내 어깨를 들썩하며 말했다. "시장 사람들이 저렇게 한 거야. 한 통 더 가져오라고 해야겠어."

그때 그는 키 큰 남자가 자신의 농담을 벽에 쓰는 것을 보게 되었다. 그는 길 건너에서 그를 불렀다.

"어이, 가스빠르, 거기서 뭐 하나?"

그 남자는 그런 부류의 사람들이 종종 그러하듯 의미심장하게 자기가 쓴 농담을 가리켰다. 또 그런 부류의 사람들이 종종 그러하듯 가리키는 것이 완전히 빗나갔다.

"뭐야? 정신병원에라도 들어가려고?" 포도주 상점 주인은 길을 건너서 그 농담을 지워버릴 목적으로 진흙을 한줌 집어들고는 그 농담 위에 덧발랐다. "왜 사람 다니는 길에다 낙서를 해? 말해봐, 저런 말을 쓸 데가 그렇게 없어?"

훈계를 하면서 그는 깨끗한 손을 (아마 우연하게도, 아마 아니게도) 익살꾼의 가슴에 올려놓았다. 익살꾼은 그 손을 자기 손으로 두드리고 날렵하게 폴짝 뛰어올랐다가 춤추는 것 같은 자세로 내려오면서 한쪽 신발을 휙 벗어 손에 쥐고 내밀었다. 그렇게 하니 그는 아주 굶주린 것은 말할 것도 없고 극도로 짓궂은 익살꾼처럼 보였다.

"도로 신어, 신어." 다른 쪽이 말했다. "포도주는 포도라고 하는 거야. 거기서 끝내." 이렇게 충고하면서 그는 흙 묻은 손을 그 익살꾼의 옷이라 할 만한 것에 일부러 문질렀다. 그 때문에 손을 더 럽혔으니. 그러고는 다시 길을 건너 포도주 상점으로 들어갔다.

이 포도주 상점 주인은 굵직한 목에 우람해 보이는 서른살가량의 남자였다. 그는 다혈질일 것 같았는데, 왜냐하면 쌀쌀한 날씨였음에도 불구하고 겉옷을 입지 않고 어깨에 걸치고 있었기 때문이다. 그는 셔츠 소매를 걷어올려 갈색 팔을 팔꿈치까지 드러내놓고 있었다. 머리에는 모자를 쓰지 않고 검고 곱슬곱슬한 짧은 머리카락을 그대로 드러내었다. 그는 온통 가무잡잡했고, 선량하게 생긴 두 눈에, 눈 사이는 불룩하고 서로 멀찍이 떨어져 있었다. 전체적으로 사람이 좋아 보이기는 했지만, 인정사정없게 보이기도 했다. 분명히 의지가 굳고 목표가 뚜렷한 사람이었다. 양쪽에 깊은 절벽이 있는 좁은 길을 달려내려오면서 마주치기에는 바람직하지 않은 사람이었다. 어떻게 해도 그를 되돌릴 수는 없을 테니까 말이다.

그가 상점으로 들어갔을 때 그의 아내 드파르주 부인은 상점 카운터 뒤에 앉아 있었다. 드파르주 부인은 그와 비슷한 나이의 건장한 여성으로, 무엇을 보는지 알 수 없는 날카로운 눈에, 커다란 반지를 낀 손, 무표정한 얼굴, 억센 이목구비, 침착한 태도를 지녔다. 드파르주 부인에게는 그녀가 주관하는 어떠한 계산에서도 자신에 대해 실수를 자주 하지는 않을 것이라고 예측할 수 있게 만드는 어떤 특성이 있었다. 드파르주 부인은 추위에 민감해서 모피로 몸을 감싸고 있었고, 머리에는 커다란 밝은 색 숄을 둘둘 둘렀다. 커다란 귀걸이는 가리지 않고 드러냈다. 그녀 앞에는 뜨개질거리가 놓여 있었지만, 그녀는 그것을 내려놓고 이쑤시개로 이를 쑤시고 있었다. 오른쪽 팔꿈치를 왼손으로 받치고 이렇게 이를 쑤시던 중이라, 드파르주 부인은 남편이 들어올 때 아무런 말도 하지 않고 그냥 기침만 한번 했다. 이것은 그녀의 이쑤시개 위쪽에 길게 가로로 그어진 검은 눈썹을 추켜올리는 동작과 결합하여 남편에게, 그가 길 건너편으로 갔을 때 새로 들어온 손님이 없는지 손님들 사이를 한번 둘러보는 것이 좋겠다고 제안했다.

포도주 상점 주인은 이에 따라 눈을 굴리다가 마침내 구석에 앉아 있던 나이 지긋한 신사와 젊은 여성에게 눈길을 멈추었다. 다른 사람들도 거기 있었다. 두사람은 카드놀이를, 두사람은 도미노를 하고 있었고, 세사람은 카운터 옆에 서서 얼마 안되는 포도주에 물을 타고 있었다. 카운터 뒤로 지나가면서 그는 나이 지긋한 신사가 눈짓으로 젊은 여성에게 '이 사람이 그 사람이다'라고 말하는 것을 알아차렸다.

"도대체 이 난장판에서 당신들은 거기서 뭐 하는 거지?" 드파르주 씨는 중얼거렸다. "난 당신들을 모르겠는데."

그러고는 그는 낯선 두사람을 모르는 척하고 카운터에서 술을 마시고 있던 삼인조와 대화를 시작했다.

"어떻게 지내, 자끄?" 삼인조 가운데 한사람이 드파르주 씨에게 말했다. "엎질러진 포도주는 다 마셨나?"

"한방울도 안 남기고 다 마셨지, 자끄.[18]" 드파르주 씨가 대답했다.

이들이 서로 이름을 바꿔 부르자 이쑤시개로 이를 쑤시던 드파르주 부인은 다시 한번 크게 기침을 하고는 주름이 하나 더 생길 정도로 눈썹을 추켜올렸다.

삼인조 가운데 두번째 사람이 드파르주 씨에게 말했다. "이 불쌍

---

18 이들에게 모두 '자끄'라는 가명을 붙인 것은 1357~58년 북부 프랑스의 농민반란 때 봉기한 농노들을 '자끄의 무리'(Jaquerie)라 부른 것을 염두에 둔 것임. 마네뜨 박사의 출생지인 보베는 그 농민반란의 중심지였음.

한 짐승들 대부분은 포도주 맛도 모르지, 검은 빵하고 죽음의 맛밖에 모를걸. 그렇지 않나, 자끄?"

"그렇지, 자끄." 드파르주 씨가 대답했다.

이렇게 두번째로 이름을 바꿔 부르자 드파르주 부인은 여전히 매우 차분하게 이쑤시개를 사용하면서 다시 커다랗게 기침을 하고 주름이 하나 더 생길 정도로 눈썹을 추켜올렸다.

세사람 중 마지막 사람이 빈 술잔을 내려놓고 입을 다시며 말했다.

"아! 그게 더 나쁘지! 저 불쌍한 가축들은 늘 입에서 쓴맛밖에 모르고, 힘들게 살잖아, 자끄! 내 말이 맞지, 자끄?"

"맞아, 자끄." 드파르주 씨가 대답했다.

이렇게 셋이서 이름을 바꿔 부르는 일은 드파르주 부인이 이쑤시개를 치우고 눈썹을 추켜올린 채로 자기 자리에서 약간 부스럭거리자 끝났다.

"이제 그만해! 정말로!" 남편이 중얼거렸다. "자네들—내 마누라 말이야!"

세 손님들은 모자를 살짝 벗고 보란 듯이 흔들어 드파르주 부인에게 인사를 했다. 그녀는 그들의 경의에 머리를 숙여 답하며 흘끗 보았다. 그러고는 그녀는 아무렇지도 않다는 듯 포도주 상점을 둘러보더니 겉보기에 아주 차분하게, 마음이 안정된 상태로 뜨개질거리를 집어들고 뜨개질에 몰두했다.

"이보게," 반짝거리는 눈으로 아내를 유심히 보던 남편이 말했다. "이만 가게. 내가 나가 있을 때 자네들이 보고 싶어서 물어본 독신자용으로 꾸며놓은 방은 오층에 있네. 나가면 왼쪽에 있는 작은 마당이 층계 입구와 통하네. 이제 생각났는데 자네 중 한사람은 이미 거기 가보았으니 길을 안내할 수 있겠군. 잘 가게!"

그들은 포도줏값을 내고 떠났다. 드파르주 씨의 눈이 뜨개질하는 아내를 유심히 보고 있을 때, 나이 지긋한 신사가 구석에서 나와 잠깐 이야기를 하자고 청했다.

"그러죠, 손님." 드파르주 씨가 말하며 조용히 그와 함께 문 쪽으로 걸어나왔다.

그들의 대화는 매우 짧았지만 확실했다. 거의 첫마디가 떨어지자마자 드파르주 씨는 깜짝 놀라며 주의를 집중했다. 그가 고개를 끄덕이고 나간 것은 일분도 채 되지 않아서였다. 그러자 신사는 젊은 여자를 손짓해 불렀고 그들도 함께 나갔다. 드파르주 부인은 날렵한 손놀림과 차분한 눈썹으로 뜨개질을 하느라 아무것도 보지 못했다.

이렇게 포도주 상점에서 나온 자비스 로리 씨와 마네뜨 양은 조금 전에 친구들을 배웅했던 바로 그 입구에서 드파르주 씨와 합류했다. 그 문은 퀴퀴하고 작고 검은 마당으로 열리게 되어 있었고, 수많은 사람이 살고 있는 엄청나게 늘어선 집들로 가는 공식적인 입구였다. 타일이 깔린 컴컴한 층계로 가는, 타일이 깔린 컴컴한 입구에서, 드파르주 씨는 그가 예전에 모시던 주인의 딸에게 한쪽 무릎을 꿇고 그녀의 손을 입술에 갖다댔다. 그것은 점잖은 행동이었지만 전혀 점잖게 이루어지지는 않았다. 잠깐 사이에 그는 아주 눈에 띄게 변화했다. 그의 얼굴에는 이제 사람 좋은 표정이나 개방적인 특징이 남지 않았고, 그는 비밀스럽고, 화가 나고, 위험한 인물이 되어 있었다.

"층계가 아주 높고, 약간 힘들어요. 처음엔 천천히 가시는 게 좋습니다." 그들이 층계를 오르기 시작하면서 드파르주 씨는 로리 씨에게 무뚝뚝한 목소리로 말했다.

"혼자 있나요?" 로리 씨가 속삭였다.

"혼자라! 맙소사, 누가 그분과 함께 있겠어요!" 아까와 마찬가지로 낮은 목소리로 드파르주 씨가 말했다.

"그럼 항상 혼자 있단 말입니까?"

"네."

"그렇게 원하던가요?"

"그럴 수밖에 없어서죠. 그들이 저를 찾아내서 저더러 그분을 데려가겠느냐고, 위험을 감수하고 신중하게 생각하라고 하고 나서 그분을 처음 만났을 때 그랬고, 그때 그런 것처럼 지금도 그렇죠."

"많이 변했습니까?"

"변했느냐고요!"

포도주 상점 주인은 손으로 벽을 치고는 엄청난 욕설을 내뱉었다. 어떤 직접적인 답변이라도 그 절반만큼도 강력하지 못했을 것이다. 로리 씨와 두명의 동반자가 점점 높이 올라갈수록 그의 기분은 점점 무거워졌다.

빠리에서 오래되고 복잡한 지역에 있는 이런 층계와 그 부속은 지금도 아주 나쁠 것이다. 그러나 그 당시 그것은 익숙하지 않고 무뎌지지 않은 감각에는 정말로 참을 수 없을 지경이었다. 거대하고 더러운 둥지 같은 높은 건물 하나에 살고 있는 모든 숙소, 즉 공용 층계로 열리는 문 안에 있는 방, 혹은 방들은 제각기 층계참에 쓰레기 더미를 쌓아놓고 있었을 뿐만 아니라, 다른 쓰레기들을 창문으로 던지고 있었다. 이렇게 생겨난 통제할 수 없고 절망적인 부패의 덩어리는 가난과 궁핍이 무형의 더러움을 굳이 더하지 않더라도 공기를 오염시킬 만했다. 이 두가지 나쁜 원천이 결합되니 거의 참을 수 없을 지경이었다. 이런 공기 속, 먼지와 독성이 가득한 가파르고 어두운 통로에 길이 놓여 있었다. 마음이 심란하기도 하고 같이 가는 젊은 동행인의 흥분도 매 순간 커져서, 자비스 로리 씨는 두번이나 멈춰서 쉬었다. 멈추어선 곳은 두번 모두 우울하게 생긴 쇠창살 옆이었는데, 그 창살을 통해서 아직 오염되지 않고 남아 있는 희미한 좋은 공기마저 빠져나가고 모든 더럽고 오염된 수증기가 기어들어오는 듯했다. 녹슨 쇠창살 사이로 뒤죽박죽인 이웃의, 모습이라기보다는 맛이 느껴졌다. 거대한 노트르담의 두 탑 꼭대기보다 가깝거나 낮은 곳에서는 그 범위 안 어떤 것도 건강한 삶이나 건전한 열망의 기미를 보이지 않았다.

마침내 층계 꼭대기에 이르러 그들은 세번째로 멈춰섰다. 그러나 다락방까지 올라가려면 아직 더 위로 올라가야 할, 더 가파르고 더 좁은 층계가 하나 더 있었다. 늘 조금 앞서 올라가던, 그리고 젊은 여성이 질문이라도 할까봐 두려워하는 듯 로리 씨가 가는 쪽으로 올라가던 포도주 상점 주인은 여기서 몸을 돌려 어깨에 걸치고 온 겉옷 주머니를 조심스럽게 뒤져 열쇠를 하나 꺼냈다.

"문이 잠겨 있는 겁니까?" 로리 씨가 놀라서 물었다.

"아, 네." 드파르주 씨가 딱 잘라 답했다.

"그 불쌍한 분을 이렇게 가둬놓을 필요가 있다고 생각해요?"

"열쇠로 잠글 필요는 있다고 생각합니다." 드파르주 씨는 귀에 바싹 대고 속삭이며 심각하게 눈살을 찌푸렸다.

"왜요?"

"왜라뇨! 너무 오랫동안 갇혀 계셔서 문을 열어놓으면 무섭다면서—난리를 피우고—자해를 하고—죽겠다고 하고—무슨 짓을 할지 몰라요."

"그럴 수가!" 로리 씨가 외쳤다.

"그럴 수가요!" 드파르주가 씁쓸하게 되풀이했다. "네, 우리가 참 아름다운 세상에 사는 거죠. 저 하늘 아래 매일매일, 이런 일도 가능하고, 또 다른 그런 일도 가능하고, 가능할 뿐만 아니라 이루어지고, 보세요, 진짜로! 악마여, 만수무강하기를. 갑시다."

이 대화는 매우 낮게 속삭이면서 이루어졌기 때문에 아가씨 귀에는 한마디도 들어가지 않았다. 그러나 그때쯤에는 그녀도 역시 강렬한 감정으로 부들부들 떨고 있었고, 그녀의 얼굴에는 깊은 불안이 서리고, 무엇보다도 두려움과 공포가 서려, 로리 씨는 자기가 뭔가 한두마디 격려의 말을 해야겠다고 느꼈다.

"용기를 내요, 아가씨! 용기를! 일일 뿐입니다! 최악의 순간은 금방 지나갈 거예요. 그냥 방문을 통과하기만 하면 최악의 순간은 지나가요. 그러면 아가씨가 그분께 가져온 모든 좋은 것들, 그분께 가져온 모든 위안과 모든 행복이 시작되는 거죠. 여기 있는 우리 친구도 옆에서 도와줄 겁니다. 좋아요, 친구 드파르주. 자, 갑시다. 일입니다, 일!"

그들은 천천히 차분하게 올라갔다. 층계는 짧았고 그들은 곧 꼭대기에 이르렀다. 거기서 급히 모퉁이를 돌고 나니 갑자기 그들 앞에 세사람이 나타났고, 그들은 문 옆에 모여 머리를 기울이고는 벽에 난 틈새 혹은 구멍을 통해서 그 문이 달린 방 안을 열심히 들여다보고 있었다. 발소리가 다가오는 것을 듣고 이 세사람은 돌아서서 몸을 일으켰는데, 다름 아닌 포도주 상점에서 술을 마시고 있던, 한 이름으로 불리던 세 사나이였다.

"여러분이 와서 이 사람들을 잊고 있었네요." 드파르주 씨가 설명했다. "자네들, 잠깐 비켜줘. 여기서 볼일이 있어."

세사람은 물러나서 조용히 내려갔다.

그 층에 다른 문은 없는 것 같았고, 포도주 상점 주인이 그들이 물러난 바로 그 문으로 바로 다가가자, 로리 씨는 약간 화가 나서 속삭이듯 물었다.

"마네뜨 씨를 구경시키는 거요?"

"당신이 보았다시피 선택된 몇몇에게만 보여주죠."

"그래도 괜찮습니까?"

"괜찮은 것 같아요."

"그 몇몇이 누구요? 어떻게 선택하는데요?"

"진짜 사나이들이고, 내 이름을 가진―제 이름이 자끄거든요―사람이고, 이걸 보는 게 도움이 되는 자들을 고르는 거죠. 됐어요. 당신은 영국인이죠. 그럼 얘기가 달라지니까. 잠깐만 기다리십쇼."

그들에게 뒤로 물러서라고 권하는 몸짓을 하고 그는 몸을 굽혀 벽에 난 틈으로 들여다보았다. 그는 곧 머리를 들어올리고 문을 두세번 두들겼는데, 분명 소리를 내는 것 외에는 다른 목적이 없었다. 같은 의도로, 그는 열쇠를 서너번씩 문에 긁고 나서 더듬거리며 자물쇠에 열쇠를 꽂아 할 수 있는 한 최대로 천천히 그것을 돌렸다.

그의 손에 문이 안쪽으로 천천히 열렸다. 그가 방 안을 들여다보고 뭔가 말했다. 희미한 목소리가 뭔가 대답했다. 서로 한 음절 이상은 말하지 않은 것 같았다.

그는 뒤를 돌아보고 그들에게 들어오라고 손짓했다. 로리 씨는 딸의 허리에 팔을 단단히 두르고 그녀를 붙잡았다. 그녀가 거의 기절할 지경이기 때문이었다.

"자아, 일입니다, 일!" 그는 딱히 직업적인 것은 아닌 물기가 뺨에 빛나는 채로 말했다. "들어갑시다, 들어가요!"

"무서워요." 그녀는 벌벌 떨면서 대답했다.

"이게? 뭐가요?"

"그분 말예요. 저희 아버지요."

그녀의 상태와 그를 부르는 안내인 때문에 다급해진 태도로, 그는 그의 어깨 위에서 떨고 있던 팔을 목에 둘러 그녀를 약간 추켜올리고는 서둘러 그녀를 데리고 방 안으로 들어갔다. 그는 방 안으로 들어오자마자 그녀를 앉히고, 자기에게 매달린 그녀를 안고 있었다.

드파르주는 열쇠를 꺼내어 문을 닫고 안쪽에서 문을 잠그고 다시 열쇠를 빼내어 손에 들었다. 이 모든 것을 그는 차분하게 하면서도 가능한 한 크고 거친 소리를 내면서 했다. 마침내 그는 창문이 있는 곳으로 뚜벅뚜벅 걸어갔다. 그는 거기 멈춰서서 뒤를 돌아보았다.

장작 같은 것을 보관해두려고 지어놓은 다락방은 침침하고 어두웠다. 지붕창 모양의 돌출 창문은 실은 지붕으로 통하는 문이었고, 그 위에 달린 기중기는 길에서 짐을 끌어올리기 위한 것이었으며, 창문은 다른 프랑스 건축물의 문처럼 유리를 끼우지 않고 양쪽으로 여닫게 되어 있었다. 추위를 막기 위해 창문의 반은 꼭 닫혀 있었고, 다른 쪽은 약간 열려 있었다. 이렇게 해서 빛이 얼마 들어오지 않는 상태였으므로, 처음에 들어가서는 무엇을 보기가 어려웠다. 어떤 사람이라도 이런 상태에 오래 익숙해져야만 어둠속에서 섬세함을 요하는 어떤 일을 할 능력을 얻을 수 있을 것이었다. 그러나 그런 종류의 일이 다락방에서 이루어지고 있었다. 문을 향해 등을 돌리고 포도주 상점 주인이 서서 자기를 바라보는 그 창문

쪽을 향한 채, 백발노인이 나지막한 긴 의자에 앉아 몸을 숙이고
아주 분주하게 구두를 만들고 있었다.

6장
구두를 만드는 사람

"안녕하십니까!" 고개를 숙이고 열심히 구두를 만들고 있는 백발노인을 내려다보며 드파르주 씨가 말했다.

노인은 머리를 잠깐 들었고, 마치 멀리서 들리는 것처럼 아주 작은 목소리가 그 인사에 반응했다.

"안녕하시오!"

"여전히 열심히 일하시네요, 네?"

한참 말이 없다가 그는 다시 고개를 들고 같은 목소리로 대답했다. "네…… 일하는 중입니다." 이번에는 얼굴을 숙이기 전에 퀭한 두 눈이 질문한 사람을 쳐다보았다.

목소리가 너무 작아서 딱하고 끔찍할 지경이었다. 물론 감금되고 고생을 해서 그렇기도 하겠지만, 그건 육체적으로 허약해서 작아진 목소리가 아니었다. 목소리가 구슬프고 기이하게 들리는 것은 혼자서 오랫동안 사용하지 않아서 작아진 탓이었다. 그것은 아주 오래전에 만들어진 소리의 희미한 마지막 메아리 같았다. 그 목소리에는 인간의 목소리가 가지는 생기나 울림이라곤 없었기에 마치 한때는 아름다웠던 색깔이 빈약하고 희미한 얼룩으로 흐려져버린 것 같은 느낌을 주었다. 그 목소리는 너무나 가라앉았고 억눌려 있어서 마치 땅속에서 들려오는 목소리 같았다. 그렇게 그 목소리는 절망적으로 길 잃은 자의 상태를 표현해주고 있었기에, 황야에서 혼자 방황하다가 지쳐 굶주린 나그네도 그런 목소리를 들으면 누워서 죽기 전에 집과 친구들을 기억해낼 것만 같았다.

조용히 작업을 하는 가운데 몇분이 흘렀다. 퀭한 두 눈이 다시 올려다보았다. 흥미나 호기심의 시선이 아닌, 멍하니 기계적으로 보는 시선이었다. 조금 전에 그 눈이 유일하게 의식한 방문객이 서 있던 자리는 아직 비어 있지 않았다.

"저는," 드파르주는 구두를 만드는 노인에게서 눈길을 떼지 않고 말했다. "여기에 빛이 좀더 들어왔으면 좋겠어요. 그래도 괜찮으시겠어요?"

구두를 만드는 노인은 하던 일을 멈추고 이야기를 들으며 한쪽 마룻바닥을, 그리고 다른 쪽 바닥을 멍하니 내려다보다가 말하는 사람을 올려다보았다.

"뭐라고?"

"빛이 조금 더 들어와도 괜찮으시냐고요."

"빛을 더 들어오게 한다면, 난 참아야지." (마지막 단어에 아주 약하게 강세를 두었다.)

반쯤 열린 문이 조금 더 열렸고 잠시 그 상태로 고정되었다. 햇살의 넓은 띠가 다락방으로 쏟아져들어와 잠시 일을 멈추고 만들다 만 구두를 무릎에 올려놓은 그 장인을 비춰주었다. 몇 안되는 연장들과 가죽 조각들이 발치와 긴 의자 위에 널려 있었다. 그의 흰 턱수염은 별로 길지 않은 상태로 들쭉날쭉 잘려 있었고, 얼굴은 쾡하고 눈은 굉장히 빛나고 있었다. 얼굴이 여위고 쾡해서 짙은 눈썹과 과거에는 희지 않았겠지만 지금은 희게 세어 흐트러진 머리 아래 두 눈이 유난히 더 커 보이는지도 몰랐다. 그러나 그의 두 눈은 원래 크긴 했어도 유난히 크게 보이기도 했다. 누더기 같은 노란 셔츠는 목 부근에서 풀어헤쳤고, 그 사이로 보이는 그의 몸은 여위고 쇠약해져 있었다. 그와 그의 낡은 캔버스 앞치마, 헐렁한 양말, 너덜너덜한 옷가지 전부가 직사광선과 공기로부터 오랫동안 단절된 상태에서 하나같이 모두 양피지 같은 누런색으로 바래어버렸던지라 어느 것이 어느 것인지 거의 구분할 수 없을 지경이었다.

그는 손을 눈앞으로 들어 햇빛을 가렸고, 손의 뼈들이 투명하게 보였다. 그렇게 그는 멍한 시선으로 앉아서 하던 일을 멈추고 있었다. 그는 눈앞의 모습을 보기 전에 반드시 한쪽 바닥을 보고 또 다른 쪽 바닥을 보았는데, 마치 장소를 소리와 연관시키는 습관을 잃어버린 것처럼 보였다. 그는 말하기 전에 꼭 이런 식으로 헤맸고 그러다 말하는 것을 잊어버리곤 했다.

"오늘 그 구두를 완성하실 건가요?" 드파르주는 로리 씨에게 앞으로 오라고 손짓을 하면서 물었다.

"뭐라고?"

"오늘 그 구두를 다 완성하시려고 하느냐고요."

"그러려고 한다곤 할 수 없소. 그럴 것 같아요. 모르겠소."

그러나 그 질문이 그에게 하던 일을 떠올리게 해주었고, 그래서 그는 다시 고개를 숙였다.

로리 씨는 그의 딸을 문간에 남겨두고 조용히 앞으로 다가왔다.

그가 잠시 드파르주 곁에 서 있자, 구두 만드는 사람이 올려다보았다. 그는 다른 사람을 보고도 놀라는 표정을 보이지 않았지만, 그를 쳐다보며 한쪽 손의 손가락을 떨면서 입술 근처로 움직였다가, (그의 입술과 손톱은 모두 창백한 납빛이었다) 다시 일거리를 붙잡고 일을 시작했다. 그 시선과 동작은 순식간에 이루어졌다.

"저기, 손님이 오셨어요." 드파르주 씨가 말했다.

"뭐라고?"

"손님이 오셨다고요."

구두 만드는 노인은 아까처럼 올려다보았지만, 손은 여전히 일을 하고 있었다.

"자!" 드파르주가 말했다. "여기 잘 만든 구두를 척 보면 알아볼 수 있는 신사분이세요. 만들고 있는 구두 좀 보여주시죠. 받으세요, 선생님."

로리 씨는 구두 한짝을 받아들었다.

"이게 어떤 구두이고 만든 사람 이름은 뭔지 손님에게 알려주세요."

평소보다 더 긴 침묵이 이어진 후 구두 만드는 노인이 대답했다.

"뭘 물어봤는지 잊어버렸소. 뭐라고?"

"그러니까, 이분께 이 신발이 무슨 종류인지 말씀해주실 수 없느냐고요."

"이건 숙녀화요. 젊은 여성들이 신는 보행용 구두죠. 최신식이에요. 유행이 뭔지 본 적은 없지만. 내 손안에 신발 본이 다 있죠." 그는 약간 자부심을 느끼는 것 같은 표정으로 구두를 바라보았다.

"그리고 만든 분의 이름은?" 드파르주가 말했다.

만들던 구두를 넘겨주었으므로 그는 오른손의 마디를 왼손 바닥에 올려놓았다가, 다시 왼손의 마디를 오른손 바닥에 올려놓았다가, 한 손으로 턱수염을 어루만지다가, 그렇게 한순간도 쉬지 않고 손동작을 바꾸었다. 그가 말을 할 때 늘 보이는 그 정신 나간 상태에서 그를 일깨우는 일은 마치 매우 쇠약한 사람을 기절한 상태에서 깨어나게 하거나, 뭔가 새로운 사실을 알게 되리라는 희망으로 급속하게 죽어가는 사람을 붙들려고 애쓰는 것과 같았다.

"내 이름을 물어본 거요?"

"물론 그렇습니다."

"북쪽 탑, 105."

"그게 다입니까?"

"북쪽 탑, 105."

한숨도 신음도 아닌 노곤한 음성으로 대답하고는, 그는 다시 침묵이 깨어질 때까지 고개를 숙여 일했다.

"원래 구두 만드는 분이 아니죠?" 로리 씨가 그를 뚫어지게 쳐다보며 말했다.

그의 퀭한 눈은 마치 그 질문을 드파르주에게 전한 것처럼 드파르주에게로 돌아갔다. 그러나 드파르주가 도와주지 않자 그는 다시 바닥을 내려다보고 나서 질문한 사람을 쳐다보았다.

"내가 원래 구두 만드는 사람이 아니냐고요? 아니요, 원래 구두 만드는 사람은 아니오. 나—난 여기서 배웠어요. 혼자서 익혔죠. 허락을 받아서……"

그는 내내 손을 규칙적으로 움직이면서 말을 멈추어버렸다. 마침내 그의 눈이 회피하던 그 얼굴로 천천히 다시 돌아왔다. 그 눈이 얼굴에 머무르자 그는 움찔 놀라더니 잠을 자다 그 순간 깨어나 어젯밤의 화제로 되돌아가는 사람처럼 말을 이었다.

"허락을 받아서 독학을 한 거요. 한참 만에 힘들게 허락을 받았고, 그후로 구두를 만들고 있어요."

그가 손을 내밀어 아까 가져간 구두를 달라고 하자, 로리 씨는 여전히 빤히 쳐다보며 말했다.

"마네뜨 씨, 절 전혀 기억 못하시겠습니까?"

구두가 바닥에 떨어졌고, 그는 질문한 사람을 뚫어지게 쳐다보았다.

"마네뜨 씨," 로리 씨는 자기 손을 드파르주의 팔에 얹고 말했다. "이 사람도 전혀 기억 못하시겠어요? 이 사람을 보세요. 저를 보세요. 옛날 은행원, 옛날 사업, 옛날 하인, 옛날 일이 떠오르지 않으세요, 마네뜨 씨?"

오랜 세월의 포로가 로리 씨와 드파르주를 번갈아 뚫어지게 바라보며 앉아 있는 동안, 그의 이마 한가운데에 오랫동안 지워져 있던 골똘히 활동하는 지성의 흔적이 그에게 내려앉은 검은 안개를 뚫고 점점 그 모습을 드러냈다. 그러다 그 흔적들은 다시 구름이 끼고 흐릿해지더니 사라졌다. 그러나 분명 거기 있긴 했다. 그를 볼 수 있는 지점까지 벽을 따라 다가와서 이제 서서 그를 쳐다보고 있는 그녀의 아름답고 젊은 얼굴 위에도 똑같은 표정이 반복되었다. 그녀는 처음에는 그를 밀쳐내거나 보지 않으려는 정도는 아니더라도 두려운 동정심에 두 손을 쳐들었으나, 이제는 그에게로 손을 뻗어 열렬히 떨며 그 유령 같은 얼굴을 그녀의 따뜻하고 젊은 가슴에 끌어안고 사랑으로 그의 얼굴에 생명과 희망을 불어넣고 싶은 마음을 표현했다. 그녀의 아름답고 젊은 얼굴에도 똑같은 표정이 반복되어서 (조금 더 뚜렷하긴 했지만) 마치 움직이는 빛처럼 그 표정이 그에게서 그녀에게로 옮아간 것처럼 보였다.

그 대신 그의 얼굴에는 어둠이 드리웠다. 그는 두사람을 점점 더 무심하게 보더니, 다시 아까처럼 어두운 표정으로 멍하니 바닥을 내려다보고 주위를 두리번거렸다. 마침내 길고 깊게 한숨을 쉬더니 그는 구두를 집어들고 다시 일을 시작했다.

"저분을 알아보시겠어요?" 드파르주가 속삭이듯 물었다.

"예, 잠깐. 처음엔 아주 절망적인 줄 알았지만, 분명 한순간 제가 예전에 아주 잘 알던 그 얼굴을 보았어요. 쉿! 뒤로 물러섭시다. 쉿!"

그녀는 다락방의 벽에서 떨어져나와 그가 앉은 긴 의자에 가까이 서 있었다. 그가 몸을 굽혀 일하는 동안 손을 내밀어 그를 만질 수도 있는 사람을 의식하지 못한다는 건 뭔가 끔찍한 느낌이었다.

아무 말도, 아무 소리도 들리지 않았다. 그녀는 유령처럼 그의 옆에 서 있었고, 그는 몸을 굽혀 계속 일했다.

마침내 그가 손에 들고 있던 도구를 제화용 칼로 바꿀 기회가 왔다. 칼은 그녀가 서 있는 쪽과 반대편 옆에 놓여 있었다. 그는 칼을 집어들고 다시 몸을 굽혀 일하다가, 그녀의 드레스 자락을 보게 되었다. 그는 눈을 들어 그녀의 얼굴을 보았다. 옆에서 보고 있던 두 사람이 앞으로 나왔으나 그녀는 손을 들어 그들을 제지했다. 그녀에겐 그가 칼로 그녀를 찌르지 않을까 하는 두려움은 없었다. 그들은 그럴까봐 두려워했지만.

그는 겁먹은 표정으로 그녀를 쳐다보았다. 잠시 후 그의 입술이 무슨 말인가를 하기 시작했으나 아무런 소리도 나지 않았다. 조금씩 힘들게 가쁜 숨을 몰아쉬던 중 그가 이렇게 말하는 것이 들렸다.

"이게 뭐야?"

그녀는 눈물을 뚝뚝 흘리며 두 손을 입술에 갖다대고 그에게 키스를 보냈다. 그러고는 마치 그의 피폐해진 머리를 끌어안은 듯 두 손으로 가슴을 부여잡았다.

"당신은 간수 딸이 아니오?"

그녀는 한숨을 쉬었다. "아니에요."

"당신 누구요?"

아직 어떤 목소리의 어조가 나올지 확실할 수 없어 그녀는 그와 나란히 긴 의자에 앉았다. 그는 움찔했으나 그녀는 손을 그의 팔에 얹었다. 그녀가 그렇게 하자 이상한 전율이 그에게 흘렀고, 눈에 띌 정도로 그의 몸을 관통했다. 그는 그녀를 쳐다보며 칼을 가만히 내려놓았다.

길게 곱슬곱슬한 그녀의 금발은 날렵하게 옆으로 넘겨져서 목 뒤로 늘어뜨려져 있었다. 그는 조금씩 손을 내밀어 그 머리카락을 잡고 들여다보았다. 그렇게 하는 와중에 그는 다시 넋이 나갔고, 다시 깊은 한숨을 쉬면서 구두 만드는 일로 되돌아갔다.

그러나 오래 지속되지는 않았다. 그녀는 그의 팔을 놓고 손을 그의 어깨에 올려놓았다. 그게 진짜 거기 있는지 확인하려는 듯 두세 번 그 손을 의심스럽게 쳐다보더니 그는 일거리를 내려놓고 손으로 자기 목을 더듬어 접힌 누더기 조각이 달린 검게 변한 끈 한줄을 벗겨냈다. 그는 이 누더기 조각을 무릎에 놓고 조심스럽게 열었다. 그 안에는 아주 소량의 머리카락이 들어 있었다. 그가 옛날에 손가락으로 끊어낸 긴 금발 한두올이었다.

그는 그녀의 머리카락을 다시 손에 잡고 자세히 들여다보았다. "똑같아. 이럴 수가! 이게 언제 것인데! 어떻게!"

집중하는 표정이 그의 이마에 되돌아오면서 그는 그것이 그녀의 것이기도 함을 의식하는 듯이 보였다. 그는 그녀를 향해 돌아서

구름을 만드는 사람

서 그녀를 바라보았다.

"내가 소환되어 가던 날 밤, 그녀는 머리를 내 어깨에 기대고 있었어. 나는 가는 게 겁나지 않았지만 그녀는 두려워했지. 내가 북쪽 탑으로 호송되었을 때 그들이 내 어깨에서 이걸 발견했어. '그걸 내게 남겨주겠소? 그게 내 육신이 탈옥하는 데는 도움이 안 될 것이오, 정신적으로는 도움이 될 테지만.' 그게 내가 한 말이지. 아주 잘 기억나."

그는 실제로 이 말을 내놓기 전에 입술로 몇번이나 이 말을 했다. 그러나 일단 소리를 내서 말을 하게 되자, 비록 느리긴 했지만 단어들이 조리있게 떠올랐다.

"어떻게 이럴 수가?— 그게 당신이었소?"

그가 갑자기 무섭게 그녀를 돌아보자, 보고 있던 두사람은 다시 한번 움찔 놀랐다. 그러나 그녀는 그에게 붙들린 채 아주 차분하게 앉아서 낮은 목소리로 이렇게 말할 뿐이었다. "제발, 아저씨들, 가까이 오지 마세요. 말하지도 말고, 움직이지도 마세요!"

"저 봐!" 그가 외쳤다. "저건 누구 목소리지?"

그는 이렇게 외치며 그녀를 잡고 있던 손을 놓고 그의 흰머리를 미친 듯이 쥐어뜯었다. 구두 만드는 일을 제외하고 모든 것이 그에게서 사라졌듯이, 이것 역시 사라졌고, 그는 작은 꾸러미를 다시 접어 가슴에 단단히 넣어두려고 했다. 그러나 그는 여전히 그녀를 보면서 우울하게 머리를 흔들었다.

"아니, 아니, 아니야. 당신은 너무 젊고 너무 예뻐. 그럴 리가 없어. 죄수란 어떤 건지 봐요. 이건 그녀가 알던 그 손이 아니고, 이건 그녀가 알던 그 얼굴이 아니고, 이건 그녀가 들었던 그 목소리가 아니야. 아니, 아니야. 그녀는—그리고 그는—북쪽 탑에서 시간이 천천히 흐르기 전은——아주 오래전 일이야. 당신 이름이 뭐요, 천사 아가씨?"

그의 부드러워진 어조와 태도에 기뻐하며 그의 딸은 그의 앞에 무릎을 꿇고 간청하듯 두 손을 가슴에 얹었다.

"오, 선생님, 제 이름은, 제 어머니가 누구고, 제 아버지가 누구인지, 어떻게 제가 그분들의 힘든 역사를 몰랐는지는, 다음번에 알려드릴게요. 그렇지만 지금은 안돼요. 여기서 말씀드릴 수는 없어요. 지금 여기서 제가 말씀드릴 수 있는 건, 저를 만져주시고 저를 축복해달라는 거예요. 키스해주세요, 키스해주세요! 오, 선생님, 선생님!"

그의 차디찬 백발이 그녀의 빛나는 머리카락과 뒤엉켜, 마치 자유의 빛이 그에게로 비친 듯 그의 백발에 온기와 빛을 전했다.

"혹시 제 목소리에서——그럴지는 모르겠지만, 그러길 바랍니다——한때 당신 귀에 달콤한 음악처럼 들리던 목소리와 닮은 점이 들리거든, 마음껏 우세요, 울어보세요! 제 머리카락을 만지면서 당신이 젊고 자유의 몸일 때 당신 가슴에 기대던 사랑스러운 머리를 상기시키는 뭔가를 만진다면, 마음껏 우세요, 울어보세요! 혹시 제가 당신께 모든 도리와 제 충실한 봉사를 가지고 진심을 다할 우리 앞에 있는 집에 대해 암시할 때, 당신의 가엾은 마음이 시들어가는 동안 오래도록 버려진 집의 기억을 제가 되살린다면, 마음껏 우세요, 울어보세요!"

그녀는 그를 더 목 가까이 끌어안고 마치 어린애처럼 가슴에 안고 달랬다.

"혹시 제가 당신께 당신의 고통이 끝났다고, 당신을 고통에서 구하러 왔다고, 영국으로 가서 평화롭게 쉬자고 말할 때, 낭비되어버린 당신의 유용한 삶과 당신께 그렇게도 사악했던 우리 조국 프랑스가 생각난다면, 마음껏 우세요, 울어보세요! 그리고 혹시 제가 제 이름에 대해서, 살아 계신 아버지에 대해서, 돌아가신 어머니에 대해서 알려드렸을 때, 내 불쌍한 어머니의 사랑이 아버지의 고통을 제게 숨겼기 때문에, 제가 존경하는 아버지 앞에 무릎을 꿇어야 하고, 그분을 위해 종일 분투하고 잠 못 이루고 밤새도록 울지 않은 데 대해서 용서를 구해야 한다는 것을 알게 되면, 마음껏 우세요, 울어보세요! 어머니를 위해, 그리고 저를 위해 울어보세요! 친절하신 여러분, 세상에! 이분의 신성한 눈물이 제 얼굴에 느껴지고, 이분의 흐느낌이 제 가슴을 쳐요. 오, 보세요! 하느님, 세상에!"

그는 그녀의 팔에 쓰러져 그녀의 가슴에 얼굴을 묻었다. 정말 감동적인 장면이었지만, 그 이전에 지나간 엄청난 학대와 고통 또한 그렇게도 끔찍했기에, 바라보던 두사람은 얼굴을 가렸다.

다락방의 정적이 오래 지속되고 그의 들썩이는 가슴과 떨리는 몸이 모든 폭풍 뒤에 따라오기 마련인 고요처럼 가라앉자──이는 인간에게는 폭풍이 살려낸 생명이 마침내 고요해지는 휴식과 침묵의 상징이다──그들은 바닥에서 아버지와 딸을 일으키려고 앞으로 나섰다. 그는 마룻바닥으로 쓰러져 탈진한 채 정신을 잃고 누웠다. 그녀도 그와 함께 누워 그의 머리를 팔로 고였다. 그의 위로 늘어진 그녀의 머리가 햇빛으로부터 그를 가려주었다.

"만약 이분을 번거롭게 하지 않고," 그녀는 로리 씨가 몇번씩이나 코를 풀고는 그들을 향해 머리를 숙이자 손을 들고 말했다. "우리가 당장 빠리를 떠날 수만 있다면, 그렇게 이 문에서 바로 이분을 옮길 수만 있다면……"

"그렇지만, 생각해보세요. 이분이 여행을 할 수 있겠는지?" 로리 씨가 물었다.

"이분께 그렇게도 끔찍한 이 도시에 남아 있는 것보다는 나을 것 같은데요."

"맞습니다." 드파르주가 살펴보고 들어보려고 무릎을 꿇으며 말했다. "그게 낫죠. 마네뜨 씨는 어떤 이유로든 프랑스를 벗어나는 게 최선입니다. 자, 그럼 제가 마차와 말을 수소문할까요?"

"이건 일이니까," 로리 씨가 아주 재빨리 그 차분한 태도를 회복하고 말했다. "그리고 일을 해야 한다면, 제가 해야죠."

"그럼 제가 여기 좀 함께 있게 해주세요." 마네뜨 양이 힘주어 말했다. "얼마나 차분해지셨는지 보이시죠. 이제 이분을 저와 함께 남겨둬도 두려워할 필요가 없어요. 그럴 이유가 없지요? 만약 외부에서 방해를 받지 않게 하기 위해 문을 잠근대도, 여러분이 다시 돌아왔을 때는 여전히 여러분이 떠나셨을 때 상태로 계실 거라고 확신해요. 어쨌든 여러분이 돌아오실 때까지 제가 이분을 돌보겠어요. 그러고 나서 이분을 즉시 모시고 나가도록 하죠."

로리 씨와 드파르주는 둘 다 이 방법이 내키지 않았고, 그들 중 한사람은 남아 있는 게 좋지 않겠나 싶었다. 그러나 마차와 말도 구해야 하지만, 여행서류도 갖추어야 했고, 해도 저물어가는지라 시간도 촉박했으므로, 마침내 그들은 해야 할 일을 서둘러 분담하고 그 일을 하러 급히 나갔다.

어둠이 내리자 딸은 아버지 바로 옆의 딱딱한 바닥에 머리를 누이고 그를 살펴보았다. 어둠이 깊어지고 또 깊어지는 동안 그들은 조용히 누워 있었고, 마침내 벽의 틈새로 빛이 새어들어왔다.

로리 씨와 드파르주 씨는 여행 준비를 모두 마쳤고, 여행용 외투와 싸개, 빵과 고기, 포도주, 뜨거운 커피도 가져왔다. 드파르주 씨는 이 음식물과 그가 가져온 램프를 구두 만드는 노인의 긴 의자에 놓았고, (다락방에는 짚이 깔린 침대 말고는 아무것도 없었다) 그와 로리 씨는 죄수를 깨워서 일으켜세웠다.

겁먹은 듯 멍하게 놀란 그의 표정에서 그의 마음의 신비를 읽어낼 수 있는 사람은 아무도 없을 것이었다. 무슨 일이 있었는지 그가 아는지, 그들이 그에게 한 말을 그가 기억하는지, 그가 자유롭게 된 것을 아는지는 어떤 현자도 해결할 수 없는 질문이었다. 그들은 그에게 말을 하려고 했지만, 그는 너무 정신이 없었고 대답도 너무 느려서 그들은 그의 당혹스러움에 겁을 먹고 잠시 동안 그를 건드리지 말자고 합의했다. 그는 가끔 손으로 요란하게 박수를 치는 등 이전에는 보이지 않았던 거칠고 정신을 놓은 것 같은 태도를 보였다. 그러나 그는 딸의 목소리만 들려도 기쁜 기색을 보이며 그녀가 말할 때는 어김없이 그쪽으로 고개를 돌렸다.

강압적인 상황에서 오래도록 복종하는 데 익숙해진 사람의 양순한 태도로 그는 그들이 먹고 마시라고 준 것을 먹고 마셨으며, 그에게 입으라고 준 외투와 다른 옷가지들을 입었다. 그는 딸이 팔짱을 끼려고 하자 기꺼이 반응했고, 양손에 그녀의 손을 꼭 쥔 채로 놓지 않았다.

그들은 계단을 내려가기 시작했다. 드파르주 씨가 램프를 들고 앞장서고, 로리 씨가 짧은 행렬의 제일 뒤에 섰다. 그들이 긴 층계를 몇칸 내려가지 않아서 그는 발길을 멈추고 지붕과 벽을 둘러보았다.

"여기 기억하세요, 아버지? 여기 올라온 거 기억나세요?"

"뭐라고?"

그러나 그녀가 질문을 반복하기 전에, 그는 마치 그녀가 이미 반복한 것처럼 대답을 웅얼거렸다.

"기억하느냐고? 아니, 기억나지 않아. 아주 오래전인걸."

그가 감옥에서 이 집으로 옮겨진 기억이 전혀 없음이 분명해 보였다. 그는 그가 이렇게 중얼거리는 것을 들었다. "북쪽 탑, 105." 그가 주변을 둘러보는 건 분명 그를 오랫동안 가두고 있었던 튼튼한 요새의 벽을 찾는 것이었다. 그들이 마당에 도착하자, 그는 본능적으로 도개교가 앞에 있는 것처럼 발걸음을 바꾸었다. 도개교가 없고 길거리에 마차가 기다리는 것을 보자, 그는 딸의 손을 놓고 다시 머리를 손으로 움켜쥐었다.

문 근처에는 아무도 없었다. 이웃 창문에도 사람이 보이지 않았다. 거리에는 우연히 지나는 행인 한사람도 없었다. 부자연스러운 침묵과 정적만이 그곳을 지배하고 있었다. 딱 한사람만 눈에 띄었는데, 그건 문기둥에 기대어 뜨개질을 하면서 아무것도 보고 있지 않은 드파르주 부인이었다.

죄수가 마차에 올라탔고, 그의 딸이 뒤따랐다. 그때 로리 씨가 발을 계단에 걸치는 순간 그가 애처롭게 구두 만드는 도구와 만들다 만 구두를 요구했다. 드파르주 부인은 즉시 남편에게 자기가 그것들을 가져오겠노라고 하고는, 뜨개질을 하면서 마당을 가로질러 가로등 불빛 밖으로 사라졌다. 그녀는 재빨리 그것들을 가지고 내려와서 넘겨주었고, 그러고 난 후에는 즉시 문기둥에 기대어 뜨개질을 하면서 아무것도 보지 않았다.

드파르주는 마부석에 올라타고 "국경으로!"라고 말했다. 좌마左馬 기수가 채찍을 휘둘렀고 그들은 희미하게 흔들리는 가로등 아래 덜그럭덜그럭 달려갔다.

흔들리는 가로등 아래──좋은 길에서는 더 밝게 빛나고 나쁜 길에서는 더 침침해지는──불 켜진 상점들과 화려한 군중과 조명 장식을 단 커피하우스와 극장 문을 지나 시내 입구까지. 그곳 위병소에는 랜턴을 든 군인들. "여행자 여러분, 서류요!" "장교님, 여기 좀 보시죠." 드파르주 씨가 내려서 심각한 얼굴로 그를 저쪽으로 데리고 가며 말했다. "이건 안에 계신 백발 신사분의 서류입니다. 저분들이 제게 이분을 위탁해서 말인데⋯⋯" 그는 목소리를 낮추었고, 군인들의 랜턴이 술렁거리더니, 그 랜턴 중 하나가 제복을 입은 팔에 의해 마차로 다가왔다. 그 팔에 연결된 눈은 일상의 낮이나 밤과는 다른 눈빛으로 백발의 신사를 바라보았다. "좋습니다. 가십시오!" 제복의 사내가 말했다. "안녕히 가십시오!" 드파르주가 인사했다. 그러고는 점점 더 희미해지는 가로등의 숲을 잠깐 지나고, 거대한 별들의 숲 아래로 나아갔다.

움직이지 않은 영원한 빛의 아치 아래. 어떤 별들은 이 작은 지구와 너무 멀리 떨어져 있어서 학자들은 그 별빛이 아직 어떤 일이 일어나거나 경험되는 우주의 한 지점으로서 우리에게 아직 발견되지 않았을지도 모른다고 말한다. 밤의 그림자는 넓고 검었다. 새벽이 오기까지 그 모든 싸늘하고 불안한 시간 동안, 밤의 그림자들은 다시 한번, 매장되었다가 파내어진 사나이 건너편에 앉아서 어떤 미묘한 힘이 그에게서 사라진 것인지 어떤 것이 회복 가능한 것인지 생각하고 있는 자비스 로리 씨의 귀에 오래된 질문을 속삭였다.

"다시 살아나고 싶겠지요?"

그리고 오래된 대답.

"잘 모르겠소."

(제1권 끝)

제2권
황금 실

1장
오년 뒤

템플 바[19] 옆의 텔슨 은행은 심지어 1780년에도 구식 건물이었다. 매우 작고, 매우 어둡고, 매우 불쾌하고, 매우 옹색했다. 게다가 회사의 사원들이 그 협소함과 그 어둠과 그 불쾌함과 그 옹색함을 자랑스러워한다는 점에서, 도덕적인 태도에 있어서도 구식이었다. 그들은 심지어 그런 특성들이 두드러진다는 점을 자화자찬하기까지 했으며, 이보다 덜 혐오스럽다면 존경도 그만큼 덜 받을 것이라는 뚜렷한 신념을 열렬히 고수했다. 이는 수동적인 믿음이 아니라 그보다 조금 더 편리한 사업장에 대해서 휘두르는 적극적인 무기였다. 텔슨 은행에게는 (그들 말에 의하면) 여유공간이 필요없으며, 빛도 필요없고, 텔슨에게는 장식도 필요없다는 것이다. 녹스 사^社

---

19 런던의 씨티(City) 구역 플리트 가의 입구를 표시하던 아치형 건물. 작품에서 텔슨 은행은 템플 바의 바로 옆에 있고, 은행의 문서보관소는 템플 바 상층부에 있는 것으로 되어 있음.

에는 필요할지도 모른다. 스눅스 브라더스에는 필요할지도 모른다. 그러나 텔슨은, 아, 얼마나 다행이냐……!

텔슨의 사원 중 누구라도 아들이 텔슨을 개축해야 하지 않느냐고 묻는다면 그 아들과 의절할 것이었다. 이런 점에서 이 회사는 이 나라와 닮은 꼴이었다. 오랫동안 너무나 불쾌했지만 불쾌하기에 그만큼 더 존경받아온 법이나 관습을 개선하자고 제안하면 종종 그 아들과 의절했다는 점에서 말이다.

그래서 텔슨은 불편의 의기양양한 완벽체가 되었다. 입구에서 약간 삐걱거리는 소리가 나는, 독특하게 뻑뻑한 문을 벌컥 열고 들어가면 당신은 계단을 두개 내려가 텔슨으로 들어가게 된다. 정신이 들면 두개의 작은 카운터가 있는 누추한 작은 업장에 도착해 있다. 항상 플리트 가의 진흙으로 샤워를 한 것 같은 모양에다, 원래 달려 있던 쇠창살과 템플 바의 묵직한 그림자 때문에 더 침침해진 창문 옆에서 노인들이 당신 수표의 서명을 점검하는 동안 당신의 수표는 바람이라도 부는 듯 마구 흔들린다. 만약 당신이 업무상 '회사'의 담당자를 만나야 한다면 당신은 뒤쪽에 있는 일종의 수용소로 가게 되는데, 거기서 당신은 담당자가 호주머니에 손을 넣은 채 다가올 때까지 아직 다 살지 못한 삶에 대해 명상을 하게 되며, 그 침침한 상태에서 거의 눈을 깜빡일 수도 없다.

당신의 돈은 벌레 먹은 낡은 나무 서랍에서 나오거나 그 속으로 들어가고, 낡은 서랍이 열리고 닫힐 때마다 그 조각들이 당신 코로 날아들고 목구멍으로 들어간다. 당신의 지폐에서는 마치 빠르게 누더기로 분해되어가는 것 같은 퀴퀴한 냄새가 난다. 당신이 내놓은 판금板金은 바로 옆의 구정물 통에 넣어지고 사악한 교유 덕택에 하루 이틀만 지나면 그 좋은 광택을 망치고 만다. 당신이 서명한 증서들은 부엌과 식기실을 임시 개조해서 만든 금고실로 들어가 은행의 공기에 양피지의 온갖 기름기 냄새를 풍긴다. 가족의 서류들을 담은 가벼운 상자들은, 늘 커다란 식탁이 놓여 있지만 한번도 만찬은 열리지 않는 위층의 허울뿐인 방으로 들어간다. 심지어 1780년에도, 그곳에서는 당신의 옛 사랑이나 당신의 아이들이 당신에게 쓴 첫 편지들이 이제 창문을 통해 템플 바 위에 새겨진 아비시니아²⁰나 아샨티²¹에 맞먹을 정도로 비정하게 야만적이고 무시무시한 얼굴들의 따가운 눈길을 받게 되리라는 공포에서 막 벗어나 있다.

그러나 그 당시에는 죽이는 것이 모든 직군과 직업에 대유행하는 처방이었고, 텔슨의 경우에도 그러했다. 죽음은 만물에게 자연의 치유이니, 법률에 있어서도 왜 아니겠는가? 따라서 위폐범은 사형에 처해졌고, 위폐를 유통시킨 자도 사형에 처해졌다. 편지를 불법적으로 열어보는 자도 사형에 처해졌다. 40실링 6펜스를 훔친 자도 사형에 처해졌다. 텔슨 은행 입구에서 말을 데리고 도망한 자도 사형에 처해졌다. 가짜 실링 동전을 만든 자도 사형에 처해졌다. 온갖 종류의 범죄에서 사분의 삼 정도의 거짓말을 한 자들도 사형에 처해졌다. 그것이 범죄를 막는 데 최소한의 효과가 있어서가 아니라—사실은 정확히 그 반대라는 이야기를 해둘 필요가 있겠다—그것이 (이 세상에 관한 한) 개별적인 사례들의 불편함을 제거해버리고 그와 연관하여 계속 돌보아야 할 것을 아무것도 남기지 않기 때문이었다. 이렇듯 텔슨은 그 시절 동시대의 다른 더 큰 사업장과 마찬가지로 너무나 많은 이들의 목숨을 앗아갔기에, 그 아래

---

20 에티오피아의 옛 이름.
21 가나의 한 주.

잘린 머리들을 개인적으로 치우는 대신 템플 바에 진열해놓았다면 아마 의미심장하게도 일층에 그나마 들어오는 햇빛도 다 막아버렸을 것이었다.

텔슨의 온갖 침침한 벽장과 궤짝에 꽉 끼인 채로 가장 늙은 사내가 심각하게 일을 하고 있었다. 젊은이가 텔슨의 런던 지점으로 오면 그들은 그가 늙을 때까지 그를 어딘가에 숨겨놓았다. 그들은 그를 마치 치즈처럼 어두운 곳에 숨겨놓고 마침내 그가 풍부한 텔슨의 향기와 푸른곰팡이를 가지게 될 때까지 놓아두었다. 그렇게 되어서야 비로소 그는 사람들 눈앞에 나서서, 커다란 장부를 들여다보는 장관을 연출하거나, 그 기구 전체의 무게와 맞먹는 듯 묵직한 바지와 각반을 입고 다니곤 했다.

텔슨의 바깥에는 호출될 때가 아니면 절대로 건물 안에 들어서지 않는, 짐꾼과 전령을 겸하는 잡역부가 그 회사의 살아 있는 징표처럼 일하고 있었다. 그는 심부름을 다녀오는 경우를 제외하면 근무시간에는 결코 자리를 비우는 법이 없었다. 그가 자리를 비울 때는 그의 아들이 그 일을 대신했다. 아들은 아버지와 꼭 닮은 열두 살의 못생긴 개구쟁이 소년이었다. 사람들은 텔슨이 의젓하게 그 잡역부를 봐주고 있는 것이라고 생각했다. 회사는 늘 그런 능력의 사람들을 고용해왔고, 마침 시기와 운수가 이 사람을 그 자리로 밀고 온 거였다. 그의 성은 크런처이고, 젊은 시절에 런던 동쪽 하운즈디치 교구에서 대리인을 통하여 악마의 일과 결별을 선언하면서[22] 그는 제리라는 이름으로 불리게 되었다.

이 장면은 화이트프라이어스의 행잉소드앨리에 있는 크런처의

....
22 세례를 받는 일.

집이다. 시간은 서기 1780년 바람 부는 3월의 어느날 아침 7시 반. (크런처 씨 자신은 서기를 늘 '안나 도미노스'[23]라고 말하곤 했는데, 아마도 대중적인 게임을 어떤 여인이 발명하고 자기 이름을 거기다 붙인 데서 서력기원이 시작되었다고 생각한 것 같다.)

크런처의 집은 평판이 좋은 동네가 아니었고, 유리창이 하나 달린 창고를 한칸으로 치더라도 두칸밖에 안되었다. 그러나 집은 매우 깔끔하게 관리되어 있었다. 바람 부는 3월 아침의 이른 시간이었지만, 그가 침대에 누워 있는 방은 이미 깨끗이 닦여 있었다. 아침식사를 위해 차려놓은 컵과 받침접시 사이에, 그리고 덜그럭거리는 운반 테이블 사이에는 아주 깨끗한 흰 천이 깔려 있었다.

크런처는 마치 편안한 어릿광대처럼 조각보 이불 아래서 쉬고 있었다. 처음엔 아주 깊게 잠들어 있었으나, 점점 침대에서 뒹굴며 몸을 뒤척이기 시작했고, 마침내 그 삐죽삐죽한 머리가 시트를 갈기갈기 찢어 리본으로 만들 것 같은 모양으로 몸을 일으켰다. 그 시점에서, 그는 지독하게 화난 목소리로 외쳤다.

"에이 씨, 또 저 짓이야!"

단정하고 근면하게 생긴 한 여인이 구석에서 무릎을 꿇고 있다가, 그녀가 언급된 사람임을 보여주기에 충분한 신속함과 동요를 보이며 일어났다.

"뭐야!" 크런치 씨가 장화를 찾으러 침대 바깥을 내다보며 말했다. "당신 또 그 짓이야, 응?"

이렇게 두번째 아침인사를 한 후, 그는 세번째 인사로 그 여인에게 장화 한짝을 집어던졌다. 온통 진흙투성이 장화였다. 이는 크

---

23 A. D. 즉, '안노 도미니'(Anno Domini)를 잘못 알고 말한 것.

런처 씨 가계家計와 연관된 기묘한 상황을 소개해주는 것일지도 모르는데, 그가 은행 업무시간이 끝나고 집으로 돌아올 때는 종종 깨끗한 장화였지만, 다음날 아침 일어날 때는 바로 그 장화에 진흙이 잔뜩 묻어 있는 것이었다.

"뭐야," 장화가 빗나가자 부르는 말을 바꾸며 크런처 씨가 말했다. "당신 뭐 하는 거야, 이 푼수데기 여편네야?"

"기도하고 있었어요."

"기도하고 있었다고! 잘한다! 털썩 주저앉아서 날 저주하는 기도를 하는 건 뭐하자는 거야?"

"저주하지 않았어요, 당신을 위해 기도하고 있었어요."

"아니야, 그렇다면 그런 실례는 하지도 마. 봐라, 아들아! 네 엄마는 참 훌륭한 여자다. 아비가 잘되지 말라고 기도나 하고. 네 어머니는 참 착실하기도 하지, 아들아. 정말 독실한 어머니를 두었다, 얘야. 털썩 주저앉아 하나밖에 없는 자기 새끼 입에서 먹을거리를 빼앗아달라고 기도를 하는구나."

아들 크런처는 (아직 셔츠 바람이었는데) 기분이 상해서 어머니에게 돌아서서 기도하여 자기 먹을 것을 빼앗지 말라고 강력하게 반대했다.

"도대체 무슨 생각을 하는 거야, 이 건방진 년." 크런처 씨는 자기도 모르게 횡설수설 말했다. "당신 기도가 무슨 가치가 있어? 당신 기도의 가격이 얼마나 되나 말해봐!"

"마음에서 우러났을 뿐이에요, 제리. 그 이상의 가치는 없어요."

"그 이상의 가치는 없다고," 크런처 씨가 반복했다. "그럼 별 가치 없는 거네. 어쨌거나 다시는 나 때문에 기도하지 마, 알았지. 참을 수가 없어. 당신이 몰래 하는 짓 때문에 내가 불행해질 수는 없어. 만약 꼭 주저앉아야 한다면 당신 남편과 아이에게 도움이 되는 방향으로 주저앉아, 반대로 가지 말고. 나한테는 사악한 아내가 있고, 이 불쌍한 놈에게는 사악한 어미가 있을 뿐이었다면, 나는 지난주에 기도로 저주받고 역이용당하고 가장 재수없게 종교적으로 포위당하는 대신 돈을 좀 벌 수 있었을 거야, 젠장!" 크런처 씨는 옷을 입으면서 계속 말했다. "기도에 뭐에 이런저런 것 때문에 내가 지난주에 정말 불쌍하고 정직한 직업인이 만날 수 있는 가장 재수없는 경우를 당하지만 않았더라면! 제리, 옷 입어라, 애야. 내가 장화를 닦는 동안 네 어미를 지켜보고, 다시 꿇어앉는 기색이 있거들랑 나를 불러라. 왜냐하면 말이지," 여기서 그는 다시 아내에게 말했다. "이런 식으로 가지는 않을 거야. 난 지금 전세마차처럼 흔들흔들하고, 아편처럼 졸리고, 내 주름살은 팽팽하게 잡아당겨져서 아프지 않으면 그게 내 것인지 아닌지 구분할 수도 없을 지경이야. 그런데도 나는 그것 때문에 더 좋지가 않아. 당신이 밤낮으로 내가 이득을 보지 못하게 기도를 한다는 의심이 들어. 더는 못 참아. 푼수데기, 무슨 할 말이 있어!"

그러고는 덧붙여 "아, 그래! 당신은 독실하지. 당신은 당신 남편과 아이의 이익에 반하는 일은 하지 않을 거야, 그렇지? 그러면 안 되지!" 등등의 말을 중얼거리고는 그의 분노가 빙빙 돌아가는 맷돌에서 다른 비아냥대는 불꽃을 탁탁 튀겨 날리면서, 크런처 씨는 자기 장화를 닦고 출근 준비를 했다. 그러는 사이 머리카락이 조금 더 부드럽게 삐죽삐죽하고 젊은 두 눈이 가운데로 몰린 그의 아들은 아버지가 하던 대로 어머니를 감시했다. 그는 그가 자고 있던 창고 방에서 단장을 하다 말고 튀어나와 "어머니, 기도하려고 했죠? 여기요, 아버지!"라고 외치며, 이렇게 가짜 경보를 울리고는 못되게 씩 웃으며 방으로 튀어들어감으로써 이 불쌍한 여인을 엄청나게 괴롭혔다.

"야, 푼수데기! 당신 뭐 하는 거야? 또 그 짓 하는 거야?"

그의 아내는 단지 '축복을 구했을' 뿐이라고 말했다.

"하지 마!" 크런치 씨는 아내의 간청이 효력을 발하여 빵 덩어리가 사라지는 광경을 보겠을 듯이 주변을 둘러보았다. "이 집과 가정에 축복은 받지 않을 테니까. 내 식량도 식탁에서 축복받지 않을 거야. 가만히 있어!"

마치 밤새 화기애애하게 주거니 받거니 하는 것만 빼고는 뭐든 다 한 파티에 갔다 온 것처럼 눈이 빨갛고 험상궂은 표정의 제리 크런처는 아침을 먹는다기보다는 뒤적거리며 동물원의 네발 달린 짐승처럼 으르렁댔다. 9시가 되어가자 그는 주름진 얼굴을 펴고 그가 타고난 자신을 장식할 수 있는 한 가장 점잖고 사무적인 외양을 하고는 일을 하러 나갔다.

그가 스스로를 '정직한 직업인'이라고 즐겨 부름에도 불구하고 그것은 직업이라고 하기에도 뭣한 일이었다. 그의 장비는 등받이가 망가진 의자를 잘라 만든 나무 스툴뿐이었는데, 아들 제리가 자기 아버지 옆에서 그 의자를 매일 아침 운반하여 템플 바에서 가장 가까운 은행 창문 아래에 갖다놓았다. 지나가던 아무 마차에서나 짚 한줌을 얻어 잡역부의 발을 냉기와 습기로부터 보호하도록 해놓는 그곳이 그날의 진지陣地가 되었다. 그의 직업과 관련하여 크런처 씨는 플리트 가와 템플²⁴은 물론 템플 바에까지 잘 알려져 있었으며 거의 그곳들만큼이나 추해 보였다.

---

24 템플 바에서 템스 강 사이 일군의 건물들이 있는 지역.

텔슨으로 들어가는 원로들에게 삼각모자를 만지며 인사하기에 충분하도록 9시 십오분 전에 이렇게 진을 치고 있던 제리는 이 바람 부는 3월 아침에 아들 제리와 나란히 자리를 잡았고, 아들 제리는 템플 바 사이를 들쑤시고 다니거나 그러지 않으면 그의 흥겨운 목적에 맞춰 지나가던 어린 소년들에게 삽시간에 신체적, 정신적 상해를 입혔다. 서로 꼭 닮은 부자는 그날 아침 두사람의 눈이 한 쌍의 원숭이와 매우 닮아 보일 지경으로 머리를 맞대고 플리트 가를 지나가는 마차들을 말없이 바라보고 있었다. 아들 제리의 반짝이는 눈이 플리트 가의 다른 것들과 마찬가지로 아버지 제리를 불안하게 지켜보는 동안 아버지 제리가 지푸라기를 씹다가 뱉는 우연한 상황이 벌어져도 두사람은 여전히 닮아 보였다.

텔슨 회사에 소속된 정규직 내근 전령 중 한사람의 머리가 문 사이로 삐죽 나왔고 이런 말이 들려왔다.

"짐꾼 없나!"

"아이쿠, 아버지! 일이 일찍 시작되네요!"

하느님 아버지 보우하사 아들 제리는 스툴에 앉아 그의 아버지가 씹던 지푸라기의 남은 조각을 쳐다보다가 생각했다.

"느—을 녹물이 들었단 말이지! 아버지 손가락엔 느—을 녹물이 들어 있어!" 아들 제리가 중얼거렸다. "아버진 도대체 그 녹을 다 어디서 묻혀 오는 거야? 여기선 녹물이 들 일이 없는데!"

2장
광경

　"당신, 올드베일리[25] 잘 알지?" 가장 나이 든 직원 중 하나가 전령 제리에게 말했다.

　"네―에." 제리가 어딘가 완고한 태도로 대답했다. "베일리 알죠."

　"그래, 그럼 로리 씨도 알겠군."

　"로리 씨는 베일리보다 더 잘 압니다. 더 잘 알지요." 제리는 마치 문제가 되는 그 기관에서 마지못해 증인 노릇을 하듯이 말했다. "정직한 직업인으로서 베일리를 알고 싶어하는 것보단 로리 씨를 더 잘 알죠."

　"좋아, 그럼 증인들이 들어가는 문을 찾아서 문지기에게 로리 씨에게 가는 이 쪽지를 보여줘. 그러면 들여보내줄 것이네."

----

25 법정과 뉴게이트 감옥이 있는 곳.

"법정 안으로 말입니까?"

"법정 안으로."

크런처 씨의 두 눈이 마치 '이거 어떻게 생각해?'라고 서로 질문을 주고받듯 가운데로 더 몰렸다.

"저보고 법정 안에서 기다리란 말씀이십니까?" 그는 그 논의의 결과로 이렇게 물었다.

"말해주지. 문지기가 그 쪽지를 로리 씨에게 전할 걸세. 그러면 자넨 로리 씨의 주의를 끌 만한 몸짓을 해서 자네가 선 곳을 알려줘. 그리고 자네가 할 일은 그분이 자네를 찾을 때까지 거기서 기다리는 거야."

"그게 다입니까?"

"그게 다일세. 로리 씨는 전령이 대기하고 있기를 원하네. 이건 자네가 거기 있다고 말해주는 거야."

나이 든 직원은 쪽지를 조심스레 접어 겉에 이름을 썼고 크런처 씨는 말없이 지켜보다가 그가 압지를 사용하는 단계에 이르자 말했다.

"오늘 아침에는 위조범들을 재판하나요?"

"반역죄일세!"

"그럼 능지처참이네요." 제리가 말했다. "잔인해라!"

"법이네." 나이 든 직원은 안경을 쓴 채 놀란 눈으로 그를 쳐다보았다. "법이라고."

"법으로 사람을 못 박는 건 심하다고 생각해요. 죽이는 것도 심하지만, 말뚝 못을 박는 건 정말 심합니다."

"천만에." 나이 든 직원은 말을 이었다. "법에 대해선 말을 잘 해야 하네. 이 친구야, 자네 가슴과 목소리나 잘 간수하고, 법은 스스로 알아서 하게 내버려두게. 충고하는 거야."

"가슴과 목소리에 습기가 차서 그래요." 제리가 말했다. "저처럼 벌어먹고 살려면 얼마나 숨이 차는지는 알아서 판단하십쇼."

"그래, 그래." 나이 든 직원이 말했다. "각자 나름의 방법으로 먹고사는 거지. 어떤 사람은 습하고 숨차게 살고, 또 어떤 사람은 건조하게 살고. 여기 편지가 있네. 가보게."

제리는 편지를 받아들고 밖으로 드러내는 것보다 속으로는 경의를 덜 표하며 "당신도 형편없는 늙은이야"라고 중얼거리며 인사를 하고는, 나가는 길에 아들에게 자신의 목적지를 말하고 갈 길을 갔다.

그 당시에는 타이번에서 교수형이 이루어졌으므로, 뉴게이트 감옥 바깥의 거리는 뉴게이트 감옥에 붙어 있던 흉측한 악명을 얻지 않았다. 그러나 그 감옥은 불결한 곳으로, 거의 모든 종류의 방탕함과 악행이 다 행해지는 곳이고, 무시무시한 질병이 자라나서 죄수들과 함께 법정으로 들어와 때로는 피고석에서 곧장 재판장에게로 옮아가서 그를 판사석에서 끌어내리기도 하는 곳이었다. 검은 모자를 쓴 판사가 피고의 종말만큼이나 자신의 종말도 확실하게 선고하여 심지어 피고보다 먼저 죽는 경우도 종종 있었다. 다른 사람들에게 올드베일리는 일종의 죽음의 마당으로서, 창백한 나그네들이 계속 마차와 수레를 타고 나와서 난폭하게 다른 세상으로 건너가곤 하는 것이었다. 그들은 공공의 길과 도로로 2마일 반쯤 지나가면서, 있다 해도 몇 안되는 선량한 시민들에게 수치심을 안겨주곤 했다. 그 쓸모는 매우 강력했고, 처음에는 좋은 용도로 매우 바람직했다. 그곳은 또한 아무도 그 정도를 예견할 수 없었던 형벌을 가하는, 오래되고 현명한 제도인 형틀을 씌우는 곳이기도 했다. 게

다가 또다른 오래된 제도이며 실제로 보면 매우 인간적이며 유순한 제도인, 매를 때리는 곳이기도 했다. 또 옛 지혜의 다른 조각이며 하늘 아래 저질러질 수 있는 것 중 가장 무서운 범죄인 돈을 목적으로 한 범죄로 차근차근 이끄는, 피의 보상금이 광범위하게 오가는 곳이기도 했다. 이 모든 것을 종합해볼 때 그 당시 올드베일리는 '존재하는 모든 것은 옳다'라는 명제의 탁월한 예라고 할 만했다. 그것은 이제까지 존재했던 것 중 아무것도 잘못된 것은 없더라는 곤란한 결론을 포함하지 않더라도, 나태한 만큼이나 결정적일 수 있는 격언이었다.

이 끔찍한 행위가 이루어지는 장소 여기저기 흩어져 있는 너저분한 군중 사이를, 조용히 자기 길을 찾아가는 데 익숙한 사람다운 솜씨로 뚫고 나가서, 전령은 그가 찾던 문을 발견했고, 창살 틈으로 편지를 전해주었다. 당시 올드베일리에서 벌어지는 연극을 보려면 베들럼의 연극을 볼 때와 마찬가지로—단지 전자의 오락이 훨씬 더 비쌌다—돈을 내야 했다. 그러므로 올드베일리의 문은 모두 경비가 삼엄했다. 단, 범죄자들이 그리로 들어가는 사회의 문만 빼고 말이다. 그 문들은 늘 활짝 열려 있었다.

잠시 시간을 끌며 난색을 표한 끝에 문이 투덜대는 듯한 소리를 내며 아주 조금 열렸고, 제리 크런처 씨는 틈새를 비집고 법정 안으로 들어섰다.

"지금 뭐 합니까?" 그는 옆에 서 있던 사람에게 속삭이듯 물었다.

"아직 아무것도 안해요."

"무슨 재판을 할 거래요?"

"반역죄랍니다."

"능지처참하는 거요?"

"아!" 그가 신나게 대답했다. "그는 수레에 실려가 반쯤 교수형을 당할 거고, 그러고 나선 형틀에서 내려서 얇게 포를 뜰 것이고, 내장을 꺼내서 그가 보는 동안 태우겠죠. 그러고는 머리를 잘라내고 몸통을 넷으로 자르는 거죠. 그게 선고예요."

"그가 유죄면 그렇단 말씀이죠?" 제리는 단서를 붙이며 말했다.

"오! 아마 유죄일걸요." 다른 이가 말했다. "그건 염려할 거 없어요."

여기서 크런처 씨의 관심은 손에 쪽지를 들고 로리 씨에게로 가는 것을 본 문지기에게로 돌아갔다. 로리 씨는 가발을 쓴 신사들과 함께 탁자에 앉아 있었고, 앞에 서류를 잔뜩 쌓아놓은 피고의 변호인인 가발 쓴 신사와 멀지 않은 곳에, 그리고 크런처 씨가 그 당시와 그 이후에 그를 쳐다보았을 때 관심이 온통 법정의 천장에 쏠려 있는 것처럼 보였던, 손을 호주머니에 넣은 또다른 가발 쓴 신사의 거의 맞은편에 앉아 있었다. 거칠게 기침을 하고 턱을 문지르고 손을 재빨리 놀리면서 제리는 로리 씨의 주의를 끌었고, 로리 씨는 일어나 그를 보고 조용히 고개를 끄덕이더니 다시 앉았다.

"저 사람은 이 사건과 무슨 관계일까요?" 그가 대화하던 남자가 물었다.

"저도 그게 궁금합니다." 제리가 말했다.

"그럼 당신은 이 사건과 무슨 관계인가요, 굳이 여쭙자면?"

"그러게, 그것도 궁금하네요." 제리가 대답했다.

판사가 입장하고 법정이 크게 술렁이다 가라앉으며 대화가 멈추었다. 이제 피고석이 관심의 중심점이 되었다. 거기 서 있던 간수 두 명이 나가서 피고를 데리고 와 법정 난간에 세웠다.

거기 있던 모든 사람이, 천장을 쳐다보던 가발 쓴 신사만 빼고,

모두 그를 쳐다보았다. 그곳에 있던 모든 사람의 숨결이 그에게로 바다처럼, 혹은 바람처럼, 혹은 불길처럼 가닿았다. 기둥과 구석에서는 얼굴들이 그를 보려고 한껏 내밀고 있었다. 뒷자리의 방청객은 머리카락 하나라도 놓치지 않으려고 일어섰다. 방청석에 있던 사람들은 어떻게든 그를 한번 보려고 앞사람의 어깨를 짚었다―그를 샅샅이 보려고 까치발을 하고 계단에 올라서고, 거의 허공에 발을 디디고 섰다. 뉴게이트의 대못 박힌 담장이 살아난 것 같은 이 사람들 사이에 제리는 눈에 띄게 서 있었다. 그는 오다가 마신 맥주 한잔의 냄새가 나는 숨결을 피고 쪽으로 겨냥하여 내뿜어, 그에게로 풍겨오면서, 이미 그의 뒤편에 있는 커다란 창문에 더러운 안개와 비를 만들어 흘러내리는 다른 맥주와 진과 차와 커피와 기타 등등의 물결과 뒤섞이도록 했다.

이 모든 눈총과 고함의 대상은 스물다섯살쯤 된, 그을린 뺨과 검은 눈을 가진 건장하고 잘생긴 청년이었다. 그는 젊은 신사의 모습을 하고 있었다. 평범한 검은색, 혹은 짙은 회색 옷을 입었고, 길고 검은 그의 머리는 목 뒤에서 리본으로 묶여 있어 장식처럼 보였다. 감정이 육체의 외양을 뚫고 드러나듯, 그의 상황이 만들어낸 창백한 기운이 뺨의 갈색을 뚫고 드러났고, 태양보다 더 강렬한 정신을 드러내 보여주었다. 그 점을 제외하면 아주 침착한 그는 판사에게 절을 하고 조용히 서 있었다.

이 사람에게 쏠리는 주목과 관심은 인간성을 고양시키는 종류의 관심은 아니었다. 그가 이보다 덜 끔찍한 선고를 받을 위험에 처해 있었더라면―그 야만적인 세부사항 중 하나라도 면해질 가능성이 있었더라면―그만큼 그는 매력을 잃었을 것이다. 그렇게 치욕스럽게 절단 날 운명인 모습은 과연 볼만한 광경이었다. 그렇게 도류되고 찢길 불멸의 피조물이 대중의 감흥을 불러일으켰다. 방청객들이 그 관심을 그들 나름으로 자기기만의 기술이나 힘으로 그럴듯하게 꾸민다 해도, 그 관심은 근본적으로 괴물 같은 것이었다.

법정에서는 정숙! 찰스 다네이는 어제 그를 (끊임없이 딸그랑 떨그렁 하며) 우리의 평온하고 훌륭하고 탁월하고 기타 등등인 우리의 군주이신 왕에 대해서 여러 경우에 걸쳐, 그리고 여러 수단과 방법으로 프랑스 왕 루이스[26]가 앞서 언급한 우리의 평온하고 훌륭하고 탁월하고 기타 등등 하신 왕과 전쟁을 벌이는 데 그를 도운, 즉 앞서 말한 우리의 평온하고 훌륭하고 탁월하고 기타 등등인 영토와, 앞서 말한 프랑스의 루이스 사이를 사악하고 그릇되고 반역적으로, 또 사악하고 적대적으로 오가면서 앞서 말한 프랑스의 루이스에게 앞서 말한 우리의 평온하고 훌륭하고 탁월하고 기타 등등 한 왕께서 어떤 군대를 캐나다와 북아메리카에 파견하려고 준비하고 있는지 알려준, 그릇된 반역자라는 고발에 대해서 자신이 무죄라고 항변했다. 법률용어가 점점 머릿속에서 곤두서면서 머리가 점점 뻑뻑해진 제리는 아주 만족스럽게 이 정도까지 파악했으며, 그리하여 앞서 말한, 그리고 거듭거듭 앞서 말한 찰스 다네이가 거기 재판을 받으며 서 있다는 것, 배심원이 선서를 하고, 검사가 발언 준비를 하고 있다는 이해에 조심스럽게 도달했다.

피고인은 거기 있는 모든 사람에 의해서 정신적으로 교수형당하고 참수되고 넷으로 등분되었지만 (그리고 그렇게 되었음을 그도 알고 있었지만) 그 상황에 위축되지 않았고, 또 과장된 태도를 취하지도 않았다. 그는 조용히 집중하고 있었다. 그는 진지하게 관

---

26 제리가 어설프게 들은 내용임을 표시하기 위해 프랑스 왕의 이름을 '루이'(Louis) 대신 '루이스'(Lewis)로 표기하고 있음.

심을 가지고 개정 절차를 지켜보았고 앞에 있는 나무 난간 위에 아주 차분하게 손을 올리고 서 있어서 그 위를 쓸고 지나갔던 허브 이파리 하나도 다른 곳으로 옮기지 않았다. 법정에는 감옥의 공기와 감옥에서 오는 열병을 예방하려고 허브와 식초를 여기저기 뿌려놓았던 것이다.

피고의 머리 위에는 거울이 있어서 그에게로 빛을 비춰주었다. 사악하고 불쌍한 자들의 무리가 그 거울에 비춰졌고, 그 거울 표면으로부터, 그리고 이 지구상으로부터 사라져갔다. 마치 언젠가 큰 바다가 죽은 자들을 뱉어내듯이 그 거울이 거울에 비췄던 것을 도로 불러낸다면 그 불쾌한 곳은 가장 무시무시한 방식으로 귀신 들린 곳이 될 것이다. 그것이 간직해온 오명과 수치를 얼핏 생각해보기만 해도 피고의 마음에 타격을 줄 것이었다. 그럼에도 불구하고 그는 자세를 약간 바꾸면서 얼굴에 빛줄기가 와닿음을 의식하고 올려다보았다. 그가 거울을 올려다보자 그의 얼굴이 상기되었고, 그는 오른손으로 허브를 밀쳐내버렸다.

그러고 나자 그는 얼굴을 돌려 그의 왼편 법정을 바라보았다. 그의 눈과 비슷한 높이에 판사석 구석 쪽에 앉은 두사람에 그의 시선이 즉시 머물렀다. 그렇게 갑작스럽게, 그리고 그렇게 그의 표정이 바뀌었기 때문에, 그를 주목하던 모든 사람의 눈길이 그들에게로 옮겨갔다.

방청객들은 그 두사람이 스무살을 갓 넘긴 젊은 여자와 그녀의 아버지가 분명한 신사인 것을 보았다. 그는 머리가 완전히 백발이고 얼굴에 뭔가 형언할 수 없는 강렬함이, 적극적이진 않으면서 사색에 잠기고 스스로와 교감하는 종류의 강렬함이 있다는 점에서 매우 두드러진 외모를 지니고 있었다. 이러한 표정을 띠고 있을 때 그는 마치 노인인 것처럼 보였다. 그러나 표정이 동요하며 웃음 지을 때—지금 이 순간 그가 딸과 이야기하는 때처럼—그는 한창 나이를 지나지 않은 잘생긴 남자가 되었다.

그의 딸은 곁에 앉아서 한 손을 그의 팔에 끼고 다른 손으로 그것을 누르고 있었다. 그녀는 그 장면이 두렵기도 하고 피고가 불쌍하기도 하여 아버지 옆에 꼭 붙어 앉아 있었다. 그녀의 이마에는 피고인의 위험밖에는 아무것도 보이지 않는 듯, 마음을 사로잡는 공포와 동정심이 뚜렷하게 드러났다. 이것이 너무나 분명했고, 너무나 강력하고 자연스럽게 드러났으므로, 피고에게 동정심이 없는 구경꾼들은 그녀를 보고 깊은 인상을 받았다. 속삭이는 소리가 여기저기 들렸다. "저 사람들은 누구야?"

전령 제리는 자기 나름대로 관찰을 했으며 몰두하여 손가락의 녹물을 빨고 있다가, 그들이 누구인가를 들어보려고 목을 쭉 뺐다. 그 주변으로 군중이 점점 밀고 와서 가장 가까이 있는 안내원에게 질문을 전달해 보냈고, 그로부터 훨씬 더 천천히 대답이 전해져 돌아왔다. 마침내 제리도 그 대답을 들었다.

"증인들요."

"누구 쪽?"

"반대쪽."

"어떤 편의 반대라는 거야?"

"피고 반대편이죠."

사방을 둘러보던 판사는 눈길을 거두고 자기 자리에 기대어 자기 손에 목숨이 달린 사람을 뚫어지게 쳐다보았고, 이때 검사가 교수대에 밧줄을 감고 도끼를 갈고 못질을 하러 일어섰다.

3장
실망

검사는 배심원단에게 알려주었다. 그들 앞에 서 있는 피고는 비록 나이는 젊으나 반역을 실천한 지는 오래되었으므로 목숨을 박탈당할 만하다고. 공공의 적과의 교신은 어제오늘, 아니면 작년, 아니면 재작년 일이 아니라고. 이 피고는 그보다 더 오랫동안 프랑스와 영국을 상습적으로 왕래해왔고, 그 은밀한 용무에 대해서 정직하게 설명할 수 없다고. 반역의 본성이 번창하는 것이라면, (다행스럽게도 실은 그렇지가 않지만) 그가 하는 일의 진짜 사악함과 죄상은 밝혀지지 않은 채로 있었을 수도 있다고. 그러나 신의 섭리로 두려움과 비난을 넘어서 있는 어떤 이의 마음이 움직여 마침내 이 피고의 계략을 적발해내고, 충격에 떨며 그 계략을 국무장관과 추밀원에 고발했다고. 그 애국자를 그들 앞에 곧 소개할 것이라고. 그의 지위와 태도는 대체로 고상하다고. 그는 피고의 친구였지만 상서로우면서도 동시에 사악한 시간에 그의 추행을 알아내고는 더이상 가슴으로 품어줄 수 없는 그 반역자를 이 나라의 성스러운 제단에 바치리라 결심했다고. 고대 그리스나 로마처럼 영국에도 공공선을 위해 공헌한 자의 조각상을 세우는 법이 공포된다면 이 빛나는 시민도 분명히 조각상을 세워야 할 것이라고. 그렇지만 그런 법안이 없으므로 그의 조각상은 세워지지 않을 것이라고. 시인들이 말했듯 (배심원단이 단어 하나하나까지 잘 알고 있으리라 믿는 수많은 구절에서라고 그가 말하자 배심원단의 표정은 그런 구절을 하나도 모른다는 죄의식을 드러냈다) 덕성이란 말하자면 전염이 되는 것이며, 특히 애국심, 즉 나라에 대한 사랑이라고 알려진 찬란한 덕성은 더욱 그러하다고. 아무리 하찮게 언급하더라도 영광스러울, 완전무결하고 비난할 거리가 없는 검찰 측 증인의 고매한 본보기가 이 피고의 하인에게 전달되어, 그가 주인의 서랍과 주머니를 조사하고 그의 서류들을 빼돌리려는 거룩한 결심을 하게 되었다고. 그(검사)는 이 훌륭한 하인에 대한 다소간의 폄하도 예상하고 있지만, 일반적으로 그는 그(검사)의 형제자매보다 그를 더 좋아하며, 그(검사)의 아버지 어머니보다 그를 더 존경한다고. 그는 자신있게 배심원단도 그렇게 하라고 요구한다고. 이 두 증인과 더불어 그들이 발견하여 내놓은 서류를 보면 이 피고가 폐하의 육해군 부대와 그 부대들의 배치와 준비 상황에 관한 목록을 가지고 있었음을 알 수 있으며, 의심의 여지 없이 상습적으로 그 정보를 적대 세력에게 전달했을 것이라고. 이 목록들이 이 피고의 필체임을 입증할 수는 없었지만 전부 같은 글씨체이며, 이는 이 피고가 교활하게 예방책을 썼음을 보여준 것이니 검찰 측에 그만큼 더 유리하다고. 그 증거는 오년 전부터 있었던 것으로, 이는 이 피고가 영국군과 미국 사이에 맨 처음 작전이 이루어진 날보다 몇주 전에 앞서 이미 이렇듯 간악한 임무를 수행하고 있었던 것임을 보여준다고. 이러한 이유로 해서 배심원 여러분, 충성스러운 (그는 그들이 그렇다는 것을 알고 있음) 배심원 여러분, 책임감 있는 (그들은 자신들이 그렇다는 것을 알고 있음) 배심원 여러분께서는 이 피고가 유죄임을 분명히 아셔야 하며, 내키든 내키지 않든 그를 끝장내주셔야 한다고. 이 피고의 목을 치지 않는다면, 그들은 베개에 머리를 편히 누이지 못할 것이며, 그들의 아내들이 베개에 머리를 편히 누인다는 생각 자체를 견디지 못할 것이며, 그들의 아이들이 베개에 머리를 편히 누인다는 관념을 참지 못할 것이며, 한마디로, 그들이나 가족들이 다시는 베개에 머리를 편히 누일 수 없을 것이라고. 검사는 그가 생각할 수 있는 모든 둥글게 말린 것의 이름으로, 그리고 그는 이미 그 피고가 죽은 것이나 진배없다고 본다는 그의 엄숙한 단언으로 그들에게 그 머리를 요구하면서 결론을 맺었다.

검사가 말을 마치자 마치 그가 곧 어떻게 되리라 기대하는 것처럼, 구름 같은 파리 떼가 그 죄수에게로 몰려들 듯 법정에서 웅성거리는 소리가 일어났다. 분위기가 가라앉자, 비난의 여지가 없는 그 애국자가 증인석에 나타났다.

사무변호사가 지시에 따라 그 애국자를 수색했다. 존 바시드라는 이름의 남성이었다. 그의 순결한 영혼이 들려주는 이야기는 검사가 설명한 것과 정확히 같았다. 굳이 흠을 잡자면 아마도 너무 똑같다는 것. 그의 고귀한 가슴에서 그 짐을 내려놓자 그는 겸손하게 퇴장했지만, 로리 씨와 그리 멀지 않은 곳에 자기 앞에 서류를 쌓아놓고 있던 가발을 쓴 신사는 그에게 몇가지 질문을 하겠다고 청했다. 반대편에 앉은 가발 쓴 신사는 여전히 법정의 천장을 올려다보고 있었다.

당신도 간첩이었던 적이 있나요? 아닙니다, 하고 그는 그 천박한 암시를 비웃었다. 생계는 어떻게 유지하십니까? 자산으로 삽니다. 그 자산은 어디에 있지요? 어디 있는지 정확하게 기억하지 못합니다. 그게 어떤 자산인가요? 상관하실 일이 아닙니다. 물려받은 것인가요? 네, 그렇습니다. 누구로부터요? 먼 친척으로부터입니다. 아주 먼 친척인가요? 그렇죠. 감옥에 간 적이 있습니까? 전혀 없습니다. 채무자 감옥에도요? 그게 이것과 무슨 상관인지 모르겠습니다. 채무자 감옥에 간 적도 없습니까?—자, 다시 묻겠습니다. 전혀 없습니까? 있습니다. 몇번이나요? 두세번쯤. 대여섯번이 아니고요? 아마도요. 직업이 무엇입니까? 신사입니다. 걷어차인 적이 있습니까? 있을 겁니다. 자주요? 아닙니다. 아래층으로 걷어차인 적은요? 전혀 없습니다. 계단 꼭대기에서 걷어차인 적은 한번 있지만, 아래층으로 떨어진 것은 제가 떨어진 것입니다. 그때 주사위 노름에서 속임수를 쓰다가 걷어차인 것이죠? 그렇게 저를 공격한 그 술 취한 거짓말쟁이가 그런 식으로 말했습니다만, 사실이 아닙니다. 정말 사실이 아닙니까? 그렇습니다. 노름에서 속임수를 써서 먹고산 적이 있습니까? 없습니다. 노름으로 생계를 유지한 적은요? 다른 신사들보다 더 하지는 않았습니다. 피고에게 돈을 빌린 적이 있습니까? 네. 갚은 적도 있습니까? 아니요. 실은 별로 친하지도 않으면서 마차에서, 여관에서, 정기선에서 피고와 친한 사이인 것처럼 억지로 들이댄 것은 아닙니까? 아닙니다. 정말 피고가 이 목록을 가지고 있는 것을 보았습니까? 그럼요. 이 목록에 대해선 더이상 모르고요? 모릅니다. 예를 들어 직접 이것을 구해온 것은 아닙니까? 아닙니다. 이 증언으로 뭔가 얻으리라 기대합니까? 아닙니다. 함정을 놓는 댓가로 정부에서 정기적으로 돈을 받거나 고용된 것은 아니고요? 오, 절대 아닙니다. 혹은 다른 일을 하는 댓가는? 오, 절대 아닙니다. 정말입니까? 그럼요, 정말입니다. 순전히 애국심 말고 다른 동기는 없습니까? 전혀 없습니다.

충직한 하인 로저 클라이는 빠른 속도로 사건에 관한 증언을 했다. 그는 사년 전에 순진한 선의로 피고의 하인이 되었다. 그는 깔레로 가는 정기선에서 피고에게 일 잘하는 하인이 필요하지 않은가 물었고 피고는 그를 고용했다. 그는 자선행위로 하인을 고용하라고 청한 적이 없으며 그런 것은 생각해보지도 않았다. 그는 피고를 의심하게 되었고, 곧 뒤이어 그를 감시했다. 여행할 때 그의 옷을 정리하면서 그는 피고의 주머니에 비슷한 목록들이 들어 있는 것을 여러차례 보았다. 그는 그 목록들을 피고의 책상 서랍에서 빼냈다. 그는 처음에는 그것을 거기 두지 않았다. 그는 피고가 바로 이 목록들을 깔레에서 프랑스 신사들에게 보여주는 것을 보았고, 비슷한 목록들을 깔레와 불로뉴에서 프랑스 신사들에게 보여주는 것을 보았다. 그는 조국을 사랑했으며, 이를 참을 수 없어 정보를 제공했다. 그는 은제 찻주전자를 훔친 혐의를 받은 적이 없으며, 겨자 통에 관련하여 모함을 당했지만, 결국 그것은 도금한 제품임이 드러났다. 그는 아까 전의 증인을 칠팔년 동안 알았지만, 그것은 순전히 우연이었다. 그리 신기한 우연도 아니다. 우연이란 대부분 신기하기 마련이니까. 역시나 진실한 애국심만이 그의 유일한 동기라는 것 또한 이상한 우연은 아니었다. 그는 진정한 영국인이며 그와 같은 사람이 많을 것이라고 했다.

다시 파리 떼들이 들끓었고, 검사는 자비스 로리 씨를 불러냈다.

"자비스 로리 씨, 당신은 텔슨 은행 직원이지요?"

"그렇습니다."

"1775년 11월 어느 금요일 밤에 사업상 우편마차를 타고 런던과 도버 사이를 여행한 적이 있지요?"

"있습니다."

"우편마차에 다른 승객도 있었습니까?"

"두 명 있었습니다."

"그들은 밤에 중간에서 내렸나요?"

"그랬습니다."

"로리 씨, 피고를 봐주십시오. 저 사람이 두 승객 중 하나였습니까?"

"저 사람이라고 말할 수는 없겠습니다."

"저 사람이 두 승객 중 한사람과 닮았나요?"

"두사람 다 꽁꽁 싸매고 있었고, 밤이 어두웠습니다. 우리 모두 말수도 없어서 닮았는지조차 말씀드릴 수가 없습니다."

"로리 씨, 피고를 다시 한번 봐주십시오. 저 사람이 그 두 승객처럼 꽁꽁 싸맸다고 가정하면, 그 덩치나 키가 둘 중 한사람일 가능성이 없겠습니까?"

"모르겠습니다."

"로리 씨, 그렇다고 그가 둘 중 하나가 아니라고 맹세하시진 않겠지요?"

"못하죠."

"그럼 그가 둘 중 하나였을 수도 있다고 말씀하시는 거네요?"

"그렇습니다. 다만 둘 다 나와 마찬가지로 노상강도를 겁내고 있었는데, 피고는 겁먹은 분위기가 아닌데요."

"일부러 소심한 척하는 경우를 보신 적이 있습니까, 로리 씨?"

"본 적이 있지요."

"로리 씨, 다시 피고를 봐주십시오. 정말로 저 사람을 전에 보신 적이 있습니까?"

"있습니다."

"언제요?"

"내가 며칠 뒤 프랑스에서 귀국하는 중에, 깔레에서 피고가 내가 타는 정기선에 탔고, 나와 함께 귀국했습니다."

"몇시쯤 그가 배에 탔습니까?"

"자정이 조금 넘어서입니다."

"한밤중이네요. 그렇게 불시에 배에 탄 사람이 저 사람뿐이었습니까?"

"마침 그가 유일한 승객이었습니다."

"'마침'이라는 말은 굳이 쓰지 마시고요, 로리 씨. 그가 한밤중에 배를 탄 유일한 승객이었습니까?"

"그렇습니다."

"로리 씨, 당신은 혼자 여행 중이었습니까, 아니면 동행이 있었나요?"

"동행이 두명 있었습니다. 신사 한분하고 아가씨 한명요. 그들도 이 자리에 와 있습니다."

"여기 와 있군요. 피고와 대화를 나눠보았습니까?"

"거의 못했습니다. 날씨가 나빴고, 항해가 길고 거칠어서 나는 거의 내내 소파에 누워서 지냈거든요."

"마네뜨 양!"

조금 전에 시선이 쏠렸다가 지금 다시 쏠린 그 아가씨가 앉은 자리에서 일어났다. 그녀의 아버지도 함께 일어나 그녀의 손을 자기 팔에 끼웠다.

"마네뜨 양, 피고를 봐주십시오."

그렇게 동정심으로 가득한 진지한 얼굴의 젊은 미녀와 마주하는 것은 피고에게는 그 모든 군중과 마주하는 것보다 더 힘든 일이었다. 쳐다보는 그 모든 호기심의 시선 때문이 아니라, 말하자면 자기 무덤의 가장자리에서 그녀와 떨어진 채 서 있다는 것 때문에 그는 순간 마음을 다잡고 가만히 그냥 서 있었다. 그의 분주한 오른손은 상상 속 정원의 화단에 허브를 나눠주고 있었다. 호흡을 조절하고 고르려다 입술이 떨렸고 그 입술의 붉은 빛깔이 심장까지 밀려왔다. 다시 파리 떼가 웅웅 하는 소리가 높아졌다.

"마네뜨 양, 피고를 전에 본 적이 있습니까?"

"네, 있습니다."

"어디서요?"

"방금 말씀하신 정기선에서, 같은 연유로 보았습니다."

"그럼 당신이 방금 언급된 아가씨입니까?"

"오, 불행하게도, 그렇습니다!"

그녀의 동정심에서 나온 애원하는 어조가 판사의 덜 음악적인 목소리에 묻혔다. 판사는 사납게 말했다. "질문에만 대답하고 다른 언급은 하지 마십시오."

"마네뜨 양, 도버 해협을 건너면서 피고와 대화를 했습니까?"

"네, 그렇습니다."

"말해보세요."

깊은 침묵 한가운데서 그녀는 조심조심 이야기를 시작했다. "저분이 배에 탔을 때—"

"피고를 말하는 겁니까?" 판사가 이마를 찌푸리며 물었다.

"그렇습니다, 판사님."

"그럼 피고라고 하세요."

"피고가 배에 탔을 때, 그는 제 아버지가," 그녀는 옆에 서 있는 아버지에게로 사랑스러운 눈길을 보내며 말했다. "매우 지쳐 있고 건강이 좋지 않음을 알아차렸습니다. 아버지는 너무 쇠약해져서 밖에 바람을 쐬러 모시고 나오기가 두려웠어요. 그래서 저는 객실 계단 근처 갑판에 침상을 만들어드리고 곁에서 아버지를 돌보았습니다. 그날밤 우리 넷 말고 다른 승객은 없었어요. 피고는 친절하게도 제 허락을 구하고는 제가 하던 것보다 아버지가 비바람을 더 잘 피할 수 있도록 조언해주었습니다. 전 항구를 벗어나면서 바람이 어떻게 불지를 몰라서 어찌해야 잘할 수 있는지 몰랐어요. 그가 저 대신 그 일을 해주었습니다. 그는 아버지의 상태에 대해서 매우 예의 바르고 친절하게 말해줬고, 아마도 아버지의 상태가 어떤지 느꼈다고 확신합니다. 그렇게 해서 우리는 함께 대화를 시작하게 되었습니다."

"잠깐만요. 그는 혼자 배에 탔습니까?"

"아닙니다."

"몇명이나 함께 있었죠?"

"프랑스 신사가 둘 있었습니다."

"그들이 함께 이야기를 하던가요?"

"그들은 프랑스 신사가 자기 배로 상륙해야 할 때까지, 마지막 순간까지 이야기를 했습니다."

"이 목록들과 비슷한 서류가 그들 사이에 오갔습니까?"

"서류들을 주고받았습니다만, 어떤 서류인지는 모릅니다."

"이것과 모양과 크기가 비슷했나요?"

"그럴 수도 있지만, 정말 모르겠습니다. 저와 아주 가까이서 소곤거리고 있었지만요. 그들은 객실 계단 꼭대기에 걸린 램프 빛이 필요해서 거기 서 있었습니다. 침침한 램프였고 목소리도 매우 낮아서 그들이 말하는 것을 듣지 못했고, 서류를 보고 있는 것만 보았습니다."

"자, 그럼 피고와의 대화로 돌아가죠, 마네뜨 양."

"피고는 아버지께 친절하게 많은 도움이 되었을 뿐 아니라, 속수무책의 상태였던 제게 탁 터놓고 얘기를 해줬습니다. 제가⋯⋯" 그녀는 눈물을 흘렸다. "오늘 그분께 해로운 얘기로 그 은혜를 갚지는 않았으면 좋겠습니다."

파리 떼의 웅웅거리는 소리.

"마네뜨 양, 피고는 당신이 당연히 제시해야 할—그렇게 해야만 할—그리고 내놓지 않을 수가 없는 증거들을 그렇게 망설이면서 제시한다는 것을 완벽하게는 이해하지 못하더라도, 여기 있는 사람 중 그걸 이해할 수 있는 유일한 사람입니다. 계속하시죠."

"그는 미묘하고 어려운 종류의 일로 여행 중이라고 말했습니다. 사람들을 곤란하게 만들 수도 있는 일이고, 그래서 가명으로 여행을 하는 중이라고요. 그는 이 일 때문에 며칠 내로 다시 프랑스에 가야 하고, 정기적으로 프랑스와 영국을 앞으로도 오랫동안 오가야 할지도 모른다고 했습니다."

"미국에 관해서도 무슨 이야기를 했나요, 마네뜨 양? 구체적으로 말하세요."

"그는 제게 그 싸움이 어떻게 일어났는지를 설명해주려 했고, 그가 판단하는 한 영국 측이 잘못했으며 어리석은 짓이라고 말했습니다. 그는 또 농담으로 조지 워싱턴이 조지 3세보다 역사에서 더 위대한 이름이 될지도 모른다고 했습니다. 그렇지만 나쁜 의도로 그렇게 말한 것은 아니었습니다. 그냥 우스개로 한 말이었고, 시간을 때우는 이야기였어요."

많은 사람의 시선이 쏠려 있는 중요한 장면을 연기하는 주연배우의 강렬한 얼굴 표정은 무의식적으로 관객들에 의해 모방된다. 이 증언을 할 때 그녀의 이마는 고통스럽게 일그러져 열중한 표정이었고, 판사가 이를 기록할 시간을 주기 위해 말을 멈추었을 때 그녀는 그것이 변호인단에게 미치는 긍정적이고 부정적인 영향을 지켜보았다. 방청객 중에서 이와 비슷한 표정을 짓는 사람들이 법정 전체에 생겨났다. 그렇게 거기 있는 이마들 다수가 증인을 비추는 거울같이 되었고, 그때 판사는 기록에서 얼굴을 들어 조지 워싱턴에 대한 그 엄청난 이단적 발언에 눈을 번득였다.

이제 검사는 판사에게 만약을 위해 형식상 이 젊은 여성의 아버지인 마네뜨 박사를 불러낼 필요가 있다고 전했다. 그가 불려나왔다.

"마네뜨 박사, 피고를 보십시오. 전에 그를 본 적이 있습니까?"

"한번 있습니다. 런던의 내 거처를 방문했습니다. 삼년쯤, 아니면 삼년 반쯤 되었을 겁니다."

"그가 정기선을 함께 탄 승객이며 따님과 대화를 나누었던 그 사람이라고 확인할 수 있습니까?"

"그건 잘 모르겠습니다."

"그렇게 할 수 없는 구체적이고 특별한 이유라도 있습니까?"

그는 낮은 목소리로 대답했다. "있습니다."

"마네뜨 박사, 당신은 불행하게도 조국에서 재판도 받지 않고 기소도 당하지 않은 채로 장기투옥 생활을 했었습니까?"

그는 모든 사람의 가슴에 가닿는 어조로 대답했다. "긴 투옥 생활이었습니다."

"문제가 된 그 당시에 막 풀려나신 상태였지요?"

"그렇다고 합니다."

"그 당시에 대해서 기억이 없습니까?"

"없습니다. 제가 감금되어서 구두를 만들던 때로부터 여기 있는 내 딸과 런던에서 살고 있다는 것을 알게 될 때까지 정신이 한동안—얼마 동안인지도 모르겠습니다—백지 상태였습니다. 딸이 저와 가깝게 지냈고, 그때 자비로운 하느님께서 제 능력을 되돌려주셨죠. 그렇지만 어떻게 딸과 가깝게 되었는지도 말할 수가 없습니다. 그 과정에 대해서는 전혀 기억이 없어요."

검사가 자리에 앉았고, 아버지와 딸도 함께 앉았다.

그때 묘한 상황이 발생했다. 입수된 물증에 의하면 피고는 추적되지 않은 어떤 공범과 함께 오년 전 11월의 그 금요일 밤 도버행 우편마차를 타고 갔으며, 눈가림으로 한밤중에 어떤 장소에 내려 그 장소에 머무르지 않고 수십 마일 이상을 여행하여 수비대와 부두 시설 구역으로 갔고, 거기서 정보를 얻었다는 것이다. 증인 한 명이 출두하여 그가 바로 그 시간에 수비대와 부두 시설 구역이 있는 동네의 호텔 커피 룸에서 다른 사람을 기다리고 있었다고 확인했다. 피고의 변호인은 이 증인을 반대심문했으나 다만 그가 피고를 다른 상황에서는 본 적이 없다는 것 말고는 별 성과가 없었는데, 이때 내내 법정의 천장을 쳐다보던 가발 쓴 신사가 쪽지에 뭐라고 써서 그것을 구겨서 그에게 던졌다. 잠시 멈춘 사이 이 쪽지를 열어본 변호인은 피고를 아주 주의 깊고 흥미롭게 바라보았다.

"정말 그것이 이 피고라고 확신하는 겁니까?"

증인은 그렇다고 했다.

"이 피고와 매우 닮은 사람을 본 적이 있습니까?"

(증인이 말하길) 그가 헷갈릴 정도로 닮은 사람은 본 적이 없었다.

"자, 그럼 저쪽에 있는 저 신사를, 제 박식한 벗[27]을 한번 보시죠." 그는 쪽지를 던져준 사람을 가리켰다. "그리고 피고를 잘 보세요. 어떻습니까? 정말 닮았죠?"

그 박식한 벗의 외모가 딱히 망가진 정도까지는 아니라도 무심하고 너저분한 것을 감안하면, 그들 둘을 비교해보면 두사람은 증인뿐만 아니라 거기 있는 모든 사람이 깜짝 놀랄 만큼 서로 많이 닮았다. 판사에게 그 박식한 벗이 가발을 벗게끔 명령을 내려달라는 요청이 있었고, 마지못해 판사가 이에 동의하자, 그들의 유사성은 훨씬 더 두드러져 보였다. 판사는 스트라이버 씨(피고의 변호인)에게 그들이 카턴 씨(박식한 벗의 이름)를 반역죄로 재판할 순서냐고 물었다. 그러나 스트라이버 씨는 판사에게 대답했다. 아니요. 그렇지만 그는 증인에게 한번 일어난 일은 두번 일어날 수도 있지 않느냐고, 그가 자신의 성급한 판단의 예를 일찍 알았더라도 그렇게 자신있게 말할 수 있겠느냐고, 이것을 보고도 그렇게 자신있느냐고 등등을 묻고 싶다고 했다. 그 결과 이 증인은 도기 그릇처럼 깨어져 사건에서 자기가 맡은 부분을 쓸모없는 쓰레기로 산산이 부숴버렸다.

이때쯤 크런처 씨는 증언들을 따라듣느라 물어뜯은 손가락 거스러미로 점심식사를 할 지경이었다. 이제 그는 스트라이버 씨가 피고인의 변론을 옷 한벌을 가방에 깔끔하게 집어넣듯이 배심원단 앞에 내놓는 것을 보고 있었다. 어떻게 애국자 바사드가 고용된 간첩이자 반역자이며, 뻔뻔하게 타고난 악덕업자이며, 저주받은 유

---

27 '박식한 벗'(learned friend)은 법조인을 칭하는 관용적인 표현임.

다 이래로 지상에서 제일가는 악당 중 하나이며, 심지어 유다와 비슷하게 생겼을 것인지. 충직한 하인 클라이는 바사드의 친구이자 동료이며 그럴 만한 놈인지. 피고가 프랑스 출신으로 프랑스에 가족사가 있어서 해협을 건너다녀야 했고, 그 일이 무엇인지는 그에게 가까이 있는 소중한 사람들을 고려하여 목숨을 걸고라도 노출해서는 안되었던 이유로, 저 위조범과 위증자가 날카로운 눈으로 어떻게 피고를 희생자로 지목했는지. 어떻게 저 아가씨가 고통스럽게 증언을 했는지, 어떻게 그들도 본 그 증거가 단지 그렇게 함께하게 된 젊은 신사와 젊은 여성 사이에서 있을 수 있는 사심 없는 작은 친절과 예의범절일 뿐 아무것도 아닌지. 단, 조지 워싱턴의 예외는 그냥 말도 안되는 농담 아닌 다른 것이라고는 볼 수도 없고 전적으로 터무니없는 것인지. 가장 저급한 민족적 반감과 두려움으로 대중적 인기를 끌려는 시도가 무너진 것이 어떻게 이 정보의 약점이 될 것이며, 검사가 이 기회를 어떻게 활용했는지. 그럼에도 불구하고 어떻게 그것이 이러한 사건을 종종 흥하게 만드는, 그러면서도 이 나라의 국사범 재판에 만연한, 그런 부도덕하고 악명 높은 성격의 증거 말고는 아무것에도 근거하고 있지 않은지. 그러나 여기서 판사가 개입하여, (마치 그것이 사실이 아니라는 듯 심각한 얼굴로) 그는 판사석에 앉은 입장에서 그런 암시는 용납할 수 없다고 말한다.

그리고 나서 스트라이버 씨는 몇 안되는 증인들을 불렀고, 뒤이어 크런처 씨는 스트라이버 씨가 배심원들에게 맞춰주었던 옷 한 벌을 검사가 거꾸로 뒤집는 것을 보게 되었다. 어떻게 바사드와 클라이가 생각보다 백배나 괜찮은 사람들이었는지. 그리고 피고는 백배나 더 나쁜 놈이었는지. 마지막으로 판사가 등장하여, 옷을 뒤

집고, 다시 뒤집으며, 전체적으로는 단호하게 그 옷을 피고를 위한 수의로 다듬고 매만졌다.

이제 배심원들의 차례였고, 엄청난 파리 떼가 다시 웅웅거렸다.

그렇게 오랫동안 법정의 천장을 바라보고 앉아 있던 카턴 씨는 이 흥분된 순간에도 자리나 자세를 바꾸지 않았다. 그의 박식한 벗 스트라이버 씨는 앞에 있는 서류를 챙기며 가까이 앉은 사람들에게 속삭이고 때때로 배심원들을 초조하게 바라보았다. 그러는 동안 모든 방청객이 술렁이고 다시 무리를 지었다. 그러는 동안 판사는 자리에서 일어나 천천히 연단을 오가서 청중의 마음속에는 혹시 그가 열이 나는 것은 아닌가 하는 의심도 없지 않았다. 한사람만이 찢어진 법복을 반쯤 걸치고 지저분한 가발을 벗었다가 다시 머리에 올려놓은 그대로 쓰고 손을 호주머니에 넣고 기대앉아, 종일 그랬던 것처럼 천장을 바라보고 있었다. 특히 제멋대로인 듯 보이는 그의 태도 때문에 그는 평판이 좋아 보이지 않는 모습이었을 뿐 아니라, 피고와 분명히 많이 닮은 모습도 덜 드러나 보여서, (그들이 함께 비교되었을 때는 그가 순간적으로 진지하여 매우 닮아 보였다) 이제 와서 그를 다시 본 방청객 다수는 저 두사람이 그렇게 닮았다고는 생각할 수 없다고 서로 이야기하고 있었다. 크런처 씨도 옆 사람에게 그런 이야기를 하고는 덧붙였다. "그가 법조계일을 하지 않는다는 데 반 기니 걸죠. 그런 일을 할 사람처럼 보이지는 않아요, 그렇죠?"

그러나 이 카턴 씨라는 사람은 겉보기보다는 이 장면의 세부사항을 더 많이 알고 있었다. 막 마네뜨 양이 아버지 가슴에 얼굴을 파묻자, 그는 그것을 처음으로 보고는 크게 들리게 말했다. "교도관! 저 아가씨를 좀 봐줘. 저 신사를 도와서 아가씨를 밖으로 옮기라고. 기절하려고 하는 거 안 보여!"

그녀가 옮겨지면서 그녀에 대한 안타까움과 그녀의 아버지에 대한 동정심이 일었다. 감금된 시절의 기억을 되살린 것은 그에게 분명 큰 고통일 것이었다. 그는 질문을 받았을 때 강렬한 내적 동요를 보였고, 그를 늙어 보이게 만드는 깊은 생각, 혹은 명상에 잠긴 것 같은 모습이 그후로 무거운 구름처럼 그의 위에 드리웠다. 그가 밖으로 나가자 배심원단이 돌아보고 잠시 멈추더니 배심원단 대표를 통해서 말했다.

그들의 의견이 서로 맞지 않아 잠시 퇴정하겠다는 것이었다. 판사는 (아마도 여전히 조지 워싱턴을 마음에 두고) 그들이 동의하지 못했다는 데 놀랐다는 표정을 지었지만, 감시 감독하에 퇴정해도 좋다고 전한 다음 자기도 물러났다. 재판은 종일 계속되었고, 이제 법정에 등불이 켜졌다. 배심원들이 오래 나가 있을 것이라는 소문이 돌기 시작했다. 방청객들은 간식을 먹으러 나갔고, 피고는 피고석의 뒤편으로 물러나 앉았다.

젊은 여성과 아버지가 나갔을 때 함께 나갔던 로리 씨는 이제 다시 들어와 제리를 불렀고, 제리는 사람들의 관심이 좀 느슨해진 상태에서 그의 곁으로 쉽게 다가갔다.

"제리, 뭘 좀 먹고 싶으면 먹어도 돼. 그렇지만 근처에 있어야 하네. 배심원들이 들어오면 들을 수 있을 테니까. 뒤처지면 안돼. 왜냐하면 판결을 자네가 바로 은행으로 전달했으면 하거든. 자넨 내가 아는 가장 빠른 전령이고, 나보다 훨씬 먼저 템플 바에 도착할 테니까."

제리는 주먹 마디를 이마에 충분히 갖다댔고, 이제 그 말과 1실링을 잘 전달받았다는 표시로 다시 주먹 마디를 이마에 갖다댔다.

카턴 씨가 나와서 로리 씨의 팔을 툭 쳤다.

"아가씨는 어때요?"

"아주 고통이 심해요. 그렇지만 아버지가 달래고 있고, 법정에서 나가 있으니 좀 나을 겁니다."

"피고에게 그렇게 말해줘야겠네요. 당신 같은 점잖은 은행 직원이 피고에게 공공연하게 말을 거는 게 보이면 좋지 않잖아요."

로리 씨는 마치 그가 그 문제로 마음속으로 논쟁을 벌이고 있었던 것을 의식한 듯 얼굴이 붉어졌고, 카턴 씨는 법정 난간 바깥쪽으로 갔다. 법정 밖으로 나가는 길도 마침 그쪽 방향이어서, 제리는 눈과 귀를 온통 곤두세우고 그를 따랐다.

"다네이 씨!"

피고가 즉시 나왔다.

"증인으로 나선 마네뜨 양 소식을 듣고 싶어할 것 같아서요. 아가씨는 괜찮아요. 아까 동요했을 때가 최악이었으니까."

"저 때문에 그런 것 같아서 죄송합니다. 정말 감사드린다고, 저 대신 좀 전해주실 수 있습니까?"

"네, 그럴 수 있죠. 그러죠. 원하신다면."

카턴 씨의 태도는 너무 무심하여 거의 뻔뻔스럽게 느껴질 지경이었다. 그는 피고로부터 반쯤 돌아서서 난간에 팔꿈치를 걸치고 느긋하게 서 있었다.

"부탁드려요. 정말 감사합니다."

카턴은 여전히 몸을 반쯤 돌리고 말했다. "어떻게 예상하세요, 다네이 씨?"

"최악요."

"그렇게 예상하는 게 현명하겠죠, 가장 가능성이 많기도 하고.

그렇지만 저들이 퇴정한 것은 당신에게 좋은 일 같습니다."

법정 밖으로 나가는 길에 어슬렁대는 것은 허용되지 않았으므로 제리는 더이상 그들의 말을 들을 수 없었다. 그는 그들—외모는 그렇게도 닮았고, 매너는 그렇게나 다른—이 나란히 서서 위쪽 유리에 모습이 반사되는 것을 보며 그들을 떠났다.

양고기 파이와 에일로 달래기는 했지만, 도둑과 건달이 우글거리는 아래쪽 길에선 한시간 반이 무겁게 흘러갔다. 목쉰 전령은 간단히 음식을 먹고 난 후 등받이 없는 긴 의자에 불편하게 앉아서 졸고 있었다. 그때 법정으로 가는 계단에서 크게 웅얼거리는 소리와 사람들이 몰려가는 소리가 들려 그도 그들과 함께 몰려갔다.

"제리! 제리!" 그가 도착하니 로리 씨가 벌써 문에서 그를 부르고 있었다.

"여기요! 다시 오는 게 전쟁이네요. 여기 있습니다!"

로리 씨는 군중 사이로 그에게 종이를 한장 건네주었다. "빨리! 받았지?"

"네."

종이에 급히 휘갈겨 쓴 단어는 이것이었다. "**무죄 석방.**"

"'되살아남'이라는 전갈을 다시 전했다면," 제리는 돌아서며 중얼거렸다. "이번에는 무슨 뜻인지 알 수 있었는데."

그는 올드베일리를 벗어날 때까지 무슨 말을 하거나 생각을 하거나 다른 어떤 것을 할 기회가 없었다. 군중이 너무 맹렬하게 쏟아져나와서 거의 발이 둥둥 떠갈 지경이기 때문이었다. 마치 당황한 파리 떼가 흩어져 또다른 죽은 짐승의 고기를 찾는 것처럼, 커다랗게 웅웅대는 소리가 길을 휩쓸고 지나갔다.

4장
축하

　희미하게 불이 켜진 법정 통로에서 하루 종일 그곳에서 끓고 있던 인간 스튜의 마지막 앙금이 걸러지고 있을 때, 마네뜨 박사와 그의 딸 루시 마네뜨, 변호인 측 사무변호사 로리 씨와 변호인 스트라이버 씨는 찰스 다네이—방금 석방된—주변에 모여 그가 죽음에서 벗어난 것을 축하하고 있었다.

　훨씬 더 밝은 불빛에 비춰 보아도, 지적인 얼굴에 꼿꼿한 태도를 가진 마네뜨 박사에게서 빠리 다락방에 있던 구두 만드는 노인의 모습을 알아보기는 어려울 것이었다. 그러나 그를 두번만 보면 다시 보지 않을 수 없었다. 그의 낮고 진지한 목소리의 침울한 음조나 별다른 분명한 이유도 없이 급작스럽게 그를 뒤덮는 멍한 상태까지는 관찰할 기회가 없더라도 말이다. 한가지 외면적인 원인, 그것도 그에게 오래도록 남아 있던 고통이 항상—이 재판에서와 같이—그의 영혼 깊은 곳으로부터 이러한 상태를 불러내기도 했지만, 그것은 또한 그 본성상 저절로 생겨나서, 마치 실제로는 300마일이나 떨어진 바스띠유 감옥이 여름 햇살 아래 그에게 드리운 그림자를 보는 것처럼, 그의 이야기를 모르는 사람에게는 이해할 수 없는 그늘을 드리우는 것이었다.

그의 딸만이 그 마음속에서 이 어두운 명상을 몰아낼 수 있는 힘을 가졌다. 그녀는 그의 불행을 넘어서는 먼 과거로, 그리고 그의 불행을 넘어선 현재로 그를 연결시키는 황금 실이었다. 그녀의 목소리, 그녀의 얼굴빛, 그녀의 손길은 거의 항상 확실하게 좋은 영향을 주었다. 완벽하게 늘 그런 것은 아니어서, 그녀는 자신의 힘도 미치지 못하는 몇몇 경우를 기억할 수 있었다. 그러나 그런 경우는 거의 없고 사소했으므로, 그녀는 그렇게 믿고 넘어갔다.

다네이 씨는 열렬한 감사의 마음으로 그녀의 손에 입맞춤을 했고, 스트라이버 씨에게로 돌아서서 따뜻한 감사를 전했다. 서른살을 갓 넘겼지만 그보다 스무살은 더 들어 보이는, 건장하고 요란하고 붉은 혈색에 퉁명스럽고 섬세한 데라고는 전혀 없는 스트라이버 씨는 (도덕적으로나 육체적으로나) 친구들과의 대화에 어깨로 밀치고 들어가는 습성이 있었는데, 살면서 어깨로 밀쳐가며 출세한 과정을 입증해주는 것이었다.

그는 아직도 가발을 쓰고 법복을 입은 채였고, 최근의 고객과 정산을 하느라 무고한 로리 씨를 그 무리에서 완전히 밀쳐내버렸다. "당신을 명예롭게 풀려나게 해서 기쁩니다, 다네이 씨. 정말 불명예스러운 기소였거든요. 지독하게 불명예스러웠죠. 하지만 그렇다고 성공할 가능성이 덜한 것도 아니고요."

"평생 갚을 신세를 졌습니다, 두가지 의미에서요." 그의 최근 고객이 그의 손을 잡으며 말했다.

"전 당신을 위해 최선을 다했습니다. 그리고 제가 다한 최선이 다른 사람만큼은 괜찮았다고 믿고요."

분명 이때는 누군가가 "훨씬 더 괜찮죠"라고 말해줘야 했고, 그 말을 로리 씨가 했다. 아마도 아주 사심이 없지는 않았을 테고, 다시 대화에 끼어든다는 나름의 목표가 있었을 거였다.

"그렇게 생각해요?" 스트라이버 씨가 말했다. "그럼! 당신은 하루 종일 있었으니 알 테지요. 당신도 일이 뭔지 아는 사람이니까."

"그렇기 때문에," 법에 박식한 변호사가 조금 전에 밀어냈듯이 다시 무리에 집어넣어준 로리 씨가 말했다. "그렇기 때문에 마네뜨 박사님께 부탁드립니다. 이 모임을 파하고 모두 집으로 돌아가게요. 루시 아가씨 안색이 좋지 않고, 다네이 씨도 끔찍한 하루를 보냈고, 우리 모두 지쳤어요."

"당신 얘기를 해요, 로리 씨." 스트라이버가 말했다. "난 아직 밤에도 할일이 있거든요. 당신 얘기를 해요."

"내 얘길 하는 겁니다." 로리 씨가 대답했다. "그리고 다네이 씨와 루시 양을 위한 것이기도 하죠. 그리고…… 루시 양, 내가 우리 모두를 위해서 말한다고 생각지 않아요?" 그는 그녀를 딱 집어 질문을 하면서 그녀의 아버지를 힐끔 보았다.

그의 얼굴은 다네이를 아주 묘한 표정으로 쳐다보며, 말하자면 얼어 있었다. 혐오와 불신으로 찌푸려져 심지어 두려운 감정도 없지 않은, 열중한 표정이었다. 이 이상한 표정을 한 채로, 그의 생각은 이리저리 흘러갔다.

"아버지." 루시가 부드럽게 그의 손을 잡으며 말했다.

그는 천천히 그림자를 떨쳐버리고 그녀에게로 돌아섰다.

"집에 갈까요, 아버지?"

축하인사

한숨을 내쉬며 그가 대답했다. "그러자."

석방된 피고의 친구들은 흩어졌으나, 어쩐지 그들은 그가 그날 밤 풀려나지 않을 것 같은 인상—그 자신이 초래한 것이긴 하지만—을 받았다. 통로에는 불이 거의 다 꺼졌고, 철문이 삐걱거리고 덜컹거리며 닫혔다. 그 음울한 장소는 내일 아침 교수대와 형틀과 태형笞刑 기둥과 낙인에 대한 관심으로 사람들이 몰려올 때까지 버려져 있을 것이었다. 루시 마네뜨는 아버지와 다네이 씨 사이에 서서 밖으로 걸어나왔다. 전세마차를 불렀고 아버지와 딸은 마차를 타고 떠났다.

스트라이버 씨는 통로에서 그들과 헤어져 다시 법복 탈의실로 밀치고 돌아왔다. 그 무리를 따라가거나 그들 중 누구와 이야기를 나누지는 않았지만 가장 어두운 그림자 쪽 벽에 기대고 서 있던 또 다른 사람이 나머지를 따라 조용히 걸어나와 마차가 떠날 때까지 그들을 바라보았다. 이제 그는 로리 씨와 다네이 씨가 서 있는 길가로 나섰다.

"자, 로리 씨! 이제 다네이 씨와 사업상 얘기를 좀 나눠도 되는 건가요?"

아무도 그날의 재판 절차에서 카턴 씨가 한 역할을 언급하지 않았다. 아무도 그것을 알지 못했다. 그는 법복을 벗었지만, 법복을 벗었다고 외모가 더 나아 보이진 않았다.

"직업정신이 선한 충동과 직업의 외양 사이에서 갈라져 있을 때 직업정신에서 어떤 갈등이 일어나는지 안다면, 재미있을 겁니다, 다네이 씨."

로리 씨는 얼굴을 붉히고 열을 내어 말했다. "그 얘기는 전에 했잖소. 회사에서 일하는 우리 직업인들은 우리 마음대로 하는 게 아니오. 우린 자신보다 회사를 더 우선으로 생각해야 해요."

"압니다, 알아요." 카턴 씨가 무심하게 대꾸했다. "까칠하게 굴지 마세요, 로리 씨. 당신은 누구 못지않게 훌륭합니다, 의심의 여지가 없어요. 아니, 더 낫다고 할 수 있죠."

"그러면 말이죠," 로리 씨는 그를 개의치 않고 말을 이었다. "당신이 이 일과 무슨 관계가 있는지 정말 모르겠어요. 내가 당신보다 나이가 한참 위니까 하는 얘기인데, 이게 당신이 신경 쓸 일인지 난 정말 모르겠어요."

"일이라고요! 맙소사, 나야 아무 볼일 없죠." 카턴 씨가 말했다.

"그거 안됐구려."

"나도 그렇게 생각해요."

"이 일이 당신의 볼일이었으면," 로리 씨가 말을 계속했다. "아마 신경을 썼겠죠."

"하느님, 맙소사, 아닙니다. 난 아니에요." 카턴 씨가 말했다.

"네, 그럼!" 그의 무심함에 열이 올라서 로리 씨가 외쳤다. "일이란 매우 좋고, 매우 존중받을 만한 것이죠. 그리고 일 때문에 제한받고 침묵해야 하고 장애가 생긴다면, 너그러운 젊은 신사이신 다네이 씨께서 그 상황을 어떻게 참작하실지 알고 계실 겁니다. 다네이 씨, 안녕히 가십시오. 신의 가호를 빕니다! 오늘을 기해서 번창하시고 행복하시길 바랍니다…… 어이, 경마차!²⁸"

아마 변호사에게와 마찬가지로 자신에게도 약간 화가 났던지 로리 씨는 얼른 경마차를 타고 텔슨 은행으로 실려갔다. 포트와인 냄새를 풍기며 약간은 술에 취한 듯한 카턴 씨는 웃음을 터뜨리곤

---

28 말 한마리가 끄는 이륜마차.

다네이에게 돌아섰다.

"당신과 내가 함께 있게 되다니 이상한 우연이군요. 이 길바닥에 당신의 닮은꼴과 단둘이 여기 서 있으니 당신에겐 이상한 밤이 틀림없죠?"

"아직 이 세상으로 다시 돌아온 것 같지가 않아요." 찰스 다네이가 대답했다.

"이상한 일도 아니죠. 다른 세상으로 가는 길로 한참 가 있던 게 그리 오래전 일이 아니니까. 당신 목소리가 기운이 없네요."

"저도 기운이 없다고 생각하던 참입니다."

"그럼 저녁 안 드시겠소? 난 그 돌대가리들이 당신이 어떤 세상에 속해야 하나, 이승인가 저승인가 토론하고 있을 때 저녁을 먹었어요. 저녁을 잘 먹을 수 있는 제일 가까운 술집으로 안내하죠."

그의 팔을 자신의 팔에 끼고, 그는 러드게이트힐에서 내려와 플리트 가로 그를 끌고 가서는 포장된 길을 올라가 술집으로 갔다. 여기서 그들은 작은 방으로 안내되었고, 찰스 다네이는 맛있고 소박한 저녁과 좋은 포도주로 원기를 회복하고 있었다. 그러는 동안 카턴은 앞에다 포트와인병을 따로 놓고 반쯤은 건방진 태도로 같은 탁자의 맞은편에 앉아 있었다.

"이제 당신이 이 지상의 조직에 속해 있다고 느껴집니까, 다네이 씨?"

"시간과 장소 개념이 끔찍하게 헷갈려요. 그래도 그렇게 느낄 정도로는 좋아졌네요."

"정말 좋겠습니다!"

그는 씁쓸하게 말하며 다시 자기 잔을 채웠다. 큰 잔이었다.

"나로 말할 것 같으면, 내가 가진 가장 큰 욕망은 내가 여기 속한다는 것을 잊는 겁니다. 세상에 내게 좋은 것은 아무것도 없어요—이런 포도주 말고는—내가 세상에 좋을 것도 없고요. 그러니 구체적인 점에선 우리가 그리 닮지 않았어요. 정말 당신과 나, 우리가 구체적으로는 그렇게 닮지 않았다고 생각하는 참입니다."

그날의 감정 때문에 혼란스러운 상태에서 그가 허름한 옷을 입은 그의 분신과 함께 있는 것이 꿈 같다고 느끼면서, 찰스 다네이는 어떻게 대답해야 할지 당혹스러웠다. 결국, 아무 대답도 하지 않았다.

"자, 이제 저녁을 다 먹었으니," 카턴이 즉시 말했다. "건강을 빌며 한잔하죠, 다네이 씨. 건배하시죠?"

"건강요? 건배?"

"자, 마침 말하려던 참이잖아요. 그래야 하고, 또 그래야만 해요. 그러려고 했으면서."

"그럼, 마네뜨 양을 위하여!"

"그럼, 마네뜨 양을 위하여!"

친구가 그 잔을 마시는 동안 그의 얼굴을 빤히 보면서, 카턴은 어깨 너머 벽에다 자기 잔을 던졌고, 잔은 산산조각 났다. 그러고 나서 그는 종을 울려 잔을 하나 더 주문했다.

"밤에 마차에 태워 보낼 만한 예쁜 아가씨입니다, 다네이 씨!" 그가 새 잔을 채우며 말했다.

약간 얼굴을 찡그리며 짧게 "네"라는 대답이 나왔다.

"그렇게 예쁜 아가씨가 동정하고 울어주다니! 기분이 어떻습니까? 그런 동정과 위로의 대상이 된다면 목숨을 걸고 재판을 받을 만하지요, 다네이 씨?"

다네이 씨는 다시 아무 대답도 하지 않았다.

"내가 당신 전갈을 전해주니까 아주 기뻐하던데요. 기뻐하는 모습을 보였다는 것이 아니라, 기뻐하는 것 같더라는 겁니다."

이런 암시를 들으며 다네이는 이 불쾌한 친구가 자발적으로 그
날의 곤경에서 그를 도와주었음을 상기했다. 그는 대화를 그쪽으
로 돌려 그에게 감사인사를 했다.

"감사받고 싶지도 않고, 그럴 자격도 없습니다." 무심한 답변이
었다. "우선, 아무것도 한 일이 없는데요. 둘째로, 내가 왜 그런 일
을 했는지 모르겠거든요. 다네이 씨, 질문 하나 할까요."

"그러시죠, 호의에 대한 작은 보답이라면."

"내가 특별히 당신을 좋아한다고 생각합니까?"

"정말, 카턴 씨," 상대는 묘하게 당황하며 대답했다. "그런 질문
을 스스로 해본 적이 없네요."

"그럼 지금 스스로에게 물어봐요."

"당신은 그런 것처럼 행동했지만, 그런 것 같진 않네요."

"나도 아니라고 생각합니다." 카턴이 말했다. "당신이 이해력이
좋다고 생각하던 참입니다."

"그렇지만," 다네이가 종을 울리려고 일어서면서 말을 이었다.
"그렇다고 내가 계산을 청해서 서로 나쁜 감정이 없는 상태로 헤어
지지 않을 이유는 없죠."

카턴이 "그럼요!"라고 대답하고 다네이는 종을 울렸다. "다 계
산하게요?" 카턴이 말했다. 그가 긍정적으로 대답하자, "그럼 같은
포도주로 1파인트[29] 더, 알았지? 그리고 나를 10시에 깨워줘."

값을 치르고 찰스 다네이는 일어서며 잘 자라고 인사했다. 인사
를 받지 않은 채 카턴도 일어서서 뭔가 도발적으로 위협하는 태도

---

29 부피단위. 영국 파인트는 약 0.57리터.

로 말했다. "마지막으로, 다네이 씨, 내가 취했다고 생각해요?"

"술을 계속 마셨다고 생각합니다, 카턴 씨."

"생각? 내가 술을 마셨다는 걸 알잖소."

"그렇게 말해야 한다면, 알고 있습니다."

"그럼 당신은 마찬가지로 내가 왜 그런지도 알겠죠. 난 실망스러운 마음으로 단조로운 일을 반복하는 사람이오. 이 세상 아무에게도 관심없고, 세상 사람 아무도 내게 관심없어요."

"안됐네요. 당신 재능을 더 잘 쓸 수도 있었을 텐데요."

"그럴지도 모르죠, 다네이 씨. 아닐 수도 있고요. 그렇지만 당신의 멀쩡한 얼굴로 우쭐대지는 마시오. 나중에 어떻게 될지 모르는 일이니까. 잘 가쇼!"

혼자 남겨지자 이 이상한 사람은 초를 집어들고 벽에 걸린 거울로 가서 자신을 찬찬히 살펴보았다.

"넌 그 사람이 특별히 좋아?" 그는 자신의 상像에 대고 중얼거렸다. "왜 너를 닮은 사람을 특별히 좋아해야 하는데? 네겐 좋아할 구석이 없는데. 알잖아. 아, 망할! 너 참 많이 변했다! 네가 타락하기 전에 어떤 상태였는지, 네가 어떻게 될 수도 있었는지 보여주기 때문에 그를 좋아하는 건 이유가 되지! 그와 자리를 바꾸면, 그가 그랬듯 저 푸른 눈의 시선을 받고, 그가 그랬듯 그 고통스러운 표정으로 동정을 받게 될까? 자, 분명하게 말해봐! 넌 저놈을 미워하는 거야."

그는 마음을 달래려 그의 포도주 1파인트를 몇분 만에 몽땅 마셔버리곤, 팔을 괴고 머리카락을 온통 탁자 위에 흩트린 채 잠이 들었다. 길쭉한 촛농[30]이 그의 위로 뚝뚝 떨어졌다.

---

30 종종 죽음이나 재앙의 전조를 나타냄.

5장
자칼

당시는 음주의 시절이었고, 남자들은 대부분 세게 마셨다. 세월이 흘러 그런 습관들이 엄청나게 나아졌기 때문에, 완벽한 신사로서의 명성에 손상이 가지 않을 정도로 한 남자가 하룻밤에 마실 수 있는 포도주와 펀치의 적정량을 말하는 것이 요즘에는 우스꽝스러운 과장으로 보일 지경이다. 법이라는 박식한 직종은 분명 그 요란스러운 술자리 성향에 있어서는 다른 어떤 박식한 직종에 뒤지지 않았다. 이미 대규모 이윤을 창출하는 개업으로 빠르게 밀치고 올라간 스트라이버 씨도 이 점에 있어서는 법조계의 경쟁이라는 건조한 부분에서만큼이나 그의 동료들에 결코 뒤지지 않았다.

올드베일리 감옥과 법정에서 인기가 있던 스트라이버 씨는 그가 올라탄 사다리의 아래쪽 널을 조심스럽게 잘라내기 시작했다. 법정과 올드베일리는 이제 그들이 선호하는 자들을 그들의 갈망하는 품 안으로 불러들일 차례였다. 고등법원 왕좌 재판소 법정의 법원장의 면전으로 밀치고 들어간 불그레한 혈색의 스트라이버 씨는 정원 가득히 활짝 피어난 꽃들 가운데서 커다란 해바라기가 태양을 향해 솟아오르듯이 가발 밭에서 튀어나오면서 매일 눈에 띄었을 터였다.

한번은 법정에서 스트라이버 씨가 파렴치하고 능숙하고 대담하게 입심을 발휘하는 와중에, 수많은 진술 가운데에서 핵심을 뽑아내는, 변호사의 능력 가운데 가장 눈에 띄고 필수적인 그 능력을 갖추고 있지 못하다는 것이 드러난 적이 있었다. 그러나 이 점에 있어서 괄목할 만한 향상이 이루어졌다. 그가 일을 더 하게 될수록 그 핵심과 정수를 포착하는 능력도 더 커지는 것 같았다. 그가 씨드니 카턴과 아무리 밤늦게까지 흥청망청 마셔대도, 아침이 되면 그는 늘 자신의 요점을 철저히 파악하고 있었다.

가장 게으르고 앞날이 가장 막막한 씨드니 카턴은 스트라이버의 훌륭한 동맹이었다. 힐러리 개정기와 미클마스[31] 사이 두사람이 마셔댄 술을 합치면 왕실의 배도 띄울 수 있을 지경이었다. 스트라이버가 진행하는 사건에는 항상 호주머니에 손을 넣은 카턴이 법정 천장을 바라보고 있었다. 그들은 같은 순회재판을 돌았고, 그곳에 가서도 늘 하던 식으로 늦게까지 술판을 벌이곤 했다. 카턴은 방탕에 찌든 고양이 꼴로 벌건 대낮에 몰래 비틀거리며 숙소로 들어가더라는 소문이 나기도 했다. 마침내 이 문제에 관심이 있는 사람들 사이에서 씨드니 카턴이 결코 사자는 될 수 없지만, 놀랍도록 훌륭한 자칼이며, 그 보잘것없는 능력을 발휘하여 스트라이버의 소송 사건에 도움을 준다는 이야기가 돌기 시작했다.

---

31 영국 법정 개정기의 종류. 힐러리 개정기는 1월 11~31일, 미클마스는 11월 2~25일로, '힐러리 개정기에서 미클마스까지'란 법정이 열린 내내를 말함.

"10시입니다." 그를 깨워주기로 한 술집 남자가 말했다. "10시입니다."

"뭐야?"

"10시입니다, 손님."

"뭔 소리야? 밤 10시?"

"네, 깨워달라고 하셔서요."

"아, 그래. 좋아, 좋아."

몇번 나른하게 다시 잠들려고 했지만 그 남자가 솜씨 좋게 오분 동안 불을 피워서 저지한 끝에, 그는 일어나서 모자를 쓰고 걸어나왔다. 그는 템플로 접어들어 킹스 벤치워크와 페이퍼빌딩을[32] 두번씩 지나쳐 원기를 회복한 후 스트라이버의 방으로 들어갔다.

이런 회의에는 동석하지 않는 스트라이버의 직원은 이미 퇴근했고, 스트라이버 본인이 문을 열어주었다. 그는 슬리퍼를 신고 헐렁한 가운을 입었으며 목은 편안하게 풀어헤치고 있었다. 그의 눈에는 다소 거칠고 어색하고 무감각한 기운이 보였는데, 이는 제프리스[33]의 초상을 필두로 하여 그의 계급에 속한 모든 자유분방한 간帝에서 관찰되며, 예술적으로 다양하게 위장된 모든 음주의 시대의 초상에서 추적될 수 있는 것이었다.

"좀 늦었네, 기억력."

"늘 오던 시간인데. 십오분쯤 늦었네."

그들은 책이 꽂히고 서류들이 흐트러져 있으며, 난롯불이 활활 타오르는 퀴죄죄한 방으로 들어갔다. 벽난로 시렁에는 주전자가 김을 내뿜었고, 어지럽게 쌓인 서류 한가운데 엄청나게 많은 포도

---

32 이너템플에 있던 건물들.

33 17세기 말 영국의 법관이었던 조지 제프리스(George Jeffreys)를 말함.

주와 브랜디, 럼, 설탕, 레몬이 쌓인 탁자가 빛나고 있었다.

"이미 한병 마셨군, 씨드니."

"오늘은 두병 마셨지. 오늘의 고객과 저녁을 먹었어—아니, 그가 저녁을 먹는 걸 봤지. —같은 얘기지만!"

"씨드니 자네가 신분 확인에 영향을 미치다니, 참 드문 경우였어. 어떻게 알게 되었지? 언제 알아차렸어?"

"난 그가 꽤 잘생긴 사람이라고 생각했어. 그리고 운이 좋았다면 내가 그런 비슷한 사람이 될 수도 있지 않았을까 생각했지."

스트라이버 씨는 볼록 나온 올챙이배가 흔들릴 때까지 웃어댔다.

"자네와 자네의 운이라, 씨드니! 일하세, 일해."

자칼은 뚱한 표정으로 옷을 풀어헤치고 옆방으로 들어가 찬물이 담긴 커다란 주전자와 대야, 그리고 수건을 한두장 가지고 나왔다. 수건을 물에 담갔다가 꼭 짠 다음, 그는 그것을 접어 보기 흉하게 머리에 얹고 탁자에 앉아 말했다. "자, 난 준비됐어!"

"오늘은 요약할 것이 그리 많지 않아, 기억력." 스트라이버 씨가 서류들을 바라보며 명랑하게 말했다.

"얼마나 되는데?"

"두건뿐이야."

"나쁜 거 먼저 줘."

"여기 있네, 씨드니. 시작해!"

그러고 나서 사자는 술이 있는 탁자 한쪽 옆 소파에 등을 기대고 앉았고, 자칼은 술병과 잔 들이 손에 닿을 만한 반대편에 서류가 흐트러져 있는 탁자에 앉았다. 둘 다 아낌없이 술 탁자를 오갔지만, 방식은 각자 달랐다. 사자는 대부분 허리춤에 손을 대고 난롯불을 바라보며 뒤로 기대어 때때로 좀 가벼운 서류들을 뒤적거리는 반면에, 자칼은 이마를 찌푸리고 열중한 표정으로 일에 몰두하여 심지어 잔을 잡으려고 손을 뻗을 때도 자기 손을 바라보지 않을 정도였고, 그래서 손으로 일분 혹은 그 이상 더듬거린 후에야 자기가 마실 술잔을 집어들곤 했다. 두세번, 맡은 일이 너무 까다로워서 자칼은 일어나 수건을 다시 적실 수밖에 없었다. 주전자와 대야 쪽으로 갔다 오면서 그는 어떤 말로도 묘사할 수 없을 만큼 괴상한 젖은 머릿수건을 쓰고 돌아왔고, 이는 그의 열성적인 진지함 때문에 그만큼 더 우스꽝스럽게 보였다.

마침내 자칼은 사자가 먹을 단출한 식사를 마련했고, 그에게 내놓으러 갔다. 사자는 그것을 주의 깊고 조심스럽게 받아들고 그중에서 일부를 골라내고, 자신의 의견을 덧붙였고, 자칼은 두가지 일을 모두 도왔다. 그 성찬을 충분히 토의하고 나서 사자는 다시 허리띠에 손을 대고 명상을 하기 위해 누웠다. 자칼은 목을 축일 가득 채운 잔으로 원기를 북돋우고 다시 머리를 수건으로 적시고는 두번째 식사를 모으기 위해 일을 시작했다. 이것 역시 같은 방식으로 사자에게 전달되었고 이것은 새벽 3시가 되어서야 처리되었다.

"자, 이제 다 되었으니, 씨드니, 펀치를 한잔 가득 채우세." 스트라이버 씨가 말했다.

자칼은 머리에서 김이 무럭무럭 나는 수건을 치우고 몸을 흔들고 하품을 하고 몸을 부르르 떨더니 그의 말에 따랐다.

"오늘 증인들에 관해서 정말 좋았어, 씨드니. 질문들이 다 나왔으니."

"나야 늘 잘하지 않나, 안 그래?"

"부정하지 않겠네. 그런데 왜 그리 기분이 안 좋아? 펀치나 마시고 부드럽게 해봐."

뭐라고 구시렁거리면서도 자칼은 다시 그의 말을 따랐다.

"옛날 슈루즈베리 학교에 다니던 옛날의 씨드니 카턴." 스트라이버는 그의 현재와 과거를 돌이켜보며 고개를 끄덕이면서 말했다. "오르락내리락하던 그 씨드니. 순간 올라갔다가 또 내려가고. 기분이 좋았다가 우울했다가!"

"아!" 씨드니가 한숨을 쉬며 대답했다. "그래! 그 씨드니에, 그 팔자야. 그때도 나는 다른 애들 숙제를 해주고 내 것은 거의 안했지."

"왜 안했어?"

"몰라. 그게 내 길이었던 게지."

그는 호주머니에 손을 넣고 다리를 길게 앞으로 뻗은 채 난롯불을 바라보며 앉았다.

"카턴." 마치 그 난로의 쇠살대가 지속적인 노력이 주조되는 용광로이며 옛날 슈루즈베리 학교의 옛 씨드니 카턴에게 해줄 수 있는 한가지 자상한 일이란 그를 그 속으로 밀쳐넣는 것이라는 듯, 그의 친구는 위압적인 태도로 앞에 버티고 서서 말했다. "자네의 길은 언제나 비뚤어진 길이었고, 지금도 그래. 기운도 없고 목적도 없어. 날 봐."

"아, 젠장!" 씨드니가 아까보다 가볍고 조금 더 기분 좋게 웃음을 터뜨리며 대답했다. "도덕 선생 노릇 그만해!"

"내가 한 일을 어떻게 해낸 것 같아?" 스트라이버가 말했다. "내가 하는 일을 어떻게 하고 있는데?"

"아마 부분적으론 나에게 도와달라고 부탁해서겠지. 그렇지만 내 얘기를 굳이 강조할 가치는 없어. 자네가 하고 싶은 일을 하는 거지. 자넨 늘 앞줄에 있었고, 난 늘 뒤에 있었으니까."

"난 앞줄에 들어가야만 했어. 난 거기서 태어나진 않았으니까, 그렇잖아?"

"내가 직접 안 봐서 모르겠지만, 그랬겠지." 카턴이 말했다. 이 말을 하고 그는 다시 웃었고, 두 사람 모두 웃었다.

"슈루즈베리 이전에, 슈루즈베리에서, 그리고 슈루즈베리 이후에도," 카턴은 말을 이었다. "넌 네 자리에 떨어진 거고, 나는 내 자리에 떨어진 거야. 우리가 빠리의 라땡 지구에서 같이 공부하면서 프랑스어와 프랑스 법과 우리가 그다지 잘 이용하지 못한 프랑스 부스러기들을 주워 먹는 동급생일 때도, 넌 늘 어디엔가 있었고, 난 아무 데도 없었어."

"그런데 그게 누구 잘못이었어?"

"내 영혼을 걸고 말하건대, 그게 네 잘못이 아니었다곤 확신할 수 없어. 넌 늘 잠시도 가만있지 못할 정도로 달려가고 잡아뜯고 밀치고 앞질러갔기 때문에 난 그냥 녹슬어 쉬는 기회밖엔 없었어. 그렇지만 날이 밝아오는데 자기 과거 얘기나 하는 건 우울하다. 가기 전에 다른 방향을 좀 제시해봐."

"그래, 그럼! 그 예쁜 증인을 위해 축배를 들어봐." 스트라이버는 잔을 들며 말했다. "이제 좀 기분이 좋아졌어?"

분명 아니었다. 그는 다시 우울해졌으니까.

"예쁜 증인이라." 그는 잔을 내려다보며 중얼거렸다. "오늘 낮밤으로 만난 증인이 하도 많아서. 예쁜 증인이란 게 누구야?"

"그 그림 같은 의사 딸, 마네뜨 양 말이야."

"그 여자가 예뻐?"

"안 예쁘냐?"

"안 예뻐."

138

"이런, 기가 막혀서, 법정 전체가 그녀에게 반했다고!"

"법정 전체가 반하든가 말든가! 누가 올드베일리를 미의 판관으로 만든 거야? 그냥 금발 인형이던데!"

"자네, 그거 알아, 씨드니," 스트라이버 씨가 날카로운 눈으로 그를 쳐다보며 불그레한 얼굴을 천천히 손으로 쓸며 말했다. "그거 알아, 아까는 자네가 그 금발 인형에게 동정을 느껴서 그 금발 인형에게 무슨 일이 생겼는지 빨리 알아챈 것 같았는데?"

"무슨 일이 생겼는지 빨리 봤다고! 인형이든 인형이 아니든, 여자가 코앞 1, 2야드 앞에서 기절하는데 망원경 없이도 볼 수 있는 거지. 자네한테 맹세하는데, 미인 아니야. 그리고 이제 술은 그만 마실래. 자야겠어."

주인이 촛불을 들고 계단까지 그를 따라 나와 계단 아래를 비춰주었을 때, 그 칙칙한 창문으로 아침 햇살이 차갑게 들여다보고 있었다. 그가 그 집에서 나오자 공기는 차고 서글펐으며, 칙칙한 하늘엔 구름이 끼어 있고, 강물은 어둡고 흐린 빛이어서, 그 풍경 전체가 마치 생명이 없는 사막 같았다. 사막에서 모래가 멀리서 일어나듯 아침 바람에 먼지가 빙글빙글 소용돌이를 일으키고, 그렇게 처음으로 흩뿌려진 먼지가 이미 도시를 뒤덮기 시작했다.

기운은 소진되고 주변은 사막 같은 상태로, 이 사내는 고요한 테라스 주택 건너편 길에 잠시 서서 그 앞 황야에 놓인 명예로운 야망과 자제와 인내라는 신기루를 바라보았다. 이렇게 보이는 아름다운 도시에는 사랑과 은총이 그를 내려다보는 천상의 회랑과, 생명의 열매가 익어가고 희망의 물이 그의 시야에 뿌려지는 정원들이 있었다. 순간, 그것은 사라졌다. 층계 옆 높은 방으로 올라가 그는 아무렇게나 버려둔 침대 위에 몸을 던지고 지친 눈물로 베개를 적셨다.

슬프게, 슬프게, 해가 떴다. 그 햇살이 비춰주는 못지않게 슬픈 광경은 훌륭한 능력과 훌륭한 감성을 지녔으면서도 그것을 제대로 된 방향으로 발휘하지 못하고, 스스로를 돕지 못하며 스스로 행복 해지지 못하며, 자신의 병을 감지하고서도 그 병이 자기를 먹어치 우도록 포기하고 내버려두는 사내였다.

6장
수백명의 사람들

마네뜨 박사의 조용한 거처는 쏘호 광장과 멀지 않은 곳의 조용한 길모퉁이였다. 반역죄 재판이 있은 지 넉달의 시간이 물결처럼 흘러가서 대중의 관심과 기억에서 그 재판을 먼바다로 밀어냈을 즈음의 어느 화창한 일요일 오후, 자비스 로리 씨는 그가 사는 클러컨웰의 화창한 거리를 지나 박사와 저녁을 먹으러 걸어가고 있었다. 사업 통합을 몇번 하고 나서 로리 씨는 박사의 친구가 되었고, 그 조용한 길모퉁이는 그의 삶에서 화창한 부분이 되었다.

이 어느 화창한 일요일에, 로리 씨는 오후 일찍 쏘호를 향해 걸었는데, 세가지 습관상의 이유가 있었다. 첫째, 화창한 일요일 오후에는 박사와 루시와 함께 저녁을 먹기 전에 산책을 하곤 했기 때문이었고, 둘째, 날씨가 궂은 일요일에는 가족의 친구로서 그들과 함께 이야기하고 읽고 창밖을 내다보며 하루를 보내는 데 익숙해 있었기 때문이었고, 셋째, 그는 나름대로 풀어야 할 작은 의혹이 있었고 박사의 가족이 어떻게 바로 그 즈음에 그 의혹을 풀 수 있을지 알고 있었기 때문이었다.

박사가 사는 길모퉁이보다 더 멋스러운 길모퉁이는 런던에 없었다. 그곳을 통과하는 길이 없었고, 박사의 집 앞 창문은 아늑하게 숨어 있는 분위기의 길을 보기 좋게 내다보고 있었다. 옥스퍼드 가 북쪽에는 건물이 거의 없었고, 지금은 사라진 들판에 나무숲이 울창하고 야생화가 자라나고 산사나무 꽃이 피어났다. 그래서 정처 없이 떠도는 부랑자들처럼 초췌하게 교구로 밀려드는 대신, 시골 분위기가 쏘호 주변을 활기차고 자유분방하게 맴돌았다. 멀지 않은 곳에는 계절에 맞게 복숭아가 기대어 익어가는, 튼실한 남향 벽들[34]이 있었다.

오전에는 여름 햇살이 그 길모퉁이로 찬란하게 쏟아졌다. 그러나 길이 더워지면서 길모퉁이는 그늘에 들게 되었는데, 아주 큰 그늘은 아니었고 그늘 너머로 환한 햇살을 볼 수 있을 정도였다. 그곳은 시원했고, 안정감 있으면서도 유쾌했고, 멋지게 메아리가 울렸으며, 사납게 들끓는 길거리를 피해 안식을 취할 수 있는 곳이었다.

그러한 정박지에는 조용한 배 한척이 있어야 하고, 정말로 그런 배가 있었다. 박사는 크고 단단한 집의 두층을 쓰고 있었는데, 낮 동안에는 그곳에서 몇가지 일이 이루어진다고 알려져 있었으나 거의 아무 소리도 나지 않았고 밤에는 모두가 그곳을 떠났다. 플라타너스가 푸른 잎을 바스락거리는 마당을 통해 갈 수 있는 뒤편 건물에서는, 교회 오르간을 만든다고도 했고, 은세공을 한다고도 했으며, 또 앞쪽 현관 벽에 튀어나온 황금 팔을 가진 신비로운 거인

....

34 영국에서는 기후 때문에 복숭아를 바람막이 벽 앞에다 심어서 키움.

142

이—마치 자기 자신을 몹시 두들겨서 그리 되었기에 모든 방문객에게도 그와 비슷하게 만들어주겠다고 위협이라도 하듯이—금을 두드리고 있다고도 했다. 이 직종들, 혹은 위층에 산다고 소문난 외로운 세입자, 혹은 아래층에 회계 사무실을 차려놓고 있다는 우둔한 마차 장식품 제조업자에 대해서는 거의 들리거나 보이는 것이 없었다. 때때로 일꾼 하나가 홀연히 윗옷을 입고 나타나 현관을 가로지르거나, 낯선 사람이 그곳을 기웃거리거나, 마당 너머에서 희미하게 챙챙거리는 소리가 들리거나, 황금 거인으로부터 쿵 소리가 들리기도 했다. 그러나 이는 집 뒤의 플라타너스 나무의 참새와 그 앞 모퉁이의 메아리가 일요일 아침부터 토요일 밤까지 제멋대로 지낸다는 법칙을 증명하는 데 필요한 예외적인 사건들일 뿐이었다.

마네뜨 박사는 옛 명성과 그의 이야기가 입소문으로 떠돌면서 명성이 부활한 덕에 오게 된 환자들을 받았다. 그의 과학 지식과, 기발한 실험을 수행하는 그의 조심성과 기술로 인하여 그는 다르게 보면 적절하다 할 수 있는 정도의 요청을 받았고, 그래서 그는 그가 원하는 만큼 벌어들였다.

이것이 자비스 로리 씨가 어느 화창한 일요일 오후에 조용한 길모퉁이 집의 현관 종을 울릴 때 그의 지식과 생각과 인지 안에 있던 것들이었다.

"마네뜨 박사님 계십니까?"

곧 오실 겁니다.

"루시 양은 집에 있습니까?"

곧 오실 겁니다.

"프로스 양은 있나요?"

아마 있을 것이지만, 틀림없이 하녀로서는 프로스 양의 의도를 예측할 수 없으니 그 사실을 인정할 수도 부정할 수도 없었다.

"내가 여기 왔으니, 위층으로 올라가겠소." 로리 씨가 말했다.

의사의 딸은 자신이 태어난 나라에 대해서 아무것도 몰랐지만, 그녀는 그 나라의 가장 유용하고도 바람직한 특성 중 하나인, 얼마 안되는 자산을 최대한 활용하는 능력을 타고난 듯이 보였다.

가구는 소박했지만, 값은 나가지 않으나 취향과 심미안이 엿보이는 수많은 작은 장식품으로 치장했고, 그 결과는 매우 매력적이었다. 가장 큰 물건부터 작은 물건까지 방 안에 있는 모든 것의 배치, 색 배합, 자질구레한 것의 절제와 섬세한 손길, 밝은 눈, 훌륭한 분별로 얻은 우아한 다채로움과 대조는 그 자체로 너무나 보기 좋고 누가 그것을 만들어냈는지도 보여주었기에, 로리 씨가 서서 주변을 둘러볼 때 바로 그 의자와 탁자가 그에게 그 즈음에 그가 아주 잘 알게 된 독특한 표정을 띠면서 괜찮으시냐고 묻는 것 같았다.

한층에는 방이 세개 있었고, 방 사이의 문은 모두 열어놓아서 공기가 자유롭게 통할 수 있었으므로, 로리 씨는 미소를 띠며 그가 주변에서 발견한 그 기발한 유사성을 관찰하며 이 방에서 저 방으로 거닐었다. 첫번째 방이 가장 좋은 방이었는데, 그곳에는 루시의 새와 꽃, 책, 책상과 작업대, 수채화 물감 상자가 있었다. 두번째 방은 박사의 상담실이었고, 동시에 식당으로 사용되기도 했다. 세번째 방은 마당에 서 있는 플라타너스 나뭇잎이 버스럭거리면서 변화무쌍하게 얼룩이는 그림자가 지는 방으로, 박사의 침실이었고, 구석에는 이제는 사용하지 않는 구두장이 의자와 도구 정리함이 빠리 쌩땅뚜안 교외의 포도주 가게 옆 음침한 집 오층에 있던 그대로 놓여 있었다.

"어째서 고통의 시간을 상기시키는 것들을 주변에 계속 놓아두는지 모르겠네!" 잠시 둘러보던 것을 멈추고 로리 씨가 말했다.

"그게 뭐가 이상해요?" 갑작스러운 질문에 그는 움찔 놀랐다.

그 질문은 프로스 양으로부터 나온 것이었다. 거칠고 불그레한 여인, 손힘이 세고, 그가 도버의 로열 조지 호텔에서 처음 만난 후로 친해진 사람 말이다.

"제 생각엔……" 로리 씨가 말을 시작했다.

"쳇! 당신 생각이라고요!" 프로스 양이 말했다. 그러고는 로리 씨는 말을 잇지 못했다.

"안녕하십니까?" 그 숙녀가 그때 물었다——날카롭게, 그러나 그에게 악의는 없다는 듯이.

"잘 지냅니다. 감사합니다." 로리 씨라 소심하게 대답했다. "어떻게 지내세요?"

"자랑할 일은 없어요." 프로스 양이 대답했다.

"정말요?"

"아! 정말로요!" 프로스 양이 말했다. "우리 무당벌레[35] 때문에 힘들어 죽겠어요."

"정말요?"

"제발 '정말요' 말고 다른 말 좀 하세요. 짜증나 죽겠어요." 프로스 양이 말했다. 그녀의 성격은 (덩치와는 달리) 쌀쌀했다.[36]

"그러면, 진짜로요?" 로리 씨가 고쳐 말했다.

"'진짜로'도 나빠요." 프로스 양이 대꾸했다. "그래도 조금 낫네요. 네, 전 정말 힘들어요."

---

35 레이디버드(Ladybird). 루시 마네뜨에 대한 애칭.
36 '쇼트'(short)에는 '키가 작다'와 '쌀쌀하다'라는 뜻이 있음.

"이유가 뭔지 물어봐도 됩니까?"

"우리 무당벌레와 어울리지도 않는 사람들이 십여명씩 와서 그녀를 찾는 게 싫어요." 프로스 양이 말했다.

"십여명이 그런 목적으로 온다고요?"

"수백명이죠." 프로스 양이 말했다.

이 숙녀의 특징은 (그녀 이전 혹은 이후의 어떤 사람들처럼) 그녀가 처음 내놓은 명제에 의문을 제기하면 그것을 과장한다는 점이었다.

"저런!" 로리 씨는 그가 생각할 수 있는 가장 안전한 언급으로서 이렇게 말했다.

"그애가 열살 때부터 전 그 예쁜 것과 함께 살아왔고—혹은 그 예쁜 것이 저와 함께 산 거죠—그래서 보수를 받았어요. 당신이 진술서를 받아도 되는데, 내가 나 자신이나 그녀를 공짜로 부양할 수 있는 여유가 있었다면 결코 그렇게 하지 말아야 했는데. 그리고 이젠 정말 힘들어요." 프로스 양이 말했다.

무엇이 그렇게 힘들다는 것인지 정확히 알지 못한 채로 로리 씨는 머리를 흔들었다. 그의 중요한 신체부위를 어디에나 맞는 요정의 외투 같은 것처럼 사용한 것이다.

"이 애기한테 조금도 걸맞지 않은 온갖 부류의 사람들이 늘 나타난다니까요." 프로스 양이 말했다. "당신이 그 일을 시작했을 때……"

"내가 그 일을 시작했다고요, 프로스 양?"

"그러지 않았어요? 누가 그녀의 아버지를 살려냈는데요?"

"오! 그것이 그 시작이라면……" 로리 씨가 말했다.

"끝은 아니었잖아요, 그렇죠? 그러니, 당신이 그 일을 시작할 때도 충분히 힘들었어요. 마네뜨 박사가 그런 딸에게 걸맞지 않는다는 것만 빼고는 별로 흠잡을 데가 없으니까. 그게 어떤 상황이든 어떤 사람이든 그녀에게 걸맞으리라고는 기대할 수 없기 때문에, 그를 향한 비난도 아니죠. 그렇지만 아버지에 이어서 (아버지를 용서할 수도 있을 것 같아요) 온갖 사람이 다 몰려들어서 무당벌레의 애정을 제게서 빼앗아가려고 드니 진짜 두배 세배로 힘들어요."

로리 씨는 프로스 양이 질투가 매우 심한 것을 알았지만, 이즈음에는 그녀의 특이한 봉사 이면에, 잃어버린 청춘과, 가지지 못한 아름다움과, 자신들이 획득하는 행운을 누리지 못한 기량과, 자신들의 우울한 삶에는 결코 비치지 않던 밝은 희망에, 순수한 사랑과 연모를 위해, 스스로를 기꺼이 노예로 묶어두는 이타적인 생물들—여성들 사이에서만 발견되는—중 하나가 살고 있음도 알고 있었다. 그는 그중에서 마음으로부터 우러난 충실한 봉사보다 더 나은 것은 없다는 것을 알 정도로 세상사에 익숙해 있었다. 그렇게 만들어져 돈만 밝히는 타락에서 자유로운 상태, 그는 그런 것을 정말 존경하고 있었기에, 그의 마음속에서 이루어진 응분의 자리매김에서—우리는 다소간에 모두 그런 배열을 한다—프로스 양을 텔슨 은행에 계좌를 가진, 태생이나 기예 면에서 헤아릴 수 없이 더 훌륭하게 양육된 수많은 숙녀들보다 천사들에 더 가까이 자리매김해두었다.

"우리 무당벌레에게 어울리는 남자는 딱 한사람밖에 없었고, 앞으로도 없을 거예요." 프로스 양이 말했다. "그건 내 동생 쏠로몬이죠. 걔가 인생에서 실수만 하지 않았더라면."

또 시작. 로리 씨는 프로스 양의 개인사를 물어 그녀의 남동생 쏠로몬이 그녀가 소유한 모든 것을 투자를 한답시고 다 빼앗아가

고 아무런 가책도 없이 그녀를 그후로 쭉 빈곤한 상태로 버려두고
간 비정한 악당임을 알아냈다. 쏠로몬에 대한 프로스 양의 충실한
믿음과 같은 것은 (가벼운 실수라는 이 사소한 한가지 생각만 빼
고) 로리 씨에게는 아주 중요한 문제였고, 그래서 그녀에 대한 그
의 호의적인 견해에 무게를 실어주었다.

"지금 우리 둘만 있고, 둘 다 직업인이니까 말인데요." 그들이 응
접실로 돌아와 사이 좋게 앉았을 때 그가 말했다. "하나 물어봅시
다. 박사님은 루시와 이야기를 하면서 구두 만들던 시절 이야기를
한 적이 없나요?"

"없어요."

"그러면서도 저 의자와 도구들을 옆에 지니고 있단 말이죠?"

"아!" 프로스 양이 머리를 흔들며 말했다. "그렇지만 속으로도
그 시절을 생각하지 않는지는 알 수 없죠."

"그 시절을 많이 생각할 거라고 보는 겁니까?"

"그래요."

"그럼 이런 상상은……" 로리 씨가 말을 시작하자 프로스 양이
말을 끊었다.

"뭘 상상하지는 않아요. 전 상상력이 아예 없어요."

"그럼 말을 정정하죠. 이런 가정은─가정까지는 하시죠, 가
끔?"

"때때로 하죠." 프로스 양이 말했다.

"그럼 이런 가정도 하시나요?" 로리 씨는 반짝이는 눈에 웃음기
를 머금고 그녀를 다정하게 바라보며 말을 이었다. "마네뜨 박사가
자신이 그렇게 억압당한 원인과 관련하여 그 세월 동안 간직해온
자기만의 이론이 있다고, 아마도 그를 핍박한 사람의 이름까지도

알고 있을 거라고요."

"전 우리 무당벌레가 제게 말해준 것 말고는 그 문제에 관해선 어떤 가정도 하지 않아요."

"그건……?"

"알고 있는 것 같다는 거죠."

"이런 걸 다 물어본다고 언짢아하진 마세요. 전 그저 우둔한 직업인이고 당신 역시 직업인이니까요."

"우둔하다고요?" 프로스 양이 차분하게 물었다.

그의 겸손한 표현방식을 무마해버리려고 로리 씨는 대답했다. "아니요, 아니요, 아닙니다. 물론 아니죠. 다시 일 이야기로 돌아가서—우리 모두가 확신하는 것처럼 의문의 여지 없이 어떤 범죄도 저지르지 않은 마네뜨 박사가 그 문제를 건드리지 않았다는 건 이상하지 않습니까? 그는 예전에 저와 사업 관계를 맺었고 지금은 친밀한 사이지만, 나와 함께 의논하진 않을 겁니다. 그가 그렇게 헌신적인 애정을 보이고 그에게 또 그렇게 헌신적인 애정을 보이는 예쁜 딸과 하지 않겠습니까? 절 믿으세요, 프로스 양. 전 단순한 호기심에서가 아니라 열성적인 관심에서 이 문제를 당신과 이야기하는 것이랍니다."

"글쎄요! 제가 이해하는 바로는, 그래봐야 이해력이 나쁘긴 하지만, 아시죠." 변명조에 누그러져서 프로스 양이 말했다. "그분은 그 주제 전체를 두려워하세요."

"두려워해요?"

"제 생각엔, 왜 그럴지는 충분히 분명해요. 끔찍한 기억이니까요. 게다가 그 와중에 자기 자신을 잃어버렸으니까요. 그가 어떻게 정신을 놓았는지도, 어떻게 회복되었는지도 모르는 채로, 앞으로도 다시 정신을 놓아버리지 않을 것이라고 확신할 수 없으니까요. 그것만 해도 그 주제가 유쾌하진 않을 거라고 생각해요."

그건 로리 씨가 기대하던 것보다 심오한 발언이었다. "맞습니다." 그가 말했다. "그리고 생각하기 두렵겠지요. 그렇지만 한가지 의심스러운 점이 있습니다, 프로스 양. 마네뜨 박사가 그런 억압을 늘 마음속에 가둬두고 있는 게 좋을지 말입니다. 사실은 이런 의심과 이런 생각을 하면서 때때로 느끼는 불편함 때문에 우리가 이렇게 터놓고 얘기하게 된 것입니다."

"어쩔 수 없죠." 프로스 양이 머리를 내저으며 말했다. "그 줄을 건드리면 그분은 곧장 더 나빠질 테니까요. 그냥 놔두는 게 좋아요. 간단히 말해서 좋든 나쁘든 그냥 내버려둬야 해요. 때때로 그분이 한밤중에 일어나서 방 안에서 이리저리 걸어다니고, 이리저리 걸어다니며 오가는 소리가 들릴 때가 있어요. 그러면 딸이 그분께로 가서 그분이 안정될 때까지 같이 이리저리 걷고, 또 이리저리 걷곤 하죠. 그렇지만 그분은 딸에게 자기가 불안한 진짜 이유를 한마디도 말한 적이 없고, 그녀도 그것을 암시하지 않는 게 최선이라고 생각해요. 말없이 이리저리 걷고 이리저리 걷다가 마침내 그녀의 사랑과 동행으로 그분이 정신을 차리게 되는 거죠."

프로스 양이 자신은 상상력이 없다고 했음에도 불구하고, 이리저리 걷는다는 그녀의 반복된 구절은 한가지 서글픈 생각에 단순하게 사로잡힌 고통을 인지한 것으로, 그녀가 상상력 같은 것을 소유했음을 증명해주었다.

그 길모퉁이는 메아리가 치는 멋진 길모퉁이라고 언급된 바 있다. 그곳에서는 다가오는 발소리가 아주 낭랑하게 메아리쳐서, 마치 지쳐 오가는 그 발걸음을 언급하는 것만으로도 그 발소리가 들리는 듯했다.

"왔네요!" 프로스 양이 대화를 중단하고 일어서며 말했다. "이제 곧 수백명의 사람이 몰려올 겁니다!"

그 음향의 속성이 매우 신기한 길모퉁이이고 마치 기묘한 귀가 달린 장소 같은 곳이라서, 로리 씨는 열린 창가에 서서 발소리가 들린 부녀를 기다리는 동안 그들이 오지 않는 것이 아닌가 하고 상상하기도 했다. 발걸음이 사라지면서 메아리가 사라졌을 뿐만 아니라, 그 대신 오지도 않은 다른 사람 발소리의 메아리가 들리고, 그들이 아주 가까이 온 듯했을 때는 아예 사라져버리는 것이었다. 그러나 부녀는 마침내 나타났고 프로스 양은 그들을 맞으러 현관에 나가 섰다.

프로스 양은 비록 거칠고 불그레하고 험상궂긴 했지만, 그녀의 예쁜이가 위층으로 올라올 때 보닛을 벗기고 손수건 끝으로 톡톡 건드려 먼지를 털어내고 망또를 옆에 놓으려고 개주면서, 그녀가 허영심 많고 잘생긴 여성이었더라면 자기 머리카락에 대해서 가졌을 것 같은 그런 자부심으로 풍성한 머리카락을 쓸어내릴 때, 보기에 기분 좋은 모습이었다. 그녀의 예쁜이가 그녀를 껴안고 감사인사를 건네며 그녀가 자기를 위해 애쓰는 것을 막아서 마지막엔 장난으로 그러지 않았다면 프로스 양이 심하게 마음이 상해서 방으로 들어가 울 지경인 그 모습도 역시나 보기 좋았다. 그들을 바라보며, 프로스 양이 어떻게 루시를 응석받이로 만들었는지, 프로스 양 못지않게, 그리고 가능하다면 자신이 더욱 많이, 루시가 예뻐 죽겠다는 표정을 그 말투와 눈길에 담아 프로스 양에게 이야기하는 박사도 보기 좋았다. 작은 가발을 쓴 채 이 모든 것을 미소를 띠고 바라보며 그의 말년에 홀아비의 별이 그를 이런 가정으로 인도해준 것에 감사하는 로리 씨도 보기가 좋았다. 그러나 수백명의 사람이 이 광경을 보러 오지는 않았고, 그래서 로리 씨는 프로스 양의 예언이 실현되는 것을 보지 못하고 말았다.

저녁 시간이 되었으나, 여전히 수백명의 사람은 오지 않았다. 그 작은 집을 돌보면서 프로스 양은 주로 아래층을 책임졌으며 늘 탁월하게 처신했다. 그녀의 저녁식사는 아주 소박했지만 아주 잘 요리되고 잘 써빙이 되고 반쯤은 영국식으로 반쯤은 프랑스식으로 아주 깔끔하게 계획되어서, 그보다 더 좋을 수가 없었다. 프로스 양의 우정은 완전히 실용적인 것이어서, 그녀는 가난한 프랑스인들을 찾아 쏘호와 그 인근 지역을 뒤지고 다니며 그들을 실링이나 반 크라운 정도로 유혹하여 그들로부터 요리의 비밀을 전수받았다. 몰락한 갈리아[37]의 아들딸들로부터 그녀는 그토록 신기한 기술을 얻어내었으므로, 집안일을 하는 여인들과 소녀들은 그녀를 마법사나 씬데렐라의 요술 할머니로 여겼다. 그녀는 정원에서 닭이나 토끼나 채소 한두가지를 가져오라고 해서 무엇이든 자기 마음대로 바꾸어내는 것이었다.

일요일이 되면 프로스 양은 박사의 식탁에서 같이 저녁을 먹었지만, 다른 날에는 아래층에서, 혹은 이층 자기 방에서 알려지지 않은 시간에 먹기를 고집했다. 그녀의 방은 그녀의 무당벌레 말고는 아무도 들어갈 수 없는 푸른 방이었다. 이런 경우에 프로스 양은 무당벌레의 예쁜 얼굴과 그녀를 기쁘게 하려는 예쁜 노력에 반응하여 아주 편한 태도를 취했다. 그래서 그 저녁식사도 매우 기분좋았다.

---

37 고대 켈트인의 땅. 현재의 이딸리아 북부, 프랑스, 벨기에 등.

답답한 날이었으므로 저녁식사 후 루시는 플라타너스 나무 아래로 포도주를 가져가서 야외에 앉자고 제안했다. 모든 것이 그녀 위주로, 그녀를 중심으로 돌아갔으므로, 그들은 플라타너스 나무 아래로 갔고, 그녀는 특별히 로리 씨를 위해서 포도주를 가지고 내려왔다. 그녀는 얼마 전부터 로리 씨의 잔을 담당하는 사람을 자처했다. 그들이 이야기를 나누며 플라타너스 그늘 아래 앉자, 그녀는 그의 잔을 채워주었다. 그들이 이야기를 나누는 동안 신비로운 집들의 뒤편과 끝자락이 그들을 내다보았고, 플라타너스 나무는 그들의 머리 위에서 자기 나름대로 그들에게 속삭였다.

그러나 아직도 수백명의 사람은 나타나지 않았다. 그들이 플라타너스 그늘 아래 앉아 있을 때 다네이 씨가 나타났지만, 그 한사람뿐이었다.

마네뜨 박사는 그를 친절하게 맞았고, 루시도 그랬다. 그러나 프로스 양은 갑자기 머리와 몸에 경련이 난다며 집으로 들어갔다. 그녀는 자주 이런 병에 시달리곤 했으며, 그녀는 친밀한 대화에서는 이것을 '꿈틀 발작'이라고 불렀다.

박사는 최상의 상태였고 특별히 젊어 보였다. 그럴 때면 그와 루시가 닮은 모습이 더욱 뚜렷했다. 그들이 나란히 앉아 그녀가 그의 어깨에 기대고 그가 그녀의 의자 뒤에 팔을 올려놓고 있을 때면, 둘이 닮은 모습을 찾아보는 것은 매우 흐뭇한 일이었다.

그는 평소와 달리 활달하게 여러가지 주제에 대해서 종일 이야기를 했다. "그런데요, 마네뜨 박사님," 그들이 플라타너스 나무 아래 앉았을 때 다네이 씨가 말했다. 그는 지금 나누고 있는 이야기의 주제를 따라가다가 자연스럽게 이 말을 하게 된 것이었는데, 공교롭게도 그 주제는 런던의 오래된 건물이었다. "런던탑 구경해보섰어요?"

"루시와 나는 거기 간 적이 있긴 한데, 그냥 어쩌다 들렀죠. 흥미로운 곳이라는 것을 알고 충분히 구경했지요. 그 이상은 아닙니다."

"아시다시피 저도 거기 가봤죠." 다네이는 약간 화난 듯 얼굴을 붉혔지만 미소를 띠며 말했다. "다른 계기로요. 그래서 많이 구경하지는 못했지요. 제가 거기 있을 때 신기한 얘기를 들었어요."

"그게 뭔데요?" 루시가 물었다.

"탑을 수리하려고 일꾼들이 오래된 지하감옥에 갔는데, 여러해 동안 만들어진 채로 그냥 버려진 곳이었대요. 그 내부의 돌벽은 죄수들이 새긴 글귀들──날짜, 이름, 불평, 기도 같은 것으로 뒤덮여 있었답니다. 벽 모퉁이의 한 귓돌 위에 아마 사형을 당한 것으로 보이는 어떤 죄수가 마지막 작품으로 세 글자를 새겨놓았더래요. 도구도 보잘것없는데다가 매우 서둘러서 떨리는 손으로 새긴 글자였다고 하네요. 처음에는 D. I. C.로 읽히더래요. 그런데 좀더 자세히 보니까 마지막 글자가 G였다고 합니다. 기록으로도 전설로도 그런 머리글자를 가진 죄수는 없었기에, 그 이름이 무엇이냐에 관해서 수없이 헛된 추측만 난무했지요. 마침내 그 글자가 머리글자가 아니라 온전한 단어 'DIG'파다가 아니냐는 설이 나왔어요. 그 글귀가 새겨진 곳 아래 바닥을 자세히 살펴보았더니, 돌인지 타일인지 포장재 조각인지 아래에 종이를 태운 재와 작은 가죽 상자 혹은 가방을 태운 재가 뒤섞여 있더랍니다. 그 무명의 죄수가 쓴 것은 읽힐 수 없었지만, 그는 뭔가를 쓰고, 간수 눈으로부터 숨기려고 감춰놓은 것이죠."

"아버지, 편찮으신가봐요!" 루시가 외쳤다.

그는 손으로 머리를 감싸고 벌떡 일어나 있었다. 그의 태도와 표정이 그들 모두를 겁에 질리게 했다.

"아니다, 얘야. 아픈 게 아니야. 굵은 빗방울이 떨어지는구나. 그래서 놀란 거다. 들어가는 게 좋겠어."

그는 거의 즉시 회복되었다. 정말로 굵은 빗방울이 떨어지고 있었고, 그는 손바닥에 떨어진 빗방울을 보여주었다. 그러나 그는 이야기된 그 발견에 관해서는 한마디도 하지 않았고, 집으로 들어갈 때 로리 씨는 그의 실무적인 눈으로 그의 얼굴이 찰스 다네이에게로 향하는 순간 법정의 통로에서 그를 보았을 때 나타났던 것과 똑같은 기묘한 표정이 떠오른 것을 찾아냈다. 혹은 찾아냈다고 추측했다.

그렇지만 그는 아주 빨리 정신을 차렸기 때문에 로리 씨는 자신의 실무적인 눈썰미를 의심했다. 그가 현관 아래 서서 그들에게 아직은 소소하게 놀라는 일에 견딜 (그가 그런 적이 있었다면) 정도가 아니라며, 비가 와서 놀랐다고 말할 때, 홀 안의 황금 거인의 팔도 그보다 더 차분하지는 않았다.

차 마실 시간이라 프로스 양은 다시 꿈틀 발작을 일으키면서도 차를 만들었지만, 수백명의 사람은 오지 않았다. 카턴 씨가 어슬렁거리며 방문했지만, 그래봐야 두사람일 뿐이었다.

그날밤은 매우 후텁지근했으므로, 문과 창문을 모두 열어놓았음에도 불구하고 그들은 더위에 지쳐버렸다. 차를 다 마시고 나자 그들은 모두 창가로 가서 어둑어둑한 땅거미를 내다보았다. 루시는 아버지 옆에 앉았다. 다네이는 그녀 옆에 앉았다. 카턴은 창문에 기대고 있었다. 긴 커튼은 흰색이었고, 우레를 동반한 돌풍이 길모퉁이에 몰아쳐 커튼은 천장까지 휘날리면서 유령의 날개처럼 펄럭거렸다.

"빗방울이 아직 굵고 무겁게 드문드문 떨어지고 있군." 마네뜨 박사가 말했다. "비가 천천히 오고 있네."

"분명히 내리긴 하네요." 카턴이 말했다.

그들은 지켜보며 기다리는 사람들이 대개 그러하듯 낮은 소리로 말했다. 어두운 방에서 번개가 치기를 지켜보며 기다리는 사람들이 늘 그러하듯.

폭풍이 몰아치기 전에 피할 곳을 찾아 바삐 움직이는 사람들로 길거리는 매우 분주했다. 메아리가 잘 울리는 길모퉁이는 오가는 발소리들로 요란하게 울렸지만, 그곳에 발자국은 하나도 찍히지 않았다.

"수많은 사람들 소리가 나는데도 이렇게 외롭다니!" 그들이 한참 소리를 듣고 있을 때 다네이가 말했다.

"인상적이지 않아요, 다네이 씨?" 루시가 물었다. "가끔 저녁때 여기 앉아 있으면 상상을 하게 되곤 해요. 그렇지만 오늘밤은 모든 것이 검고 심각해서, 바보스러운 상상의 그림자만으로도 떨리네요."

"우리도 같이 떨어봅시다. 그게 뭔지 알려주세요."

"당신에겐 아무것도 아닌 것처럼 보일 거예요. 제 생각에 그런 변덕스러운 생각들은 우리가 그것을 만들어냈기 때문에 인상적이니까요. 다른 사람에게 말할 만한 것이 아니죠. 전 가끔 저녁때 여기 혼자 앉아 소리를 듣곤 했는데, 밖에서 들리는 메아리가 이윽고 우리 삶 속으로 들어오는 모든 발소리의 메아리가 아닌가 싶더라고요."

"그렇다면 우리의 삶 속으로 하루에도 대단한 군중이 들어오는 거네요." 씨드니 카턴이 특유의 시무룩한 분위기로 끼어들었다.

발소리가 계속 들렸고, 그 소리가 점점 더 분주하게 빨라졌다. 길모퉁이에선 그 발소리들이 메아리치고 다시 메아리쳤다. 어떤 것은 창문 아래서, 어떤 것은 방 안에서 들리는 듯했다. 오고, 가고, 멈추고, 완전히 사라지는 소리. 모두 저 먼 거리에서 들리는 소리였고, 시야에 들어오는 것은 아무것도 없었다.

"이 모든 발소리가 우리 모두에게 오는 것입니까, 마네뜨 양, 혹은 이것들을 우리 사이에서 나눠야 하나요?"

"모르겠어요, 다네이 씨. 바보 같은 상상이라고 했잖아요. 그렇지만 물어보시니. 제가 그런 상상에 취했을 때는 혼자였고, 그래서 전 그것이 제 삶과 아버지의 삶으로 들어오는 사람들의 발소리라고 상상했어요."

"제 삶으로 받아들이죠!" 카턴이 말했다. "질문도 하지 않고 조건도 달지 않겠습니다. 마네뜨 양, 우리에게 다가오는 엄청난 군중이 있네요. 그들이 보여요─ 번갯불 속에서." 그가 창가를 거니는 것을 보여준 눈부신 불빛이 번쩍인 후, 그가 마지막 말을 덧붙였다.

"소리도 들리네요!" 그는 천둥이 치고 나자 덧붙였다. "그들이 오네요, 빠르고, 사납고, 맹렬하게!"

그가 예시한 것은 요란하게 퍼붓는 빗소리였고, 어떤 목소리도 빗소리 때문에 들리지 않았으므로 그는 말을 멈추었다. 그런 폭우와 함께 기억할 만한 천둥 번개가 쳤고, 자정께 달이 떠오를 때까지 꽝꽝거리고 불타오르고 비가 내리는 것이 한순간도 쉬지 않고 이어졌다.

맑아진 공기 속으로 쓴트폴 성당의 큰 종이 1시를 알리자, 로리 씨는 장화를 신고 랜턴을 든 제리의 호위를 받으며 다시 클러컨웰로 돌아가려고 출발했다. 쏘호와 클러컨웰 사이에는 간간이 외딴

길이 있었고, 로리 씨는 노상강도가 신경 쓰여 늘 제리를 데리고 다니며 자신을 호위하게 했다. 평상시에는 두시간쯤 전에 이 일이 이루어졌지만 말이다.

"정말 굉장한 밤이었어! 죽은 자들을 무덤에서 거의 불러낼 것 같은 밤이야, 제리." 로리 씨가 말했다.

"저도 이런 밤은 처음입니다. 그런 일이 일어나는 것은 보고 싶지도 않아요." 제리가 대답했다.

"잘 가시오, 카턴 씨." 직업인이 말했다. "잘 가시오, 다네이 씨. 우리가 다시 함께 이런 밤을 보게 될까요!"

아마도. 아마도, 엄청나게 많은 사람들이 아우성치면서 돌진하여 그들에게 몰려오는 것도 보게 되리라.

7장
도시의 귀족 나리

    궁정에서 권력을 가진 훌륭한 귀족 중 한분인 나리께서는 빠리의 멋진 호텔에서 격주로 하는 연회를 진행했다. 나리께서는 성소 중의 성소이며, 바깥쪽 방에 있는 숭배자들 무리에게는 신성한 곳 중의 신성한 곳인, 내실에 있었다. 나리께선 초콜릿을 드시려는 참이었다. 나리께선 여러가지를 쉽게 집어삼킬 수 있었고, 몇몇 퉁명스러운 놈들은 그가 꽤 신속하게 프랑스를 집어삼키고 있는 중이라고 했다. 그러나 그의 아침 초콜릿[38]은 요리사 말고도 건장한 사내 네명의 도움 없이는 나리의 목구멍으로 넘어가질 않았다.

    그렇다. 엄청난 장식으로 빛나는 네 남자가 필요했다. 그중 우두머리는 나리의 입술에 그 행복한 초콜릿을 가져가기 위해서는, 호주머니에 나리가 시작한 고상하고 순결한 유행과 겨룰 만한 금시

---

38 현대의 '핫 초콜릿'에 해당하는 음료. 당시 초콜릿은 식민지 플랜테이션으로 인해 이미 귀족의 전유물은 아니었으나, 귀족적인 느낌은 여전히 남아 있었음.

계를 두개 미만으로 넣고서는 존재할 수가 없었다.

한 하인은 그 신성한 존재 앞에 초콜릿 주전자를 들고 갔고, 두 번째 하인은 그가 그 기능을 수행하기 위해 가지고 다니는 작은 도구를 이용하여 초콜릿을 갈고 거품을 냈다. 세번째 하인은 즐겨 쓰는 냅킨을 대령했다. 네번째 하인(금시계를 두개 지닌 그 사람)은 초콜릿을 따랐다. 나리께서 이 하인들 중 하나라도 없는 상태에서 초콜릿을 드시고 하늘 아래 높은 지위를 유지하는 것은 불가능했다. 그가 초콜릿을 먹는 일에 무엄하게도 단지 세명이 시중을 든다면 그의 가문에 새겨질 오점이 너무나 깊을 것이었다. 두명이라면 그는 죽고 말 것이었다.

나리는 어제 가벼운 저녁을 먹으러 외출했고, 그곳에선 꼬메디와 그랑도뻬라grand opéra가 멋지게 공연되었다. 나리는 저녁을 대부분 나가서 매력적인 친구들과 먹었다. 나리는 아주 고상하고 감수성이 예민하여, 국가 업무와 국가 기밀의 지루한 항목에 있어서는 온 프랑스의 요구보다 꼬메디와 그랑도뻬라가 더 큰 영향을 미쳤다. 비슷한 축복을 받은 모든 나라에서도 늘 그러하듯이 프랑스를 위해서는 행복한 상황이었고, (예를 들자면) 나라를 팔아먹은 쾌활한 스튜어트[39]의 애석한 시대에는 영국도 늘 그러했다.

나리는 일반적인 공적 업무에 대해서 한가지 정말로 고귀한 생각을 가지고 있었는데, 그것은 전부 다 그냥 놓아두자는 것이었다. 특수한 공적 업무에 관해서는 또다른 정말로 고귀한 생각을 가지고 있었는데, 그것은 전부 다 자기 식대로 가야 한다는 것—자신의 권력과 호주머니에 이바지해야 한다는 것이었다. 일반적이고

---

39 영국혁명 후 프랑스로 망명했다가 1660년 왕정복고와 더불어 귀환한 스튜어트 왕조의 찰스 2세를 말함.

특수한 나리의 쾌락에 대해서, 나리는 또다른 정말로 고귀한 생각을 가지고 있었는데, 그것은 세상이 그들을 위해 만들어졌다는 것이었다. (원문에서 대명사만 살짝 바꾸어놓은) 그의 명령문은 다음과 같았다. "땅과 그 안에 가득 찬 것이 모두 내 것이라,[40] 하고 나리께서 말씀하셨다."

그러나 나리는 서서히 천박하고 당혹스러운 일들이 그의 사적이고 공적인 업무에 기어들어온다는 것을 알았다. 그는 양쪽의 업무와 관련해서 부득이 징세 도급인과 동맹을 맺었다. 공공재정에 대해서 나리는 도대체 아는 게 없었고, 따라서 그것을 아는 누군가에게 내맡겨야 했다. 사적인 재정에 관해서는, 징세 도급인이 부자였으므로, 나리는 여러 대에 걸친 엄청난 사치와 소비로 인해 점점 가난해졌다. 그래서 나리는 아직 누이가 입을 수 있는 것 중 가장 싼 의상인 수녀의 베일을 물리칠 시간이 남아 있을 때 누이를 수녀원에서 빼내서 가문은 보잘것없고 돈은 아주 많은 징세 도급인에게 상품으로 내주었다. 징세 도급인은 그에게 어울리는 황금 사과를 얹은 지팡이를 짚고 전에는 나리의 혈족인 우월한 인류만 빼고 모든 사람이 엎드리고, 자신의 부인을 포함, 모든 사람을 가장 거만한 경멸의 표정으로 내려다보던 그 외실의 사람들과 어울리게 되었다.

그 징세 도급인은 사치스러운 남자였다. 그의 마구간에는 말 서른필이, 현관에는 스물네명의 남자 하인이, 아내 시중을 드는 데 하녀 여섯이 있었다. 할 수 있는 모든 곳에서 약탈하고 징발하는 일 말고는 아무것도 하지 않는 척하는 사람으로서, 징세 도급인은 최

---

40 시편 24:1 "이 세상과, 그 안에 가득 찬 것이 모두 야훼의 것"의 패러디.

소한 그날 나리의 호텔에 와 있는 사람 중에는 가장 현실적인 사람이었다.

그 방은 보기에 아름답고 그 시절의 취향과 기술이 성취할 수 있는 온갖 장식품으로 치장되었지만, 사실 사업상으로는 그리 건전하지 않았다. 누더기를 입은 허수아비와 나이트캡과 관련해서 고려해보아도 (그리고 둘 다 그리 멀지 않았으며, 그 두 극단을 노트르담의 망루에서 볼 수 있었다)[41] 그 방들은 사업적으로는 지극히 불편했다──나리 집안에서 그걸 자기 일이라고 생각하는 사람이 있다면 말이다. 군사 지식이 없는 장교들, 배에 관해 아무것도 모르는 해군 장교들, 업무에 관한 생각이 없는 사무관들, 관능적인 눈과 문란한 혀와 더 문란한 간을 가진 가장 지독하게 세속적인 세상의 뻔뻔한 성직자들, 모두 각각의 직분에 전혀 맞지 않고, 모두 그 직분에 속한 듯 끔찍한 거짓말을 해대지만, 모두 가깝게 혹은 멀게 나리의 기사단에 속하고, 그래서 무엇이든 얻을 수 있는 모든 공공의 직위에 슬그머니 자리 잡은 자들. 이러한 자들에게 수십명씩 호통을 쳐대는 거였다. 귀족 나리나 국가와 직접적으로 연결되지 않은, 그러나 현실적인 어떤 것과도, 혹은 어떤 지상의 목적지로 이어지는 똑바른 길로 여행하는 어떤 생명과도 마찬가지로 연결되지 않은 사람들 역시 그 못지않게 우글거렸다. 존재하지도 않는 상상 속의 병에 대한 섬세한 치료법으로 엄청난 재산을 일군 의사들은 귀족 나리의 대기실에서 그들의 궁정 출신 환자들에게 미소를 지었다. 진정으로 단 하나의 죄악을 근절할 수 있는 치료법만 제외하고는, 국가에 닥친 아주 작은 해악에 관해서 모든 종류의 해결책

---

41 18세기 중반 빠리는 런던과 마찬가지로 서쪽의 부촌과 동쪽의 빈민가로 나뉘었고, 씨떼 섬에 있는 노트르담 성당은 그 중간에 위치했음.

을 발견한 책사들은 귀족 나리의 연회에서 그들이 붙들 수 있는 모든 귀에 정신없는 수다를 퍼부어대고 있었다. 말로 세상을 새로 지으며 하늘에 가닿을 카드로 된 바벨탑을 짓는, 믿음이 없는 철학자들은 귀족 나리가 소집해놓은 이 멋진 모임에서 금속의 변성을 주시하고 있는 믿음 없는 화학자와 이야기를 나눴다. 좋은 가문에서 성장한 세련된 신사들은 그 특별한 시절에 인간의 관심이 자연스럽게 쏠리는 모든 주제에 대해 무관심한 것으로 알려진─그후로도 그러했던바─귀족 나리의 호텔에서 피로의 전형적인 상태를 보이고 있었다. 빠리의 세련된 세계에 사는 이렇듯 다양한 높은 분들은 다 가정을 두고 왔기에, 귀족 나리에게 헌신하려고 모인 자들 가운데서─그 점잖은 모임의 반은 족히 될─간첩들은 그 영역의 천사들 가운데서 태도나 외양으로 보아 어머니라고 스스로 인정할 단 한명의 아내를 찾는 것이 어렵다고 생각했을 터였다. 정말 골치 아픈 존재를 세상에 내놓은 행동을 제외하면─이것만으로 어머니의 이름을 실천하는 것은 아닐 텐데─그러한 것은 유행의 세계에 알려진 바 없었다. 농부 여인이 그 유행에 뒤처진 아이들을 가까이 두고 키웠으며, 예순 나이의 매력적인 할머니들은 마치 스무살짜리들처럼 옷을 입고 저녁을 먹었다.

비현실성이라는 나병은 귀족 나리를 섬기는 모든 인간의 모습을 망가뜨렸다. 제일 바깥 방에는 지난 몇년간 전반적으로 뭔가 잘못되어가는 것이 아닐까 하는 모호한 불안감을 지녀온 몇명의 예외적인 사람들이 있었다. 그들을 바로잡을 유망한 방식으로서, 그중 절반 정도는 '경련자들'Convulsionnaires이라는 광신도 집단의 일원이 되었고, 그러고 나서도 자신이 거품을 물고 광란하고 외치고 그 자리에서 강직 증세를 보임으로써 귀족 나리에게 길잡이가 될 수 있게 미래를 가리키는 뚜렷한 이정표를 세울지를 자기들끼리 의논하고 있었다. 이런 데르비시[42]들 외에도 다른 종파로 달려간 자들도 있었으니, 이들은 '진리의 중심'에 관한 전문용어로 일을 수습했다. 그들은 인간이 진리의 **중심**에서 벗어나 있다고 주장하면서——이는 굳이 예증할 필요도 별로 없었다——그렇지만 아직은 **원둘레**를 벗어나지는 않았고, 그래서 인간은 금식하고 영령들을 봄으로써 **원둘레** 밖으로 날려가지 않고 심지어 중심으로 도로 밀려들어갈 것이라고 했다. 따라서 그들 가운데서는 영령들과 많은 담화가 계속되었고——그게 세상에 좋은 일이라는 것인데, 전혀 드러나지는 않았다.

그러나 위안이 되는 것은 귀족 나리의 멋진 호텔에 와 있는 모든 사람이 완벽하게 옷을 입고 있었다는 것이었다. 심판의 날이 확실하게 차려입는 날이라면 거기 있는 사람들은 모두 영원히 올바른 사람들일 것이었다. 머리를 곱슬곱슬하게 지져서 분을 뿌리고 풀을 먹여 올리고, 섬세한 피부를 인공적으로 보존하고 고치고, 보기에도 멋진 칼을 차고, 후각에 그렇게나 섬세한 향을 뿌리니, 무슨 일이라도 영원히 계속될 것만 같았다. 좋은 가문에서 성장한 세련된 신사들은 나른하게 움직일 때마다 찰랑거리는 작은 펜던트 목걸이를 걸고 있었고, 이 황금 족쇄는 값나가는 작은 종처럼 울렸다. 그 찰랑찰랑 울리는 소리와, 비단과 양단과 섬세한 리넨이 바스락거리는 소리로 인해서 공기가 흔들렸고, 그 바람은 쌩땅뚜안과 그 게걸스러운 굶주림을 멀리멀리 불어 날려보냈다.

옷은 모든 것이 제자리를 유지하는 데 사용되는 틀림없는 부적이었다. 모두가 가장무도회 복장을 하고 결코 떠나지 않았다. 뛰일

---

42 이슬람 수피주의 수도승. 종교의식에서 빠르게 도는 춤으로 유명함.

리 궁전에서 귀족 나리와 궁정 전체를 거쳐, 집무실과 법정과 모든 사회를 거쳐 (허수아비들만 빼고) 가장무도회는 사형 집행인에 까지 이르렀고, 그마저도 부적을 따라 '머리를 곱슬곱슬하게 지져서 분을 뿌리고, 금 레이스가 달린 상의를 입고 예장용 구두를 신고 흰 비단 양말을 신은' 상태에서 직무를 행해야 했다. 교수대와 형거刑車[43]에서—도끼는 보기 드물었고[44]—오를레앙이나 다른 지역의 다른 형제 지방 주교들이 하는 그네들 방식대로 부르자면, 빠리 선생도 이렇듯 섬세한 복장으로 통솔했다. 그 서기 1780년에 귀족 나리의 연회에 있던 사람 중 그 누가, 머리를 곱슬곱슬하게 지진 사형 집행인이 분을 뿌리고 금 레이스를 달고 예장용 구두를 신고 흰 비단 양말을 신은 채로 그 별들이 지는 것을 보게 되리라고 의심할 수 있었겠는가!

귀족 나리는 네사람에게서 각자의 짐과 그들이 가져온 초콜릿을 덜어준 다음, 가장 신성하고도 신성한 문을 활짝 열게 하고 나왔다. 그러자, 그 복종과 그 굽실거림과 아첨과 그 굴종과 그 비굴한 겸손이라니! 몸과 마음이 납작 엎드려 절하니 하늘에 대고 절하는 것 이상이었다—이런 이유로 해서 귀족 나리의 숭배자들이 굳이 하늘을 숭배하지 않는지도 모를 일이었다.

이쪽에는 약속의 말을, 저쪽에는 미소를, 행복한 노예 한명에게는 속삭임을, 또다른 노예에게는 손짓을 보내면서, 귀족 나리는 상냥하게 자신의 방들을 통과하여 진리의 원둘레라는 먼 지역으로 갔다. 귀족 나리는 거기서 돌아서서 다시 돌아와 잠시 후에는 초콜릿 귀신에 의해 자신의 성소聖所에 틀어박혀 보이지 않았다.

---

43 죄인을 찢어 죽이는 도구. 흉악범에 사용했음.
44 도끼로 참수하는 것은 죄인이 귀족인 경우에 한했음.

쇼가 끝나고 공기 중의 떨림은 작은 태풍이 되었으며, 값나가는 작은 종들이 아래층으로 울리며 내려갔다. 곧 군중 가운데 단 한사람만이 남았고, 그는 모자를 겨드랑이에 끼고 손에 코담뱃갑을 들고 거울들 사이를 천천히 빠져나갔다.

"당신을 바칩니다." 그 사람은 나가다 말고 마지막 문에서 멈추고 성소 쪽을 돌아보며 말했다. "악마에게!"

그 말을 하면서 그는 발에서 먼지를 털듯 손가락에서 코담배를 털어내고 조용히 아래층으로 내려갔다.

그는 예순살가량 되는 남자로, 근사하게 차려입고, 도도한 태도에 섬세한 가면 같은 얼굴을 가졌다. 얼굴은 투명할 정도로 창백했고 이목구비가 뚜렷하며 표정이 분명했다. 코는 양 콧구멍 끝이 아주 약간 조여드는 것만 아니면 아주 아름다운 모양이었다. 그 양쪽의 찌그러든 곳, 혹은 움푹 들어간 곳에서 그의 얼굴이 드러내는 표정의 작은 변화를 볼 수 있었다. 그곳은 가끔 색이 변하기도 했고, 희미한 맥박 같은 것으로 종종 팽창되었다 줄어들었다 하기도 했다. 그리고 그것은 얼굴 전체에 뭔가 배신과 잔혹함의 표정을 부여했다. 잘 살펴보면 그러한 표정을 도와주는 것은 수평선을 이루면서 가늘게 보이는 입의 선과 눈가의 주름이었다. 그래도 이렇게 만들어진 얼굴은 결과적으로는 잘생기고, 눈에 띄었다.

그 얼굴의 주인공은 아래층 마당으로 내려가 마차를 타고 출발했다. 연회에서 그와 이야기를 나눈 사람은 많지 않았다. 그는 따로 떨어져 서 있었고, 귀족 나리는 조금 더 따뜻한 태도를 취할 수도 있었을 텐데 말이다. 그 상황에서 자기 말 앞에 평민들이 흩어지면서 말이 치이는 것을 가까스로 면하는 광경을 보는 것은 즐거운 일인 듯했다. 그의 마부는 마치 적을 공격하듯이 마차를 몰았고, 마부의 광포한 무모함에도 주인의 얼굴과 입술에는 아무런 거리낌이 없었다. 그 귀먹은 도시, 말 못하는 시대에도 때로는 불평이 들리는 경우가 있었다. 보도가 없는 좁은 길에서 마구 마차를 몰아대는 귀족들의 포악한 습관이 평민을 야만적인 방식으로 위험에 빠뜨리고 불구로 만든다는 거였다. 그러나 그 문제를 두번 다시 생각할 만큼 관심이 있는 사람은 거의 없었고, 그래서 다른 문제와 마찬가지로 이 문제에 있어서도 불쌍한 서민들은 할 수 있는 한 자기가 알아서 어려움에서 벗어나도록 방치되었다.

요란하게 덜컹거리고 덜그럭거리는 소리를 내며, 오늘날에는 이해하기 쉽지 않을 만큼 비인간적으로 배려를 저버린 채, 마차는 길을 질주하고 모퉁이를 돌았고, 여자들은 그 앞에서 비명을 지르고, 남자들은 서로 붙들고, 아이들을 붙잡아 마차와 떨어진 곳으로 옮겼다. 마침내 분수 옆 길모퉁이를 급히 돌면서 바퀴 중 하나가 약간 흔들리더니 여러사람의 비명이 들렸고, 말들은 뒷다리로 섰다가 앞다리로 섰다가 하며 요동쳤다.

말들이 이렇게 요동치지 않았더라면 마차는 멈추지 않았을지도 몰랐다. 마차는 종종 그냥 굴러가고 다친 사람을 그냥 내버려둔다고 알려져 있었다. 왜 아니겠는가? 그러나 겁먹은 시종이 서둘러 내렸고, 스무개의 손이 말고삐를 잡았다.

"뭐가 잘못되었나?" 주인이 침착하게 내다보며 말했다.

나이트캡을 쓴 키 큰 남자 하나가 말발굽 아래에서 꾸러미를 하나 집어들었고, 그것을 분수대 아래에 놓고는 진흙탕에 몸을 엎드리며 짐승처럼 울부짖었다.

"용서하십시오, 후작 나리!" 누더기를 입은 한 남자가 엎드려 말했다. "아이이옵니다."

"왜 저런 흉한 소리를 내는 거냐? 그의 아이인가?"

"죄송합니다, 후작 나리. 안된 일입니다만, 그렇습니다."

분수는 약간 떨어진 곳에 있었다. 길이 있던 자리에서 10 내지 12제곱야드 정도 넓혀졌기 때문이었다. 키 큰 남자가 땅에서 일어나 마차를 향해 달려오자 후작 나리는 즉시 손에 칼자루를 쥐었다.

"사람이 죽었습니다!" 그 남자는 격렬한 절망에 두 팔을 머리 위로 뻗으며 소리쳤다. 그러고는 노려보며 외쳤다. "죽었단 말입니다!"

사람들이 모여들어 후작 나리를 보았다. 그를 쳐다보는 수많은 눈에는 주의와 관심의 빛 이외에 다른 것은 드러나지 않았다. 위협이나 분노의 기미는 보이지 않았다. 이 사람들은 또 아무런 말도 하지 않았다. 첫 외침 소리가 난 후 이들은 조용했고 계속 그렇게 있었다. 조금 전에 엎드려 말을 했던 남자의 목소리는 극단적인 순종으로 무미건조하고 양순했다. 후작 나리는 그들을 마치 구멍에서 빠져나온 쥐들인 것처럼 전부 둘러보았다.

그는 지갑을 꺼냈다.

"내가 보기에 이상한 일은," 그가 말했다. "너희가 자신과 아이들을 돌볼 수 없다는 거다. 너희 중 한둘은 늘 진로에 방해가 되지. 너희가 내 말에 어떤 상해를 입혔는지 어떻게 알겠느냐. 자! 그에게 이걸 주어라."

그는 금화 한닢을 던져 시종에게 줍게 했고, 사람들은 그것이 떨어지는 것을 보려고 모두 목을 길게 앞으로 뺐다. 그 키 큰 남자는 다시 한번 지상의 것이 아닌 것 같은 목소리로 절규했다. "죽었습니다!"

어떤 사람이 재빨리 와서 사내를 붙들었고, 사람들은 그에게 길을 내주었다. 그를 보자 이 불쌍한 사내는 그의 어깨에 기대어 흐느껴 울며 분수대를 가리켰는데, 그곳에는 여인들 몇명이 움직이지 않는 꾸러미 위로 몸을 숙여 들여다보면서 그 주변을 천천히 오가고 있었다. 그들 역시 남자들처럼 침묵하고 있었다.

"다 알아, 다 알아." 마지막에 온 사람이 말했다. "가스빠르, 힘내게! 저 불쌍한 것에게는 사는 것보단 이렇게 죽는 게 나아. 한순간에 고통 없이 죽었네. 그렇게 행복하게 한시간이라도 보낼 수 있었을까?"

"자넨 철학자군, 거기 자네." 후작이 웃으며 말했다. "이름이 뭔가?"

"드파르주라고 합니다."

"무슨 일을 하는가?"

"포도주 장사를 합니다, 후작 나리."

"저걸 줍게, 철학자 포도주 장수." 후작은 그에게 금화 하나를 더 던져주며 말했다. "마음대로 써. 저기 말들은, 괜찮은가?"

모인 사람들을 두번 다시 봐주시지도 않고 후작 나리는 자리에 기대어, 어쩌다가 어떤 평범한 물건을 깨뜨리고 그 값을 치를 여유가 있는 신사의 분위기를 풍기며 물건값을 치르고 막 떠나려던 참이었다. 그때 마차 안으로 동전 하나가 날아들어 바닥에 쩽그랑 떨어지면서 그의 평온함은 갑자기 깨어졌다.

"멈춰라!" 후작 나리가 말했다. "말을 멈춰! 누가 저걸 던졌느냐?"

그는 포도주 장수 드파르주가 조금 전에 서 있던 곳을 바라보았다. 그러나 그 자리엔 불행한 아버지가 도로에 고개를 처박고 있었고, 그의 옆에 서 있는 사람은 머리카락이 검고 건장한, 뜨개질을 하는 여인이었다.

"개 같은 놈들!" 후작은 코의 양끝만 제외하고는 표정이 바뀌지 않은 채 부드럽게 말했다. "너희 중 누구라도 기꺼이 깔고 지나가서 지상에서의 목숨을 끝장내줄 수도 있다. 어떤 놈이 마차에 이걸 던졌는지 안다면, 그리고 그 불한당이 근처에 있다면 바퀴로 박살을 내줄 것이다."

그들의 조건이 워낙 위협받는 처지였고, 그들의 오래고 힘든 경험으로 저런 사람이 법의 테두리 안에서, 혹은 그것을 넘어서서 그들에게 무슨 일을 할 수 있는지 알고 있었으므로, 아무도 입을 열지 않았고, 손 하나 눈 하나 치켜들지 않았다. 남자 중엔 아무도 없었다. 그러나 뜨개질을 하며 서 있던 여인은 똑바로 눈을 쳐들고 후작의 얼굴을 쳐다보았다. 그것을 알은척하는 것은 그의 위엄에 도움이 되지 않았으므로, 그의 경멸 어린 눈은 그녀를 지나쳐 다른 쥐새끼들 위로 스쳐갔다. 그는 다시 자리에 기대어 명령을 내렸다. "가자!"

그는 계속 질주했고, 다른 마차들도 빠르게 그 뒤를 이어 휘몰아쳐갔다. 장관, 국가의 책사, 징세 도급인, 의사, 변호사, 성직자, 그랑도뻬라, 꼬메디, 환하게 계속 이어지는 가장무도회가 휘몰아쳐지나갔다. 쥐새끼들이 쥐구멍에서 구경하러 나왔고, 그들은 여러 시간 그렇게 보고 있었다. 그들과 그 장관 사이에 군인과 경찰이 종종 지나가며 장벽을 치고 그 뒤에서 살금살금 다니며 사이사이로 엿보았다. 그 아버지는 오래전에 그 꾸러미를 집어들고 사라졌고 그 꾸러미가 분수대 아래 있을 때 그것을 돌보던 여인들은 그곳에 앉아 물이 흘러가고 가장무도회가 굴러가는 것을 보고 있었다. 거기 서서 눈에 띄게 뜨개질을 하던 한 여인은 여전히 운명의 여신

분수 앞에서 멈추다

처럼 굳건하게 뜨개질을 하고 있었다. 분수대의 물이 흐르고, 물살이 빠른 강물도 흐르고, 낮이 흘러 저녁이 되고, 그렇게 도시의 삶도 시간과 조류는 사람을 기다려주지 않는다는 법칙에 따라 죽음으로 흘러가고, 쥐새끼들은 다시 그들의 어두운 쥐구멍에서 서로 붙들고 잠이 들고, 가장무도회는 만찬장에서 다시 시작되고, 모든 것이 그렇게 자기 길을 가고 있었다.

8장
시골의 귀족 나리

    옥수수가 빛나는, 그러나 풍성하지는 않은, 아름다운 풍경. 옥수수가 있어야 할 곳에는 빈약한 호밀밭, 빈약한 콩밭, 밀을 대신하는 아주 거친 채소밭. 무감한 자연에도 그것을 경작한 남자와 여자 들에게처럼, 마지못해 생장하는 것 같은 모습을 보이는 널리 퍼진 풍조──포기하고 시들어버리려는 풀죽은 성향.

    네 마리 역마와 두 명의 기수가 이끄는 (조금 더 가벼울 수도 있었던) 여행용 마차에 탄 후작 나리는 가파른 언덕을 열심히 올라가고 있었다. 후작 나리의 표정에 나타난 홍조는 그의 고귀한 혈통에 불명예스러운 일이 아니었다. 그 홍조는 안으로부터 나온 것이 아니라, 그가 통제할 수 없는 외적 상황──지는 해에서 초래된 것이었다.

    여행용 마차가 언덕바지에 올라섰을 때 석양빛이 마차에 아주 환하게 비쳐 들어와서 그 속에 탄 사람을 진홍빛으로 물들였다.

"사라지겠지," 후작 나리가 자기 손을 흘끗 보며 말했다. "곧."

결국 태양은 아주 낮게 떨어져, 순간 져버렸다. 무거운 제동장치를 바퀴에 붙이고 마차가 언덕 아래로 내려가자 재 냄새와 먼지구름이 일었고 붉은 광채는 재빨리 사라졌다. 태양과 후작은 함께 내려가서, 제동장치를 떼어냈을 때에는 빛이 남아 있지 않았다.

그러나 가파르게 펼쳐진 파탄 난 시골은 남아 있었다. 언덕 아래 작은 마을, 그 너머 널찍한 들판과 언덕, 교회 탑, 풍차, 사냥터, 감옥으로 쓰이는 요새가 있는 험한 바위산. 후작은 밤이 다가오면서 이 모든 어둑어둑해지는 물체 주위를 고향에 가까이 다가가고 있는 느낌으로 둘러보았다.

마을에는 초라한 길이 하나 있었고, 그 길에는 초라한 양조장과, 초라한 무두질 공장과, 초라한 술집과, 역마를 교대하기 위한 초라한 마구간과, 초라한 샘터와, 흔히 있는 초라한 설비들이 있었다. 거기엔 초라한 사람들도 살았다. 마을 사람들은 모두 초라했고, 그들 다수는 문간에 앉아서 저녁 준비를 하기 위해 양파 따위를 썰었고, 다수는 샘터에 모여 이파리며 풀이며 땅에서 난 먹을 수 있는 다른 것들을 씻고 있었다. 그들을 초라하게 만드는 것은 빈곤이 아니었다. 국가에 내는 세금, 교회에 내는 세금, 지주에게 내는 세금, 지방세와 일반세들을 그 작은 마을에 엄숙하게 새겨진 비명碑銘에 따라 여기저기에 내야 했다. 아직 집어삼켜지지 않고 남아 있는 마을이 있다는 사실이 신기할 정도로 말이다.

아이들은 거의 보이지 않았고, 개도 없었다. 남자들과 여자들의 경우에는, 경치를 보면 그들이 지상에서 선택할 수 있는 것을 알 수 있었다—방앗간 아래 작은 마을에서의, 지탱할 수 있는 가장 저급한 조건의 삶, 혹은 바위산 위 위풍당당한 감옥에서의 감금과 죽음.

앞서간 수행원과 마치 복수의 여신들을 거느리고 오는 듯이 저녁 공기 속에서 머리 위로 뱀처럼 휘감기는 마부의 채찍 소리를 예고로 삼아, 후작 나리는 여행용 마차를 타고 역참 건물 입구에 멈췄었다. 그 건물은 샘터 바로 옆에 있었고, 농부들은 그를 쳐다보느라 하던 일을 멈추었다. 그도 그들을 보았고, 그들에게서 자기도 모르게 가난에 찌들어 천천히 확실하게 거칠어진 얼굴과 모습을 보았고, 그것은 바로 지난 세기를 통해 진실보다 더 오래 살아남은 영국인의 미신인, 프랑스인의 초라하게 메마른 모습이었다.

후작 나리는 마치 궁정의 나리 앞에서 자기 머리가 그러하듯이—단지 차이는 이 얼굴들은 비위를 맞추기 위해서가 아니라 단지 고통을 견디기 위해서 숙인 것이라는 점이다—자기 앞에 숙인 순종하는 얼굴들에 눈길을 주었고, 바로 이때 반백의 길 고치는 사람이 이 집단에 동참했다.

"저자를 이리로 데려오라!" 후작은 전령에게 말했다.

그 사람은 손에 모자를 들고 불려왔고, 다른 사람들은 빠리의 분수대에서 사람들이 그랬듯이 보고 들으려고 주변으로 몰려들었다.

"길에서 내가 너를 지나쳐왔느냐?"

"그렇습니다, 나리. 영광스럽게도 제가 있던 길을 지나가셨습니다."

"언덕을 올라가던 길에, 언덕 정상에서, 둘 다이냐?"

"그렇습니다, 나리."

"뭘 그렇게 빤히 보고 있었느냐?"

"나리, 저는 그 남자를 보고 있었습니다."

그는 허리를 약간 숙이고, 누더기가 된 푸른 모자로 마차 아래를 가리켰다. 모두들 허리를 굽혀 마차 아래를 들여다보았다.

"무슨 사람, 이놈아? 왜 거길 보느냐?"

"죄송합니다, 나리. 제동 쐐기, 제동장치 사슬에 매달려 있었습니다."

"누가?" 여행객이 물었다.

"나리, 그 사람 말입니다."

"저런 멍청한 놈을 보았나! 어떻게 그 사람이라 하느냐? 이 마을 사람을 모두 다 알 것 아니냐. 그가 누구냐?"

"진정하십시오, 나리. 그는 이 마을 사람이 아닙니다. 평생 처음 보는 사람입니다."

"사슬에 매달려 있어? 목 졸려 죽으려고?"

"정말 죄송한 말씀입니다만, 그게 신기합니다, 나리. 그의 머리가 매달려 있던데요—이렇게!"

그는 마차 옆으로 돌아서서 뒤로 몸을 눕혀 얼굴은 하늘을 바라보고 머리는 아래로 처지게 했다. 그러고는 다시 일어나 모자를 만지작거리며 절을 했다.

"어떻게 생겼더냐?"

"나리, 그는 방앗간 주인보다 더 희었습니다. 온통 먼지투성이로, 유령처럼 희고, 유령처럼 키가 컸습니다!"

이런 모습을 설명하자 작은 군중 사이에서 엄청난 동요가 일어났다. 그러나 모든 이들의 눈은 다른 사람의 눈을 보며 비교하지 않고 오로지 후작 나리만 바라보았다. 아마도 그에게 양심에 거리낄 만한 유령이 있는지 관찰하기 위해서.

"그렇구나." 후작은 저런 버러지들이 그를 당황케 할 수 없음을 다행스럽게 감지하며 말했다. "너는 내 마차를 따라온 도둑을 본 것이니 그 입을 다무는 게 좋겠다. 자! 가벨 씨, 저자를 치우시오!"

가벨 씨는 역장이었고, 다른 역할로 징세원도 겸하고 있었다. 그는 이미 나와서 이 조사를 도우려고 엄청나게 알랑대고 있었으며, 조사받는 자의 옷소매를 격식을 차려 붙잡고 있었다.

"자! 저리 가거라!" 가벨 씨가 말했다.

"낯선 자가 당신 마을에서 오늘 묵으려고 숙소를 찾거든 그를 잡아서 그가 나쁜 짓을 하려는 게 아님을 확인하시오, 가벨."

"나리, 몸 바쳐 명에 따르게 되어 영광입니다."

"그가 달아난 것이냐? 그 빌어먹을 놈은 어디에 있느냐?"

그 빌어먹을 놈은 이미 특별한 친구들 대여섯명과 마차 아래로 들어가 푸른 모자로 사슬을 가리키고 있는 중이었다. 또다른 특별한 친구들 대여섯명이 즉시 그를 끌어냈고, 숨을 헐떡이는 그를 후작 앞에 데려다놓았다.

"멍청한 놈아, 우리가 제동장치를 달려고 멈췄을 때 그자가 도망가더냐?"

"나리, 그자는 언덕 아래로, 강으로 뛰어드는 사람처럼 머리를 아래로 하고 거꾸로 곤두박질쳤습니다."

"알아보시오, 가벨. 가자!"

대여섯사람은 사슬이 바퀴 사이에 있는 것을 양 떼처럼 들여다보고 있었다. 바퀴가 갑자기 구르자 그들은 간신히 다치지 않고 피부와 뼈를 보존한 채 빠져나왔다. 다른 것은 보존할 것도 거의 없었다. 그렇지 않았으면 그렇게 운이 좋지도 않았을 것이었다.

마차는 요란하게 마을을 떠나 저 너머 언덕으로 올라갔지만, 곧 가파른 언덕에 막혔다. 마차는 점점 속도를 늦춰 걸어가는 속도 정도로 늦추더니 여름밤의 여러가지 달콤한 향기 사이로 흔들흔들

천천히 올라가기 시작했다. 복수의 여신들 대신 주변에 수많은 날벌레가 기수들 주변을 맴돌자 채찍 끝을 휘두르는 부분으로 고쳐 달았다. 시종은 말들 옆에서 걸어갔다. 컴컴해서 잘 안 보이게 앞서서 총총 걸어가는 안내원의 목소리가 들렸다.

언덕의 가장 가파른 지점에는 작은 묘지가 있고, 십자가와 예수상이 보였다. 어떤 경험 없는 시골 조각가가 새긴 초라한 나뭇조각이었지만, 그는 실제 삶에서—아마도 자기 자신의 삶에서—그 모습을 연구했을 것이었다. 왜냐하면 그 모습이 끔찍하게도 여위고 말랐기 때문이었다.

오랜 동안 점점 더 나빠져왔고 아직 최악의 상태에는 도달하지 않은 엄청난 슬픔의 우울한 상징 앞에 한 여인이 무릎을 꿇고 있었다. 그는 마차가 다가오자 고개를 돌리고 재빨리 일어나 마차 문 앞에 섰다.

"나리시군요, 나리! 나리, 청이 있습니다."

조급한 외침에, 그러나 표정은 변하지 않은 채로 귀족 나리가 내다보았다.

"어떻게! 뭐냐? 늘 청이라니!"

"나리, 제발! 제 남편, 산지기입니다."

"네 남편이 산지기인데 어쨌다는 거냐? 너희는 늘 똑같아. 무슨 세금을 내지 못한 거냐?"

"세금은 다 냈습니다, 나리. 그이는 죽었습니다."

"그래, 그래서 조용하구나. 그를 다시 살려내주랴?"

"아, 아닙니다, 나리! 그이는 저쪽 초라한 잔디 봉분 아래 묻혀 있습니다."

"그래서?"

"나리, 여기 이렇게 초라한 잔디 무덤이 많지 않습니까?"

"그래, 그래서?"

그녀는 나이가 들어 보였지만 실은 젊었다. 그녀의 태도는 격정적인 슬픔을 품고 있었다. 그녀는 혈관이 비치고 마디가 굵은 손으로 열렬하게 손뼉을 치기도 하고 한 손을 마차 문에 올려놓기도 했다―부드럽게 어루만지는 것처럼, 마치 그것이 사람의 가슴이라서 그 호소력 있는 손길을 느낄 수 있으리라 기대하듯이.

"나리, 제 말씀 들어보세요. 나리, 제 청을 들어주세요. 제 남편은 가난 때문에 죽었습니다. 많은 사람이 가난 때문에 죽어요. 더 많은 사람이 가난 때문에 죽을 겁니다."

"그래서? 내가 그들을 먹이기라도 하란 말이냐?"

"나리, 모르겠습니다. 그렇지만 그렇게 해달라고 청하는 것은 아닙니다. 제 청은, 제 남편의 이름이 새겨진 돌이나 나무 한 조각이라도 그가 어디 묻혔는지 알 수 있게 세웠으면 하는 것입니다. 그렇지 않으면 이 장소는 곧 잊히고, 제가 같은 병으로 죽을 때 여기를 찾을 수 없어서 다른 무덤 아래 묻히게 될 것입니다. 나리, 그런 사람들이 너무 많고, 너무 빨리 늘어나고 있고, 그렇게 가난한 사람들이 많습니다. 나리! 나리!"

시종은 문에서 그녀를 밀어냈고, 마차는 다시 경쾌하게 달려갔으며, 기수는 발길을 재촉했고, 그녀는 뒤에 남겨졌고, 다시 복수의 여신의 경호를 받는 나리께선 그와 성 사이에 남은 1, 2리그[45]를 빠르게 줄여나갔다.

여름밤의 달콤한 향기가 그의 주변을 감쌌고, 비가 골고루 내리

---

45 거리단위. 1리그는 약 4.8킬로미터.

자 멀지 않은 샘터에 먼지투성이 누더기를 입은 노동에 지친 무리에게도 향기가 이르렀다. 여전히 절대로 없으면 안되는 푸른 모자의 도움을 받아 길 고치는 사람은 그들에게 그가 본 유령 같은 남자에 대해 그들이 참을 수 있는 한 계속 설명해주고 있었다. 점점 그들이 더 참을 수 없을 지경이 되자, 하나둘씩 떨어져나갔고, 작은 여닫이창에는 불빛들이 반짝였다. 창문들이 어두워지고 더 많은 별들이 나오니, 그 불빛은 꺼지는 대신 하늘로 솟구쳐올라간 것 같았다.

그 무렵, 후작 나리에게는 높은 지붕의 큰 집 그림자와 그 위를 가린 수많은 나무의 그림자가 드리워져 있었다. 그의 마차가 멈추자 그 그림자는 횃불의 빛으로 바뀌었고, 성의 대문이 열려 그를 맞았다.

"내가 기다리던 찰스 씨는, 영국에서 도착했나?"

"나리, 아직 안 오셨습니다."

9장
고르곤의 머리

    후작 나리의 성은 앞에 큰 돌 마당이 있고 휘돌아가는 돌계단 두 개가 정문 앞의 돌 테라스에서 만나는 묵직하고 커다란 건물이었다. 전부 돌로 된, 묵직한 체적의 석조 건물로, 사방이 묵직한 돌로 만든 난간, 돌로 만든 항아리, 돌로 만든 꽃, 돌로 만든 사람 얼굴, 돌로 만든 사자 머리였다. 마치 이백년 전, 건물을 다 짓고 나서 고르곤의 머리[46]가 한바퀴 둘러보기라도 한 것처럼.

    얕은 계단의 널찍한 층계참으로 횃불을 앞세우고 후작 나리가 마차에서 내려섰고, 그렇게 어둠이 밝혀지자 저쪽 나무 사이에 떨어진 거대하고 단단한 건물의 지붕에 살던 부엉이가 항의하는 것처럼 큰 소리를 냈다. 나머지는 모두 조용했기에, 계단으로 옮겨진 횃불과 정문에서 치켜든 횃불은 야외의 밤공기에 나와 있는 것이 아

---

[46] 그리스 신화에서 고르곤의 머리는 뱀 모양으로, 그것을 보는 사람은 돌로 변했다고 전해짐.

니라 밀폐된 공식 접견실에 있는 것처럼 조용히 타올랐다. 부엉이 소리 말고, 분수대의 물이 돌 수반에 떨어지는 소리 말고 다른 소리는 들리지 않았다. 어둠이 한참 숨을 죽이고 있다가 다시 길고 낮게 한숨을 쉬고 다시 숨을 멈추는, 그런 캄캄한 밤이었으니까.

커다란 문이 뒤에서 닫히고 후작 나리는 낡은 멧돼지 사냥용 창과 큰 검과 사냥용 칼 들이 걸린 우중충한 홀을 지나갔다. 게다가 그곳은 이미 자비로운 죽음의 품으로 가버린 수많은 농부들이 그들의 지주가 화가 날 때마다 그 무게를 느껴야 했던 승마용 회초리와 승마용 채찍 들로 인해 더 우중충했다.

그날밤을 위해서 급히 정리한 어둡고 큰 방을 피해서, 후작 나리는 횃불 든 사람을 앞세우고 계단을 올라가 복도 앞의 어떤 문 앞에 섰다. 이 문이 열리고 그는 그의 침실과 다른 두 방으로 구성된 방 세개짜리 개인 거처로 들어갔다. 천장이 높고 카펫이 깔리지 않은 마룻바닥에, 겨울에는 나무를 때는 난로 옆에 커다란 개들이 있었고, 사치스러운 시대와 나라의 후작 지위에 어울리는 모든 사치품이 갖춰져 있었다. 혈통이 결코 끊어지지 않을 지지난번 루이 왕—루이 14세—의 유행이 고급스러운 가구에서 두드러져 보였다. 그러나 또한 프랑스 역사의 오래된 페이지를 장식하던 수많은 물건도 다채롭게 갖춰져 있었다.

세번째 방에 이인분의 저녁식사가 차려졌다. 촛불 끄는 원뿔형 도구처럼 생긴 지붕을 한, 성의 네 탑 중 하나에 위치한 둥근 방이었다. 작고 높다란 방이었고, 창문을 활짝 열어젖힌 채 나무로 만든 미늘 발을 치고 있었으므로, 캄캄한 밤은 돌 색깔의 널따란 선과 번갈아가며 보이는 가느다란 검은 수평선으로만 보였다.

"내 조카는," 저녁이 준비된 것을 흘끗 보며 후작이 말했다. "아직 도착하지 않았다고 하더군."

도착하지 않았습니다. 하지만 후작님과 같이 오시는 줄 알았습니다.

"아! 오늘밤에 도착할 가능성은 별로 없겠군. 그렇지만 식탁은 그냥 놓아둬. 십오분 정도 후에 식사를 할 테니."

십오분 뒤, 후작은 준비가 다 되어서, 그 화려한 최상급 저녁상 앞에 혼자 앉았다. 그는 창문 맞은편의 의자에 앉아 수프를 먹고 난 후, 보르도 포도주잔을 입술에 갖다대려다 말고 잔을 내려놓았다.

"저게 뭐지?" 그는 검은색과 돌색 수평선들을 주의 깊게 보며 차분하게 물었다.

"나리? 저것 말씀이십니까?"

"창 가리개 바깥에. 가리개를 걷어라."

이것은 실행되었다.

"뭐냐?"

"나리, 아무것도 아닙니다. 여기 있는 건 나무들과 어둠뿐입니다."

이렇게 말한 하인은 가리개를 걷어젖히고 공허한 어둠속을 내다보고 나서는 명을 기다리며 허공을 등지고 섰다.

"좋아." 성미 급한 주인이 말했다. "다시 닫아라."

이것도 실행되었고, 후작은 식사를 계속했다.

식사를 반쯤 했을 때 그는 다시 술잔을 손에 든 채 동작을 멈추고 바퀴 소리를 들었다. 바퀴 소리가 경쾌하게 성 앞으로 다가오고 있었다.

"누가 왔는지 물어보아라."

귀족 나리의 조카였다. 그는 이른 오후에는 귀족 나리보다 몇 리

그쯤 뒤처져 있었다. 그는 그 거리를 빠르게 줄였지만, 길에서 귀족 나리를 따라잡을 정도로 빠르지는 않았다. 그는 역참에서 귀족 나리가 자기보다 먼저 지나갔다는 이야기를 들었다.

그는 (귀족 나리가 말하길) 그때 그곳에서 저녁을 차려놓고 기다릴 것이며 저녁 시간에 맞춰 오라는 이야기를 들은 것이다. 잠시 후 그가 왔다. 그는 영국에서는 찰스 다네이로 알려져 있었다.

귀족 나리는 우아하게 그를 맞이했지만, 그들은 악수를 하지는 않았다.

"어제 빠리를 떠나신 건가요?" 그가 식탁에 앉으며 귀족 나리에게 물었다.

"그래, 어제였다. 너는?"

"전 바로 왔습니다."

"런던에서?"

"네."

"오는 데 오래 걸렸구나." 후작은 미소를 지으며 말했다.

"그 반대예요. 바로 온 걸요."

"이런! 내 말은, 오는 데 시간이 오래 걸렸다는 것이 아니라, 오기로 마음먹는 데 오래 걸렸다는 뜻이다."

"제가 붙잡혀서……" 조카는 대답을 하다 말고 잠시 멈추었다. "이런저런 일로요."

"물론 그랬겠지." 세련된 삼촌이 말했다.

하인이 있는 동안은 더이상 아무 말도 오가지 않았다. 커피가 나오고 그들이 단둘이 있게 되자, 조카는 삼촌을 쳐다보며 섬세한 가면 같은 얼굴의 눈을 마주 보고 대화를 시작했다.

"삼촌께서 예상하시다시피, 저는 제가 떠난 그 일 때문에 돌아왔어요. 그 일 때문에 예상치 못한 엄청난 위험에 처했지요. 그렇지만 그건 신성한 일이고, 그래서 그것 때문에 제가 죽더라도 그것 때문에 제가 버틸 수 있기를 바랍니다."

"죽기까지야," 삼촌이 말했다. "죽다니, 그런 말은 할 필요 없다."

"제 생각에는," 조카가 대답했다. "그것이 저를 죽음의 벼랑 끝까지 몰고 갔다면, 삼촌께서 저를 붙잡아주셨을지 의심스러운 거예요."

코 옆의 뚜렷해진 자국과 냉혹한 얼굴의 가느다랗고 곧은 주름이 길어지면서 험악하게 보였다. 삼촌은 아니라는 우아한 몸짓을 했지만, 그것은 너무나 분명히 좋은 가문다운 가벼운 방식이었기에 확신을 주지 못했다.

"정말로요," 조카가 말을 이었다. "제가 아는 한, 삼촌은 저를 둘러싼 수상쩍은 상황에 더욱더 수상쩍은 외양을 부여하는 데 골몰하시는 것 같아요."

"아니, 아니, 아니야." 삼촌이 유쾌하게 말했다.

"그렇지만 어쨌든," 조카가 그를 깊은 불신의 눈초리로 보면서 말을 이었다. "삼촌의 외교술이 어떻게든 저를 막으려는 것을, 그리고 어떤 수단을 쓰든 거리낌이 없다는 것을 알고 있어요."

"얘야, 그러기에 내가 뭐랬느냐." 두 개의 자국이 맥박처럼 희미하게 뛰면서, 삼촌이 말했다. "오래전에 내가 그렇게 말한 걸 제발 좀 기억해봐라."

"기억납니다."

"고맙구나." 후작이 말했다 ─ 아주 상냥하게.

그의 어조는 거의 악기 소리처럼 공중에 맴돌았다.

"결과적으로," 조카가 이었다. "전 제가 여기 프랑스에서 아직 감옥에 들어가지 않은 것이 삼촌의 불운이자 제 행운이라고도 생각해요."

"무슨 말인지 모르겠다." 커피를 홀짝거리며 삼촌이 대답했다. "무슨 말인지 설명 좀 해주겠니?"

"제 생각에 삼촌께서 왕실의 눈 밖에 나지 않고, 지난 세월 동안의 그 구름에 가려지지 않았더라면, 칙서가 내려와 저를 무기한 어떤 감옥에 처넣었을 거예요."

"그건 가능하지." 삼촌은 아주 침착하게 말했다. "가문의 명예를 위해서 너를 그렇게까지 불편하게 만들 결심도 할 수 있다. 미안하구나!"

"저한테는 매우 다행스럽게도, 그저께의 연회는 평소처럼 냉랭했다고 알고 있어요." 조카가 말했다.

"다행이라고 말하진 않겠다, 애야." 삼촌은 세련되고 우아하게 대답했다. "그건 잘 모르겠구나. 고독이라는 이점으로 둘러싸여 잘 생각해볼 기회를 갖는다면, 네 스스로보다 네 운명에 훨씬 좋은 영향을 미칠 수 있을 거다. 그렇지만 그 문제를 토론해봐야 소용이 없구나. 네 말대로 나는 불리한 입장이다. 이 간단한 교정의 도구, 가문의 권력과 명예를 위한 점잖은 도움, 너를 그리도 불편하게 만들 수 있는 이런 사소한 호의들을 얻으려면 이젠 이익을 주거나 끈덕지게 졸라야 한단다. 그런 것을 원하는 사람은 너무 많고, (상대적으로) 허락되는 사람은 너무 적어! 예전엔 그렇지 않았는데, 프랑스는 이제 그런 문제에 있어서는 나쁜 쪽으로 변하고 있어. 우리와 그리 멀지 않은 조상님들은 주변의 천한 것들의 생사여탈권을 가지고 있었지. 이 방에서 그런 개 같은 놈들이 수없이 끌려나가 교수형을 당했다. 옆방에선 (내 침실이지) 어떤 사람이 그의 딸과 관련하여 점잖게 대해달라고 뻔뻔스럽게 주장하다가[47] 단검으로 찔리기도 했다고 알고 있다―그의 딸이라고? 우리는 수많은 특권을 잃어버렸다. 새로운 철학이 유행하고 있어. 요즘 우리의 지위를 확고히 하려면 현실적으로 정말 불편하게 될지도 몰라. (될 거라고까지 말하진 않겠다.) 전부 너무 나빠, 너무 나빠!"

후작은 가볍게 코담배를 집어들고 고개를 저었다. 그가 위대한 부흥의 수단인, 여전히 자기를 포함한 국가에 어울리는 일원이라 할 수 있을 정도로 우아하게 우울한 모습으로.

"우리는 예전이나 지금이나 그렇게 우리의 지위를 확고히 해왔어요." 조카가 우울하게 말했다. "그러니 우리 집안의 이름은 프랑스의 어떤 이름보다도 더 미움을 받을 거라고 생각해요."

"그렇기를 바라자꾸나." 삼촌이 말했다. "높은 사람들에 대한 증오는 천한 것들이 자기도 모르게 표하는 경의란다."

"저는 정말," 조카는 조금 전의 어조로 말을 이었다. "우리를 둘러싼 이 나라 전체에서 저를 보는 얼굴들은 모두 저를 존경심으로 보지 않고 두려움과 노예근성의 음침한 복종심으로 바라본다고요."

"칭찬이다." 후작이 말했다. "가문의 위풍에 대한 칭찬이고, 이 가문이 그 위풍당당함을 유지해온 방식 덕분에 그렇게 된 것이다. 하!" 그는 다시 코담배를 부드럽게 집어들고 가볍게 다리를 꼬았다.

그러나 그의 조카가 탁자에 팔꿈치를 고이고 생각에 잠겨 우울하게 손으로 눈을 가리자, 그 섬세한 가면은 그 가면을 쓴 사람의 무관심한 척한 태도와 어울리는 정도보다는 더 강렬한 집중과 엄

---

47 영주가 농노의 딸이 결혼하기 전에 동침하는 중세적 관습에 대해 여자의 아버지가 이의를 제기했다는 것.

밀함과 혐오의 느낌으로 그를 곁눈으로 쳐다보았다.

"억압이야말로 유일하게 영구적인 철학이다. 얘야, 두려움과 노예근성의 음침한 복종심이란," 후작이 말했다. "개들이 채찍에 복종하게끔 해준단다." 이렇게 말하며 그는 지붕을 쳐다보았다. "이 지붕이 하늘을 가려주는 만큼이나 오래도록."

그것은 후작이 생각하는 만큼 길지 않을 수도 있었다. 그후로 불과 몇년 뒤 그 성이 어떻게 되었는지, 그리고 그와 비슷한 쉰채의 성들이 그뒤 불과 몇년 후에 어떻게 되었는지, 그날밤 그에게 그 그림을 보여줄 수 있었다면, 그는 무시무시하게 불에 그어버린, 약탈로 엉망이 된 폐허들 가운데에서 자신의 성을 알아볼 수도 없어 당혹스러웠을 것이다. 그가 장담하던 지붕으로 말하자면, 그는 하늘을 가리는 새로운 방식을 알게 되었을 것이다—즉, 수십만의 소총에서 탄환이 발사되어 신체의 눈으로 들어가 영원히 하늘을 가리는 것 말이다.

"그사이에," 후작이 말했다. "네가 하지 않겠다면 나라도 가문의 명예와 안정을 지켜야겠다. 그렇지만 너 피곤하겠구나. 오늘밤 대화는 여기서 끝낼까?"

"조금만 더요."

"그러면 한시간쯤 더 하자꾸나."

"삼촌," 조카가 말했다. "우리는 이제까지 잘못해왔고, 이제 그 잘못의 결실을 보고 있는 거예요."

"우리가 잘못해와?" 후작은 캐묻는 듯 미소를 짓고 되풀이하며, 처음에는 조카를, 그리고 자기 자신을 세련되게 가리켰다.

"우리 가문은, 명예로운 우리 가문의 영광은 우리 둘 다에게 굉장히 중요하지요. 그 방식은 서로 다르지만 말입니다. 제 아버지 시절에도 우리는 엄청난 잘못을 저질렀어요. 우리와 우리의 쾌락 사이를 방해하는 모든 인간에게 그게 누구든 상해를 입혔으니까. 제가 굳이 아버지 시절을 이야기할 필요가 있을까요, 삼촌 시대에도 마찬가지인데요? 아버지의 쌍둥이 형제이자, 공동 상속자이자, 그 지위를 물려받은 계승자를 아버지와 분리해서 생각할 수 있겠어요?"

"죽음이 우리를 갈라놓았지!" 후작이 말했다.

"그리고 저를." 조카가 대답했다. "제겐 두려움만 주는 체제에 묶어놓고 책임을 지게 만들면서 그 안에서 아무런 힘도 없게 만들어버렸죠. 자비심을 가지고 잘못을 바로잡으라는, 어머니 입술에서 나온 마지막 부탁을 실천하고 제 사랑하는 어머니의 마지막 눈빛에 따르려고 하면서, 도움과 힘을 찾으려 하지만 잘 안되어서 고통스럽습니다."

"그걸 나에게서 구하렴, 조카야." 그들은 이제 벽난로 앞에 서 있었고, 후작은 검지로 그의 가슴을 건드리며 말했다. "다른 데서 찾으려 해봐야 영영 헛일이다, 확실해."

코담뱃갑을 손에 들고 조용히 그의 조카를 바라보며 선 그의 깨끗하고 하얀 얼굴에 나 있는 가늘고 똑바른 주름이 잔인하게, 간교하게, 그리고 바짝 눌렀다. 다시 한번 그는 그의 손가락이 작은 검의 뾰족한 끝이라도 되는 듯 가슴을 건드리고는, 섬세한 손길로 몸을 훑어내리며 말했다.

"애야, 난 내가 살아온 체제를 영속시키면서 죽을 거다."

그는 이 말을 하면서 마지막으로 담배를 집어들고 담뱃갑을 호주머니에 넣었다.

"좀 이성적으로 생각해라." 그는 탁자 위에 있는 작은 종을 울리고 나서 덧붙였다. "그리고 네가 타고난 운명을 받아들여. 그런데 내가 보기에 넌 길을 잃었어, 샤를 씨."

"이 재산과 프랑스는 제겐 없는 거나 마찬가지예요." 조카가 슬프게 말했다. "전 이것들을 포기했으니까요."

"포기하다니, 그게 둘 다 네 거냐? 프랑스는 그럴 수도 있겠다만, 이 재산도 그래? 말할 가치도 없구나. 그렇지만, 이게 그래도 네 거란 말이냐?"

"제 얘기 중에 그게 제 거라고 주장할 의도는 없었어요. 그것이 저한테서 삼촌에게로 당장 내일이라도……"

"그건 내가 바라더라도 가능하지 않은 일이다."

"……아니면 이십 년 후에……"

"영광스럽기도 하지." 후작이 말했다. "그래도, 그편이 낫구나."

"……전 이것들을 다 버리고 다른 곳에서 다르게 살 겁니다. 포기하는 건 아무것도 아니에요. 불행과 폐허로 가득한 황무지일 뿐이잖아요!"

"하!" 후작은 화려한 방을 둘러보며 말했다.

"여긴, 눈으로 보기엔 꽤 아름답죠. 그렇지만 하늘 아래 햇빛 아래서 온전히 보면 이건 낭비와 부실한 관리와 강탈과 빚과 저당과 억압과 기아와 벌거벗음과 고통의 무너져가는 탑일 뿐입니다."

"하!" 후작은 아주 만족한 태도로 다시 말했다.

"이게 제 것이 된다면, 좀더 좋은 자격을 갖춘 사람에게 넘겨서 이것을 끌어내리는 무게로부터 서서히 자유로워지게 (그게 가능하다면) 해서, 이곳을 떠나지 못하고 인내의 마지막 한계까지 오래오래 쥐어짜여온 불쌍한 사람들이 다음 세대에는 좀 덜 고통스럽게 하고 싶어요. 그러나 그건 제가 할 수 있는 일이 아니죠. 이 재산

190

과 이 땅 전체에는 저주가 내려져 있어요."

"그럼 넌?" 삼촌이 말했다. "캐물어서 미안하다만, 넌 네 새로운 철학 아래서도 우아하게 살아갈 생각이냐?"

"살려면, 다른 동포들처럼, 그리고 그 뒤에 있는 귀족들도 언젠가는 그래야 하듯이, 노동을 해야겠죠."

"가령, 영국에서 말이냐?"

"네, 이 나라에서 제가 가문의 명예를 손상시킬 염려도 없고요. 다른 곳에서도 가문의 이름이 손상될 일은 없을 겁니다. 왜냐하면 다른 곳에서는 가문의 이름을 쓰지 않을 것이니까요."

종이 울리자 옆에 있던 침실에서 불이 켜졌다. 이제 그리로 통하는 문으로 불빛이 환하게 비쳤다. 후작은 그쪽을 바라보곤 시종이 물러가는지 발소리에 귀를 기울였다.

"거기서 네가 무심하게 잘 먹고 잘 살 수 있는 걸 보니, 영국이 네게 꽤 매력적인가보구나." 그는 조카에게 차분한 얼굴을 돌리고 미소 지으며 말했다.

"제가 거기서 잘 사는 건, 삼촌 덕분임을 알고 있다고 이미 말씀드렸죠. 나머지는, 그냥 피난 생활이에요."

"그 건방진 영국 놈들이 말하길, 피난 온 사람들이 많다더구나. 거기 피난해 있는 프랑스인을 아느냐? 의사라던데?"

"네."

"딸이 하나 있고?"

"네."

"그래." 후작이 말했다. "피곤하겠구나. 잘 자라!"

그가 가장 정중한 태도로 고개를 숙일 때 그의 미소 짓는 얼굴에는 은밀한 빛이 감돌았고, 그 말에 뭔가 신비로운 분위기를 담고 있어서, 조카의 눈과 귀를 강력하게 자극했다. 동시에, 눈가의 잔주름과 얇고 똑바른 입술과 코 주변의 자국이 멋지면서 악마같이 보이는 냉소로 일그러졌다.

"그래," 후작이 반복했다. "딸 하나를 둔 의사라. 그래, 그렇게 새로운 철학이 시작되는 거지! 피곤하겠구나. 잘 자라!"

그의 얼굴에 대고 신문을 하느니 차라리 성 바깥의 돌로 만든 얼굴 아무것이나 보고 신문하는 편이 훨씬 나을 것이었다. 조카는 문으로 가면서 하릴없이 그의 얼굴을 쳐다보았다.

"잘 자라!" 삼촌이 말했다. "아침에 보자꾸나. 잘 쉬어라. 조카가 저기 침실까지 가게 불을 좀 비춰줘!—침대에 누운 채로 태워버리든지 말든지." 그는 이렇게 덧붙이곤 다시 작은 종을 울려 자신의 침실로 시종을 불렀다.

시종이 왔다 갔고, 후작 나리는 헐렁한 가운을 입고 잘 준비를 하려고 방을 이리저리 걸었다, 그 무덥고 조용한 밤에. 방을 오가는데, 부드러운 슬리퍼를 신은 그의 발은 마룻바닥에 거의 소리를 내지 않았고, 그는 마치 품위 있는 호랑이처럼 움직였다. 마치 이야기에 나오는, 마법에 걸려 이제 막 주기적으로 호랑이로 변신하는 일을 마친, 혹은 이제 변신하려고 하는, 개전의 정이 없는 사악한 후작처럼 보였다.

그는 사치스러운 침실 이쪽 끝에서 저쪽 끝까지 걸어다니며, 마음속에 제멋대로 떠오르는 그날 여행의 단상들을 바라보았다. 석양 무렵 힘겹게 올라가던 언덕, 일몰, 내리막길, 방앗간, 바위산 위 감옥, 분지의 작은 마을, 샘터의 농부들, 푸른 모자로 마차 아래 사슬을 가리키던 길 고치는 사람, 그 샘터로 연상된 빠리의 분수대, 계단에 놓인 작은 꾸러미, 그것을 들여다보던 여인들, 두 팔을 번쩍

들고 "죽었습니다!"라고 외치던 키 큰 사내.

"이제 시원하군." 후작 나리가 말했다. "자야겠어."

커다란 벽난로에 작은 불빛만을 남겨두고, 그는 얇은 사紗 커튼을 둘러치고, 자려고 마음을 진정시킬 때 그 밤이 긴 한숨으로 적막을 깨는 소리를 들었다.

외벽의 돌로 만든 얼굴들은 묵직한 세시간가량 캄캄한 밤을 맹목적으로 노려보았다. 묵직한 세시간 동안, 마구간의 말들은 꼴시렁을 덜그럭거렸고, 개들은 짖어댔으며, 부엉이는 시인들이 부엉이에게 관습적으로 지정해주는 소리와는 거의 닮지 않은 소리를 냈다. 그러나 그들에게 지정된 대로 말하지 않는 것이 바로 그런 짐승들의 고집스러운 습관인 것이다.

이 묵직한 세시간 동안, 그 성에 있는 돌로 만든 사자와 사람의 얼굴 들은 밤을 맹목적으로 노려보고 있었다. 사방에는 캄캄한 어둠이 내려와 있었고, 캄캄한 어둠이 모든 길에 고요하게 내려앉은 먼지에 고요함을 더했다. 무덤은 산길까지 내려와 있어 그 초라한 잔디 봉분은 서로 잘 구분되지도 않았다. 십자가에 새겨진 모습도 뭐가 보이기나 한다면, 이미 내려왔을지도 모를 일이었다. 마을에서는 세금을 매기는 사람이나 세금을 내는 사람 모두 깊은 잠에 빠져 있었다. 아마도 굶주린 자들이 흔히 그러하듯 잔치를 여는 꿈을 꾸거나, 강제로 일하던 노예나 멍에를 쓴 황소처럼 편안히 쉬는 꿈을 꾸면서, 마을의 수척한 주민들은 편안하게 잠들어 배불리 먹고 자유롭게 살았다.

그 마을의 샘물은 보이지도 않고 들리지도 않게 흘렀고, 성의 샘물도 보이지 않고 들리지 않게 떨어졌다. 어두운 세시간 동안, 둘 다 시간의 샘에서 떨어지는 순간들처럼 녹아서 없어졌다. 그리고는, 양쪽의 회색빛 물이 빛을 받아 보이기 시작했고, 성의 돌로 만든 얼굴들의 눈도 뜨였다.

점점 날이 밝아와 마침내 태양 빛이 고요한 나무들의 꼭대기를 스치고, 언덕 위로 햇빛을 쏟아내기 시작했다. 햇빛 속에서 성의 샘물은 피로 변한 듯했고, 돌로 만든 얼굴도 진홍색이 되었다. 새들의 노래가 점점 커지고 높아졌으며, 후작 나리의 침실에 달린 커다란 창문의, 풍상에 낡은 창턱에는 작은 새 한마리가 있는 힘껏 달콤한 노래를 부르고 있었다. 이 소리에 가장 가까이 있는 돌로 만든 얼굴이 입을 벌리고 턱을 한껏 내려뜨린 채 경악을 금치 못하며 놀라 쳐다보는 것 같았다.

이제 해가 완전히 떠오르고, 마을에서는 움직임이 시작되었다. 창문들이 열리고, 삐걱거리는 문에 빗장이 벗겨지고, 사람들은 새 아침의 달콤한 공기에 아직은 추워 벌벌 떨면서 밖으로 나왔다. 그러고는 거의 가벼워지는 일이 없는 매일의 일과가 마을 사람들 사이에서 시작되었다. 어떤 이는 샘터로, 어떤 이는 들판으로, 이쪽에서는 남녀가 땅을 파헤치고, 저쪽에서는 남녀가 비실대는 가축을 돌보고, 뼈만 남은 소들을 데리고 나가 길가에서 발견할 수 있는 풀밭으로 갔다. 교회와 십자가 앞에는 한두명이 무릎을 꿇고 있었고, 기도하는 사람들 곁에는 이끌려간 소가 발치의 잡초들 사이에서 아침거리를 찾고 있었다.

성은 그 지위에 걸맞게 조금 더 늦게 일어났지만, 점차, 그리고 확실하게 깨어났다. 우선 외롭게 걸려 있던 멧돼지 사냥용 창과 사냥용 칼 들이 옛날처럼 붉게 물들었고, 그리고 나선 아침 햇살에 날카롭게 빛났다. 이제 문과 창문 들이 활짝 열리고, 말들은 마구간에서 문으로 쏟아져들어오는 빛과 맑은 기운을 어깨 너머로 돌아보왔다. 나뭇잎들은 쇠창살이 달린 창가에서 반짝이며 바스락대고, 개들은 쇠사슬을 세게 잡아당기며 빨리 풀어달라고 야단이었다.

이 모든 사소한 사건들은 삶의 반복되는 일과, 다시 밝아온 아침에 속하는 일이었다. 그런데 분명히, 성에서 큰 종이 울리거나, 계단을 뛰어서 오르내리는 것은 그게 아니고, 테라스에 보이는 서두르는 사람들도 그게 아니고, 여기저기 모든 곳에서 발로 차고 구르는 것도, 급하게 말안장을 얹고 달려나가는 것도, 그게 아니지?

무슨 바람이 불었기에, 이미 마을 너머 언덕배기에서 소조차 건드릴 가치가 없을 (가져갈 것도 별로 없는) 점심 꾸러미를 돌무더기 위에 올려놓고 일하고 있는 반백의 길 고치는 사람까지 그토록 서두르게 되었을까? 그 다급함의 씨앗 몇개를 멀리 옮겨가던 새들이 우연히 그 씨를 심으려고 그에게 하나를 떨어뜨린 것일까? 그렇든 아니든, 후텁지근한 아침에 길 고치는 사람은 무릎까지 먼지투성이가 되어 죽어라 언덕 아래로 달려내려와 샘터에 이를 때까지 멈추지 않았다.

마을 사람들은 모두 샘터에 모여서 우울한 태도로 여기저기 서서 나지막하게 수군거렸지만, 음침한 호기심과 놀라움 이외에는 어떤 다른 감정도 보이지 않았다. 화급하게 끌고 와서 아무 데나 묶어놓은 소들은 멍한 표정으로 주위를 둘러보거나 굳이 씹는 수고를 할 가치도 없을 것 같은, 한가롭게 걷다가 만 조금 전에 주워먹은 되새김질거리를 씹으며 누워 있었다. 성에 있는 사람들 몇명과 역사의 몇명, 징세 기관의 전원이 다소 무장을 하고, 공연히 아무 목적도 없이 작은 거리의 다른 편에 모여 있었다. 이미 길 고치는 사람은 쉰명가량의 특별한 친구들 집단 사이로 파고들어, 파란 모자로 자기 가슴을 세게 치고 있었다. 이 모든 게 다 무슨 징조인가, 그리고 가벨 씨가 말을 타고 있는 하인 뒤에 잽싸게 올라타더니, 앞서 말한 가벨을 싣고 (말은 두배의 짐을 지긴 했지만) 마치 독일 담시譚詩「레오노라」[48]의 새로운 판본처럼 가볍게 뛰어가버린 것은 또 무슨 징조인가?

그것은 성에 돌로 만든 얼굴이 하나 더 늘었다는 징조였다.

고르곤이 간밤에 다시 그 건물을 둘러보고 갔고, 모자라던 돌 얼굴 하나를 보태놓고 간 것이었다. 이백년 동안 성이 기다려온 그 돌 얼굴을.

그 돌 얼굴은 후작 나리의 베개 위에 누워 있었다. 그것은 갑자기 놀라고 화가 나서 굳어진 섬세한 가면 같았다. 그 얼굴에 달린 돌 몸뚱이의 심장부까지 관통해 들어간 것은 칼이었다. 칼자루 주위에는 종이가 한장 매달려 있었고, 그 위에는 이렇게 휘갈겨져 있었다.

'그를 빨리 무덤으로 데려가라. **자끄**로부터.'

---

48 독일 시인 고트프리트 뷔르거(Gottfried A. Bürger, 1747~94)가 1773년에 지은 고딕 담시.

10장
두가지 약속

그후 일년의 세월이 흘렀고, 찰스 다네이는 영국에서 프랑스 문학에 능통한 고급 프랑스어 선생으로 자리를 잡았다. 요즘 시절 같으면 교수가 되었겠지만, 그 시절이었으므로 그냥 개인 교사였다. 그는 온 세계에서 실제로 사용되는 언어를 공부할 여유가 있고 관심이 있는 젊은이들을 가르쳤고, 지식과 상상력의 보고에 대한 취향을 길러주었다. 게다가 그는 그것들에 관해서 견실한 영어로 쓸 수도 있었고, 견실한 영어로 번역할 수도 있었다. 그 시대에 그런 선생을 구하기는 쉽지 않았다. 과거에 있던 왕자들과 즉위할 예정인 왕들은 아직 교사 계층이 되지 않았고, 텔슨 은행의 원장原帳에서 떨어져나온 몰락한 귀족들도 아직은 요리사나 목수가 되지 않았다. 자신의 성과로 학생들을 특별하게 유쾌하고 유익하게 해주는 개인 교사로서, 단순한 사전적 지식 이외에 작품에 무엇인가를 부여하는 세련된 번역가로서, 젊은 다네이 씨는 곧 유명해지고 칭송받게 되었다. 게다가 그는 자기 나라의 상황에 대해서 잘 알고 있었으며, 그 상황은 점점 흥미로워지고 있었다. 그래서 엄청난 인내와 지칠 줄 모르는 노력으로, 그는 성공을 거두었다.

런던에서 그는 황금으로 포장된 길을 걷는 것도, 장미 꽃잎이 뿌려진 침대에 눕는 것도 기대한 적이 없었다. 그렇게 들뜬 기대를 한 적이 있다면, 그는 성공하지 못했을 것이었다. 그는 노동을 기대했고, 그것을 발견했고, 그것을 했으며, 그것을 최대한 이용했다. 바로 이런 점에서 그는 성공한 것이었다.

그는 자기 시간의 일부를 케임브리지에서 보냈는데, 거기서 그는 세관을 통해 희랍어와 라틴어를 전달하는 대신 유럽 언어를 밀수하는 일종의 용인된 밀수업자로서 학부생들을 가르쳤다. 나머지 시간은 런던에서 보냈다.

그런데, 에덴동산에 늘 여름만 지속되던 시절로부터 위도가 낮은 지역도 거의 내내 겨울인 요즘 시대에 이르기까지, 한 남자의 세계는 어김없이 한길로—찰스 다네이의 길로—여인에 대한 사랑의 길로 가기 마련인 것이다.

그는 그가 위험에 처했을 때부터 루시 마네뜨를 사랑했다. 그는 그녀의 동정 어린 목소리만큼 그렇게 달콤하고 사랑스러운 목소리를 들어본 적이 없었다. 그는 그를 위해 파놓은 무덤 가장자리에선 그의 얼굴을 마주 볼 때의 그녀 얼굴처럼 그렇게 부드럽고 아름다운 얼굴을 본 적이 없었다. 그러나 그는 그 문제에 관해서 그녀에게 이야기해보지 않았다. 파도치는 바다와 길고 긴 먼지가 이는 도로를 넘어 멀리 떨어진 버려진 성—한줄기 안개 같은 꿈이 되어버린 견고한 석조 성—에서 벌어진 암살 사건이 벌어진 지 일년이 되었고, 그는 아직도 그의 마음 상태를 그녀에게 단 한마디도 드러내지 않았던 것이다.

그럴 만한 나름의 이유가 있었음을 그는 잘 알고 있었다. 다시 여름이 되었고, 대학에서 일을 마치고 런던에 도착한 그는 쏘호의 조용한 길모퉁이로 접어들어, 마네뜨 박사에게 자신의 마음을 털어놓을 기회를 잡는 데 골몰해 있었다. 여름해가 저물고 있었고, 그는 루시가 프로스 양과 외출했음을 알고 있었다.

박사는 창가의 안락의자에서 책을 읽고 있었다. 그가 예전에 겪은 고통 속에서 그를 한때 지탱해주었으나 그 고통을 더 악화시키기도 했던 그 에너지가 점차 그에게 회복되어 있었다. 그는 이제 매우 혈기왕성한 사람이 되어, 분명한 목표의식과 굳은 결의, 열정적인 행동력을 갖추었다. 원기를 회복한 그는, 그가 회복된 다른 능력들을 행사하는 과정에서 처음에 그랬듯이, 가끔 약간 충동적이고 성급할 때가 있었다. 그러나 이런 일이 자주 관찰되지는 않았고, 차츰 뜸해졌다.

그는 공부를 많이 하고, 잠을 거의 자지 않았으며, 엄청난 피로도 쉽게 견뎠고, 변함없이 늘 쾌활했다. 그가 있는 방으로 이제 찰스 다네이가 들어왔고, 그를 보자 책을 내려놓고 손을 내밀었다.

"찰스 다네이! 만나서 반갑네. 지난 사나흘 전부터 자네가 돌아올 거라고 생각했어. 어제 스트라이버 씨와 씨드니 카턴이 왔었는데, 둘 다 자네가 올 때가 지났다고 하더군."

"그렇게 관심을 가져주시다니요." 그는 박사에 대해서는 아주 따뜻하게 말했지만, 그들에 관해서는 약간 냉정하게 대답했다. "마네뜨 양은……"

"잘 있네." 박사는 말을 끊으며 이렇게 말했다. "자네가 돌아와서 우리 모두 기쁘다네. 집안일 때문에 잠깐 나갔는데, 곧 돌아올 걸세."

"마네뜨 박사님, 마네뜨 양이 나간 것을 알고 있습니다. 박사님과 이야기하려고 일부러 그녀가 집에 없을 때를 택한 겁니다."

잠시 침묵이 흘렀다.

"그래?" 긴장한 기색이 역력한 채 박사가 말했다. "의자를 이리로 가져오게. 그리고 계속 얘기해봐."

그는 하라는 대로 의자를 옮겨왔지만, 이야기를 이어가는 것이 조금 어려운 듯했다.

"마네뜨 박사님, 제가 이 댁 식구들과 이렇게 친하게 된 것은 행운입니다." 그러고는 마침내 말을 시작했다. "수년하고도 반 동안, 제가 이제 말씀드리려고 하는 주제가 아마도……"

박사가 손을 내밀어 그만하라고 하자 그는 말을 멈추었다. 그는 잠깐 그 상태로 있더니 손을 내리면서 말했다.

"루시에 관한 이야기인가?"

"그렇습니다."

"내 딸에 대해 이야기하는 건 어느 때나 내게는 힘든 일이네. 그리고 자네와 같은 어조로 내 딸 이야기를 하는 것을 듣기는 정말 힘드네, 찰스 다네이."

"그건 열렬한 연모와, 진정한 존경과 깊은 사랑의 어조입니다, 마네뜨 박사님!" 그는 공손하게 말했다.

잠시 침묵이 흐르고 그녀의 아버지가 다시 말했다.

"믿네. 자네를 공정하게 판단하고 있어. 믿네."

그가 긴장한 기색이 너무 역력하고, 또 그 주제에 접근하는 것이 내키지 않는 데서 긴장이 비롯되었음이 너무나 분명했으므로, 찰스 다네이는 망설였다.

"계속할까요, 선생님?"

또 침묵.

"그래, 계속하게."

"제가 무슨 말씀을 드릴지 알고 계셨군요. 제 은밀한 마음을, 그 마음에 오랫동안 간직하고 있던 그 희망과 두려움과 불안을 모르시니, 제가 얼마나 진지하게 말하는 것이며, 얼마나 진지하게 느끼고 있는지 아실 수가 없겠지만요. 마네뜨 박사님, 전 박사님의 따님을 정말로, 애틋하게, 사심 없이, 헌신적으로 사랑합니다. 세상에 사랑이라는 것이 있다면, 저는 그녀를 사랑합니다. 박사님께서도 사랑을 해보셨죠. 예전의 그 사랑에 비추어 저를 생각해주세요!"

박사는 얼굴을 돌리고 눈을 바닥으로 내리깐 채 앉아 있었다. 마지막 말에, 그는 갑자기 손을 뻗으며 외쳤다.

"그건, 제발! 그냥 내버려둬! 제발, 그 일을 끄집어내지 말게!"

그의 외침이 진짜로 아파서 그러는 것 같아서 그 외침이 그친 뒤에도 찰스 다네이의 귀에 오래도록 울렸다. 그는 손을 뻗어 움직였고, 그것은 마치 다네이에게 그만하라고 호소하는 것 같았다. 다네이는 그렇게 알아듣고 가만히 있었다.

"미안하네." 잠시 후 박사가 어조를 누그러뜨려 말했다. "자네가 루시를 사랑하는 걸 의심하진 않네. 그건 안심해도 좋아."

그는 그를 향해 돌아앉았지만 쳐다보거나 눈을 치켜뜨지는 않았다. 그는 턱을 손으로 괴었고 그의 흰 머리카락이 얼굴 위로 그늘을 드리웠다.

"루시에게는 말했나?"

"아니요."

"편지는?"

"아직 안 썼습니다."

"자네가 안했다고 하는 데서 루시의 아비를 고려하는 마음이 느껴지지 않는 척한다면 내가 옹졸한 자일 것이네. 아비로서 고맙네."

그는 손을 내밀었다. 그러나 시선은 손과 함께 오지 않았다.

"제가 어떻게," 다네이가 공손하게 말했다. "매일매일 박사님을 보아오면서, 박사님과 마네뜨 양 사이의 사랑이 너무 특별하고 너무 감동적이고 너무나 특수한 상황에서 생겨난 것이기에 아버지와 자식 사이의 정으로도 거의 비길 데 없을 정도라는 걸 모를 수가 있겠습니까, 마네뜨 박사님. 전 압니다, 마네뜨 박사님, 어떻게 모를 수가 있겠습니까, 이제 여인으로 자란 딸의 애정과 효심이 뒤섞여, 그녀 마음속에는 여전히 어린애처럼 박사님을 사랑하고 의지하는 마음이 있는 것을요. 전 압니다, 어릴 때 부모님이 안 계셨기에 이제는 예전에 안 계실 때의 진정성과 애착에다가 지금의 나이와 성격에 맞는 지조와 열성을 합쳐 박사님께 헌신하고 있는 것을요. 전 아주 잘 압니다, 박사님께서 저승에서 살아돌아오셨더라도 그녀가 보기에 지금 그녀가 느끼는 것보다 더 신성한 느낌을 갖지는 못하셨을 것임을요. 전 그녀가 박사님에게 매달릴 때 그녀가 아기와 소녀와 여인의 손길을 다 합친 그런 손길로 박사님의 목을 끌어안고 있음을 압니다. 박사님을 사랑하면서 그녀가 그녀 나이의 어머니를 보고 사랑하며, 제 나이의 박사님을 보고 사랑하며, 상심한 어머니를 사랑하고, 무서운 시련을 겪고 다행스럽게 회복하신 박사님을 사랑한다는 것을 압니다. 저는 박사님 댁을 방문하면서부터 늘 이것을 알고 있었습니다."

그녀의 아버지는 말없이 고개를 숙이고 앉아 있었다. 숨이 약간

가빠졌지만, 그는 그외엔 동요된 표시를 보이지 않았다.

"마네뜨 박사님, 늘 이것을 알고 있었고, 그녀와 박사님이 신성한 빛에 둘러싸여 함께 있는 것을 늘 보면서, 저는 남자의 본성이 허락하는 한 참고, 또 참았습니다. 저는 제 사랑을—그것이 아무리 제 것이라 해도 당신들 사이에 내놓는 것이 그 자체로 썩 좋지 않은 무엇인가로 당신들 역사를 건드리는 것이라고 느껴왔고, 지금도 그렇게 느낍니다. 그렇지만 전 그녀를 사랑합니다. 하늘에 맹세코, 전 그녀를 사랑합니다!"

"그 말을 믿네." 그녀의 아버지는 쓸쓸하게 말했다. "나도 그렇게 생각해왔어. 믿네."

"그렇지만," 그 쓸쓸한 목소리를 책망하는 소리로 들은 다네이가 말했다. "제 운명이 언젠가 그녀를 아내로 맞을 수 있는 행운을 맞게 되어 있다고 해도, 제가 그녀와 박사님 사이를 갈라놓을 것이라거나, 지금 제가 말하는 것에 대한 어떤 이야기도 발설할 수 있다고는, 혹은 발설할 것이라고는 생각하지 마십시오. 게다가 그건 끔찍한 일이요, 비열한 일임을 알아야 하니까요. 아주 오랜 후에라도 제 생각 속에 제 마음속에 그럴 가능성을 품고 숨기고 있다면, 그 가능성이 거기 있기만 하다면, 그냥 거기 있을 수만 있더라도, 전 지금 이 영광스러운 손을 만지지 못할 것입니다."

그는 이렇게 말하면서 자신의 손을 내려놓았다.

"아니요, 마네뜨 박사님, 박사님처럼 프랑스에서 망명해왔고, 박사님처럼 프랑스의 혼란과 억압과 불행에 의해 쫓겨났고, 박사님처럼 제 노력으로 프랑스와 떨어져 살아가려고 애쓰면서 좀더 나은 미래를 믿기에, 전 박사님의 운명을 공유하고, 박사님의 생활과 가정을 공유하고, 죽을 때까지 박사님께 충실하고 싶을 뿐입니다.

박사님의 딸이자 동반자이자 친구로서 루시가 가진 특권을 나누려는 것이 아니라, 도움을 주고, 가능하다면 그녀를 박사님과 더욱 가깝게 만들어드리고 싶은 것입니다."

그의 손길은 아직 그녀의 아버지 손 위에 머물고 있었다. 잠시 그 손길에 차갑지 않게 답하여, 그녀의 아버지는 그 손을 팔걸이에 올려놓고 대화가 시작된 이래 처음으로 고개를 들었다. 얼굴에는 격렬한 고투의 표정이 역력했다. 음울한 의심과 두려움의 경향을 지닌 우발적인 그 표정과의 분투 말이다.

"자네의 말은 너무 마음이 담겨 있고 남자답네, 찰스 다네이. 그래서 정말 고맙고, 마음이 열렸네─거의 말일세. 그런데 루시가 자네를 좋아한다고 믿을 만한 이유가 있는가?"

"아니요. 아직은, 없습니다."

"그럼 당장 그걸 확인해서 내게 알려주는 게 급선무겠군?"

"그렇지도 않습니다. 전 사실 앞으로도 수주일 안에 그 일을 할 수 있으리라고 바라지도 않았거든요. 당장 내일 그걸 바랄 수는 (실수이건 아니건 간에) 없을 겁니다."

"내가 뭔가 지도해주길 바라는가?"

"아닙니다, 박사님. 그렇지만 박사님께서 그게 옳다고 생각하시면 조금 그렇게 해주실 수는 있겠다고 생각했습니다."

"내게서 어떤 약속을 바라는가?"

"네, 그렇습니다."

"어떤 약속?"

"박사님이 아니면 희망이 없다는 것 잘 알고 있습니다. 마네뜨 양이 지금 이 순간 그 순진한 마음에 저를 품고 있다고 해도─제가 그렇게 뻔뻔스러운 생각까지 하고 있다고는 생각지 마십시오—아버지에 대한 사랑을 밀쳐내고는 어떤 자리도 차지할 수 없음을 잘 알고 있습니다."

"그렇다면, 자네가 보기에, 다른 한편으로 또 어떤 문제가 있다는 것인가?"

"아버지로부터 어떤 구혼자에 대해 호의적인 말이 떨어지면 그건 그녀 자신의 마음이나 이 세상 어떤 것보다 무게가 있을 것임도 잘 알고 있습니다. 그렇기 때문에, 마네뜨 박사님," 다네이는 겸손하게, 그러나 단호하게 말했다. "제발 그 이야기는 하지 말아주시기 바랍니다."

"알겠네, 찰스 다네이. 신비로움이란 멀리 떨어져 있는 것뿐만 아니라 긴밀한 사랑으로부터 나오기도 하지. 긴밀한 사랑에서 오는 신비로움이란 미묘하고 섬세하고, 파악하기가 힘드네. 그런 점에서 내 딸 루시는 내겐 수수께끼야. 걔 마음이 어떤지 짐작도 못하겠네."

"그럼 박사님, 그녀에게……" 그가 망설이자 그녀의 아버지가 나머지 말을 이었다.

"다른 구혼자가 있느냐고?"

"제가 드리려던 말씀입니다."

그녀의 아버지는 잠시 생각하다가 대답했다.

"카턴 씨가 여기 온 건 봤겠지. 가끔 스트라이버 씨도 오네. 만약 구혼자가 있다면 이들 중 한명일 수밖에 없는데."

"둘 다일 수도 있죠." 다네이가 말했다.

"둘 다라고 생각해본 적은 없네. 둘 중 하나라도 그럴 것 같지 않은걸. 내게 약속을 원한다면서. 그게 뭔지 말하게."

"그건, 혹시라도 마네뜨 양이 언제고 제가 박사님 앞에 감히 내놓은 것과 같은 은밀한 이야기를 내놓는다면, 제가 한 말과 그에 대한 박사님의 믿음을 증언해달라는 것입니다. 저를 반대하시는 쪽으로 영향력을 행사하시지 않을 만큼 저를 좋게 생각하실 수 있길 바랍니다. 더이상 말씀드리지 않겠습니다. 이게 제가 원하는 것입니다. 제가 이런 요구를 드리는 데에 대해서 당연히 요구하실 수 있는 조건이 있으면 즉시 준수하겠습니다."

"약속하네," 박사가 말했다. "아무 조건 없이. 자네의 목적이 순수하고 진실하게 자네가 말한 그대로임을 믿네. 난 자네 의도가 나와 내 다른, 그리고 훨씬 사랑스러운 자아 사이의 유대를 약화시키는 것이 아니라 영원하게 만드는 것임을 믿네. 만약 그애가 자기의 완벽한 행복에 자네가 필수적이라고 내게 말한다면 나는 그애를 자네에게 주겠네. 만약에, 찰스 다네이, 만약에 말일세……"

젊은이는 감사하며 그의 손을 잡았다. 손을 잡은 채로 박사가 말했다.

"그애가 진정으로 사랑하는 남자에 반대되는 어떤 상상이나, 이유, 걱정, 새롭거나 낡은 것이거나 무엇인가가 있다면, 그리고 그게 그 남자의 책임이 아니라면, 그런 것들은 그애를 위해서 다 지워버려야 할 것이네. 그애는 내 전부야. 고통보다도, 학대보다도, 내겐 소중하고…… 자! 이건 쓸데없는 소리고."

그는 그렇게도 이상하게 침묵 속으로 빠져들었고, 그가 말을 멈추면서 지은 굳은 표정이 너무 이상하여, 다네이는 천천히 자신의 손을 놓고 내려가는 그 손안에서 자신의 손이 차가워짐을 느꼈다.

"자네 무슨 말인가 했는데," 마네뜨 박사는 갑자기 미소를 띠며 말했다. "나한테 무슨 말을 한 거지?"

그는 어떻게 답을 해야 할지 몰라 당황하다가, 조건에 대해 이야기한 것을 기억해냈다. 그는 그 이야기가 생각난 것에 안도하며 대답했다.

"저를 믿고 다 말씀해주셨으니 저도 솔직하게 말씀드리겠습니다. 제가 지금 쓰는 이름은 어머니의 이름에서 약간 바꾼 것이긴한데, 아시게 되겠지만, 원래 제 이름이 아닙니다. 이제 그 이름이무엇이고 왜 제가 영국에 왔는지 말씀드리겠습니다."

"그만!" 보베 출신 의사가 말했다.

잠깐 동안 박사는 두 손으로 귀를 틀어막았다. 그리고 다음 순간두 손으로 다네이의 입을 막았다.

"지금 말고, 내가 하라고 할 때 말하게. 자네의 청혼이 성공하고,루시가 자네를 사랑하거든, 결혼식 날 아침에 말하란 말일세. 약속하겠나?"

"물론 그러겠습니다."

"손을 주게. 그애는 곧 돌아올 거야. 오늘밤 우리 둘이 함께 있는것을 보면 안되네. 가보게! 신의 가호가 있기를!"

찰스 다네이가 그 집을 나왔을 때 날은 저물어 있었고, 루시가집에 돌아온 것은 그로부터 한시간이 더 지나 더 어두워졌을 때였다. 프로스 양이 이미 위층으로 올라가버린 후였기 때문에 그녀는서둘러 혼자 그 방으로 들어갔고, 아버지의 독서 의자가 비어 있는것을 보고 놀랐다.

"아버지!" 그녀가 그를 불렀다. "아버지!"

아무 대답도 들리지 않았지만, 그녀는 그의 침실에서 나지막한망치 소리를 들었다. 옆방을 잽싸게 지나서 그의 방문을 들여다보고는, 그녀는 두려움에 질려 피가 얼어붙은 듯 혼자 외치며 뛰쳐나왔다. "어떻게 해! 어떻게 해!"

그러나 그녀는 아주 잠깐 망설인 후, 급히 되돌아가서 문을 가볍게 두드리고 부드럽게 그를 불렀다. 그녀의 목소리가 들리자 소음이 멈췄고, 그는 곧 그녀에게로 나왔으며 그들은 오래도록 이리저리 걸어다녔다.

그날밤, 그녀는 침대에서 일어나 잠든 그를 바라보았다. 그는 깊이 잠들어 있었고, 그의 제화 도구 상자와 오래된 미완성 구두는 모두 옛날 그대로였다.

11장
짝이 되는 그림

"씨드니," 바로 그날밤, 혹은 새벽, 스트라이버 씨는 그의 자칼에게 말했다. "펀치 한잔 더 섞어봐. 할 얘기가 있어."

씨드니는 그날밤도, 그 전날 밤도, 그 전날 밤도, 연달아 여러날 밤을 두배로 일하여 기나긴 휴정기가 시작되기 전에 스트라이버 씨의 서류들을 대청소했다. 마침내 청소가 끝나서 스트라이버 씨의 밀린 일들은 깔끔하게 처리되었다. 모든 것이 대기의 안개와 법정의 안개에 싸인 11월이 다가와 방앗간에 곡식을 가져오기 전까지 깨끗이 치워졌다.

씨드니는 그렇게 일을 많이 하면서 더 활기차거나 더 정신이 말짱할 리가 없었다. 그날밤을 버티기 위해서는 물수건을 좀더 많이 적셔야 했고, 물수건으로 닦기 전에 그에 비례하여 좀더 많은 포도주를 마셨다. 그는 몸이 많이 상했고, 이제 그는 터번처럼 두르고 있던 수건을 벗어서 지난 여섯시간 동안 때때로 수건을 담가 적셨던 대야에 던져넣었다.

"펀치 한잔 더 만들고 있는 거야?" 뚱뚱한 스트라이버가 허리춤에 손을 얹은 채 기대어 누워 있던 소파에서 주변을 돌아보며 말했다.

"하고 있어."

"이봐! 놀랄 만한 얘기를 해줄게. 이 얘길 들으면 아마 자네가 나에 대해 평소에 생각한 것만큼 내가 교활한 놈은 아니라고 생각하게 될 거야. 나 결혼하려고 해."

"그래?"

"응. 그리고 돈 보고 하는 거 아니야. 어떻게 생각해?"

"별로 할 말은 없네. 누군데?"

"맞춰봐."

"내가 아는 여자야?"

"맞춰보라니까."

"안 맞춰. 새벽 5시에, 가뜩이나 뇌가 머릿속에서 빠지직빠지직 튀겨지는 것 같은데. 맞춰보라고 하고 싶으면 저녁 초대라도 해."

"그럼, 말해줄게." 스트라이버는 천천히 일어나 앉으며 말했다. "씨드니, 정말 너처럼 피도 눈물도 없는 놈한테 말을 해야 한다는 게 슬프다."

"그러는 넌," 바삐 펀치를 만들면서 씨드니가 말했다. "꽤나 감수성 예민하고 시적이라는……"

"이봐!" 스트라이버가 과장되게 웃으며 대답했다. "내가 로맨스의 영혼을 지녔다고 말할 수는 없겠지만 말이야, (철이 든 사람이라고 생각하니까) 그래도 내가 자네보단 좀더 부드러운 남자라고."

"운 좋은 남자다, 그런 말인 게지."

"그런 말이 아니야. 그러니까 내가 좀더…… 좀더……"

"여자한테 잘한단 거겠지. 마음만 먹으면." 카턴이 넌지시 말했다.

"그래! 여자한테 잘하는 거. 내 말은 내가 그런 남자라는 거야." 스트라이버는 그의 친구가 펀치를 만드는 동안 의기양양하게 말했다. "자네보다 여자와 함께 있을 때 좀더 상냥하게 대하려 하고, 상냥하게 대하려고 좀더 노력하며, 어떻게 하면 상냥하게 대하는지 잘 안다는 거지."

"계속해봐." 씨드니 카턴이 말했다.

"아니, 계속하기 전에," 스트라이버가 건들거리듯 머리를 흔들며 말했다. "자네랑 이 얘기부터 끝내야겠어. 자넨 마네뜨 박사 집에 나만큼, 아니, 나보다 더 많이 가봤잖아. 그런데 자네가 거기서 뚱하니 있는 게 영 창피하더란 말이야! 자네 태도가 말도 없고 뚱하고 쭈뼛거리는 식이어서 정말이지 자네가 창피하더란 말이야, 씨드니!"

"자네처럼 법조계에 종사하는 사람이 무슨 일에 대해 부끄러워할 수 있다는 건 매우 유익한 일일 것이네. 나한테 감사해야 해."

"그런 식으로 빠져나갈 생각 하지 마." 스트라이버가 그에게 답변을 어깨로 밀쳐넣으며 말했다. "아니야, 씨드니, 이걸 꼭 자네에게 말해야 해. 다 자네 잘되라고 하는 얘기야. 자네가 그런 모임에는 끔찍하게 안 맞는 사람이라는 것 말이야. 자넨 불쾌한 사람이야."

씨드니는 그가 만든 펀치를 큰 잔으로 들이켜곤 웃었다.

"날 봐!" 스트라이버가 자세를 바로하고 말했다. "난 사정이 자네보다 독립적이라 자네보다 상냥해야 할 필요가 덜한 사람이야.

그런데 왜 내가 그렇게 하겠나?"

"자네가 상냥하게 구는 걸 본 적이 없어." 카턴이 중얼거렸다.

"정치니까 그렇게 하는 거야. 의도적으로 그렇게 하는 거라고. 날 봐! 얘기 중이잖아."

"결혼하려고 한다는 얘기에서 더이상 진행을 안하고 있잖아." 카턴이 무심한 기색으로 대답했다. "그 얘기나 계속해봐. 나에 관해서는…… 그냥 구제불능이라고 이해해줄 순 없어?"

그는 이 질문을 하면서 경멸하는 것 같은 표정을 지었다.

"자네가 구제불능일 이유가 없잖아." 딱히 위로하는 어조도 아닌, 친구의 대답이었다.

"내가 아는 한 내 어떤 것에도 이유는 없어." 씨드니 카턴이 말했다. "그 여자가 누구야?"

"자, 씨드니, 내가 그 이름을 말한다고 불편해하지는 마." 스트라이버 씨는 과장되게 친한 척 그가 이제 발표하려는 내용에 대비해서 그를 준비시키면서 말했다. "왜냐하면 자네가 마음에도 없는 말을 한다는 걸 알거든. 마음에 있는 말을 한다고 해도 전혀 중요하지 않을 것이고. 내가 이런 서론을 꺼내는 이유는, 자네가 언젠가 그 여자에 대해 내게 하찮다는 듯이 말한 적이 있어서야."

"그랬어?"

"물론. 그것도 이 방에서."

씨드니 카턴은 펀치를 들여다보고 스스로 만족스러워하는 그의 친구를 쳐다보고는, 펀치를 마시고 스스로 만족스러워하는 그의 친구를 다시 쳐다보았다.

"자네는 그녀에 대해서 금발 인형일 뿐이라고 말했어. 그 아가씨는 마네뜨 양이야. 그런 종류의 감정에 대해서 어떤 민감함이나 섬세함을 가진 친구라면, 씨드니, 자네가 그렇게 부른 것에 대해서 조금 꽁한 마음을 가졌을지도 몰라. 그렇지만 자넨 그런 사람이 아니잖아. 자넨 감각이라곤 없어. 그러니까 그림에 대한 감식안이 없는 자가 내 그림을 보고 말하거나, 아니면 음악을 듣는 귀가 없는 사람이 내 음악을 듣고 말하는 의견에 화나지 않는 것처럼, 그 표현을 생각하더라도 화가 나지는 않아."

씨드니 카턴은 펀치를 엄청난 속도로 마셨다. 그는 친구를 쳐다보며 엄청난 양을 마셨다.

"이제 다 알았으니, 씨드," 스트라이버 씨가 말했다. "난 돈은 상관없어. 그녀는 매력적이니까. 난 기분 좋게 살기로 결심했거든. 전체적으로 보면, 이젠 즐겁게 살아도 될 것 같아. 그녀는 내가 이미 꽤 잘살고 빠르게 출세하는 사람이고 꽤 알려진 사람이라 좋을 거고. 그녀에게는 행운이지만, 그녀는 행운을 잡을 만해. 자네 놀란 거야?"

카턴은 계속 펀치를 마시며 대답했다. "내가 왜 놀라야 하는데?"

"인정하는 거야?"

카턴은 계속 펀치를 마시면서 대답했다. "내가 왜 인정하지 않겠어?"

"좋아!" 그의 친구 스트라이버가 말했다. "내가 상상한 것보다 훨씬 편하게 받아들이네. 생각한 것보다 내 입장에서 금전적 이득을 따지지도 않고 말이야. 물론 지금쯤이면 자네의 옛 친구가 아주 강인한 의지의 소유자라는 것을 잘 알고 있을 테지만 말이야. 그래, 씨드니, 아무런 변화도 없이 이런 식으로 사는 건 이제 됐어. 남자가 들어가고 싶어지는 (그리고 싶지 않을 때는 떠나 있으면 되지) 가정을 갖는다는 건 즐거운 일이라고 느껴져. 그리고 마네뜨 양이라면 어떤 상황에서도 눈에 띌 테고 내 평판에 늘 보탬이 될 거야. 그렇게 마음을 정했어. 자, 씨드니, 친구야, 자네 앞날에 대해서도 한마디하고 싶어. 알다시피 자넨 상태가 안 좋아. 정말 상태가 안 좋아. 자넨 돈의 가치를 모르고, 어렵게 살고, 조만간 망가질 거고, 아프고 가난하게 될 거야. 정말로 돌봐줄 사람에 대해 생각해야 해."

어찌나 유복한 후견인처럼 말을 하던지, 그는 실제보다 두배나 더 크게 보였고, 네배나 밉상으로 보였다.

"그러니까, 내 말은," 스트라이버가 말을 이었다. "상황을 직시하라는 거야. 난 내 나름으로 상황을 직시했어. 그러니까 자네도 자네 나름으로 상황을 직시하란 말이야. 결혼을 해. 자네를 돌봐줄 사람을 구하라고. 여자들과 어울리는 걸 즐기지도 않고 잘 알지도 못하고 요령도 없다는 건 신경 쓰지 마. 누군가를 찾아내. 재산은 별로 없어도 점잖은—하숙집 주인이나 셋집 주인 쪽으로다가—그리고 만약의 경우를 대비해서 그녀와 결혼을 하란 말이야. 그게 자네에게 딱 맞아. 생각해봐, 씨드니."

"생각해볼게." 씨드니가 말했다.

12장
섬세한 친구

스트라이버 씨는 의사의 딸에게 그렇게 엄청난 재산을 증여할 마음을 먹고 나서 긴 여름휴가를 떠나기 전에 그녀에게 그녀의 행복을 알려주기로 결정했다. 이 점에 대해서 속으로 고민을 좀 한 후, 그는 모든 사전준비를 미리 해두는 것이 나을 거라고, 그래야 그가 그녀와 미클마스 개정기 한두주 전에 결혼을 할지, 아니면 미클마스와 힐러리 개정기 사이 크리스마스 휴가에 결혼할지 그들 나름대로 천천히 준비할 수 있을 거라고 결론 내렸다.

자신의 이번 건이 승산 있다는 데 대해서 그는 조금도 의심을 품지 않았으며, 최종판결로 가는 길이 분명하게 보였다. 실질적인 세속적 근거—그것이 고려할 가치가 있는 유일한 근거인데—라는 배심원과 논쟁을 해봐도 분명한 사건이었고, 약점은 한가지도 없었다. 그는 스스로 원고 편에 섰으며, 그의 증거는 뒤집힐 수 없었고, 피고 측 법정변호사는 서류를 내던져버렸고, 배심원들은 굳이 의논도 하려 하지 않았다. 이렇게 판결을 내린 뒤 스트라이버 재판장은 이보다 더 분명한 사건은 있을 수 없다며 만족스러워했다.

이에 따라 스트라이버 씨는 여름휴가가 시작되자마자 마네뜨 양을 복솔 가든[49]으로 데려가겠노라고 정식으로 제의했다. 이에 실패하자 라넬라[50]로 초대했고, 그것도 이해할 수 없이 또 실패하자, 그는 할 수 없이 직접 쏘호로 가서 자신의 고결한 마음을 고백해야만 했다.

그리하여 스트라이버 씨는 이제 시작된 여름휴가의 분위기가 한창 남은 템플에서부터 어깨로 길을 헤쳐가며 쏘호로 향했다. 아직은 템플 바의 쓴트던스턴 쪽[51]에 있지만 쏘호 쪽으로 뛰쳐나와 그보다 허약한 모든 사람을 밀치면서 의기양양하게 도로를 질주하는 그를 본다면 누구나 그가 얼마나 확실하고 강인한 사람인지 알 수 있을 것이었다.

그는 텔슨 은행을 지나가게 되었는데, 그는 텔슨 은행과 거래를 하고 있기도 했고, 또 로리 씨가 마네뜨 일가와 절친하다는 것을 알고 있었으므로, 그는 은행으로 들어가 로리 씨에게 쏘호의 지평선에 비치는 광명을 보여줘야겠다는 생각이 들었다. 그래서 그는 침을 꿀꺽 삼키며 은행 문을 열었고, 두 계단을 비틀거리며 내려가 두 늙은 행원들을 지나, 로리 씨가 숫자를 적기 위해 괘선이 쳐진 커다란 장부들 앞에 앉아 있는, 창문에도 숫자를 적기 위해 괘선이 쳐진 듯, 그리고 구름 아래 모든 것이 하나의 총계라는 듯 수직으로 쇠창살이 쳐져 있는, 곰팡내 나는 뒷방으로 밀치고 들어갔다.

---

49 음악회와 조경 등으로 유명한 템스 강 남쪽의 정원.
50 유행을 선도하는 인물들이 드나들던 곳으로 유명한 정원.
51 템플 바 동쪽을 말함.

"여보세요!" 스트라이버 씨가 말했다. "안녕하십니까? 잘 지내시죠!"

어떤 장소, 어떤 공간에 있어도 늘 지나치게 커 보이는 것이 스트라이버의 큰 특징이었다. 그는 텔슨 은행의 방에 비해서도 너무 컸기 때문에, 구석에 앉은 나이 든 직원들은 마치 그가 그들을 벽으로 밀어붙이기라도 하는 듯 못마땅한 표정으로 그를 쳐다보았다. 저 먼 곳에서 격조 높게 서류를 읽던 거래소장도 스트라이버가 그 믿음직한 조끼에 머리를 처넣기라도 한 듯이 불쾌해하며 고개를 숙였다.

조심스러운 로리 씨는 그런 상황에서 추천할 만한 목소리의 표본 같은 어조로 말했다. "안녕하십니까, 스트라이버 씨? 안녕하세요?" 그러고는 악수를 했다. 그가 악수하는 방식은 독특했는데, 그건 거래소장이 분위기를 지배하고 있을 때 텔슨의 모든 직원이 손님과 악수를 하면서 늘 보이는 특징이었다. 그는 마치 텔슨 회사를 대신하는 듯이 자신을 한껏 낮추는 방식으로 악수를 했다.

"뭘 도와드릴까요, 스트라이버 씨?" 로리 씨가 사무적으로 물었다.

"아니요, 아닙니다. 사적으로 찾아왔습니다, 로리 씨. 사적으로 이야길 좀 하려고요."

"아, 그러세요!" 로리 씨는 저 멀리 있는 거래소장을 흘끔 보면서 귀를 기울였다.

"제가 말입니다," 스트라이버 씨는 은밀한 태도로 책상 위에 팔을 기댔는데, 큰 이인용 책상이었지만 책상의 반을 차지하고도 모자라는 것처럼 보였다. "당신의 어여쁜 어린 친구 마네뜨 양에게 청혼을 하려고 합니다, 로리 씨."

“오, 이런!”로리 씨는 뺨을 문지르고 방문객을 미심쩍게 바라보며 외쳤다.

“오, 이런,이라뇨?”스트라이버는 물러서면서 되물었다. “오, 이런,이라뇨? 무슨 뜻입니까, 로리 씨?”

“제 뜻은,”사무가 우선인 남자가 말했다. “물론, 친구로서 감사한 일이고, 당신께도 크게 이로운 일이고, 그러니까 제 뜻은 당신이 바라는 바로 그겁니다. 그렇지만, 정말, 스트라이버 씨……”로리 씨는 말을 멈추고 아주 이상한 태도로 고개를 흔들었다. 마치 마음속으로 어쩔 수 없이 이렇게 덧붙여야 하는 사람처럼. “정말, 정말이지 당신은 너무해요!”

“자!”스트라이버는 논쟁하기 좋아하는 손으로 책상을 탁 치며 눈을 부릅뜨고 숨을 크게 들이쉬곤 말했다. “제가 이해한 바로는, 로리 씨, 제가 죽을죄를 졌네요!”

로리 씨는 마치 그렇다는 듯 작은 가발을 양쪽 귀에서 바로잡고 싯털 펜을 물어뜯었다.

“젠장!”스트라이버는 그를 노려보며 말했다. “내가 적합한 상대가 아니란 말입니까?”

“오, 이런, 아닙니다! 아닙니다, 적합하고말고요!”로리 씨가 말했다. “당신이 적합하다고 하면 적합한 거지요.”

“내가 성공한 사람이 아닙니까?”스트라이버가 물었다.

“오! 당신이 성공했다면 성공한 거지요.”로리 씨가 말했다.

“그리고 잘나가고?”

“잘나가는 것으로야 아시다시피,”또 수긍할 것이 있다는 데에 기뻐하며 로리 씨가 말했다. “의심할 사람은 아무도 없죠.”

“그런데 도대체 그게 무슨 뜻입니까, 로리 씨?”스트라이버는 눈

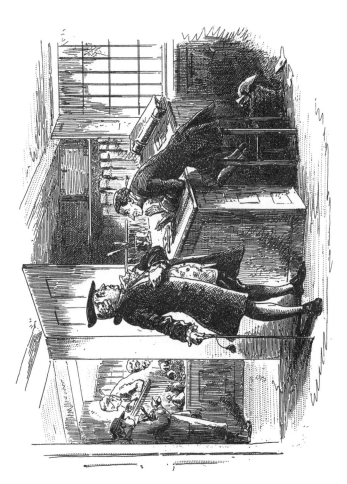

델슨 은행에 온 스트라이버

에 띄게 기가 죽어서 물었다.

"저! 전⋯⋯ 지금 거기 가시는 길입니까?" 로리 씨가 물었다.

"곧장 갈 거요!" 스트라이버가 퉁퉁한 주먹으로 책상을 내리치며 말했다.

"제가 당신이라면, 안 갈 겁니다."

"왜요?" 스트라이버가 말했다. "자, 이제 당신을 구석으로 몰아야겠소." 그는 그를 신문하듯이 검지를 흔들어대며 말했다. "당신은 사업가이니 그럴 만한 이유가 있을 것이오. 이유를 말하시오. 왜 가지 않는다는 겁니까?"

"왜냐하면," 로리 씨가 말했다. "내가 성공할 거라고 믿을 이유가 없는 상태에서 그런 일을 추진하지는 않을 테니까요."

"젠장!" 스트라이버가 외쳤다. "끝내주는군."

로리 씨는 저 멀리 있는 거래소장을 흘끗 보고 화가 난 스트라이버를 흘끗 보았다.

"사업가고, 나이도 많이 먹었고, 경험도 많고, 은행에서 일하시고," 스트라이버가 말했다. "완전한 성공을 거두는 데 중요한 이유 세 가지를 요약하시고는, 아무런 이유가 없다고 말하다니요! 그것도 머리가 멀쩡하게 달려가지고는!" 스트라이버 씨는 마치 그런 말을 머리가 없는 채로 하는 것이 훨씬 덜 이상한 일이라는 듯 그것이 이상하다고 지적했다.

"내가 성공을 이야기할 때는, 그 아가씨와의 성공을 말하는 겁니다. 성공을 가능케 하는 원인과 이유를 말할 때는 그 아가씨와의 성공을 보장할 수 있는 원인과 이유를 말하는 거죠. 그 아가씨 말입니다." 로리 씨가 스트라이버의 팔을 가볍게 톡톡 치며 말했다. "그 아가씨요. 무엇보다 그 아가씨가 우선이지요."

"그럼 로리 씨," 팔꿈치를 세우며 스트라이버가 말했다. "그 문제의 아가씨가 아주 바보 멍청이라고 생각하신단 말입니까?"

"꼭 그런 얘긴 아닙니다. 스트라이버 씨, 저는," 로리 씨가 얼굴을 붉히며 말했다. "그 아가씨에 대한 불경스러운 말은 누구의 입에서도 안 듣겠다는 얘기를 하는 겁니다. 그리고 어떤 사람의 취향이 너무 거칠고 성정이 횡포하여 이 책상에서 그 아가씨에 대해 불경스러운 이야기를 하는 것을 자제하지 못하는 사람을 안다면— 물론 알 일이 없기를 바라지만— 아무리 텔슨 은행이라도 제가 그에게 거리낌 없이 제 생각을 말하는 것을 막을 수는 없을 겁니다."

이제 그가 화를 낼 차례가 되었는데, 잔뜩 억제하면서 화를 내야 하니 스트라이버 씨의 혈관은 위험한 지경에 이르렀다. 평상시에는 흐름이 차분하던 로리 씨의 정맥도 그의 차례가 되자 상태가 더 나을 것도 없었다.

"이게 제가 하고 싶은 얘기입니다." 로리 씨가 말했다. "오해 없길 바랍니다."

스트라이버 씨는 자의 끄트머리를 잠시 빨고 있다가 자로 자기 이를 톡톡 치며 서 있었다. 이가 아플 것이었다. 그는 어색한 침묵을 깨고 이렇게 말했다.

"제겐 새로운 얘기군요, 로리 씨. 당신은 저더러 쏘호에 가서 청혼하지 말라고 일부러 조언하시는 거죠, 제가, 최고의 법정변호사인 이 스트라이버가?"

"제 조언이 필요하십니까, 스트라이버 씨?"

"네, 그렇습니다."

"좋습니다. 그럼 조언을 해드릴 테니, 똑바로 따라하세요."

"제가 할 수 있는 말은," 스트라이버는 무안한 듯 웃었다. "이게 참, 하하! 과거, 현재, 미래의 모든 것을 다 끝장낸다는 겁니다."

"제 말 들으세요," 로리 씨가 말을 이었다. "사업가로서, 전 이런 일에 무슨 말을 할 자격이 없습니다. 왜냐하면 사업가로서 이런 일은 전혀 모르거든요. 그러나 마네뜨 양을 안고 온, 그리고 마네뜨 양과 그녀의 아버지가 신뢰하는 친구이며, 두사람 모두에게 엄청난 애정을 가진 늙은이로서 이야기한 것입니다. 비밀 이야기는 제가 추구하는 바가 아닙니다. 기억하시죠. 자, 이제 제 말이 맞는 것 같다고 생각하시나요?"

"아니요!" 스트라이버는 휘파람을 불며 말했다. "상식이 있는 제삼자를 부를 수도 없고. 제 자신에게 의지할 뿐이죠. 전 어디엔가 상식이 있다고 생각하는 것이고, 당신은 정말 말도 안되는 얘기를 하고 있고요. 전 처음 듣는 얘기입니다. 그렇지만 당신이 옳다고 해두죠."

"제가 생각하는 것은 스트라이버 씨, 저도 나름대로 제 성격을 압니다. 그리고 알아두세요," 로리 씨가 금방 얼굴을 붉히며 말했다. "전 텔슨 은행 안에서라도 어떤 다른 사람이 내 성격을 이러쿵 저러쿵하는 것을 용납하지 않겠습니다."

"어이쿠! 죄송합니다!" 스트라이버가 말했다.

"받아들이죠. 감사합니다. 자, 스트라이버 씨, 제가 하려던 얘기인데요, 당신이 잘못 알았다는 것을 알면 고통스러울 겁니다. 마네뜨 박사도 당신에게 솔직하게 털어놓으려면 힘들 것이고요. 마네뜨 양도 당신에게 솔직하게 말하려면 힘들 겁니다. 당신은 내가 그가족과 어떻게 영광스럽고도 행복하게도 친하게 지냈는지 아시죠. 괜찮으시다면 당신과는 상관없이 당신을 드러내지도 않으면서, 분명히 이 일과 관련된 새로운 관찰과 판단을 해봄으로써 제 조언을 수정하려고 합니다. 당신 마음에 들지 않는다면 그 효력을 직접 시험해봐도 좋습니다. 반면 당신 마음에 든다면 상황은 지금 그대로여야 하고 그러면 건드리지 않아도 되는 모든 사람을 온전하게 보존할 수 있습니다, 어떠십니까?"

"얼마나 걸립니까?"

"오! 몇시간이면 됩니다. 저녁에는 쏘호에 갈 수 있고, 그후에 당신 방으로 가겠습니다."

"그럼 그렇게 합시다." 스트라이버가 말했다. "지금은 거기 가지 않겠습니다. 제가 그렇게까지 몸이 달아 있는 건 아니거든요. 그럼 오늘밤에 봅시다. 안녕히 계세요."

그리고 스트라이버 씨는 돌아서서 은행을 뛰쳐나왔다. 나오는 길에 얼마나 쌩하고 나왔던지 나이 든 두 직원은 두개의 카운터 뒤에서 절을 하며 그 기운을 버티느라 남은 기운을 다 짜내야 할 지경이었다. 그 덕망 있고 쇠약한 이들은 늘 대중에게 절을 하는 모습으로 비쳐졌고, 그래서 사람들은 그들이 나가는 고객들에게 절을 하고 나서는 다른 고객들이 들어올 때까지 빈 사무실에서 내내 절을 하고 있을 것이라고 믿었다.

변호사는 그 은행원이 도덕적 확신이라는 확실한 근거가 없는 상태로는 자신의 의견을 피력하지 않을 사람이라고 추측할 정도로는 총명했다. 그가 삼켜야 할 커다란 알약에 대해 대비가 되어 있지 않았으므로 그는 억지로 그것을 넘겼다. "자, 이제," 스트라이버 씨는 그 알약을 삼키고 나서 템플 전체에다 대고 논쟁하듯이 손가락을 흔들며 말했다. "여기서 벗어나는 길은 너희가 틀렸다는 걸 보여주는 거야."

그건 올드베일리 책략가식 수법이었고, 여기서 그는 커다란 위안을 찾았다. "아가씨, 내가 틀렸다고 할 수는 없을 거야." 스트라이버 씨가 말했다. "당신이 틀렸다는 걸 보여주겠어."

그리하여 그날밤 10시경에 로리 씨가 찾아왔을 때 스트라이버 씨는 일을 하느라 여기저기 책과 서류가 흩어진 가운데 아침에 한 이야기는 전혀 생각지도 않는 것처럼 보였다. 그는 심지어 로리 씨를 보고 놀라는 표정을 짓기까지 했으며, 전적으로 아무 생각 없이 일에만 몰두한 것처럼 보였다.

"자!" 사람 좋은 밀사가 그 문제에 관한 이야기를 꺼내려고 삼십 분 동안이나 헛수고를 하고 나서 말했다. "쏘호에 다녀왔습니다."

"쏘호요?" 스트라이버 씨는 차갑게 말했다. "아, 그럼요! 내가 뭘 생각하고 있는 거야!"

"그리고 의심할 여지 없이," 로리 씨가 말했다. "우리가 나눈 대화에서 제가 한 말이 옳았습니다. 제 의견은 확실해요. 제 충고도 마찬가지고요."

"정말로," 스트라이버 씨가 아주 친근한 태도로 말했다. "당신께도 죄송하고, 그 불쌍한 아버지께도 죄송합니다. 그 가정에 이 얘기는 늘 괴로운 화젯거리이리라는 것을 알고 있어요. 이제 더이상 얘기하지 마십시다."

"무슨 말씀인지 모르겠는데요." 로리 씨가 말했다.

"말 안하는 게 낫죠." 스트라이버는 부드럽고 단호하게 고개를 끄떡이며 대답했다. "아무것도 아닙니다, 아무것도."

"그렇지만 중요한 문제인 게죠." 로리 씨가 재촉했다.

"아니요, 아닙니다. 정말 아니에요. 의미가 없는데 의미가 있다고, 근사한 야망이 없는데 근사한 야망이 있다고 생각했으니, 이젠 제 실수에서 벗어났고 아무런 손해도 보지 않았어요. 예전에도 아가씨들이 종종 비슷한 바보짓을 저지르고는 가난하고 비천한 처지가 되어 그 바보짓을 후회했죠. 이기적인 생각을 떠나서 보자면, 이 건이 무산되어 안타깝습니다. 세속적인 관점에서 이건 제게 나쁜 일이었을 테니까요. 이기적으로 생각해보면, 전 이 건이 무산되어 기쁩니다. 왜냐하면 세속적인 관점에서 이건 제게 나쁜 일이었을 테니까요…… 제가 이 건으로 얻을 게 거의 없었으리라는 건 굳이 말할 필요도 없겠죠. 그러니까 아무도 손해 본 건 없어요. 전 그 아가씨에게 청혼하지 않았고, 우리끼리 하는 얘기지만 돌이켜보면 전 그 정도로 나 자신을 걸었어야 하는가에 대해서 결코 확신하지 못하겠거든요. 로리 씨, 당신은 골 빈 여자애들의 어이없는 허영심이나 겉치레를 통제하실 수 없을 테죠. 그럴 수 있다고 기대하면 안돼요. 아니면 늘 실망하실 테니까요. 자, 제발 그 얘긴 그만합시다. 그리고 미리 얘기를 하도록 해주시고 충고해주셔서 정말 감사합니다. 당신이 그 아가씨를 저보다 잘 아시니까요. 당신이 옳았어요. 그건 안되는 일이었어요."

로리 씨는 너무 놀라서 스트라이버가 그 잘못된 머리에 겉으로는 너그럽고 참을성 있고 선의를 품은 표정을 지으면서 그를 문간으로 밀쳐내는 것을 멍하니 바라보았다. "좋게 생각해야죠, 선생님." 스트라이버가 말했다. "그 얘기는 더이상 하지 마세요. 얘기할 수 있게 해주신 데 다시 한번 감사드립니다. 안녕히 가세요!"

로리 씨는 어리둥절한 채로 밤거리로 밀려났다. 스트라이버 씨는 소파에 누워 천장을 향해 윙크를 했다.

13장
섬세하지 않은 친구

씨드니 카턴이 어딜 가서 눈에 띄는 경우도 없지만, 마네뜨 박사의 집에서는 더더욱 눈에 띄지 않았다. 그는 그해 내내 그곳에 자주 갔고, 늘 똑같이 우울하고 뚱한 손님이었다. 그는 하려고만 하면 말을 잘했다. 그러나 모든 것에 대한 무관심이 구름처럼 그의 얼굴에 치명적인 어둠을 드리워서, 그의 안에 있는 빛은 좀처럼 뚫고 나오지 못했다.

그렇지만 그는 그 집 주변의 길과 그 도로를 포장한 무감한 돌들에게는 관심이 좀 있었다. 포도주가 그에게 일시적인 기쁨을 주지 못할 때, 여러날 밤 그는 그곳을 막연하게, 그리고 불행하게 방황했다. 그의 외로운 모습은 우울한 새벽까지 그곳을 맴돌았고, 마치 조용한 시간이 잊어버렸거나 잡을 수 없는 좋은 것들에 대한 감각을 그의 마음속에 두드러지게 만들듯이 아침 첫 햇살이 교회 첨탑이나 높은 건물의 아름다움을 없애버리고 두드러져 보이게 만들 때까지도 그곳을 맴돌았다. 최근엔 템플코트의 버려진 침대에서 그가 자는 일이 더 드물어졌다. 그저 잠깐 동안 침대에 그가 몸을 던지더라도 그는 곧 다시 일어나 그 동네를 어슬렁거렸다.

8월의 어느날, 섬세한 스트라이버 씨가 (그의 자칼에게 '그 결혼 문제에 대해서 조금 달리 생각하게 되었다'라고 통보하고 나서) 데번셔로 떠난 후, 시내 거리에 피어난 꽃의 모습과 향기가 최악의 경우에도 선을, 병든 자들에게 건강을, 늙은이들에게 젊음의 기운을 느끼게 해줄 때, 씨드니의 발길은 다시 그 도로를 밟고 있었다. 우유부단하게 목적도 없던 그의 발길은 어떤 의도에 의해 생기가 돌았고, 그 의도를 실현하려고 그는 발길을 박사의 집으로 돌렸다.

그는 위층으로 안내되었고 루시는 혼자 일하고 있었다. 그녀는 그와 편안한 사이가 아니었으므로, 그가 그녀의 탁자 가까이에 앉자 약간 당황해서 그를 맞았다. 그러나 진부한 대화를 몇번 주고받으면서 그의 얼굴을 올려다보고는 그녀는 그의 얼굴에 변화가 있음을 알아차렸다.

"몸이 안 좋으신가봐요, 카턴 씨!"

"아닙니다. 하지만 제가 하는 생활이, 마네뜨 양, 건강에 그리 좋은 건 아니죠. 이렇게 방탕하게 사는데 뭘 기대할 수 있겠습니까?"

"그렇게—용서하세요, 이미 질문을 시작해버렸네요—더 훌륭한 삶을 살지 못하는 건 안타까운 일 아닌가요?"

"물론 창피한 일이죠!"

"그럼 왜 바꾸지 않으세요?"

그를 다시 부드럽게 바라보았을 때, 그녀는 그의 눈에 눈물이 고인 것을 보고 놀라면서도 슬펐다. 대답하는 그의 목소리에도 눈물이 어려 있었다.

"너무 늦었어요. 지금보다 더 나아질 수는 없을 겁니다. 더 아래로 떨어질 거고, 더 나빠질 겁니다."

그는 그녀의 탁자에 팔꿈치를 괴고 손으로 눈을 가렸다. 이어지는 침묵 속에 탁자가 흔들렸다.

그녀는 그가 그렇게 마음이 여려지고 그렇게 괴로워하는 것을 본 적이 없었다. 그는 그녀를 보지 않은 채로도 그녀가 그렇다는 것을 알고 이렇게 말했다.

"용서하세요, 마네뜨 양. 제가 무슨 말을 하고 싶은지 의식하기도 전에 무너졌습니다. 제 얘기를 들어주시겠어요?"

"당신께 도움이 된다면요, 카턴 씨, 당신이 더 행복해진다면, 저도 기쁠 거예요!"

"이렇게 다정하게 대해주시다니요!"

그는 잠시 후 얼굴을 가린 손을 치우고 찬찬히 말했다.

"제 얘기를 듣는 걸 두려워 마세요. 제가 하는 말에 움츠러들지도 마시고요. 전 마치 어려서부터 죽어 있는 사람 같아요. 평생토록 그랬을 겁니다."

"아니요, 카턴 씨. 아직 제일 좋은 시절은 오지 않았다고 믿어요. 당신이 생각하는 것보다 훨씬, 훨씬 훌륭한 사람일 거라고 믿어요."

"당신 말씀은, 마네뜨 양, 제가 그렇지 않다는 건 알지만─비록 저 자신의 비참하고 알 수 없는 마음으로는 그렇지 않다는 걸 알지만─결코 잊지 않겠습니다!"

그녀는 얼굴이 창백해지고 떨렸다. 그는 그 대화를 있을 법한 어떤 대화와도 다르게 만드는 확고한 절망으로 그녀를 안심시켰다.

"마네뜨 양, 만약 당신이 지금 앞에 있는 당신이 아는, 저버려지고 쇠약해지고 취하고 불쌍하게 이용당한 남자의 사랑에 화답하실 수 있었더라면, 그는 오늘 이 시간 그의 행복에도 불구하고 그가 당신을 불행으로 이끌고, 당신을 슬픔과 회한으로 이끌며, 당신을 시들게 하고, 당신의 이름을 더럽히고, 그와 함께 당신을 끌어내릴 것임을 의식했을 것입니다. 그러니 저는 그런 것을 요구하지 않습니다. 오히려 그럴 수 없다는 것에 감사한 마음입니다."

"그게 아니면 제가 당신을 구할 수는 없는 건가요, 카턴 씨? 제가 당신을—용서하세요!—나은 길로 되돌릴 수는 없는 건가요? 당신이 절 믿고 털어놓은 데 보답할 길은 없는 건가요? 이것이 제게만 털어놓은 얘기라는 것을 알아요." 그녀는 잠시 망설이다가 진심어린 눈물을 흘리며 말했다. "이 얘기를 다른 사람에게는 하지 않으리라는 걸 알아요. 이것을 제가 당신에게 이롭게 되도록 만들 방법이 없는 걸까요, 카턴 씨?"

그는 고개를 저었다.

"아무한테도 안했습니다. 네, 마네뜨 양, 아무한테도. 조금만 더 제 얘기를 들어주신다면 제게 해주실 수 있는 일은 다 하시는 겁니다. 전 당신이 제 영혼의 마지막 꿈이었음을 알아주시면 좋겠습니다. 제가 타락하긴 했지만, 그렇게 아주 타락하지는 않아서, 당신이 아버지와 함께 꾸민 이 집에서 당신이 사는 것을 볼 때마다 제 안에 죽어 없어졌다고 생각했던 옛 그림자가 꿈틀거립니다. 당신을 알고부터 저를 더이상 괴롭히지 않을 것으로 생각했던 회한 때문에 괴로워했고, 영원히 침묵했다고 생각했던 오래된 목소리가 저더러 올라가라고 속삭이는 것을 들었습니다. 저는 막연하게 새롭게 노력해야겠다, 새로 시작해야겠다, 나태와 육욕을 떨쳐버려야겠다, 포기했던 싸움을 끝까지 해봐야겠다는 생각을 하게 되었습

니다. 꿈이죠, 모두 꿈이에요, 결국은 수포로 돌아가고 그냥 꿈꾸는
자는 누운 그 자리에 남겨질 뿐인 꿈, 그렇지만 당신 때문에 그 꿈
을 꾸게 되었다는 것을 알아주셨으면 합니다."

"아무것도 남는 게 없을까요? 오, 카턴 씨, 다시 생각해보세요!
다시 해보세요!"

"아니요, 마네뜨 양. 꿈을 꾸는 내내 전 저 자신이 그럴 자격이
없다고 생각했습니다. 그렇지만 제게도 약한 구석이 있었고 여전
히 약한 마음이 있어서, 어떻게 갑자기 당신이 잿더미에 불과하던
제게 불꽃을 피워주셨는지 알아주셨으면 하고 바라는 겁니다. 그
렇지만 그 불꽃은 그 본성상 저 자신과 다르지 않아서 아무것도 일
으키지 못하고, 밝히지 못하고, 아무런 도움이 되지 않은 채로 그냥
하릴없이 타버리는 거죠."

"카턴 씨, 안타깝게도 저를 알기 이전보다 제가 당신을 더 불행
하게 만들었으니……"

"그런 말씀 마세요, 마네뜨 양. 당신은 다른 어떤 것보다 저를 교
화시킬 수 있었으니까요. 당신 때문에 제가 더 나빠지지는 않을 것
입니다."

"당신이 설명하신 마음 상태가 어쨌든 제 영향 때문이라면—그
러니까 좀더 솔직히 말하면 제 얘기는—제가 당신에게 도움이 되
는 방향으로 영향을 미칠 수는 없는 건가요? 제게 당신에게 도움이
될 만한 힘이 없는 건가요, 전혀?"

"마네뜨 양, 제가 할 수 있는 가장 좋은 일은 제가 여기 와서 깨
달았다는 겁니다. 제 잘못된 인생의 나머지 기간 동안 내내 당신께
이 세상 마지막으로 제 마음을 열어 보였다는 기억을 간직하겠습
니다. 그리고 지금 이 순간 당신께서 개탄하고 동정할 수 있는 뭔

가가 아직 제게 남아 있다는 기억도요."

"정말 열렬히 진심으로 다시 간청하는데, 그건 더 나은 일을 할 수 있는 어떤 것이라고 믿으셨으면 좋겠어요, 카턴 씨!"

"더이상 그렇게 믿으라고 간청하지 마십시오, 마네뜨 양. 전 이미 이런 놈이고, 그게 아닌 것도 압니다. 전 당신께 고통을 드리는 존재입니다. 전 빠르게 종말로 치닫고 있어요. 제가 오늘을 회상할 때 제가 마지막으로 털어놓은 말이 당신의 깨끗하고 순수한 가슴에 머물고 그 안에서만 머물 것이며 다른 사람과는 공유되지 않을 것이라고 믿어도 되나요?"

"그게 당신께 위안이 된다면요, 네."

"당신이 아는 가장 소중한 사람에게도 얘기 안하실 거죠?"

"카턴 씨," 그녀는 잠시 당황한 듯 머뭇거리다가 대답했다. "그 비밀은 당신 것이지 제 것이 아닙니다. 비밀을 지켜드리겠다고 약속해요."

"감사합니다. 또한, 신의 가호가 있기를."

그는 그녀의 손을 자기 입술에 갖다대고 문 쪽으로 나갔다.

"걱정하지 마세요, 마네뜨 양, 이 대화를 지나가는 말로라도 다시 시작하는 일은 없을 겁니다. 다시는 이런 얘기 안하겠습니다. 제가 죽는다면 더이상 확실할 수는 없겠지요. 제가 죽는 순간에, 제 마지막 맹세를 당신께 했다는, 그리고 제 이름과 잘못과 불행이 당신 마음에 부드럽게 깃들어 있다는 그 한가지 좋은 기억을 신성하게 여기고 그것으로 인해 당신에게 감사하고 당신을 축복하겠습니다. 달리 보면 정말 날아갈 듯 행복한 일 아닙니까!"

그가 예전에 보인 것과 너무 달랐고 그가 얼마나 많은 것을 내버렸으며 그가 매일 얼마나 좌절하고 타락했을까를 생각하면 너무 슬펐기에, 루시 마네뜨는 그가 그녀를 돌아보고 서 있을 때 그를 위해 슬피 울었다.

"울지 마세요!" 그가 말했다. "전 그런 감정을 느낄 만한 가치가 없는 놈입니다, 마네뜨 양. 지금부터 한두시간 후면, 제가 경멸하지만 따라갈 수밖에 없는 천한 친구들과 천한 습관들 때문에 저는 길거리에 기어다니는 어떤 불행한 자보다 더 그런 눈물을 흘릴 가치가 없는 놈이 되어버릴 겁니다. 울지 마세요! 그렇지만, 제 안에선 당신에 대해서 항상 지금의 이 모습일 겁니다. 겉으로는 이제까지 봐오시던 그 모습이겠지만요. 제가 마지막에서 두번째로 당신께 애원하는 건 제 이런 말을 믿어달라는 것입니다."

"그럴게요, 카턴 씨."

"제 마지막 간청은 이겁니다. 이것으로 당신이 당신과 아무것도 일치하는 점이 없고 당신과 그 사이에 건널 수 없는 간격이 있는 것을 제가 잘 알고 있는 방문객을 내보낼 수 있게 해드릴게요. 말해봐야 소용없는 걸 잘 압니다. 그렇지만 마음에서 저절로 우러나오는군요. 당신을 위해서, 그리고 당신에게 소중한 사람을 위해서, 전 무엇이든 하겠습니다. 만약 제 직업이 희생의 기회나 능력을 가지고 있는 좀더 나은 것이었다면, 전 당신과 당신께 소중한 사람들을 위해서 어떤 희생이든 감수하겠습니다. 조용한 때가 오면 제가 이 한가지에서만큼은 열렬하고 진심이라는 것을 기억해주세요. 당신 주변에 새로운 유대가, 당신이 이렇게 꾸며놓은 가정에 당신을 좀더 애틋하고 강하게 붙들어놓을 유대가, 당신을 영원히 축복하고 기쁘게 할 소중한 유대가 생겨날 때가 올 것입니다. 그때가 머지않아 올 거예요. 오, 마네뜨 양, 당신 얼굴에 행복한 아버지의 얼굴의 그림이 비치고 당신과 꼭 닮은 환하고 예쁜 아이들이 당신 발치에서 새록새록 자라나는 것을 볼 때, 당신이 사랑하는 생명을 당신 곁에 지켜주려고 자신의 인생을 걸고자 했던 한 남자가 있음을 때때로 생각해주세요."

그는 "안녕히!"라고 말하곤 마지막으로 "신의 가호가 있기를!" 하고 말하며 그녀를 떠나갔다.

14장
정직한 직업인

밉상인 아들놈을 옆에 두고 플리트 가에 놓인 스툴에 앉아 있는
제러마이아 크런처 씨의 눈에는 매일 엄청난 수의 엄청나게 다양
한 대상이 움직이는 것이 비쳐졌다. 플리트 가에서 한창 분주한 시
간에 무엇에라도 앉아 있으면서, 두 무리의 거대한 행렬, 즉 한쪽은
태양과 함께 늘 서쪽으로 가고 다른 쪽은 태양을 피해서 늘 동쪽으
로 가다가 둘 다 결국엔 태양이 지는 붉은색과 자색의 산맥 너머
벌판으로 가는 행렬을 보고 눈이 부시고 귀가 먹먹하지 않을 수가
있겠는가!

지푸라기를 씹으며 크런처 씨는 수세기 동안 하나의 강물을 지
키며 보초를 서왔던 이교도 시골뜨기처럼―제리가 그 흐름이 영
영 마를 거라고 기대하지는 않았다는 것만 제외하면―두줄기의
흐름을 지켜보며 앉아 있었다. 그 기대는 그다지 희망에 찬 것은
아니었는데, 그의 수입 일부는 겁 많은 여인들을 (대부분은 한껏

234

치장을 하고 중년 이상의 나이를 먹은) 그 흐름의 텔슨 편에서 반대편 기슭까지 안내해주고 받는 것이었기 때문이었다. 각각의 경우마다 그들과 함께 있는 시간은 아주 짧았지만, 크런처는 매번 반드시 그 여인에게 관심을 표하고는 그녀의 건강을 빌면서 술을 마시는 영광을 누리고 싶다는 강력한 욕망을 표현하곤 했다. 그가 방금 말했듯이 자신의 자금을 조달하는 것은 바로 이 선의의 목적을 실천해달라고 그에게 주어진 선물로부터였다.

때는, 시인이 공공장소에 놓인 스툴에 앉아서 사람들을 보면서 명상하는 때였다. 크런처는 공공장소에 놓인 스툴에 앉아 있었지만 시인이 아니었으므로 명상은 가능하면 하지 않으면서 주변을 둘러보았다.

이렇게 그가 군중도 거의 없고 귀가 늦은 여인도 거의 없는, 그리고 그가 하는 일이 일반적으로 잘 안되어서 혹시 크런처 부인이 뭔가 노골적인 방식으로 '설치고' 있었던 것 아닐까 하는 강력한 의심이 가슴속에 생겨날 지경인 그 시절에 이렇게 앉아 있을 때, 느닷없이 플리트 가 서쪽으로 몰려가는 한 무리가 그의 주의를 끌었다. 크런처가 그쪽을 바라보니 무슨 장례 행렬이 지나가는 것이 보였다. 사람들은 이런 장례식에 반대했다. 소란스러워지기 때문이었다.

"제리야," 크런처 씨가 아들을 돌아보며 말했다. "매장하러 가는구나."

"야호, 아버지!" 아들 제리가 외쳤다.

어린애는 알 수 없이 의미심장하게 이런 기뻐하는 소리를 내뱉었다. 나이 든 남자는 그 외침에 기분이 상해서 기회를 보다가 젊은 애의 귀를 꼬집었다.

"그게 뭔 소리야? 뭘 보고 야호냐? 넌 네 아비한테 무슨 말을 전하고 싶은 게야, 이 죽일 놈아? 정말 이놈은 점점 감당이 안되네!" 크런처 씨는 그를 훑어보며 말했다. "이놈이, 야호라니! 입 다물고 가만있어, 안 그러면 또 손을 봐줄 테니. 알겠냐?"

"아무것도 안했는데요." 어린 제리가 제 뺨을 문지르며 대들었다.

"그럼 그만해." 크런처 씨가 말했다. "아무것도 아닌 거면 하지 마. 거기 자리 꼭대기에 앉아서 사람들이나 지켜봐."

그의 아들은 시키는 대로 했고, 군중이 다가왔다. 그들은 때 묻은 영구차와 때 묻은 장례용 마차를 둘러싸고 고함치며 쉿쉿 소리를 내고 있었다. 장례용 마차에는 그 자리의 위엄에 필수적이라고 여겨지는 때 묻은 예복을 입은 상주가 딱 한명 타고 있었다. 그러나 그 위치가 그에게는 결코 기쁜 위치가 아니었던 것이, 마차를 둘러싼 어중이떠중이들이 점점 늘어나고 그를 조롱하고, 그에게 얼굴을 찌푸리고, 끊임없이 으르렁대며 이렇게 외치고 있었던 것이다. "야! 간첩! 야하! 산첩!" 그외에도 수많은 찬사가 있었으나 되풀이하기에는 너무 많고 너무 강력했다.

언제나 장례 행렬은 남다르게 크런처 씨의 주의를 끌었다. 그는 장례 행렬이 텔슨 은행 앞을 지나갈 때면 늘 감각을 곤두세우고 흥분했다. 그러므로 자연스럽게 이렇듯 특별한 조문객이 따르는 장례 행렬은 그를 엄청나게 흥분시켰다. 그는 그에게로 달려온 첫번째 남자에게 물었다.

"이보쇼, 뭐요? 뭐 하는 거요?"

"나도 몰라요." 그 남자가 말했다. "간첩! 야하! 춧! 간첩!"

그는 다른 사람에게 물어보았다. "누굽니까?"

"나도 몰라요." 그 남자는 그러면서도 손으로 입을 탁탁 치면서 놀라운 열기와 엄청난 열성으로 고래고래 소리쳤다. "간첩! 야하! 춧, 춧! 가안─첩!"

마침내 이 사건에서 취할 점에 대해서 조금 더 잘 아는 사람이 그에게로 부딪혀왔다. 그는 이 사람으로부터 이 장례가 로저 클라이라는 사람의 장례식임을 알아냈다.

"그 사람이 간첩이었소?" 크런처 씨가 물었다.

"올드베일리의 간첩이죠." 그의 제보자가 대답했다. "야하! 춧! 야! 올드베일리의 가아─안─첩!"

"어이쿠, 참말로!" 제리는 그가 심부름을 다녀왔던 그 재판을 기억하고 외쳤다. "난 저 사람 본 적 있어요. 죽었어요, 그 사람?"

"완전히 죽었죠." 다른 사람이 대답했다. "더이상 확실하게 죽을 수가 없죠. 끌어내라! 간첩! 끌어내, 거기! 간첩!"

어떤 생각도 없는 상황에서 그 생각은 받아들일 만했으므로, 군중은 그 생각을 열렬히 받아들였고, 그들을 색출하자, 끌어내자는 제안을 큰 소리로 반복하면서 두대의 마차에 바싹 가까이 모여들어 멈췄다. 군중이 마차 문을 열자마자 그 안에 있던 유일한 상주는 저 혼자 허둥지둥 빠져나와 잠시 그들에게 붙들렸다. 그러나 그는 아주 기민했고 시간을 잘 이용했으므로, 다음 순간 그는 외투와 모자, 긴 모자끈, 흰 손수건, 그리고 다른 상징적인 눈물들을 떨어뜨린 후 옆길로 뛰어가고 있었다.

그가 떨어뜨린 물건들을 사람들은 매우 즐겁게 갈기갈기 찢고 저 멀리 흩어버렸고, 상인들은 서둘러 가게 문을 닫았다. 그 시절 군중은 멈출 줄을 몰랐고 엄청나게 두려운 괴물이었기 때문이다. 그들은 이미 영구차를 열어서 관을 꺼내기에 이르렀는데, 그때 어떤 명석한 천재가 그러지 말고 모두 즐기면서 관을 목적지까지 호

위해가자고 제안했다. 실질적인 제안이 매우 필요한 순간이었으므로, 이 제안 역시 환호 갈채로 받아들여졌고, 곧 마차에는 안에 여덟명, 밖에는 열두명이 올라타고, 영구차 지붕에는 가능한 온갖 기발한 방식을 다 동원하여 올라탈 수 있는 만큼 많은 사람들이 올라탔다. 이렇게 자원한 사람 가운데 첫번째는 제리 크런처였고, 그는 텔슨 은행에서 볼까봐 삐죽삐죽한 머리를 장례용 마차의 반대편으로 얌전하게 숨겼다.

직무를 집행하는 장의사는 예식의 이런 변화에 대해 잠시 항의했으나, 강물이 놀라울 정도로 가까이 밀려들고 있었고 말 안 듣는 업계 사람은 찬물에 담가서 정신이 들게 하는 게 효과적이라고 몇몇사람들이 말하자, 항의는 희미하고 짧게 끝났다. 다시 구성된 행렬이 출발했고, 정식 마부의 지시를 받으며 굴뚝 청소부가 영구차를 몰았고 마부는 면밀한 감시하에 그 목적을 위해 그 옆에 앉아 있었으며, 그의 고위 간부의 수행을 받으며 파이 만드는 사람이 장례용 마차를 몰았다. 낭시 길거리에서 인기가 있던 곰 재주 부리는 사람이 장식처럼 덧붙여지고서야, 그 행렬은 스트랜드로 내려갔다. 검고 너절하게 생긴 그의 곰은 그가 걸어가는 행렬의 그쪽 부분에 확실하게 장례의 분위기를 내주었다.

이렇게 맥주를 마시고, 파이프를 피우고, 고성방가하고, 슬픔을 무제한 희화화하면서, 이 뒤죽박죽 행렬은 걸음걸음 새로운 참가자를 불러들여가며, 행렬이 지나가기 전에 가게 문을 모두 닫게 만들면서 제 갈 길을 갔다. 그 목적지는 들판 저 너머에 있는 쎈트팽크러스의 낡은 교회였다. 시간이 흘러 행렬이 그곳에 도착했다. 그러고는 묘지로 몰려들어가겠다고 우겼고, 마침내 죽은 로저 클라이를 그 나름의 방식으로, 스스로 매우 만족스럽게 매장하였다.

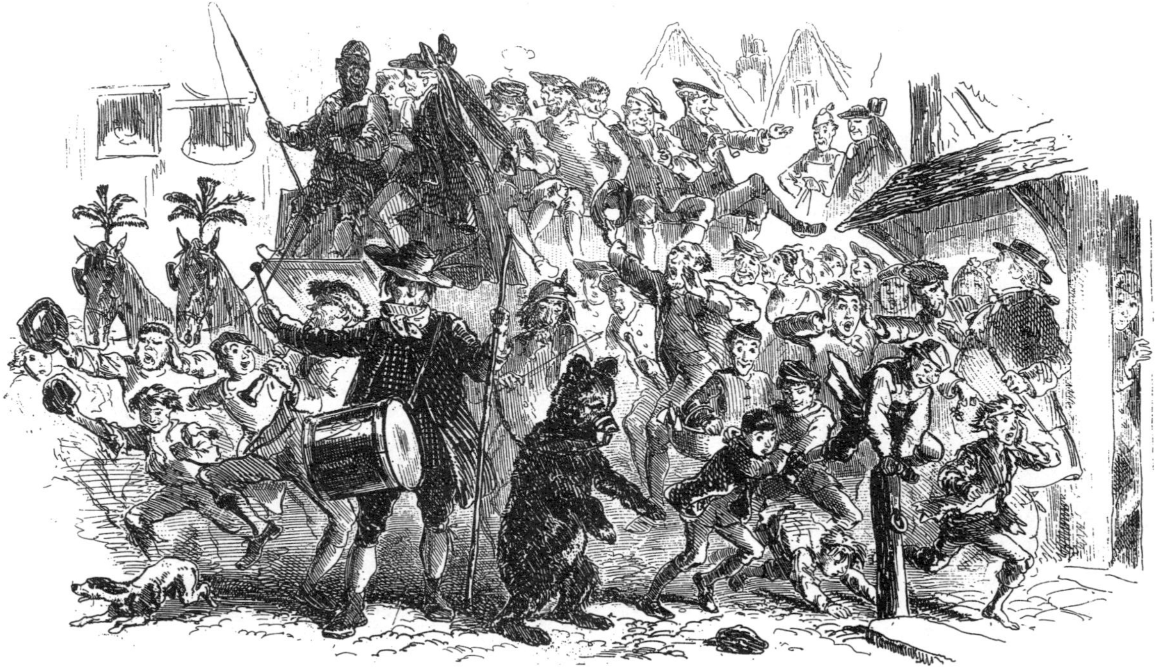

간첩의 장례식

죽은 자가 제거되고 나니 군중은 스스로 또다른 오락을 마련할 필요를 느꼈고, 또다른 명석한 천재가 (혹은 아까 그 사람일지도) 우연히 지나가는 사람을 올드베일리의 간첩이라고 비난하고 그들에게 복수를 가하자는 재미난 생각을 해냈다. 이 기발한 생각을 실천하기 위해 평생 올드베일리 근처에도 가보지 못한 수십명의 무고한 사람들을 추격했고, 그들을 거칠게 밀치고 학대했다. 여기서 창문을 깨뜨리고 뒤이어 술집을 약탈하는 장난으로 옮겨가는 것은 쉽고도 자연스러운 일이었다. 마침내 몇시간이 지나 이런저런 공원의 정자들이 무너지고 지하통로로 들어가는 구역을 나눈 난간들이 뜯겨나가 좀더 호전적인 사람들의 무기가 되자, 근위대가 오고 있다는 소문이 돌았다. 이 소문이 돌기 전에 군중은 점점 흩어졌으며, 아마도 근위대는 왔을지도 모르고 안 왔을지도 모른다. 이것이 군중의 일반적인 진행방식이었다.

크런처 씨는 마무리 장난은 거들지 않고 교회 마당에 뒤처져 장의사들과 이야기를 나누고 인사를 했다. 그 장소가 그를 어루만져주는 것 같았다. 그는 근처 술집에서 파이프 담배를 하나 얻어 피우면서 난간에서 안을 들여다보고 어른스럽게 그 장소를 살펴보았다.

"제리," 크런처 씨는 평소대로 그 자신을 부르며 말했다. "넌 저 클라이를 그날 봤지. 넌 그가 젊은이이고 말짱한 사내라는 걸 네 눈으로 똑똑히 봤어."

파이프 담배를 다 피우고 잠시 더 생각에 잠겼다가, 그는 몸을 돌려 문을 닫기 전에 텔슨 은행 앞 자기 자리로 돌아가려 했다. 죽음에 대한 그의 명상이 그의 간을 건드렸든지, 혹은 그의 전반적인 건강 상태가 그전부터 뭔가 잘못되어 있었는지는 문제가 아니었다. 그는 돌아가는 길에 그의 의료 상담사—훌륭한 외과의사—에게 잠깐 들리는 것이 급했다.

아들 제리는 충실한 관심으로 그의 아버지를 만족시켰고, 그가 없을 때 아무 일도 없었다라고 보고했다. 은행은 문을 닫았고, 나이 든 직원들도 퇴근했으며, 평상시처럼 경비가 세워졌고, 크런처 씨와 그의 아들은 저녁을 먹으러 집으로 갔다.

"자, 이제 내가 정말 똑똑히 말해주지!" 크런처 씨는 집으로 들어가며 아내에게 말했다. "정직한 직업인으로서 오늘밤 내 모험이 잘못된다면, 나를 해코지하도록 당신이 기도하고 있었는지 확인할 수 있을 거야. 그러면 난 내가 당신이 그러는 걸 직접 본 것과 똑같이 당신을 부려먹을 거야."

풀 죽은 크런처 부인은 고개를 저었다.

"아니, 당신은 내 면전에서도 그 짓을 하고 있잖아!" 크런처 씨가 화나고 걱정스럽다는 표정으로 말했다.

"난 아무 말도 안했어요."

"그래, 그럼, 아무 생각도 하지 마. 당신은 명상하느니 차라리 설치는 게 나아. 이러나저러나 나한테 반대하는 쪽으로 가니까. 아무것도 하지 말라고."

"알았어요, 제리."

"알았어요, 제리." 저녁을 먹으려 앉으며 크런처 씨가 반복했다. "아! 알았어요, 제리,라고. 거의 비슷해. 알았어요, 제리,라고는 말해도 돼."

크런처 씨는 이 무뚝뚝한 확언에 어떤 특별한 의미도 두지 않았지만, 사람들이 드물지 않게 그러듯이 전반적이고 아이러니한 불만을 표현하기 위해 이 말을 사용했다.

"당신과 당신의 그 '알았어요, 제리'는," 크런처 씨는 버터 바른 빵을 한입 물어뜯어 마치 그의 접시에서 눈에 보이지 않는 커다란 굴 하나를 후루룩 삼키듯 먹으며 말했다. "아! 그래. 난 당신을 믿어."

"오늘밤에도 나갈 거예요?" 그가 또 한입 물어뜯을 때 그의 점잖은 아내가 물었다.

"그래."

"저도 같이 가도 돼요, 아버지?" 그의 아들이 쾌활하게 물었다.

"안된다. 난—네 어머니가 알다시피—낚시를 가는 거야. 그곳이 내가 가는 데라고. 낚시."

"아버지 낚싯대는 다 녹슬었는데요, 아닌가요, 아버지?"

"상관 마라."

"그럼 물고기를 잡아서 집으로 가져오실 건가요, 아버지?"

"만약 안 가져오거든 내일 넌 먹을 게 모자라겠지." 그 사내가 머리를 가로젓고 대답했다. "질문은 그만 됐다. 네가 푹 잠들기 전까지는 안 나갈 거야."

그는 나머지 저녁 시간을 크런처 부인을 아주 주의 깊게 지켜보고 부루퉁하게 말을 걸어 그녀가 그에게 불리하도록 명상이나 탄원을 하지 못하도록 하는 데 바쳤다. 이런 목적으로 그는 아들에게도 그녀와 대화를 하라고 강요했고, 그녀가 스스로 생각할 수 있게 잠시 놓아두기보다는 그녀를 비난하며 할 수 있는 모든 불만의 원인들을 길게 늘어놓음으로써 그 불행한 여인이 힘든 삶을 살도록 했다. 독실한 사람이 솔직한 기도를 드리는 일에 아무리 최대의 예를 다하더라도 그가 아내를 불신하는 정도로는 아닐 것이었다. 그것은 공공연히 유령을 믿지 않는다는 사람이 유령 이야기에 겁을 먹는 것과 같았다.

"그리고 너희들!" 크런처 씨가 말했다. "내일은 아무것도 없다! 내가 정직한 직업인으로서 고기 한두덩이를 가져오더라도 너희는 고기에 손도 대지 말고 빵만 먹어. 내가 정직한 직업인으로서 맥주를 약간 사와도 너희는 물도 내놓지 말란 말이야. 로마에 가면 로마가 하는 대로 해야지. 그렇지 않으면 로마가 너희에게 위험인물이 될 거야. 내가 너희의 로마야, 알겠나."

그러고는 다시 투덜대기 시작했다.

"음식과 마실 것에 달려들어 먹는 꼴이라니! 당신이 그렇게 설쳐대고 매정하게 굴면서 여기 있는 음식과 먹을 것은 어찌 이리도 빈약하게 만드는지 모르겠네. 당신 아들을 봐. 당신 아들이잖아? 꼬챙이처럼 말랐어. 당신은 어미라면서 어미의 첫째 의무는 아들 놈 처먹여 살찌우는 일이란 것도 몰라?"

이 말이 어린 제리의 연약한 곳을 건드렸다. 그는 어머니에게 당신의 첫째 의무를 다해달라고, 어머니가 그밖에 무슨 일을 하건 하지 않건, 무엇보다도 우선 그의 아버지가 그렇게도 사랑스럽고 섬세하게 지적해주신 그 모성의 기능을 수행하는 데 특별히 중점을 두어달라고 간청했다.

그렇게 크런처 가족의 저녁 시간이 지나갔고, 마침내 어린 제리는 자러 가라는 명령을 받았으며, 비슷한 훈련을 받은 그의 어머니도 명에 따랐다. 크런처 씨는 홀로 파이프를 피우며 그날밤 초반의 감시를 속이고 거의 1시가 될 때까지 원정을 떠나지 않았다. 유령이 나오는 한밤중이 되자 그는 의자에서 일어나 주머니에서 열쇠를 꺼내어 찬장의 자물쇠를 열고 자루 하나, 간편한 크기의 쇠지레 하나, 밧줄과 쇠사슬, 그리고 그런 종류의 낚시 도구들을 꺼냈다.

이 물건들을 솜씨 좋게 몸에 지닌 후, 그는 크런처 부인과 헤어지며 무시하는 표정을 지어 보이곤 불을 끄고 나갔다.

잠자리에 들면서 옷을 벗는 척만 했던 어린 제리는 곧 아버지를 따라 나갔다. 어둠속에 몸을 숨기고 그는 방을 나서서 계단으로 따라 내려갔고 마당으로 따라갔고 길가로 따라나섰다. 그는 집에 다시 들어오는 일에 관해서는 걱정하지 않았다. 세입자들이 많아서 문은 밤새 열려 있었기 때문이었다.

아버지의 정직한 직업의 기술과 신비를 공부하고 싶다는 훌륭한 야망에 이끌려, 어린 제리는 눈을 가운데로 모으고 집 정면과 담과 입구에 가능한 한 몸을 바짝 붙인 채, 그의 존경하는 부친을 지켜보았다. 그 존경하는 부친은 북쪽으로 향하더니 얼마 후 아이작 월턴[52]의 또다른 사도를 만났고 두사람은 함께 터덜터덜 걸어갔다.

출발할 때로부터 반시간 이내에 그들은 깜빡 조는 가로등을 지나고 깜빡 조는 경비원들을 지나 외딴길로 접어들었다. 여기서 또 다른 낚시꾼을 만났고, 그 일이 너무 조용히 이루어졌으므로 어린 제리가 의심 많은 사람이었다면 아마 두번째 낚시 친구가 갑자기 두사람으로 쪼개졌다고 생각할 지경이었다.

세사람은 계속 걸어갔고, 어린 제리도 계속 걸었다. 마침내 세사람은 길 위로 굽어보는 둑 아래에 멈춰섰다. 둑 위에는 낮은 벽돌담이 있었고, 그 위로는 쇠난간이 쳐져 있었다. 둑과 담벼락의 그림자 속에서 세사람은 길을 벗어나 한쪽에 그 벽—8 내지 10피트 정도 높이로 솟은—막다른 골목으로 접어들었다. 구석에 웅크리고 골목길을 들여다보던 어린 제리가 보게 된 그다음 모습은 젖은 듯

---

52 Izaak Walton(1593~1683). 영국의 수필가, 전기 작가. 낚시를 즐긴 것으로 알려져 있음.

구름에 싸인 달빛 아래 선명하게 윤곽이 드러난 그의 존경하는 부친이 날렵하게 철문을 기어올라가는 모습이었다. 그는 곧 문을 넘어갔고 그러자 두번째 낚시꾼이 넘어갔고, 그러고는 세번째 낚시꾼도 넘어갔다. 그들은 문 안쪽 땅에 부드럽게 착지했고, 거기서 잠시, 아마도 귀를 기울이며, 머물렀다. 그러고 나서 그들은 네발로 기어서 움직여갔다.

이제 어린 제리가 문으로 접근할 차례였다. 그는 숨을 멈추고 문으로 다가갔다. 거기서 다시 구석에 웅크리고 안을 들여다보던 그는 세명의 낚시꾼이 무성한 풀밭과 교회묘지의 비석들 사이로 기어가면서—그들이 들어간 곳은 커다란 교회묘지였던 것이다—교회의 탑이 거대한 거인 유령처럼 지켜보는 가운데, 마치 흰옷을 입은 유령들처럼 지켜보는 것을 발견했다. 그들은 조금 기어가다가 멈춰서 똑바로 일어섰다. 그리고 그들은 낚시를 하기 시작했다.

그들은 처음에 삽으로 낚시를 했다. 이어서 존경하는 부친이 커다란 코르크 따개같이 생긴 도구를 정비하는 것처럼 보였다. 그들이 작업하는 도구가 무엇이든 간에, 그들은 열심히 일했으며, 마침내 어린 제리는 교회의 무시무시한 시계 종소리에 겁을 먹고 머리카락이 아버지와 비슷하게 뻣뻣해진 채로 도망쳤다.

그러나 이 일에 대해서 조금 더 알고 싶다는, 오래 간직해온 욕망 때문에 그는 도망가다 멈췄을 뿐만 아니라, 마침내 몰래 되돌아왔다. 그가 두번째로 문 안을 들여다보았을 때, 그들은 여전히 굴하지 않고 낚시질을 하고 있었다. 그렇지만 이번엔 뭔가 걸린 것 같았다. 저 아래쪽에서 뭔가를 비틀고 불평하는 소리가 들려왔고, 그들의 구부러진 형체는 마치 무거운 것을 당기고 있는 양 긴장되어 보였다. 천천히 그 무거운 것이 땅을 뚫고 나와 표면으로 올라왔다.

어린 제리는 그것이 무엇일지 잘 알았다. 그러나 그가 그것을 보고 그의 존경하는 부친이 그것을 비틀어 열려고 하는 것을 보자 그는 그런 광경은 처음 보는지라 너무 겁이 나서 다시 도망갔고, 이번엔 멈추지 않고 1마일 이상 달려갔다.

그가 달리는 것은 마치 유령에게 쫓기는 듯한 경주였고, 빨리 끝까지 가는 게 바람직했으므로, 숨이 차올라서가 아니었다면 그는 멈추지 않았을 것이다. 그는 그가 보았던 관이 그를 따라오고 있다는 생각을 강하게 품었고, 그 관이 뒤에서 좁은 면을 땅 쪽으로 하고 세로로 서서 팔짝팔짝 뛰면서 계속 그를 따라잡을 정도로 옆에서 팔짝팔짝 뛰고 있으니—아마 팔을 잡을지도—그것을 피해야 한다고 생각했다. 그건 또 일관성이 없으면서 어디에나 있는 유령이기도 했다. 그것이 그가 지나온 그날밤 전체를 무시무시하게 만드는 한편, 그는 어두운 골목을 피해서 큰길로 달려가면서도, 그것이 수종水腫처럼 부풀어오른 어린이용 연에서 꼬리와 날개가 떨어진 모양으로 골목에서 튀어나올까봐 두려웠다. 그것은 또한 문에다 그 무시무시한 어깨를 비비며, 마치 웃고 있는 것처럼 어깨가 귀에까지 닿도록 당겨올린 채 문간에 숨어 있기도 했다. 그것은 거리의 그림자 속으로 들어가 약삭빠르게도 등을 대고 누워 발을 걸어 넘어뜨리려고 숨어 있기도 했다. 그러는 동안 내내 그것은 뒤에서 계속 팔짝팔짝 뛰면서 그를 따라오고 있었고, 그래서 그 소년이 자기 집에 도착했을 때 그는 초주검 상태였다. 그때까지도 그것은 그를 떠나지 않고 계단을 하나하나 쿵쿵 뛰어서 그를 위층까지 따라왔고, 침대에 마구 기어올라왔고, 그가 잠들 때도 무감각하고 무겁게 가슴을 짓눌렀다.

날이 새고 아직 태양은 떠오르지 않은 시각, 어린 제리는 거실에 아버지가 있음을 느끼며 그의 좁은 방에서 억눌린 잠으로부터 깨어났다. 뭔가 잘못되었다. 최소한 어린 제리가 보기에, 그가 크런처 부인의 양쪽 귀를 움켜잡고 그녀의 뒤통수를 침대 머리판에 갖다 부딪치고 있는 상황으로 미루어 그런 것 같았다.

"당신, 그럴 거라고 했지." 크런처 씨가 말했다. "내가 그랬잖아."

"제리, 제리, 제리!" 그의 아내가 애원했다.

"당신은 사업의 이익에 반대하고 있어." 제리가 말했다. "그래서 나와 내 동업자들이 고생이 많아. 당신이 존중하고 복종해야지. 도대체 왜 그렇게 안 하는 거야?"

"제리, 난 좋은 아내가 되려고 노력해요." 불쌍한 여인이 눈물을 흘리며 항의했다.

"남편 일에 반대하는 게 좋은 아내가 되는 거야? 사업을 망치게 하는 게 남편을 존경하는 거야? 일하는 데 중요한 문제에서 말을 안 듣는 게 남편에게 복종하는 거냐고?"

"당신이 그 끔찍한 일에 적응을 못 한 거죠, 제리."

"됐어." 제리가 반박했다. "정직한 직업인의 아내 노릇은 그만해. 남편이 자기 일에 적응하는지 못하는지 여자의 머리로 계산하지 말라고. 남편을 존경하고 남편에게 복종하는 아내는 남편의 일을 그냥 놔두는 거야. 당신이 독실한 여자라고? 당신이 독실한 여자라면, 난 차라리 신앙 없는 마누라가 낫겠어! 당신은 도리에 대해서는 템스 강에 떠내려온 통나무로 만든 여기 이 침대보다도 타고난 감각이 더 없어. 이런 모양으로 당신 속에 통나무가 콱 처박혀 있는 게야."

언쟁은 낮은 어조로 이루어졌고 정직한 직업인이 진흙으로 더러워진 장화를 벗어던지고 바닥에 길게 누워버림으로써 종결되었다. 그가 녹물이 든 손을 베개 삼아 머리 뒤로 깔고 누운 것을 조심스레 엿보고 나서야 그의 아들도 누워서 다시 잠이 들었다.

아침에는 생선이 없었다. 다른 것도 별로 없었지만. 크런처 씨는 기운도 없고 기분도 나빠서 크런처 부인이 기도하는 증세를 약간이라도 보일 경우 그녀를 교정할 목적으로 발사하려고 옆에다 무쇠 냄비 뚜껑을 놓아두었다. 그는 평상시와 같은 시각에 머리를 빗고 세수했으며, 그의 표면상 직업에 종사하기 위해 아들과 함께 집을 나섰다.

스툴을 옆구리에 끼고 아버지와 나란히 화창하고 붐비는 플리트 가를 따라 걸어가는 어린 제리는 전날밤 그의 불길한 추격자로부터 어둠속에서 외롭게 집으로 달려오던 그와는 전혀 다른 어린 제리였다. 날이 밝자 잔꾀가 살아났고 그의 불안은 밤과 함께 사라졌다. 그 점에 있어서, 그 화창한 아침에 플리트 가와 런던 시내에 그와 같은 이들이 또 있으리라는 것은 터무니없는 이야기는 아니다.

"아버지," 조심스럽게 한팔 간격을 유지하여 스툴을 그 사이에 두고 나란히 걸어가며 제리가 말했다. "부활자[53]가 뭐예요?"

크런처 씨는 발길을 멈추고 대답했다. "내가 어떻게 알아?"

"아버지는 뭐든 다 아시는 줄 알았어요." 꾸밈없는 소년이 말했다.

"헴! 글쎄다." 크런처 씨는 다시 걸어가며 모자를 살짝 들어 삐죽삐죽한 머리를 내놓고 말했다. "직업인이지."

"그가 거래하는 상품이 뭔데요?" 쾌활한 어린 제리가 말했다.

"그의 상품은," 크런처 씨가 잠시 생각한 후 말했다. "과학 관련

---

53 Resurrection-Man. 시신을 도굴하거나 훔쳐서 해부용으로 제공하는 사람을 말함. 1832년 이전까지는 연간 해부할 수 있는 시신 수를 제한하는 법안 때문에 불법 시신 거래가 성행함.

상품의 일종이지."

"사람 시체 말인가요, 아버지?" 발랄한 소년이 물었다.

"뭐 그런 거라고 알고 있다." 크런처 씨가 말했다.

"오, 아버지, 저도 크면 부활자가 되고 싶어요!"

크런처 씨는 마음이 누그러졌지만 모호하게 훈계하듯이 고개를 저으며 말했다. "그건 네가 재능을 얼마나 계발하는가에 달려 있다. 신경 써서 네 재능을 계발하고, 할 수 있는 한 다른 사람에겐 아무 말도 하지 마. 지금은 네가 무슨 일에 안 맞는지 어쩐지 알 수 없는 거니까." 이렇게 격려를 받고 어린 제리가 몇 야드 앞서가서 템플 바의 그늘에 스툴을 내려놓자, 크런처 씨는 이렇게 중얼거렸다. "너, 정직한 직업인 제리, 저놈이 네게 축복이 되고 제 어미에 대한 보상이 될 희망이 있어!"

15장
뜨개질

드파르주 씨의 포도주 상점에서는 술판이 평소보다 일찍 벌어졌다. 아침 6시부터 창살 너머로 들여다보던 누르께한 얼굴들이 안에서 열심히 포도주를 마시던 또다른 얼굴들을 알아보았다. 드파르주 씨는 가장 좋은 시간에는 아주 묽은 포도주를 팔았지만, 지금 그가 파는 것은 보기 드물게 묽은 포도주로 보였다. 더욱이 시큼한, 혹은 시어지고 있는 포도주였다. 그것을 마시는 사람들의 분위기를 우울하게 만들어버렸으니까 말이다. 드파르주 씨의 압착한 포도에서는 어떤 활기찬 바쿠스의 불꽃도 타오르지 않았다. 그러나 어둠속에서 타들어가며 연기를 내는 불길이 그 찌꺼기 안에 숨어 있었다.

드파르주 씨의 포도주 상점에서 이른 아침 술판이 벌어진 지 연속 사흘째 되는 날 아침이었다. 술판은 월요일에 시작되었고, 이제 수요일이 밝아오고 있었다. 아침부터 술을 마신다기보다는 모여서 고민을 하는 것이었다. 카운터에 그들의 영혼을 구제하기 위한 돈한푼 내놓을 여유가 없는 수많은 사람이, 문을 여는 시간부터 근처에서 이야기를 듣고 속삭이고 살금살금 오갔다. 그러나 이들도 마치 포도주를 통째로 주문할 수도 있다는 듯이 그 장소에 지대한 관심을 표했다. 그들은 이 자리 저 자리, 이 구석 저 구석을 돌아다니며 게걸스러운 표정으로 술을 마시며 나누는 대화를 집어삼켰다.

이렇듯 평상시와는 다른 사람들이 오가는데도 불구하고 포도주 상점의 주인은 보이지 않았다. 그가 없다고 누가 뭐라 하지도 않았다. 왜냐하면 문지방을 넘어서는 그 누구도 그를 찾지 않았고, 아무도 그를 원하지 않았으며, 아무도 드파르주 부인만 자리에 앉아서 앞에 찌그러진 동전을, 그 동전을 누더기 주머니에서 꺼낸 인류의 잔챙이들처럼 원래의 새김 모양에서 망가지고 닳아빠진 동전을 담은 사발을 놓고 포도주 분배를 감독하는 것을 이상하다고 여기지 않았다.

왕의 궁전에서부터 범죄자들의 감옥까지 높고 낮은 모든 장소를 들여다보다가 이 포도주 상점을 들여다보는 간첩들은 아마도 여기서 뭔가 관심이 붕 뜨고 정신없는 분위기가 지배적이라고 관찰했을 것이다. 카드게임은 늘어지고, 도미노를 하던 사람들은 생각에 잠겨 도미노로 탑을 쌓고 있었으며, 술을 마시던 사람들은 쏟아진 포도주 방울들로 탁자에 그림을 그리고 있었고, 드파르주 부인은 이쑤시개로 소매에 무늬를 만들고, 그러다가 저 멀리서 뭔가 들리지도 보이지도 않는 것을 듣고 보았다.

쌩땅뚜안은 이렇게 포도주를 마시며 정오까지 이어졌다. 정오 무렵, 먼지투성이의 두 사내가 램프를 흔들며 길을 지나왔다. 그중 한사람은 드파르주 씨였다. 다른 한사람은 파란 모자를 쓴 길 고치는 사람이었다. 둘 다 먼지를 뒤집어쓴 채 목말라하며 포도주 상점으로 들어섰다. 그들이 도착하자 쌩땅뚜안의 가슴에 뭔가 불이 켜지고 그들이 다가옴에 따라 빠르게 퍼져 거의 모든 문과 창문에 나타난 얼굴에 타오르는 불꽃으로 일렁이고 껌벅거렸다.

"안녕하세요, 여러분!" 드파르주 씨가 말했다.

그건 모두의 혀를 풀어놓는 신호 같은 것이었다. 그 말에 다들 합창하듯 "안녕하세요!"라고 대답했다.

"날씨가 나빠요, 여러분." 드파르주는 고개를 저으며 말했다.

그 말에 모든 사람은 자기 옆 사람을 보고는 시선을 떨어뜨리고 가만히 앉아 있었다. 한사람만 예외로, 일어나서 나가버렸다.

"여보," 드파르주가 드파르주 부인에게 말을 걸었다. "난 자끄라 불리는 이 길 고치는 사람과 함께 몇 리그를 걸어왔어. 하루 반 일정으로 빠리를 벗어나 있을 때 우연히 이 사람을 만났지. 이 길 고치는 사람 이름은 자끄인데 좋은 사람이야. 여보, 술을 좀 줘요!"

두번째 사람이 일어나 나갔다. 드파르주 부인은 자끄라 불리는 길 고치는 사람 앞에 포도주를 놓았고, 그는 파란 모자를 벗어 사람들에게 인사를 하고는 술을 마셨다. 그는 셔츠 가슴팍에 거친 검은 빵을 가지고 왔다. 그는 이 빵을 사이사이 먹었고, 드파르주 부인의 카운터 가까이에서 빵을 씹고 술을 마시며 앉아 있었다. 세번째 사람이 일어나서 나갔다.

드파르주는 포도주 한잔으로 목을 축였지만, 자기에게는 포도주가 그리 귀한 것이 아니었으므로 낯선 자에게 준 것보다는 덜 마셨고, 그 시골 사람이 식사를 마칠 때까지 서서 기다렸다. 그는 아무도 쳐다보지 않았고, 이제 아무도 그를 쳐다보지 않았다. 심지어 뜨개질거리를 집어들고 일을 시작한 드파르주 부인도 그를 보지 않왔다.

"다 드셨소, 친구?" 그는 적당한 때에 물었다.

"예, 고맙소."

"그럼 이리 오시오! 당신이 쓸 수 있다고 말했던 방을 보여주겠소. 아주 끝내주게 잘 맞을 거요."

포도주 상점을 나와 거리로, 거리를 지나 마당으로, 마당을 지나 가파른 계단으로, 계단에서 다락방으로, 예전에 백발의 남자가 나지막한 긴 의자에 앉아 몸을 구부리고 바쁘게 구두를 만들던 바로 그 방이었다.

이제 백발의 남자는 없었다. 그러나 한사람씩 포도주 상점을 나갔던 세 사내가 거기 있었다. 그들과 멀리 있는 그 백발 남자 사이에는 아주 사소한 연관이 한가지 있었는데, 그들이 벽에 난 틈으로 그 사람을 구경한 적이 있다는 것이었다.

드파르주는 조심스럽게 문을 닫고 목소리를 낮춰 말했다.

"1번 자끄, 2번 자끄, 3번 자끄! 여기는 나, 4번 자끄가 약속을 해서 만난 증인일세. 이 사람이 전부 얘기해줄 것이야. 말해보시게, 5번 자끄!"

길 고치는 사람은 파란 모자를 손에 들고 그것으로 거무튀튀한 이마를 닦고는 말했다. "어디서부터 시작할까요?"

"시작은," 드파르주 씨가 합리적인 대답을 내놓았다. "시작에서 부터 해야죠."

"여러분, 전 그를 그때 봤습니다." 길 고치는 사람이 말을 시작했다. "일년 전 한여름, 후작의 마차 아래에 쇠사슬로 매달려 있었죠. 생각해보세요. 전 길 고치는 일을 마치고, 해는 지는데, 후작의 마차가 천천히 언덕을 올라오고, 그는 쇠사슬에 매달려 있고요, 이렇게."

길 고치는 사람은 그 전체를 다시 보여주었다. 그의 이야기는 일 년 내내 그가 사는 마을 사람들에게 틀림없는 이야깃거리였으며 없어서는 안될 오락거리였기 때문에 그때쯤에는 그의 공연은 완벽해졌을 터였다.

1번 자끄가 끼어들어 물었다. 그전에 그 사람을 본 적이 있나요?

"전혀요." 길 고치는 사람은 다시 똑바로 일어서며 대답했다.

3번 자끄가 물었다. 그럼 나중에 그를 어떻게 알아봤나요?

"키가 커서요." 길 고치는 사람은 부드럽게 손가락을 코에 대고 말했다. "후작 나리가 그날 저녁에 '어떻게 생겼더냐?'라고 물으실 때 전 '유령처럼 큽니다'라고 대답해요."

"난쟁이처럼 작다고 대답했어야죠." 2번 자끄가 말했다.

"그렇지만 제가 뭘 알았겠어요? 그땐 그 일이 일어나지 않았을 때였고, 그 사람이 내게 말해준 것도 아닌데요. 보세요! 그런 상황에서도 전 증언을 하지 않아요. 후작 나리가 저희 작은 샘터 근처에 서서 손가락을 나를 가리키며 '나한테로! 저 불한당을 데려와라!'라고 말하는데도. 여러분, 정말로 전 아무것도 내놓을 게 없으니까요."

"그건 이 사람 말이 맞아, 자끄." 드파르주가 끼어든 사람에게 중얼거렸다. "계속해요!"

"좋습니다!" 길 고치는 사람은 알쏭달쏭한 표정으로 말했다. "그 키 큰 남자는 없어져요. 그를 찾으러 다니죠─몇달이나 찾았더라? 아홉달, 열달, 열한달?"

"중요하지 않아요, 숫자는." 드파르주가 말했다. "감쪽같이 숨었네요. 그렇지만 마침내 안타깝게도 발견되죠. 계속해요!"

"전 다시 언덕에서 일을 하고 있는데, 해가 막 지려고 해요. 전 아랫마을에 있는 제집으로 내려가려고 도구들을 챙기고 있어요. 이미 날이 어두운데 눈을 드니 언덕 너머로 군인 여섯이 오는 게 보이는 거예요. 그들 사이에 양팔이 묶인—몸통에 묶인, 이렇게요, 키 큰 남자가 있는 거예요."

없어서는 안될 모자의 도움으로 그는 팔꿈치가 허리춤에 끈으로 단단하게 묶여 뒤쪽에 밧줄 매듭이 지어진 남자의 모습을 보여줬다.

"여러분, 전 이 옆에 돌무더기 옆에 서서 군인들과 그들이 호송하는 죄수가 지나가는 것을 바라보는 거예요. (외딴길이라서 어떤 광경이라도 볼만한 가치가 있지요.) 처음에 그들이 다가올 때 전 군인 여섯명이 키 큰 남자 하나를 묶어서 오는 것밖에 보지 못하고, 그들의 모습은 해가 지는 방향에서 보면 가장자리가 붉게 보이지만 그렇지 않으면 제 눈에 거의 검은색으로 보이는 거예요, 여러분. 또, 저는 그들의 긴 그림자가 길 반대편 움푹 팬 등성이에, 그리고 그 위 언덕에 비쳐서 마치 거인들의 그림자 같은 모양을 보는 거예요. 또 그들은 먼지를 뒤집어쓰고 있고 그들이 다가오면서 그 먼지도 움직여요, 털썩, 털썩! 그렇지만 그들이 가까이로 올 때 전 그 키 큰 남자를 알아보고 그도 나를 알아봐요. 아, 그러나 그는 그와 내가 바로 그 근처에서 처음 만난 그날 저녁처럼, 다시 언덕 너머로 서둘러 가버리고 싶었겠지요!"

그는 마치 그가 거기 있는 것처럼 상황을 묘사했다. 그는 눈앞에 그 모습이 생생한 것이 분명했다. 아마도 그는 살면서 별로 본 게 없는 건지도 모른다.

"전 군인들에게 내가 그 키 큰 사람을 알아본다는 표시를 하지 않아요. 그 사람도 군인들에게 저를 알아본다는 표시를 하지 않아요. 우리는 서로 눈길로 그렇게 했고 그렇게 알았어요. '가자!' 하고 그 무리의 대장이 마을을 가리키며 말해요. '빨리 이놈을 무덤으로 데려가자고!' 그러고는 그들은 그를 더 빨리 데리고 가요. 전 따라가죠. 그의 팔은 너무 꽉 묶여서 부어오르고, 나막신은 크고 불편해요. 그는 다리를 절어요. 그가 다리를 절기 때문에 느리게 걸을 수밖에 없고, 그들을 그를 총으로 몰아대요──이렇게!"

그는 소총 끝에 밀려 앞으로 나아가는 사람의 동작을 흉내 냈다.

"그들이 마치 미친놈이 달리기 경주를 하듯 언덕을 내려가자 그가 넘어져요. 그들은 웃고 그를 다시 일으켜요. 그의 얼굴은 피가 흐르고 먼지투성이지만, 그는 얼굴을 만질 수가 없어요. 그걸 보고 그들이 다시 웃어요. 그들은 그를 마을로 데려와요. 마을 사람들이 모두 달려나와 구경을 해요. 그들은 그를 방앗간 옆을 지나 감옥으로 데려가요. 마을 사람들이 모두 밤의 어둠속에서 감옥 문이 열리고 그를 꿀꺽, 이렇게 삼키는 것을 보는 거예요!"

그는 입을 한껏 크게 벌렸다가 이가 딱 마주치는 소리를 내며 닫았다. 입을 다시 열어서 그 효과를 망치기 싫어하는 것을 보고는 드파르주가 말했다. "자끄, 계속해요."

"마을 사람들이 모두," 길 고치는 사람은 발끝으로 서서 낮은 소리로 말을 이었다. "물러가요. 마을 사람들은 모두 샘터에서 수군대죠. 마을 사람들이 모두 자요. 마을 사람들이 모두 나쁜 꿈을 꾸죠. 바위산 위의 감옥 자물쇠와 창살 안에 갇혀, 죽지 않으면 결코 나올 수 없는 꿈 말예요. 아침이 되어 연장을 어깨에 메고 가면서 검은 빵을 먹고 있는데, 일을 가는 길에 감옥을 지나쳐가게 되어요. 거기서 그를 보죠. 저 높이, 높은 데 있는 철로 된 우리 안에서 어젯밤처럼 피투성이에 먼지를 뒤집어쓴 채로 내다보고 있는 거예요. 그는 손이 묶여 내게 손을 흔들 수도 없어요. 전 감히 그를 부르지도 못하죠. 그는 마치 죽은 사람처럼 절 바라봐요."

드파르주와 세사람은 어두운 표정으로 서로 쳐다보았다. 그 시골 사람의 이야기를 듣는 동안 그들 모두의 표정은 어두웠고, 억눌려 있었으며, 복수심에 차 있었다. 은밀한 만큼 그들의 태도도 모두 위압적이었다. 그들에게는 거친 판관 같은 분위기가 있었다. 1번 자끄와 2번 자끄는 손으로 턱을 고이고 낡은 짚 침대에 앉아서 길 고치는 사람을 뚫어지게 바라보고 있었다. 역시 집중하고 있는 3번 자끄는 그들 뒤에서 한쪽 무릎을 구부리고 흥분된 손길로 그의 입과 코 주변 섬세한 신경의 그물망들을 어루만지고 있었다. 드파르주는 그들과 그가 빛이 들어오는 창가에 세워놓은 화자 사이에 서서 그와 다른 사람들을, 다른 사람들과 그를 번갈아 바라보고 있었다.

"계속해요, 자끄."

"그는 그 쇠로 된 우리에 며칠을 갇혀 있어요. 마을 사람들은 몰래 그를 쳐다보죠. 무서우니까요. 그렇지만 마을 사람들은 늘 멀리서 바위산 위에 있는 감옥을 쳐다봐요. 저녁에 하루 일을 마치고 샘터에 모여 잡담을 할 때면 모든 사람의 얼굴이 감옥을 향해요. 전에는 우체국 쪽을 보았는데요. 이젠 감옥을 향하죠. 그들은 샘터에서, 그가 사형선고를 받았어도 집행은 안될 거라고 수군거려요. 그들은 빠리에 탄원서가 제출되었다고 말해요. 아이가 죽는 바람에 그가 격분하여 정신이 나갔다고요. 그 탄원서가 왕에게까지 갔다고들 말해요. 제가 뭘 알겠어요? 그럴 수도 있죠. 그럴 수도 있고, 아닐 수도 있죠."

"그럼 잘 들어봐요, 자끄." 그 이름을 가진 1번이 단호하게 끼어들었다. "탄원서가 왕과 왕비에게 제출되었다는 걸 알아요. 당신만 빼고 여기 있는 모두가, 왕이 왕비 옆에 앉아서 길에 마차를 타고 가다가 그것을 받는 것을 봤거든요. 목숨을 걸고 탄원서를 손에 든 채 마차 앞에 뛰어든 게 바로 여기 당신이 보고 있는 드파르주예요."

"또 들어봐요, 자끄!" 음식도 아니고 마실 것도 아닌, 뭔가에 굶주린 듯, 눈에 띄게 게걸스러운 분위기로, 손가락으로 그 섬세한 신경들을 더듬고 또 더듬으며 무릎을 꿇고 있던 3번이 말했다. "근위대가, 기병과 보병이 탄원서를 내려는 사람을 둘러싸고 때렸다고요. 듣고 있어요?"

"듣고 있습니다, 여러분."

"그럼 계속해요."

"네, 다시. 한편 사람들이 샘터에서 수군거리는데," 시골 사람이 다시 말을 이었다. "그는 현장에서 처형되려고 우리 마을로 다시 호송된 거라고요. 그리고 분명히 처형될 것이라고요. 사람들은 심지어 그가 귀족 나리를 살해했기 때문에, 그리고 귀족 나리는 소작인—농노라고 해야 하나—뭐든 간에—들의 아버지이기 때문에, 그는 존속살인죄로 처형당할 것이라고 수군대요. 샘터에서 어떤 노인 하나는, 칼로 무장한 그의 오른손을 그의 면전에서 태울 거고, 그의 팔과 가슴과 다리에 상처를 낸 후 거기다 끓는 기름, 녹은 납, 뜨거운 송진, 밀랍, 유황을 부을 거라고, 그리고 마지막으로 네마리 말이 사지를 찢어버릴 것이라고 말해요. 그 노인은 말하길, 이 모든 것이 선왕인 루이 15세를 죽이려던 죄수에게 실제로 다 했던 일이라네요. 그렇지만 그가 거짓말을 하는지 어떻게 알겠어요? 제가 공부를 많이 한 것도 아니고."

"다시 한번 들어봐요, 자끄!" 불안한 손과 갈망하는 듯한 분위기를 지닌 남자가 말했다. "그 죄수의 이름은 다미앵이에요. 그 모든 것이 백주 대낮에 빠리 시내 길거리 한복판에서 일어났어요. 그 일을 지켜본 엄청난 군중 가운데서 눈에 가장 띄던 건 지체 높고 유행의 첨단을 걷는 숙녀 무리가 마지막까지 열렬히 집중했다는 거예요. 마지막까지, 자끄, 해가 질 때까지 시간을 끌면서 두 다리와 한 팔이 잘리고 그러고도 숨이 붙어 있을 때까지요! 그러고는 마무리되었죠. 그런데, 당신 몇살이죠?"

"서른다섯살입니다." 예순살처럼 보이는 길 고치는 사람이 말했다.

"당신이 열살도 넘었을 때 일어난 일인데요. 보았을지도 몰라요."

"그만!" 드파르주가 참다못해 냉정하게 말했다. "악마 만세! 계속하세요."

"자! 어떤 이는 이렇게 수군대고, 어떤 이는 저렇게 수군대고. 다른 얘기는 안해요. 심지어 샘물도 그 가락에 맞춰 떨어지는 것 같아요. 마침내, 마을 사람들이 모두 자고 있던 일요일 밤, 군인들이 감옥에서 내려오고, 총이 철컹대는 소리가 골목길의 돌 위로 울려요. 인부들이 땅을 파고 인부들이 망치질을 하고, 군인들은 웃고 노래해요. 아침이 되니 샘터에 40피트 높이의 교수대가 세워져 물을 오염시키고 있는 거죠."

길 고치는 사람은 바라본다기보다 꿰뚫어보는 것처럼 하면서 마치 하늘 위 어딘가에 교수대가 보이는 듯 가리켰다.

"모두 일을 멈추고 그리로 모여요. 아무도 소들을 데리고 나가지 않고 소들도 거기 그냥 있어요. 정오가 되자 북소리가 울려요. 군인들이 밤에 이미 감옥으로 행진해 갔고, 그는 수많은 군인에 둘러싸여 있어요. 그는 전처럼 묶여 있고 입에는 재갈이 물렸어요. 끈으로 너무 꽉 묶어서 마치 그가 웃고 있는 것처럼 보일 정도예요.” 그는 두 엄지손가락을 입의 양 끝에 집어넣고 귀 쪽으로 당겨 얼굴을 일그러뜨려 시연했다. “교수대 위에는 날을 위로 향하게 하고 끝을 허공에 세운 칼이 고정되어 있어요. 그는 거기 40피트 높이에서 교수형을 당하고…… 계속 매달린 채 있어요, 샘물을 오염시키면서요.”

그가 그 광경을 회상하면서 새삼스럽게 땀이 나기 시작한 자기 얼굴을 파란 모자로 닦자, 그들은 서로를 쳐다보았다.

“무서워요. 여자들과 아이들이 어떻게 물을 길을 수 있겠어요! 그 그림자 아래에서 누가 저녁 수다를 떨 수 있겠어요! 그 아래에 서라고 말했나요? 제가 마을을 떠날 때, 월요일 저녁 해가 막 지려고 할 때, 언덕에서 돌아보니 그 그림자는 교회를, 방앗간을, 감옥을 가로질러서―지구를 가로질러, 하늘과 땅이 맞닿은 곳까지 뻗어 있는 것 같았어요!”

굶주린 듯 보이는 사내는 다른 세 사람을 바라보며 자기 손가락을 물어뜯었고, 그의 손가락은 그를 사로잡은 허기로 떨렸다.

“그게 다예요, 여러분. 전 해질 무렵에 떠났고, (그렇게 하라는 통보를 받았기 때문에) 그날밤과 다음날 반나절 동안 걸어서 이 동지를 만났어요. (그래야 한다고 통보받은 대로요.) 이 사람과 함께 전 말을 타기도 하고 걷기도 하면서 어제 나머지 시간과 어젯밤 내내 계속 왔어요. 그리고 여기서 여러분이 절 보게 된 겁니다!”

무거운 침묵이 흐른 후, 1번 자끄가 말했다. “좋습니다. 연기도 설명도 충실했어요. 그럼 잠깐만 문밖에서 기다려주시겠어요?”

"그러죠." 길 고치는 사람이 말했다. 드파르주는 그를 계단 꼭대기로 안내하여 거기 앉혀놓은 후 돌아왔다.

세사람은 일어났고, 그가 돌아오자 머리를 맞댔다.

"어때, 자끄?" 1번이 물었다. "기록해놓을까?"

"아예 없애버리는 걸로 기록해놔." 드파르주가 대답했다.

"좋아!" 굶주린 사내가 목쉰 소리로 말했다.

"성과 그 일족 모두?" 1번이 물었다.

"성과 그 일족 모두." 드파르주가 대답했다. "몰살이다."

배고픈 사내가 환희에 찬 목쉰 소리로 "좋아!"라고 되풀이하곤, 다른 손가락을 물어뜯기 시작했다.

"괜찮겠어?" 2번 자끄가 드파르주에게 물었다. "이렇게 기록을 하는 방식에 무슨 문제는 없을까? 물론 우리 말고는 해독할 사람이 없으니까 안전하긴 하지만, 우리가 앞으로도 늘 이걸 해독할 수 있을까―아니면, 그녀가?"

"자끄," 드파르주가 몸을 일으키며 대답했다. "만약 내 아내가 이 기록을 기억만으로 보존하려고 든다 해도 한 단어, 아니 한 음절도 빠짐없이 기억할 수 있을 거야. 그녀 특유의 바늘땀과 상징으로 짜여 있기 때문에, 그녀에겐 이게 태양처럼 분명할 것이야. 그러니 드파르주 부인은 믿고 털어놓아도 돼. 드파르주 부인이 뜨개질해놓은 기록에서 그 이름이나 범죄의 글자 하나를 지우느니 차라리 살아 있는 가장 나약한 겁쟁이가 자기 존재를 없애버리는 게 더 쉬울 거야."

신뢰와 인정의 말이 오간 후, 배고파 보이는 사내가 물었다. "이 시골뜨기는 바로 돌려보낼 거야? 그랬으면 좋겠어. 이 사람은 너무 단순해. 약간 위험하지 않아?"

"그는 아무것도 몰라." 드파르주가 말했다. "최소한 저런 높이의 교수대로 단박에 올라갈 수 있는 그런 건 전혀 몰라. 저 사람은 내가 책임져. 나와 함께 있을 거야. 내가 돌봐주고 보내줘야지. 그는 높은 분들 사는 데를 보고 싶어해. 왕, 왕비, 궁정 같은 거. 이번 일요일에 그런 것들을 보게 해줄 거야."

"뭐?" 배고픈 사내가 빤히 쳐다보며 외쳤다. "그가 왕족이나 귀족들을 보고 싶어한다는 게 좋은 일이란 말이야?"

"자꼬," 드파르주가 말했다. "고양이에게 목마름을 느끼게 하려면 고양이에게 조심스럽게 우유를 보여줘야 해. 개로 하여금 어느 날 그 먹이를 잡아오게 하려면 먹이를 조심스럽게 보여줘야 하는 거야."

이야기는 그것으로 끝이었고, 계단 꼭대기에서 이미 꾸벅꾸벅 졸고 있던 길 고치는 사람은 짚 매트리스 침대에 몸을 누이고 쉬라는 이야기를 들었다. 그러라고 굳이 설득할 필요도 없이 그는 그대로 잠이 들었다.

빠리에서는 드파르주의 포도주 상점보다 훨씬 더 나쁜, 이런 수준의 시골 출신 노예들이 사는 동네를 쉽게 찾을 수 있었다. 그를 계속 괴롭히는, 부인에 대한 알 수 없는 두려움을 제외하면, 그의 생활은 아주 새로웠고 쾌적했다. 그러나 부인은 대놓고 그를 무시한 채, 그가 거기 있는 것에 표면적인 것 이상의 의미가 있음을 유별나게도 단호하게 보지 않으려 하면서, 카운터에 하루 종일 앉아 있었으므로, 그는 그녀와 눈이 마주칠 때면 나막신을 신은 발이 덜덜 떨렸다. 그는 그 여인이 다음 순간 무슨 주장을 할지 예상하기가 불가능해서 마음이 어지러웠기 때문이었다. 그는 그녀가 화사하게 장식한 그녀의 머리로 그가 살인을 저지르고 희생자의 가죽을 벗기는 것을 보았다고 주장하려 마음만 먹는다면 그녀가 끝장을 볼 때까지 틀림없이 그 주장을 밀어붙일 수 있을 거라고 확신했다.

그러므로, 일요일이 되어, 길 고치는 사람은 그 부인이 베르사유까지 자기 남편과 그와 동행할 것임을 알고 전혀 기쁘지 않았다. (기쁘다고 말은 했지만 말이다.) 대중교통을 이용하여 거기 가는 길 내내 부인이 뜨개질을 하니 더더욱 황당했다. 게다가 그날 오후 군중이 왕과 왕비의 마차를 기다리고 있는데 그녀가 계속 뜨개질을 하는 것은 더더욱 황당했다.

"열심히 일하시네요, 부인." 그녀 가까이 있던 한 사내가 말했다.

"네." 드파르주 부인이 말했다. "일이 많거든요."

"뭘 만드세요, 부인?"

"여러가지요."

"예를 들면……"

"예를 들면," 드파르주 부인이 침착하게 말했다. "수의요."

그 남자는 될 수 있는 한 후딱 뒤로 물러났고, 길 고치는 사람은 파란 모자로 부채질을 했다. 무지하게 갑갑하고 무덥다고 느끼면서. 그가 왕과 왕비를 보면 좀 나아질 것 같았다면, 다행스럽게도 그 치유책은 가까이에 있었다. 곧 얼굴이 커다란 왕과 얼굴이 흰 왕비가 황금 마차를 타고 나타났고, 빛나는 **궁정의 중심**[54]과 웃고 있는 숙녀들과 잘생긴 귀족들의 빛나는 무리가 뒤따랐다. 길 고치는 사람은 귀족 남녀의 보석과 비단과 분과 광채와 우아하게 빚어진 체격과 도도한 표정의 잘생긴 얼굴들을 잠시 취해버릴 정도로 실

---

54 왕과 왕비를 수행하는 궁정 대신을 말함. 프랑스어 '외유 드 뵈프'(œil de bœuf)를 문자 그대로 영역하여 '불스 아이'(bull's-eye)라 씀으로써 프랑스 혁명에서 타도의 목표물이 됨을 암시함.

컷 바라보면서, 그 시대에 어디에나 있는 자끄의 목소리는 듣지 못했다는 듯이, 국왕 폐하 만세, 왕비 폐하 만세, 모두모두 만세! 하고 외쳐댔다. 그러고는, 정원과, 마당과, 테라스와, 분수와, 녹색 둑과, 다시 국왕과 왕비, 중신들, 귀족과 부인 들, 모두모두 만세! 그래서 마침내 그는 감정이 격해져서 울고 말았다. 약 세시간 동안 지속된 이 장면 내내 그는 다른 이들과 함께 실컷 소리치고 울고 감상에 사로잡혔으며, 그러는 내내 드파르주는 마치 그가 잠시 헌신했던 대상에게 달려들어 그것들을 갈기갈기 찢어버리지 못하도록 가로막기라도 하듯이 그의 목덜미를 움켜쥐고 있었다.

"브라보!" 모든 것이 끝나자 드파르주는 마치 후견인처럼 그의 등을 탁 치며 이렇게 말했다. "당신 정말 잘했어!"

길 고치는 사람은 이제 정신이 들어, 자신이 방금 실수라도 하지 않았느냐고 미심쩍어했다. 그러나 아니란다.

"당신은 우리가 원하는 그런 사람이오." 드파르주가 귀에 대고 속삭였다. "당신은 이 바보들에게 이게 영원히 계속될 것처럼 믿게 만들지. 그러면 그들은 더욱 더 뻔뻔해지고, 그러면 종말이 더 가까워지는 거야."

"어이!" 길 고치는 사람이 곰곰 생각하다가 외쳤다. "맞는 말이에요."

"이 바보들은 아무것도 몰라요. 그들이 당신의 숨결을 경멸하여 그들의 말이나 개나 되는 것처럼 당신과 당신 비슷한 수백명의 사람이 숨을 영원히 멈추도록 하고 싶겠지만, 그들은 당신 숨결이 그들에게 말해주는 것만을 알고 있는 거지. 그렇게 조금만 더 그들을 속이도록 해둡시다. 그들을 영영 속일 수는 없으니까."

드파르주 부인은 손님을 거만하게 바라보며 긍정하듯이 고개를 끄덕였다.

"당신은," 그녀가 말했다. "뭐든 볼만하고 요란한 것이면 소리치고 눈물을 흘리는군요? 말해봐요! 안 그래요?"

"그러네요, 부인. 그런 것 같아요. 잠시 동안은요."

"당신에게 엄청난 인형 무더기를 보여주고 당신 마음대로 뜯어버리고 망쳐놓으라면, 그 인형들 가운데서 가장 값나가고 화려한 것을 고르겠네요. 말해봐요. 안 그래요?"

"그렇겠네요, 부인."

"네, 그리고 날 수 없는 새 한 무리를 보여주고 마음대로 그 깃털을 뽑아버리라고 한다면, 당신은 가장 깃털이 멋진 새들을 고르겠네요. 안 그래요?"

"맞습니다, 부인."

"당신은 오늘 인형도 보고 새도 보았어요." 드파르주 부인은 그들이 마지막으로 나타났던 곳을 손짓으로 가리키며 말했다. "자, 집에 갑시다!"

16장
계속 뜨개질

드파르주 부인과 그녀의 남편이 쌩땅뚜안의 품으로 사이 좋게 돌아오는 동안, 파란 모자를 쓴 점 하나가 어둠속으로 먼지 속으로 지루한 수 마일의 큰길가를 꾸준히 걸어, 지금은 무덤에 가 있는 후작 나리가 나무들이 속삭이는 소리를 듣던 성의 에움길로 천천히 다가갔다. 이제 돌로 만든 얼굴들은 아주 느긋하게 나무들의 속삭임을, 분수 소리를 들을 수 있게 되어서, 먹을 수 있는 허브나 땔감으로 쓸 죽은 나뭇가지 조각을 찾아 커다란 석상이 있는 마당과 테라스 계단이 보이는 곳까지 흘러들어온 비쩍 마른 마을 아이들은 그들의 굶주린 상상 속에서 그 석상의 얼굴이 바뀌었다고 생각하게 되었다. 마을에서는 그런 소문도 돌았다 — 마을 사람들이 그러하듯 희미하게 간신히 살아남은 것이지만. 칼을 정통으로 찔렀을 때 그 석상의 얼굴이 자부심의 표정에서 분노와 고통의 표정으로 바뀌었다고. 또 그 처형된 사람이 샘에서 40피트 위에 매달려 있을 때 그 표정은 다시 한번 바뀌어 복수를 당한 잔혹한 표정이 되어 영원히 그런 표정으로 있게 되었다고. 살인이 일어난 침실의 큰 창문 위에 달린 석상의 얼굴에는 두개의 가느다란 상처가 났는데, 모든 사람이 알아볼 수 있었지만 그전에는 아무도 보지 못하던 것이었다. 아주 드문 경우 남루한 농부 둘셋이 군중으로부터 나타나 석상이 된 후작 나리를 후딱 엿보려고 하다가, 마른 손가락을 들어 그 얼굴을 잠깐 가리키기도 전에 놀라서, 이끼와 나뭇잎 들 사이로 살아남으려고 튀어가는 운 좋은 산토끼들처럼 모두 달아났더란다.

성과 오두막, 석상의 얼굴과 매달린 사람, 돌바닥의 붉은 얼룩, 마을 샘의 맑은 물—수천 에이커의 땅—프랑스의 전지역—프랑스 자체가 머리카락처럼 가느다란 희미한 선 하나에 집중된 채, 밤하늘 아래 누워 있었다. 그렇게 온 세상이, 그 커다랗고 사소한 모든 것들과 함께 반짝이는 별빛 속에 누워 있다. 인간이 자신의 지식으로 빛을 쪼개고 그 구성방식을 분석하듯이, 보다 숭고한 지성은 우리의 이 지구가 희미하게 빛나는 속에서 모든 생각과 행동, 모든 악과 덕, 그 위에 사는 모든 책임있는 생명체를 읽어낼 수 있을 것이다.

드파르주 부부는 별빛 아래 대중교통을 이용하여 그들 여행의 목적지인 빠리 입구까지 덜컹거리며 왔다. 경계 초소에서 일상적인 검문이 있었고, 일상적인 검색과 취조를 위해서 늘 있던 등불이 다가와 번득였다. 드파르주 씨가 마차에서 내렸다. 그는 거기 근무하는 병사들 한두명과 경찰 한명을 알고 있었다. 특히 경찰과는 아주 가까워서 친근하게 포옹을 했다.

드파르주 부부가 다시 쌩땅뚜안의 어두운 날개 안으로 들어와서,

마침내 쌩땅뚜안 경계에 내려 그가 사는 거리의 검은 진흙과 쓰레기를 뚫고 걸어가고 있을 때, 드파르주 부인이 남편에게 말했다.

"말해봐, 여보. 경찰 자끄가 당신한테 뭐라고 했어?"

"오늘은 뭐 별거 없네. 그래도 아는 건 다 말해줬지. 우리 동네를 맡은 또다른 간첩이 있대. 더 많을지도 모른다네. 실제로 아는 건 한사람뿐이지만."

"아, 그래!" 드파르주 부인이 차분하게 사무적인 태도로 눈썹을 추켜올리고 말했다. "그 사람을 기록해놓아야겠네. 뭐라고 부르는데?"

"영국 사람이래."

"더 좋아. 누구래?"

"바르사드." 드파르주는 성을 프랑스어식으로 발음하여 말했다. 그러나 그는 주의 깊게 그 성을 정확하게 파악하곤 그 철자를 완벽하게 불러주었다.

"바사드." 부인이 반복했다. "좋아. 이름은?"

"존."

"존 바사드." 부인이 그 이름을 혼자 한번 중얼거린 후, 반복했다. "좋아. 외모는, 알려져 있나?"

"나이는 마흔살가량. 키는 5피트 9인치가량. 검은 머리카락, 가무잡잡한 피부, 전체적으로 미남형. 검은 눈, 마르고 길고 혈색이 나쁜 얼굴. 매부리코인데 똑바르지 않고 왼뺨 쪽으로 특이하게 기울어짐. 그래서 인상이 다소 음산해 보임."

"아, 완전히. 초상화네!" 부인이 웃으며 말했다. "내일 기록해놓아야겠어."

그들은 포도주 상점으로 들어가서 문을 닫았고, (자정이었으니까) 드파르주 부인은 곧 책상 앞 그녀의 자리에 앉아 그녀가 없을 때 받아놓은 잔돈을 세고 재고를 점검하고 장부의 항목들을 살펴보고 자신의 항목을 덧붙였으며 종업원을 모든 방법으로 다 점검하고 마침내 그에게 자러 가라고 했다. 그러고는 돈을 넣어두는 단지 안 내용물을 두번째로 쏟아내곤 밤새 안전하게 보관하기 위해 손수건에 담아 일련의 매듭으로 묶기 시작했다. 그러는 동안 드파르주는 파이프를 입에 물고 이리저리 걸으며 그 광경을 흐뭇하게 바라보면서도 결코 참견은 하지 않았다. 사실은 이런 식으로 사업에 있어서나 가정사에 있어서 그는 평생을 이리저리 걸어왔던 것이다.

그날밤은 더웠고, 꼭꼭 닫혀 있는데다가 더러운 이웃들에 둘러싸인 가게에선 나쁜 냄새가 났다. 드파르주 씨의 후각은 결코 섬세한 편은 아니었지만, 그 어느 때보다 포도주 냄새가 진하게 났고, 럼과 브랜디와 아니스 열매 냄새도 지독했다. 그는 파이프를 내려놓으며 그 뒤섞인 냄새들을 훅 내뿜었다.

"당신 피곤한가봐." 부인이 돈 매듭을 짓다가 올려다보며 말했다. "그냥 평상시에 나는 냄새일 뿐인데."

"약간 피곤하네." 남편이 수긍했다.

"당신 약간 우울하기도 한가봐." 부인이 말했다. 그녀의 영민한 눈은 이런 문제에 이렇게 몰입한 적은 없었지만, 한두번은 그를 아주 날카롭게 파악하곤 했다. "오, 그 사람, 그 사람들!"

"그렇지만, 여보!" 드파르주가 말문을 열었다.

"그렇지만, 여보!" 부인이 단호하게 끄덕이며 반복했다. "그렇지만, 여보! 당신 오늘밤은 너무 소심해요, 여보!"

"알았어." 드파르주가 마치 가슴에서 생각을 짜내듯이 말했다.

"오래전 일이야."

"오래전 일이지." 그의 아내가 반복했다. "오래전 일이 아닌 적이 있었나? 복수와 보복에는 시간이 오래 걸리는 법이야. 그게 규칙이야."

"사람을 벼락으로 치는 데는 시간이 오래 걸리지 않아." 드파르주가 말했다.

"그러면," 부인이 차분하게 물었다. "그 벼락을 만들고 준비하는 데는 얼마나 오래 걸릴까? 말해봐."

드파르주는 마치 뭐라도 있는 듯이 생각에 잠겨 고개를 들었다.

"오래 걸리진 않지," 부인이 말했다. "지진이 나서 도시 하나를 집어삼키는 건. 자! 그럼 지진을 준비하는 데는 얼마나 오래 걸릴지 말해볼래?"

"오래 걸리겠지, 아마." 드파르주가 말했다.

"그렇지만 준비가 되면 지진은 일어나고 그 앞에 놓인 모든 것을 산산조각 내지. 그러기까지는 늘 준비하고 있는 거야. 보이거나 들리지 않아도 말이지. 그렇게 생각하면 위로가 될 거야. 명심해."

그녀는 마치 적을 목 조르듯이 번득이는 눈으로 매듭을 묶었다.

"내 말은," 그녀는 강조하기 위해 오른손을 뻗으며 말했다. "오는 길이 오래 걸리더라도, 그건 오는 중이고, 오고 있다는 거야. 내 말은, 그건 결코 물러서거나 멈추지 않는다는 거야. 내 말은, 그건 항상 전진하고 있다는 거야. 주변을 둘러보고 우리가 아는 모든 세상 사람들의 삶을 생각해봐, 우리가 아는 모든 세상 사람들의 얼굴을 생각해봐, 자끄의 무리들이 매시간 점점 더 확신에 차서 스스로에게 말하는 분노와 불만을 생각해봐. 이런 상태가 오래갈 수 있을까? 흠! 당신은 바보야."

"당신은 용감해." 드파르주는 양순하고 착실한 학생이 교리문답 선생 앞에 선 것처럼, 살짝 고개를 숙이고 손을 뒷짐 지고 그녀 앞에 서서 말했다. "이 모든 것을 의문시하는 건 아니야. 그렇지만 오랜 세월 이런 상태가 계속되어왔어. 혹시라도—여보, 당신도 잘 알 거야, 그럴 수 있다는 걸—우리 생전에 그게 오지 않을 수도 있어."

"아, 그래! 그래서?" 부인이 또다른 적을 목 조르듯이 매듭을 또 하나 묶으며 말했다.

"응!" 드파르주는 반은 불만에 차고 반은 변명하듯이 어깨를 움찔하며 말했다. "우리가 승리를 보지 못할 거라는 거지."

"승리에 도움이 될 수는 있겠지." 부인이 뻗은 손으로 강한 손짓을 하며 대답했다. "우리가 하는 어떤 일도 헛수고는 아니야. 난 우리가 승리를 보게 될 거라고 진심으로 믿어. 그렇지만 보지 못하더라도, 내가 확실히 모르더라도, 귀족 독재자의 목을 보여준다면 그래도 난……"

그리고 부인은 이를 악물고 아주 무시무시한 매듭을 하나 묶었다.

"그만!" 드파르주는 마치 겁쟁이라고 비난을 받기라도 한 듯이 얼굴이 약간 붉어지며 외쳤다. "나도, 여보, 무슨 일이 있어도 멈추진 않아."

"그래! 그렇지만 당신은 스스로 지탱하기 위해서 종종 당신의 희생자와 당신이 가진 기회를 볼 필요가 있다는 게 약점이야. 그런 거 없이 버텨봐. 때가 되면, 호랑이와 악마를 풀어놓으라고. 그렇지만 그때까진 호랑이와 악마를 사슬에 묶어놓고, 보여주진 말고, 그러나 늘 준비된 상태로 유지하면서 기다려야 해."

부인은 이 충고의 결론을 강조하기 위해 그녀의 돈 사슬로 마치 머리통을 깨부수듯 카운터를 내리쳤고, 그러고는 그 무거운 손수건을 차분하게 팔에 끼고 자러 갈 시간이라고 말했다.

다음날 낮이 되자 그 훌륭한 여인은 포도주 상점의 자기 자리에 앉아 부지런히 뜨개질을 하고 있었다. 장미 한송이가 그녀 곁에 놓여 있었고, 그녀는 때때로 그 꽃을 흘끗 보기는 했지만 그로 인해 몰두한 분위기를 해치지는 않았다. 손님 몇명이 술을 마시며, 혹은 마시지 않는 채로, 서거나 앉아서 여기저기 흩어져 있었다. 그날은 매우 더웠고, 부인 곁에 놓인 찐득찐득한 작은 유리컵이 궁금하여 날아든 호기심 많고 용감한 파리 무더기가 바닥에 죽어 떨어져 있었다. 그들의 죽음은 날아다니는 다른 파리들에게는 아무런 인상도 주지 못했기에, 그들은 아주 냉정하게 죽은 파리들을 들여다보다가 (마치 자기들은 코끼리나, 혹은 그만큼 멀리 떨어진 존재들인 양) 마침내 똑같은 운명을 맞았다. 파리가 얼마나 조심성이 없는지 생각해보면 신기할 따름이다! 그 화창한 여름날 궁정에 있는 사람들도 그랬을 터였다.

문으로 들어서는 사람의 그림자가 드파르주 부인에게 드리웠고, 그녀는 그 그림자가 낯선 이의 그림자임을 알았다. 그녀는 뜨개질감을 내려놓고 장미꽃을 머리장식에 꽂고는 그 사람을 바라보았다.

이상한 일이었다. 드파르주 부인이 장미를 집어든 순간, 손님들은 말을 멈추고 하나둘씩 포도주 상점을 빠져나가기 시작했다.

"안녕하세요, 부인." 새로 온 손님이 말했다.

"안녕하세요."

그녀는 큰 소리로 말하곤, 뜨개질을 다시 시작하면서 혼자서 덧붙였다. "하! 안녕하세요, 나이는 마흔살가량, 키는 5피트 9인치가량, 검은 머리카락, 전체적으로 미남형 얼굴, 가무잡잡한 피부, 검은 눈, 마르고 길고 혈색이 나쁜 얼굴, 똑바르지 않은 매부리코, 왼 뺨으로 묘하게 휘어져 음산한 인상! 안녕히 가세요, 모두들!"

"꼬냑 작은 잔 하나하고, 찬물 좀 주세요, 부인."

부인은 예의 바르게 주문에 응했다.

"꼬냑이 아주 좋은데요, 부인!"

그렇게 칭찬을 받은 것은 처음이었다. 드파르주 부인은 이러한 서두를 익히 잘 알 정도로 능숙했다. 그러나 그녀는 꼬냑이 좋다니 영광이라며 뜨개질거리를 집어들었다. 손님은 잠시 그녀의 손가락을 지켜보다가 그 장소를 전체적으로 둘러보았다.

"뜨개질을 아주 잘하시네요, 부인."

"익숙해져서요."

"무늬도 예뻐요!"

"그래요?" 부인은 미소를 짓고 그를 바라보며 말했다.

"그럼요. 무엇에다 쓰는 것인지 여쭤도 됩니까?"

"소일거리죠." 부인이 손가락을 잽싸게 움직이면서 미소를 띠고 그를 쳐다보며 말했다.

"사용할 게 아니고요?"

"두고 봐야죠. 언젠간 쓸 데가 있겠지요. 그렇다면─네," 그녀는 숨을 들이쉬고는 단호하면서도 교태 있게 고개를 까딱하면서 말했다. "써야죠!"

비범한 모습이었다. 그러나 쌩땅뚜안의 취향은 드파르주 부인의 머리장식에 꽂힌 장미와는 전혀 반대되는 것 같았다. 두 남자가 각각 들어와서 술을 주문하려고 하다가, 그 새로운 광경을 보곤 멈칫하고 거기 오지도 않은 친구를 찾는 척 주변을 두리번거리다가 가버렸다. 그 손님이 들어올 때 거기 있던 사람은 아무도 거기 남아 있지 않았다. 그들은 모두 나가버린 것이었다. 간첩은 눈을 크게 떴지만, 어떤 징표도 찾아낼 수가 없었다. 그들은 아주 자연스럽고도 뭐라 할 여지가 없이, 가난에 찌들고 아무런 목적도 없이 우연히 그러는 것처럼 슬슬 빠져나갔다.

'존,' 부인은 손가락으로 뜨개질을 하며 그것을 살펴보고 눈으로는 그 낯선 사내를 보면서 생각했다. '좀 오래 있어라. 그러면 네가 가기 전에 '바사드'라고 뜰 수 있을 테니.'

"남편이 계신가요, 부인?"

"있어요."

"아이는요?"

"아이는 없어요."

"장사가 잘 안되나보죠?"

"장사야 잘 안되죠. 사람들이 너무 가난해서요."

"아, 가엾고 불쌍한 사람들! 그렇게 억눌리고요, 말씀하시다시피."

"손님이 한 얘기죠." 부인은 그의 말을 바로잡으며 그의 이름에다가 뭔가 그에게 이득 될 리 없는 것을 재빨리 짜넣었다.

"죄송합니다. 분명히 그 얘기를 한 건 저네요. 그렇지만 당신도 자연스럽게 그런 생각을 하시겠죠, 물론."

"제가 생각하느냐고요?" 부인은 목소리를 높여 대답했다. "저와 제 남편은 생각하는 거 말고도 이 포도주 상점을 유지하기 위해서 할일이 충분히 많아요. 우리가 생각하는 건요, 어떻게 살 건가 하는 거예요. 그게 우리가 생각하는 주제고, 그게 우리에게 아침부터 밤까지 충분히 생각할 거리를 주죠. 다른 사람들에 관련된 생각으로 머리를 어지럽게 할 새도 없이 말예요. 다른 사람들 생각요? 안해

274

요, 안해."

그가 발견하거나 만들어낼 무슨 조각이라도 줍겠다고 거기 있던 간첩은 당혹스러운 자신의 상태를 그 음산한 얼굴로 표현하지 않았다. 그 대신 그는 수다스럽게 상냥한 척하면서 팔꿈치를 드파르주 부인의 작은 카운터에 기대고는 꼬냑을 홀짝홀짝 마셨다.

"아주 안된 일이예요, 부인, 가스빠르의 처형 말입니다. 아! 불쌍한 가스빠르!" 동정해 마지않는다는 한숨과 함께.

"맙소사!" 부인은 냉정하고 경쾌하게 대답했다. "사람들이 그런 목적으로 칼을 쓰면 그 댓가를 치러야죠. 그는 그가 누린 사치의 가격이 얼마인지 미리 알고 있었어요. 그 값을 치른 거죠."

"제 생각으론," 간첩이 그 부드러운 목소리를 은밀한 대화를 유도하는 어조로 낮추고 그의 사악한 얼굴 근육을 다 동원하여 상처받은 혁명적 감수성을 표현하며 말했다. "제 생각엔 그 불쌍한 사람과 관련해서 이 동네 사람들 사이에 동정하고 분노하는 분위기가 많은 것 같던데요. 우리끼리 얘기지만요."

"그래요?" 부인이 멍하게 물었다.

"아닌가요?"

"……저기 제 남편이 오네요!" 드파르주 부인이 말했다.

포도주 상점 주인이 문으로 들어서자, 간첩은 그에게 모자에 손을 대어 인사하고는 상냥한 미소를 띠며 말했다. "안녕하세요, 자끄!" 드파르주는 흠칫 멈춰서 그를 노려보았다.

"안녕하세요, 자끄!" 간첩이 되풀이했다. 이번엔 그다지 자신감이 없었다. 혹은 그렇게 노려보는데도 그렇게 쉽게 미소를 지은 것이거나.

"잘못 아셨습니다, 손님." 포도주 상점 주인이 대답했다. "저를 다른 사람으로 잘못 아셨나봅니다. 그건 제 이름이 아닌데요. 전 에르네스뜨 드파르주입니다."

"그게 그거죠." 간첩이 가볍게, 그러나 당황하며 말했다. "안녕하세요!"

"안녕하세요!" 드파르주가 건조하게 대답했다.

"안 계신 동안 제가 부인과 얘기를 나누었는데, 사람들이—놀라운 일도 아니죠!—그 불쌍한 가스빠르의 불행과 관련해서 쌩땅 뚜안에 동정하고 분노하는 마음이 넘친다고 하더라는 얘기를 하고 있었어요."

"아무도 그런 얘기 안하던데요." 드파르주는 고개를 저으며 말했다. "저는 금시초문입니다."

이렇게 말하고 그는 작은 카운터 뒤로 들어가 아내의 의자 등받이에 손을 얹고 서서 그들이 모두 반대하고 그들 중 누구라도 아주 만족스럽게 쏘아버릴 수 있는 그 사람을 장벽 너머로 바라보았다.

간첩은 이런 일에 익숙하여 그 무심한 태도를 바꾸지 않은 채, 작은 잔에 담긴 꼬냑을 비우고 물을 한모금 마신 후 꼬냑을 한잔 더 달라고 했다. 드파르주 부인은 꼬냑을 따라주었고, 다시 뜨개질을 하면서 조그맣게 노래를 흥얼거렸다.

"이 동네를 잘 아시는 것 같은데, 그러니까, 저보다 훨씬 말이죠?" 드파르주가 말했다.

"아니요, 그렇지만 더 잘 알고 싶어요. 전 이곳의 비참한 주민들에 관심이 아주 많답니다."

"하!" 드파르주가 내뱉었다.

"드파르주 씨, 당신과 대화를 나누다보니," 간첩이 말을 이었다. "당신 이름과 뭔가 흥미롭게 연결되는 것을 알고 있다는 생각이 나

포도주 상점

네요."

"그래요!" 드파르주는 무심하게 말했다.

"네, 그래요. 마네뜨 박사가 석방되었을 때 그의 옛 하인이던 당신이 그를 맡았다고 알고 있어요. 그가 당신에게 인계되었지요. 제가 그 상황에 대해 조금 아는 것 같죠?"

"그게 사실이니까요, 분명히." 드파르주가 말했다. 그는 이 말을 하면서 뜨개질을 하며 흥얼거리는 아내를 우연인 듯 팔꿈치로 슬쩍 건드려서, 자기가 최선을 다해 대답을 하겠지만 늘 간단히 답하겠다는 것이 전달되도록 했다.

"그러니까 당신에게로." 간첩이 말했다. "그의 딸이 찾아온 것이죠. 그리고는 단정한 갈색 옷을 입은 신사와 함께 그의 딸이 당신이 돌보던 그를 데리고 간 거고요─영국으로. 그 신사가 누구더라?─작은 가발을 쓰고─로리─텔슨 은행에 다니는."

"사실입니다." 드파르주가 반복했다.

"정말 흥미로운 기억이죠!" 간첩이 말했다. "전 영국에서 마네뜨 박사와 그 딸을 알고 지냈거든요."

"그래요?" 드파르주가 말했다.

"지금은 그 사람들과 연락 거의 안하시죠?" 간첩이 말했다.

"안합니다." 드파르주가 말했다.

"사실은," 부인이 뜨개질과 노래를 그치더니 고개를 들고 끼어들었다. "우린 그 사람들 소식을 들은 적이 없어요. 무사히 도착했다는 소식을 들었고, 아마 편지 한통 더 받았던가, 아니, 두통쯤? 그렇지만 그후론 그 사람들은 그들 살길을 찾아간 거고, 우린 우리 길을 갔죠. 그래서 연락을 안해요."

"정말 그러네요, 부인." 간첩이 대답했다. "그녀가 이제 곧 결혼

278

할 겁니다."

"할 거라고요?" 부인이 반복했다. "예뻐서 오래전에 결혼했을 줄 알았는데. 당신 영국인들은 냉정해요, 내가 보기엔."

"오! 제가 영국인인 걸 아시는군요."

"말투에서 알았어요." 부인이 대답했다. "말하는 것을 보면 그 사람이 어떤지 알 수 있거든요, 제 생각엔."

그는 자신의 신원이 드러난 것을 칭찬으로 받아들이지 않았다. 그러나 그는 좋게 받아들이려고 웃음으로 넘겼다. 꼬냑을 다 마신 후 그가 덧붙였다.

"네, 마네뜨 양은 결혼할 예정입니다. 그렇지만 영국인과 결혼하는 게 아니고, 그녀처럼 프랑스에서 태어난 사람과 할 거예요. 가스빠르 얘기를 하다보니 (아, 불쌍한 가스빠르! 잔인해요, 잔인해!) 그녀가 후작 나리, 그분 때문에 가스빠르가 그렇게 높은 곳에 매달리게 된 그 후작 나리의 조카, 그러니까 현재의 후작과 결혼할 예정이라는 것이 참 신기하네요. 그렇지만 그는 영국에서 무명으로 살고 있고, 거기선 후작이 아니죠. 그는 찰스 다네이 씨라고 해요. 외가 쪽 성이 돌네고요."

드파르주 부인은 꾸준히 뜨개질을 했지만, 그 정보를 듣자 그녀의 남편은 눈에 띄게 표정이 변했다. 작은 카운터 뒤에서 불을 켜서 파이프에 불을 붙이려고 무슨 동작을 하든 그는 괴로워 보였고 손은 불안했다. 간첩이 그것을 보거나 마음속에 기록해놓지 못했다면 간첩이라고 할 수도 없었다.

그 가치가 무엇으로 드러나건 간에 최소한 이 한건은 건졌고, 달리 그를 도와주러 들어오는 손님들도 없었으므로, 바사드 씨는 그가 마신 술값을 내고 떠났다. 떠나기 전 그는 점잔 빼는 태도로 드파르주 씨와 드파르주 부인을 조만간 또 뵙기를 기대하겠노라고 말하기까지 했다. 그가 쌩땅뚜안 바깥으로 나가고 몇분이 지나도록, 남편과 아내는 그가 다시 돌아올까봐 그가 떠날 때 모습 그대로 있었다.

"정말일까," 드파르주가 아내의 의자 등받이에 손을 올려놓은 채 서서 담배를 피우면서 아내를 내려다보며 낮은 소리로 말했다. "그가 마네뜨 양에 대해서 얘기한 게?"

"그가 그렇게 말했으니," 부인이 눈썹을 약간 추켜올리며 말했다. "거짓말이겠지. 그렇지만 사실일지도 모르고."

"만약에……" 드파르주는 말을 시작하다 말고 멈췄다.

"만약에?" 아내가 반복했다.

"……만약에 그 일이 일어나서, 우리가 사는 동안 승리를 보게 된다면…… 그녀를 위해서라도 운명이 그녀 남편을 프랑스로 오지 못하게 했으면 좋겠어."

"그녀 남편의 운명은," 드파르주 부인이 평소처럼 차분하게 말했다. "그가 가기로 되어 있는 곳으로 그를 데려갈 거고, 그를 끝장내도록 되어 있는 종말로 이끌고 갈 거야. 그게 내가 아는 전부야."

"그렇지만 정말 이상한데— 자, 최소한, 정말 이상하지 않아?" 드파르주가 아내로부터 인정을 유도하기 위해 간청하듯이 말했다. "우리가 그 아버지와 그녀에게 그렇게 동정심을 품고 잘해줬는데, 그녀 남편의 이름이 바로 이 순간 방금 우리 집에서 나간 저 극악무도한 개자식 이름 옆에 당신 손으로 새겨져야 한다는 게 말이야."

"그날이 오면 그보다 더 이상한 일들도 일어날 거야." 부인이 대답했다. "두 이름 다 여기다 새겼어, 확실하게. 그리고 그들은 자기

네들의 공죄 때문에 둘 다 여기 있는 거야. 그걸로 충분해."

그녀는 이런 말을 하면서 뜨개질하던 것을 말아놓고 곧 머리에 두른 수건에 꽂혀 있던 장미를 뽑아냈다. 쌩땅뚜안이 그 보기 싫은 장식물이 사라진 것을 알아채는 본능적인 감각이 있었던지, 아니면 쌩땅뚜안이 그것이 사라질 때를 지켜보고 있었던지, 어쨌건 간에 쌩땅뚜안이 용감하게 어슬렁어슬렁 들어왔고, 삽시간에 포도주 상점은 일상적인 모습을 회복했다.

다른 어느 계절보다 쌩땅뚜안이 안팎이 뒤집혀 모두 문간 계단이나 창턱에 걸터앉거나 바람을 쐬려고 더러운 길거리와 안마당 구석으로 나오는 저녁이면, 드파르주 부인은 일거리를 손에 들고 이곳저곳으로, 이 무리에서 저 무리로 돌아다니곤 했다. 일종의 사절—그녀와 같은 사람들이 많았다—그것도 세상이 다시는 길러내지 않아야 할 그런 사절이었다. 모든 여인이 뜨개질을 했다. 그들은 쓸모없는 것들을 짰다. 그러나 그 기계적인 일은 먹고 마시는 것을 기계적으로 대체하는 것이었다. 그 손들은 아가리와 소화기관을 위해 움직였다. 그 뼈만 남은 손가락들이 움직이지 않는다면, 위장은 더더욱 굶주림에 시달릴 것이었다.

그러나 손가락이 움직이면서 눈도 움직였고, 생각도 움직였다. 드파르주 부인이 이 무리에서 저 무리로 움직일 때면, 그녀가 이야기를 나누고 헤어졌던 여인들의 작은 무리 사이에서 그 세가지가 더더욱 빠르게 그리고 맹렬하게 움직였다.

그녀의 남편은 문간에서 담배를 피우며 흐뭇하게 그녀를 바라보았다. "굉장한 여자야," 그가 말했다. "강인한 여자, 근사한 여자, 무시무시하게 근사한 여자!"

어둠이 몰려오고, 그리고 나선 교회 종소리가 울리고 멀리 궁궐

마당에서 왕실 근위대 위병들의 북소리가 들려왔고, 그러는 동안 여인들은 앉아서 뜨개질을 하고, 또 했다. 어둠이 그들을 감쌌다. 또다른 어둠이 분명히 다가오고 있었고, 그때가 오면 지금은 프랑스 전역에서 날아갈 것 같은 첨탑에서 경쾌하게 울리는 교회 종들이 다 녹여져 천둥처럼 으르렁대는 대포로 만들어질 것이었다. 그때가 오면 군인들의 북소리는 비명 소리 하나를[55] 묻어버리기 위해 울릴 것이고, 그날밤 내내 권력과 풍요와, 자유와 생명의 목소리처럼 강렬하게 울릴 것이었다. 그렇게 앉아서 뜨개질을 하고 또 하는 여인들 주변으로 많은 것들이 다가오고 있었고, 그래서 그들은, 그들 자신은 아직 건설되지 않은 어떤 구조물, 그들이 앉아서 뜨개질을 하고, 또 하면서, 떨어지는 머리들을 헤아릴 구조물[56] 주위로 모여들고 있었다.

---

55 1793년 1월 21일에 있은 루이 16세의 처형을 말함.
56 프랑스 혁명 당시 처형 도구였던 기요틴을 말함.

17장
하룻밤

　박사와 그의 딸이 플라타너스 아래 함께 앉아 있던 어느 기억할 만한 날의 저녁, 쏘호의 조용한 구석에선 그 어느 날보다도 해가 찬란하게 지고 있었다. 그들이 여전히 나무 아래 앉아 있던 그날밤, 런던에는 그 어느 밤보다도 부드럽게 빛나는 달이 떠올라 나뭇잎 사이로 그들의 얼굴을 비춰주었다.

　루시는 내일 결혼할 예정이었다. 그녀는 이 마지막 저녁을 아버지를 위해 남겨두었고, 그들은 플라타너스 나무 아래 단둘이 앉아 있었다.

　"행복하세요, 아버지?"

　"그럼, 아가."

　그들은 그곳에 오래 앉아 있었지만 말을 거의 하지 않았다. 일을 하거나 책을 읽을 정도로 빛이 있을 때도 그녀는 늘 하던 일을 하거나 그에게 책을 읽어주지 않았다. 그녀는 그 나무 아래 그의 옆에서 둘 중 한가지를 아주 여러번 했다. 그러나 이 시간은 다른 때와는 달랐고, 그래서 어떻게 해도 다른 날 같을 수가 없었다.

"전 오늘밤 정말 행복해요, 아버지. 전 하늘이 찰스에 대한 제 사랑을, 그리고 저에 대한 찰스의 사랑을 그렇게 축복해주었다는 것이 너무나 행복해요. 그렇지만 제 인생이 여전히 아버지께 바쳐지지 않는다면, 혹은 제 결혼이 거리 몇 블록 정도로라도 우리를 떨어지게 만들었다면, 전 뭐라 말할 수 없이 불행하고 스스로를 탓하고 있었을 거예요. 그래도……"

그래도, 그녀는 목소리를 제어할 수가 없었다.

구슬픈 달빛 아래, 그녀는 아버지의 목을 끌어안고 얼굴을 그의 가슴에 묻었다. 늘 슬픈 달빛 속에서, 햇빛 자체가, 인생이라 불리는 빛이 오고 가는 것이 늘 그러하듯, 늘 슬픈 달빛 아래서.

"사랑하는 아버지! 마지막으로 말씀해주세요. 정말, 정말 제게 새로 생긴 사랑이, 제게 새로 생긴 의무가 우리 사이에 방해가 되지 않을 거라 확신하시나요? 전 잘 알아요, 그렇지만 아버진 아세요? 마음속에서 정말 확실하게 느끼시나요?"

아버지는 그가 이제까지 거의 보일 수 없었던 쾌활하고 확고한 확신으로 대답했다. "그럼, 얘야! 그 이상이지." 그는 부드럽게 입을 맞추면서 덧붙였다. "내 미래는, 루시, 네가 결혼하는 것이 결혼을 안할 경우 그럴 수 있었던 것보다—아니, 결혼을 안했을 때보다 훨씬 밝단다."

"그럴 수만 있다면, 아버지……!"

"믿으렴, 얘야! 정말 그렇단다. 얼마나 자연스럽고 분명하게 그렇게 될지 생각해보렴. 넌 착하고 어려서, 내가 느꼈던 불안을 완전히 이해하지 못하는구나. 네 인생이 낭비되지 말아야 하는데 하고……"

그녀는 손을 그의 입술로 가져갔지만, 그는 자기 손에 그녀의 손을 잡고 그 말을 되풀이했다.

"……낭비되지 말아야 하는데, 얘야…… 낭비되지 말아야 하는데, 자연의 질서에서 어긋나면 안되는데…… 나를 위해서 말이다. 넌 이타적이라서 내가 얼마나 이 생각을 많이 했는지 완전히 이해하진 못할 거다. 그렇지만 이것 하나만 스스로 물어보렴. 네 행복이 불완전한데 어떻게 내 행복이 완벽할 수 있겠니?"

"아버지, 제가 찰스를 만나지 않았더라면, 아버지와 아주 행복했을 거예요."

그는 그녀가 찰스를 만난 이상 그 없이는 불행할 것이라는 사실을 무의식중에 인정한 데 미소를 짓고 이렇게 대답했다.

"아가, 넌 그를 만났고, 그게 찰스다. 그게 찰스가 아니었다면 다른 사람이었을 거야. 아니면, 다른 아무도 아니었다면, 내가 그 원인이었을 테고, 그러면 내 삶의 어두운 부분이 네 위로 그 그림자를 드리우고 너를 덮친 것이었을 게야."

재판 때 말고는, 그가 고생한 시절을 언급하는 것을 그녀가 들은 것은 이번이 처음이었다. 아직도 그의 말이 귀에 쟁쟁한 동안, 그 말은 그녀에게 이상하고도 새로운 느낌을 주었다. 그녀는 그 말을 그 뒤로도 오랜 동안 기억했다.

"봐라!" 보베 출신의 의사는 손을 들어 달을 가리키며 말했다. "나는 감옥 창문으로 저 달을 봤다. 그땐 저 달빛을 견딜 수가 없었어. 저 달빛이 내가 잃어버린 것들 위로 비치고 있다고 생각하면 정말 고통스러웠기에, 감옥 벽에 내 머리를 찧어대곤 했다. 난 그렇게 무기력하고 축 늘어진 상태에서 저 달을 보았기에, 달 표면을 가로질러 그릴 수 있는 수평선의 갯수, 혹은 그것을 가로질러 그을 수 있는 수직선의 갯수 말고는 다른 생각은 아무것도 하지 않았다.” 그는 달을 바라보며 내면을 향하여 깊이 생각에 잠긴 태도로 덧붙였다. “내 기억에 양방향으로 스무개씩 그었구나. 스무번째 선은 끼워넣기가 어려웠지.”

그가 그 일을 깊이 생각할수록 그 시절로 돌아가는 그의 이야기를 듣는 그녀의 마음에는 이상한 전율이 일었다. 그러나 그가 말하는 태도에는 그다지 충격적인 것은 없었다. 그는 단지 그가 현재 누리는 유쾌함과 행복을 이미 지나간 끔찍한 인고의 세월과 대조해보고 있는 것처럼 보일 뿐이었으니까.

“나는 저 달을 바라보며 나와 헤어진, 아직 태어나지도 않은 아이를 수천번 생각했다. 그 아이가 살아 있는지. 그 아이가 살아서 태어났는지, 아니면 불쌍한 어미가 받은 충격으로 인해 아이가 죽었는지. 언젠가 아비의 복수를 해줄 아들인지. (감옥에 있을 때 복수에 대한 열망이 참을 수 없을 지경이던 때가 있었단다.) 자기 아버지의 이야기를 전혀 알지 못하고, 심지어 아버지가 자진해서 스스로 사라졌을 가능성도 가늠해볼 수 있는 그런 아들인지. 아니면 자라서 여인이 될 딸인지.”

그녀는 그에게로 가까이 가서 그의 뺨과 손에 입을 맞추었다.

“난 혼자서 내 딸이 나를 완전히 잊어버리고, 아니, 나를 전혀 모르고 나를 의식하지 못하는 것을 그려보았단다. 난 해마다 딸의 나이를 더해보았지. 난 딸이 내 처지를 전혀 모르는 어떤 남자와 결혼한 것을 상상했단다. 난 살아 있는 이들의 기억으로부터 완전히 사라진 상태였고, 다음 세대에 내 자리는 공백이었으니까.”

“아버지! 태어나지도 않은 딸을 그렇게 생각하셨다는 얘기를 들으니 마치 제가 그 아이였던 것 같은 생각이 갑자기 드네요."

"너 말이냐, 루시? 이런 기억이 떠올라 이 마지막 날 밤에 너와 달 사이로 지나가는 것도 다 네가 나에게 가져다준 위로와 회복 덕분이란다. ─내가 방금 무슨 얘길 했지?"

"그 딸이 아버지를 모른다는 거요. 그 딸이 아버지 생각을 안 한다는 거요."

"그래! 하지만 또다른 달밤엔 슬픔과 고요가 다른 방식으로 내 마음을 움직였다─그 바탕에 고통이 깔린 모든 감정이 그러하듯이, 말하자면 구슬픈 평온 같은 것이 생겨났지─난 감옥에서 그애가 내게로 와서 저 요새 너머 자유의 세상으로 나를 데리고 나가는 것을 상상했어. 난 종종 달빛 아래 그애의 이미지를 보았어. 내가 지금 너를 보듯이 말이다. 내가 그애를 팔에 안아본 적은 없지만. 그 이미지는 그 작은 창살 달린 창문과 문 사이에 서 있었어. 그렇지만 그 모습이 내가 말하고 있는 그 아이가 아니란 것은 알겠지?"

"그 모습은 아니라고요. 그…… 그…… 이미지, 환상요?"

"그래, 그건 전혀 다른 것이었다. 그건 내 혼란스러운 시각 앞에 서 있긴 했지만 움직이지 않았어. 내 마음이 추구하던 환영은 전혀 다른, 좀더 현실적인 아이였단다. 그 외양은 자기 엄마를 닮았다는 것 외에는 모르겠구나. 다른 이미지들도 그렇게 닮기는 했어─너처럼 말이다─그렇지만 똑같지는 않았다. 루시, 내 말 알아듣겠니? 거의 못 알아듣겠지, 아마? 이 혼란스러운 구분들을 이해하려면 고독한 죄수가 되어봤어야 할 거라고 생각한다."

그는 다시 차분하게 태도를 가다듬었지만 그가 그렇듯 자신의 옛날 상태를 분석하려고 하자 그녀는 피가 오싹해지는 것을 느꼈다.

"좀더 평온한 그런 상태에선 달빛 아래 그애가 내게로 와서 나를 데리고 나가 잃어버린 아버지에 대한 애틋한 기억으로 가득 차 있는 집에서 결혼 생활을 하는 것을 보여주는 것을 상상했다. 내 그림이 그애의 방에 있고, 그녀의 기도에도 내 얘기가 나오는. 그애의 삶은 활달하고 유쾌하고 유용했지. 그러나 내 가여운 역사가 그 삶에 온통 스며들어 있었어."

"제가 그 아이예요, 아버지. 제가 그렇게 훌륭하진 못하겠지만, 사랑하는 마음으로만 보면 제가 그 아이 맞아요."

"그러고는 자기 아이도 보여주었다." 보베의 의사가 말했다. "그들은 내 얘기를 들은 적이 있고, 그래서 나를 불쌍히 여기도록 배웠지. 감옥을 지날 때면 그들은 그 찌푸리는 벽에서 멀리 떨어져 창살을 올려다보며 수군거리곤 했다. 그애는 나를 구해주진 못했어. 난 그애가 늘 이런 것들을 보여준 뒤에 나를 다시 데려다주는 상상을 했다. 그러고 나면 안도의 눈물이 흘러내리면서 무릎을 꿇고 그애를 축복했지."

"제가 그 아이일 거예요, 아버지. 오, 아버지, 아버지, 내일도 저를 그렇게 열렬히 축복해주실 거죠?"

"루시, 이 오래된 고통을 회고한 건 오늘밤 말로 다 표현할 수 없을 정도로 너를 사랑하고 내 엄청난 행복에 대해 하느님께 감사하기 때문이란다. 가장 격렬하던 시절의 내 생각들이란 내가 너와 함께 누렸고, 또 우리 앞에 있는 행복에 비하면 근처에도 미치지 못한단다."

그는 그녀를 끌어안고 하늘에 대고 그녀를 엄숙하게 칭송한 후 그녀를 그에게 내려주신 데 대해 겸손하게 감사를 올렸다. 이윽고 그들은 집으로 들어갔다.

결혼식에 초대받은 것은 로리 씨뿐이었다. 심지어 수척해진 프

로스 양 말고는 신부 들러리조차 없었다. 결혼을 해도 사는 곳은
달라지지 않을 것이었다. 그들은 신분이 의심스러운 보이지 않는
세입자가 전에 살던 위층 방들까지 다 취하여 집을 넓혀서 더이상
바랄 것이 없었다.

마네뜨 박사는 간단히 저녁을 먹으면서 매우 기분이 좋았다. 식
탁엔 세사람뿐이었고, 프로스 양이 세번째 식구였다. 그는 찰스가
오지 않은 것을 아쉬워했고, 그를 오지 못하게 한 그 사랑스러운
작은 음모에 반 이상은 반대하고 싶어했으며 그를 위해서 다정하
게 건배를 했다.

이제 그가 루시에게 밤인사를 해야 할 시간이 왔고, 그들은 헤어
졌다. 그러나 고요한 새벽 3시경에 루시는 다시 아래층으로 내려가
서 뭔가 모를 두려움을 완전히 떨쳐버리지 못한 채 몰래 그의 방으
로 들어갔다.

그러나 모든 것은 제자리에 있었다. 사방이 조용했다. 그는 잠이
들었고, 흐트러지지 않은 베개 위엔 그의 흰 머리카락이 그림같이
놓여 있었고, 그의 손은 이불 위에 조용히 놓여 있었다. 그녀는 필
요하지도 않은 촛불을 멀찌감치 그늘에 놓아두고 그의 침대로 가
서 입술에 입을 맞추곤 그 위로 몸을 숙여 그를 바라보았다.

그의 잘생긴 얼굴 위로 감금된 시절에 생긴 주름살이 흘렀다. 그
러나 그는 그 자취를 그렇게 강인한 결단으로 덮어서, 자면서도 그
것들을 지배하고 있었다. 그날밤, 보이지 않는 공격에 대해 그렇게
도 고요하고 결연하게 자신을 지키며 싸우는 얼굴은 드넓은 잠의
왕국 전체를 둘러봐도 더 없을 것이었다.

그녀는 그의 가슴에 조심스럽게 손을 올려놓고 그녀의 사랑이
갈망하는 만큼, 그의 슬픔이 당연히 받아야 할 만큼, 그에게 앞으

로도 진실할 것을 기도했다. 그러고 나서 그녀는 손을 치우고 그의 입술에 다시 한번 입을 맞춘 후, 방에서 나갔다. 그렇게 해가 떴고, 플라타너스 잎사귀의 그림자가 그녀의 입술이 그를 위한 기도를 하며 움직였던 것처럼 부드럽게 그의 얼굴 위로 스쳤다.

18장
아흐레

결혼식 날이 환하게 밝았고, 그들은 박사가 찰스 다네이와 이야기를 나누는 동안 방문 밖에서 모두 준비를 갖추고 있었다. 그들은 교회로 갈 준비가 다 되었다. 아름다운 신부, 로리 씨, 프로스 양—그녀에게 이 행사는 불가피한 것과의 점진적인 화해 과정이었지만, 여전히 동생 쏠로몬이 신랑일 수도 있지 않았을까 하는 생각이 떠나지 않는 것만 제외하면 더없이 행복한 행사였다.

"자, 그럼," 신부를 아무리 칭찬해도 부족하다고 여기며, 그녀의 소박하고 예쁜 드레스의 모든 지점을 돌아보려고 그녀 주위를 맴돌던 로리 씨가 말했다. "아름다운 루시, 내가 오늘을 위해서 어린 아기인 너를 도버 해협 너머에서 데리고 온 거다, 얘야. 하느님 맙소사! 내가 무슨 일을 하는지 나도 잘 몰랐네! 내 친구 찰스 씨를 위해서 내가 무슨 일을 했는지 너무나 가볍게 생각한 거야!"

"그럴 생각이 없었던 거죠." 냉정한 프로스 양이 말했다. "그러니까, 당신이 그걸 어떻게 알았겠어요? 말도 안되지!"

"정말? 그래요, 하지만 울지는 마세요." 점잖은 로리 씨가 말했다.

"나 안 울어요." 프로스 양이 말했다. "당신이 울고 있구먼."

"내가요, 프로스 양?" (이쯤 되니 로리 씨는 이따금 그녀에게 감히 장난을 치기도 했다.)

"방금 울었잖아요. 내가 봤는데. 놀랄 일도 아니죠. 당신이 그들에게 해준 식기 선물을 보면 충분히 누구나 눈물이 나겠죠. 그 쎄트에 들어 있는 포크랑 스푼 하나하나까지," 프로스 양이 말했다. "어젯밤 그 상자가 온 후에 그걸 치워놓을 때까지 내내 울었다니까요."

"정말 기분 좋은데요." 로리 씨가 말했다. "정말이지 그런 사소한 기념품들까지 다른 이에게 보이지 않도록 할 의도는 없었지만요. 맙소사! 이건 자기가 잃어버렸던 모든 것에 대해 생각하게 만드는 행사니까요. 오, 정말, 정말! 거의 오십년 가까운 기간 동안 로리 부인이라는 사람이 있었을 수도 있겠다고 생각하면!"

"그럴 리가!" 프로스 양의 반응이었다.

"그럼 로리 부인이 있을 수가 없었다고 생각하는 겁니까?" 그 이름을 가진 신사가 물었다.

"풋!" 프로스 양이 대꾸했다. "당신은 타고난 홀아비예요."

"아!" 로리 씨가 환하게 웃으며 작은 가발을 고쳐쓰고는 말했다. "그럴 수도 있겠네요."

"당신은 홀아비 체질이에요." 프로스 양이 계속했다. "태어나기 전부터요."

"그러면 내 생각엔," 로리 씨가 말했다. "내가 부당한 대접을 받은 것 같아요. 내 체질을 선택할 때도 의견을 냈어야 했는데. 좋습니다. 자, 루시!" 부드럽게 팔을 그녀의 허리에 두르며 그가 말했다. "저 방에서 움직이는 소리가 나는구나. 프로스 양과 나는 공식적으로 직업인들이니까 네가 듣고 싶어하는 뭔가를 말해줄 마지막 기회를 놓치기가 싫구나. 넌 너 자신만큼이나 진실하고 사랑하는 이의 손을 잡고 훌륭한 아버지를 떠나는 거다. 아버지를 잘 돌봐드릴게. 너희가 워릭셔와 그 부근을 여행하는 두주 동안, 텔슨 회사도 그의 앞에서 영업은 뒷전일 거다. (상대적으로 말하자면 말이다.) 그리고 두주가 지나 아버지가 너와 네 사랑하는 남편과 만나 다시 웨일스로 두주간 여행을 하게 될 때 네 아버지가 최고의 건강 상태로 가장 행복하게 너희와 만날 수 있도록 하마. 자, 누군가가 문으로 나오는구나. 우리 예쁜이에게 구닥다리 홀아비의 축복을 담은 키스를 해주마, 누군가가 와서 자기 것이라고 주장하기 전에 말이다."

잠시 동안 그는 확실하게 기억하고 있던 이마의 그 표정을 찾아보려고 그 흰 얼굴을 쳐다보고는, 그런 게 구닥다리라면 아담만큼이나 오래된 진정한 상냥함과 부드러움으로 환한 금발을 그의 작은 갈색 가발에 갖다댔다.

박사의 방문이 열리고 그가 찰스 다네이와 함께 나왔다. 그는 죽은 듯이 창백하여—함께 들어갈 때는 그렇지 않았다—그의 얼굴엔 혈색이라곤 전혀 없었다. 그러나 차분한 태도는 변함이 없었다. 로리 씨의 날카로운 눈썰미에, 오래된 회피와 두려움의 기운이 한 줄기 찬바람처럼 막 그에게 지나갔다는 어두운 기미를 드러냈을 뿐이었다.

그는 팔을 딸에게 내밀고 아래층으로 데려가 그날을 위해 로리 씨가 임대한 마차에 태웠다. 다른 사람들은 다른 마차를 타고 따라갔고, 곧 낯선 사람들은 아무도 보지 않는 이웃의 교회에서 찰스 다네이와 루시 마네뜨는 행복하게 결혼을 했다.

예식이 끝나자 그 소규모 하객들 사이에서 흘낏 비치는 눈물 이외에, 신부의 손에서 아주 환하게 반짝이는 다이아몬드 몇개가 흘낏 보였는데, 그건 로리 씨의 한쪽 호주머니 깊은 곳에서 새롭게 꺼내온 것이었다. 그들은 아침을 먹으러 집으로 돌아왔고, 모든 것이 예정대로 잘 진행되어서, 빠리의 다락방에서 구두를 만들던 가난한 사내의 흰 머리카락과 뒤섞였던 금발이 아침 햇살에 헤어지는 문턱에서 다시 아버지의 백발과 뒤섞였다.

길지는 않았지만, 힘든 이별이었다. 그러나 그녀 아버지는 딸을 다독이고 마침내 그녀의 팔에서 부드럽게 떨어져나오며 말했다. "받게, 찰스! 얘는 이제 자네 것이야!" 그녀의 흥분한 손짓이 마차 창문으로부터 그들에게 작별인사를 했고, 그녀는 떠나갔다.

그 길모퉁이는 일없이 호기심 많은 사람들의 시선에서 벗어나 있었고, 결혼식 준비도 아주 간소하고 거의 없었기 때문에, 박사, 로리 씨, 프로스 양은 덩그러니 남겨졌다. 로리 씨가 박사에게 큰 변화가 일어났음을 알아챈 것은 그들이 시원한 낡은 홀의 그늘로 들어오고 나서였다. 마치 황금으로 만든 팔이 그에게 독이 든 일격을 가한 것 같았다.

그는 많은 것을 억압하고 살아왔고, 그렇게 억누르는 순간이 지나가면 일종의 충격 같은 것이 찾아오는 것이 보통이었다. 그러나 로리 씨를 걱정스럽게 한 것은 그 오래된, 두려워서 어쩔 줄 모르는 표정이었다. 그가 멍한 표정으로 머리를 감싸쥐고 힘없이 방으로 들어가는 가운데 그들이 위층으로 올라가면서, 로리 씨는 그 포도주 상점 주인 드파르주와 별빛 아래 마차를 달리던 일을 상기했다.

"제 생각엔," 그는 걱정스럽게 잠시 생각하다가 프로스 양에게 이렇게 말했다. "지금 당장은 그에게 아무 말도 하지 않는 게, 아니, 전혀 건드리지 않는 게 좋겠어요. 전 텔슨에 들여다볼 일이 있으니, 바로 거기 갔다가 금방 다시 올게요. 그리고 나서 우리 저분을 모시고 시골로 마차를 타고 나가서 거기서 저녁을 먹읍시다. 그러면 다 잘될 거예요."

로리 씨에게는 텔슨을 들여다보는 일이 텔슨에서 내다보는 일보다 쉬웠다. 그는 두시간 동안 머물렀다. 그는 돌아와서 하인에게 아무것도 묻지 않고 혼자 낡은 계단을 올라갔다. 그렇게 박사의 방에 들어가려다 그는 뭔가 두드리는 나지막한 소리에 멈추어섰다.

"맙소사!" 그는 움찔 놀라며 말했다. "저게 뭐지?"

프로스 양이 겁에 질린 얼굴로 그의 귀에 대고 말했다. "세상에, 세상에! 다 틀렸어요!" 그녀는 두 손을 쥐어짜며 울부짖었다. "우리 무당벌레에게 뭐라고 말해요? 저도 몰라보시고, 구두를 만들고 계세요!"

로리 씨는 온갖 말로 그녀를 달래놓고 박사의 방으로 들어갔다. 그가 예전에 구두 만드는 그 사나이가 작업 중인 것을 보았을 때처럼 긴 의자가 빛을 향해 돌려놓여 있었고, 그는 고개를 숙이고 매우 분주하게 일하고 있었다.

"마네뜨 박사님. 이보세요, 마네뜨 박사님!"

박사는 그를 잠시 쳐다보더니—반은 뭔가 묻듯이, 반은 그렇게 말을 거는 것에 화가 난다는 듯이—다시 일감으로 고개를 숙였다.

그는 겉옷과 조끼를 벗어놓고 있었다. 셔츠는 전에 그 일을 할 때 그랬던 것처럼 목 언저리를 풀어헤치고 있었다. 그 옛날의 초췌하고 노쇠한 표정도 다시 돌아와 있었다. 그는 방해받은 느낌이라는 듯 신경질적으로 아주 열심히 일을 했다.

로리 씨는 그가 들고 있는 일감을 흘끗 보고는 그것이 오래된 크기와 모양의 구두임을 알아차렸다. 그는 그 옆에 놓인 다른 한짝을 들어올리며 무엇이냐고 물었다.

"아가씨가 신을 보행화요." 그는 올려다보지도 않고 중얼거렸다. "오래전에 끝냈어야 하는데. 그냥 놔둬요."

"그렇지만, 마네뜨 박사님, 절 좀 보세요!"

그는 그 옛날의 기계적으로 순응하는 태도로 일손을 멈추지 않은 채 시키는 대로 했다.

"저 아시죠, 선생님? 다시 한번 생각해보세요. 이건 원래 하시던 일이 아니에요. 생각해보세요, 선생님!"

어떻게 해도 그는 더 입을 열지 않았다. 그는 여기 보라고 할 때마다 한번에 아주 잠깐씩 고개를 들었지만, 어떻게 설득해도 한마디도 하지 않았다. 그는 아무 말 없이 일하고, 일하고, 또 일했으며, 그에게 떨어지는 말들은 마치 메아리 없는 벽, 아니, 허공에 떨어지는 것만 같았다. 로리 씨가 발견할 수 있던 유일한 희망의 빛은 때때로 그가 시키지도 않았는데 몰래 올려다보았다는 것이었다. 거기에는 희미하게 호기심과 당혹스러움의 표정이 담겨 있었다. 마치 그의 마음속에 있는 어떤 의심들을 화해시키려고 노력하고 있는 듯이.

다른 무엇보다도 두가지가 동시에 로리 씨에게 중요한 것으로 각인되었다. 첫째는 이 일을 루시에게는 비밀로 해야 한다는 것, 둘째는 이 일을 그를 아는 모든 사람에게도 비밀로 해야 한다는 것이었다. 프로스 양과 협력하여 그는 박사가 몸이 좋지 않아서 며칠 간은 푹 쉬어야 한다는 것을 알림으로써 두번째 예방 조치를 실시했다. 딸에게 실천해야 할 선의의 속임수를 돕기 위해 프로스 양은 박사가 일이 있어서 멀리 갔다고 편지를 쓰면서, 그 편지에 그녀에게 박사가 서둘러 두세줄 써서 남겼다는 가공의 편지를 언급하기로 했다.

로리 씨는 그가 제정신으로 돌아오리라는 희망을 가지고, 어떤 경우에도 채택하는 것이 바람직한 이러한 조치를 취했다. 만약 금방 그렇게만 된다면 그는 또다른 방법도 염두에 두고 있었다. 그것은 박사의 사례에 관해서 그가 최선이라고 생각하는 그런 의견을 내놓는 것이었다.

그가 회복되리라는 희망 속에서, 그렇게 희망함으로써 실행할 수 있는 세번째 조치에 따라, 로리 씨는 그를 가능하면 그러지 않는 척하면서 주의 깊게 지켜보기로 결심했다. 그래서 그는 평생 처음으로 텔슨 은행에 결근 조치를 하고 같은 방 창가에 자리를 잡았다. 그는 오래지 않아 그에게 말을 거는 것이 쓸모없다기보다 더 나쁜 영향을 준다는 것을 발견했다. 압박을 받으면 그가 더 걱정스러운 표정을 지었기 때문이다. 그는 첫날 그 시도를 포기하고 오로지 그가 빠져버린, 혹은 빠져들고 있는 망상에 말없이 항의라도 하듯이 늘 그의 앞에 자리를 지키고만 있겠다고 결심했다. 그래서 그는 창가에 마련된 그의 자리에서 읽고 쓰면서, 그가 생각할 수 있는 여러가지 상냥하고 자연스러운 방식으로 이곳이 자유로운 곳임을 표현했다.

첫날, 마네뜨 박사는 그에게 주어진 먹고 마실 것을 받아먹으면서 너무 어두워서 앞이 보이지 않을 때까지 계속 일을 했고, 로리 씨가 아무리 해도 앞이 보이지 않아 읽거나 쓸 수 없게 된 후에도 삼십분이나 더 일을 했다. 그가 아침까지 쓰지 않을 도구들을 내려 놓자 로리 씨가 일어나서 그에게 말했다.

"나가시겠어요?"

그는 예전처럼 양옆 마룻바닥을 내려다보고, 또 예전처럼 올려다보며 예전 같은 낮은 목소리로 따라했다.

"나가요?"

"네, 저랑 산책하시게요. 그러시죠?"

그는 가볍게 그러자고 말한 후 한마디도 더 하지 않았다. 그러나 로리 씨는 어둠속에서 그가 긴 의자에 앉아 앞으로 몸을 숙여 팔꿈치를 무릎에 얹고 손으로 머리를 감쌀 때, 다소 막연한 투로 스스로에게 '그러시죠?'라고 묻는 것을 본 듯했다. 직업인인 그는 명민하게 그것을 기화로 붙잡아야겠다고 결심했다.

프로스 양과 그는 그날밤을 이등분하여 옆방에서 그를 일정 간격으로 관찰했다. 그는 자리에 눕기 전에 오랫동안 이리저리 걸어다녔지만, 마침내 몸을 누이고 잠이 들었다. 아침이 되자 그는 제시간에 일어나 바로 긴 의자로 가서 일을 시작했다.

둘째 날, 로리 씨는 명랑하게 그의 이름을 부르며 인사했고, 최근 그들이 즐겨 나누던 주제의 이야기들을 건넸다. 그는 아무런 대답도 하지 않았지만, 말한 것을 듣고 비록 혼란스럽긴 하지만 그에 대해 생각하는 것은 분명했다. 로리 씨는 용기를 얻어 프로스 양에게 그날 몇번씩 일거리를 가지고 들어오라고 했다. 그때마다 그들은 조용히 루시에 대해서, 거기 있는 그녀의 아버지에 대해서 평소와 다름없이, 마치 아무것도 잘못된 것이 없는 것처럼 이야기했다. 이러한 일은 그를 괴롭힐 만큼 너무 길지도 않게 너무 자주도 아니게, 어떤 시위하는 것 같은 의도도 없이 이루어졌다. 이렇게 하다보니 친절한 로리 씨의 마음은 가벼워져서, 그는 그가 좀더 자주 올려다보고 그를 둘러싼 뭔가가 불일치한다는 생각에 동요하는 것처럼 보인다고 믿었다.

다시 어두워지자 로리 씨가 전처럼 그에게 물었다.

"박사님, 나가시겠어요?"

전처럼 그가 반복했다. "나가요?"

"네, 저랑 산책하시게요. 그러시죠?"

아무런 대답이 없자 이번엔 로리 씨가 나가는 척하고는 한시간쯤 자리를 비웠다가 되돌아왔다. 그러는 동안 박사는 창가 자리로 옮겨 앉아 거기서 플라타너스 나무를 내려다보고 있었다. 그렇지만 로리 씨가 돌아오자 그는 다시 자신의 긴 의자로 슬쩍 돌아왔다.

시간이 매우 천천히 흘렀고, 로리 씨는 점점 희망을 잃어갔고, 마음은 다시 무거워졌고, 매일매일 점점 더 무거워졌다. 셋째 날이 찾아오고 저물었고, 넷째 날이, 다섯째 날이 지나갔다. 닷새, 엿새, 이레, 여드레, 아흐레.

점점 희망이 사라지고 마음이 점점 더 무거워지는 가운데, 로리 씨는 불안한 시간을 보냈다. 비밀은 잘 지켜졌고 루시는 아무것도 모른 채 행복했다. 그러나 그는 아홉째 날 저녁 황혼 녘이 되자 보지 않을 수가 없었다. 처음에는 서툴던 구두 만드는 사나이의 손길이 점점 무시무시하게 능숙해지는 것을, 그가 전에 없이 일에 몰두하고 있음을, 그의 손이 전에 없이 날렵하고 숙련되어 있음을.

19장
의견

    불안하게 지켜보는 일에 지쳐 로리 씨는 자기 자리에서 잠이 들었다. 조마조마한 열흘째 아침, 그는 어두운 밤 무거운 잠에 빠져들었던 ┐ 방으로 햇살이 비춰드는 것에 깜짝 놀라 깨었다.

    그는 눈을 비비고 일어났다. 그러나 그렇게 하면서도 그는 자신이 아직 자고 있는지 어쩐지 의심스러웠다. 왜냐하면 박사의 방으로 가서 들여다보니, 구두 만드는 긴 의자와 도구들이 옆으로 다시 치워져 있고, 박사 자신은 창가에 앉아 책을 읽고 있는 모습이 보였기 때문이었다. 그는 아침에 늘 입던 옷을 입고, 아직 매우 창백하긴 하지만 평상시 표정으로 (로리 씨는 분명히 볼 수 있었다) 조용히 집중하여 열심히 책을 읽고 있었다.

    그가 깨어 있다는 사실을 확인하고 나서도 로리 씨는 잠시 동안 구두를 만들던 지난날들이 그가 꾼 뒤숭숭한 꿈이 아니었을까 하는 생각에 잠시 어질어질했다. 그의 친구가 그의 앞에서 익숙한 옷과 표정을 하고 예전과 같은 일을 하고 있는 것이 보이지 않는가. 그가 볼 수 있는 한도 내에 그가 실제로 일어났다고 확실하게 보았던 그 변화의 어떤 흔적이라도 있는가?

이건 그가 처음에 혼돈스럽고 놀라서 떠올린 질문일 뿐이었고, 그 대답은 명백했다. 만약 그가 본 것이 실제로 그것에 부합하는 충분한 원인에 의해 생겨난 것이 아니라면, 어떻게 그, 자비스 로리가 애초에 거기 있게 되었겠는가? 그가 어떻게 하여 옷을 입은 채로 마네뜨 박사의 진찰실 소파에서 잠이 들었겠으며, 이른 아침 박사의 침실 문밖에서 이런 것들을 생각하게 되었겠는가?

몇분 후 프로스 양이 옆에 서서 속삭였다. 그에게 의심이 조금이라도 남아 있었다면, 그녀의 말은 분명히 그 의심을 풀어주었을 것이었다. 그러나 그때쯤엔 그도 머리가 맑아졌고, 그래서 이미 의심은 남아 있지 않았다. 그는 평상시의 아침식사 때까지 그냥 시간을 보내야 하며, 마치 이상한 일은 전혀 일어나지 않았다는 듯이 박사를 만나야 한다고 충고했다. 만약 그가 평상시의 마음 상태로 보인다면, 그때 가서 로리 씨는 자신이 불안 속에서 안달하며 품은 의견으로부터 조심스럽게 빠져나올 방향과 가닥을 잡을 수 있을 것이었다.

프로스 양은 그의 판단에 수긍했고 그 계획은 조심스럽게 실행되었다. 평상시 그의 꼼꼼한 몸단장으로 인해 시간은 아직 많이 있었으므로, 로리 씨는 평소에 입던 흰색 셔츠와 깔끔한 양말을 신고 아침식사 시간에 나타났다. 박사는 평상시와 같이 불려나와 아침을 먹으러 왔다.

여기까지는 로리 씨가 유일하게 안전한 방법이라 느낀 섬세하고 점진적인 접근법을 넘어서지 않으면서 그를 파악하는 것이 가능했고, 그는 처음엔 딸의 결혼식이 어제 있었던 것처럼 여겼다. 우연인 듯이 하여 요일과 날짜를 언급하자, 그는 생각에 잠겨 계산을 해보더니 분명 당혹스러워하는 것 같았다. 그러나 다른 모든 면에서 그는 아주 차분하게 제정신이었고, 그래서 로리 씨는 자신이 생각했던 식으로 도움을 주기로 결심했다. 그 도움이란 자신이 고안해낸 것이었다.

그래서 아침식사가 끝나 모두 치워치고 그와 박사 둘만이 남았을 때, 로리 씨는 다정하게 말했다.

"마네뜨 박사님, 제가 굉장히 관심이 있는 아주 이상한 사례에 대해서 은밀하게 당신 의견을 알고 싶은데요. 그러니까, 제게 굉장히 이상하다는 거죠. 아마 당신은 아는 게 더 많으시니 별로 이상하지 않을지도 몰라요."

최근에 하던 작업으로 얼룩진 자기 손을 흘끗 보고는 박사는 근심 어린 표정이 되어 주의 깊게 듣고 있었다. 그는 이미 여러번 자신의 손을 보았다.

"마네뜨 박사님," 로리 씨가 그의 팔을 다정하게 만지며 말했다. "그 사례는 저와 아주 친한 친구의 사례입니다. 제발 의견을 주시고 그를 위해서, 그리고 무엇보다도 그의 딸을 위해서 좋은 충고를 해주세요―그의 딸을 위해서요―마네뜨 박사님."

"그러니까," 박사가 소리를 낮추고 말했다. "어떤 정신적 쇼크 같은……?"

"네!"

"더 구체적으로 말해봐요." 박사가 말했다. "세부까지 빼놓지 말고."

로리 씨는 서로 이해가 되었다고 여기고 이야기를 계속했다.

"마네뜨 박사님, 오래 지속되어온 쇼크 사례인데요, 애정과, 감정, 그—말하자면—마음에 아주 격렬하고 가혹하게 영향을 미치는 쇼크의 사례입니다. 얼마나 오랜 동안인지는 모르지만 환자가 그 충격에 압도되어서 시간계산을 할 수가 없고 달리 시간을 알 수도 없게 된 사례입니다. 그리고 언젠가 한번 그가 공공연하게 충격적인 방식으로 이야기하기로는, 스스로 추적할 수 없는 어떤 과정에 의해서 회복된 사례이지요. 그는 정신을 면밀하게 활용할 수 있고 신체를 잘 활용할 수 있으며 이미 매우 방대한 그의 지식을 끊임없이 늘려갈 수 있는 아주 지적인 사람으로 말끔히 회복되었던 쇼크 사례입니다. 그러나 불행하게도," 그는 말을 멈추고 한숨을 쉬었다. "가볍게 재발했었답니다."

박사가 낮은 소리로 물었다. "얼마나 오랜 동안 말입니까?"

"아흐레 낮밤 동안요."

"어떻게 드러났죠? 제 추측으로는," 자기 손을 흘끗 보며 말했다. "그 쇼크와 관련되어 옛날에 하던 일을 다시 시작했다든가?"

"그렇습니다."

"그럼, 그가," 박사는 마찬가지로 낮은 목소리였지만 분명하고 차분하게 물었다. "예전에 그 일을 하던 것을 본 적이 있나요?"

"한번요."

"그럼 재발했을 때 그가 대체로, 혹은 모든 면에서 예전의 그와 같았나요?"

"모든 면에서 그랬던 것 같습니다."

"그의 딸 얘기를 했는데요. 딸도 재발 사실을 알고 있습니까?"

"아니요, 그녀에겐 비밀로 했습니다. 그리고 앞으로도 그래야 한다고 생각하고요. 이건 저하고, 믿을 수 있는 또 한사람밖에 모릅니다."

의사는 그의 손을 붙들고 중얼거렸다. "친절하시군요. 정말 잘하셨어요!" 로리 씨는 자기도 그의 손을 맞잡았고, 두 사람은 잠시 동안 아무 말도 하지 않았다.

"자, 마네뜨 박사님," 마침내 로리 씨가 가장 사려 깊고 다정한 어조로 말했다. "저는 직업인일 뿐이에요. 이런 복잡하고 어려운 문제를 다루는 데는 적합하지 않죠. 제겐 필요한 정보가 없어요. 그런 지성도 없고요. 제겐 지도가 필요해요. 이 세상에서 제가 올바른 지도를 받을 수 있는 사람은 당신뿐입니다. 말해주세요, 어떻게 이렇게 재발이 되는 거죠? 또다시 재발할 위험은 없나요? 이렇게 반복되는 것을 막을 수는 있었을까요? 이렇게 반복되면 어떻게 치료해야 하죠? 애초에 어떻게 이런 일이 일어나는 건가요? 제가 제 친구를 위해서 무엇을 할 수 있을까요? 제가 어떻게 하면 되는지 알기만 한다면, 저만큼이나 친구를 도와주고 싶은 마음을 가진 사람은 이제까지 없었을 겁니다. 그렇지만 이런 경우 어떻게 해야 할지 모르겠어요. 당신의 현명함과 지식과 경험이 저를 올바른 길로 이끌어줄 수 있다면, 저는 그만큼 할 수 있을 것 같습니다. 아는 게 없고 방향도 모르니, 제가 할 수 있는 일이 거의 없어요. 저와 의논을 좀 해주세요. 제가 이 상황을 좀더 분명하게 볼 수 있게 해주시고, 어떻게 하면 조금 더 도움이 될 수 있을지 가르쳐주세요."

마네뜨 박사는 이렇게 진지한 이야기를 들은 후 잠시 앉아서 생각에 잠겼다. 로리 씨는 그를 재촉하지 않았다.

"제 생각엔," 박사가 애써 침묵을 깨며 말했다. "당신이 설명한 그런 재발을 당사자가 전혀 예측하지 못했던 것은 아닐 것 같아요."

"재발할까봐 두려웠을까요?" 로리 씨가 용기를 내어 물었다.

"아주 두려웠겠죠." 그는 자기도 모르게 몸을 부르르 떨면서 말했다.

"그런 걱정이 환자의 마음에 얼마나 무겁게 느껴지는지, 그리고 그가 자신을 짓누르는 주제에 관해서 한마디라도 억지로 내놓는 것이 그에게 얼마나 어려운지, 얼마나 불가능한지, 당신은 모릅니다."

"그럼 그가," 로리 씨가 물었다. "그런 일이 일어날 때 그 비밀스러운 생각을 애써서 누군가에게 털어놓을 수 있다면 분명히 고통을 덜 수 있는 걸까요?"

"그럴 겁니다. 그렇지만 말씀드렸다시피, 거의 불가능한 일이에요. 제 생각에—어떤 경우에는—정말 불가능하다고 생각하기도 합니다."

"그럼," 로리 씨는 말없이 있다가 자기 손을 박사의 팔에 부드럽게 얹으며 말했다. "이런 발작이 무엇 때문이라고 생각하세요?"

"내 생각에는," 마네뜨 박사가 대답했다. "처음 그 병의 원인이었던 일련의 생각과 기억이 아주 강렬하고 특이하게 되살아났던 것 같아요. 아주 고통스러운 어떤 강렬한 연상들이 생생하게 되살아났다고 생각됩니다. 그의 마음속에 어떤 두려움이 오랫동안 숨어 있어서, 그러니까 어떤 상황하에서는—그러니까 어떤 특별한 경우에—그 연상이 되살아날 수 있었던 거예요. 마음의 준비를 하려고 해도 소용이 없었겠죠. 마음의 준비를 하려고 노력할수록 더 견디기 힘들게 될 것이니까요."

"그럼 그렇게 재발했을 때 무슨 일이 있었는지 기억할까요?" 로리 씨가 당연히 머뭇거리며 물었다.

박사는 우울하게 방을 둘러보며 고개를 흔들고 낮은 목소리로 대답했다. "전혀요."

"그럼, 앞으로 얘기인데요." 로리 씨가 슬쩍 떠보았다.

"앞으로는," 단호함을 회복한 박사가 말했다. "괜찮을 겁니다. 하늘이 도와서 그렇게 금방 회복이 되었으니, 괜찮을 거라고 봐요. 그는 오랫동안 두려워하고 오랫동안 예상하면서 갈등해오던, 뭔가 복잡한 일의 압박에 압도되었던 거고, 구름이 흩어져 지나가고 나니 회복이 된 거니까, 최악의 상황은 지나갔다고 봅니다."

"네, 네! 그것참 다행이네요. 감사합니다!" 로리 씨가 말했다.

"제가 감사하죠!" 박사가 정중하게 고개를 숙이며 말했다.

"두가지 문제가 더 있는데요," 로리 씨가 말했다. "어떻게 해야 할지 알려주시면 좋겠습니다. 계속할까요?"

"친구를 위해서 더이상 잘하실 수는 없습니다." 박사가 손을 내밀었다.

"그럼, 첫째 문세를 말씀드리죠. 그는 학구적이고 비범하게 원기왕성해요. 전문지식을 습득하는 데나, 실험을 하는 데나, 여러가지 일에 아주 열성적이죠. 그런데, 그 친구가 일을 너무 많이 하는 걸까요?"

"아닌 것 같아요. 늘 남다르게 할일이 있는 게 그의 성격일지도 모르죠. 부분적으로는 타고났을 테고, 부분적으로는 고통의 결과일 수도 있어요. 건전한 일에 몰두하지 않을수록 그만큼 더 건강하지 않은 방향으로 돌아갈 위험에 처하는 거죠. 아마 스스로를 관찰해서 그 사실을 발견했을 겁니다."

"그럼 확실히 그가 너무 무리하고 있는 건 아니란 말씀이죠?"

"확실히 그렇다고 생각해요."

"마네뜨 박사님, 만약 그가 지금 너무 과로한 상태라면……"

"로리 씨, 그럴 가능성도 많다고 봐요. 한쪽 방향으로 격렬한 스트레스를 받았으니, 반대편으로 균형을 잡을 필요가 있는 거죠."

"죄송합니다만, 끈기있는 직업인으로서 말인데요. 당장은 그가 정말로 과로한 상태라고 가정하면, 이런 장애가 다시 나타나는 것으로 드러날 수도 있을까요?"

"그렇진 않을 겁니다. 아닐 거예요." 마네뜨 박사는 확고한 자기 확신에 차서 말했다. "오로지 한가지 연상만이 그런 장애를 일으키진 않을 겁니다. 그러니까 앞으로는 그 심정이 특이하게 삐걱거려야만 다시 그런 장애가 나타날 거라고 생각해요. 그런 일이 있었고 다시 회복되었으니, 그 감정이 그런 정도로 격렬하게 울릴 경우를 상상하기는 어렵네요. 그런 장애를 다시 일으킬 수 있는 상황은 이제 다 지나갔다고 봐요, 그렇게 믿습니다."

그는 아무리 사소한 일이라도 섬세한 마음의 결을 어떻게 다치게 할 수 있는지 알고 있는 사람 특유의 머뭇거림을 보이면서도, 동시에 개인적인 고생과 고통에서 빠져나와 서서히 자신에 대한 확신을 얻은 사람 특유의 자신감을 가지고 이야기했다. 그 자신감을 누그러뜨리는 것은 친구가 할 일이 아니었다. 그는 실제로 그랬던 것보다 훨씬 더 안심되고 힘이 된다고 주장하며 두번째이자 마지막 논점으로 접근했다. 그는 그 문제가 가장 어렵다고 느끼고 있었다. 그러나 프로스 양과 나눈 일요일 아침의 대화를 기억하고 지난 아흐레 동안 그가 본 것을 기억하면서, 그는 그가 그 문제에 직면해야 한다는 것을 알았다.

"다행스럽게도 회복되긴 했습니다만 그 일과성의 고통으로 영향받아서 시작한 일이," 로리 씨는 목청을 가다듬고 말했다. "소위,

대장장이 일이었어요, 대장장이 일. 그러니까 사건을 조금 더 구체적으로 설명하자면, 그가 고생하던 시절에 작은 노櫓를 가지고 일했거든요. 말하자면 그가 예상치 못하게 다시 그 노를 가지고 일하는 게 발견된 겁니다. 그걸 계속 가지고 있다니 딱한 일 아닌가요?"

박사는 손으로 이마를 가리고 한 발로 초조하게 바닥을 두드렸다.

"그는 늘 그걸 옆에 두고 있어요." 로리 씨가 초조하게 친구를 바라보며 말했다. "이젠 내다버리는 게 더 낫지 않을까요?"

여전히 박사는 이마를 가리고 한 발로 초조하게 바닥을 두드렸다.

"충고를 해주시기 어려운가요?" 로리 씨가 말했다. "이게 좀 까다로운 문제임은 저도 잘 압니다. 그렇지만 제 생각에는⋯⋯" 그러다가 그는 고개를 저으며 말을 멈추었다.

"자," 마네뜨 박사는 이 불편한 침묵 뒤에 그를 보며 말했다. "이건 참 일관되게 설명하기가 어려워요, 그 불쌍한 사내의 마음속 가장 깊은 곳에서 벌어지는 일은 말이죠. 그는 한때 그 일을 아주 끔찍하게도 하고 싶었고, 그걸 하게 되자 반가웠던 거죠. 물론 그 일은 두뇌의 복잡함을 손가락의 복잡함으로 대체함으로써, 또 그가 더 능숙해지면서 정신적 고통의 교묘함을 손재주의 교묘함으로 대체함으로써, 그의 고통을 아주 많이 덜어주었을 거예요. 그래서 그는 그 일을 아예 손에 닿지 않는 곳으로 치워버릴 생각을 할 수 없었던 거죠. 아마 그는 그 어느 때보다도 자신에 대해서 희망을 가지고 있을 것이고 자신에 대해서 그런 자신감을 가지고 말을 하리라고 생각되지만, 심지어 지금도 그 오래된 일이 필요한데 그것이 없을지도 모른다고 생각하면 갑자기 길 잃은 아이의 마음에 다가오는 충격처럼, 갑자기 공포에 사로잡힐 겁니다."

그가 눈을 들어 로리 씨의 얼굴을 보았을 때 그는 마치 그가 설명한 내용을 예시하는 것처럼 보였다.

"그렇지만 아닐지도 모르죠― 보세요! 전 기니, 실링, 지폐 따위의 물질적인 대상들만을 다루는 꾸준한 직업인으로서 정보를 구하는 겁니다. 그 물건을 가지고 있는 것이 그 생각을 계속 가지고 있는 게 될 수도 있지 않나요? 마네뜨 박사님, 그 물건들이 사라지면 두려움도 그와 함께 사라지지 않을까요? 그러니까, 노를 그대로 가지고 있는 건 불안감을 용인하는 것 아닌가요?"

다시 침묵이 이어졌다.

"아시다시피," 박사가 떨리는 소리로 말했다. "그렇게 오래 함께 했으니까요."

"저라면 갖고 있지 않겠어요." 로리 씨가 고개를 저으며 말했다. 박사가 동요하는 것을 보자 단호해졌기 때문이었다. "저라면 버리라고 권하겠어요. 전 그냥 당신의 권위가 필요할 뿐이에요. 좋을 게 없다는 걸 확신하거든요. 자! 당당하게 권위있는 말씀을 해주세요. 그의 딸을 위해서요, 마네뜨 박사님!"

그의 안에서 어떤 갈등을 겪는지 보는 것이 어찌나 기이하던지!

"그러면, 그녀가 알아서 그렇게 하도록 하시죠. 그건 찬성합니다. 그렇지만 나라면 그가 있는 동안에 치워버리진 않겠어요. 그가 없을 때 치우도록 하세요. 그것이 사라진 다음에 오래된 벗을 그리워하도록."

로리 씨는 기꺼이 그러겠다고 약속했고, 회의는 끝났다. 그들은 그날을 시골에서 보냈고, 박사는 말끔히 회복되었다. 그로부터 사흘 동안 그는 아주 상태가 좋았고, 열나흘째 되는 날 그는 루시와 그녀의 남편을 만나러 갔다. 그가 그동안 소식이 없던 것을 설명하기 위한 대책으로, 로리 씨는 그에게 이미 설명을 해두었고 그는 그 설명에 따라 루시에게 편지를 썼으므로 그녀는 아무것도 의심하지 않았다.

그가 집을 떠난 날 밤, 로리 씨는 까뀌, 톱, 끌, 망치 등을 들고 불을 비춰든 프로스 양과 함께 그의 방으로 들어갔다. 거기서 문을 닫아놓고 아주 은밀하게 죄를 짓는 듯한 태도로, 로리 씨는 구두 만드는 긴 의자를 산산조각 내고, 그러는 동안 프로스 양은 마치 살인죄의 공범이라도 되는 듯—사실 그녀의 으스스한 모습으로 보면 딱히 어울리지 않는 것도 아니었다—옆에 촛불을 들고 있었다. 시신(이미 편리하게 조각조각 낸)의 소각이 부엌의 불 속에서 즉시 시작되었고, 도구들, 구두, 가죽 등도 정원에 묻었다. 정직한 사람들이 보기에 그 파괴와 은밀함이 너무도 사악하게 느껴졌기에, 로리 씨와 프로스 양은 그들의 일을 수행하고 그 흔적을 지우면서 거의 끔찍한 범죄에 가담한 것처럼 느꼈고, 또 그렇게 보였다.

20장
간청

신혼부부가 집으로 돌아왔을 때, 처음 축하하러 나타난 사람은 씨드니 카턴이었다. 그들이 집에 돌아온 지 몇시간도 안되었을 때, 그가 나타났다. 옷차림이며 외모나 태도는 나아지지 않은 채였다. 그러나 그에게는 뭔가 거칠지만 충실한 분위기가 있었고, 그건 찰스 다네이의 눈에는 새롭게 보이는 점이었다.

그는 기회를 보다가 다네이를 창가로 데리고 가서 아무도 듣지 못하도록 그에게 말했다.

"다네이 씨," 카턴이 말했다. "우리 친하게 지냈으면 합니다."

"이미 친구인데요, 제가 알기로는."

"당신은 그냥 그런 예의 바른 말을 해줄 정도로 좋은 분이지만, 전 그런 거 모릅니다. 사실, 제가 우리가 친구면 좋겠다고 말할 때, 저도 딱히 그런 의미는 아닙니다."

찰스 다네이는—당연히—사람 좋고 친밀한 어조로 물었다. 무슨 뜻이죠?

"정말이지," 카턴이 미소 지으며 말했다. "제 속으로 이해하는 게 당신께 전달하는 것보단 쉬운 것 같아요. 그렇지만, 노력해볼게요. 제가 평소보다 더 취했던 그 유명한 사건 기억하죠?"

"당신이 내게 당신이 술을 마시고 있노라고 고백하도록 강요했던 그 유명한 사건은 기억합니다."

"저도 그걸 기억합니다. 그런 사건들의 저주가 제게 무겁도록 내려앉아 있어요. 전 늘 그 사건들을 기억하거든요. 제 인생이 끝나는 어느날엔가 그 모든 것이 참작되었으면 좋겠어요. 놀라지 마세요, 설교하려는 거 아닙니다."

"전혀 놀라지 않아요. 당신의 그 진지함이야 제겐 전혀 놀랄 일이 아니죠."

"아!" 카턴은 마치 머리를 털어버리듯이 아무렇게나 흔들며 말했다. "그 문제의 만취 사건이 있던 날, (물론 수많은 만취 사건 중 하나일 뿐이지만요, 아시다시피) 전 당신이 좋기도 하고 싫기도 해서 견딜 수가 없었어요. 난 당신이 그 일을 잊었으면 합니다."

"전 오래전에 잊었습니다."

"또 예의 바른 소리! 그렇지만, 다네이 씨, 제겐 망각이 당신처럼 쉽지가 않아요. 전 결코 그 일을 잊지 않았어요. 그리고 가볍게 대답하셔도 내가 그걸 잊어버리는 데는 도움이 안돼요."

"가벼운 대답이었다면," 다네이가 대답했다. "용서를 빕니다. 전 그냥 놀랍게도 당신을 너무 많이 괴롭히는 듯한 사소한 일을 없애버리는 것 말고 다른 의도는 없었어요. 신사의 신의로써 말하는데, 전 정말 제 마음속에서 그 일을 오래전에 지워버렸어요. 맙소사, 지워버릴 것이나 있었나요! 그날 당신이 내게 정말 큰 도움을 주었는데, 제가 기억해야 할 더 중요한 일은 없잖아요?"

"그 큰 도움으로 말하면," 카턴이 말했다. "그걸 그런 식으로 말씀하시니, 당신께 맹세컨대, 그건 그냥 직업적인 꼼수였을 뿐이고, 제가 그 일을 할 때 당신이 어떻게 될 건지 생각이나 했는지 모르겠어요. 봐요! 내가 그 도움을 줬을 때라고 말하는 거예요. 과거 얘기란 말이죠."

"당신은 부담을 덜어주려고 그러시는데," 다네이가 대답했다. "저 역시 당신의 가벼운 대답을 가지고 옥신각신하진 않겠습니다."

"진짜입니다, 다네이 씨, 날 믿어요! 내가 하려던 말은 이게 아닌데, 우리가 친구가 되는 얘기를 하고 있었죠. 자, 당신은 날 알고, 당신은 내가 그렇게 고상하고 훌륭한 부류의 인간이 될 수 없다는 것도 알고 있어요. 그걸 의심한다면 스트라이버에게 물어봐요, 그럼 그가 그렇게 말해줄 테니."

"전 그분 도움을 받지 않고 제 나름의 의견을 가지는 게 더 좋습니다."

"아! 어쨌거나 당신은 날 아무 도움도 안되고 앞으로도 그러할, 방탕한 개새끼로 알고 있잖아요."

"당신이 '앞으로도 그러할'지는 모르겠습니다."

"그렇지만, 전 알아요. 그리고 당신도 내 말을 믿어야 합니다. 자! 당신이 그렇게 쓸모없는 놈이, 그렇게 냉담하다는 평판을 듣는 놈이 때때로 찾아오는 것을 참을 수 있다면, 제가 이곳에 특별한 손님으로 드나들 수 있게 허락받고 싶습니다. 전 그냥 쓸모없는 (그리고 당신과 나 사이에 발견된 닮은 점이 아니라면 눈에도 거슬릴) 가구처럼, 과거에 쓰던 것이기에 그냥 놓아두지만, 아무도 눈여겨보지 않는 가구처럼 여겨져도 좋습니다. 제가 그 허락을 남용할까 의심스러운데요, 제가 일년에 네번 정도 써먹을 가능성은 백분의 일 정도입니다. 그래도 감히 말씀드리건대, 제가 그런 허락을 받았다는 걸 알고만 있어도 만족스러울 것 같아요."

"그렇게 해보시죠."

"그 말씀은 제가 가리킨 발판 위에 제가 올려놓아졌다는 것을 다르게 표현하는 거군요. 감사합니다, 다네이. 그냥 이름을 불러도 될까요?"

"그래도 될 것 같은데, 카턴, 지금쯤은."

그들은 악수를 하고 씨드니는 돌아섰다. 잠시 후, 그는 외견상으로는 늘 그랬듯이 실체가 없는 것 같은 모습이었다.

그가 돌아가고 나서 프로스 양, 마네뜨 박사, 로리 씨와 함께 저녁을 보내면서 찰스 다네이는 이 대화를 막연하게 뭉뚱그려 언급했고, 씨드니 카턴이 부주의하고 막무가내인 것이 문제라고 말했다. 요컨대 그는 그에 대해 가혹하게 굴거나 타격을 줄 의도가 없이, 그냥 보이는 모습 그대로 그를 보았을 때 누구나 그럴 수 있는 식으로 말했다.

그는 이것이 그의 아름답고 젊은 아내의 마음속에 자리 잡고 있으리라고는 생각도 하지 못했다. 그러나 그가 나중에 그들의 방에서 그녀와 함께했을 때, 그는 그녀가 예전처럼 눈에 띄게 이마를 치켜올린 채 그를 기다리고 있는 것을 발견했다.

"당신 오늘밤 무슨 생각을 그렇게 해요!" 다네이는 그녀에게 팔을 두르며 말했다.

"네, 찰스," 손을 그의 가슴에 얹으며, 캐묻듯이 집중한 표정을 그에게로 고정하고 그녀가 말했다. "우린 오늘 생각이 많네요. 아마 뭔가 마음에 두고 있는 게 있나봐요."

"그게 뭐요, 루시?"

"제가 묻지 말라고 하면 더이상 한마디도 캐묻지 않겠다고 약속할래요?"

"약속하겠느냐고요? 내 사랑에게 뭘 약속 못하겠소?"

손으로 그녀의 뺨에 붙은 금발을 쓸어내리다가, 다른 손은 그를 위해 뛰는 심장에 갖다대고!

"제 생각에는, 찰스, 불쌍한 카턴 씨는 당신이 오늘밤 그에게 보여준 것보다 좀더 배려와 존경을 받을 자격이 있는 것 같아요."

"정말, 내가? 왜 그렇죠?"

"그건 제게 물으시면 안되는 거예요. 그렇지만, 그가 그렇다고 생각해요, 아니, 알아요."

"당신이 알고 있다면 그걸로 충분해요. 그럼 내가 어떻게 했으면 좋겠어요, 여보?"

"여보, 전 당신이 그에게 늘 너그럽게 대하고, 그가 없는 자리에서 그의 잘못에 대해 관대했으면 좋겠어요. 그에게는 정말 좀처럼 드러내지 않는 마음이 있고, 그 안에 깊은 상처가 있다는 것을 당신이 믿어줬으면 해요. 여보, 전 그 마음이 피를 흘리는 것을 봤어요."

"생각하니 고통스러운데," 찰스 다네이는 화들짝 놀라 말했다. "내가 그 사람에게 상처를 주었다면요. 난 그를 그렇게 생각해본 적이 없거든요."

"여보, 그게 그래요. 전 그가 개심하지는 않을 것 같아요. 성격으로 보나 운명으로 보나 지금은 고칠 희망이 거의 없어요. 그렇지만 전 그가 뭔가 좋은 일, 친절한 일, 심지어 굉장한 일을 할 수도 있다고 확신해요."

이 길 잃은 사내에게 순결한 믿음을 보이는 그녀는 정말 아름다웠고, 그래서 그녀의 남편은 몇시간이라도 그대로 그녀를 쳐다볼 수 있을 것만 같았다.

"오, 내 사랑!" 그녀는 그에게로 바싹 매달리며 머리를 그의 가슴에 기대고 눈을 들어 그를 바라보며 말했다. "우리가 행복 속에서 얼마나 강인한지, 그리고 그는 불행 속에서 얼마나 약한지를 기억해요!"

그 간청이 그의 마음을 울렸다. "언제나 기억하겠소. 여보! 내가 사는 동안 늘 기억하겠소."

그는 금발 쪽으로 몸을 굽혀 장밋빛 입술을 그의 입술에 갖다대고 팔로 그녀를 껴안았다. 그때 어두운 거리를 걷던 어떤 쓸쓸한 방랑자가 그녀의 순진한 고백을 듣고, 남편을 사랑스럽게 바라보는 부드러운 푸른 눈으로부터 몇방울의 동정심이 키스로 사라지는 것을 보았다면, 그는 밤이 깊도록 울었을지도 모르고—이런 말이 처음으로 그의 입술에서 차마 나오지 않았을지도……

"그녀의 상냥한 동정심에 축복을 내리소서!"

21장
메아리치는 발소리

　박사가 사는 그 길모퉁이는 소리가 아주 잘 울리는 모퉁이라고 전에 말한 바 있다. 조용하고 행복한 생활 속에서 남편과 아버지와 그녀 자신과 그녀의 오래된 교사이자 벗을 묶어주는 황금빛 실을 계속 바삐 감으며 루시는 고요하게 소리가 울리는 길모퉁이의 조용한 집에 앉아 메아리치는 세월의 발소리를 듣고 있었다.

　지금 그녀는 완벽하게 행복한 젊은 아내였지만, 그녀가 점점 일손을 놓게 되고 그녀의 눈이 흐려질 때가 올 터였다. 그 메아리 속에서 뭔가 가볍고 아직 들리지 않지만 그녀의 마음을 너무나 세게 뒤흔드는 그 무엇인가가 저 멀리서 다가오고 있기 때문이었다. 요동치는 희망—아직 그녀에게 알려지지 않은 사랑에 대한 희망—과 의혹—그 새로운 즐거움을 즐길 수 있을 때까지 그녀가 지상에 살아 있을 것인가 하는 의혹—이 그녀의 가슴을 갈라놓았다. 그 메아리 가운데에는 요절한 그녀의 무덤가에 울리는 발소리도 있을 것이었다. 그렇게 쓸쓸하게 남겨져 그녀의 죽음을 슬퍼할 남편을 생각하면 그녀의 눈에는 눈물이 차올라 물결처럼 터져나왔다.

그 시간이 지나고 어린 루시가 그녀의 가슴에 누웠다. 그리고 다가오는 메아리 중에는 그 아이의 작은 발걸음 소리와 옹알대는 그 아이의 말소리도 있었다. 더 큰 메아리 소리가 울려도, 요람 곁의 젊은 엄마는 늘 그 소리가 다가오는 것을 들을 수 있었다. 그 소리가 들리면 그늘진 집은 아이의 웃음소리로 환해졌고, 그녀가 고통스러울 때 마음을 털어놓는 아이들의 거룩한 친구[57]가 옛날에 아이들을 그렇게 했듯이 그녀의 아이를 팔에 안고 있는 것처럼 보였고, 그것을 보면 그녀는 신성한 기쁨을 느꼈다.

그들 모두를 묶어주는 황금 실을 바삐 감고, 그들 모두의 삶 속에 그녀의 행복한 기운의 도움을 짜넣고, 그것이 지금 여기를 지배하게 만들면서, 루시는 세월의 메아리 속에서 다정하게 마음을 달래주는 소리만을 들었다. 그들 가운데서도 남편의 발소리는 강인하고 좋았다. 아버지의 발소리는 단호하고 일정했다. 보라, 프로스 양은 마치 다루기 힘들어 채찍으로 길을 들인 군마軍馬처럼, 정원의 플라타너스 나무 아래 끈으로 묶여 쿵쿵거리고 땅을 파헤치며 메아리를 만들어내고 있었다!

다른 사람들 사이에서 슬픔의 소리가 들릴 때에도 그 소리는 가혹하거나 잔인하지는 않았다. 그녀의 것과 같은 금발이 쇠약해진 소년의 얼굴 주변으로 베개 위에 후광처럼 누워서, 그가 환한 미소를 지으며 "아빠, 엄마, 두분과 예쁜 누나를 떠나게 되어 죄송해요. 그렇지만 전 부름을 받았고, 그래서 가야 해요!"라고 말할 때에도,

----

57 예수를 말함.

그녀에게 위탁되었던 영혼이 그녀의 품에서 떠나가는 것이기에, 그의 젊은 엄마의 뺨을 적신 것은 고통의 눈물은 아니었다. 그들이 내게 오는 것을 막지 말고 그대로 두어라.[58] 그들이 아버지의 얼굴을 보리라. 오, 아버지, 축복받은 말씀이여!

그렇게 천사의 날갯소리가 다른 메아리들과 뒤섞였고, 그것은 완전히 지상의 소리가 아니라 하늘의 숨결을 지닌 것이었다. 작은 공원묘지 위로 불어오는 한숨 같은 바람 소리도 그 속에 섞여서, 어린 루시가 아침 일과를 우스꽝스러울 정도로 열심히 하거나 엄마의 발받침에 앉아 인형 옷을 입히며 그녀의 삶 속에 뒤섞인 두 도시의 언어로 조잘거릴 때 루시에게는 이 두가지 소리가 나지막하게 중얼거리듯이—백사장 위로 여름 바다의 숨결이 잠들듯이 모두 들려왔다.

그 메아리는 씨드니 카턴의 실제 발소리에는 거의 화답하지 않았다. 기껏해야 일년에 대여섯번쯤, 그는 초대받지 않은 채로 그 집에 와서는 예전에 종종 그랬던 것처럼 저녁 내내 그들 사이에 앉아 있곤 했다. 그가 술에 불쾌해져서 그곳에 온 적은 없었다. 그리고 그와 관련된 또다른 것이 그 메아리 속에서 속삭였다. 오랜 세월 동안 모든 진실한 메아리들이 속삭여왔던 것처럼.

어떤 남자도 한 여자를 사랑했다가 그녀를 잃어버리고도 그녀가 아내와 어머니가 되었을 때도 한결같지만 비난할 수는 없는 마음으로 알고 지낼 순 없었지만, 그녀의 아이들은 그에게 묘한 공감을—본능적으로 섬세하게 그를 동정하는 마음을 느꼈다. 그런 경우 얼마나 섬세한 숨겨진 감수성이 건드려지는 것인지, 어떤 메아

58 마태오 복음서 19:14.

리도 말해주지 않는다. 그렇지만 그런 일은 일어나고, 이 경우도 그러했다. 카턴은 어린 루시가 통통한 팔을 내민 첫번째 낯선 사람이었고, 그는 그녀가 자라는 동안 그 자리를 지켰다. 어린 소년도 거의 마지막에 그에 대해 말했다. "불쌍한 카턴 아저씨! 제 키스를 전해주세요."

스트라이버는 탁한 강물을 헤치고 가는 거대한 엔진처럼 법조계를 어깨로 헤쳐나왔고, 배가 뒤에 다른 배를 예인하듯이 그의 발자취를 따라 그의 유용한 친구를 끌고 왔다. 그렇게 다루어진 배는 보통 거친 곤경에 처하고 대부분 가라앉듯이, 씨드니도 그동안 수렁에 빠진 삶을 살았다. 그러나 손쉽고 강력한 습관, 불행하게도 그의 경우엔 어떤 공과나 치욕의 자극적인 감각보다 더 쉽고 강력한 습관 때문에 그는 그런 삶을 살게 되었다. 그는 더이상 사자의 자칼이라는 그의 위치에서 벗어날 생각을 하지 않았다. 어떤 실제의 자칼도 자신이 커서 사자가 되겠다는 생각을 하지 않듯이 말이다. 스트라이버는 부자였고, 재산과, 만두 같은 머리에 뻣뻣한 머리카락 말고는 특별히 빛날 것도 하나 없는 세 아들을 가진 혈색 좋은 과부와 결혼했다.

스트라이버 씨는 몸에 난 모든 구멍에서 가장 거슬리게 생색내는 태도를 발산하며 그 세명의 신사들을 마치 세마리 양처럼 앞세워 쏘호의 조용한 길모퉁이로 걸어와 그들을 루시의 남편에게 가르쳐달라고 맡기며, 고상하게도 "안녕하쇼! 여기 당신 결혼 야유회에 어울리는 세덩어리 빵과 치즈요, 다네이!" 하고 말했다. 이 세덩어리 빵과 치즈를 공손하게 거절하자 스트라이버 씨는 퉁퉁 붓도록 화가 나서 이 일을 참작하여 나중에 그 신사들을 가르치며 저 가정교사 놈 같은 거지의 교만함을 경계하라고 일렀다. 그는 또한 맛이 진한 포도주를 마시며 스트라이버 부인에게 예전에 그를 '잡으려고' 다네이 부인이 실행했던 기술에 대해, 그리고 자신이 그에 못지않은 기술로 '잡히지 않았던' 것에 대해 열변을 토하곤 했다. 법정에서 그를 잘 아는 이들 몇몇은 때때로 그 진한 포도주와 거짓말의 공모자가 되어, 그가 거짓말을 하도 자주 하다보니 스스로 그것을 믿게 되었다고 말함으로써 그의 거짓말을 용서해주었다. 그건 물론 원래도 나쁜 죄를 더 고질적으로 악화시키는 것으로, 그런 일을 저지른 자는 그에 알맞은 조용한 곳으로 데리고 가서 처형해버려도 괜찮을 테지만 말이다.

이것이 루시의 어린 딸이 여섯살이 될 때까지, 루시가 때로는 생각에 잠겨, 때로는 즐겁게 웃으며 메아리가 울리는 길모퉁이에서 듣던 메아리 속에서 들려온 것들이었다. 아이의 메아리치는 발소리와 늘 활달하고 침착한, 사랑하는 아버지의 발소리, 그리고 사랑하는 남편의 발소리가 그녀의 마음에 얼마나 가깝게 다가왔는지는 굳이 말할 필요도 없을 것이다. 또 그녀로 인해 현명하고 우아하며 검소하게 관리되어 어떤 사치보다도 더 풍요롭고 단합된 그들 가정에서는 그 가장 사소한 메아리라도 그녀에게는 음악과 같았다는 것도 굳이 말할 필요가 없을 것이다. 또 그녀가 독신일 때보다 결혼한 이후에 아버지에게 더 헌신한다고 (더 그러는 것이 가능하다면) 아버지가 여러번 말하는 것이나, 그녀의 걱정이나 도리가 남편에 대한 그녀의 사랑이나 도움을 분산시키지 않는 것 같다면서 "당신이 우리 모두에게 전부인 그 비결이 뭐요, 여보? 바쁜 것 같지도 않고 할일이 너무 많아 보이지 않으면서도, 우리 모두가 나 하나밖에 없다고 느껴지는 것처럼 말이오"라고 남편이 여러번 묻는 소리가 그녀 주위에 달콤하게 들리는 것도 굳이 말할 필요가 없을 것이다.

그러나 멀리서 들리는, 이 시기 내내 길모퉁이에 위협적으로 우르릉대는 다른 메아리도 있었다. 무시무시하게 바다가 부풀어오르면서 프랑스에 거대한 폭풍이 일어나 그 소리가 무시무시하게 들리기 시작한 것은 어린 루시의 여섯번째 생일 무렵이었다.

1789년 7월 중순의 어느날 밤, 로리 씨는 텔슨에서 밤늦게 퇴근하여 어두운 창가에 루시와 그녀의 남편과 함께 앉았다. 덥고 날씨가 험한 밤이었고, 세사람은 모두 같은 곳에서 번개 치는 것을 보던 그 옛날의 일요일 밤을 떠올렸다.

"이런 생각을 하기 시작했네." 로리 씨는 갈색 가발을 뒤로 젖히며 말했다. "텔슨에서 밤을 보내야 하겠다고. 하루 종일 일이 너무 많아서 뭘 먼저 해야 할지, 어디로 가야 할지 알 수가 없었다니까. 빠리에서 난리가 나는 바람에 우리에게 비밀 얘기가 연이어 들어오는 거야! 그쪽에 있는 우리 고객들이 우리에게 자산을 맡길 수 있는 시간도 미처 없었던 것 같네. 분명히 그들 사이에서 자산을 영국으로 보내는 광풍이 불고 있다니까."

"그거 나빠 보이는데요." 다네이가 말했다.

"나빠 보인다고, 다네이? 그래, 그렇지만 무슨 이유로 그러는지 우리도 몰라. 사람들이 그렇게 제정신이 아니라니까! 텔슨 직원 중 일부는 늙어가고 있어서, 우린 정말 정당한 근거 없이는 정상적인 일과에서 벗어나는 게 정말 힘들다고!"

"그래도," 다네이가 말했다. "하늘이 얼마나 어둡고 위협적인지 아시잖아요."

"그것도 알지, 물론." 로리 씨가 그의 친절한 성질이 망가져서 불평을 한 거라고 스스로 설득하며 동의했다. "그렇지만 분명 하루 종일 시달렸으니 까탈 부리기로 했어. 마네뜨 박사는 어디 있나?"

"여기 있습니다." 박사가 그 순간 어두운 방으로 들어오며 말했다.

"집에 계시니 다행입니다. 하루 종일 이렇게 총총거리며 불길한 예감에 시달리다보니, 이유도 없이 신경이 날카로워지더라고요. 밖엔 안 나가실 거죠?"

"안 나가요. 괜찮으시면 백개먼⁵⁹ 게임이나 하시죠."

"솔직히 말씀드리면 그 게임을 좋아하진 않아요. 오늘밤은 당신 상대가 안될 거예요. 아직 찻상이 거기 있나, 루시? 보이질 않네."

"있죠. 아저씨 오실까봐 남겨뒀어요."

"고맙다, 애야. 아가는 잘 자고?"

"잘 자고 있어요."

"그래, 다 안전하게 잘 있구나! 맙소사, 여기가 안전하게 잘 있지 않을 이유가 없지 않니. 그렇지만 난 하루 종일 그렇게 시달렸고, 이젠 예전 같지가 않아! 내 차구나, 애야! 고맙다. 자, 이제 저쪽 네 자리로 가거라. 조용히 앉아서 네가 뭐라고 설명하는 그 메아리들이나 들어보자꾸나."

"설명이 아니고요, 상상이에요."

"그럼, 상상이라도, 내 현명한 아가." 로리 씨는 그녀의 손을 다독이며 말했다. "그렇지만 메아리들이 아주 많고 소리도 크지 않니? 들어봐!"

이 작은 모임이 어두운 런던의 창가에 앉아 있을 때, 모든 이의

---

59 두사람이 하는 주사위 놀이의 일종.

삶 속으로 밀고 들어오는, 성급하고 광기 어린 위험한 발소리, 한번 붉게 물들면 쉽사리 깨끗해지지 않는 발소리, 멀리 떨어진 쌩땅뚜 안에 휘몰아치는 발소리.

그날 아침 쌩땅뚜안은 앞뒤로 물결치듯 엄청나게 많은 가난한 사람들이 시커멓게 모여들었다. 칼날과 총검이 햇살에 비춰져 그 들의 파도치는 머리 위로 반짝반짝 빛났다. 쌩땅뚜안의 목청에서 엄청난 함성이 일어났고, 대기 속에 드러난 팔뚝은 마치 겨울바람 에 말라버린 나뭇가지 같았다. 손에 손마다 저도 모르게 아무리 멀 리 있더라도 저 깊은 곳에서 던져올린 무기나 무기 비슷한 것을 모 두 집어들었다.

누가 그 무기를 내주었는지, 어디에서 왔는지, 어디서 시작되었 는지, 누구의 힘으로 그것들이 한번에 수십개씩 군중 위로 은밀하 게 흔들리고 던져지는지, 군중 가운데 어떤 사람도 알 수 없을 것 이었다. 그러나 소총이 배급되고 있었고—탄약통, 화약, 총탄, 쇠 와 나무 막대기, 칼, 도끼, 곡괭이 등 미친 듯이 궁리하여 찾아내거 나 고안해낼 수 있는 모든 무기가 배급되었다. 아무것도 찾아낼 수 없던 사람들은 손에 피를 흘려가며 담벼락에서 돌과 벽돌을 헐어 냈다. 쌩땅뚜안의 모든 맥박과 심장이 극도의 열광 상태였고 극도 로 달아올라 있었다. 그곳에 있는 모든 살아 있는 생명체들은 목숨 을 아무렇지도 않게 여겼으며, 기꺼이 목숨을 바치겠다는 열정적 인 광기에 사로잡혀 있었다.

끓는 물의 소용돌이에도 중심점이 있듯이, 이 모든 광란은 드파 르주의 포도주 상점을 중심으로 휘돌았고, 솥에서 끓고 있는 물방 울 같은 사람들 하나하나 모두 화약과 땀으로 더러워진 드파르 주가 명령을 내리고 무기를 내주고 이 사람을 불러들이고 이 사람을 내보내고, 이 사람의 무기를 빼앗아 저 사람을 무장시키며, 이 빽빽한 소란의 와중에 일하고 싸우고 있는 그 소용돌이를 향해서 빨려들어가고 있었다.

"3번 자끄, 내 옆에 있어." 드파르주가 외쳤다. "그리고 너, 1번, 2번 자끄는 갈라서서 할 수 있는 한 많은 동포를 이끌고 가게. 내 처는 어디 있나?"

"어, 여기! 여기 있잖아!" 부인은 여전히 침착하게, 그러나 뜨개질은 하지 않으면서 말했다. 부인의 단호한 오른손은 늘 들고 다니던 부드러운 도구들 대신 도끼를 들고 있었고, 허리춤에는 권총과 무자비한 칼 한자루를 차고 있었다.

"어디로 갈 건가, 여보?"

"난," 부인이 말했다. "지금은 당신과 함께 갈래. 여자들 대열의 선두에서 보게 될 거야."

"그럼, 갑시다!" 드파르주가 우렁우렁한 목소리로 외쳤다. "동포여, 친구여, 우린 준비가 되었다. 바스띠유로!"

프랑스의 모든 숨결이 그 혐오스러운 단어 모양으로 만들어진 듯 울리는 함성으로, 살아 있는 바다가 일어나, 파도에 파도를 더하고, 심연에 심연을 더하여, 도시로 넘쳐흘러 그 지점까지 밀려갔다. 경보가 울리고 북소리가 울리고 바다는 사납게 밀려가 새로운 해안에 큰 소리를 내며 부딪고, 공격이 시작되었다.

깊은 수로와 두개의 도개교, 육중한 돌담, 여덟개의 커다란 탑, 대포, 소총, 불과 연기. 불과 연기를 뚫고―불과 연기 속에서― 바다가 그를 대포 쪽으로 던져올렸고 순식간에 그는 포병이 되어서―포도주 상점의 드파르주는 두시간 동안이나 씩씩한 병사처럼 싸웠다.

깊은 수로와 하나의 도개교, 육중한 돌담, 여덟개의 커다란 탑, 대포, 소총, 불과 연기. 도개교 하나가 무너졌다! "가자, 동지여, 가자! 가자, 1번 자끄, 2번 자끄, 1000번 자끄, 2000번 자끄, 25000번 자끄. 모든 천사, 혹은 악마의 이름으로—좋은 쪽으로 골라서— 가자!" 이렇게 포도주 상점의 드파르주가, 오래전에 이미 뜨겁게 달아오른 총을 계속 들고서 말했다.

"여자들은, 내게로!" 그의 아내가 외쳤다. "자! 이곳만 점령하면 우리도 남자들처럼 잘 죽일 수 있다!" 그러고는 목마른 듯 날카롭게 외치는 여인들이 그녀에게로 행군해왔다. 무기는 제각각이었지만, 모두 배고픔과 복수심으로 똑같이 무장되어 있었다.

대포, 소총, 불과 연기. 그러나 아직 깊은 수로와 하나의 도개교, 육중한 돌담, 여덟개의 거대한 탑이 남아 있었다. 부상자들이 쓰러지자 몰아치는 바다가 약간 흐트러졌다. 번쩍이는 무기, 타오르는 횃불, 연기를 내뿜는 젖은 짚단을 실은 짐마차, 사방의 이웃한 바리케이드에서 벌어지는 치열한 전투, 비명, 일제사격, 저주, 아낌없는 용기, 쿵, 철썩, 우르르, 그리고 살아 있는 바다가 격렬하게 날뛰는 소리, 그러나 아직 깊은 수로와 하나의 도개교, 육중한 돌담, 여덟개의 거대한 탑이 남아 있고, 포도주 상점의 드파르주는 네시간째 격렬하게 싸우며 두배로 뜨거워진 총을 여전히 들고 있다.

요새에서 백기가 올라가고, 협상—몰아치는 폭풍을 뚫고 아주 희미하게 알아볼 수 있으나 아무것도 들리지는 않는—이 시작되자 갑자기 바다는 헤아릴 수도 없이 더 넓어지고 높아져 포도주 상점의 드파르주를 내려진 도개교 위로 휩쓸고 가서 육중한 바깥쪽 돌담을 지나 이미 항복한 여덟개의 거대한 탑 가운데로 몰고 갔다!

그를 휩쓸어간 바다의 힘은 그렇게 저항할 수 없을 정도여서 숨을 쉬거나 머리를 돌리는 것조차도 남양南洋의 파도와 싸우고 있는 것처럼 거의 불가능했다. 마침내 그는 바스띠유의 바깥쪽 안마당에 착지했다. 거기서 벽 모서리에 기대어 그는 기를 쓰고 주변을 둘러보았다. 3번 자끄가 가까이에 있었다. 안쪽에는 여전히 여인들을 이끌고 있는 드파르주 부인이 보였고, 그녀가 손에 든 칼도 보였다. 사방이 소란, 열광, 귀를 멀게 할 듯한 광란의 얼떨떨함, 깜짝 놀랄 소음, 그러나 광란의 무언극이었다.

"죄수들!"

"기록!"

"비밀 감방!"

"고문 도구!"

"죄수들!"

모든 외침과 만마디 혼란스러운 말들 가운데, 마치 시간과 공간에 영겁이 있듯이 사람에게도 영겁이 있는 것처럼 몰려드는 사람들의 바다가 제일 많이 외친 말은 "죄수들!"이었다. 제일 앞에 선 큰 물결이 간수들을 데리고 가서 구석의 비밀방까지 다 열지 않으면 당장 모두 죽이겠다고 위협하고 있을 때, 드파르주는 이 사람들 중 한명―손에 횃불을 들고 있는 머리가 희끗한 사내―의 가슴에 그의 억센 손을 얹고서 그를 나머지 사람들에게서 떼어내서 벽에 몰아붙였다.

"북쪽 탑으로 날 안내해!" 드파르주가 말했다. "어서!"

"그러겠습니다." 그 사내가 대답했다. "같이 가시죠. 그렇지만 거긴 아무도 없습니다."

"북쪽 탑 105가 무슨 뜻이지?" 드파르주가 물었다. "어서!"

"뜻요?"

민란의 불길

"죄수를 말하는 거야, 아니면 가둬놓은 장소를 말하는 거야? 아니면 내가 널 죽여야 할까?"

"죽여!" 가까이 다가온 3번 자끄가 쉰 소리로 말했다.

"그건, 감방입니다."

"안내해!"

"그럼, 이쪽으로 가시죠."

3번 자끄는 늘 그러하듯 굶주린 기운을 느끼며, 그 대화가 피를 볼 가능성이 없는 쪽으로 흘러가는 데 눈에 띄게 실망하여 간수의 팔과 드파르주의 팔을 붙들었다. 이 짧은 대화를 나누는 동안 그 세 사람의 머리는 가까이 붙어 있었는데, 서로의 말을 듣기 위해서는 그렇게 할 수밖에 없었다. 요새로 난입하고 안마당과 복도와 계단으로 밀려들면서 사람들의 바다가 내는 소리는 그렇게도 엄청났다. 밖에서도 그 소리는 깊고 거친 함성으로 벽을 두드렸고, 때때로 어떤 소란스러운 외침이 뚫고 나와 분무기처럼 하늘로 솟아오르곤 했다.

햇빛이 들지 않는 어두운 지하감옥을 거쳐, 어두운 밀실과 옥사의 무시무시한 문을 지나, 움푹하게 깊은 계단을 내려가서, 그다음엔 계단이라기보다는 물이 마른 폭포에 가까운, 돌과 벽돌로 만든 가파르고 거친 오르막 계단으로, 드파르주와 간수와 3번 자끄는 손과 팔을 서로 붙잡고 될 수 있는 대로 빠르게 나아갔다. 특히 처음에는 여기저기서 사람들이 몰려나와 그들을 지나쳐가곤 했다. 그러나 계단을 내려가서 탑으로 빙빙 돌아 올라가는 동안은 그들끼리만 있게 되었다. 이곳에 육중한 벽과 아치로 둘러싸여 있으니, 요새 안과 바깥의 폭풍은 마치 그들이 빠져나온 곳의 소음이 그들의 청력을 거의 파괴해버린 것처럼 둔하게 억눌린 채로 들릴 뿐이었다.

간수는 나지막한 문 앞에 서서 덜컹거리는 자물통에 열쇠를 꽂고 천천히 문을 열어젖히고는 그들이 모두 머리를 숙이고 들어가는 순간 이렇게 말했다.

"북쪽 탑, 105입니다!"

묵직한 쇠격자가 쳐지고 유리를 끼우지 않은 작은 창문이 벽에 높이 있었고, 그 앞에는 돌로 된 가로막이 쳐져 있어서, 하늘을 보려면 몸을 낮게 구부리고 치켜뜨고 보아야만 했다. 작은 굴뚝에는 가로로 굵은 살대가 쳐져 있고 그 안쪽은 몇 피트 정도 되었다. 난로에는 나무를 태운 오래된 잿더미가 깃털처럼 쌓여 있었다. 스툴 하나, 탁자, 그리고 짚으로 만든 침대가 있었다. 네 벽은 검게 그을었고, 그중 한 벽에는 녹슨 철고리가 매달려 있었다.

"내가 볼 수 있게 횃불을 이 벽들 위로 천천히 비쳐봐." 드파르주가 간수에게 말했다.

그는 시키는 대로 했고, 드파르주는 불빛을 따라 자세히 벽을 살펴보았다.

"그만! —여기 봐, 자끄!"

"A. M.!" 그가 허겁지겁 쉰 소리로 읽었다.

"알렉상드르 마네뜨," 드파르주는 화약이 깊게 배어 거무튀튀해진 검지로 글자를 더듬으며 그의 귀에 속삭였다. "여기 그가 '가여운 의사'라고 썼네. 틀림없이 이 돌에 달력을 새긴 게 그가 맞아. 당신 손에 든 게 뭐야? 쇠지레? 이리 줘봐!"

그는 아직 총의 화승간火繩桿을 손에 쥐고 있었다. 그는 갑자기 두 도구를 바꾸더니, 벌레 먹은 스툴과 탁자 쪽으로 돌아서 몇번 내리쳐서 그것을 산산조각 냈다.

"불을 더 높이 들어!" 그는 간수에게 성을 내며 외쳤다. "이 조각들을 자세히 살펴봐, 자끄. 그리고 이봐! 여기 내 칼이 있어." 그에게 칼을 던져주며 말했다. "저 침대를 찢어 열어서, 짚 속을 살펴봐. 너, 불을 더 높이 들라니까!"

위협적인 눈빛으로 간수를 보며, 그는 벽난로로 기어가서 굴뚝을 올려다보고 지렛대로 양옆을 쳐보고 후벼본 다음, 그곳을 가로지른 쇠살대를 건드려보았다. 잠시 후 회반죽과 먼지가 떨어지기 시작했고, 그는 얼굴을 돌려 그것들을 피했다. 그 속을, 그리고 오래된 나무 탄 재를, 무기를 집어넣어 작업을 했던 굴뚝 틈새를, 그는 조심스러운 손길로 더듬었다.

"나무엔, 짚 속엔 아무것도 없나, 자끄?"

"없어."

"이걸 다 감방 한가운데 모으자. 자! 불을 붙여, 너!"

간수가 그 작은 무더기에 불을 붙이자 그것은 드높이 활활 타올랐다. 낮은 아치형 문으로 몸을 굽혀 빠져나오면서 그들은 그것이 타게 내버려두고는 다시 길을 되돌아와 안마당으로 나왔다. 내려오면서 그들의 청력이 회복된 것 같았고, 그들은 마침내 다시 한번 날뛰는 물결 속으로 들어섰다.

그 물결은 넘실거리고 뒹굴며 드파르주를 찾고 있었다. 쌩땅뚜안은 바스띠유를 방어하다가 민중에게 총격을 가한 소장을 감시하며 포도주 상점 주인을 제일 먼저 찾느라 소란스러웠다. 그렇지 않았으면 소장은 판결을 받기 위해 시청까지 가지도 않았을 것이었다. 그렇지 않았더라면 소장은 탈출했을 것이고, (그 오랜 세월 동안 아무 값어치가 없다가 갑자기 가치를 갖게 된) 민중의 피는 앙갚음을 하지 못했을 것이었다.

회색 겉옷과 붉은색 훈장이 눈에 띄는 이 험상궂은 나이 든 장교를 둘러싼 것처럼 보이는 울부짖는 열정과 싸움의 우주 속에서, 단 한명 차분한 모습이 보였으니, 그것은 한 여인이었다. "봐, 저기 내 남편이다!" 그녀가 그를 가리키며 외쳤다. "드파르주를 봐!" 그녀는 그 험상궂은 늙은 장교 옆에 꼼짝 않고 서서 계속 그에게 바짝 붙어 있었고, 드파르주와 나머지 사람들이 그를 호송해갈 때도 계속 그 옆에 바짝 붙어갔으며, 그가 목적지에 가까이 갔을 때에는 바짝 붙어서 뒤에서 그를 때리기 시작했고, 오래도록 참아온 찌르기와 구타가 비 오듯 무겁게 떨어질 때에도 그에게 바짝 붙어 있었으며, 그가 매를 맞아 죽어 넘어질 때에도 바짝 붙어 있다가, 갑자기 생기가 돌아서 발을 그의 목에 대고는 그 무시무시한──오랫동안 준비해온──칼로 그의 목을 잘라냈다.

때가 왔다. 쌩땅뚜안은 이제 자신이 어떻게 될 수 있었으며 어떻게 할 수 있었는지를 보여주고자 사람들을 가로등에 매다는 끔찍한 생각을 실천하고자 했다. 쌩땅뚜안의 피가 솟구쳤고, 독재와 철의 지배의 피는 아래로──소장의 시신이 놓인 시청 계단 아래로──사지를 절단하려고 시신을 밟고 있는 드파르주 부인의 신발창 아래로 흘러내렸다. "저쪽 가로등을 낮춰봐!" 새로운 죽음의 수단을 찾아 눈을 번득이던 쌩땅뚜안이 외쳤다. "여기 그의 병사 한 명을 보초로 남겨두자!" 멋진 보초병이 지목되었고, 바다는 앞으로 내달려갔다.

위협적인 검은 물결의 바다, 파도가 연이어 파괴적으로 솟아오르는 바다, 그 깊이를 아직 측정할 수 없고, 그 힘이 아직 알려지지 않은 바다. 사납게 휩쓸고 가는 가차없는 바다, 복수의 목소리, 고난의 용광로에서 굳어져 어떤 동정심의 흔적도 보이지 않게 된 얼굴들.

그러나 온갖 맹렬하고 격렬한 표정이 생생하게 살아 움직이는 얼굴들의 바다에서도, 두 무리의 얼굴들—각각 일곱명씩인—은 나머지 얼굴들과 뚜렷하게 대조적이어서, 물결치는 바다도 그보다 더 인상적인 난파선을 만들어내지는 못했다. 그들의 무덤을 깨뜨린 폭풍으로 갑자기 놓여난 일곱 죄수들이 머리 위로 높이 치켜들려졌다. 최후의 심판 날이라도 온 듯이, 모두 겁을 먹고 어찌할 바를 모르고 모두 어리둥절하여 놀란 표정이었고, 그들 주변에서 기뻐하는 자들은 길 잃은 영혼들이었다. 더 높이 들어올려진 일곱 얼굴들은 모두 죽은 자들로, 늘어진 눈꺼풀과 반쯤 뜬 눈이 최후의 심판 날을 기다리고 있었다. 의식이 없는 얼굴들이었으나 거기엔 정지된—아주 사라지지 않은—어떤 표정이 담겨 있었다. 그 얼굴들은 공포로 정지되어 여전히 감긴 눈을 뜨지 않은 채 핏기 없는 입술로 이렇게 증언할 것만 같았다. **"네가 한 짓이다!"**

석방된 일곱명의 죄수들, 장내 위에 꽂힌 일곱개의 피투성이 머리들, 여덟개의 강력한 탑을 가진 저주받은 요새의 열쇠들, 오래전에 상심하여 죽은 옛 죄수들이 써놓은 편지들과 비망록들, 기타 등등, 이런 것들을 가지고 쌩땅뚜안의 크게 메아리치는 발소리가 1789년 7월 중순의 빠리에 울려퍼졌다. 자, 하늘은 루시 다네이의 환상을 깨버리고 이 발길이 그녀의 삶으로 들어오지 못하게 해주시길! 그것은 막무가내이고, 미쳤고, 위험하니까. 드파르주의 포도주 상점 문간에서 포도주 통이 깨지던 그날 이후로 오랫동안, 그 발걸음은 일단 붉게 물들면 쉽사리 잠잠해지지 않으니까.

334

22장
바다는 계속 일렁이고

초췌해진 쌩땅뚜안은 딱 일주일 동안 기쁨에 들떠서, 할 수 있는 대로 그 딱딱하고 씁쓸한 빵 조각을 형제애의 포옹과 축하에 적셔 보드랍게 만들었다. 드파르주 부인은 늘 그랬듯이 카운터에 앉아 손님들을 통솔했다. 드파르주 부인은 머리에 장미를 꽂지 않았는데, 그건 그 짧은 일주일 동안에도 간첩들의 거대한 형제단이 성자의 자비에 자신을 맡기지 않고 극도로 까다롭게 굴었기 때문이었다. 쌩땅뚜안의 거리에 걸린 가로등은 그들로 인해 무섭도록 낭창 낭창 흔들렸다.

드파르주 부인은 팔짱을 끼고 아침 햇살과 더위 속에 앉아서 포도주 상점과 거리를 바라보고 있었다. 상점과 거리에는 누추하고 불쌍한, 그러나 이제는 그들의 고통 위에 주어진 권력의 느낌을 분명히 드러내는 놈팡이 몇몇이 모여 있었다. 가장 불쌍해 보이는 머리에 아무렇게나 씌워진 가장 누더기 같은 나이트캡은 그 안에 이런 삐딱한 의미를 담고 있었다. "나 스스로 삶을 유지하는 일이 이 모자를 쓴 내게 얼마나 힘들어졌는지 난 알아. 그렇지만, 이 모자를 쓴 내가 당신 삶을 파괴하기가 얼마나 쉬워졌는지, 당신은 알아?" 전에는 일을 하지 않았던, 헐벗은 팔들이 이제는 칠 수 있을 때 칠 준비가 늘 되어 있었다. 뜨개질하는 여인들의 손가락도 그들이 찢어버릴 수도 있다는 경험으로 인해 더욱 활발해졌다. 쌩땅뚜안의 외양에도 변화가 있었다. 그 형상은 수백년 동안 이런 모습으로 다듬어져왔으며, 마지막 일격에 그 표정이 뚜렷하게 나타난 것이었다.

드파르주 부인은 쌩땅뚜안 여성의 지도자에게서 바람직한 정도로, 마음에 든다는 표정을 절제하며 그것을 보고 앉아 있었다. 그녀의 자매 중 한명이 옆에서 뜨개질을 하고 있었다. 굶주린 식료품상의 키 작고 통통한 아내이자 두 아이의 엄마인 이 부관은 이미 복수라는 찬사 어린 별명을 가지고 있었다.

"들어봐요!" 복수가 말했다. "잘 들어봐요! 누가 오는 거죠?"

마치 쌩땅뚜안 지역의 가장자리에서 포도주 상점 문 앞까지 뿌려놓은 화약이 갑자기 터지듯, 빠르게 퍼지는 수군거림이 밀려왔다.

"드파르주네요." 부인이 말했다. "조용히 하세요, 동포 여러분!"

드파르주가 숨차게 달려오면서 쓰고 있던 붉은 모자를 벗고 주위를 둘러보았다! "모두들, 들어보세요!" 부인이 다시 말했다. "이 사람 말을 들어요!" 드파르주는 문밖에 모여든 궁금해하는 눈과 떡 벌어진 입들을 배경으로 숨을 헐떡거리며 섰다. 포도주 상점 안에 있던 사람들은 모두 벌떡 일어나 있었다.

"자, 여보, 무슨 일이에요?"

"딴 세상으로부터 온 소식이오!"

"뭐라고요?" 부인이 경멸하듯이 외쳤다. "딴 세상?"

"모두들 풀롱 영감 기억하죠, 굶주린 사람들에게 풀을 먹으면 된다고 했다가 죽어서 지옥으로 간?"

"그럼요!" 모두가 말했다.

"그에 관한 소식이오. 그가 우리 가운데 있소!"

"우리 가운데라고!" 사람들이 모두 말했다. "죽었는데?"

"죽은 게 아니요! 그는 우리가 너무 무서워서—그럴 만하지—죽었다고 하고는 근사한 가짜 장례식을 치른 겁니다. 그렇지만 그들이 그가 시골에 숨어서 살아 있는 걸 발견해서 데리고 왔어요. 난 방금 그가 시청으로 잡혀가는 걸 봤어요. 그가 우리를 무서워할 만하다고 했죠. 모두 말해봐요! 무서워할 만하죠?"

일흔살도 더 된 가련한 늙은 죄수가 아직도 그것을 몰랐대도, 대답하는 고함 소리를 들었다면 마음에 깊이 새길 정도로 잘 알게 되었을 거였다.

잠시 깊은 침묵이 흘렀다. 드파르주와 그의 아내는 서로 뚫어지게 바라보았다. 복수는 허리를 굽혔고 그녀가 카운터 뒤에서 발치에 있는 북을 움직이는 소리가 들렸다.

"여러분!" 드파르주가 단호한 소리로 말했다. "준비됐습니까?"

곧 드파르주 부인은 칼을 허리에 찼다. 북과 북 치는 사람이 마법에 의해 함께 날아가듯이 북소리가 거리에 울렸다. 복수는 무시무시한 고함을 지르며 마흔명의 복수의 여신이 한꺼번에 모인 듯이 팔로 머리를 감싸고 집집마다 돌아다니며 여자들을 깨웠다.

창가에서 살벌한 분노로 무시무시하게 밖을 내다보던 남자들은 그들이 가진 무기를 집어들고 길거리로 쏟아져나왔다. 그러나 여자들이야말로 가장 대담한 자들의 등골조차 오싹하게 만들 만한 광경이었다. 그들은 찢어지도록 가난한 살림살이로부터, 아이들로부터, 굶주리고 헐벗은 채 맨땅에 웅크린 환자들로부터, 머리카락을 휘날리며 달려나와 서로와 스스로를 재촉하여 미친 듯이 가장 거친 고함과 행동을 보여주었다. 악당 풀롱이 잡혔다, 자매여! 풀롱 영감이 잡혔대요, 어머니! 사악한 풀롱이 잡혔구나, 내 딸아! 그러고는 수십명의 다른 이들이 그들 사이로 뛰쳐나와 가슴을 치고 머리카락을 쥐어뜯으며 외쳤다. 풀롱이 살아 있어! 굶주린 사람들에게 풀을 먹으라고 했던 그 풀롱! 내 늙으신 아버지께 드릴 빵이 없는데, 그에게 풀을 먹으라고 했던 풀롱이! 가난해서 젖이 나오지 않는데 내 아기에게 풀을 빨아먹으라 했던 그 풀롱! 오, 성모님, 이 풀롱! 하느님, 우리의 고통을요! 들어주소서, 내 죽은 아가, 그리고 병드신 아버지, 저는 이 돌 위에 무릎을 꿇고 풀롱에게 당신들의 복수를 하기로 맹세합니다. 남편이여, 형제여, 젊은이들이여, 우리에게 풀롱의 피를 달라, 우리에게 풀롱의 머리를 달라, 우리에게 풀롱의 심장을 달라, 우리에게 풀롱의 육신과 영혼을 달라, 풀롱을 갈기갈기 찢어 땅에 파묻어 그로부터 풀이 자라나게 하라! 이렇게 외치면서 수많은 여인들은 맹목적인 광기에 휘몰려 그들의 친구들을 때리고 쥐어뜯으며 돌아다니다 마침내 열정에 못 이겨 기절하고는, 발길에 짓밟힐 뻔했다가 자기 집안 남자들에 의해 겨우 구조되었다.

그럼에도 불구하고 한순간도 낭비할 틈이 없었다, 한순간도! 이 풀롱이란 자는 시청에 있었고 풀려날 것이었다. 쌩땅뚜안이 자신의 고생과 모욕과 학대를 안다면 결코 그래선 안되지! 무장한 남녀는 그 동네에서 재빨리 몰려나와 그들 뒤를 따르는 마지막 찌꺼기까지도 거세게 빨아들여 십오분 안에 쌩땅뚜안의 품에는 몇몇 쭈그렁 할멈들과 보채는 어린애 외에는 사람이라곤 남아 있지 않게 되었다.

그럴 수 없었다. 그들은 그때쯤엔 이미 그 추하고 사악한 노인이 있는 조사실을 꽉 메우고 옆에 붙은 공간과 길거리까지 넘쳐나고 있었다. 드파르주 부부, 복수, 3번 자끄는 선두 무리에 있었고, 시청에 있는 그와 그리 멀지 않은 곳에 있었다.

"봐라!" 부인이 칼로 가리키며 말했다. "저 늙은 악당이 묶여 있는 것을 봐. 그의 등에 풀을 한묶음 묶어놓은 건 잘했네. 하, 하! 잘했어. 당장 저걸 먹게 해라!" 부인은 칼을 겨드랑이에 끼고 마치 연극을 보듯 박수를 쳤다.

사람들이 즉시 드파르주 부인 뒤에 모여들어, 그녀가 좋아하는 이유를 뒷사람에게 전하고, 그들은 또다른 사람들에게 설명하고, 그들은 또다른 사람들에게 설명해서, 이웃 거리들에서 박수 소리가 울려퍼졌다. 또 두세시간 동안 질질 끌면서 수많은 부셸[60]의 단어들을 키질하는 동안, 드파르주 부인이 종종 조바심을 표하면 그것은 놀라운 속도로 멀리까지 전달되었다. 더 그랬던 것은, 놀라운 민첩함을 발휘하여 외부 구조물에 기어올라가 창문에서 들여다보던 어떤 남자들이 드파르주 부인을 잘 알고 있었으므로, 그녀와 건물 바깥의 군중 사이에서 일종의 전신 노릇을 했기 때문이었다.

마침내 해가 중천에 떠올라 희망, 혹은 보호의 햇살이 늙은 죄수의 머리 위에 곧바로 내리쬐었다. 너무 많이 봐준 것이다. 순식간에 놀랍도록 오랫동안 버티던 먼지와 검불의 장벽이 바람에 날아가고 쌩땅뚜안이 그를 잡았다!

---

60 곡물이나 과일의 무게단위. 약 28킬로그램.

이 사실은 가장 멀리 있는 군중에게도 곧장 알려졌다. 드파르주는 난간과 탁자를 뛰어넘어 그 불쌍한 죄인을 죽을 듯이 꽉 부둥켜잡았고—드파르주 부인은 그를 따라서 그를 묶은 밧줄 중 하나를 손으로 휘어잡았으며—복수와 3번 자끄는 미처 그들을 따라가지 못하고 창문에서 보던 남자들은 높은 횃대에 앉은 맹금처럼 미처 홀 안으로 들어오지 못했으며—바로 이때 온 시내에 이런 외침이 높아가는 것 같았다. "끌어내! 가로등으로 끌어내!"

넘어지고, 일어나고, 건물 계단을 머리로부터 내려오고, 이젠 무릎으로, 이젠 걸어서, 이젠 누워서, 끌려가고 얻어맞고 수백명의 손이 그의 얼굴에 쑤셔넣는 풀과 지푸라기로 숨이 막히고, 찢기고 멍들고 숨을 헐떡이고 피를 흘리며, 그러면서도 계속 자비를 구하며 애걸하고, 사람들이 구경을 하려고 조금씩 물러나면서 주변에 작은 공간이 생긴 채로 격렬한 고통의 몸짓을 보이며, 또 무성한 다리의 숲 사이로 죽은 통나무처럼 끌려다니고, 그러면서 그는 그 죽음의 가로등이 흔들리고 있는 가장 가까운 길모퉁이로 끌려나왔다. 거기서 드파르주 부인은—마치 고양이가 쥐에게 하듯이—그를 놓아주고는, 그들이 준비를 하고 그가 그녀에게 간청하는 동안 그를 말없이 침착하게 바라보았다. 여자들은 내내 그에게 열렬히 날카로운 소리를 질러댔고, 남자들은 그의 입에 풀을 집어넣어 죽여야 한다고 단호하게 외쳤다. 처음으로 그를 매달았고, 밧줄이 끊어졌고, 그들은 비명을 지르는 그를 붙들었다. 두번째로 그를 매달았고, 밧줄이 끊어졌고, 그들은 비명을 지르는 그를 붙들었다. 그러고 나서는 밧줄이 다행스럽게도 그를 지탱했으며, 그의 머리는 곧 대창 위에 올려졌다. 입에는 온 쌩땅뚜안이 보고 춤을 추기에 충분할 만큼 풀을 잔뜩 문 채로.

이것이 그날의 궂은일의 끝이 아니었다. 쌩땅뚜안은 성난 피가 한껏 솟구치도록 소리치고 춤추었던지라, 날이 저물 무렵 처형된 자의 사위이자 또 하나의 민중의 적이며 모욕을 준 자가 기병대만 오백명이 호위하는 가운데 빠리로 들어온다는 소식이 들려오자, 다시 피가 끓어올랐다. 쌩땅뚜안은 너울거리는 종이 위에 그의 죄목을 적고, 그를 붙들어——풀롱에게 친구를 만들어주고자 부대의 한가운데서 그를 뜯어내려는 듯이——그의 머리와 심장을 대창 위에 올리고 그날의 세가지 전리품을 들고서 늑대 무리처럼 거리를 활보했다.

어두운 밤이 올 때까지도 남자와 여자 들은 빵을 달라고 보채는 아이들에게 돌아가지 않았다. 그리고 나서 초라한 빵 가게들은 질 나쁜 빵을 사려고 줄을 서서 끈질기게 기다리는 그들에게 시달렸다. 그들이 배가 굶주려 텅텅 빈 채로 기다리는 동안 그들은 그날의 승리로 서로 끌어안으며 시간을 보냈고, 수다를 떨면서 그 승리를 다시 성취했다. 누더기 입은 사람들의 행렬이 점점 짧아지고 흩어졌다. 높은 창문에선 가난한 불빛이 비치기 시작했고, 거리엔 가냘픈 불꽃이 타올랐다. 그 불에다 이웃들은 같이 먹을 것을 만들고 나중에 각자의 문간에서 저녁을 먹었다.

그 저녁식사는 볼품없고 부족했으며, 보잘것없는 빵에는 다른 쏘스도 고기도 없었다. 그러나 인간적인 동료애가 그 딱딱한 음식에 어떤 영양분을 불어넣었고, 그들에게서 유쾌함이 반짝이게 만들었다. 그날 최악의 사태를 함께했던 아버지들과 어머니들은 그들의 빈약한 아이들과 온순하게 놀아주었고, 이런 세상에 둘러싸이고 이런 세상 앞에 놓인 연인들도 사랑하고 소망했다.

새벽이 되어서야 드파르주의 포도주 상점에서는 마지막 손님들

이 나갔고, 드파르주는 문을 잠그며 목쉰 소리로 아내에게 이렇게
말했다.

"마침내 그날이 왔군, 여보!"

"아, 그래!" 부인이 답했다. "거의."

쌩땅뚜안은 잠이 들었고, 드파르주 부부도 잠이 들었다. 복수도
그녀의 굶주린 식료품상과 잠이 들었고, 북소리도 휴식을 취했다.
쌩땅뚜안에서 피와 열망이 바꾸지 못한 유일한 목소리는 바로 그
북소리였다. 북의 관리자인 복수는 바스띠유가 무너지기 전에 그랬
듯이, 혹은 풀롱 영감이 잡히기 전에 그랬듯이, 북을 깨워 똑같은
소리를 내도록 할 수도 있었다. 그러나 쌩땅뚜안의 품에 안긴 남녀
의 거친 목소리는 그렇지 않았다.

23장
불이 솟다

샘물이 흘러내리고 길 고치는 사람이 그의 불쌍하고 무지한 영혼과 그의 불쌍하고 수척해진 육신을 하나로 합쳐 유지해줄 빵 조각을 벌기 위해 큰길의 돌을 캐내러 매일 나가던 마을에도 변화가 일어났다. 바위산 위 감옥은 예전처럼 그렇게 위압적이지 않았다. 감옥을 지키는 병사들이 있었지만 많지는 않았다. 병사들을 지키는 장교들도 있었지만, 아무도 그의 병사들이 무슨 일을 할지 알지 못했다. 아는 것이라곤, 그것이 그가 명령받은 일은 아닐 거라는 사실이었다.

저 멀리 널찍하게 황폐한 농촌이 폐허 말고는 아무것도 내놓지 못한 채로 펼쳐졌다. 모든 초록색 나뭇잎들과 모든 풀잎과 낟알이 불행한 사람들처럼 쪼그라들고 볼품없었다. 모든 것이 구부러지고 기가 꺾이고 눌리고 부서져 있었다. 사람 사는 집, 담장, 가축, 남자, 여자, 아이, 그들을 품은 토양까지—모든 것이 다 해어져 있었다.

귀족 나리는 (종종 개인적으로는 매우 훌륭한 신사였고) 국가의 축복이었고, 사물에 정중한 색조를 부여했고, 사치스럽고 빛나는 삶의 품위있는 본보기였으며, 또 그 이상이었다. 그럼에도 불구하고 나리는 하나의 계급으로서는 어찌어찌하여 일을 이렇게 만들어버렸다. 이상한 것은 분명 나리를 위해 고안된 창조가 그렇게 순식간에 말라버리고 파산해버렸다는 것이었다! 이건 분명 하느님의 준비에 뭔가 근시안적인 데가 있었던 것이다! 그러나 상황은 이랬다. 부싯돌에서 마지막 피 한방울까지 짜내고, 톱니를 마지막까지 그리도 자주 돌렸기 때문에, 그 지렛대 장치가 뭉그러져 이젠 돌고 돌아도 아무것도 물려들지 않았고, 귀족 나리는 그렇게 저조하고 설명할 수 없는 현상으로부터 도망치기 시작했다.

그러나 이것이 그 마을과 이와 비슷한 다른 수많은 마을에 일어난 변화는 아니었다. 지난 수십년 동안, 나리는 마을을 쥐어짜다시피 착취해왔고, 사냥의 쾌락──어떤 때는 사람들을 사냥하고, 또 어떤 때는 짐승들을 사냥하면서 그들을 보존하기 위해 야만적이고 황폐한 야생의 땅을 보란 듯이 확보해놓았다──을 위해서가 아니면 그곳에 나타나 마을에 영광을 주는 일을 거의 하지 않았다. 그 변화는 상류층의 조각한 듯한, 혹은 미화되거나 아름다워지는 나리의 모습이 사라지는 것으로라기보다는, 하류층에서 이상한 얼굴들이 나타나는 것으로 드러났다.

먼지 속에서 길 고치는 사람이 가끔은 자신이 먼지였고 먼지로 돌아가리라는 생각을 하면서, 대부분은 그에게 저녁거리가 거의 없다거나 저녁을 먹는다면 얼마나 많이 먹을 수 있는가를 생각하는 데 정신이 팔린 채로 혼자 일하던 그 시절에──그가 외로운 작업에서 눈을 들어 앞을 바라보던 그 시절에, 그는 어떤 거친 사람의 형체가 걸어서 다가오는 것을 보곤 했다. 그 지역에 그런 모습이 보이는 경우는 드물었지만, 이제는 자주 있는 일이 되었던 것이다. 그 형체가 다가오자 길 고치는 사람은 놀랄 것도 없이, 그의 눈에도 그것이 거의 야만인처럼 생기고 키가 크며, 더럽고 거칠고 거무튀튀하며, 수많은 도로에서 진흙과 먼지에 빠져보았고, 수많은 저지대에서 늪의 습기에 젖어도 보았으며, 숲 속의 샛길에서 수많은 가시와 나뭇잎과 이끼를 뒤집어써보았으며, 투박한 나막신을 신고 머리가 덥수룩한 남자임을 알 수 있었다.

그가 우박을 피해서 찾아간 피난처인, 둑 아래 돌무더기에 앉아 있을 때, 그런 남자 하나가 7월 한낮의 날씨에 그에게로 유령처럼 다가오고 있었다.

그는 그를 쳐다보고, 분지에 있는 마을과 방앗간과 바위산 위 감옥을 쳐다보았다. 그가 무지몽매한 정신으로 이 대상들을 확인하고 나자, 그는 가까스로 알아들을 수 있는 사투리로 말했다.

"안녕하시오, 자끄?"

"잘 지냅니다, 자끄."

"악수합시다!"

그들은 손을 잡았고, 그 남자는 돌무더기 위에 앉았다.

"점심은?"

"오늘은 저녁뿐이오." 배고픈 얼굴을 하고 길 고치는 사람이 말했다.

"유행인가봐." 그 남자가 투덜댔다. "점심 먹는 사람을 볼 수가 없네."

그는 꺼멓게 된 파이프를 꺼내서 담뱃잎을 채우고 부싯돌과 쇳조각으로 불을 붙여서 빨갛게 타오를 때까지 빨았다. 그리고 갑자기 파이프를 멀리 잡고는 손가락 사이에서 뭔가를 그 속에 집어넣었고, 그것은 불이 붙더니 한줄기 연기가 되어 사라져버렸다.

"악수합시다." 그 작업을 보고 나니 이번엔 길 고치는 사람이 이 이야기를 할 차례였다. 그들은 다시 손을 잡았다.

"오늘이오?" 길 고치는 사람이 말했다.

"오늘." 그 남자가 파이프를 입에 물면서 말했다.

"어디요?"

"여기요."

그와 길 고치는 사람은 말없이 서로 바라보며 돌무더기 위에 앉아 있었고, 그들 사이로 마치 난쟁이들이 총검으로 공격하듯 우박이 몰아쳐들어오더니, 마침내 마을 위로 하늘이 개기 시작했다.

"보여주쇼!" 능선 위를 향해가며 나그네가 말했다.

"보시오!" 길 고치는 사람은 손가락을 쭉 뻗으며 대답했다. "이 쪽으로 내려가서 길을 따라 곧장 가서, 샘터를 지나면······"

"이런 망할!" 다른 이가 경치를 보며 눈을 굴리면서 말을 가로막았다. "난 길로도 안 가고 샘터도 안 지나가요. 알겠소?"

"그럼! 마을 위쪽 저 언덕 꼭대기 너머로 가면 2리그쯤 되는 거리인데요."

"좋소. 일 언제 끝나요?"

"해가 지면."

"그럼 가기 전에 나를 깨워주겠소? 쉬지도 않고 이틀 밤을 새워서 걸어왔소. 파이프나 다 피고 아이처럼 폭 잘 거요. 깨워줄 거죠?"

"그럼요."

나그네는 파이프를 마저 다 피우고 가슴팍에 집어넣은 후, 커다란 나막신을 벗고 돌무더기 위에 등을 대고 누웠다. 그는 곧 깊은 잠에 빠져들었다.

길 고치는 사람이 먼지 나는 일을 계속하고, 우박을 내리던 구름도 물러가 은빛으로 반짝이는 경치에 화답하여 밝은 하늘이 가로로 길게 드러나자, 작은 사내는 (이제는 파란 모자 대신 붉은 모자를 쓰고 있었다) 돌무더기 위에 누운 그의 모습에 매혹된 것처럼 보였다. 그의 눈은 자꾸 그쪽으로 돌아가서, 도구는 그냥 기계적으로 움직일 뿐이었고, 굳이 말하자면 별 성과도 없다고 해야 했다. 구릿빛 얼굴, 덥수룩한 머리와 턱수염, 거친 양모로 만든 붉은 모자, 손으로 짠 투박한 직물로 만든 거친 누더기 옷과 털이 더부룩한 가슴, 가난한 생활로 여위었으나 건장한 골격, 자면서도 무뚝뚝하고 절박하게 꼭 다문 입술이 길 고치는 사람에게 경외심을 불러일으켰다. 나그네는 멀리서 왔으며 발은 부르텄고 발목은 긁혀 피가 나고 있었다. 나뭇잎과 풀잎으로 속을 채운 커다란 신발은 먼 길을 끌고 오기에는 무거웠고, 옷은 닳아서 그의 몸에 난 상처처럼 구멍이 나 있었다. 길 고치는 사람은 그의 곁에서 허리를 굽히고, 가슴이나 어딘가에 비밀 무기가 없는지 보려고 했다. 그러나 헛수고였다. 그는 팔짱을 끼고 자고 있었으며, 그것도 꼭 다문 입술만큼이나 단호하게 끼고 있었기 때문이었다. 길 고치는 사람이 보기에, 방책이나 초소, 관문, 참호, 도개교 등으로 요새화한 도시도 이 사람에 대면 공기나 다름없을 듯했다. 그가 그로부터 눈을 들어 지평선과 주변을 바라보았을 때, 그는 그와 비슷한 모습들이 어떤 장애물에도 거리낌 없이 온 프랑스의 중심부로 향하는 듯한 환상을 보는 것 같았다.

그 남자는 우박이 퍼붓고 사이사이 날이 개고 그의 얼굴에 햇살과 그늘이 번갈아 드리우고, 몸에 둔탁한 얼음덩어리가 부딪히고 햇살을 받아 그것이 다이아몬드처럼 반짝이거나 말거나 상관없이, 해가 서쪽으로 지고 하늘이 붉게 타오를 때까지 계속 잤다. 그러고 나서 길 고치는 사람은 도구를 챙겨들고 마을로 내려갈 준비를 모두 갖춘 후 그를 깨웠다.

"좋아!" 자던 사람이 팔꿈치를 짚고 일어나며 말했다. "저 언덕 너머로 2리그라고요?"

"그쯤 됩니다."

"그쯤이라, 좋습니다!"

길 고치는 사람은 바람이 일어남에 따라 앞길에 먼지가 일어나는 중에 집으로 향했고, 곧 샘터로 가서 거기 물을 마시러 몰려온 비쩍 마른 소들 사이에 끼어들어 마을 사람 모두에게 속삭이듯 그들에게도 속삭이는 척했다. 마을 사람들은 초라한 저녁을 먹고 나서 늘 그러하듯 잠자리에 들지 않고 다시 문밖으로 나와서 기다렸다. 묘한 수군거림이 전염병처럼 돌았고, 어둠속 샘터에 그 소리들이 모이자, 또다른 묘한 시선이 오로지 한 방향으로 뭔가를 기대하는 듯 하늘을 바라보았다. 그 장소의 주 관리자인 가벨 씨는 불안해져서 혼자 지붕 위에 나와 그쪽 방향을 쳐다보다가, 굴뚝 뒤에서 아래쪽 샘터에 모인 어둑어둑해져가는 얼굴들을 흘끗 보고는 교회 열쇠를 가지고 있는 교회지기에게 곧 경보 종소리를 울릴 필요가 있을지도 모른다는 말을 전했다.

밤이 깊었다. 외로운 자리를 지키고 있는 오래된 성을 둘러싼 나무들은 마치 어둠속에 육중하고 검게 선 건물들을 위협하듯이 거세지는 바람을 따라 움직였다. 두개의 테라스 계단에는 비가 세차게 내리며 안에 있는 사람들을 깨우는 발 빠른 전령처럼 커다란 문을 두드렸다. 불쾌한 바람이 홀을 거쳐 오래된 창과 칼 사이를 지나 계단으로 윙윙 울면서 올라가 죽은 후작이 자던 침대의 커튼을 흔들었다. 동, 서, 남, 북, 숲 속에서 텁수룩한 남자 넷이 키 큰 풀을 짓밟고 나뭇가지를 부러뜨리며 뚜벅뚜벅 걸어와, 조심스럽게 걸어 안마당에 모였다. 네개의 불빛이 비쳤고, 서로 다른 방향으로 움직여갔고, 모든 것이 다시 깜깜해졌다.

그러나 오랫동안은 아니었다. 곧 성은 마치 스스로 빛을 내듯이 그 자체의 불빛에 이상하게 모습을 드러내기 시작했다. 그러고는 정면의 건물 뒤쪽에서 널름거리는 불꽃이 뛰놀며 투명한 곳으로 번져나가 난간, 아치, 창문 들이 있는 곳을 비추었다. 그리고 불꽃은 더 높이 솟구쳐 점점 크고 밝아졌다. 곧 수십개의 커다란 창문으로부터 화염이 터져나왔고, 돌로 된 얼굴들이 깨어나 불 속에서부터 노려보았다.

그곳에 남아 있던 몇 안되는 사람들이 내는 웅성거리는 소리가 집 주변에서 희미하게 들렸고, 말에 안장을 매고 달려가는 소리가 들렸다. 어둠을 뚫고 박차를 가하며 철벅철벅 달리더니, 마을 샘터의 공간에 고삐가 묶이고, 거품을 문 말이 가벨 씨 문 앞에 섰다. "도와줘, 가벨! 도와줘, 모두들!" 경보 종소리가 조급하게 울렸지만, 다른 도움은 (그런 것이 있다 해도) 없었다. 길 고치는 사람과 이백오십명의 특별한 친구들은 샘터에서 팔짱을 끼고 하늘로 치솟는 불기둥을 바라보았다. "40피트는 되겠는걸." 그들은 으스스하게 말하며 움직이지 않았다.

성에서 말을 타고 나온 사람과 거품을 문 말은 마을을 뚫고 달려나가 돌이 많은 비탈길을 뛰어올라 바위산 위 감옥으로 갔다. 문에서 장교들 한 무리가 불을 보고 있었다. 그들로부터 떨어진 곳에

한 무리의 병사들이 있었다. "도와줘요, 보시오, 장교님들! 성에 불이 났어요. 값나가는 물건들을 제때 불에서 꺼내야 해요! 도와줘요, 도와줘요!" 장교들은 불을 바라보고 있는 병사들을 쳐다보고는 아무런 명령도 내리지 않고 어깨를 움찔하고 입술을 깨물며 이렇게 대답했다. "타야죠, 뭐."

말을 탄 사람이 다시 언덕을 달려내려와 길을 지나갈 때 마을에는 불이 켜지고 있었다. 길 고치는 사람과 이백오십명의 특별한 친구들은 불을 켜겠다는 생각에 남녀 불문하고 단합하여 각자의 집으로 뛰어들어가서 흐릿한 작은 유리창마다 촛불을 켜놓았다. 모든 물자가 부족했으므로, 초도 다소 강제적인 방식으로 가벨 씨 집에서 빌려와야 했다. 관리인 쪽에서 잠시 망설이고 주저하는 순간, 한때 권위에 그렇게도 고분고분하던 길 고치는 사람은 마차로 모닥불을 지피면 좋겠다며 역마도 거기다 구울 것이라고 말했다.

성은 그냥 불꽃에 맡겨진 채 타고 있었다. 포효하며 날뛰는 그 큰불 속에서, 지옥에서 바로 불어오는 뜨거운 바람이 그 건물을 날려버리는 것 같았다. 불꽃이 오르락내리락하면서 석상의 얼굴은 마치 고문을 받는 것처럼 보였다. 거대한 돌덩어리와 목재가 떨어지자, 코에 두개의 흠집이 있는 석상의 모습도 흐려졌고, 마치 말뚝에 묶여 불길과 싸우고 있는 잔인한 후작의 얼굴인 듯, 곧 다시 연기 속에서 튀어나왔다.

성은 타버렸다. 가까이 있던 나무들은 불이 옮겨붙어 그을리고 쪼그라들었다. 네명의 무서운 사내들이 불을 지른 멀리 있는 나무들은 새로운 연기의 숲으로 불타는 건물을 둘러쌌다. 녹아내린 납과 쇠가 분수의 대리석 수반에서 끓었다. 물은 말랐다. 촛불 끄는 기구처럼 생긴 탑의 지붕은 열 앞에서 얼음처럼 사방으로 녹아내려 험악한 불꽃의 샘을 이루었다. 탄탄한 벽은 결정체가 생겨나듯 커다랗게 쩍쩍 금이 가고 갈라졌다. 마비된 새들은 빙빙 돌다가 용광로로 떨어졌다. 네명의 무서운 사내들은 동, 서, 남, 북으로 어둠에 싸인 길을 따라 그들이 불붙여놓은 봉홧불에 의지하여 다음 목표를 향해서 걸어가버렸다. 불을 밝힌 마을은 경보 종을 멈추고, 합법적인 종지기를 몰아낸 후 기쁨의 종을 울렸다.

그뿐이 아니었다. 굶주림과 불과 종소리에 머리가 멍해지고 가벨 씨가 임차료와 세금—가벨이 그 말년에는 세금도 아주 조금씩, 임차료는 거의 받지 못했지만—을 거두는 일과 관련이 있다고 생각한 마을 사람들은 그와 만나려고 안달했고, 그의 집을 둘러싸고 나와서 이야기 좀 하자고 불러댔다. 이에 가벨 씨는 굳게 문을 잠그고 혼자 궁리를 하러 들어갔다. 그 회담의 결과, 가벨은 다시 자기 집 지붕 위 굴뚝 뒤로 숨었고, 만약 문이 부서지면 (그는 복수심이 강한 남부 출신의 조그만 사내였다) 지붕에서 거꾸로 몸을 던져 아래에 있는 한두명을 깔아뭉개버리겠다고 결심했다.

아마도 가벨 씨는 그 위에서 멀리 불타는 성을 불과 촛불로 삼아, 기쁨의 종소리와 뒤섞여 그의 문을 두드리는 소리를 음악 삼아, 긴 밤을 보냈을 것이다. 그가 재수없게도 등불을 역참 문 앞 길 건너로 내던져버리자, 마을 사람들이 그를 위해서 등불을 신바람 나게 치워놓은 것은 말할 것도 없다. 가벨 씨가 결심했듯이 그렇게 뛰어들 준비를 하고 검은 바닷가에서 온 여름밤을 보내는 괴로운 박진감이란! 그러나 마침내 친구처럼 새벽이 밝아오고 마을 사람들의 촛불 무리가 꺼져가면서, 사람들은 만족하여 흩어졌고 가벨 씨도 잠시나마 목숨을 부지한 채 지붕에서 내려왔다.

그날밤, 그리고 다른 날 밤, 100마일 이내에 다른 불꽃에 비춰진,

그들이 태어나고 자랐으며, 한때는 평화롭던 거리에 목매달린 채 아침에 발견된 조금 더 운이 나쁜 다른 관리인들이 있었다. 또 길 고치는 사람과 그의 친구들보다 운이 나빠서, 관리인과 병사 들이 공격하여 이번엔 도리어 그들이 교수형에 처해버린 시골 사람들과 도시 사람들도 있었다. 그러나 그 무서운 사람들은 무슨 일이 벌어지든, 누가 목매달리고 누가 불에 타든, 동, 서, 남, 북으로 꾸준히 다녔다. 얼마나 높은 교수대를 세워야 물 쪽으로 돌아서 그 불을 끌 수 있을지, 어떤 관리인도, 어떤 수학의 한계로도 성공적으로 계산할 수는 없었다.

24장
자석 바위에 끌려가다

　이렇게 불길이 일어나고 바다가 일렁이는 가운데—물러날 줄 모르고 계속 점점 더 높이 밀려들어 해안에서 바라보는 사람들도 공포에 떨면서 놀라게 하는 성난 바다의 돌진에 단단한 대지가 흔들리는 가운데, 삼년 동안 태풍의 시절이 지나갔다. 어린 루시의 생일이 세번 더 지나가면서 황금 실로 루시네 가정의 평화로운 삶이 짜였다.

　여러날, 여러밤 동안 그 집 식구들은 몰려드는 발소리를 들을 때면 철렁하는 가슴을 안고 길모퉁이의 메아리를 들었다. 그 발소리들은 그들의 마음에는, 붉은 깃발 아래 그들의 나라가 위험에 처했음을 선언하며, 오래도록 지속된 무시무시한 황홀경에 사로잡혀 야생 동물로 변해버린 민중의 발소리로 느껴졌기 때문이었다.

　하나의 계급으로서의 귀족은 그가 인정받지 못하는 현상이 자신과 관련이 없다고 여겼다. 그는 프랑스에서 내쫓기고, 심지어 삶으로부터도 추방될 정도로 상당히 위험에 처할 만큼 프랑스에서 원하는 이가 거의 없었다. 끝없이 노력한 끝에 악마를 불러내고는 그 모습이 너무 무서워 악마에게 아무것도 묻지 못하고 즉시 도망쳤다는 우화 속 시골뜨기처럼, 귀족 나리는 여러해 동안 주기도문을 대담하게 거꾸로 읽고 악마를 부리기 위한 수많은 다른 강력한 마법을 쓰고 나서, 무시무시한 악마를 보자마자 걸음아 날 살려라 내뺀 것이다.

빛나는 **궁정의 중심**은 사라졌다. 아니, 전국적으로 허리케인처럼 몰아친 총탄의 표적이었을지도 모른다. 그것이 보기 좋았던 적은 없었고, 오랫동안 루시퍼의 교만과 사르다나팔로스[61]의 사치와 두더지의 맹목성을 약간씩 가지고 있었지만, 이제 그마저 다 떨쳐버리고 사라진 것이다. 특권층의 핵심세력에서 음모, 타락, 위선의 가장 바깥쪽 썩은 고리에 이르기까지, 궁정은 모두 사라져버렸다. 왕족도 사라졌다. 마지막 소식이 왔을 때 그들은 궁전에서 포위당한 채 '기능 정지' 상태였다.

1792년 8월이 다가왔고, 귀족 나리들은 이때쯤엔 모두 뿔뿔이 흩어져 있었다. 자연스럽게도, 런던에 있는 귀족 나리들의 본부 겸 가장 큰 모임 장소는 텔슨 은행이었다. 귀신은 그들의 육신이 제일 자주 가던 곳에 드나들기 마련인데, 마찬가지로 돈 한푼 없는 귀족 나리는 그의 돈이 있던 그곳에 자주 드나들었다. 더욱이 그곳은 가장 믿을 만한 프랑스 쪽 정보가 가장 빨리 오는 지점이기도 했다. 다시 말해서, 텔슨은 대단히 후한 회사로서, 그 높은 지위로부터 몰락한 옛 고객들에게 굉장히 너그럽게 대했던 것이다. 다시 말해서,

---

61 사치로 유명한 아시리아의 왕 아수르바니팔의 희랍어 이름.

때맞춰 다가오는 폭풍을 보고 약탈과 몰수를 예견한 귀족들은 선견지명 있게도 텔슨 은행에 송금을 해두었고, 그들의 궁한 형제들은 그곳에서 그들의 소식을 늘 듣곤 했다. 여기에 덧붙여야 할 것은, 프랑스에서 새로 건너오는 사람들은 누구나 거의 당연한 일처럼 텔슨 은행에 나와서 자신의 소식을 전했다는 것이다. 그런 다양한 이유로 인해 그 당시 텔슨은 프랑스 쪽 정보에 관한 한 일종의 고등거래소였다. 이 사실은 대중에게 잘 알려져 있었고 그래서 그쪽으로 들어오는 문의도 엄청나게 많았으므로 텔슨은 가끔 최신 소식을 한두줄 써서 템플 바를 지나가는 모든 사람이 읽을 수 있도록 은행 창문에 붙여놓기도 했다.

후텁지근하고 뿌연 오후, 로리 씨는 자기 책상에 앉아 있었고, 찰스 다네이는 낮은 목소리로 그와 이야기를 나누며 책상에 기대어 서 있었다. 사장과의 면담을 위해서 따로 마련해놓았던 고해소 같은 작은 방은 이제 뉴스 거래소가 되어 차고 넘칠 지경이었다. 문 닫을 시간까지는 삼십분쯤 남아 있었다.

"그렇지만, 생존자 중에서는 가장 젊으시긴 하지만," 찰스 다네이는 머뭇거리며 말했다. "그래도 제 말씀은……"

"알아, 내가 너무 늙었다는 거지?" 로리 씨가 말했다.

"날씨도 불안하고, 여정도 길고, 여행수단도 불확실하고, 나라 꼴도 엉망이고, 도시는 안전하지 않을지도 모릅니다."

"찰스," 로리 씨가 쾌활하게 자신감에 차서 말했다. "자넨 내가 거기 가야 하는 이유를 몇개 지적했네. 내가 멀리 있어야 하는 이유가 아니라 말일세. 내겐 충분히 안전해. 훼방할 가치가 있는 사람들이 그렇게나 많은데, 팔순이 다 되어가는 늙은이에게 군이 참견할 사람은 아무도 없을 거야. 도시가 엉망이라는 점에 대해선, 도시가 엉망이 아니라면 여기 있는 우리 사무소에서 저쪽 사무소로, 옛날부터 그 도시와 사업을 잘 알고 텔슨이 은밀하게 신뢰하는 누군가를 보낼 이유도 없을 걸세. 여행이 불확실하고 여정이 길고 겨울 날씨[62]라는 것 말인데, 내가 이 긴 세월을 지나 텔슨을 위해 몇가지 불편한 점을 감수할 준비가 되어 있지 않다면, 또 누가 있겠나?"

"제가 직접 갔으면 좋겠습니다." 찰스 다네이는 어쩐지 조급해져서 말하면서 생각하는 사람처럼 말했다.

"정말! 자넨 이렇게 반대를 하고 충고도 하다니 용감한 사람이야!" 로리 씨가 외쳤다. "자네가 직접 가고 싶다고? 프랑스에서 태어난 자네가? 참 현명한 상담가로군."

"로리 씨, (여기서 말할 생각은 아니었지만) 제가 그 생각을 자주 떠올렸던 것은 바로 제가 프랑스 태생이기 때문입니다. 그 불쌍한 사람들에게 일말의 동정심을 가졌고 그들에게 뭔가를 내주었던 사람으로서, 이런 생각을 안할 수가 없어요." 그는 여기서 예전처럼 사려 깊은 태도로 말했다. "그런 사람 말에 귀를 기울여야 하고, 그가 조심스럽게 설득할 수 있는 힘을 가졌을 수도 있다고요. 어젯밤에 당신이 가시고 나서 루시와 얘기를 하고 있는데……"

"루시와 얘기를 하고 있는데," 로리 씨가 말을 받았다. "그래, 자네가 루시 이름을 말하면서 부끄러워하지 않는 게 이상하지! 하필 이런 때에 자네에게 프랑스에 갔으면 하고 바라면서 말이야!"

"그렇지만 전 안 가잖아요." 찰스 다네이가 미소를 지으며 말했

---

62 여행을 떠나는 지금 시점은 8월, 작가는 원고 상태에서 로리의 출발 시점을 겨울로 잡았다가 여름으로 수정하면서 이 부분을 고치는 것을 깜빡 잊어버린 것으로 보임. 앞에 다네이가 '불안한' 날씨를 언급한 대목도 처음에 '겨울' 날씨였다가 고쳐진 것임.

다. "당신이 가실 거라고 말씀하시는 게 더 적절하죠."

"그래, 분명한 사실이야. 사실은, 찰스," 로리 씨는 멀리 있는 사장을 흘끗 보며 목소리를 낮췄다. "자네는 우리 사업이 얼마나 어렵게 이루어지고 있는지, 저쪽 건너에 있는 우리 장부와 서류 들이 어떤 위험에 처했는지 아무 개념이 없어. 우리 서류 중 일부를 확보해서 없앤다면 얼마나 수많은 사람에게 의심을 받음직한 결과가 오게 될지는 아무도 몰라. 알다시피 언제라도 그렇게 될 수 있어. 빠리가 오늘 불에 탈지, 내일 약탈당할지 누가 알겠어! 이들 가운데서 신중하게 골라 가능한 한 지체 없이 묻어버리거나 안전하게 빼내는 일은 (귀한 시간 낭비하지 않고 말이야) 누가 있다고 해도, 거의 나 이외에는 할 수가 없어. 텔슨이 이걸 알고 이런 말을 하는데, 육십년 동안 텔슨의 녹을 먹으며 살아온 내가 관절이 약간 뻣뻣하다고 해서 미적거릴 수 있겠어? 자, 봐, 난 여기 있는 영감태기들 대여섯에 비하면 소년이라고!"

"그 젊은 패기는 존경스럽습니다, 로리 씨."

"흥! 헛소리는! ──그런데 찰스," 로리 씨는 다시 사장 쪽을 흘끗 보며 말했다. "이런 시기에 빠리에서 뭔가를 빼내온다는 것은, 그게 뭐든 간에 거의 불가능한 일임을 기억해야 해. 서류나 중요한 물건은 바로 오늘 (정말 비밀 얘기야. 자네한테라도 이런 말을 한다는 건 업무상 안되거든) 자네가 상상할 수 있는 가장 이상한 심부름꾼들이 가져왔다네. 장벽을 통과하면서 까딱하면 머리카락 한 올로도 목이 매달릴 수 있는 상황이었다네. 전에는 우리 소포들이 사업이 번창한 영국에서처럼 쉽게 오고 갔는데, 이젠 모든 것이 멈췄어."

"그런데 정말 오늘밤에 가실 거예요?"

"정말 오늘밤에 갈 거야. 일이 너무 급해서 지체할 수가 없어."

"아무도 안 데리고 가세요?"

"온갖 사람들이 내게 가겠다고 제안을 했지만, 난 누구에게도 할 말이 없어. 제리를 데려가려고 해. 제리는 과거 오랫동안 일요일 밤 마다 내 경호원 노릇을 했고 나도 그에게 익숙해져 있으니까. 누구 라도 제리를 영국산 불도그라고만 생각할 거야. 주인을 건드리는 자라면 누구에게나 달려드는 것 외에는 아무런 계획도 없는."

"다시 말씀드리지만, 정말 용감하고 젊은 패기는 존경합니다."

"다시 말하지만, 헛소리, 헛소리야! 이 작은 임무를 다 마치고 나 면 아마 은퇴 제안을 받아들여 편하게 살 거야. 그때가 되면 늙어 가는 일에 대해서 생각할 시간은 충분하겠지."

이 대화는 로리 씨가 늘 앉던 책상에서 이루어졌는데, 그로부터 1, 2야드 안에서는 귀족 나리들이 몰려와 조만간 그 불한당 같은 놈들에게 어떻게 해서 복수할 것인지 떠벌이고 있었다. 이 끔찍한 혁명을 마치 하늘 아래 자라난 곡물들을 아직 수확하지 않았다는 듯이—마치 수확을 거두어들이기 위해서 아무것도 하지 않았거 나 깜빡 빠뜨렸다는 듯이—마치 프랑스의 수백만 빈민과 그들을 잘살게 만드는 데 사용되었어야 할 자원을 오용하거나 악용한 것 을 지켜보았던 사람들이 오래전에 그것이 불가피하게 다가오는 것 을 보지 못했으며 그들이 본 것을 쉬운 말로 기록하지 않았다는 듯 이 말하는 것은, 피난민으로서 역경에 처한 귀족 나리가 말하는 방 식이면서, 동시에 영국에 고유한 정통파의 방식이기도 했다. 이미 소진되어버리고, 그 자체뿐만 아니라 하늘과 땅도 다 소모시켜버 린 상태를 회복시키겠다는 허황한 음모와 결합한 이런 허풍은, 진 실을 아는 제정신인 사람이라면 저항감 없이 참고 들어주기가 힘들었다. 그건 마음속에 숨어 있는 불안에 더하여, 온통 그의 귀 주변에 떠돌면서, 마치 머릿속에 골치 아프게 피가 엉켜 있는 것 같은, 그래서 벌써부터 찰스 다네이를 초조하게 만들었고 여전히 그렇게 만들고 있는 허풍이었다.

잡담을 하는 이들 가운데에는 승승장구하는, 그래서 그 주제에 대해 큰 소리로 떠들고 있는 고등법원의 스트라이버도 있었다. 그는 민중을 날려버리고 지구상에서 박멸하여 그들 없이 살아갈 수 있게 하는, 그리고 독수리 꼬리에 소금을 뿌려 독수리들을 멸종시키는 데 이르기까지 그와 비슷한 목적을 달성하게 하는, 자기 나름의 방도를 귀족 나리에게 발의하는 중이었다. 다네이는 그의 이야기를 특별한 반감을 가지고 들었다. 그리고 다네이는 그냥 나가서 더이상 그 이야기를 듣지 말까, 아니면 그냥 남았다가 앞으로 있어야 할 일이 드러났을 때 그의 말에 끼어들까 망설이며 서 있었다.

사장이 로리 씨에게 다가와 그의 앞에 개봉하지 않은 더러운 편지 한통을 내려놓으며 이 편지 수신인의 흔적을 아직 못 찾았나? 하고 물었다. 사장은 그 편지를 다네이와 아주 가까운 곳에 내려놓았기 때문에 그는 주소를 보았고—그것이 바로 그의 이름이었기에 더더욱 빨리 보았다. 그 주소는 영어로 하면 이렇게 되어 있었다. "매우 긴급. 이전에는 프랑스의 쌩에브레몽드 후작이었던 분께. 영국 런던의 텔슨 은행 관리에 맡김."

결혼식이 있던 날 아침, 마네뜨 박사는 찰스 다네이에게 그 이름의 비밀이—그, 즉 마네뜨 박사가 그 약속을 무효로 하지 않는 한—그들 사이에서 지켜져야 한다는 것을 절박하고도 분명하게 요구했다. 아무도 그것이 그의 이름인 줄 몰랐다. 그의 아내조차도 그 사실에 대해 아무런 의심도 하지 않았다. 로리 씨도 의심할 리가 없었다.

"아니요," 로리 씨가 사장에게 대답했다. "지금 여기 와 있는 모든 사람에게 조회해본 것 같은데, 이 사람을 어디서 찾을 수 있는지 말해줄 수 있는 사람이 없습니다."

시곗바늘이 은행 문을 닫을 시간에 가까워지자, 이야기를 하고 있던 사람들의 무리가 로리 씨 책상을 지나갔다. 그는 궁금하다는 듯 편지를 집어들었고, 손수 이런 음모를 꾸미고 분개하던 한 망명객 귀족 나리가 그것을 보았다. 손수 저런 음모를 꾸미며 분개하던 또 한 망명객 귀족 나리도 그것을 보았다. 이런, 저런, 그리고 다른, 모든 사람이 프랑스어로 혹은 영어로, 찾을 길 없는 그 후작에 대해서 뭔가 헐뜯는 투로 할 말이 있었다.

"조카일 거야—어쨌든 타락한 상속인이지만—살해당한 그 멋쟁이 후작의 조카." 어떤 이가 말했다. "다행히도, 난 그를 몰라."

"자기 자리를 포기한 비겁자야." 다른 이가 말했다. 이 나리는 건초 더미에 거꾸로 처박혀 반쯤 질식한 채로 빠리를 빠져나왔다. "몇 년 전에 말이야."

"새로운 사상에 전염되어서," 세번째 사람이 지나가며 안경 너머로 쳐다보고는 말했다. "죽은 후작에 맞서고 그 재산을 물려받을 때 그걸 포기하여 불한당 같은 무리에게 남겨주었지. 이젠 그들이 그에게 보상을 해줘야 할 거야, 그럴 자격이 있으니."

"그래?" 뻔뻔스러운 스트라이버가 외쳤다. "정말 그랬어? 그런 놈이란 말이지? 어디 그 악랄한 이름 좀 보세. 망할 놈!"

다네이는 더 이상 자제하기가 힘들어 스트라이버의 어깨를 건드리며 말했다.

"내가 그자를 압니다."

"그래요, 정말?" 스트라이버가 말했다. "그것참 안타깝네."

"왜요?"

"왜냐고요, 다네이 씨? 그가 무슨 짓을 했는지 들었잖아요? 왜냐고 묻지 마세요, 이런 시절에."

"그렇지만, 정말 왜 그러시는데요?"

"그럼 다시 말해드리죠, 다네이 씨. 정말 안됐다고요. 당신이 그렇게 이상한 질문들을 하는 것도 안타깝네요. 이자는 이제까지 알려진 중 가장 해롭고 신성모독적인 악마의 사상체계에 물들어서 대량으로 살인을 저지른 가장 추잡한 찌꺼기 같은 놈들에게 자기 재산을 내버린 자입니다. 그런데 젊은이들을 가르치는 분이 그런 놈을 아는 게 왜 안타까우냐고 물어요? 참 나, 대답해드리죠. 제가 안타깝다고 한 건 그런 악당에게서는 오염될 수 있다고 생각하기 때문이에요. 그래서 그런 겁니다."

비밀을 지켜야 한다는 생각에 다네이는 가까스로 자신을 억제하며 말했다. "그분을 모르시나본데요."

"당신을 어떻게 구석으로 몰 수 있는지는 알지요, 다네이 씨." 깡패 스트라이버가 말했다. "그렇게 할 겁니다. 이놈이 신사라면 난 그를 몰라요. 그에게 그렇게 전해주죠, 안부도 함께. 그리고 그의 세속적인 자산과 지위를 이런 백정 같은 패거리에게 줘버렸으니 그들의 우두머리가 되지 않은 게 이상하다고 그러더라고 전해주죠. 그렇지만 아닙니다, 여러분," 스트라이버는 주위를 둘러보며 손가락으로 딱 소리를 냈다. "전 인간의 본성에 대해 좀 알죠. 이렇게 귀하신 피보호자들의 자비에 자신을 맡겨버리는 이런 자 같은 사람은 찾을 수 없을 것입니다. 아니요, 여러분, 그는 난리가 나면 아예 초창기에 걸음아 날 살려라 하고 도망쳐 몰래 나갈 테죠."

이렇게 말하며 마지막으로 손가락으로 딱 소리를 낸 후, 스트라이버 씨는 그의 말을 듣는 사람들이 전반적으로 동의를 표하는 가운데 플리트 가로 밀치고 나갔다. 은행 전체가 퇴근하는 가운데 로리 씨와 찰스 다네이는 책상에 단둘이 남았다.

"이 편지를 맡아주겠나?" 로리 씨가 말했다. "자넨 이걸 어디로 갖다줘야 하는지 알겠지."

"압니다."

"우리가 어디로 전달해야 할지 혹시 알까봐서 이리로 보낸 것 같다, 그런데 여기서 좀 오래 묵었다고 설명해줄 텐가?"

"그렇게 하죠. 여기서 바로 빠리로 떠나십니까?"

"여기서, 8시에."

"그럼 배웅하러 다시 오겠습니다."

자신에게, 그리고 스트라이버와 대부분의 사람들에게 매우 불편해서, 다네이는 조용한 템플 쪽으로 얼른 빠져나와 편지를 개봉하여 읽었다. 그 내용은 이러했다.

빠리 아베이 감옥
1792년 6월 21일

전前 후작 나리께

오랫동안 이 마을 사람들의 손에 목숨을 위협받아온 끝에 저는 폭력적으로, 또 치욕스럽게 붙들려 걸어서 빠리까지 긴 여정을 왔습니다. 오는 길에 고생이 무척 많았습니다. 그것이 전부가 아닙니다. 제 집은 파괴되어 완전히 무너져버렸습니다.

전 후작 나리. 지금 갇혀 있는, 그리고 법원에 소환되어 목숨을 잃게 될 (당신이 너그럽게 도와주시지 않는다면) 저의 죄목은, 그들 말에 의하면 대다수 민중에 대한 반역이랍니다. 제가 이방인인 주제에 그들에게 해로운 행동을 해왔다는 거죠. 제가 당신 지시에 따라 그들을 위해서 일했으며 그들에게 해롭게 하지 않았다고 설명해봐야 소용이 없습니다. 타국으로 빼돌리는 재산을 몰수하기 전에도 제가 그들이 이미 안 내고 있던 세금을 면제해주었다고, 임차료도 걷지 않았노라고, 청구권을 신청하지도 않았노라고 주장해봐야 소용이 없습니다. 유일한 반응은, 망명자를 위해서 일했다는 것, 그리고 그 망명자가 어디에 있느냐? 하는 것입니다.

아! 자비로우신 전 후작 나리, 도대체 그 망명자가 어디 있단 말입니까? 전 자면서도 그가 어디에 있느냐? 하고 외칩니다. 전 하늘에 묻습니다, 그가 와서 나를 구해주지 않을 것인가? 아무런 대답이 없습니다. 아, 전 후작 나리, 저는 제 외로운 외침을 바다 너머로 보냅니다. 혹시라도 빠리에 알려진 틸슨이라나 하는 큰 은행을 통해서 당신 귀에 들어갈까 해서요!

하늘과 정의와 관용과 당신의 고귀한 이름의 명예를 위해, 저는 전 후작 나리이신 당신께 저를 구하여 석방해달라고 간청합니다. 제 잘못이라면 당신께 충실했던 것뿐입니다. 오, 전 후작 나리, 당신께서도 제게 충실하시길 기도합니다!

매시간 점점 파멸로 다가가고 있는 이 공포의 감옥에서, 저는 전 후작 나리께 제 비통하고 불행한 충성을 바칩니다.

당신의 불행한
가벨 드림

이 편지로 인하여 다네이의 마음속에 숨어 있던 불편한 감정이 생생하게 되살아났다. 옛 하인, 그것도 유일한 범죄가 그와 그의 가족에 대한 충성일 뿐인 선량한 하인이 처한 위험이 그의 얼굴을 책망하듯이 노려보고 있는 듯했으므로, 그는 어떻게 해야 할지 생각하며 템플 주변을 서성이면서 행인들이 보지 못하게 얼굴을 거의 가리고 있었다.

그는 그 오래된 저택에서 저지른 나쁜 짓들과 오명에서 절정을 이룬 그 행위를 두려워하고, 그의 숙부를 원한에 차서 의심하며, 그가 유지하기로 되어 있는 붕괴해가는 구조를 양심상 혐오스럽게 바라보았으면서도 불완전하게 행동했음을 잘 알고 있었다. 루시에 대한 그의 사랑과 사회적 지위의 포기가 그의 마음에 결코 새삼스러운 일은 아니었지만 뭔가 서둘러 이루어지고 불완전했다는 것도 아주 잘 알고 있었다. 그는 체계적으로 해결하고 관리했어야 하며, 그럴 의사는 있었지만 결코 그렇게 되지는 않았다는 것도 알고 있었다.

그가 선택한 영국 가정의 행복, 늘 고용되어 일해야 할 필요, 그렇게 빨리 휙휙 지나가서 이번주의 사건들이 지난주에 세운 어설픈 계획들을 무산시켜버리고 다음주의 사건들이 모든 것을 새롭게 만들던 그 시절의 빠른 변화와 풍파, 그는 그가 이러한 상황의 힘에 굴복했다는 것, 불안감이 없지는 않았으나 지속적으로 점점 더 강하게 저항을 하지는 않은 채 굴복한 것을 아주 잘 알고 있었다. 그가 행동할 시간을 노리고 있었다는 것, 그런데 그 시절이 변하고 험해져서 결국 그 시간이 지나가버렸고, 귀족들이 모든 큰길과 곁길을 통해서 프랑스로부터 철수해나오고, 재산이 몰수되고 파괴되며 그들의 이름도 지워지고 있다는 것 역시, 그런 이유로 인해 그를 탄핵할 법한 프랑스의 어떤 새로운 권력에게 그럴 것 같은 만큼이나 그에게도 잘 알려져 있었다.

그러나 그는 어떤 사람도 억압한 적이 없고, 어떤 사람도 감금하지 않았다. 그는 결코 받아야 할 돈을 가혹하게 받아내고야 마는 것과는 거리가 멀었으므로, 그는 기꺼이 스스로의 의지로 포기했고, 아무런 특전도 없는 세상으로 스스로를 내던졌으며, 그곳에서 자신만의 사적인 공간을 획득했고, 스스로 생활비를 벌었다. 가벨 씨는 궁핍해지고 복잡해진 재산을 서면으로 지시를 받아 관리했고, 사람들에게 잘해주려고 없는 와중에 줄 것이 있으면—가혹한 채권자가 겨울에 가지게 해줄 정도의 그런 연료나 여름에 같은 사람들의 손에서 빼낼 수 있는 정도의 생산물—주었다. 틀림없이 그는 자신의 안전을 위하여 그 사실을 청원과 증거에 넣었을 것이므로, 지금쯤은 그것이 나타날 수밖에 없었다.

이는 찰스 다네이가 막 하려고 했던 절박한 결심, 즉 빠리로 가야겠다는 결심을 더욱 부추겼다.

그렇다. 옛날이야기에 나오는 뱃사람처럼, 바람과 물결이 그를 자석 바위로 몰아갔으며, 그것은 점점 더 끌어당기고 있었으므로,[63] 그는 가야만 했다. 그의 마음속에 일어나는 모든 것이 그를 점점 더 빠르게, 점점 더 견실하게 그 치명적인 인력引力으로 몰아가고 있었다. 그에게 숨어 있던 불편함이란, 나쁜 수단들에 의해서 그의 불행한 조국에서 나쁜 목적이 실현되고 있다는 것, 그가 그들보다

---

63 『천일야화』 '세번째 수도승 이야기'에 나오는 왕의 아들 아지브의 모험담을 가리킴. 아지브는 산 전체가 천연자석으로 되어 있는 섬을 지나다 배가 이끌려가 난파함.

낫다는 것을 모를 리 없는 그가 거기에 없어서 피가 흐르는 것을 막지 못하고 자비와 인간성의 주장을 펼칠 수 있도록 무엇인가 하지 못하고 있다는 것이었다. 이러한 불편함을 반쯤 억누르고 반은 스스로를 책망하면서, 그는 의무감이 그토록 강한 용감한 노신사와 자신을 뼈아프게 비교해보았다. 그렇게 (자신에게 불리하도록) 비교를 하고 나니, 그를 맹렬히 비난하던 귀족 나리의 비웃음과 해묵은 이유 때문에 무엇보다도 더 거칠고 쓰라리던 스트라이버의 비웃음이 즉시 떠올랐다. 그뒤에, 가벨의 편지가 떠올랐다. 죽음의 위험에 처한 무고한 죄수가 정의와 명예와 명성을 회복시켜달라고 호소하고 있었다.

그의 결심이 섰다. 그는 빠리로 가야 했다.

그렇다. 자석 바위 섬이 그를 끌어당기고 있었고, 그는 부딪힐 때까지 항해해야만 했다. 그는 바위를 몰랐다. 그는 어떤 위험도 거의 볼 수 없었다. 그가 했던 일을 가능케 한 의도는, 그가 그 일을 하다 말고 남겨놓았을지라도, 이제는 그가 그것을 수장하며 나타나면 프랑스에서 감사하게 인정받을 수 있는 그런 모습으로 그 앞에 나타났다. 좋은 일을 한다는 그 영광스러운 전망, 그렇게도 많은 사람의 마음에 그렇게도 종종 핏빛 신기루로 떠오르는 그 전망이 그의 앞에도 나타났고, 그는 심지어 자신이 너무 무섭게 거칠어진 이 맹렬한 혁명을 이끌 수 있는 영향력을 가지고 있다는 환상을 떠올려보기도 했다.

그렇게 결심을 하며 서성이다가, 그는 그가 떠날 때까지는 루시나 그녀의 아버지가 이 일에 대해서 알면 안된다고 생각하게 되었다. 루시에게 이별의 아픔을 주어서는 안된다. 늘 그 옛날의 위험한 땅으로 생각이 돌아가는 것을 꺼리던 그녀의 아버지도 일단 일이 이미 일어난 후에 알게 되어야지, 걱정과 의심의 상태에 어중간하게 걸쳐 있어서는 안된다. 그의 상황이 어중간한 것이 사실은 얼마나 그녀의 아버지 탓인가. 그의 마음속에서 옛날 프랑스 생각을 되살리는 것을 피해야 한다는 고통스러운 조바심 때문에 그는 스스로도 그런 논의를 떠올리지 않았던 것이다. 그러나 그 상황 역시 그의 경로에 영향을 미쳤다.

그는 분주히 생각하며 텔슨 은행으로 돌아가 로리 씨와 작별해야 할 시간까지 이리저리 서성였다. 그가 빠리에 도착하면 바로 그는 이 오랜 친구를 만날 것이지만, 지금은 그의 의도를 말해서는 안된다.

역마차가 은행 입구에 준비되었고, 제리는 장화를 신고 장비를 갖추었다.

"편지를 전했습니다." 찰스 다네이는 로리 씨에게 말했다. "서면으로 답신을 받아 가시는 것은 안되겠습니다만, 구두로 답변을 가져가시겠습니까?"

"그러지, 기꺼이." 로리 씨가 말했다. "위험한 얘기가 아니라면."

"전혀요. 아베이 감옥의 죄수에게 전달하는 내용이긴 하지만요."

"그의 이름이 뭔가?" 로리 씨는 수첩을 손에 펼쳐 들고 말했다.

"가벨입니다."

"가벨. 감옥에 있는 불쌍한 가벨에게 무슨 전갈인가?"

"간단해요. '그가 편지를 받았고, 갈 것이다'라고요."

"시간도 언급했나?"

"내일밤 떠날 거라고 합니다."

"언급한 인물은?"

"없습니다."

그는 로리 씨가 외투를 여러겹 입고 망또를 두르는 것을 도와주고는, 오래된 은행의 뜨듯한 공기로부터 나와 플리트 가의 안개 낀 공기를 쐬었다. "루시에게, 그리고 어린 루시에게 안부 전하게." 헤어지면서 로리 씨가 말했다. "그리고 내가 돌아올 때까지 그들을 잘 돌보게." 마차가 굴러갈 때, 찰스 다네이는 고개를 저으며 미심쩍은 미소를 지었다.

그날밤―8월 14일이었다[64]―그는 늦게까지 깨어 두통의 열정적인 편지를 썼다. 한통은 루시에게 그가 꼭 빠리로 가야 하는 강력한 이유를 설명하고, 그가 거기서 개인적으로 위험에 휘말리진 않을 거라고 자신하는 근거를 길게 설명하는 것이었다. 다른 한통은 박사에게 루시와 그들의 딸을 보살펴달라고 부탁하고 같은 주제를 좀더 강한 확신을 보이며 설명한 것이었다. 두사람에게 그는 도착하는 즉시 안전하다는 것을 증명하는 편지를 보내겠다고 썼다.

그들이 함께 산 이후 처음으로 마음속에 이야기하지 않은 것을 지닌 채로 그들 사이에서 보낸 그날은 힘든 하루였다. 그들이 아무런 의심도 하지 않는데 순진한 척 속이기는 어려운 일이었다. 그러나 행복하게 분주한 아내를 사랑스럽게 바라보며 그는 임박한 일(그는 반쯤 그쪽으로 옮겨간 상태였고, 그녀의 조용한 도움 없이 무슨 일을 한다는 것이 낯설게 느껴졌다)에 대해서 말하지 않아야겠다는 결심을 다졌고, 그날은 빠르게 지나갔다. 이른 저녁, 그는

---

64 디킨스는 애초에 다네이를 1792년 겨울에 빠리로 가도록 할 예정이었으나, 계획을 바꾸어 8월에 빠리로 가는 것으로 설정했다. 1792년 8월 10일 빠리 시민과 의용군은 뛰일리 궁전을 공격하여 왕권을 정지시키고 국왕 일가를 구금했다. 또 9월 2일에 오스트리아군에게 베르됭 요새가 함락되자, 이후 며칠간 대대적인 반혁명파 학살이 시작되었다. 아베이 감옥도 반혁명파가 수감된 감옥 중 하나였다.

그녀와 그녀 못지않게 사랑스러운 딸을 끌어안고, 그가 곧 돌아올 예정인 척했고 (거짓으로 약속이 있어 나간다면서 그는 몰래 옷가방을 챙겨놓았다) 그는 묵직한 거리의 묵직한 안개 속으로, 더욱 묵직한 마음으로 길을 나섰다.

보이지 않는 힘이 이제 그를 바짝 끌어당기고 있었고, 모든 조류와 바람이 곧장 그곳을 향해 강하게 밀려가고 있었다. 그는 믿을 만한 짐꾼에게 두통의 편지를 맡겨, 자정이 되기 삼십분 전에, 그보다 일찍은 말고, 배달해달라고 하고는, 도버로 가는 말을 타고 여행을 시작했다. 세상에서 그에게 소중한 모든 것을 뒤에 남기고 길을 떠나 자석 바위로 흘러가면서 가라앉아가는 그의 마음을 다잡게 한 것은 "하늘과 정의와 관용과 당신의 고귀한 이름의 명예를 위해!"라는 그 가엾은 죄수의 외침이었다.

(제2권 끝)

제3권
폭풍의 진로

1장
비밀 수감[65]

　1792년 가을, 여행자는 천천히 영국을 떠나 빠리로 향했다. 나쁜 도로, 나쁜 장비, 나쁜 말을 실컷 경험하며 가는 길이 지체되었지만, 불행하게 몰락한 프랑스 국왕은 여전히 왕좌에 앉아 있었다. 그러나 시절이 변하여 이와는 다른 방해요소들이 나타났다. 모든 도시의 관문과 마을 세관에는 일군의 애국시민이 국민군의 소총을 언제라도 쏠 수 있게 준비해두고 오가는 모든 사람을 세워 신문하고 서류를 검토하고 그들이 가진 목록에 이름이 있는지 찾아보고 다시 돌려주고, 그들의 변덕스러운 판단 혹은 공상이 **자유, 평등, 우애,** 아니면 **죽음**을 달라는 대동단결 공화정의 여명에 가장 도움이 된다고 여겨지는 대로, 그들을 보내주거나 그들을 막아서 붙들어놓곤 했다.

　프랑스에 들어서서 몇 리그도 채 가지 않아, 찰스 다네이는 그

---

65 In Secret. 프랑스어 관용구 '앙 씨크레'(en secret)를 영어로 직역한 것으로 '독방 수감'이라는 뜻.

가 빠리에서 선량한 시민임을 판정받기 전까지는 이 시골길을 따라 되돌아올 희망이 없다는 것을 알아채기 시작했다. 이제 무슨 일이 벌어지든, 그는 여정의 끝까지 나아가야만 했다. 그의 앞에 다가서는 초라한 마을, 그의 뒤에서 길을 가로질러 막히는 평범한 장벽 하나도, 모두 그와 영국을 갈라놓는 철문이 또 하나 생겨난 것임을 그는 알았다. 어디서나 모두들 그를 둘러싸고 감시하는 바람에, 그가 그물에 걸려서 감방 안의 운명을 향해 밀려간다 해도, 이보다 더 자유가 완전히 사라졌다고 느낄 수는 없을 정도였다.

이렇게 전반적인 감시로 인하여 그는 큰길에서 한 구역에 스무 번씩이나 정지당했고, 그를 뒤따라와서 다시 데려가거나 앞서 달려가다가 미리 그를 세우거나 그와 함께 말을 타고 가면서 계속 감시하거나 하는 식으로 하루에 스무번씩 진행이 늦춰졌다. 그는 홀로 프랑스를 여행하면서 며칠을 보냈고, 여전히 빠리에서 멀리 떨어진 채로 큰길가 작은 마을에서 피곤에 지쳐 잠자리에 들었다.

그가 이렇게까지 온 것은 오로지 아베이 감옥에서 날아온 고통받는 가벨의 편지 때문이었다. 이 작은 마을의 위병소에서 겪는 어려움이 만만치 않아, 그는 여정이 위기를 맞았다는 것을 느꼈다. 그래서 놀라울 것도 없이, 그가 아침까지 머물기로 한 작은 여인숙에서 한밤중에 누군가에 의해 잠이 깼다.

소심해 보이는 지역 관리인과 거친 붉은 모자를 쓰고 파이프를 문 세사람의 무장한 애국시민이 침대에 앉아 있었다.

"망명자여," 관리인이 말했다. "당신을 빠리로 호송할 것이오."

"시민 여러분, 빠리로 가는 것은 제가 무엇보다 바라는 일이지만, 호송은 필요없습니다."

"조용히 해!" 붉은 모자를 쓴 이가 소총 부리로 침대보를 툭툭

치며 으르렁거렸다. "가만히 있어, 귀족!"

"이 애국시민께서 말씀하신 바와 같아요." 소심한 관리인이 말했다. "당신은 귀족이라서 호송되어야 하고— 댓가를 치러야 합니다."

"선택의 여지가 없군요." 찰스 다네이가 말했다.

"선택이라고! 저자가 하는 말 좀 들어봐!" 아까 그 얼굴을 찌푸린 붉은 모자의 사내가 외쳤다. "마치 가로등에 매달리지 않는 것이 다행도 아니라는 듯 말이야!"

"이 애국시민 말씀이 맞습니다." 관리인이 말했다. "일어나서 옷을 입어요, 망명자."

다네이는 이들의 말을 따랐고, 다시 위병소로 돌아왔고, 그곳에선 붉은 모자를 쓴 다른 시민들이 모닥불 옆에서 담배를 피우고 술을 마시거나 잠을 자고 있었다. 여기서 그는 그를 호송하는 데 대해 비싼 값을 치르고는, 새벽 3시에 흠뻑 젖은 길로 출발했다.

호송대는 붉은 모자에 삼색 모표를 달고 국민군의 소총과 칼로 무장한 채 말을 탄 시민 두명이었고, 그의 양옆에서 말을 타고 갔다. 호송당하는 사람은 자신의 말을 부릴 수는 있었으나, 그의 고삐에 느슨하게 끈을 매어 그 끝을 시민군 중 한사람이 자기 손목에 묶어놓았다. 이런 상태로 그들은 날카로운 빗줄기가 얼굴을 때리는 가운데 출발했다. 울퉁불퉁한 도로를 지나 진창처럼 깊이 빠지는 길 위로 기병대의 묵직한 발걸음을 쿵쿵 내딛으며, 그들은 그들과 수도 사이에 놓인 진창같이 깊은 여러 리그의 길 내내 말이나 속도를 바꾸는 것 말고는 아무런 변화 없이 이런 상태로 걸어갔다.

그들은 밤새도록 여행하고, 날이 밝자 한두시간 멈춰 쉰 후에, 저녁 무렵이 될 때까지 누워 있었다. 호송대의 옷은 너무 남루하여, 헐벗은 다리에는 밀짚을 둘렀고, 빗물을 막기 위해 누더기를 입은 어깨에도 짚을 엮어 올려놓았다. 이렇게 감시를 당하고 있다는 개인적인 불편함이나, 그 애국시민 중 하나가 만성적으로 취해 있고 소총을 아무렇게나 다루는 데서 생겨나는 현존하는 위험에 대한 생각 말고는, 찰스 다네이는 늘 지니고 있던 자제력을 동원하여 가슴속에 어떤 심각한 두려움도 일어나지 않도록 억제했다. 왜냐하면 그는 아직 진술도 되지 않은 어떤 개별적인 사건이나, 아베이의 죄수에 의해 확인할 수는 있지만 아직 이루어지지도 않은 주장의 공과를 조회할 수는 없었을 거라고 스스로를 설득했기 때문이었다.

그러나 그들이 보베에 이르자—그들은 저녁때 도착했고, 거리는 사람들로 가득 차 있었는데—그는 사태가 매우 위급해지고 있음을 인정하지 않을 수 없었다. 불길한 군중이 역사 앞에서 말에서 내리는 그를 보러 왔고, 수많은 목소리가 크게 외쳤다. "망명자를 타도하라!"

그는 안장에서 훌쩍 뛰어내리려다 말고 그곳이 가장 안전한 곳인 양 다시 안장에 앉으며 말했다.

"망명자라니요, 친구여! 내가 여기 프랑스에 제 의지로 온 게 안 보이십니까?"

"넌 가증스러운 망명자다." 한 편자공이 군중을 뚫고 망치를 손에 들고 그에게로 다가오며 무시무시하게 말했다. "그리고 넌 가증스러운 귀족이야!"

역장은 이 사내와 말을 타고 있는 자의 고삐 (분명 그 사내는 이것을 향해 다가오는 중이었다) 사이에 끼어들며 달래듯이 말했다. "그냥 놔둬, 그냥 놔둬! 빠리에서 판결을 받을 테니."

"판결을 받는다고!" 편자공이 망치를 휘두르며 반복했다. "그래! 반역죄로 유죄판결이나 받아라." 그의 말에 군중이 맞다는 듯 함성을 질렀다.

말 머리를 마당 쪽으로 돌리려던 (취한 애국시민은 손목에 줄을 감고 그의 안장에 침착하게 앉아서 쳐다보고 있었는데) 역장을 막아서며, 다네이는 가장 신속하게 그의 목소리가 들리도록 말했다.

"친구여, 당신들은 스스로를 속이는 겁니다. 아니면 속고 있거나. 전 반역자가 아닙니다."

"거짓말!" 대장장이가 외쳤다. "법령이 반포된 후로 저자는 반역자야. 그의 목숨은 인민에게 몰수되었어. 그의 가증스러운 생명은 그의 것이 아니라고!"

다네이에게 군중의 눈이 몰려오는 것이 보이고 다음 순간 그를 덮칠 수도 있는 바로 그때, 역장이 그의 말을 마당으로 돌렸고 호송대는 말 바로 옆에 붙어서 달렸으며, 역장은 흔들거리는 이중 대문을 닫고 빗장을 걸었다. 편자공이 망치로 문을 가격했고, 군중은 으르렁거렸다. 그러나 그 이상은 아무 일도 없었다.

"저 대장장이가 말하는 법령이라는 게 뭡니까?" 다네이는 역장에게 감사하다고 말하고 마당에 내려 그의 옆에 서서 물었다.

"아, 망명자의 재산을 처분하는 법령이오."

"언제 통과되었나요?"

"14일에요."

"내가 영국을 떠나던 날에!"

"모두들 그게 여러 법령 중 하나라고, 다른 법령들이 또 나올 거라고 해요━이미 나온 게 아니라면━망명자들을 다 추방하고, 돌아온 자들은 다 사형에 처하는. 당신 목숨이 당신 것이 아니라고 말할 때는 그런 의미라오."

"그렇지만 아직 그런 법령은 없는 거죠?"

"내가 뭘 알겠소!" 역장은 어깨를 으쓱하며 말했다. "있을지도 모르죠, 아니, 앞으로 생겨날지도. 이러나저러나 마찬가지지. 뭐가 낫겠소?"

그들은 다락방의 밀짚 위에서 한밤중까지 쉬었다가 마을 사람들이 모두 잠들었을 때 말을 타고 나섰다. 낯익은 것들에 여러가지 거친 변화가 일어나 이 거친 여행을 비현실적으로 만들어주었지만, 그중에서도 눈에 띄는 것은 사람들이 잠을 자지 않는 듯 보인다는 점이었다. 적적한 길을 오랫동안 홀로 말을 타고 달린 후에, 그들은 일군의 가난한 오두막집들이 어둠에 잠겨 있지 않고 모두 불을 켜놓고 있는 것을 보곤 했으며, 사람들이 한밤중에도 유령처럼 손에 손을 잡고 시들어빠진 자유의 나무 주변을 돌면서 한데 모여 자유의 노래를 부르는 것을 보곤 했다. 그러나 다행히도 그날밤 보베 사람들은 잠이 들어서 그들이 빠져나올 수 있게 도와주었고, 그들은 다시 한번 외롭고 쓸쓸한 길로 나섰다. 불타버린 집의 잔해가 여기저기 꺼멓게 남아 있고, 갑자기 매복해 있다가 뛰쳐나와 말고삐를 붙잡고 그들을 막아서고 길마다 망을 보는 애국시민 순찰대가 간간이 나타나는, 그해 아무런 대지의 결실을 내놓지 못한 궁핍한 들판 사이로, 그들은 때 아니게 차갑고 축축한 공기를 뚫고 짤랑짤랑 소리를 내며 나아갔다.

마침내 새벽이 밝아오고 그들은 빠리 성벽 앞에 섰다. 그들이 다가갔을 때 그곳엔 방책이 쳐졌고 철벽처럼 경비되고 있었다.

"이 죄수의 서류는 어디 있나?" 보초병이 불러온, 단호하게 생긴 책임자가 물었다.

이 불쾌한 말에 당연히 충격을 받고는, 찰스 다네이는 말한 사람에게 그가 자유로운 여행자이며 프랑스 시민이고, 다만 국가 상황이 불안하여 어쩔 수 없이 호송되었으며 비용도 지불했다는 것을 알아달라고 요구했다.

"어디에," 그는 안중에도 없다는 듯 그 사람이 말했다. "죄수의 서류가 어디 있냐니까?"

술 취한 애국시민이 모자 속에 서류를 가지고 있었으므로, 그것을 꺼냈다. 가벨의 편지를 보고는 그 책임자는 약간 혼란스러워하며 놀라는 것 같더니 다네이를 자세히 살폈다.

그러나 그는 아무 말 없이 호송대와 피고인을 떠나 초소로 들어갔다. 그동안 그들은 관문 밖에서 말 위에 앉아 있었다. 이렇게 어정쩡한 상태에서 주변을 둘러보던 찰스 다네이는 그 관문의 보초들 가운데 군인과 애국시민이 섞여 있으며 후자가 전자보다 훨씬 더 많다는 것을 알아보았다. 물자를 들여오는 농부의 수레나 이와 비슷한 교통수단과 사람이 도시로 진입하는 것은 매우 쉬운 반면, 밖으로 나가는 것은 가장 소박하게 생긴 사람들이라도 매우 어려웠다. 여러가지 짐승과 교통수단은 말할 것도 없고, 수많은 남녀의 무리가 뒤섞여 나가기를 기다리고 있었다. 그러나 그전에 신분 확인이 너무 엄격하여 그들은 장벽을 통해서 아주 천천히 걸러져 나오고 있었다. 이들 중 어떤 사람들은 그들이 검사를 받을 차례가 아직 멀었음을 알고는 바닥에 누워 자거나 담배를 피웠고, 다른 이들은 함께 이야기를 나누거나 이리저리 돌아다녔다. 남녀 불문하고 붉은 모자와 삼색 모표가 보편적이었다.

그가 이러한 것들을 관찰하며 한 삼십분쯤 안장에 앉아 있었을 때, 다네이는 다시 그 책임자와 만나게 되었고, 그는 보초들에게 장벽을 열라고 지시했다. 그러더니 그는 술이 취하고 술이 깬 두 호송대원에게 피고인을 인계받았다는 인수증을 써주고는 그에게 말에서 내리라고 말했다. 그는 그렇게 했고, 두 애국시민은 그의 피곤한 말을 끌고는 시내로 들어오지도 않은 채 가버렸다.

그는 안내인을 따라 초소로 들어서면서, 싸구려 포도주와 담배 냄새를 맡았다. 그곳에는 군인들과 애국시민들이 잠들거나 깨어서, 취하거나 멀쩡한 상태로, 그리고 잠자는 상태와 깨어 있는 상태 사이의, 만취와 술이 깬 상태 사이의 다채로운 중간 상태로 여기저기 서거나 누워 있었다. 반쯤은 스러져가는 밤의 가로등에서, 반쯤은 흐린 하늘에서 나온 초소의 불빛도 역시나 그에 대응하여 불안한 상태였다. 책상 위에는 몇가지 기록이 펼쳐져 있고, 거칠고 검은 얼굴의 장교가 그것을 관리하고 있었다.

"시민 드파르주," 그가 기록할 종이쪽지를 집어들며 다네이의 안내인에게 말했다. "이 자가 망명자 에브레몽드인가?"

"그렇습니다."

"나이는, 에브레몽드?"

"서른일곱살입니다."

"기혼인가, 에브레몽드?"

"네."

"어디서 결혼했나?"

"영국에서요."

"그렇겠지. 아내는 어디 있나, 에브레몽드."

"영국에 있습니다."

"그렇겠지. 당신은, 에브레몽드, 라 포르스 감옥에 수감될 것이네."

"맙소사!" 다네이가 외쳤다. "무슨 법으로, 어떤 죄목으로요?"

장교는 잠시 종이쪽지에서 고개를 들어 올려다보았다.

"에브레몽드, 우리에겐 새로운 법이 생겼고, 새로운 죄목도 생겼네. 자네가 여기 온 이후로 말이야." 그는 쌀쌀하게 미소를 지으며 이렇게 말하고는 다시 계속 뭔가를 썼다.

"제가 당신 앞에 놓인 그 동포로부터 호소하는 편지를 받고 여기 자진해서 왔다는 것을 봐주시기 바랍니다. 즉시 그 호소에 대응할 기회를 얻는 것 이상으로는 바라는 것이 없습니다. 그게 제 권리가 아닙니까?"

"망명자에겐 권리가 없다, 에브레몽드." 무신경한 대답이 돌아왔다. 장교는 끝까지 뭔가를 쓰더니 그가 쓴 것을 읽어보고 모래를 뿌리고는 그것을 드파르주에게 건네주며 이렇게 말했다. "비밀 수감이네."

드파르주는 죄수에게 그와 함께 가야 한다고 종이로 몸짓을 해 보였다. 죄수는 그의 말을 따랐고, 무장한 시민군 두명이 그들을 따랐다.

"당신이," 그들이 초소 계단을 내려가 빠리로 들어서자 드파르주가 낮은 목소리로 말했다. "지금은 없어진 바스띠유 감옥의 죄수였던 마네뜨 박사의 딸과 결혼한 사람이오?"

"그렇습니다." 다네이는 놀라서 그를 바라보며 대답했다.

"내 이름은 드파르주요. 쌩땅뚜안 지역에서 포도주 상점을 하고 있죠. 아마 내 이름을 들어봤을 거요."

"제 아내가 아버지를 찾으러 당신 집으로 갔었죠? 들은 적 있습니다!"

'아내'라는 단어를 듣자 드파르주는 뭔가 우울한 생각이 떠오른

제五소에서

듯, 갑자기 서두르며 말했다. "라 기요띤이라 불리는, 날카로운 신여성의 이름으로 묻건대, 왜 프랑스에 온 거요?"

"조금 전에 이유를 말하는 걸 들었잖소. 그게 사실이라는 것을 믿지 않는 겁니까?"

"당신에겐 나쁜 사실이죠." 드파르주는 이마를 찌푸리고 앞을 똑바로 바라보며 말했다.

"정말 뭐가 뭔지 모르겠네요. 여긴 모든 것이 전에 없던 것이고, 너무 많이 바뀌고, 너무 갑작스럽고 불공평해서, 정말 완전히 뭐가 뭔지 모르겠어요. 저를 조금만 도와주시겠습니까?"

"안됩니다." 드파르주가 계속 앞만 똑바로 보며 말했다.

"그럼 한가지만 대답해주시겠어요?"

"글쎄요. 질문에 따라서요. 뭔지 말해보시오."

"제가 부당하게 끌려가고 있는 이 감옥에서 바깥세상과 자유롭게 교신할 수 있을까요?"

"글쎄올시다."

"제 주장을 펼칠 수단도 없이 미리 판결이 내려져서 그냥 거기 묻혀버리는 건 아니죠?"

"글쎄요. 그렇지만 그게 뭐 어쨌다고요? 이전에 다른 사람들도 비슷하게 더 나쁜 감옥에 묻혀버렸는걸요."

"그렇지만 제가 그런 건 아니잖습니까, 시민 드파르주."

드파르주는 대답 대신 그를 험악한 표정으로 쳐다보고는 계속 침묵을 지키며 걸어갔다. 침묵에 빠져들수록 그가 조금이라도 부드러워질 희망은 점점 더 희미해졌다—혹은 다네이는 그렇게 생각했다. 그래서 그는 서둘러 이렇게 말했다.

"이건 제게 가장 중요한 일입니다. (저보다 잘 아실 테죠, 얼마나 중요한 일인지.) 지금 빠리에 와 있는 영국 텔슨 은행의 로리 씨에게 제가 라 포르스 감옥에 갇혔다고, 아무런 논평 없이 그냥 그 사실만이라도 연락할 수 있어야 합니다. 그렇게 할 수 있도록 해주시겠어요?"

"나는," 드파르주는 고집스럽게 대답했다. "당신을 위해 아무 일도 하지 않을 것이오. 내 의무는 내 나라와 인민에 대한 것입니다. 난 당신에게 반대하여, 그 둘에게 충성을 맹세한 하인이에요. 난 당신을 위해서는 아무것도 하지 않을 겁니다."

찰스 다네이는 더 간청해봐야 희망이 없음을 느꼈고, 게다가 자존심도 상했다. 그들이 침묵 속에서 걸어가면서, 그는 사람들이 길을 따라 지나가는 죄수들의 장관에 얼마나 익숙한지 보지 않을 수 없었다. 어린아이들조차 그에게 거의 아무런 신경을 쓰지 않았다. 몇몇 행인은 고개를 돌렸고, 몇사람은 귀족이라며 손가락질을 했다. 좋은 옷을 입은 남자가 감옥에 가야 한다는 것은 작업복을 입은 노동자가 일을 하러 가야 한다는 것만큼이나 특별하지 않았다. 그들이 지나가던 어떤 좁고 어둡고 더러운 길에서, 스툴 위에 올라선 흥분한 연사가 흥분한 청중에게, 인민에게 저질러진 범죄에 대해서, 왕과 왕족에 대해서, 연설을 하고 있었다. 이 사람의 입에서 흘러나오는 몇몇 단어에서 찰스 다네이는 왕이 감옥에 있으며, 외국 대사들이 모두 빠리를 떠났음을 알게 되었다. 오는 길에 (보베에서를 제외하고는) 그는 정말 아무것도 듣지 못했다. 호송대원과 그를 감시하는 모든 사람이 그를 완벽하게 고립시킨 것이었다.

그가 영국을 떠날 무렵까지 전개되던 것보다 훨씬 더 큰 위험에 처하게 되었음을, 그는 물론 이제야 알게 되었다. 그의 주변이 빠르게 위험해졌고 아직도 점점 더 빨리 위험해질 수 있다는 것도, 그는 물론 이제야 알게 되었다. 그는 요 며칠간의 사건을 미리 알았더라면 이 여행을 하지 않았을 수도 있다는 것을 인정하지 않을 수 없었다. 그러나 그의 걱정은, 나중에 비추어 상상해보건대, 보기보다 그렇게 암울하지 않았다. 미래는 걱정스러웠지만, 그것은 미지의 미래였고, 그 불투명함 속에는 무지몽매한 희망이 있었다. 시계가 몇바퀴 돌고나서 그 축복받은 수확의 시간에 커다란 핏자국을 남기게 되어 있었던, 밤낮으로 이어진 끔찍한 학살[66]은 아직은 십만년이나 멀리 떨어져 있는 것처럼 그의 머릿속에는 전혀 떠오르지 않았다. 그 '라 기요띤이라 불리는 날카로운 신여성'도 그에게, 혹은 대중에게는 그 이름으로는 잘 알려져 있지 않았다. 이제 곧 이루어질 무서운 일들은 아마 그 당시에는 그 일을 한 사람들의 머릿속에서도 상상되지 않았을 것이었다. 어떻게 그런 일들이 점잖은 사람의 어슴푸레한 정신에 자리를 잡을 수 있었겠는가?

그는 구금과 노역의 부당한 대우와, 처자식과의 잔인한 이별은 그럴 수 있다고, 혹은 확실하다고 예상했다. 그러나 그 이상으로 뚜렷하게 두려운 일은 없었다. 이런 생각을 하면서 황량한 감옥 마당을 지나 그는 라 포르스 감옥에 도착했다.

얼굴이 부은 사내가 튼튼한 쪽문을 열었고, 그에게 드파르주는 '망명자 에브레몽드'를 소개했다.

"이런 젠장! 도대체 얼마나 더 있는 거야!" 얼굴이 부은 사내가 외쳤다.

드파르주는 그렇게 외치거나 말거나 상관하지 않고 인수증을

---

66 1792년 9월 2~6일에 벌어진 '9월 학살'을 말함. 라 포르스, 아베이, 샤뜰레, 라 꽁시에르주리 감옥에서 202명의 성직자를 포함한 1089명의 죄수가 약식재판으로 사형에 처해짐.

받고는 동료 애국시민 두명과 물러갔다.

"이런 젠장, 어이구!" 아내와 함께 남아 있던 간수가 외쳤다. "얼마나 더 있는 거야!"

간수의 아내는 이 질문에는 별 대답할 말이 없었으므로 이렇게 말할 뿐이었다. "좀 참아야지, 여보!" 그녀가 울린 종에 응답하여 간수 셋이 나타나 구호를 외치더니 한사람이 덧붙였다. "자유를 위하여." 그곳에는 뭔가 어울리지 않는 결론처럼 들렸다.

라 포르스는 어둡고 지저분하고 그 안의 더러운 잠자리의 끔찍한 냄새가 나는, 우울한 감옥이었다. 그렇게 갇혀서 자는 잠의 고약한 냄새는 관리를 잘 안하는 그런 모든 장소에서 얼마나 비상하게도 신속하고 분명하게 나게 되는지!

"또 비밀 수감이야." 간수는 서류를 보면서 투덜거렸다. "이미 꽉 차서 터져나갈 지경인데!"

그는 화가 난 채로 그 서류를 서류철에 넣었고, 찰스 다네이는 삼십분을 더 기다렸다. 튼튼한 아치가 있는 방을 오가기도 하고, 돌로 만든 자리에 앉기도 하면서. 어쨌든 대장과 그 졸개들의 기억에 새겨질 정도로 붙들려 있었다.

"이리 와!" 대장이 마침내 열쇠를 집어들고 말했다. "이리 와라, 망명자."

감옥의 음산한 그늘 속으로, 그의 새 간수는 그와 함께 복도와 계단을 지나, 수많은 문을 철커덩 열었다 잠갔다 하면서 마침내 남녀 죄수가 함께 우글거리며 수감되어 있는 천장이 낮고 둥근 커다란 방에 도착했다. 여자들은 긴 탁자에 앉아서 읽거나 쓰거나 뜨개질을 하거나 바느질을 하거나 수를 놓고 있었다. 남자들은 대부분 의자 뒤에 서 있거나 방을 이리저리 거닐고 있었다.

죄수들 하면 본능적으로 수치스러운 범죄나 망신거리를 연상하게 되므로, 신참은 이 사람들을 보고 움찔했다. 그러나 그의 길고도 비현실적인 여행이 지닌 비현실성의 마지막을 장식한 것은, 그들이 모두 즉시 일어나서 그 당시 알려진 온갖 세련된 태도와 온갖 매력적인 우아함과 예의범절로 그를 맞이했다는 것이었다.

이 세련미가 감옥의 풍습과 어둠으로 기이하게 흐려져 있고, 그들이 처한 말도 안되는 더러움과 불행 가운데 그들이 너무나 유령처럼 되어버렸기에, 찰스 다네이는 마치 죽은 자들과 함께 서 있는 것 같았다. 모두가 유령이었다! 아름다움의 유령, 위풍당당함의 유령, 우아함의 유령, 자부심의 유령, 경쾌함의 유령, 재치의 유령, 젊음의 유령, 노인의 유령, 모두가 그 황량한 해변에서 떠나기를 기다리며, 그곳에 오며 겪은 죽음으로 인해 변해버린 눈길로 그를 바라보았다.

그 광경을 보니 움직여지질 않았다. 그들이 늘 하던 역할에 비추어 보면 충분히 괜찮다고 할 수도 있는, 그의 옆에 선 간수와 이리저리 돌아다니는 두명의 다른 간수들은 거기에 있는 슬퍼하는 엄마들과 한창때인 딸들 — 애교스러운 여인의 유령, 젊은 미인의 유령, 세련되게 성장한 성숙한 여인의 유령과 함께 — 에 비하니 터무니없이 거칠어 보였기에, 그 유령들의 장면이 보여주는 모든 경험과 가능성의 전도顚倒가 최고조로 강조되었다. 분명히, 모두 유령들이었다. 분명히, 그 기나긴 여행 동안 그를 이 어두운 그늘로 데리고 온 질병이 어떻게든 진행된 거였다!

"불행에 처하여 여기 모인 사람들을 대표해서," 궁정의 외양과 말투를 가진 한 신사가 나서서 말했다. "라 포르스에 오신 것을 환영하며, 당신을 우리들 사이로 데려온 재난에 위로를 표하는 바입니다. 이것이 곧 행복하게 마무리되기를! 다른 곳에서라면 무례한 일이 되겠지만, 여기선 그렇지 않으니, 당신께 이름과 처지를 물어봐도 되겠죠?"

찰스 다네이는 일어나 질문받은 정보를 가능한 한 적합한 말로 전달했다.

"그렇지만 제 생각에," 방 건너편으로 이동한 간수장을 눈으로 좇으며 그 신사가 말했다. "당신은 비밀 수감이 아닙니까?"

"그 말의 의미는 모르지만, 그들이 그렇게 말하는 것을 들었습니다."

"아, 안됐군요! 정말 안됐어요! 그렇지만 용기를 내세요. 우리 중 몇몇 사람들도 처음에는 비밀 수감으로 왔지만, 아주 짧은 기간이었어요." 그리고 목소리를 높이며 덧붙였다. "정말 안된 일이지만, 여러분—비밀 수감이라네요."

찰스 다네이를 동정하며 수군거리는 소리가 방을 가로질러 간수가 그를 기다리는 창살문까지 이르렀고, 수많은 목소리가— 그중에서 여인들의 부드럽고 동정심 넘치는 목소리가 두드러졌다—그에게 행운을 빌며 용기를 주었다. 그는 창살문에서 몸을 돌려 마음에서 우러난 감사를 전했다. 간수의 손에 의해 문이 닫히고, 그 유령들은 그의 눈앞에서 영영 사라졌다.

위로 올라가는 돌계단으로 통하는 쪽문이 열렸다. 마흔계단쯤 올라갔을 때 (반시간 차 죄수는 이미 그 계단을 세어놓았다) 간수는 낮고 검은 문을 열었고, 그들은 독방으로 들어갔다. 방은 춥고 축축했지만, 어둡지는 않았다.

"네 방이다." 간수가 말했다.

"왜 혼자 갇히는 겁니까?"

"내가 어떻게 알아!"

"펜과 잉크, 종이를 살 수 있습니까?"

"그건 내 소관이 아니야. 누가 면회를 오면 그때 부탁할 수 있어. 지금 먹을 것은 살 수 있고, 다른 건 안돼."

감방 안에는 의자 하나, 탁자 하나, 그리고 밀짚 매트리스가 있었다. 간수가 나가기 전에 이 물건들과 네 벽을 전체적으로 검사하자, 반대편 벽에 기대어 선 죄수의 마음속에 이런저런 공상이 지나갔다. 이 간수는 얼굴과 몸이 건강하지 못하게 부어올라서 마치 익사하여 물을 잔뜩 먹은 사람처럼 보인다든가. 간수가 가버리고 나자, 그는 이와 같이 되는대로 생각하기 시작했다. '자, 이제 난 죽은 것처럼 되어버렸어.' 거기서 생각을 멈추고 매트리스를 내려다보고 구역질이 나서 고개를 돌리며 그는 이렇게 생각했다. '그리고 여기 기어다니는 것들은 죽은 뒤 육신이 처음 맞게 되는 조건인 것이지.'

"가로로 다섯걸음, 세로로 네걸음 반, 가로로 다섯걸음 세로로 네걸음 반, 가로로 다섯걸음 세로로 네걸음 반." 죄수는 감방 안에서 이리저리 걸으며 길이를 측정했다. 도시의 소음에 요란한 목소리들이 더해져, 마치 무언가로 감싼 북소리처럼 올라왔다. "그는 구두를 만들었다, 그는 구두를 만들었다, 그는 구두를 만들었다." 죄수는 마지막 외우던 말에서 빨리 자기 정신을 끌어내려고 다시 길이를 재고, 더욱 빨리 걸었다. "쪽문이 닫히면서 사라진 유령들. 그들 중에는 창문의 총안銃眼에 기대어 있던 검은 옷을 입은 여인의 모습이 있었어. 그녀의 금발에 빛이 비치면서 그녀는 마치…… 제발, 다시 말을 타고 가보자, 사람들이 모두 깨어 일어나 있는 불 켜진 마을로……! 그는 구두를 만들었다, 그는 구두를 만들었다, 그는 구두를 만들었다…… 가로로 다섯걸음 세로로 네걸음 반." 이런 조각들을 마음 깊은 곳으로부터 위로 튀기고 굴려 올리며, 죄수는 점점 더 빠르게, 고집스럽게, 세고 또 세면서 걸었다. 도시의 소음은 이렇게 바뀌었다 ─여전히 무언가로 감싼 북소리처럼 울렸지만, 그 북소리 위로 그가 아는 울음소리가 함께 울려퍼졌다.

2장
숫돌바퀴

　쌩제르맹 지역에 위치한 텔슨 은행은 마당을 통해서 들어갈 수 있었으며 높은 담장과 튼튼한 대문에 의해 도로로부터 차단된 커다란 집의 부속건물이었다. 그 집은 소란을 피해서 요리사의 옷으로 변장하고 국경을 넘어 피난 가기 전까지 거기 살았던 어떤 훌륭한 귀족의 소유였다. 사냥꾼으로부터 도망가는, 쫓기는 짐승이 된 그는, 영혼만은 문제의 그 요리사 외에도 다른 건장한 남자들 셋이 그의 입술을 위해 초콜릿을 준비했던 바로 그 귀족 나리와 같은 사람이었다.

　귀족 나리는 사라졌고 세명의 건장한 남자들은 높은 봉급을 받았다는 죄를 사면받고자, 자유, 평등, 우애, 아니면 **죽음**을 달라는 대동단결 공화정의 여명의 제단에서 기꺼이 흔쾌하게 목을 잘리고, 귀족 나리의 집은 처음에는 가압류되었다가 몰수되었다. 모든 것이 빠르게 변했고 법령이 꼬리에 꼬리를 물고 빠르게 반포되어서, 이제 가을로 접어든 9월의 셋째 날 밤이 되자 법의 사절단인 애국시민들이 귀족 나리의 집을 소유하게 되었고, 그 집에 삼색으로 표시를 하고는 의전용 방에서 브랜디를 마시고 있었다.

런던 영업소가 빠리의 텔슨 영업소와 같은 상황이었다면 사장은 금세 정신이 나가버려서 『가제트』지에 파산 공고를 냈을 것이었다. 안정된 영국의 신뢰도와 체면으로 은행 마당의 화분에 자란 오렌지 나무[67]나 카운터 너머의 큐피드에게까지 무슨 말을 할 수 있었겠는가 말이다. 그러나 그런 일이 벌어졌다. 텔슨은 큐피드를 희게 칠해서 가렸지만, 그는 여전히 서늘한 리넨 천에 가려진 채로 아침부터 저녁까지 (그가 종종 그러듯이) 돈을 겨냥하고 있었다. 런던의 롬바드 가에서라면 이 젊은 이교도[68]로부터, 또 그 불멸의 소년 뒤편의 장막이 쳐진 벽감에서, 조금만 자극을 주어도 공공연히 춤을 추곤 하는 전혀 늙지 않은 직원들로부터 불가피하게 파산이 비롯되었을 것임에 틀림없었다. 그러나 프랑스의 텔슨은 이런 조건에서도 잘 버티고 있었으며, 시간이 붙어 있는 한, 어떤 사람도 두려워하지 않았으며 돈을 빼내가지도 않았다.

그후로 텔슨에서 얼마나 돈이 빠져나갈지, 얼마나 버려지고 잊힌 채로 거기 남아 있을지, 맡겨놓은 사람들이 감옥에서 스러져가고 난폭하게 죽어갈 동안 텔슨의 은신처에서 변색되어갈 판금과 보석 들이 얼마나 될지, 이승에서 정산할 수 없어 다음 세상으로 이월되어야 할 계좌들은 얼마나 많을지, 그날밤, 이런 문제들에 대해서 많이 생각했던 로리 씨는 물론이고, 어떤 사람도 이에 대해서 아무 말도 할 수 없었을 것이다. 그는 새로 불을 붙인 장작불 앞에

---

67 오렌지 나무는 18세기 프랑스의 대표적인 정원수. 영국에서는 보기 드물었음.
68 큐피드를 말함.

앉아 있었고 (그 황폐한 흉년에는 추위도 일찍 찾아왔다) 그의 정직하고 용감한 얼굴에는 매달린 램프가 드리울 수 있는 것보다, 혹은 그 방 안의 어떤 물체가 왜곡되게 반사하는 것보다 더 깊은 그늘이, 공포의 그림자가 드리워 있었다.

그는 마치 튼튼한 담쟁이덩굴처럼, 성장하면서 자신이 그 일부가 되어버린 회사에 대한 충성심으로 은행에서 사무실들을 점령하고 있었다. 우연히도 그들은 주 건물을 점령한 애국시민 덕에 일종의 보안책을 취한 셈이 되었지만, 정직한 노신사는 그런 계산은 하지 않았다. 이 모든 상황에 대해서 그는 아랑곳하지 않고 자기 임무를 다했다. 마당 반대편의 주랑 아래에는 마차가 들어오도록 널찍한 장소가 있었고, 그곳엔 아직도 귀족 나리의 마차 몇대가 서 있었다. 기둥 가운데 두개에는 커다랗게 타오르는 횃불을 매달아놓았고, 그 불빛에 비쳐서 마당에 있는 커다란 숫돌바퀴가 두드러져 보였다. 어떤 이웃의 대장간에서, 혹은 작업장에서 급하게 가져온 것처럼 보이는, 거칠게 설치해놓은 물건이었다. 일어나 창문으로 이 무해한 물건을 바라보면서 로리 씨는 몸을 떨고, 다시 자기 자리로 돌아와 앉았다. 그는 유리창뿐만 아니라 바깥쪽의 격자 창가리개도 열어놓았지만, 그는 둘 다 닫아버리고 몸 전체를 떨었다.

높은 담장과 튼튼한 대문 너머 거리에서 도시의 밤에 흔히 들리는 웅얼거리는 소리가 들려왔고, 마치 무시무시한 성질의 예사롭지 않은 소리가 하늘로 올라가고 있는 듯, 때로는 뭐라 말할 수 없는 괴상하고 섬뜩한 소리가 울리곤 했다.

"맙소사," 로리 씨가 손을 깍지 끼며 말했다. "오늘밤 이 무시무시한 도시에 내게 가깝고 소중한 사람은 아무도 없군! 위험에 처한 이들에게 신의 가호가 있기를!"

곧이어 커다란 대문의 종이 울렸고, 그는 이렇게 생각했다. "돌아왔구나!" 그러고는 앉아서 귀를 기울였다. 그러나 그가 기대한 것처럼 마당으로 요란하게 몰려드는 소리는 나지 않았고, 다시 대문이 철컹 닫히는 소리가 들렸으며 그러고는 모든 것이 조용해졌다.

그가 느끼는 긴장과 두려움 때문에 그는 은행과 관련하여 막연한 불안을 느꼈다. 그렇게 일어난 감정과 더불어 거대한 변화가 자연스럽게 불러일으킨 불안이었다. 은행은 잘 보호되고 있었고, 그는 일어나 그것을 지키고 있는 믿을 만한 사람들 사이에서 일하고 있었는데 말이다. 바로 그때 문이 벌컥 열리더니 두사람이 뛰어들어왔고, 그들의 모습을 보고 그는 놀라서 주춤했다.

루시와 그의 아버지였다! 루시는 그에게 두 팔을 벌리고 오래전에 보였던 그 진지한 표정을 지어 보였다. 그 표정은 너무나 집중되고 강렬했으므로, 마치 그녀 인생의 한 단계에서 그녀 얼굴에 강인하고 센 느낌을 뚜렷하게 각인시켜놓은 듯했다.

"무슨 일입니까?" 숨이 막히고 정신이 없는 채로 로리 씨가 외쳤다. "무슨 일이에요? 루시! 마네뜨! 무슨 일이 있었습니까? 어째서 여길 온 것이오? 뭡니까?"

창백하고 정신없는 얼굴로 그를 뚫어지게 쳐다보며 그녀는 그의 팔에 안겨 헐떡이며 애타게 말했다. "오, 아저씨! 제 남편이!"

"네 남편이, 루시?"

"찰스가요."

"찰스가 어쨌는데?"

"여기 있어요."

"여기, 빠리에?"

"온 지 며칠 되었어요. 사흘 아니면 나흘. 얼마나 되는지는 모르겠어요. 정신이 없어서요. 뭔가 우리가 모르는 자비로운 일을 하러 여기에 온 거예요. 그는 장벽에서 검문을 당해서 감옥에 수감되었어요."

노인은 자기도 모르게 비명을 질렀다. 같은 순간 커다란 대문에서 종이 울리고 마당으로 요란한 발소리와 목소리가 밀려들었다.

"이 소리는 뭐지?" 박사가 창문 쪽으로 돌아서며 말했다.

"보지 마세요!" 로리 씨가 외쳤다. "내다보지 마세요. 마네뜨, 제발, 가리개에 손대지 마세요!"

박사는 창문의 고리에 손을 얹은 채로 돌아서서, 냉정하고 대담한 미소를 지으며 말했다.

"친구여, 난 이 도시에서 저주받은 채로 살았소. 난 바스띠유의 죄수였어요. 빠리의—빠리? 프랑스지—애국시민치고 내가 바스띠유의 죄수였다는 것을 알면 나를 포옹하거나 개선행진시키는 것 아니고는 날 건드릴 사람은 없어요. 내 과거의 고통은 우리가 장벽을 통과하고, 그곳에서 찰스에 관한 소식을 듣고, 여기까지 올 수 있는 힘을 주었어요. 그러리라는 걸 알고 있었어요. 난 내가 모든 위험으로부터 찰스를 구해낼 수 있다는 것을 알았습니다. 루시에게도 그렇게 말했고요. —저 소리는 뭡니까?" 그는 다시 창문에 손을 얹었다.

"보지 마세요!" 정말 절박해져서 로리 씨가 외쳤다. "안돼, 루시, 얘야, 넌 안된다!" 그는 팔로 그녀를 껴안고 붙들었다. "그렇게 겁내지 마라, 얘야. 찰스에게 무슨 일이 있다는 소식은 듣지 못했다고 맹세한다. 그가 이런 치명적인 곳에 오리라고는 의심하지 못했다만. 무슨 감옥에 있느냐?"

"라 포르스요!"

"라 포르스라고! 루시, 얘야, 네가 용감하고 상냥한 사람이라면, 넌 늘 둘 다였다만, 지금 진정하고 내가 시키는 대로 해라. 네가 생각할 수 있는 것보다, 내가 말할 수 있는 것보다, 거기에 많은 것이 달려 있다. 오늘밤엔 네가 무슨 짓을 해도 아무런 도움이 안된다. 심지어 밖에 나갈 수도 없어. 내 말 들어라, 찰스를 위해서 네가 해야 하는 일은 모든 일 중에서도 가장 어려운 일이야. 너 즉시 내 말 듣고 조용히, 가만히 있어라. 이제 너를 이 뒤쪽 방에 데려다놓으마. 아버지와 내가 단둘이 잠깐만 얘기를 하게 해주렴. 죽고 사는 문제가 달려 있기 때문에 지체하면 안된다."

"아저씨 말씀을 들을게요. 아저씨 얼굴을 보니, 제가 이것 외에는 아무것도 할 수 없다는 걸 아시는 것 같아요. 아저씨 말씀이 맞는 것 알아요."

노인은 그녀에게 입을 맞추고 그녀를 그의 방으로 데려다놓고 열쇠로 잠갔다. 그리고 다시 박사에게 돌아와서 창문을 열고 가리개도 일부 열어 박사의 팔을 잡고 그와 함께 마당을 내다보았다.

남녀 무리가 모여 있는 것이 보였다. 마당을 채우기에는 그 수가 많지 않고, 오히려 터무니없이 적었다. 전부 사오십명밖에 되지 않았다. 집을 점유한 사람들이 그들을 대문 안으로 들였고, 그들은 모두 숫돌바퀴에 매달려 일을 했다. 그들이 일하려는 목적으로, 편리하고 외딴 곳에 세워둔 것이 분명했다.

그러나 저렇게 끔찍한 일꾼들과, 저렇게 끔찍한 일이라니!

숫돌바퀴에는 이중 손잡이가 달려 있어서 두 남자가 그것을 미친 듯이 돌리고 있었고, 숫돌바퀴가 획획 돌면서 그들이 얼굴을 쳐들었을 때 머리가 뒤로 휘날려 드러난 그들의 얼굴은 가장 야만적인 분장을 한 가장 거친 미개인들의 얼굴보다 더 끔찍하고 잔인했다.

그들은 가짜 눈썹과 가짜 콧수염을[69] 붙이고 있었으며, 그들의 무시무시한 얼굴은 온통 피와 땀으로 범벅이었으며, 고함을 질러 일그러졌고, 짐승 같은 흥분과 수면 부족으로 모두 눈을 번득이며 노려보고 있었다. 이 불한당들이 숫돌을 돌리고 또 돌리는 동안, 텁수룩한 머리카락이 그들의 눈 위로 덮였다가 다시 목 뒤로 넘겨졌으며, 몇몇 여인들은 그들이 마실 수 있게 입에 포도주를 대어주고 있었다. 피도 흘리고 포도주도 흘리고 돌에서 빛줄기까지 나와서, 그 모든 사악한 분위기는 핏덩이와 불꽃처럼 보였다. 그 무리 중 단 한명도 피에 물들지 않은 사람은 찾아볼 수 없었다. 숫돌에 가는 일을 교대해주려고 어깨를 맞댄 남자들은 허리까지 벗어젖혔고, 사지와 몸뚱이에는 온통 얼룩이 묻어 있었다. 얼룩으로 더러워진 온갖 종류의 누더기를 입은 남자들. 구석구석 얼룩으로 물든 여자들의 레이스, 씰크, 리본 같은 전리품으로 악마처럼 치장한 남자들. 이곳에서 벼리려고 가져온 손도끼, 칼, 총검, 대검 들은 모두 피로 물들어 있었다. 많이 쓴 대검 중 몇몇은 칼을 가지고 다니는 사람의 손목에 리넨 끈이나 드레스 조각으로 붙들려 매어져 있었다. 끈은 종류가 다양했지만 한가지 색으로 짙게 물들어 있었다. 미친 듯이 이 무기들을 휘두르던 사람들이 불꽃 줄기로부터 무기를 급히 잡아채어 거리로 뛰쳐나갈 때, 꼭 같은 붉은 색조가 그들의 광포한 눈을 물들이고 있었다. 짐승처럼 되어버리지 않은 사람이 바라보면 정통으로 겨눠진 총에 질겁하여 이십년은 감수할 그런 눈이었다.

마치 물에 빠져 죽는 사람이나 엄청난 위기에 처한 사람이 아주 생생하게 한세상을 보듯이, 이 모든 것은 한순간에 보였다. 그들은

---

69 토머스 칼라일의 『프랑스 혁명』에서 잘못 읽은 것으로 추측됨.

창문에서 물러나왔고, 박사는 잿빛이 된 친구의 얼굴에서 설명을 구했다.

"저들은," 문이 잠긴 방을 두려운 마음으로 돌아보며 그가 속삭였다. "죄수들을 죽이고 있어요. 당신이 한 말이 확실하다면, 당신이 정말 당신이 가졌다고 생각하는 그런 힘을 가졌다면—그렇다고 믿습니다만—저 악마들에게 신분을 밝히고 라 포르스로 데려다달라고 하세요. 너무 늦었을지도 몰라요, 잘 모르겠어요, 하지만 일분도 지체하면 안됩니다!"

마네뜨 박사는 그의 손을 꼭 쥐었다가, 모자도 쓰지 않고 서둘러 방에서 나갔다. 로리 씨가 다시 창가리개로 갔을 때 그는 이미 마당으로 나가 있었다.

그는 휘날리는 흰 머리카락, 눈에 띄는 얼굴, 마치 물병을 차듯 무기를 차는 데서 보이는 열렬하면서 자신감 넘치는 태도로 단숨에 숫돌 주변에 모여든 사람들 속으로 들어갔다. 잠시 정적이 흐르고, 이어서 술렁이고 웅성거리고 알아들을 수 없는 그의 말소리가 들려왔다. 그리고 로리 씨는 그가 모든 사람에게 둘러싸여 스무명의 남자가 어깨를 걸고 어깨에 손을 얹은 채 한줄로 늘어선 가운데서, 이렇게 외치며 서둘러 나가는 것을 보았다. "바스띠유 죄수 만세! 라 포르스 감옥에 있는 바스띠유 죄수의 친척을 돕자! 저 앞에 바스띠유 죄수가 나가도록 길을 비켜! 라 포르스의 죄수 에브레몽드를 구하라!" 이에 화답하는 외침이 수없이 들려왔다.

그는 뛰는 가슴으로 격자 창가리개를 닫고, 창문과 커튼을 닫은 다음, 루시에게 서둘러 가서 사람들이 아버지를 도와서 그녀의 남편을 찾으러 갔다고 말해주었다. 그는 그녀의 아이와 프로스 양이 함께 온 것을 발견했다. 그러나 오랜 시간이 지난 후 그날밤처럼 그렇게 조용히 앉아 있는 것을 볼 때까지도 그는 그들의 출현이 놀랍다는 생각은 떠오르지 않았다.

그때쯤, 루시는 이미 그의 손에 매달려 그의 발치 마룻바닥에 기절해 쓰러져 있었다. 프로스 양은 아이를 그의 침대에 뉘었고, 그녀의 머리도 천천히 그녀의 어여쁜 아가 곁 베개 위로 뉘었다. 불쌍한 아내의 신음 소리가 들리는, 길고 긴 밤이여! 그녀의 아버지도 돌아오지 않고 아무런 소식도 오지 않는, 길고 긴 밤이여!

어둠속에서 커다란 대문의 종이 두번은 더 울렸고, 사람들이 밀려들어오고, 숫돌바퀴가 돌아가며 불꽃을 튀겼다. "뭐죠?" 루시가 겁에 질려 외쳤다. "쉿! 군인들이 칼을 가는 소리야." 로리 씨가 말했다. "이곳은 지금 국가자산이고, 일종의 무기고로 쓰이고 있거든, 애야."

다 합해서 두번 더 그랬다. 그러나 마지막 작업은 미미하고 간헐적이었다. 곧이어 날이 밝기 시작했고, 그는 그를 붙들고 있던 손을 부드럽게 떼어내고 조심스럽게 다시 내다보았다. 학살의 전장에서 겨우겨우 정신을 차린 중상을 입은 병사라도 되는 듯 온몸이 더러워진 한 남자가 숫돌바퀴 옆 포석에서 일어나 멍한 표정으로 주변을 둘러보고 있었다. 곧 이 지친 살인자는 희미한 빛 속에서 귀족 나리의 마차 중 한대를 발견하고 그 화려한 마차로 비틀비틀 걸어가서 문을 열고 올라타서 문을 닫고는 그 섬세한 쿠션에서 휴식을 취했다.

커다란 숫돌바퀴 같은 지구는 이미 한바퀴 돌아서, 로리 씨가 다시 내다보았을 때는 태양이 마당에 붉게 비치고 있었다. 그러나 그 조용한 아침 공기 속에서 그보다 작은 숫돌바퀴가, 태양이 준 적도 없고 빼앗아갈 수도 없는 붉은색을 머금은 채 홀로 서 있었다.

3장
그림자

근무시간이 되어서 로리 씨의 직업 정신에 제일 먼저 떠오른 생각은 이런 것이었다. 그에게 은행의 지붕 아래 망명자 죄수의 아내를 보호함으로써 텔슨을 위험에 처하게 만들 권리는 없다는 것. 그 자신의 소유물, 안전, 생명이라면 루시와 그녀의 아이를 위해 거리낌 없이 걸 수도 있었다. 그러나 그가 맡고 있는 엄청난 것들은 그 자신의 것이 아니었고, 그 문제에 관해서라면 그는 철저한 직업인이었다.

처음에 그의 마음은 드파르주에게로 돌아갔고, 그는 다시 그 포도주 상점을 찾아서 그 주인과 이 혼란스러운 도시 상황에서 가장 안전한 거처에 관해서 의논할 생각을 했다. 그러나 그렇게 생각하자 바로 그 생각을 포기하게 되었다. 그는 가장 난폭한 지역에 살았고 의심의 여지 없이 그곳에서 영향력 있는 사람일 것이며 위험한 일에 깊숙이 가담하고 있을 터였으니까.

정오가 되어서도 박사는 돌아오지 않았고, 늦어질 때마다 텔슨과 타협하면서, 로리는 루시와 의논했다. 그녀는 아버지가 그 지역 은행 근처에 단기 숙소를 얻을 것이라고 이야기했다고 말했다. 이에 관해서는 반대할 사업상의 이유가 없었고, 찰스의 일이 잘 풀려서 그가 석방되더라도 이 도시를 떠나리라고 바랄 수는 없을 것이라고 예상되었으므로, 로리 씨는 그런 거처를 구하러 나가서, 높은 건물들이 둘러선 쓸쓸한 광장에, 다른 모든 창문들에 가리개가 닫혀 있어 내버리고 간 집임을 표시하는 외딴 뒷골목 위편에서 적당한 거처를 발견했다.

그는 즉시 이 거처로 루시와 아이, 그리고 프로스 양을 옮겼고, 최대한, 그가 생각하는 것보다 훨씬 더 많이 그들을 위로했다. 그는 제리를 그들에게 남겨두어 사람들이 숱하게 두드릴 현관을 지키도록 하고, 자신의 업무를 계속했다. 심란하고 서글픈 마음으로 그는 업무를 보았고, 그날은 천천히 무겁게 흘러갔다.

하루가 천천히 지나가고 그도 지쳐갈 무렵, 은행은 문을 닫았다. 그가 다시 어젯밤을 보낸 그의 방에 혼자 앉아서 그다음에 무슨 일을 해야 할지 생각하고 있는데, 그때 계단에서 발소리가 들렸다. 잠시 후 어떤 남자가 앞에 나타나 그를 날카롭게 살피면서 그의 이름을 불렀다.

"그렇습니다만," 로리 씨가 말했다. "저를 아십니까?"

그는 마흔다섯에서 쉰살 사이의, 검은 곱슬머리를 한 건장한 남자였다. 대답 대신 그는 어투를 바꾸지 않고 그의 말을 그대로 따라했다.

"저를 아십니까?"

"어디서 뵌 것 같은데요."

"제 포도주 상점에서 아닐까요?"

몹시 흥미롭다는 듯 흥분하여 로리 씨가 말했다. "마네뜨 박사에게서 오는 겁니까?"

"네, 마네뜨 박사가 보냈습니다."

"뭐라고 하던가요? 무엇을 보냈습니까?"

드파르주는 초조해하는 그의 손에 봉하지 않은 종이 한장을 건네주었다. 거기엔 박사의 필체로 이렇게 쓰여 있었다.

'찰스는 무사합니다. 그러나 아직은 이 장소를 안전하게 떠날 수가 없습니다. 다행스럽게도 이것을 가져간 사람이 찰스가 그의 아내에게 전하는 짧은 편지를 가지고 있습니다. 이것을 가져간 사람이 그의 아내를 보게 해주십시오.'

그 쪽지는 라 포르스에서 한시간 전에 보낸 것이었다.

"함께 가시죠." 로리 씨는 이 쪽지를 소리내어 읽은 뒤 마음이 놓여서 기분 좋게 말했다. "그의 아내가 있는 곳으로요."

"네." 드파르주가 대답했다.

얼마나 묘하게도 서먹서먹하고 기계적인 방식으로 드파르주가 이야기하는지 아직 눈치채지 못한 로리 씨는 모자를 쓰고 그와 함께 마당으로 내려왔다. 그곳에 두 여인이 있었고, 그중 한명은 뜨개질을 하고 있었다.

"드파르주 부인이군요, 정말!" 로리 씨가 말했다. 그는 십칠년 전쯤에 정확히 똑같은 모습으로 그녀와 헤어졌던 것이다.

"맞습니다." 그녀의 남편이 말했다.

"부인도 함께 가실 건가요?" 그녀가 그들과 함께 움직이는 것을 보고 로리 씨가 물었다.

"네, 얼굴을 알아볼 수도 있고 사람들을 알 수도 있으니까요. 그들의 안전을 위해서입니다."

드파르주의 태도가 이상하다고 생각되기 시작한 로리 씨는 그를 미심쩍게 바라보며 앞장섰다. 두 여인이 그 뒤를 따랐다. 두번째 여인은 복수였다.

그들은 되도록 빨리 그 사이의 거리들을 지나쳐 새로운 거처의 계단을 올라가 제리의 마중을 받고, 혼자 울고 있는 루시를 만났다. 그는 로리가 가져다준 남편의 소식에 기뻐 어쩔 줄 모르며 편지를 가져다준 손을 꼭 잡았다. 그 손이 그날밤 그 가까이에서 무슨 일을 하고 있었는지, 우연하게라도 그에게 무슨 짓을 할 수 있었는지 생각하지도 못한 채.

'여보, 용기를 내시오. 나는 잘 있고, 당신 아버지께서 내 주변에 영향력을 발휘하고 계신다오. 답신은 보낼 수 없소. 나 대신 아이에게 키스해주오.'

그게 쓰인 전부였다. 그러나 그것을 받은 그녀에게는 너무 벅찬 것이어서, 그녀는 드파르주에게서 그의 아내에게로 돌아서며 뜨개질을 하고 있는 손 하나에 키스를 했다. 그것은 열정적이고, 사랑과 감사에 넘치는, 여성다운 행동이었지만, 그 손은 아무런 반응을 보이지 않고 차갑고 무겁게 떨어져 다시 뜨개질을 계속했다.

이 접촉의 그 무엇인가 때문에 루시는 움찔했다. 그녀는 쪽지를 가슴에 넣으려다 말고 여전히 손을 목에 댄 채로 겁에 질려 드파르주 부인을 쳐다보았다. 드파르주 부인은 그 추켜올린 눈썹과 이

마를 냉정하고 무감한 시선으로 맞받았다.

"얘야," 로리 씨가 끼어들어 설명했다. "거리에선 자주 봉기가 일어나고 있단다. 네가 걱정할 문제는 아닐 것 같다만, 드파르주 부인은 그럴 때 그들을 알 수도 있고 그들의 신분을 확인할 수도 있어서, 그녀가 보호할 힘을 가진 사람들을 보고 싶어하는 거야. 내 생각엔," 로리 씨는 그 세 사람이 점점 더 돌처럼 딱딱한 인상을 주자 안심시키던 말을 하다 말고 멈칫하며 말했다. "제가 맞게 말한 거죠, 시민 드파르주?"

드파르주는 음울하게 아내를 쳐다보곤 다른 대답은 하지 않고 동의한다는 듯 흠흠 소리를 냈다.

"그러니까, 루시," 그가 최대한 달래는 말투와 태도로 말했다. "아이도 여기 있고 우리 프로스 양도 여기 있잖니. 우리 프로스 양은, 드파르주, 영국인이고, 프랑스어를 전혀 몰라요."

자신이 어떤 외국인과도 대적할 수 있다는 뿌리 깊은 신념을 지닌 문제의 그 여인은 어떤 불안과 위험에도 흔들리지 않고 팔짱을 끼고 나타나 처음 눈이 마주친 복수에게 영어로 이렇게 말했다. "음, 확실히, 세게 생겼군! 안녕하쇼!" 그녀는 드파르주 부인에게도 영국식 헛기침을 해주었다. 그러나 둘 중 누구도 그녀에게 신경을 쓰지 않았다.

"그의 아이입니까?" 드파르주 부인이 처음으로 일을 하다 말고 뜨개바늘로 마치 그것이 운명의 손가락이라도 되는 듯 루시를 가리키며 말했다.

"네, 부인." 로리 씨가 대답했다. "얘가 우리 불쌍한 죄수의 예쁜 딸아이입니다. 외동딸이죠."

드파르주 부인과 그녀의 일행에서 진 그림자가 그 아이에게 너무나 위협적이고 어둡게 떨어지는 것처럼 보였기에, 엄마는 본능적으로 아이 옆에 무릎을 꿇고 아이를 가슴에 끌어안았다. 그러자 드파르주 부인과 그 일행에서 진 그림자가 이번엔 엄마와 아이 모두에게 위협적이고 어둡게 떨어지는 것처럼 보였다.

"됐어요, 여보." 드파르주 부인이 말했다. "이 사람들 얼굴을 봤으니까. 갑시다."

그렇지만 아무리 억눌러도—보이거나 드러나지는 않았지만 불분명하고 억제된 채로—루시에게는 그 안에 담긴 위협이 느껴졌으므로, 루시는 드파르주 부인의 옷자락에 호소하듯 손을 올려놓고 이렇게 말했다.

"당신은 제 불쌍한 남편에게 잘해주실 거죠. 해치지 않으실 거죠. 제가 남편을 만나도록 도와주실 거죠?"

"당신 남편은 내 소관이 아니에요." 드파르주 부인이 아주 침착하게 그녀를 내려다보며 대답했다. "여기서 내가 상관있는 건 당신 아버지의 딸이죠."

"그럼 저를 봐서라도, 제 남편에게 자비를 베풀어주세요. 어린 아이를 위해서라도! 이 아이도 두 손 모아 당신이 자비를 베푸시길 기도할 겁니다. 우린 다른 사람들보다도 당신이 더 무서워요."

드파르주 부인은 이것을 칭찬으로 알아듣고 자기 남편을 쳐다보았다. 초조하게 엄지 손톱을 깨물며 그녀를 쳐다보던 드파르주는 곧 표정을 수습하여 엄격한 표정을 지었다.

"그 짧은 편지에 남편이 뭐라고 썼던가요?" 언짢은 미소를 띠며 드파르주 부인이 물었다. "영향력. 뭔가 영향력에 관한 이야기를 했죠?"

"아버지 얘기요." 루시가 가슴에서 서둘러 그 종이를 꺼내며, 그러나 놀란 눈을 편지가 아닌 그녀에게 질문을 던진 사람에게 고정한 채로 말했다. "아버지가 주변에 영향력이 크시다고."

"그러니 그는 석방되겠죠!" 드파르주 부인이 말했다. "그래야죠."

"아내로서, 엄마로서," 정말 절실하게 루시가 외쳤다. "저를 동정하셔서, 당신이 가진 힘을 제 무고한 남편을 해하는 데 쓰지 마시고 도움이 되도록 써주세요. 오, 같은 여성끼리니, 절 생각해주세요. 아내로서, 엄마로서!"

드파르주 부인은 여전히 차가운 눈초리로 애원하는 사람을 쳐다보더니 그녀의 친구 복수에게로 돌아서서 말했다.

"우리가 여기 있는 이 아이만 할 때부터, 아니, 훨씬 더 어릴 때부터 보아온 아내들과 어미들에 대해선 그동안 많이 생각해주지 않았잖아? 우린 그들의 남편들과 아버지들이 감옥에 갇혀 생이별하는 것을 너무 자주 봤잖아? 한평생, 우린 자매 같은 여인들이 자기 자신이나 애들까지, 온갖 종류의 가난, 결핍, 굶주림, 목마름, 질병, 불행, 억압, 무시로 고통받는 것을 보아왔는데?"

"다른 건 본 적도 없어." 복수가 대답했다.

"우린 이런 상태를 오래도록 참아왔어." 드파르주 부인이 루시에게로 눈을 돌리며 말했다. "당신을 판정 내린다는 건! 한명의 아내이자 어미가 가진 걱정거리가 우리에게 무슨 큰일이라도 될 것 같아?"

그녀는 다시 뜨개질을 하면서 나가버렸다. 복수도 뒤따라나갔다. 드파르주가 마지막으로 나가며 문을 닫았다.

"용기를 내라, 루시." 로리 씨가 그녀를 일으키며 말했다. "힘내, 힘내! 지금까지는 잘되어가고 있잖니. 최근 수많은 불쌍한 사람들에게 일어난 것보다 훨씬, 훨씬 잘되어간다. 기운내라, 감사하게 생각하고."

"감사한 마음이 없는 건 아니에요. 그렇게 생각해요. 하지만 저 무서운 여인이 저와 제 모든 희망에 그림자를 드리우는 것 같아요."

"쯧쯧!" 로리 씨가 말했다. "이 용감한 마음에 무슨 낙담이란 말이냐! 그림자가 맞아! 아무런 실체가 없는 거란다, 루시."

그럼에도 불구하고 이 드파르주 부부의 태도가 드리운 그림자는 그에게도 어둡게 느껴졌고, 그의 마음속 은밀한 곳에서 그 그림자가 그를 매우 괴롭혔다.

4장
폭풍 속의 고요

마네뜨 박사는 자리를 비운 지 나흘째 되는 날 아침까지도 돌아오지 않았다. 그 두려운 시간 동안 일어난 일 중 루시로부터 숨길 수 있는 것들은 아주 잘 숨겼으므로, 그후로 오랜 시간이 지나 그녀가 프랑스를 떠날 때까지도 그녀는 무방비한 남녀노소 죄수 천백 명이 살해당했으며, 이렇듯 끔찍한 행위로 인해 나흘 밤낮이 계속 암흑 상태였고, 그녀를 둘러싼 공기가 학살당한 이들로 인하여 오염되어 있었다는 사실도 알지 못했다. 그녀가 아는 것은 감옥에 대한 습격이 있었고, 그래서 정치범들이 모두 위험에 처했으며 그 중 일부는 군중에 의해 끌려나와 살해당했다는 정도였다.

박사는 로리 씨에게 비밀을 지키라는 굳이 말할 필요도 없는 명령과 함께 이렇게 전해왔다. 사람들이 살육의 현장을 뚫고 그를 라 포르스 감옥까지 데리고 갔다고. 감옥에서 그는 자체적으로 만든 법정을 보았고, 그 앞에 죄수들이 하나하나 끌려나와 그 법정에 끌

408

려나가 학살당할지 혹은 석방될지, 혹은 (아주 드물지만) 다시 감방으로 되돌려보낼지 빠르게 판결을 받았다고. 이 법정으로 그를 데려간 사람의 소개로, 그는 자신의 이름과 바스띠유에서 십팔년 동안 고소당하지도 않은 채 독방에서 죄수 노릇을 한 경력을 사람들에게 알렸다고. 판사석에 앉아 있던 사람 중 한명이 일어나더니 그를 알아보았고, 그 사람이 드파르주였다고.

그래서 그는 탁자 위에 있는 기록들을 통해서 사위가 아직 살아 있는 죄수들 틈에 있음을 확인하고, 법정에—그 일부는 자고 있었고 일부는 깨어 있었으며, 일부는 살인으로 더러워져 있고 일부는 깨끗했으며, 일부는 정신이 멀쩡하고 일부는 술에 취해 있었는데—그를 살려서 놓아달라고 간절하게 청했다고. 처음엔 타도된 체제의 유명한 피해자로서 그에게 쏟아진 열광적인 인사 속에서, 찰스 다네이를 무법의 법정으로 불러다가 조사해보자는 데 합의가 이루어졌다는 것. 당장이라도 석방될 것처럼 보였는데, 그에게 호의적으로 쏠리던 여론이 갑자기 설명할 수 없게 (박사가 알 수 없는 방식으로) 제지당하더니, 잠깐 비밀 회의를 하기에 이르렀다고. 그리고 나서는 재판장 자리에 앉은 사람이 마네뜨 박사에게 그 죄수를 계속 감금해야 하지만, 박사를 봐서 안전하게 감금하여 다치지 않게 하겠노라고 알려주었다고. 즉시 신호가 떨어지자 죄수는 다시 감옥으로 끌려갔지만, 박사는 자신이 남아 있도록 허락해달라고, 그리고 사위가 어떤 악의나 불운에 의해서 대문 밖에서 죽이라고 외치는 소리에 절차가 무시되는 그 무리 사이로 내보내져서는 절대 안된다고 강렬하게 탄원하였다고. 그래서 그는 허락을 받고 그 위험이 지나갈 때까지 그 피의 홀에 남아 있었노라고.

그곳에서 잠깐씩 먹고 자면서 그가 본 광경은 말하지 않아야 했다. 그에게는 구원받은 죄수들의 미친 것 같은 기쁨도, 사지가 도막난 죄수들에 대한 미친 것 같은 흉포함 못지않게 놀라웠다. 그의 말에 의하면, 길거리로 석방된 한 죄수가 있었는데, 웬 야만인이 착각하여 그가 나오자 긴 창을 그에게로 던졌다는 것이다. 제발 가서 상처를 치료해달라는 부탁을 받고 박사는 그가 나온 바로 그 대문으로 빠져나왔는데, 곧이어 그들이 희생시킨 자의 시신 위에 앉아 있던 사마리아인들의 무리에 붙들렸다. 이 끔찍한 악몽 중에 그들은 그 무엇보다 괴물 같은 변덕으로 치료하는 자를 돕고 가장 친절한 염려로 다친 자를 돌보았고―그를 위해 들것을 만들어 조심스럽게 그곳으로부터 그를 데리고 갔다―그러고는 다시 무기를 집어들고 그렇게도 끔찍한 살육으로 뛰어들었기에, 박사는 손으로 눈을 가리고 그 한가운데서 기절해버렸다는 것이다.

로리 씨는 이 비밀 이야기를 들으며 이제 예순두살이 된 친구의 얼굴을 보면서, 이런 끔찍한 경험이 오래된 위험을 되살리지 않을까 하는 걱정을 마음속에 품게 되었다. 그러나 그는 친구가 현재와 같은 모습으로 있는 것을 본 적이 없었다. 그는 그의 현재 성격을 전혀 알지 못했던 것이다. 처음으로 박사는 이제 그가 겪은 고통이 힘이고 권력임을 느꼈다. 처음으로 그는 자신이 그 날카로운 불 속에서 사위의 감옥 문을 부수고 구해낼 수 있는 쇠를 천천히 제련해왔음을 느꼈다. "모두 좋은 결말을 위해 그랬던 거요, 친구. 단지 낭비와 파멸은 아니었소. 내 사랑하는 딸이 나를 나 자신으로 돌려놓기 위해 도왔으니, 나는 이제 딸애의 가장 사랑하는 일부를 돌려주기 위해 도움이 될 것이오. 하늘이 도우시니 내가 그렇게 할 것이오!" 마네뜨 박사는 그랬다. 그리고 그에게 여러해 동안 삶이 시계처럼 멈춰버렸다가, 멈추었던 동안 숨어 있던 에너지로 다시 그 기능이 가동되는 것처럼 보이는 그 사람의 그 빛나는 눈과 단호한 얼굴과 차분하고 강인한 표정과 행동거지를 보았을 때, 자비스 로리는 믿음이 생겼다.

박사가 당시 싸우고 있던 일보다 더한 일이라도 그의 굳건한 목표의식 앞에서는 굴복할 것만 같았다. 그곳에 머무르는 동안 그는 의사로서 모든 종류의 인간들, 구속되었거나 자유롭거나, 부자이거나 가난하거나, 악하거나 선하거나 상관없이, 모든 사람을 진료했고, 자신의 개인적인 영향력을 현명하게 활용하여 곧 세곳의 감옥을 살피는 의사가 되었으며, 그 세곳 중 하나가 라 포르스였다. 그는 이제 루시에게 그녀의 남편이 더이상 독방에 갇혀 있지 않고 다른 죄수들과 함께 있다고 확인해줄 수 있었다. 그는 사위를 매주 만나서 그에게서 직접 들은 달콤한 전언들을 그녀에게 가져왔다. 때로는 그녀의 남편이 직접 (결코 박사가 대신 쓴 것이 아니라) 그녀에게 편지를 써보내기도 했지만, 그녀가 남편에게 편지를 쓰는 것은 허락되지 않았다. 왜냐하면, 감옥에서 벌어지는 음모에 대한 수많은 황당한 의심 중에서 가장 황당한 것은 외국에서 친구를 사귀었거나 어떤 인맥이 있다고 알려진 망명자에게로 집중되기 때문이었다.

박사의 이러한 새 삶은 물론 불안한 것이었다. 그렇지만 명민한 로리 씨는 그 안에 새롭고 든든한 자부심이 자리 잡고 있는 것을 보았다. 어떤 꼴사나운 일도 그 자부심을 물들일 수는 없었다. 그것은 자연스럽고 훌륭했다. 그러나 그는 그것을 흥미롭게 바라보았다. 박사는 그때까지도 감금이 그의 딸과 친구의 마음속에서 개인적인 고통과 결핍, 나약함과 연관되어왔음을 알고 있었다. 이제 상황이 바뀌었고, 그는 그 오래된 시련을 통해서 힘을 갖게 되었고,

그것을 통해 찰스가 궁극적으로 안전해지고 석방되기를 두사람이 바라고 있음을 알았다. 그는 이러한 변화에 고무되어 주도적으로 상황을 이끌었고, 그들에게 약자로서 강자인 그에게 의지해야 한다고 청했다. 그전까지의 그와 루시의 상대적인 위치는 역전되었지만, 가장 강렬한 감사와 애정만이 그것을 역전시킬 수 있었다. 그는 오로지 그에게 너무나 많은 것을 해준 그녀에게 어떤 도움을 주는 데에서만 자부심을 느낄 수 있었으니까. '참 이상하군.' 그는 온화하게 명민한 방식으로 생각했다. '그렇지만 다 자연스럽고 옳은 일이지. 그렇게 주도권을 잡게, 친구. 그리고 쭉 유지해. 자네보다 더 적임자는 없어.'

그러나 박사가 찰스 다네이를 석방시키려고, 혹은 최소한 그를 재판받게 하려고 열심히 노력하고 계속 노력했으나, 그 시대의 여론은 너무나 강하고 빠르게 움직이고 있었다. 새로운 시대가 시작되었다. 국왕은 재판을 받고, 사형선고를 받고, 참수되었다. 자유, 평등, 우애가 아니면 **죽음을 달라는** 공화국은 무장한 세상에 대항하여 승리 아니면 죽음을 선언했다. 노트르담의 거대한 탑에는 밤낮으로 검은 깃발이 휘날렸다. 지구상의 독재자들에 대항하여 봉기하도록 소집된 삼십만명의 남자들이 프랑스 땅 구석구석에서 일어났다. 마치 용의 이빨이 널리 뿌려져 언덕과 벌판, 바위 위, 자갈밭, 충적토 진흙밭에서, 남쪽의 환한 하늘 아래서, 북쪽의 구름 아래서, 황야와 숲에서, 포도밭과 올리브밭에서, 짧게 자른 풀과 옥수수 그루터기 사이에서, 넓은 강가의 풍성한 둑을 따라, 바닷가 모래밭을 따라, 똑같은 수확을 내는 것처럼. 어떤 개인적인 배려가 자유원년의 대홍수—위에서 떨어진 것이 아니라 아래에서 솟아오른, 그리고 하늘의 창문을 열지 않고 닫은 채로 밀려든 대홍수에 맞서일어날 수 있겠는가.

중단도, 동정도, 평화도, 마음을 누그러뜨리는 휴식도, 시간 측정도 없었다. 낮과 밤은 시간의 초창기처럼 규칙적으로 돌았고, 저녁과 아침은 천지창조 첫날과도[70] 같았지만, 다른 식의 시간 측정은 어떤 것도 없었다. 환자가 열이 날 때 그러하듯이, 한 나라가 들썩이는 열기 속에서 시간개념은 없어져버렸다. 이제 도시 전체의 부자연스러운 침묵을 깨뜨리고, 사형 집행인이 사람들에게 국왕의 머리를 보여주었고—또한 거의 한달음에, 여덟달이라는 지루한 시간 동안 과부가 되어 불행하게 수감된 채 머리가 하얗게 세어버린 그의 아름다운 아내의 머리도 보여주었다.[71]

그러나 이 모든 사례에서 유지된 이상한 모순의 법칙을 지키면서, 시간은 불꽃처럼 빠르게 지나가면서도 천천히 흘렀다. 수도 빠리의 혁명재판소와 전국의 사만 내지 오만개의 혁명위원회, 자유 혹은 생명의 안전은 뒷전으로 한 채 어떤 선하고 무고한 자라도 어떤 악하고 죄 많은 자에게 넘길 수 있는 용의자법,[72] 아무런 죄도 범하지 않았지만 법정심리도 받을 수 없는 사람들로 가득 찬 감옥, 이러한 것들이 정해진 것들의 확립된 질서이자 본성이 되었고 몇 주 지나기도 전에 고대로부터의 관례처럼 보였다. 무엇보다도, 무시무시한 어떤 형상이 마치 세상이 생길 때부터 모든 사람이 바라보는 곳에 있어왔던 것처럼 친숙해졌다. 라 기요띤이라 부르는 날카

---

70 창세기 1:4~5. "하느님께서는 빛과 어둠을 나누시고 빛을 낮이라, 어둠을 밤이라 부르셨다. 이렇게 첫날이 밤, 낮 하루가 지났다."

71 루이 16세는 1793년 1월 21일에 처형되었고, 마리 앙뚜아네뜨는 같은 해 10월 18일에 처형되었다.

72 1793년 9월 19일에 통과된 법안으로, 옛 귀족이나 왕당파 등 반혁명분자라고 '의심되는' 사람들을 체포할 수 있게 함.

로운 여인의 모습이었다.

그것은 대중적인 농담의 주제였다. 그것은 두통에 대한 최상의 치료약이고, 머리카락이 세는 것도 확실히 막아주며, 표정을 기묘하고 섬세하게 만들어주는, 바짝 잘 깎이는 **국민 면도칼**이라는 거였다. 라 기요띤에 입을 맞추고, 그 작은 구멍을 들여다보고 자루 속에 재채기를 한 사람들[73]에게는 말이다. 그것은 인류가 갱생한다는 징표였다. 그것은 십자가의 지위를 빼앗았다. 십자가를 내버린 가슴 위로 그것의 모형이 달렸고, 십자가를 부정한 곳에서 사람들은 그것에 절하고 신봉했다.

그것이 수많은 머리를 잘랐기에, 그것과 그것이 크게 오염시킨 땅은 썩은 것 같은 붉은색이었다. 그것은 어린 악마의 장난감 퍼즐처럼 조각조각 분해되었다가, 필요한 일이 있으면 다시 조립되었다. 그것은 웅변가들을 침묵케 했고, 권력자들을 처단했으며, 아름답고 선한 것들을 없애버렸다. 그것은 유명한 스물두명의 친구들을, 스물한사람은 살아 있고 한사람은 죽었는데, 그 머리들을 어느 날 아침 단 이십이분 만에 베어버렸다.[74] 구약성서에 나오는 강한 남자의 이름[75]이 그것을 작동한 담당자라고 전해졌다. 그러나 그렇게 무장을 했기에 그는 그 이름보다 더 강했고, 더 눈멀었으며, 그래서 하느님 신전의 대문을 매일매일 무너뜨렸다.

이러한 공포와 그에 속하는 비슷한 것들 사이에서, 박사는 머리를 곧게 세우고 걸었다. 자신의 힘을 확신하고, 자신의 목적을 조심

---

73 기요띤으로 참수된 사람들을 말함.

74 1793년 10월 31일에 처형된 지롱드파의 주요인사들을 말함. 22명 중 발라제는 처형에 앞서 칼로 자결했지만 그의 시신 역시 함께 참수됨.

75 당시 빠리의 사형 집행인은 삼손이라 불렸음.

스럽게 견지하면서, 그는 결국엔 자신이 루시의 남편을 구해낼 것임을 믿어 의심치 않았다. 그러나 시대의 흐름이 너무나 강하고 깊게 휩쓸고 지나가서, 그 시대를 너무나 맹렬하게 밀고 갔기에, 박사가 이렇듯 굳건하고 자신만만한 가운데 찰스는 일년 삼개월을 감옥에서 보냈다. 그해 12월 혁명은 더욱 더 사악해지고 혼란스러워져서, 남쪽의 강물은 밤에 난폭하게 빠뜨린 시신들로 막힐 지경이었고, 죄수들은 남쪽의 겨울 햇살 아래 횡대 종대로 서서 총살당했다. 그러나 박사는 그 공포 가운데서도 흔들리지 않고 걸었다. 그 당시 빠리에서 그보다 더 유명한 사람은 없었고, 그보다 더 이상한 상황에 처한 사람도 없었다. 조용히, 인간적으로, 병원에서나 감옥에서 없어서는 안될 사람으로서, 그의 기술을 암살자와 희생자에게 고르게 사용하는 그는 홀로 동떨어진 사람이었다. 그의 기술을 사용할 때, 바스띠유 포로의 외양과 사연이 그를 다른 모든 사람과 구별 지어주었다. 정말로 그가 십팔년 전에 되살아났던 것인지, 혹은 살아 있는 사람들 사이에서 움직이는 유령이 아닌지 외에는, 그는 의심받지도, 신문받지도 않았다.

5장
나무 켜는 사람

 일년하고도 삼개월. 그동안 루시는 매시간 기요띤이 다음날 남편의 머리를 잘라버리지 않으리라고 확신할 수가 없었다. 돌이 깔린 길로 매일 사형수 호송마차가 사형수들을 잔뜩 싣고 무겁게 굴러갔다. 어여쁜 소녀들, 갈색 머리카락, 검은색 머리카락, 반백의 화사한 여인들, 젊은이들, 건장한 남자들과 노인들, 유복한 집안의 자손들과 농부의 자손들, 모두가 매일 끔찍한 감옥의 어두운 감방에서 밝은 곳으로 나와 거리들을 지나 기요띤의 탐욕스러운 갈증을 달래기 위해 그녀에게로 옮겨진, 기요띤을 위한 붉은 포도주였다. 자유, 평등, 우애, 아니면 죽음을─그중 마지막 것이 가장 주기 쉬웠으니, 오, 기요띤이여!

 그녀가 맞이한 재앙의 급작스러움이나 빙빙 돌아가는 시간의 바퀴 때문에 의사의 딸이 망연자실하여 그 결과를 하릴없이 우울하게 기다리게 되었다면, 그건 다른 사람들에게도 마찬가지였다.

그러나 쌩땅뚜안의 다락방에서 그의 흰머리를 그녀의 젊은 가슴에 끌어안은 그 순간부터, 그녀는 자신의 도리에 충실해왔다. 조용히 충성을 다하는 모든 선의가 늘 그러하듯이, 그녀는 수난의 시절에도 그 의무에 충실했다.

그들이 새로운 거처를 잡고 그녀의 아버지가 본업의 일과에 착수하자마자, 그녀는 마치 남편이 거기 있는 것처럼 작은 살림을 꾸렸다. 모든 것에는 정해진 장소, 정해진 시간이 있었다. 어린 루시는 마치 영국의 집에 함께 있는 것처럼 규칙적으로 교육을 받았다. 그녀가 스스로를 속여 그들이 곧 함께할 수 있으리라는 믿음을 보이는 작은 장치들—그가 빨리 돌아올 것에 대비하여 그의 의자와 책을 따로 내놓는 것—이나, 감옥에 갇혀 죽음의 그늘 아래 있는 수많은 불행한 영혼 중에서도 특히 그 사랑하는 죄수를 위한 경건한 기도는 그녀의 무거운 마음을 솔직하게 위안해주는 거의 유일한 일이었다.

그녀는 외관상으로는 크게 바뀌지 않았다. 그녀와 아이가 입은, 상복에 가까운 수수한 검은 드레스는 행복한 시절에 입던 밝은 색의 옷만큼이나 잘 관리되어 깔끔했다. 그녀는 혈색을 잃었고, 오래전에 보였던 그 골똘한 표정은 가끔이 아니라 늘 보이는 표정이 되었다. 그것만 아니라면 그녀는 여전히 빼어난 미모였다. 가끔은 밤에 아버지에게 키스로 인사하다가, 하루 종일 억눌러온 슬픔을 터뜨리며 하늘 아래 유일하게 의지할 데라고는 아버지밖에 없다고 말하곤 했다. 그는 늘 단호하게 대답했다. "내가 모르는 사이에 그에게 무슨 일이 일어날 수는 없어. 난 내가 그를 구할 수 있다는 걸 안다, 루시."

그들이 이렇듯 변화한 삶을 영위한 지 몇주 지나지 않았을 무렵,

어느날 저녁 그녀의 아버지가 집에 돌아와서 이렇게 말했다.

"애야, 감옥에는 찰스가 오후 3시 무렵에 어쩌다 가서 내다볼 수도 있는 높은 창문이 하나 있단다. 그가 창문으로 갔을 때—불확실하고 우연에 좌우되긴 하지만—내가 일러주는 어떤 장소에 네가 있다면 길에 서 있는 너를 볼 수 있겠다고 생각하더구나. 그렇지만 가엾은 딸아, 넌 그 사람을 볼 수 없을 게다. 볼 수 있다고 해도 보았다는 표시를 하는 게 너한테는 안전하지 않을 거야."

"오, 아버지, 그곳을 알려주세요. 매일 그곳에 가겠어요."

그후로, 비가 오나 눈이 오나, 그녀는 그곳에서 두시간 동안 기다렸다. 시계가 2시를 치면 그녀는 그곳에 있었고, 4시가 되면 체념한 듯 돌아섰다. 아이와 함께 있기에 날씨가 너무 습하거나 험하지 않으면, 그들은 함께 갔다. 다른 때에는 혼자서 갔다. 그렇지만 하루도 거르지는 않았다.

그곳은 꼬불꼬불한 작은 길의 어둡고 더러운 모퉁이였다. 나무 켜는 사람의 오두막이 그 길 끝에 있는 유일한 집이었고, 나머지는 벽이었다. 그곳에 간 지 사흘째 되는 날, 그가 그녀를 알아보았다.

"안녕하세요, 시민."

"안녕하세요, 시민."

이젠 이렇게 말을 거는 것이 법령으로 정해져 있었다. 좀더 철저한 애국시민들 사이에서 자발적으로 정해졌지만, 이제는 모든 사람들이 지켜야 할 법이었다.

"또 이쪽으로 가시네요."

"절 보셨군요!"

몸짓이 다소 과장된 작은 체구의 남자인 (과거에는 길 고치는 사람이었다) 나무 켜는 사람은 감옥을 흘끗 보며 가리키고는 열 손가락을 얼굴 앞에 펼쳐서 창살을 만들어 그 사이로 익살스럽게 내다보았다.

"그렇지만 내 알 바 아니오." 그는 이렇게 말하곤 계속 나무에 톱질을 했다.

다음날 그가 그녀를 찾았고, 그녀가 나타나자마자 말을 걸었다.

"뭐야? 또 여기 오신 겁니까, 시민?"

"네, 그렇습니다."

"아! 아이도 함께 왔네요! 엄마야, 그렇지, 꼬마 시민?"

"예,라고 해야 해, 엄마?" 어린 루시가 엄마에게 바싹 붙으며 속삭였다.

"그래, 아가."

"예."

"아! 그렇지만 그것도 내 알 바는 아니지. 나는 내 일이 있으니까. 내 톱을 좀 보쇼! 난 이걸 내 작은 기요띤이라 부르지. 랄랄라, 랄랄라! 이놈의 목이 떨어지고!"

그의 말과 동시에 장작개비가 툭 떨어졌고, 그는 그것을 바구니 안에 던져넣었다.

"난 장작 기요띤의 삼손이라고 하오. 또 여기 봐요! 룰룰루, 룰룰루! 이년의 목이 떨어지고! 자, 이젠 꼬맹이다. 간질간질, 새큼새큼! 요놈 머리도 떨어지네. 한가족 모두!"

루시는 그가 바구니에 장작 두개비를 더 던져넣는 것을 보며 몸서리를 쳤지만, 나무 켜는 사람이 일하는 동안 그곳에 있으면서 그의 눈에 띄지 않기란 불가능했다. 그래서 그의 선의를 확보하기 위해 그녀는 늘 그에게 먼저 말을 걸었고, 종종 그에게 술값을 쥐여주기도 했으며, 그는 기꺼이 그것을 받았다.

그는 호기심이 많은 사내였고, 이따금 그녀가 감옥 지붕과 창살을 쳐다보며 온통 남편에게 마음을 쏟느라 그를 까맣게 잊고 있다가, 정신을 차려보면 그는 무릎을 긴 의자에 고이고 톱질을 멈춘 채로 그녀를 쳐다보고 있곤 했다. "그렇지만, 내 알 바 아니지!" 그는 대개 이렇게 말하고는 다시 활발하게 톱질을 시작했다.

겨울의 눈과 서리 속에서, 봄날의 쌀쌀한 바람 속에서, 여름의 땡볕 아래서, 가을의 빗속에서, 그리고 다시 겨울의 눈과 서리 속에서, 모든 날씨에도 불구하고 루시는 그 장소에서 두시간씩 보냈고 매일 그곳을 떠나면서 감옥 벽에 키스를 했다. 그녀의 남편은 그녀를 보았고 (아버지가 그렇다고 말했다) 그것은 아마 대여섯번 중 한번쯤일 수도 있었고, 혹은 두세번 연속으로 보는 적도 있었다. 일주일, 혹은 보름 동안 한번도 보지 못하는 경우도 있었다. 기회가 닿을 때 그녀를 볼 수 있고 실제로 본다는 것으로 충분했다. 그런 가능성에 기대어 그녀는 일주일에 칠일을 매일 버텼을 것이었다.

이렇게 하는 동안 다시 12월이 돌아왔고, 그동안 그녀의 아버지는 머리를 꼿꼿이 세운 채 공포 속을 걸어가고 있었다. 눈발이 날리는 어느날 오후, 그녀는 늘 가던 길모퉁이에 도착했다. 그날은 뭔가에 미칠 듯 기뻐하며 축제를 하는 날이었다.[76] 그녀는 오는 길에 집들이 작은 창에 작은 붉은 모자를 꽂고, 삼색 리본과 '대동단결 공화정, 자유, 평등, 우애, 아니면 죽음을!'이라는 구호 깃발로 (삼색기가 대다수였다) 장식해놓은 것을 보았다.

나무 켜는 사람의 허름한 가게는 너무 작아서 그 표면을 다 차지해도 이 구호를 적기에는 정말 변변치 않았다. 그러나 그는 누군

---

76 1793년 11월 10일, 혹은 11월에서 12월 사이에 있던 축제를 말함. 가톨릭의 그레고리력을 포기하고 혁명력이 새로이 선포됨.

가에게 그 구호를 써달라고 했고, 그는 '죽음을'이라는 단어를 정말 어렵사리 끼워넣었다. 그의 집 꼭대기에는 훌륭한 시민이 마땅히 그래야 하듯 창과 모자를 내걸었고, 창문에는 '작은 성녀 기요면'——그 위대한 날카로운 여인은 그때쯤에는 대중에 의해 성녀로 추대되었기 때문이다——이라고 새겨진 톱을 놓아두었다. 그의 가게는 닫혀 있었고, 그는 거기에 없었으므로, 루시는 안심하고 혼자 서 있었다.

그러나 그는 멀리 있지 않았다. 그녀는 곧 웅성거리는 소리를 들었고, 함성이 다가와 그녀를 두려움으로 채웠다. 잠시 후, 한 무리의 사람이 감옥 담벼락 옆 모퉁이를 돌아 쏟아져나왔고, 그 한가운데에는 복수와 손에 손을 잡은 나무 켜는 사람이 있었다. 적어도 오백명은 되어 보이는 그들은 오천명의 마귀들처럼 춤을 추고 있었다. 그들이 부르는 노래 말고는 다른 음악도 없었다. 그들은 한창 유행하는 혁명가를 부르며 춤을 추었고, 그 무시무시한 박자는 마치 소리를 맞춰 이를 박박 가는 것 같았다. 되는대로, 남자와 여자가 함께 춤추기도 하고, 여자들끼리, 남자들끼리도 함께 춤을 추었다. 처음에 그들은 그저 거친 붉은 모자와 거친 누더기 모직 옷을 입은 폭풍우였지만, 차츰 그들이 그곳으로 들이닥쳐 루시 주변에서 춤추자, 그들 사이에서 마치 무시무시한 유령이 미친 듯이 춤을 추면서 일어나는 것 같았다. 그들은 앞으로 나왔다 물러나면서 서로의 손을 치고, 서로의 머리를 끌어안고, 혼자 빙빙 돌다가 서로 붙들고 쌍을 지어 빙빙 돌다가 하며 수많은 사람들이 나가떨어지기도 했다. 어떤 사람들이 넘어지는 동안 나머지 사람들은 손에 손을 잡고 모두 둥글게 빙빙 돌았다. 그러고 나서 그 원이 깨어지고 둘씩 넷씩 원을 그리며 돌고 돌다가 그들 모두가 갑자기 멈춰섰다가, 다시 시작하고, 손을 치고, 팔짱을 끼고, 떨어졌다가 다시 반대로 돌고, 그러자 모두 다른 방향으로 돌았다. 갑자기 그들이 동작을 멈추고 잠시 쉬었다가 박자를 다시 치고는 큰길의 폭만 한 너비로 행렬을 지어 머리는 낮게 숙이고 손은 높이 들면서 소리를 지르며 달려들었다. 어떤 싸움이라도 이 춤의 반만큼도 무시무시하지 않았다. 그것은 확실히 타락한 유흥, 원래는 무해했으나 모조리 악마에게 넘어간 어떤 것이었고, 건강한 오락거리였으나 이제는 피를 분노로 솟구치게 하고 감각을 흐리게 하며 마음을 강철처럼 냉혹하게 만드는 수단으로 변했다. 그 안에 보이는 어떤 매력은 그것을 더 추악하게 하여, 원래는 좋았던 모든 것이 얼마나 뒤틀리고 타락해버렸는지 보여주고 있었다. 이렇게 벗겨진 처녀의 가슴, 이렇게 헝클어진 어여쁜 아이의 머리카락, 이 피와 먼지의 진창으로 걸어가는 섬세한 발이야말로 이 지리멸렬한 시간의 전형이었다.

그것은 까르마뇰[77]이었다. 나무 켜는 사람의 집 앞에 루시가 두려움에 떨며 당황스럽게 서 있는 채로, 그 행렬이 지나가자, 언제 그랬느냐는 듯이 깃털 같은 눈이 조용히 내려와 하얗고 부드럽게 쌓였다.

"오, 아버지!" 그녀가 잠시 손으로 눈을 가렸다가 다시 눈을 들어보니 그가 그녀 앞에 서 있었다. "정말 끔찍하고 보기 싫은 광경이었어요."

"안다, 얘야, 알아. 난 여러번 보았단다. 겁먹지 마라. 그들 중 아무도 너를 해치진 않을 거야."

"저 때문에 무서운 게 아니에요, 아버지. 남편을 생각하면, 그리

---

77 프랑스 혁명 참가자들의 복장, 혹은 당시 유행하던 노래와 춤을 말함.

고 이 사람들의 인정을 생각하면……"

"곧 그들이 그에게 자비심을 갖게 될 거다. 그가 창문으로 올라가는 것을 보고 나왔고, 그래서 말해주러 온 거다. 아무도 볼 사람이 없어. 저 가장 높은 비탈 지붕 쪽으로 손에 키스를 해서 보내도 된다."

"알겠어요, 아버지. 제 영혼을 실어 보내요!"

"그가 안 보이지, 애야?"

"안 보여요, 아버지." 루시는 손에 키스를 해 보내며, 간절하게 울었다. "안 보여요."

눈길로 발소리가 들려왔다. 드파르주 부인이었다. "인사드립니다, 시민." 박사가 말했다. "인사드립니다, 시민." 지나가면서 하는 말이었다. 더이상 아무 말도 없었다. 드파르주 부인은 흰 눈길 위로 그림자처럼 지나가버렸다.

"애야, 내 팔을 끼렴. 그를 위해서라도 명랑하고 용감하게 이곳을 지나가자꾸나. 잘했다." 그들은 그 장소를 떠났다. "헛수고는 아닐 게야. 찰스가 내일 소환되었다."

"내일이라고요!"

"시간이 없어. 나는 다 준비되었지만, 그가 법정에 실제로 소환될 때까지는 할 수 없었던 일들이 있어서 이제 그 준비를 해야 한다. 아직 통보를 받지는 못했지만, 내일 소환되어 라 꽁시에르주리[78]로 이송되리란 것은 알고 있다. 마침 정보를 얻었단다. 겁나는 건 아니지?"

그녀는 간신히 말했다. "아버지를 믿어요."

----

78 빠리 법원 청사 내에 있는 건물. 중세부터 19세기까지 감옥으로 사용됨.

"그래야지, 절대로. 이제 조바심은 거의 끝났다, 애야. 그는 이제 몇 시간이면 네게로 돌아올 거야. 내가 그를 위해 모든 보호 조치를 다 했다. 로리를 만나야겠구나."

그는 발길을 멈추었다. 무겁게 마차가 굴러가는 소리가 들려왔다. 그들은 그것이 무엇을 의미하는지 너무나 잘 알고 있었다. 하나, 둘, 셋. 세 대의 사형수 호송마차가 소리를 가라앉히는 눈 쌓인 길로 그 무서운 짐들을 싣고 사라져가고 있었다.

"로리를 봐야겠구나." 박사는 그녀를 돌려세우며 반복했다.

그 충실한 노신사는 여전히 책임을 다하며 결코 떠나지 않았다. 그와 그의 장부는 몰수되어 국유화된 자산에 관해서 종종 징발되어 사용되었다. 그는 소유주를 위해 구해낼 수 있는 것은 모두 구했다. 텔슨이 보유하고 있는 것을 그보다 더 잘 확보하고 비밀을 지킬 수 있는 사람은 없었다.

침침하게 붉고 노란 하늘과 쎈 강에서 피어오르는 물안개가 어둠이 다가옴을 알려주었다. 그들이 은행에 도착했을 때에는 거의 어두워져 있었다. 귀족 나리의 위풍당당한 집은 온통 엉망으로 버려져 있었다. 안마당에 먼지와 잿더미 너머로 글자가 쓰여 있었다. '국가자산. 대동단결 공화정, 자유, 평등, 우애, 아니면 죽음을!'

보이지 않게 로리 씨와 함께 있는 저 사람—승마용 상의를 입고 의자에 앉아 있는 저 사람—은 누구일까? 누구에게서 왔기에 흥분하고 놀라서 그가 아끼는 사람을 얼싸안는 것일까? 누구에게 그는 그녀가 떨며 말하던 그 말을 목소리를 높여가며 그가 나온 그 방문 쪽을 돌아보며 되풀이한 것일까? 그는 이렇게 말했다. "라 꽁시에르주리로 이송되어, 내일 소환된다고요?"

6장
승리

다섯 명의 판사, 검사, 배심원단으로 구성된 공포 법정이 매일 열
렸다. 그들이 작성한 명단이 매일 발표되었고, 각 감옥에서는 간수
들이 죄수들에게 그 명단을 읽어주었다. 간수가 하는 보편적인 농
담은 이런 거였다. "자, 나와서 석간신문 들어봐, 너희가 나온다!"

"샤를 에브레몽드, 일명 다네이!"

그렇게 마침내 라 포르스 감옥의 석간신문이 시작되었다.

이름이 불리면 그 사람은 이렇듯 운명적으로 기록되었다고 발
표된 사람들을 위해 마련된 자리에 따로 가서 섰다. 샤를 에브레몽
드, 일명 다네이는 그 용법을 잘 알고 있었다. 그는 수백 명의 사람
이 그렇게 사라져가는 것을 보았다.

읽으려고 안경을 낀 얼굴이 퉁퉁 부은 간수는 안경 너머로 그가
제자리에 가 있는지 확인하고는 이와 비슷하게 이름 사이에 짧은
간격을 두며 계속 명단을 읽었다. 스물세 명의 이름이 있었지만 대

답하는 것은 스무명뿐이었다. 그렇게 소환된 죄수 중 하나는 감옥에서 죽어 잊혔고, 두명은 이미 기요띤으로 처형되어 잊혔다. 그 명단은 다네이가 이 감옥으로 호송되던 날 밤 동료 죄수들을 보았던 둥근 천장의 감방에서 낭독되었다. 그 죄수들은 모두 학살의 와중에 사라졌고, 이후 그가 좋아했다가 헤어진 모든 사람들은 교수대에서 죽어갔다.

서둘러 작별과 격려의 말이 오갔지만, 이별은 금방 끝났다. 그것은 매일 벌어지는 사건이었고, 라 포르스 감옥의 사교계는 그날밤 몰수품 놀이[79]와 작은 음악회를 준비하느라 분주했다. 그들은 창살로 몰려가 그곳에서 눈물을 흘렸다. 그러나 기획한 오락에서 빈자리 스무개를 다시 채워야 했고, 문을 잠그는 시간까지는 기껏해야 얼마 남지 않았다. 그때가 되면 공용으로 사용하는 방과 복도는 커다란 개들에게 넘겨지고, 그들이 밤새 그곳을 지켰다. 죄수들은 둔감하거나 냉혹한 것이 결코 아니었다. 그들의 방식은 그 시절의 조건에서 비롯된 것이었다. 미묘하게 다르긴 하지만 비슷하게도, 의심의 여지 없이 어떤 사람들로 하여금 불필요할 정도로 용감하게 기요띤에 맞서서 기요띤에서 죽도록 만드는 일종의 열정, 혹은 흥분 상태는 단지 허풍만이 아니라, 거칠게 동요하는 대중의 마음에 열광적으로 감염된 것이었다. 역병의 계절에, 우리 중 어떤 이는 그 병에 은밀하게 이끌려, 그 병으로 죽기를 바라는 끔찍하고 일시적인 경향을 느끼게 되는 것이다. 우리는 모두 이와 비슷한 신기한 것을 우리 가슴속에 숨기고 있어서, 단지 필요한 상황이 오면 깨어나게 될 뿐이다.

---

79 소지품을 하나씩 내놓고는 그 소지품 주인에게 물건을 되찾기 위해 갖가지 우스꽝스러운 동작이나 벌칙을 수행하도록 하는 게임.

라 꽁시에르주리로 가는 길은 짧고 어두웠다. 그 벌레가 우글거리는 감방에서 보내는 밤은 길고 추웠다. 다음날 찰스 다네이 앞에 열다섯명의 죄수들이 법정에 섰다. 열다섯명 모두 사형선고를 받았고, 그 모든 재판에 한시간 반이 소요되었다.

'샤를 에브레몽드, 일명 다네이'가 마침내 법정으로 소환되었다.

판사들은 깃털 달린 모자를 쓰고 판사석에 앉아 있었지만, 다른 사람들은 대부분 거친 붉은 모자를 쓰고 삼색 모표를 달고 있었다. 배심원들과 술렁이는 방청석을 둘러보며 그는 일반적인 사물의 질서가 뒤집혀서 중죄인이 정직한 자들을 재판하고 있다는 생각이 들었다. 늘 천하고 잔인하고 악한 사람들이 넘쳐나는 그 도시에서 가장 천하고, 가장 잔인한, 최악의 대중이 그 장면을 이끌고 있는 자들이었다. 그들은 결과에 대해서 아무 거리낌 없이 시끄럽게 논평하고 박수를 치고 반대하고 예측하고 재촉하고 있었다. 남자들 대부분은 다양한 방식으로 무장하고 있었다. 여성들 중 일부는 칼을, 일부는 단검을, 일부는 바라보면서 먹거나 마시고 있었고, 다수는 뜨개질을 하고 있었다. 이 마지막 부류 중 뜨개질을 하면서 여분의 뜨개질거리를 팔에 끼고 있는 여인 한사람이 있었다. 그녀는 제일 앞줄에 있었고, 그녀 옆에는 그가 장벽에 도착한 후로 한번도 본 적이 없는 남자가 있었지만, 그는 그가 드파르주임을 바로 기억해냈다. 그는 그녀가 한두번 그의 귀에 뭐라고 속삭이는 것을 보았고, 그래서 그녀가 그의 아내임을 알았다. 그러나 그 두사람에게서 가장 눈에 띈 점은 그들이 가능한 한 그와 가장 가까운 자리에 있었지만 그를 쳐다보지는 않는다는 것이었다. 그들은 끈덕진 단호함으로 뭔가를 기다리는 것 같았고, 그들은 배심원단 외에는 아무것도 쳐다보지 않았다. 의장 아래쪽에는 마네뜨 박사가 평상시의 수수한 옷차림으로 앉아 있었다. 죄수가 볼 수 있는 한, 그와 로리 씨가 법정과 관련 없는 유일한 사람인 듯 보였고, 그들은 그 까르마뇰의 거친 옷차림이 아닌 평상시에 입던 옷을 입고 있었다.

샤를 에브레몽드, 일명 다네이는 검사에 의해 망명자로 기소되었고, 위반 시 사형이라는 조건으로 모든 망명자를 추방해버린 법령에 의해 그 목숨을 공화국이 몰수해야 한다고 주장되었다. 그가 프랑스로 돌아온 이후의 날짜로 법령이 발효된 것은 아무런 문제가 되지 않았다.[80] 거기 그가 있고, 거기 법령이 있었다. 그는 프랑스에서 잡혔고, 그는 머리가 잘려야 했다.

"머리를 베어라!" 청중이 외쳤다. "공화국의 적이다!"

의장은 이 외침을 침묵시키려 종을 울렸고 죄수에게 그가 여러 해 동안 영국에 살았다는 것이 사실이 아니냐고 물었다.

물론 사실이었다.

그때는 망명자가 아니지 않았나? 자신을 어떻게 불렀는가?

그의 생각에는, 그 법안의 뜻과 정신에 따르면 망명자가 아니었다.

왜 아닌가? 의장은 알고 싶어했다.

왜냐하면 그는 자신에게 혐오스럽던 그 작위와 자신에게 혐오스럽던 그 지위를 자발적으로 포기했고, 그의 나라를 떠나—그는 법정에서 현재 수용되고 있는 망명자라는 단어가 사용되기도 전에 그것들을 포기했다—프랑스의 억눌린 민중의 노력에 의해서가 아니라 자신의 노력으로 영국에서 살았기 때문이다.

---

80 혁명정부가 '용의자법'을 공표하고 귀족을 숙청하려는 법안을 발표한 것은 1793년 9월 17일이며, 찰스 다네이가 돌아온 것은 1793년 8월이므로, 그는 자신을 기소한 법안이 통과되기 전에 프랑스에 입국한 것임.

이에 대해 어떤 증거가 있는가?

그는 두명의 증인을 요청했다. 떼오필 가벨과 알렉상드르 마네뜨.

그러나 영국에서 결혼했던가? 하고 의장이 상기시켰다.

그렇습니다, 하지만 영국 여자와는 아닙니다.

프랑스 시민인가?

태생은 그렇습니다.

그녀의 이름과 가문은?

"루시 마네뜨, 저기 앉아 계신 훌륭한 의사 마네뜨 박사의 외동딸입니다."

이 대답은 청중에게 좋은 효과를 내었다. 잘 알려진 훌륭한 의사를 칭송하는 외침에 홀이 터져나갈 듯했다. 그렇게 사람들은 변덕스럽게 감동하여 조금 전까지만 해도 그를 길거리로 끌어내어 죽이고 싶어 못 참겠다는 듯 이글거리며 죄수를 쏘아보던 몇몇 험악한 표정 위로 눈물이 흘러내렸다.

찰스 다네이는 마네뜨 박사의 반복된 가르침에 따라 그의 위험한 길에서 몇걸음 발을 옮겨놓았다. 똑같이 신중한 조언이 앞에 놓이는 걸음걸음 놓였고, 그가 가는 길 구석구석을 모두 준비해놓았다.

의장이 물었다, 왜 그는 하필 그이전이 아니라 바로 그때 프랑스로 되돌아왔는가?

그가 대답하길, 더 일찍 오지 않은 것은 프랑스에서는 그가 이미 포기한 것 말고는 살아갈 방도가 없었던 반면, 영국에서는 프랑스의 언어와 문학을 가르치며 생계를 유지했기 때문이다. 그는 그가 없어짐으로 인해 생명이 위험하게 되었다고 주장하는 한 프랑스 시민이 써보낸 다급한 간청 때문에 하필 그때 돌아오게 되었다. 그는 한 시민의 생명을 구하고자, 어떤 개인적인 난관이 있더라도 진실을 증언하고자 돌아왔다. 그것이 공화국의 눈에는 범죄가 되는가?

사람들은 열광적으로 외쳤다. "아니오!" 그리고 의장은 그들을 조용히 시키려고 종을 울렸다. 종을 울려도 소용이 없었다. 그들은 계속 "아니오!"라고 외쳤고, 그 외침은 사람들이 자발적으로 그만둘 때까지 계속되었다.

의장은 그 시민의 이름이 뭐냐고 물었다. 피고인은 그 시민이 바로 그의 첫번째 증인이라고 설명했다. 그는 또한 확신을 가지고 장벽에서 압수당했지만 당시 의장 앞에 놓인 서류들 사이에 틀림없이 포함되어 있을 그 시민의 편지도 언급했다.

박사는 그것이 거기 포함되도록 했고—그것이 그곳에 있으리라고 확신했다—그 절차의 단계에서 그 편지는 꺼내어 읽혔다. 시민 가벨이 나와서 그것을 확인하라는 요구를 받았고, 그대로 했다. 시민 가벨은 아주 섬세하고 예의 바르게, 공화국의 적들을 무수히 다루어야 하는 법정에 가해지는 업무 압박 때문에, 그가 아베이 감옥에서 사흘 전까지 약간 방치되었다고—사실은 법정의 애국심에 가득 찬 기억으로부터 사라져 있었다고—암시했다. 불과 사흘 전에 그는 법정에 소환되었고, 배심원들이 시민 에브레몽드, 일명 다네이가 인도됨으로써 그가 당한 고발이 그에 관한 한 해결되었다고 선언함으로써 그때 석방되었던 것이다.

다음으로 마네뜨 박사에게 질문이 이루어졌다. 그의 드높은 인기와 답변의 명료함은 강한 인상을 남겼다. 그러나 그가 말을 이어 피고인이 그가 기나긴 수감 생활에서 벗어났을 때 처음 만난 친구였음을, 피고인이 영국에서 늘 망명 생활을 하는 그와 그의 딸에게 진실하고 헌신적이었음을, 그곳에 있는 귀족 정부와 사이가 좋기는커녕 그는 실제로 영국의 원수로서, 미국의 친구로서 그런 생활에 진저리가 나 있음을 보여주었을 때, 그가 이 모든 것을 가장 신중하면서도 진실하고 진지한 정직함의 힘으로 보여주었을 때, 배심원단과 대중은 하나가 되었다. 마침내 그가 자신과 마찬가지로 영국 재판에서 증인 경험이 있으며 그의 설명을 보강해줄 수 있는, 그곳에 와 있던 영국 신사 로리 씨의 이름을 언급하자, 배심원단은 이미 들을 이야기는 충분히 들었다며 의장이 받아들여주기만 한다면 표결할 준비가 되었다고 선언했다.

표결을 할 때마다 (배심원들은 소리내어 한사람씩 표결했다) 대중은 환호성을 질렀다. 모든 목소리가 죄수에게 호의적이었고, 그래서 의장은 석방을 선언했다.

그러자 대중이 때때로 그들의 변덕을, 혹은 관용과 자비로 향한 선의의 충동을 만족시키는, 혹은 잔혹한 격분으로 부풀어오른 그들의 장부에 대한 상쇄라고 여기는, 그런 특별한 장면이 연출되었다. 이렇듯 특별한 장면이 이들 중 어떤 동기에 의한 것인지는 아무도 알 수 없다. 아마도 이 셋 중 두번째 것이 지배적인 가운데 세 가지 모두가 섞인 결과일 수도 있을 테다. 방면이 선언되자마자 다른 때 피가 그랬던 것처럼 눈물이 쏟아지기 시작했고, 그에게 남녀 불문하고 모두가 달려들어 우애 깊은 포옹을 나누었기에, 그는 너무 오랫동안 숨 막히게 포옹을 당하느라 거의 탈진하여 쓰러질 지경이었다. 바로 그 사람들이 다른 조류에 휩쓸리면 똑같은 강도로 그에게 달려들어 그를 갈기갈기 찢어 거리에 내다버릴 수도 있었음을 아주 잘 알고 있었음에도 불구하고 말이다.

재판을 받아야 할 다른 피고인들에게 자리를 내주기 위해 그를 끌고 나감으로써 그는 잠시나마 이 포옹들로부터 구출되었다. 그 다음으로는 말이나 행동으로 공화국을 돕지 않았다는 이유로 다섯명이 한꺼번에 공화국의 적으로 재판을 받았다. 법정은 그 자신과 국가가 놓친 기회를 벌충하기 위해 그가 그 자리를 떠나기도 전에 신속하게 이 다섯명을 불러왔고, 스물네시간 이내에 처형하라고 선고했다. 그들 중 첫번째 사람이 그에게 통상 감옥에서 죽음을 표시하던 대로 손가락을 하나 쳐들어보였고, 그들은 모두 "공화국 만세!"라고 덧붙였다.

이 다섯명에게는 사실, 그들의 절차를 길게 늘여줄 청중도 없었다. 그와 마네뜨 박사가 문에 나타났을 때 그 주변에 거대한 군중이 모여들었기 때문이다. 그중에는 그가 법정에서 본 얼굴들이 다 와 있는 것 같았다——아무리 찾아도 보이지 않는 두명만 빼고. 그가 나오자마자, 사람들이 주변을 새롭게 에워쌌고, 차례로 모두가 울고 껴안고 외쳐서, 그 열광적인 장면이 연출되던 그쪽 강 물결도 연안에 나와 있는 사람들처럼 열광하는 것 같았다.

그들은 법정이나 그 방들 혹은 복도 중 하나에서 들고나와서 가지고 있던 커다란 의자에 그를 태웠다. 의자 위로 그들은 붉은 깃발을 내걸었고, 그 뒤로는 끝에 붉은 모자를 씌운 창을 묶었다. 박사의 만류도 소용없이, 사람들이 그를 이 승리의 가마에 태워 사람들의 어깨에 얹고, 주변에 어지러운 붉은 모자의 물결이 일렁이는 가운데, 풍랑이 이는 심연으로부터 난파의 잔해처럼 얼굴들이 불쑥불쑥 솟아오르는 가운데, 집까지 가는 동안 그는 마음이 혼란스러워져서 그가 사형수 호송마차에 실려 기요띤으로 가는 것이 아닌가 여러번 의심했다.

요란하고 꿈같은 행렬 속에서, 만나는 사람마다 껴안고 그를 가리키며, 그들은 그를 계속 싣고 갔다. 눈 내린 거리를 굽이쳐 저벅저벅 걸어가는 동안 그 길을 공화국의 빛깔로 붉게 물들이며, 그들은 그가 사는 건물의 마당으로 그를 데리고 들어갔다. 그녀의 아버지는 그녀를 대비시키려고 미리 가 있었고, 남편이 두 발로 내려서자 그녀는 그의 팔에 정신을 잃고 쓰러졌다.

그는 그녀를 가슴에 끌어안고 그의 얼굴과 요란한 군중 사이에서 그의 눈물과 그녀의 입술이 보이지 않도록 그녀의 아름다운 얼굴을 돌렸다. 몇몇사람은 춤을 추기 시작했다. 곧 나머지 사람들도 모두 춤추기 시작했고, 마당은 까르마뇰로 넘쳐났다. 그러고 나서 그들은 군중에서 한 젊은 여자를 자유의 여신으로 골라 빈 의자에 앉히고는 의기양양하게 이웃 거리로, 강둑을 따라, 다리를 건너, 쏟아져나갔다. 까르마뇰이 그들 모두를 흡수하여 그들을 휘몰아가버렸다.

그의 앞에 의기양양하여 당당하게 서 있는 박사의 손을 잡고, 까르마뇰의 물기둥을 뚫고 숨이 턱까지 차서 달려온 로리 씨의 손을 잡고, 들어올려져 그의 목에 팔을 감은 어린 루시에게 키스한 뒤에, 아이를 들어올린, 늘 열성적이며 믿음직한 프로스를 껴안고는, 그는 아내를 안고 그들의 방으로 데리고 갔다.

"루시! 내 사랑! 난 무사하오."

"오, 찰스, 이제까지 기도했듯이 이번에도 하느님께 기도하겠어요."

그들은 모두 경건하게 머리를 숙여 마음을 바쳤다. 그녀가 다시 그의 품에 안기자 그가 그녀에게 말했다.

"여보, 이제 당신 아버지께 말해요. 프랑스 전체를 뒤져도 그가 내게 해준 일을 할 수 있는 사람은 아무도 없을 거라고."

그녀는 아버지의 가슴에 머리를 기댔다. 아주 오래전에 그의 가엾은 머리를 그녀의 가슴에 기대게 했듯이. 그는 그녀에게 자신이 뭔가 되돌려준 것에 행복해했고, 그의 고통을 보상받았으며, 자신의 힘을 자랑스러워했다. "약해지면 안된다, 애야." 그는 타일렀다. "그렇게 떨지 마라. 내가 그를 구했다."

7장
문 두드리는 소리

"내가 그를 구했다." 그건 종종 그가 돌아오곤 하던 꿈이 아니었다. 그가 정말로 여기 있었다. 그래도 그의 아내는 부들부들 떨었고, 막연하지만 묵직한 두려움이 그녀를 짓눌렀다.

주변 공기는 탁하고 어두웠으며, 사람들은 너무나 열정적으로 복수심에 불타 변덕스럽게 굴었고, 무고한 사람들은 막연한 의심이나 흉악한 악의에 의해서 계속 죽어나갔고, 그녀의 남편처럼 죄 없는, 그가 그녀에게 그러하듯 다른 이에게 소중한 이들이 매일 그가 붙들려 있던 그런 운명을 공유하고 있음을 잊을 수가 없었으므로, 그녀의 마음은 마땅히 그래야 한다고 느끼던 만큼 그렇게 짐을 덜고 가벼워지지는 않았다. 겨울 오후의 그림자가 내려오기 시작했고, 아직도 끔찍한 수레들은 길거리에서 굴러다녔다. 그녀의 마음은 그 수레를 따라가 사형선고를 받은 이들 사이에서 그를 찾았다. 그리고 그녀는 실제의 그에게 더욱 가까이 매달려 더더욱 몸을 떨었다.

그녀의 아버지는 그녀를 달래며 이 여인의 나약함을 동정하면서 우월한 태도를 보여주었고, 그것은 보기에 놀랄 만한 광경이었다. 이젠 다락방도, 구두 만드는 일도, 북쪽 탑 105도 없었다! 그는 그가 설정한 과업을 달성했고, 약속은 지켜졌으며 그는 찰스를 구했다. 이제 그들은 그에게 의지하게 되었다.

그들의 살림은 매우 검소했다. 그것이 사람들의 마음을 가장 덜 거스르는, 가장 안전한 생활방식이기 때문이기도 했지만, 그들이 부자가 아니고 찰스가 수감된 동안 그 열악한 음식과 경호와 그보다 더 가난한 죄수들의 생활을 위해서 돈을 많이 내놓아야 했기 때문이기도 했다. 부분적으로는 이런 이유 때문에, 그리고 또 부분적으로는 집 안에 간첩이 들어오는 것을 피하기 위해 그들은 하인을 두지 않았다. 대문에서 짐꾼으로 일하던 남녀 시민들이 때때로 그들을 도와주었다. 그리고 제리는 (로리 씨는 그를 거의 그들에게 넘겨주다시피 했다) 그들의 일상사를 돌봐주는 심복 노릇을 하면서 매일밤 그곳에서 잤다.

자유, 평등, 우애, 아니면 **죽음**을 달라는, 대동단결 공화정 조례에 따르면, 모든 집의 문이나 문기둥에는 모든 거주자의 이름이 잘 보이도록 특정한 크기의 글자로 새겨져, 바닥으로부터 적절한 어떤 높이에 달려 있어야 했다. 그러므로 제리 크런처 씨의 이름도 당연히 아래쪽 문기둥에 새겨져 있었다. 오후의 그늘이 짙어지면서, 그 이름의 소유자가 샤를 에브레몽드, 일명 다네이라는 이름을 명단에 추가하기 위해 마네뜨 박사가 고용한 화공을 지켜보다가 모습을 드러냈다.

그 시절을 어둡게 하던 보편적인 공포와 불신 속에서, 일상적으로 이루어지던 모든 악의 없는 방식도 변화했다. 박사의 작은 집에서도 다른 수많은 집과 마찬가지로 날마다 필요한 소모품들을 매일 저녁 조금씩 다양한 작은 상점에서 구매했다. 주목을 끌지 않는 것, 그리고 구설수와 시샘의 빌미를 되도록 주지 않으려는 것이 보편적인 욕구였다.

지난 몇달 동안 프로스 양과 크런처 씨는 식품 조달인 역할을 해왔다. 전자는 돈을 들고, 후자는 바구니를 들었다. 매일 오후 가로등이 켜지기 시작할 무렵 그들은 의무를 다하러 나갔고, 필요한 것들을 사서 집으로 가져왔다. 프로스 양은 프랑스 출신 가족과 오래 지내왔으므로 마음만 있었다면 그들의 언어를 자신의 것처럼 익힐 수도 있었겠으나, 그녀는 그런 쪽으로는 마음이 없었다. 그 결과 그녀는 크런처 씨만큼이나 그 '말도 안되는 것'(그녀는 이렇게 부르기를 좋아했다)을 몰랐다. 그래서 그녀가 장을 보는 방식은 그 물건의 본질에 관한 서론도 없이 상인의 머리에 명사를 툭 내던지는 식이었고, 그녀가 원하는 물건 이름이 아닌 경우 찾아 둘러보다가 그것을 잡아 흥정이 마무리될 때까지 꼭 붙들고 있었다. 그녀는 늘 적정가격에 대한 진술로서 그 숫자가 무엇이든 상인이 세운 손가락보다 하나 덜하여 손가락을 세우는 방식으로 흥정을 했다.

"자, 크런처 씨," 기쁨에 눈이 뻘겋게 된 프로스 양이 말했다. "준비되었으면, 가시죠."

제리는 목쉰 소리로 프로스 양의 분부대로 하겠노라고 선언했다. 그는 오래전에 그의 녹을 털어버렸으나, 삐죽삐죽한 머리카락만은 다듬어지지 않았다.

"온갖 게 다 필요해요." 프로스 양이 말했다. "귀한 시간이 될 거예요. 무엇보다도 포도주가 필요해요. 어디서 사든, 이 붉은 머리들이 마실 것 같은 좋은 술을 사야 해요."

"제 생각엔, 당신에게는 다 똑같을 것 같은데요." 제리가 반박했다. "당신 건강을 위해 건배하든 그 노인네를 위해 건배하든."

"그게 누군데요?" 프로스 양이 말했다.

크런처 씨는 약간 수줍어하며 악마라는 뜻이라고 설명했다.

"하!" 프로스 양이 말했다. "이것들의 의미를 설명하기 위해서 통역사까지는 필요없죠. 의미는 하나밖에 없으니까. 자정의 살인, 그리고 나쁜 짓."

"쉿! 제발, 제발, 좀 조심하세요!" 루시가 외쳤다.

"네, 네, 네. 조심할게요." 프로스 양이 말했다. "그렇지만 우리끼리니까 얘긴데, 정말 길거리에서 양파 냄새, 담배 냄새 온통 풍기면서 숨 막히게 껴안는 건 더이상 하지 말았으면 좋겠어요. 자, 무당벌레 아가씨, 내가 돌아올 때까지 그 불가에서 꼼짝 마요! 돌아온 남편을 잘 돌봐주고, 다시 만날 때까지 지금 그대로 그의 어깨에서 그 예쁜 머리를 움직이지 마요! 마네뜨 박사님, 가기 전에 한가지 여쭤도 될까요?"

"그러시죠." 박사는 미소 지으며 대답했다.

"제발, 자유에 대한 얘기는 하지 마세요. 그 얘긴 이제 실컷 들었어요." 프로스 양이 말했다.

"쉿, 정말! 또예요?" 루시가 책망했다.

"자, 아가씨," 고개를 의미심장하게 끄덕이며 프로스 양이 말했다. "요컨대 말이죠, 전 인자하신 조지 3세 폐하의 백성이랍니다." 프로스 양은 그 이름을 말하며 무릎을 굽혀 절했다. "그리고 그런 자격으로 제 좌우명은, 망할 저들의 정치, 저들의 망나니 같은 책략을 꺾어버려라입니다. 우리는 폐하께 우리의 희망을 겁니다. 국왕 폐하 만세!"

크런처 씨는 갑자기 충성심이 발동하여 걸걸한 소리로 마치 교회에서 사람들이 그러듯이 프로스 양의 말을 반복했다.

"당신이 영국인의 마음을 가지고 있어서 기쁘네요, 그렇게 감기든 목소리만 아니었어도 좋았겠지만." 프로스 양이 흡족한 듯 말했다. "그렇지만 마네뜨 박사님, 혹시," ──이것은 이 훌륭한 사람이 그들 모두에게 큰 불안 요소인 어떤 것을 가볍게 하고 우연인 것처럼 그 문제를 건드리는 방식이었는데─ "그러니까, 우리가 여기서 빠져나갈 전망은 있는 건가요?"

"아직은 아닌 것 같소. 아직 찰스에게는 위험할 거요."

"아이고, 흠!" 프로스 양은 불빛에 비친 사랑스러운 아이의 금발을 흘끗 보고는 한숨을 억누르며 쾌활하게 말했다. "그럼 인내심을 가지고 기다려야겠네요. 그러는 수밖에요. 내 동생 쏠로몬이 늘 말하듯 머리는 꼿꼿하게 싸움은 비열하게. 자, 크런처 씨! ──움직이지 마요, 무당벌레 아가씨!"

그들은 루시와 그녀의 남편, 그녀의 아버지와 아이를 밝은 불가에 남겨두고 나왔다. 로리 씨는 은행에서 곧 돌아올 예정이었다. 프로스 양은 램프를 켜서 구석에 내려놓아 그들이 방해받지 않고 난롯불을 즐길 수 있도록 해놓았다. 어린 루시는 할아버지의 팔을 끼고 앉아 있었고, 그는 속삭이는 것보다 더 크지 않은 어조로 그녀에게 과거에 요정을 도와주었던 포로를 감옥 문을 열어 탈출시키는 위대하고 강력한 요정의 이야기를 들려주기 시작했다. 모든 것이 차분하고 조용했으며, 루시는 그전보다 훨씬 편안했다.

"저게 뭐죠?" 갑자기 그녀가 외쳤다.

"이런!" 그녀의 아버지가 이야기를 멈추고 그녀의 손을 붙들었다. "침착해라. 얼마나 마음이 혼란스럽겠느냐! 어떤 것에도, 아무 것에도, 놀랄 것 없다! 넌, 이 아비의 딸이야!"

"아버지, 제 생각엔," 루시가 창백한 얼굴과 떨리는 목소리로 변명을 하며 말했다. "계단에서 낯선 발소리를 들은 것 같아서요."

"얘야, 계단은 죽은 듯이 조용하단다."

그가 이 말을 하는 순간, 문에서 쾅 소리가 났다.

"오, 아버지, 아버지, 이게 뭘까요! 찰스를 숨겨요. 구해주세요!"

"얘야," 박사는 일어나며 손을 그녀의 어깨에 얹고 말했다. "난 이미 그를 구했다. 이게 무슨 나약한 소리냐, 얘야! 내가 나가보마."

그는 램프를 손에 들고 바깥방 두개를 지나 문을 열었다. 마룻바닥에 거친 발소리가 울렸고, 칼과 권총으로 무장한, 붉은 모자를 쓴 거친 사내 네명이 방으로 들어왔다.

"시민 에브레몽드, 일명 다네이." 첫번째 남자가 말했다.

"누가 그를 찾소?" 다네이가 대답했다.

"내가 찾소. 우리가 찾소. 난 당신을 알아, 에브레몽드. 오늘 법정에서 당신을 봤어. 당신은 다시 공화국의 죄수야."

네사람은 그를 에워쌌고, 그의 아내와 아이는 그에게 매달려 있었다.

"어떻게, 왜 내가 다시 죄수가 된다는 것이오?"

"지금 해줄 말은, 넌 당장 라 꽁시에르주리로 돌아가야 한다는 거야. 내일 알게 된다. 넌 내일 재판에 소환되었어."

이들의 방문에 손에 램프를 든 채로 그대로 석상이 되어버린 듯 굳어버린 마네뜨 박사는 이 말을 들은 후에야 몸을 움직여 램프를 내려놓고 말한 사람 앞에 서서 그의 붉은 모직 셔츠의 풀어헤친 자

문두드리는 소리

락을 부드럽게 잡고 말했다.

"당신은 저 사람을 안다고 말했소. 그럼 나는 아시오?"

"네, 당신을 압니다, 박사님."

"우리 모두 당신을 압니다, 박사님." 다른 세사람이 말했다.

그는 멍하니 그들을 둘러보고, 잠시 멈추었다가 목소리를 더 낮춰서 말했다.

"그럼 그의 질문에 대한 대답을 내게 해주겠소? 어떻게 이런 일이 있는 거요?"

"박사님," 첫번째 남자가 주춤거리며 말했다. "그는 쌩땅뚜안 지역으로부터 고발당했습니다. 이 시민이," 그는 두번째로 들어온 남자를 가리키며 말했다. "쌩땅뚜안 출신이에요."

지적받은 시민이 고개를 끄덕이며 이렇게 덧붙였다.

"쌩땅뚜안이 그를 고발했습니다."

"무슨 죄목으로?"

"박사님," 첫번째 남자가 아까 그랬던 것처럼 주춤거리며 말했다. "더 묻지 마십시오. 공화국이 당신에게 희생을 요구한다면, 틀림없이 훌륭한 애국자이신 당신은 기꺼이 그 희생을 하실 것입니다. 무엇보다 공화국이 우선이니까요. 인민이 최우선이고요. 에브레몽드, 우린 시간이 없소."

"한마디만," 박사가 애원했다. "누가 그를 고발했는지 말해주겠소?"

"그건 규정에 어긋납니다." 첫번째 남자가 말했다. "그렇지만 여기 있는 쌩땅뚜안 사람에게 물어볼 수는 있지요."

박사는 그 남자에게로 눈길을 돌렸다. 그는 불편하게 이리저리 움직이며 턱수염을 비비더니 마침내 이렇게 말했다.

"아! 정말로 이러면 규칙 위반인데. 그는 시민 드파르주 부부에게—그것도 아주 심각하게—고발당했어요. 그리고 또 한사람 더 있고요."

"또 한사람이라니!"

"정말 물어보시는 겁니까, 박사님?"

"예."

"그럼," 쌩땅뚜안 출신의 남자가 이상한 표정으로 말했다. "내일 알게 되실 겁니다. 지금은, 말 못합니다!"

8장
카드놀이를 하는 손

　다행히도 집에 새롭게 닥친 재앙을 전혀 모르는 채, 프로스 양은 좁은 길들을 지나 뽕뇌프 다리를 건너며 마음속에서 그녀가 꼭 사야 할 것들의 수를 헤아리고 있었다. 바구니를 든 크런처 씨는 그녀 옆에서 걸었다. 그들은 지나치는 상점들을 좌우로 둘러보며 여기저기 모여 있는 사람들의 무리를 경계하는 눈으로 바라보며, 아주 흥분하여 수다를 떠는 무리들을 피하기 위해 길에서 벗어났다. 쌀쌀한 저녁이었고, 타오르는 불빛이 눈에 어른거리고 거친 소음이 귀에 어른거리는 안개 낀 강물 위로 대장장이들이 공화국군을 위해 총을 만들며 일하던 바지선들이 정박한 곳이 보였다. 그 군대와 계책을 꾸미거나 그 안에서 과분하게 승진한 자에게 재앙을! 턱수염은 차라리 아예 기르지 않는 편이 나을 것이다. 국민 면도칼이 수염을 바짝 깎아줄 테니.

　몇가지 자질구레한 식료품과 램프에 넣을 기름을 구입한 후, 프로스 양은 그들에게 필요한 포도주를 생각했다. 몇몇 포도주 상점을 들여다보고 나서, 그는 '선한 공화파, 고대의 브루투스'라는 간판 앞에 멈췄다. 한때 뛰일리 궁으로 불리던 국립 궁전에서 멀지 않은 곳이었고, 그곳의 모습은 그녀의 환상을 사로잡았다. 그곳은 그들이 지나온, 같은 설명이 붙은 다른 곳보다 좀 조용해 보였다. 애국시민의 붉은 모자가 있긴 했지만 다른 곳처럼 그렇게 붉지는 않았다. 크런처 씨를 불러 자신의 의견으로 평결을 내리며 프로스 양은 그의 호위기사와 함께 '선한 공화파, 고대의 브루투스' 상점으로 갔다.

뿌연 불빛, 파이프를 물고 흐느적거리며 카드와 노란 도미노로 게임을 하고 있는 사람들, 검댕으로 더러워진 가슴과 팔을 드러낸 채 신문을 큰 소리로 읽고 있는 노동자, 그가 읽는 것을 듣고 있는 다른 노동자들, 그들이 지니고 있거나 다시 찰 수 있게 옆에 놓아둔 무기들, 유행하는 어깨가 높고 복슬복슬한 검은색 짧은 재킷을 입고 엎어져 잠들어 있어 그대로 보면 꼭 곰이나 개가 잠든 것처럼 보이는 손님 두셋을 눈여겨보면서, 눈에 띄는 두 손님은 카운터로 다가가 그들이 원하는 것을 보여주었다.

그들의 포도주를 계량해서 따르는 동안, 한 남자가 구석에 있는 다른 남자와 작별인사를 하고 일어나 나가려고 했다. 나가면서 그는 프로스 양의 얼굴을 볼 수밖에 없었다. 그가 그녀를 보자마자, 프로스 양은 비명을 지르며 손뼉을 쳤다.

순간 모든 사람들이 벌떡 일어섰다. 어떤 이가 다른 의견을 주장하는 사람에게 살해당한 상황이 벌어진 것만 같았다. 모든 사람이 누군가가 쓰러지는 것을 보려는 듯했지만, 그들은 한 남자와 한 여자가 서로 노려보는 광경을 보았을 뿐이었다. 남자는 겉보기에는 프랑스인이자 철저한 공화파였고, 여자는 분명 영국인이었다.

이 실망스러운 결말에서 '선한 공화파, 고대의 브루투스'의 사도가 한 말은, 매우 요란하고 큰 소리라는 점만 제외하면, 프로스 양과 그녀의 보호자에게는, 그들이 귀를 기울여 듣긴 했지만, 히브리어나 칼데아 말과 마찬가지였다. 그들은 너무 놀라서 무슨 말을 하는지 들을 수도 없었다. 왜냐하면, 확실하게 기록되어야 하는 일이지만, 놀라움과 흥분에 어쩔 줄 모르던 것은 프로스 양뿐만이 아니라, 크런처 씨도—비록 자기 나름의 개별적인 이유에서 그런 것처럼 보였지만—정말 놀라버린 상태였기 때문이었다.

"어떻게 된 거야?" 프로스 양을 비명 지르게 한 남자가 짜증스럽고 퉁명스러운 목소리로 (비록 낮은 어조이긴 했지만) 그리고 영어로 말했다.

"오, 쏠로몬, 쏠로몬!" 프로스 양이 외치며 다시 손뼉을 쳤다. "그렇게 오래 보지도 못하고 소식을 들을 수도 없더니만, 여기서 만나는구나!"

"쏠로몬이라고 부르지 마. 나 죽이고 싶어?" 그 남자가 은밀하게, 겁먹은 태도로 말했다.

"동생, 내 동생!" 프로스 양은 눈물을 흘리며 외쳤다. "내가 너한테 잘못해서 그렇게 잔인한 질문을 하는 거니?"

"그러니까 지겹게 떠들지 좀 마." 쏠로몬이 말했다. "그리고 얘기를 하려면, 나가자. 포도줏값 내고 나와. 이 사람은 누구야?"

프로스 양은 결코 사랑스럽지 않은 그녀의 동생에게 사랑에 넘치는, 낙담한 머리를 흔들고, 눈물을 흘리며 말했다. "크런처 씨야."

"저 사람도 함께 나가자." 쏠로몬이 말했다. "저자는 내가 유령

아으미 음아육

같은가?"

겉보기에, 외양만으로 판단하자면 크런처 씨는 정말 그래 보였다. 그러나 그는 아무 말도 하지 않았고, 프로스 양은 눈물을 흘리며 손가방 깊은 곳을 어렵사리 뒤져서 포도줏값을 지불했다. 그녀가 그러는 동안, 쏠로몬은 '선한 공화파, 고대의 브루투스' 상점의 추종자들에게로 돌아서서 프랑스어로 몇마디 설명을 했고, 그 말에 그들은 원래 자리로 돌아가 조금 전에 하던 오락을 다시 시작했다.

"자," 어두운 길모퉁이에 서서 쏠로몬이 말했다. "원하는 게 뭐야?"

"어떻게 내가 언제나 사랑해온 동생이 그런 끔찍하게 무정한 말을 할 수가 있니!" 프로스 양이 외쳤다. "그런 식으로 인사를 하고, 애정 표현도 안하고."

"자, 젠장! 자." 쏠로몬은 자기 입술로 프로스 양의 입술을 가볍게 건드리며 말했다. "이제 만족해?"

프로스 양은 고개를 젓고 말없이 울었다.

"내가 놀랄 거라고 기대한다면," 그녀의 동생 쏠로몬이 말했다. "나 안 놀랐어. 난 누나가 여기 와 있는 거 알고 있었어. 난 여기 있는 사람들 대부분을 다 알거든. 누나가 나를 위태롭게 만들기를 원하지 않는다면—반쯤은 누나가 그럴 거라고 생각해—되도록 빨리 갈 길이나 가. 나도 내 갈 길 갈 테니. 난 바빠. 공무원이거든."

"내 영국인 동생 쏠로몬," 눈물이 어린 눈을 들어올리며 프로스 양이 슬피 말했다. "조국에서 가장 훌륭하고 위대한 사람이 될 자질이 있던 네가, 외국인들 사이에서 공무원이라니, 이런 외국인들 사이에서! 정말 이럴 거면 차라리 어릴 때 그냥……"

"내 말이!" 말을 자르며 그녀의 동생이 외쳤다. "알고 있었어. 누나는 누나 때문에 내가 죽었으면 좋겠지. 이제 나는 내 누나 때문에 용의자가 될 거야. 이렇게 잘 살고 있는데!"

"하느님 맙소사!" 프로스 양이 외쳤다. "쏠로몬, 나는 널 늘 사랑했고, 앞으로도 그럴 테지만, 그렇게 되느니 다시는 너를 보지 않는 것이 낫겠어. 내게 사랑스러운 말 한마디만 해줘. 그리고 우리 사이에 화가 났거나 서먹해진 것 없다고 말해줘. 그러면 더이상 안 붙들게."

착한 프로스 양! 마치 그들 사이가 서먹해진 것이 그녀의 잘못인 것처럼. 로리 씨가 수년 전 쏘호의 조용한 길모퉁이에서 이 귀한 동생이 그녀의 돈을 다 써버리고 떠난 사실을 몰랐던 것처럼!

그러나 그는 그들의 상대적인 미덕과 위치가 뒤바뀌었다면 (전 세계적으로, 틀림없이 그런 경우인데) 보여주었을 법한 것보다 훨씬 더 툴툴대며 젠체하고 생색을 내면서 애정 어린 말을 하고 있었고, 그때 크런처 씨가 그의 어깨를 건드리며 목쉰 소리로 예기치 않게 다음과 같은 이상한 질문으로 끼어들었다.

"저 말입니다! 뭐 하나 물어봐도 될까요? 당신 이름이 존 쏠로몬이오, 아니면 쏠로몬 존이오?"

그 공무원은 갑자기 의심스럽다는 듯 그에게로 돌아섰다. 그는 그전에는 한마디도 하지 않았던 것이다.

"자!" 크런처 씨가 말했다. "말해봐요." (그런데, 그건 그가 할 수 있는 것 이상이었다.) "존 쏠로몬이오, 쏠로몬 존이오? 저분은 당신을 쏠로몬이라 불렀는데, 누나이니 저분이 알겠죠. 그런데 난 당신이 존이라고 알고 있거든요, 알다시피. 어떤 이름이 먼저요? 그리고 프로스라는 이름에 대해서도 마찬가지요. 바다 건너에서는 그 이름을 안 썼는데."

"무슨 소리요?"

"글쎄, 나도 무슨 소린지 모르겠네. 바다 건너에서 당신 이름이 뭐였는지 기억이 안 나서요."

"안 난다고?"

"안 나요. 그렇지만 세 음절 이름이었다는 건 맹세할 수 있소."

"정말?"

"예, 다른 이름은 한 음절이었고. 난 당신을 알아요. 당신은 간첩이었소, 베일리의 증인. 당신 아버지인 악마의 이름으로, 그때 당신 이름이 뭐였소?"

"바사드." 다른 목소리가 끼어들었다.

"천 파운드짜리 이름이야!" 제리가 외쳤다.

끼어든 사람은 씨드니 카턴이었다. 그는 승마용 외투 자락 아래로 뒷짐을 진 채로, 크런처 씨의 바로 뒤에 그가 올드베일리에 서 있을 때 그랬듯이 아무렇게나 서 있었다.

"놀라시 마세요, 프로스 양. 전 어제저녁에 로리 씨에게 도착하여 그를 놀라게 했습니다. 우린 모든 일이 잘 해결될 때까지, 혹은 내가 쓸모가 있을 때까지는 어디서도 저를 노출하지 않는 게 낫겠다고 합의했어요. 내가 여기 나타난 건 당신 동생과 조금 얘기를 하고 싶어서예요. 바사드 씨보다 조금 더 나은 일을 하는 동생을 두었더라면 좋았을걸. 당신을 위해서라도 바사드 씨가 감옥의 양이 아니었더라면 좋았을걸."

양은 그 당시 간수들 사이에서 간첩을 뜻하는 은어였다. 창백한 간첩은 얼굴이 더 창백해져서 물었다, 어떻게 감히……

"말해주지," 씨드니가 말했다. "내가 한두시간 전에 라 꽁시에르주리 감옥 벽을 바라보고 있다가 바사드 씨 당신이 나오는 걸 보게 되었지. 당신은 기억에 남는 얼굴이고, 나는 얼굴을 잘 기억하거든. 그런 상황에서 당신을 보게 된 게 신기해서, 그리고 당신은 알 수 없는 어떤 이유로 지금 매우 불행한 처지에 있는 어떤 친구의 불행과 당신을 연관시키면서, 당신이 가는 곳으로 걸었지. 나는 당신을 바짝 뒤따라서 여기 포도주 상점으로 들어갔고, 당신 가까이에 앉았어. 난 당신의 거침없는 대화에서, 당신을 숭배하는 자들 사이에서 공공연히 떠도는 소문에서 당신이 하는 일의 본질을 어렵지 않게 추론했지. 그리고 점점 내가 아무렇게나 해온 일들이 하나의 목적을 향해 모양새를 갖춰가는 것 같더란 말이야, 바사드 씨."

"무슨 목적?" 간첩이 물었다.

"길거리에서 설명하기엔 번거롭고, 위험할지도 몰라. 은밀하게 몇분만, 예를 들어 텔슨 은행 사무소에서 얘기 좀 할까?"

"협박인가?"

"오! 내가 그렇게 말했나?"

"그럼, 왜 내가 거기 가야 하는데?"

"그래, 바사드 씨, 당신이 할 수 없다면, 나도 말할 수 없지."

"말하지 않겠다, 그 얘기야?" 간첩은 우물쭈물하며 물었다.

"나를 아주 정확히 파악했어, 바사드 씨. 얘기 안할 거야."

카턴의 느긋하면서도 무모한 태도는 그가 은밀하게 마음에 품고 있는 그런 일을 하는 데, 그리고 그가 다루어야 할 그런 사람을 다루는 데에, 그의 민첩함과 기술에 강력한 도움이 되었다. 그의 경험 많은 눈은 그것을 보았고, 아주 중요하게 보았다.

"자, 그럼," 간첩은 누나를 원망스럽게 바라보며 말했다. "여기서 무슨 문제가 생기면 다 누나 탓이야."

"이런, 이런, 바사드 씨!" 씨드니가 외쳤다. "배은망덕해서야 쓰

나. 그렇지만 당신 누나에 대한 내 존경심이 아니라면, 우리 둘 다를 만족시킬 작은 제안을 하면서 이렇게 유쾌하게 이끌어오지는 않았을 거야. 그럼 나와 함께 은행으로 가는 거지?"

"당신이 무슨 말을 하려는지 들을 거야. 그래, 함께 가지."

"우선 당신 누나를 무사히 집 근처 모퉁이까지 모셔다드리는 게 좋겠어. 제가 팔을 잡아드리죠, 프로스 양. 여긴 이런 시절에 당신이 아무 방비 없이 나다니기에 좋은 도시가 아닙니다. 그리고 당신을 호위하던 분이 바사드 씨와 구면이니, 저분도 우리와 함께 로리씨께로 가죠. 준비됐습니까? 그럼 갑시다!"

프로스 양은 나중에 곧 이 상황을 떠올렸고, 그리고 평생 동안 기억했다. 그녀가 씨드니의 팔을 손으로 잡고 그의 얼굴을 올려다보며 쏠로몬을 해치지 말아달라고 그에게 간청했을 때, 그의 팔에는 팽팽하게 긴장된 목적의식이 느껴졌고, 그의 눈에는 일종의 영감이 번득이고 있었음을. 그것은 그의 경박한 태도와 모순될 뿐 아니라, 그 사람을 변화시키고 향상시켜놓았다. 그녀는 그녀의 애정을 받을 자격도 거의 없는 동생에 대한 염려에, 그리고 씨드니의 친절한 격려에 너무 사로잡혀 있어서 관찰한 것에 적절히 주의를 기울이지는 못했던 것이다.

길모퉁이에 그녀를 남겨두고 카턴은 그들을 몇분 거리에 떨어진 로리 씨의 숙소로 이끌었다. 존 바사드, 혹은 쏠로몬 프로스는 그의 옆에서 걸어갔다.

로리 씨는 막 저녁을 다 먹고 나서 장작 한두개비를 따뜻하게 태워놓고 그 앞에 앉아 있었다. 아마도 그 불꽃을 들여다보며 여러해 전에 도버의 로열 조지 호텔에서 붉은 석탄불을 들여다보던, 지금보다는 젊은 텔슨의 중년 신사를 그려보고 있는지도 모를 일이었다. 그들이 들어가자 그는 고개를 돌렸고, 낯선 사람을 보자 놀라는 기색을 보였다.

"프로스 양의 동생입니다." 씨드니가 말했다. "바사드 씨요."

"바사드?" 노신사가 되풀이했다. "바사드라고? 그 이름은 귀에 익은데, 얼굴도."

"거봐, 당신은 눈에 띄는 얼굴을 가졌다고 했잖아, 바사드 씨." 카턴이 침착하게 말했다. "앉으시오."

자기도 자리를 잡고 앉아서, 카턴은 얼굴을 찡그리며 그에게 "그 재판에 나왔던 증인이에요" 하고 로리 씨가 원하는 연결고리를 건네주었다. 로리 씨는 바로 기억해내고는, 혐오를 굳이 숨기지 않는 표정으로 새로운 손님을 쳐다보았다.

"바사드 씨는 프로스 양이 당신에게 얘기하던 그 다정한 동생이었어요." 씨드니가 말했다. "프로스 양이 그를 알아보았고, 그는 그 관계를 인정했지요. 이제 더 나쁜 소식으로 넘어갈게요. 다네이가 다시 체포되었어요."

놀라움에 충격을 받고 노신사가 외쳤다. "무슨 말을 하는 게야! 불과 두어시간 전에 그가 안전하고 자유로운 상태인 걸 보고 왔고, 막 그에게로 다시 가려던 참인데!"

"어쨌거나 체포됐어요. 언제 그렇게 되었지, 바사드 씨?"

"체포되었다면, 방금 그랬을 거요."

"바사드 씨는 최고 권위자거든요." 씨드니가 말했다. "전 체포가 이루어졌다는 소식을 바사드 씨가 포도주를 마시며 친구이자 동료 간첩에게 이야기하는 것을 통해서 알게 되었어요. 그는 사절단을 대문에 남겨두고 떠났고, 문지기가 그들을 들여보내는 것을 봤답니다. 다시 체포되었다는 데 의심의 여지가 없어요."

로리 씨의 사무적인 눈은 말하는 사람의 얼굴에서 그 점에 대해 더 생각해봐야 시간 낭비임을 읽어냈다. 혼란스러웠지만, 정신을 차려야 한다는 것을 떠올리고 그는 마음을 자제하고 조용히 주의를 기울였다.

"자, 제 생각엔," 씨드니가 그에게 말했다. "마네뜨 박사님의 명성과 영향력이 내일도 효력을 발휘할 것 같은데─당신이 내일 재판소에서도 그럴 거라고 했지, 바사드 씨?"

"네, 그럴 것 같습니다."

"오늘 그랬듯이 내일도 그럴 것이라고. 그러나 그렇지 않을 수도 있어요. 고백합니다만, 전 떨립니다, 로리 씨, 마네뜨 박사가 이 체포를 막을 힘이 없었다는 게 말이죠."

"미리 몰랐을 수도 있네." 로리 씨가 말했다.

"그렇지만 바로 그 상황이 굉장히 위험할 수도 있어요. 그와 그의 사위가 동일시된다는 것을 기억한다면요."

"맞아." 로리 씨가 걱정하는 손으로 턱을 고이며 걱정하는 눈으로는 카턴을 바라보며 인정했다.

"요컨대," 씨드니가 말했다. "절박한 판돈을 놓고 절박한 게임이 벌어지는, 절박한 때거든요. 박사님이 이기는 게임을 하셔야죠. 전 지는 게임을 하고요. 여기선 어떤 사람의 목숨도 살 가치가 없어요. 오늘 인민이 집까지 데려다준 사람에게 내일 사형선고를 내릴 수도 있으니까요. 자, 제가 노리는 판돈은, 최악의 경우, 라 꽁시에르주리에 있는 친구입니다. 제가 따내려는 목적을 가진 친구는 바사드 씨고요."

"좋은 패를 가져야 할걸." 간첩이 말했다.

"다 훑어봤어. 내가 가진 게 뭔지 봐야지. 로리 씨, 내가 얼마나 짐승 같은 놈인지 아시죠. 브랜디를 약간 주시면 좋겠는데요."

브랜디가 그의 앞에 놓였고, 그는 한잔을 꿀꺽 마시고——또 한잔을 꿀꺽 마신 후——조심스럽게 병을 옆으로 치워놓았다.

"바사드 씨," 그는 정말로 카드놀이를 하는 손 너머로 넘겨다보는 사람 같은 어조로 말했다. "감옥의 양, 공화정위원회의 사절, 어떤 때는 간수였다가, 어떤 때는 죄수였다가, 여기선 영국인들이 프랑스 사람보다 위증죄의 의심을 좀 덜 받으니 영국인이라는 게 더 가치가 있고, 만년 간첩에 비밀 정보원, 그를 고용한 사람에게 거짓 이름으로 자기를 소개하지. 아주 좋은 카드야. 지금은 프랑스 공화정에 고용된 바사드 씨가 예전에는 프랑스와 자유의 적인 귀족들이 지배하는 영국 정부에 고용된 간첩이었다는 것. 최고의 카드야. 의심이 난무하는 이런 동네에선 바사드 씨가 아직도 귀족들의 영국 정부로부터 돈을 받고 있는 피트의 간첩이요, 공화국의 가슴에 웅크리고 숨어 있다가 공화국을 배신할 원수, 그렇게 많이 입에 오르내리지만 발견하기는 그렇게나 어렵던 온갖 나쁜 짓을 일삼는 영국인 반역자 겸 정보원. 이건 정말 불패의 카드야. 내 수가 뭔지 알겠나, 바사드 씨?"

"당신이 뭐 어쩌자는 건지 모르겠소." 간첩은 다소 불편하게 대답했다.

"에이스 패로 게임을 하는 거지. 가장 가까운 구역위원회에 바사드 씨를 고발하는 것. 당신 손을 봐, 바사드 씨, 무슨 카드를 가지고 있는지. 서두를 거 없어."

그는 술병을 끌어당겨 다시 브랜디를 한잔 따라 마셨다. 그는 그 간첩이 자신이 술을 마시다 열을 받아 갑자기 그를 고발할까봐 두려워하고 있음을 보았다. 그것을 보고 그는 다시 한잔을 따라서 마셨다.

"당신이 가진 패를 잘 봐, 바사드 씨. 천천히."

그건 그가 의심하던 것보다 더 보잘것없는 패였다. 바사드 씨는 씨드니 카턴이 전혀 모르는 그 패가 잃는 패임을 알았다. 영국에서 수없이 여러번 실패한 천연덕스러운 위증 때문에—그곳에서 그를 원하는 사람이 없어서가 아니었다. 영국이 기밀과 간첩에 관해 우월성을 내세울 만한 근거는 비교적 최근의 일이니까—그 영광스러운 직업에서 밀려나, 해협을 건너 프랑스에서 일하는 자리를 받아들였음을 그는 잘 알고 있었다. 처음에는 그곳에 있는 그의 동포들 사이에서 유혹을 하거나 남의 말을 엿듣는 역할을 했고, 점점 프랑스인들 사이에서도 유혹을 하거나 남의 말을 엿듣는 일을 하게 되었다. 타도된 정부하에서 그는 쌩땅뚜안과 드파르주의 포도주 상점을 감시하는 간첩이었고, 꼼꼼한 경찰관으로부터 마네뜨 박사의 투옥과 석방, 과거사에 대한 정보들을 주워듣고 드파르주 부부와 친밀히 대화를 나누는 데 써먹었으며, 그 정보들을 드파르주 부인에게 써보고는 눈에 띄게 그들과 결렬하였던 것이다. 그는 그 무시무시한 여인이 이야기를 나눌 때면 늘 뜨개질을 하고 있었으며, 손가락을 움직이며 그를 불길하게 쳐다보던 것을 기억하며 두려움에 떨었다. 그는 그후로 쌩땅뚜안 구역에서 그녀를 보았고, 그녀는 여러번에 걸쳐 그녀가 뜨개질한 기록을 내놓으며 사람들을 고발했고, 기요띤은 그들의 생명을 삼켜버렸다. 그는 같은 업계에 종사하던 모든 사람과 마찬가지로 그가 전혀 안전하지 않음을, 도망하는 것은 불가능함을, 도끼날의 그림자 아래 꽁꽁 묶여 있음을, 그 공포정치가 지속되는 가운데 그가 최고의 변절과 배신을 감행했음에도 불구하고 말 한마디면 모든 것이 끝임을, 잘 알고 있었다. 일단 고발되고, 지금 제시된 것 같은 그런 심각한 죄목으로 기소된다면, 그는 그 가차없는 성격의 증거를 여러번 보아온 그 무서운 여인이 그에 관한 치명적인 기록을 내놓아 삶의 마지막 기회마저 짓이겨버릴 것도 예상했다. 모든 밀정이 쉽게 겁에 질리는 사람이라는 사실이 아니어도, 이것은 넘겨보면서 얼굴이 납빛으로 변하기에 충분했고, 암담한 소송이 되기에 충분했다.

"당신 패가 맘에 안 드나보군." 씨드니가 아주 침착하게 말했다. "해보시려나?"

"내 생각에는," 간첩은 로리 씨를 바라보며 가장 비열한 태도로 말했다. "당신처럼 나이 지긋하시고 자애로운 신사께, 당신보다 훨씬 나이가 젊은 저 신사에게 어떤 상황에서라도 그가 말한 에이스 패로 게임을 하려면 신사의 지위에 걸맞게 해주실 수는 없겠는지 말씀을 좀 해주십사 간청해야 할 것 같습니다. 제가 간첩이라는 거 인정합니다. 또 그게 남부끄러운 자리라는 것도 인정합니다. 누군가는 그 일을 해야 하지만요. 그렇지만 이 신사께선 간첩도 아닌데 왜 그렇게 간첩이 되려는 사람처럼 행동하셔야 합니까?"

"난 에이스 패로 게임을 하는 거야, 바사드 씨." 카턴이 직접 대답하며 말했다. 그리고 시계를 보며 이렇게 말했다. "아무런 거리낌도 없이, 이제 곧."

"두분 신사 양반, 저는," 간첩이 어떻게든 로리 씨를 토론에 끼어들이려고 하며 말했다. "제 누나를 봐서라도……"

"마침내 동생으로부터 벗어나게 해주는 것 이상으로 당신 누나에 대한 존경심을 더 잘 보여줄 수는 없는데." 씨드니 카턴이 말했다.

"없다고?"

"그 점에 관해서는 이미 확실하게 마음을 정했어."

눈에 띄게 거친 옷과, 아마도 그의 평상시 행동거지와도 묘하게 불협화음을 일으키는 간첩의 매끄러운 태도는 도저히 헤아릴 수 없는 카턴—그보다 현명하고 정직한 사람들에게도 그는 수수께끼였으니—에게 가서 막혀서 받아들여지지 않았으므로, 그는 흔들렸고 망연자실했다. 그렇게 그가 어찌할 바를 모르고 있을 때 카턴이 예의 그 카드를 들여다보는 분위기로 말했다.

"그런데, 다시 생각해보니, 내가 아직 헤아려보지 않은 또다른 좋은 카드가 하나 있는 것 같다는 생각이 드네. 그 친구이며 동료양, 시골 감옥에서 풀을 뜯고 있다고 말한, 그 사람이 누구지?"

"프랑스인. 당신은 모르는 사람이야." 간첩이 재빨리 말했다.

"응, 프랑스인?" 카턴이 곰곰 생각하며, 그러나 그의 말을 따라하긴 했지만 그에게는 전혀 신경을 쓰지 않으며 말했다. "음, 그럴지도 모르겠네."

"그렇다니까, 진짜야." 간첩이 말했다. "중요한 건 아니지만."

"중요한 건 아니지만," 카턴은 아까와 똑같은 기계적인 방식으로 반복했다. "중요한 건 아니지만—아니, 중요하지 않아. 아니야. 그렇지만 내가 아는 얼굴이야."

"아닐걸. 확실히 아니야. 그럴 리가 없어." 간첩이 말했다.

"그럴—수가—없다." 씨드니 카턴이 뭔가를 회상하듯 중얼거리며 술잔을 (다행히도 작은 잔이었다) 다시 만지작거렸다. "수가—없다. 프랑스어를 잘했어. 그렇지만, 외국인 같던데, 아닌가?"

"프로방스 사람이야." 간첩이 말했다.

"아니, 외국인이야!" 카턴이 뭔가 퍼뜩 생각난 듯이 손바닥을 펴서 탁자를 쳤다. "클라이! 변장했지만, 바로 그놈이야. 올드베일리에서 본 적이 있어."

"자, 너무 급하군." 바사드는 매부리코가 한쪽으로 찌그러지는 미소를 지으며 말했다. "여기서 내가 당신보다 유리한 점이 나오는 거야. 클라이는 (세월이 흘렀으니 말인데, 내 동료였다고 확실히 인정할 수 있지) 몇년 전에 죽었어. 그가 죽기 전 병석에 누웠을 때 내가 옆에 있었다니까. 그는 런던에 있는 쓴트팡크라스인더필즈 교회에 묻혔어. 그 당시 그가 망나니 같은 군중에게 인기가 없어서 내가 그의 유해를 따라가지는 못했지만 말이야. 그래도 입관은 도왔다고."

여기서 로리 씨는 앉은 자리에서 아주 뚜렷하게 벽에 비친 도깨비의 그림자를 보게 되었다. 그가 그 그림자의 원천을 따라가보니, 크런처 씨의 뻣뻣한 머리가 갑자기 곤두서서 그런 모양이 비친 것임을 알게 되었다.

"자, 합리적으로 생각하자고," 간첩이 말했다. "공정하게 하자니까. 당신이 얼마나 잘못 알고 있는지, 당신의 가정이 얼마나 근거가 없는지 보여주기 위해서, 내가 당신 앞에 내가 마침 수첩 안에 가지고 다니는 클라이의 매장 증명서를 내놓겠어." 그는 서둘러 그것을 꺼내어 펼쳤다. "그후 계속 가지고 다녔지. 여기 있다. 오, 이것 봐, 이것 봐! 직접 손에 들고 봐. 위조한 거 아니야."

여기서 로리 씨는 벽에 비친 그림자가 길어지더니 크런처 씨가 일어나 앞으로 나서는 것을 보았다. 그의 머리카락은 그 순간 잭이 지은 집에 사는 쭈그러진 뿔을 가진 소가 손질을 해줬다 해도 더 그럴 수 없이 온통 곤두서 있었다.

간첩에게 보이지 않는 상태로 크런처 씨는 옆에 서서, 마치 유령 집행관처럼 그의 어깨를 건드렸다.

"저기 로저 클라이 말입니다." 크런처 씨가 무뚝뚝하고 엄격한 얼굴로 말했다. "당신이 그를 입관했다고요?"

"그랬지."

"그럼 누가 관에서 그를 꺼냈죠?"

바사드는 의자 뒤로 기대며 더듬거렸다. "무슨 소리야?"

"그러니까," 크런처 씨가 말했다. "그는 관에 들어간 적이 없거든요. 아니요! 그가 관에 들어 있었다면, 내 머리를 베어도 좋아요."

간첩은 두 신사를 번갈아 보았다. 그들은 모두 말할 수 없이 놀라 제리를 바라보았다.

"말씀드리죠." 제리가 말했다. "당신은 그 관 속에 포석과 흙을 넣어 묻었어요. 그러니까 당신이 클라이를 묻었다고 말하지 마요. 그건 속임수였으니까. 나하고 두사람이 더 이 사실을 알아요."

"당신이 그걸 어떻게 알아?"

"당신이 무슨 상관이오? 젠장!" 크런처 씨가 으르렁거렸다. "난 당신에게 오래된 원한이 있소, 직업인들에게 부끄럽게 사기를 쳐 먹다니! 여차하면 당장 당신 멱살을 잡고 목을 조를 거요."

일이 이렇게 돌아가는 것에 대해서 로리 씨와 함께 놀라 어쩔 줄 모르고 있던 씨드니 카턴은 여기서 크런처 씨에게 진정하고 설명해보라고 요구했다.

"나중에요," 그는 애매하게 말했다. "지금은 설명하기에 좋지 않은 때예요. 제가 확실히 말할 수 있는 건 클라이가 그 관에 들어간 적이 없었다는 걸 저 사람도 잘 안다는 겁니다. 저 사람더러 한마디만 더 해보라고 하세요, 여차하면 내가 저놈 멱살을 잡아 목을 졸라버릴 테니." 크런처 씨는 그것이 마치 굉장히 너그러운 제안인 듯이 계속했다. "아니면 나가서 그가 여기 있다고 말해버리겠어요."

"흠! 알았어," 카턴이 말했다. "내게 그럼 카드가 하나 더 있네, 바사드 씨. 여기 의심이 하늘을 찌를 것 같은 이 광란의 빠리에서 당신이 고발에서 살아남기는 불가능하겠어. 당신이 당신과 같은 전력을 가지고 있는 또다른 귀족 간첩과 내통하고 있고, 게다가 그에게는 가짜로 죽은 척하여 다시 살아난 수수께끼도 있으니 말이야. 감옥에서 외국인이 공화국에 적대하는 음모를 꾸민다. 강력한 카드인데—확실한 기요면 카드야! 계속해볼 텐가?"

"아니!" 간첩이 대답했다. "손들었어. 고백하는데, 우린 그 광란하는 군중에게 정말 인기가 없어서, 난 거의 죽을 위험을 무릅쓰고 겨우 영국을 빠져나왔고, 클라이는 너무 샅샅이 찾아대는 바람에 그런 속임수를 쓰지 않고서는 전혀 빠져나올 수가 없었어. 그렇지만 이 사람이 어떻게 그게 속임수인지 알고 있는지, 정말 신기한 일들 중에서도 신기한 일이야."

"이 사람에 대해서는 너무 마음 쓰지 마쇼." 다투기 좋아하는 크런처 씨가 쏘아붙였다. "저 신사분만 신경 쓰기에도 충분히 골치 아플 테니. 여기 좀 봐요! 여기!"—크런처 씨는 너그러움을 눈에 띄게 과시하지 않고서는 참을 수가 없었다—"여차하면 멱살을 잡아 목을 졸라버릴 거야."

감옥의 양은 그로부터 눈을 돌려 씨드니 카턴을 보며 조금 더 단호하게 말했다. "이제 여기까지 합시다. 난 다시 나가봐야 하고, 주어진 시간을 넘길 수가 없어. 제안할 것이 있다고 했지, 그게 뭡니까? 이봐, 내게 너무 많은 것을 요구해봐야 소용이 없어. 내 직분으로 할 수 있는 일을 요구해서 지금보다 훨씬 더 위험부담이 커진다

해도, 난 동의했을 경우보다는 거절했을 때 목숨을 걸 가능성이 더 크겠지. 요컨대, 내가 그런 선택을 해야 한다는 거야. 당신은 절박함에 대해서 말하지. 우린 여기서 모두 절박해. 기억해봐! 난 내가 적당하다고 생각하면 당신을 고발할 수도 있고, 위증을 해서 돌담이라도 뚫고 나갈 수 있어. 다른 사람들도 마찬가지고. 자, 이제 내게 원하는 일이 뭐요?"

"별거 아니야. 당신은 라 꽁시에르주리의 간수지?"

"정말 확실히 말하는데, 탈옥 같은 것은 절대 불가능해." 간첩이 단호하게 말했다.

"내가 부탁도 하지 않았는데 그런 얘기는 왜 해? 당신이 라 꽁시에르주리의 간수냐니까?"

"때때로 그 일을 하지."

"그럼 언제 그 일을 할지 선택할 수 있어?"

"내가 원할 때 들어가고 나올 수 있어."

씨드니 카턴은 브랜디를 한잔 더 따라서 천천히 벽난로 위에 부으며 그것이 흘러내리는 것을 바라보았다. 모두 떨어지자 그는 일어나며 말했다.

"이제까지 이 두사람 앞에서 얘기한 건 카드의 가치가 단지 당신과 나 사이에만 있지 않는 게 낫겠다고 생각해서야. 이쪽 어두운 방으로 들어와. 이제 마지막으로 단둘이 얘기 좀 하세."

9장
게임의 시작

　씨드니 카턴과 감옥의 양이 바로 옆 어두운 방에서 아무런 소리도 들리지 않게 낮은 목소리로 이야기를 나누는 동안, 로리 씨는 제리를 의심과 불신에 가득 찬 눈으로 바라보았다. 이 시선을 받아내는 그 정직한 직업인의 태도도 확신을 주지는 못했다. 그는 마치 다리가 쉰개쯤 되어 모두 한번씩 써봐야 한다는 듯이 디디고 있는 다리를 자주 바꾸었다. 그는 매우 의문의 여지가 생길 정도로 꼼꼼하게 주의를 기울여 자기 손톱을 들여다보았다. 로리 씨의 눈이 그와 마주칠 때마다 그는 갑자기 이상한 잔기침을 하면서 손바닥으로 앞을 가렸는데, 어떤 경우에도 개방적인 성격의 사람에게 찾아오는 질병이라고 알려진 것은 아니었다.

　"제리," 로리 씨가 말했다. "이리로 오게."

　크런처 씨는 한쪽 어깨를 앞으로 내밀고 옆 걸음으로 다가왔다.

　"자네 심부름꾼 말고 무슨 일을 했었나?"

그의 주인을 골똘히 쳐다보면서 잠시 생각한 후, 크런처 씨는 총명한 생각이 떠올라 이렇게 대답했다. "농업 관련 일입니다."

"내가 정말 걱정이 되어서 그러네." 로리 씨는 화가 나서 그에게 삿대질을 하며 말했다. "자네가 텔슨의 점잖고 훌륭한 사무소를 눈가림으로 이용하여 흉악한 내용의 불법적인 직업을 가졌던 것이 아닌가 하고 말일세. 그랬다면 영국에 돌아가서 내가 자네와 친하게 지내리라고는 기대하지 말게. 그랬다면 자네 비밀을 지켜줄 것이라 기대하지도 말게. 텔슨을 그렇게 속이면 안되지."

"전 말입니다," 무안해진 크런처 씨가 애원했다. "제가 머리가 셀 때까지 잔일을 해드리는 영광을 누려온 당신 같은 신사께서, 그게 그렇다 하더라도—그렇다고는 얘기하지 않겠고, 그렇다고 하더라도,라고 하겠습니다—저를 해치기 전에 다시 한번만 생각해주셨으면 합니다. 그리고 그게 그렇다고 해도, 그렇다 해도 한쪽으로만 봐서는 안된다는 것을 고려해주셨으면 합니다. 그게 양면성이 있습니다. 지금 이 시간에도 의사들이 돈을 마구 벌어들이고 있는데, 정직한 직업인은 잔돈푼도—잔돈푼 말입니다! 아니요, 반푼도—반푼도, 아니, 반의 반푼도 벌지 못한단 말입니다. 텔슨에다가 척척 어렵잖게 예금을 하고, 그들의 의사 같은 눈으로 직업인에게 몰래 눈짓을 하고, 자기 마차를 타고 들어가고 나가고 한단 말입니다. 마찬가지로 어렵잖게 척척 말입니다. 네, 그것도 텔슨에 대한 속임수일 겁니다. 이쪽에 해당되면 저쪽에도 해당된다는 말씀이에요. 그리고 제 마누라도요, 어쨌든 옛날 영국에서도 그랬으니, 내일도 그렇겠죠, 평계만 있으면 사업이 쫄딱 망할 정도로 촐랑거리는 겁니다—쫄딱 망할 정도로요! 반면에 그 의사 양반들의 마누라들은 망하게 하질 않아요—직접 보세요! 그들이 촐랑댄다면 그건 좀더 많은 환자를 받기 위해 출랑거리는 것이니, 한쪽이 있으면 반드시 다른 쪽이 있어야 하는 것 아니겠어요? 그리고, 장의사들, 교구목사들, 묘지기들, 사설 야경꾼들은 (모두 욕심들은 많아 가지고 다 끼어들어요) 다 어쩌고요. 그러니 그렇게 해도 남는 게 거의 없어요. 그리고 뭘 좀 얻었다고 해도 그걸 가지고 잘살지도 못해요, 로리 씨. 그렇게 해봐야 아무런 소용이 없다고요. 내내 그 길에서 벗어나고 싶었는데, 벗어날 길이 보이더라도 일단 들어섰으니—그게 사실이라도 말입니다."

"어휴!" 로리 씨가 그럼에도 불구하고 마음이 누그러져서 외쳤다. "정말 자네를 보고 깜짝 놀랐네."

"자, 그러니 제가 감히 제안드리는 것은요," 크런처 씨가 말을 이었다. "그게 사실이더라도, 실제로 그렇다는 게 아니라요……"

"발뺌하지 말게."

"아니요, 안합니다." 크런처 씨가 마치 그의 생각과 실천에서 그보다 더 동떨어진 것은 없다는 듯이 대답했다. "실제 그렇다는 게 아니라요—제가 감히 제안드리는 것은, 이런 겁니다. 제 아들이 자라서 어른이 되었을 때 그 템플 바의 스툴 위에 앉아 있다가 원하신다면 당신 발꿈치가 지금 당신 머리가 있는 곳으로 갈 때까지, 당신의 심부름을 하고 전갈을 전하고 이런저런 잡무를 하면 어떨까 하는 것입니다. 만약 그렇다면, 실제로 그렇다는 말은 아니고, (정말 나리께 발뺌하려는 것은 아닙니다) 그 아이가 아비의 자리를 지키고 제 어미를 돌볼 수 있게 해주세요. 그 아이 아비의 명예에 상처를 내지 마시고—정말 그러지 마십시오, 나리—그 아비가 적법하게 땅을 파서—그게 사실이라면—의지를 가지고, 그것들을 안전하게 보존하겠다는 신념을 가지고 땅을 파서, 그가 파헤

쳤을지도 모르는 것에 대해서 어떤 보상을 할 수 있도록 해주세요. 로리 씨, 그것이," 크런처 씨는 그의 장광설의 결론에 도달했음을 알리는 표시로 팔로 이마를 닦으며 말했다. "제가 당신께 공손하게 제안드리는 바입니다. 지금 주변에 얼마나 무서운 일이 벌어지는지 모릅니다. 아무 생각 없는 백성이 너무 많아서 가격이 운송비밖에 안될 정도이고, 어떤 진지한 생각도 없어요. 만약 그게 사실이라면 제 제안은, 제가 방금 말씀드린 걸 생각해주십사 하는 겁니다. 제가 말씀 안 드리려다가 좋은 뜻으로 말씀드린 겁니다."

"그러니까 그게 사실이긴 하군." 로리 씨가 말했다. "지금은 더 말하지 말게. 자네가 그럴 만한 가치가 있고 말만이 아니라 행동으로 뉘우친다면, 계속 자네와 친구 사이로 지낼 수도 있네. 이제 더 이상 말은 하지 말게."

크런처 씨가 손등으로 이마를 툭 치니, 씨드니 카턴과 간첩이 어두운 방에서 돌아왔다. "잘 가게, 바사드 씨." 전자가 말했다. "이렇게 합의를 했으니 더이상 나를 두려워할 것은 없네."

그는 로리 씨와 마주 보며 난롯가 의자에 앉았다. 그들만 남았을 때 로리 씨가 무슨 일을 했느냐고 물었다.

"별것 아닙니다. 죄수가 잘못되면, 딱 한번 그를 만나게 해달라고 했어요."

로리 씨가 낙담한 표정이 되었다.

"제가 할 수 있는 건 이게 다입니다." 카턴이 말했다. "너무 많은 것을 제안하면 이 사람의 머리를 도끼날 아래 놓는 거고, 그러면 그 자신도 말했듯이 그가 고발당하면 그에겐 그보다 더 나쁜 일이 없을 거예요. 분명히 신분상으로 약점이 있어요. 어쩔 수 없지요."

"그렇지만 그에게 가보는 건," 로리 씨가 말했다. "재판정에서 일이 잘못된다면, 그를 구하는 데는 아무 도움이 안돼."

"도움이 될 거라고 한 적 없습니다."

로리 씨의 눈은 점점 불 쪽으로 옮겨갔다. 어여쁜 아이에 대한 동정심, 두번째 체포에 대한 깊은 실망에 두 눈이 점점 희미해졌다. 그는 이제 노인이었고, 최근의 불안감으로 압도되어 있었다. 그의 눈에서 눈물이 떨어졌다.

"당신은 좋은 분이고, 진정한 친구예요." 카턴이 목소리를 바꾸어 말했다. "당신 감정이 격해지시는 모습을 보게 되어 죄송해요. 제 아버지가 우는 걸 보고도 무심하게 그냥 앉아 있을 수는 없었을 겁니다. 당신이 제 아버지라도 이보다 더 당신의 슬픔을 존중할 수는 없을 거예요. 당신에게 저 같은 아들을 두는 불행은 없었지만요."

그가 마지막 말을 하면서는 다시 평상시의 태도로 돌아가긴 했지만, 그의 어조와 손길에는 진정한 감정과 존경심이 있었고, 그의 좋은 면을 본 적이 없는 로리 씨는 이를 전혀 예상하지 못했다. 그는 손을 내밀었고, 카턴은 부드럽게 그 손을 꼭 쥐었다.

"다시 가엾은 다네이 얘기를 하자면," 카턴이 말했다. "그녀에게 이 면담이나 이런 협의에 대해서는 얘기하지 말아주세요. 얘기를 한대도 그녀가 그를 보러 갈 수는 없을 겁니다. 그녀는 아마 만일의 경우에 선고 내용을 미리 처리하려는 수단을 그에게 전하려고 고안되었다고 생각할 수도 있어요."

로리 씨는 그 생각은 하지 못했다. 그는 그에게 정말 그런 생각이 있는지 보려고 카턴을 쳐다보았다. 그런 것도 같았다. 그는 그 시선을 마주 보았고, 분명 그 의미를 이해했다.

"그녀는 온갖 생각을 다 할 거예요." 카턴이 말했다. "어떤 생각을 더 하더라도 근심만 더할 뿐입니다. 그러니 그녀에게 제 얘기는 하지 마세요. 제가 처음에 왔을 때 당신께 말씀드렸다시피, 전 그녀를 만나지 않는 게 나아요. 그러지 않아도 전 제 손으로, 제 손이 할 수 있는 한 그녀에게 도움이 되는 일은 뭐든 다 할 수 있습니다. 그녀에게 가실 거죠? 오늘밤 굉장히 우울할 텐데요."

"지금 바로 가야지."

"다행이네요. 그녀는 당신에게 강한 애착이 있고 당신을 의지하고 있어요. 보기엔 어때요?"

"근심이 가득하고 불행하지만, 아주 아름답지."

"아!"

그것은 길고 구슬픈 소리, 마치 한숨 같은, 거의 흐느낌 같은 소리였다. 그 소리에 로리 씨는 카턴의 얼굴을 쳐다보았다. 그는 얼굴을 불 쪽으로 돌리고 있었다. 빛이, 혹은 그늘이, (그 노신사는 어느 쪽인지 알 수가 없었다) 화창하게 맑은 날 언덕 위를 휘리릭 스쳐가듯이 그 얼굴로 빠르게 지나갔다. 그는 앞으로 굴러떨어진 불붙은 작은 장작 하나를 돌려놓으려고 한쪽 발을 들었다. 그는 당시에 유행하던 흰 승마 재킷을 입고 장화를 신었는데, 불빛이 그 환한 표면에 비추고, 다듬지 않고 온통 흐트러진 긴 갈색 머리카락으로 인해 그는 매우 창백해 보였다. 불을 보고 있는 그의 무심한 얼굴은 로리 씨로부터 책망하는 말 한마디를 이끌어낼 정도로 눈에 띄었다. 그의 장화는 여전히 활활 타는 장작의 뜨거운 깜부기불 위에 올려놓여 있었고, 마침내 그의 발 무게를 견디지 못하고 바스러졌다.

"깜박했네요." 그가 말했다.

로리 씨의 눈은 다시 그의 얼굴을 향했다. 잘생기게 타고난 이목구비에 그늘을 드리운 피곤한 표정을 눈여겨보고, 죄수의 얼굴을 상기하면서, 그는 그 표정을 또렷하게 떠올렸다.

"여기서 하시는 일은 거의 다 끝나가는 거죠?" 카턴이 그를 돌아보며 말했다.

"그래, 루시가 갑자기 들어왔던 어젯밤에 말했듯이, 마침내 난 여기서 내가 할 수 있는 일들을 다 했네. 그걸 완전히 안전하게 남겨두고 빠리를 떠날 수 있으면 좋겠어. 난 통행증이 있거든. 난 갈 준비가 되었네."

그들은 모두 말이 없었다.

"돌아보면 한평생이 참 길죠?" 카턴이 생각에 잠겨 말했다.

"이제 일흔여덟살인걸."

"평생 유용하게 사셨어요. 꾸준히 충실하게 일하시고. 신뢰받고, 존경받고, 우러러보이셨잖아요?"

"내가 어른이 된 후부터 계속 직업인이었어. 정말 난 어려서부터 직업인이었다고 할 수도 있어."

"일흔여덟살에 당신이 차지하는 위치를 보세요. 당신이 그 자리를 비우면 얼마나 많은 사람이 그리워하겠어요!"

"고독한 홀아비일 뿐이야." 로리 씨가 고개를 저으며 대답했다. "날 위해 울어줄 사람도 없어."

"어떻게 그런 말씀을 하세요? 그녀가 울어주지 않을까요? 그녀의 아이도 울어주지 않을까요?"

"그래, 그래, 감사한 일이지. 딱히 그런 뜻으로 한 말은 아니었어."

"그건 하느님께 감사할 일이죠, 그렇지 않나요?"

"그럼, 그럼."

"만약 오늘밤 당신이 진정으로 혼자 생각에 이렇게 말할 수 있다면요, '나는 어떤 사람에게도 사랑이나 애정, 감사나 존경을 받지 못했다. 나는 어떤 면에서도 애틋한 곳이 없다. 난 기억될 만한 어떤 좋은 일이나 유익한 일을 하지 못했다!'라고요. 그럼 당신의 일흔여덟해는 일흔여덟해 동안의 무거운 저주가 되겠죠, 그렇지 않은가요?"

"정말 그렇군, 카턴 씨, 그럴 것 같아."

씨드니는 다시 불길로 눈을 돌리고 잠시 침묵했다가 말했다.

"정말 여쭤보고 싶어요. 어린 시절이 정말 그렇게 멀게 느껴지시나요? 어머니 무릎에 앉아 있을 때가 아주 오래전 일 같으세요?"

부드러워진 그의 태도에 응하여 로리 씨가 이렇게 대답했다.

"이십년 전에는 그랬는데, 이제 와서 보니 그렇지 않아. 점점 끝에 가까워지니까, 둥글게 여행을 해서 점점 시작으로 가까이 가는 것 같네. 그게 아마 부드럽게 위로하고 준비하는 방법의 하나인가 봐. 오랫동안 잠들어 있던 수많은 추억이 이제 내 마음을 건드려. 예쁘고 젊은 내 어머니와, (나는 이렇게 늙었는데!) 우리가 세상이라 부르는 것이 아직은 현실로 다가오지 않고 내 허물도 아직 확실하지 않을 때의 기억들 말이야."

"그 느낌 알 것 같아요!" 카턴이 얼굴을 붉히며 외쳤다. "그래서 더 기분 좋으세요?"

"그런 것 같아."

카턴은 여기서 대화를 끝내고 그가 외투 입는 것을 도와주러 일어났다. "그렇지만 자넨," 로리 씨가 화제를 돌리며 말했다. "자넨 젊잖아."

"그렇죠," 카턴이 말했다. "늙지는 않았죠. 그렇지만 제 젊음은 나이 먹지 않을 거예요. 충분히 살았어요."

"나도 충분히 살았네, 확실히." 로리 씨가 말했다. "자네 나갈 건 가?"

"그녀의 집 대문까지 바래다드릴게요. 제 방랑벽과 잠 못 이루는 습관을 아시잖아요. 제가 오래도록 길거리를 어슬렁거리고 다녀도 언짢아하지 마세요. 아침엔 다시 나타날 테니까. 내일 법정에 가시죠?"

"그래, 안타깝게도."

"저도 갈 거예요. 그렇지만 군중 틈에 끼어 있을 겁니다. 제 간첩이 자리를 마련해줄 겁니다. 제 팔을 잡으시죠."

로리 씨는 팔을 잡았고, 그들은 아래층으로 내려가 밖으로 나왔다. 몇 분 후 그들은 로리 씨의 목적지에 도착했고, 카턴은 그를 거기 남겨두고 떠났다. 그러나 그는 조금 떨어진 곳에서 배회하다가 대문이 닫히자 다시 대문 앞으로 돌아와서 대문을 만졌다. 그는 그녀가 감옥에 매일 간다는 이야기를 들어 알고 있었다. "그녀가 이리로 나왔어." 그는 주변을 둘러보며 말했다. "이쪽으로 가서 이 돌을 자주 디디고 갔을 거야. 그녀의 발걸음을 따라가봐야지."

그녀가 수백번 서 있었던 라 포스 감옥 앞에 그가 선 것은 밤 10시였다. 나무 켜는 작은 사내는 가게를 닫고 문 앞에서 파이프를 피우고 있었다.

"안녕하시오, 시민." 씨드니 카턴이 지나가다 멈춰서 말했다. 그 사람이 호기심 가득한 눈으로 쳐다보았기 때문이었다.

"안녕하시오, 시민."

"공화국은 어떻게 돌아갑니까?"

"기요띤 말씀이시죠. 나쁘지 않아요. 오늘은 예순세명. 곧 백명을 채울 것 같아요. 삼손과 그의 부하들이 때때로 불평을 하죠, 피곤하다고. 하하하! 너무 웃겨요, 그 삼손요. 그런 이발사라니!"

"종종 보러 가시는지……"

"면도요? 늘 가죠. 매일. 그런 이발사라니! 그가 일하는 거 본 적
있소?"

"아니요."

"그럼 물 좋은 무리를 맡았을 때 가서 보세요. 이걸 생각해봐요,
시민. 그는 오늘 파이프 두대를 다 피우기도 전에 예순세명을 처리
했다니까요. 파이프 두대를 다 피우기도 전에. 정말, 맹세해요."

썩 웃는 그 작은 사내가 사형 집행인의 일하는 시간을 어떻게 쟀
는지 설명하기 위해 피우던 파이프를 내밀자, 카턴은 그를 때려 죽
이고 싶은 욕망이 솟구치는 것이 느껴져 얼른 돌아섰다.

"그런데 당신은 영국인 아니죠?" 나무 켜는 남자가 말했다. "영
국 옷을 입긴 했지만요."

"영국인이오." 카턴이 가던 길을 멈추고 어깨 너머로 대답했다.

"프랑스 사람처럼 얘기하는데."

"예전에 여기서 학교를 다녔소."

"아하, 완전히 프랑스인이군요! 잘 가시오, 영국인."

"안녕히 계시오, 시민."

"가서 그 웃기는 놈을 한번 보세요." 작은 사내가 계속 그를 뒤에
서 부르며 우겼다. "그리고 파이프도 가져가고요!"

씨드니는 그 장소에서 그리 멀리 가지 않은 채, 번쩍이는 가로등
아래 길 한가운데 멈춰서서 종이쪽지에다 연필로 무엇인가를 썼
다. 그리고 마치 그 길을 아주 잘 기억하고 있는 사람처럼 단호한
발걸음으로 몇개의 어둡고 더러운 길을 가로질러─그 공포정치
시대에는 가장 좋은 대로도 청소를 하지 않았으므로, 그 길들은 평

소보다 훨씬 더 더러웠다──주인이 문을 닫으려고 하는 한 약국 앞에 멈춰섰다. 가파른 오르막길에 있는, 작고 칙칙하고 굽은 사람이 지키는 작고 칙칙하고 굽은 가게였다.

이 시민에게도 밤인사를 건네고, 카운터에서 그와 마주한 채, 종이쪽지를 그의 앞에 내밀었다. "어유!" 약국 주인은 그것을 읽고 조그맣게 휘파람 소리를 냈다. "히히히!"

씨드니 카턴은 아랑곳하지 않았고, 약국 주인은 이렇게 말했다.

"당신이 쓸 거요, 시민?"

"내가 쓸 겁니다."

"이것들을 잘 분리해서 가지고 있어야 해요, 알겠죠? 섞으면 어떻게 되는지 알죠?"

"그럼요."

작은 꾸러미들이 포장되어 그에게 넘겨졌다. 그는 그것들을 하나씩 속에 입은 상의 가슴팍에 넣고, 돈을 세어 주고는 유유히 가게를 떠났다. "이제 더 할 일이 없군." 그는 달을 올려다보며 말했다. "내일까진 말이야. 잠이 안 오는데."

빠르게 흘러가는 구름 아래 그가 이런 말을 큰 소리로 하는 그 태도는 무모한 것도 아니었고, 무관심의 표현보다 저항에 가까운 것도 아니었다. 그것은 방황하고 분투하다가 길을 잃은, 그러나 마침내 그의 길을 찾았고 그 끝을 본, 지친 남자의 단호한 태도였다.

오래전, 그가 초창기 경쟁자들 사이에서 전도양양한 청년으로 유명할 때, 그는 아버지의 운구 행렬을 따라 무덤까지 갔었다. 어머니는 그보다 여러해 전에 이미 죽었었다. 어두운 길을 따라 머리 위 높은 곳에는 달과 구름이 흘러가는 가운데 어두운 그림자 사이를 걸어가면서, 그의 머릿속에는 아버지의 무덤에서 읽은 경건한 말들이 떠올랐다. "예수께서 말씀하시길, 나는 부활이요 생명이니 나를 믿는 사람은 죽더라도 살겠고, 또 살아서 믿는 사람은 영원히 죽지 않을 것이다."[81]

도끼날이 지배하는 도시에서, 한밤중에 홀로, 마음속에 그날 죽음을 당한 예순세명과, 감옥에서 종말을 기다리고 있는 내일의 희생자들과, 다음날과 또 그 다음날의 희생자들에 대한 자연스러운 슬픔이 솟구치는 가운데, 심연에 묻힌 낡은 배의 녹슨 닻처럼 그 말들을 절실하게 느끼게 해준 일련의 연상을 쉽게 찾을 수도 있었으리라. 그는 그것을 찾는 대신 그 말을 반복하며 앞으로 나아갔다.

사람들이 그들을 둘러싼 공포를 몇시간의 고요한 동안이나마 잊고 잠을 청하려고 하는 불 켜진 창문들을, 여러해 동안 대중의 혐오감이 극에 달하여 성직자의 탈을 쓴 사기꾼, 약탈자, 난봉꾼들이 스스로 사라지기에 이르러서 더이상 기도가 들리지 않는 교회 탑들을, 그들이 대문에 써놓은 대로 영원한 잠[82]을 위해 준비된 저 먼 곳의 묘지를, 넘쳐나는 감옥들을, 예순명 남짓한 사람들이 죽으러 가는 것이 너무나 흔해지고 중요한 일이 되어서 사람들 사이에서 더는 그 기요띤의 작업으로부터 어떤 유령의 슬픈 이야기도 생겨나지 않는 그 거리들을, 경건한 관심을 가지고 생각하며, 밤에 잠깐 그 광란의 질주를 멈추고 휴식하는 그 도시의 모든 삶과 죽음을 경건한 관심을 가지고 생각하며, 씨드니 카턴은 쎈 강을 건너 조금 더 불이 환한 길로 접어들었다.

나와 있는 마차들은 거의 없었다. 마차를 탄 사람들은 일단 의심받기 쉬웠고, 그래서 지위가 높은 이들은 붉은 나이트캡으로 머리

---

81 요한 복음서 11:25~26. 장례에서 사용되는 대표적 기도문.
82 공화정하에서는 묘지 현판에 '천국' 대신 '영원한 잠'이라는 표현이 사용됨.

를 감추고 무거운 신발을 신고 터덜터덜 걸어다녔다. 그러나 극장만은 꽉 차서, 그가 지나갈 때 사람들이 쾌활하게 쏟아져나와 잡담을 나누며 집으로 가고 있었다.[83] 어떤 극장 문 하나에, 어린 소녀가 엄마와 함께 진창길을 뚫고 어떻게 길을 건널까 살피고 있었다. 그는 아이를 안아서 건네주고는 그 수줍은 팔이 그의 목에서 풀리기 전에 뽀뽀를 해달라고 했다.

"예수께서 말씀하시길, 나는 부활이요 생명이니 나를 믿는 사람은 죽더라도 살겠고, 또 살아서 믿는 사람은 영원히 죽지 않을 것이다."

이제 거리는 조용해졌고, 밤은 깊어가고, 그 말씀은 그의 발걸음에 울리며 공중에도 울려퍼졌다. 아주 침착하고 차분하게 걸으며 그는 그 말을 반복하여 중얼거렸다. 그에게는 그 말이 계속 들려왔다.

밤이 깊어가고, 집들과 성당이 그림처럼 어지럽게 뒤섞여 달빛 아래 환하게 보이는 씨떼 섬의 강벽에 부딪히는 물소리를 들으며 그가 다리 위에 서 있을 때, 마치 하늘에서 죽은 사람의 얼굴이 나타나듯이 싸늘하게 날이 밝아왔다. 그러자 달과 별이 빛나던 밤은 창백해져 사라졌고, 잠시 후에는 마치 죽음의 왕국에 천지창조가 이루어진 것처럼 보였다.

그러나 떠오르는 찬란한 태양은 밤에는 짐스럽던 그 말들을 그 길고 환한 빛으로 그의 마음에 곧바로 따뜻하게 다가오게 만들어주었다. 경건하게 손 그늘을 만든 채로 그 햇살을 바라보니, 강물이 그 아래서 반짝거리며, 빛의 다리가 그와 태양 사이의 허공에 걸쳐

---

83 토머스 칼라일 『프랑스 혁명』에 의하면, 공포정치 당시 빠리에서 야간 오락이 금지되었을 것이라는 선입견과는 달리, 밤마다 스물세곳의 극장과 예순곳의 무도장이 영업했다고 함.

있는 것처럼 보였다.

빠르고 깊고 확실한, 거센 물결은 그 아침의 고요 속에서 마음이 맞는 친구 같았다. 그는 강가를 따라 집들로부터 멀리 떨어진 곳으로 걸어가서, 태양의 빛과 온기 속에서 강둑에서 잠이 들었다. 그는 다시 깨어나 일어나서 그곳을 잠시 더 배회하면서, 하릴없이 돌고 도는 조류가 물결에 휩쓸려 바다로 밀려갈 때까지 바라보았다. ─ "나 같구나!"

그때 낙엽 색깔 같은 부드러운 색의 돛을 단 상선 하나가 시야로 미끄러지듯 들어왔다가 그의 옆을 지나 사라졌다. 그 배가 조용히 지나간 자국이 물 위에서 사라지자, 그의 모든 눈먼 실수들을 자비롭게 바라보게 해준, 마음에서 우러난 기도는 이러한 말로 끝을 맺었다. "나는 부활이요, 생명이니라."

그가 돌아왔을 때 로리 씨는 이미 나가고 없었고, 이 착한 노인이 어디로 갔는지 추측하기는 쉬웠다. 씨드니 카턴은 커피와 빵만 약간 먹은 후, 원기를 회복하려고 세수를 하고 옷을 갈아입고는 재판정으로 갔다.

그 검은 양─많은 사람이 두려워 멀리할─이 그를 밀어 군중 사이 눈에 띄지 않는 구석으로 밀어넣었을 때, 법정은 온통 술렁이며 소란했다. 로리 씨는 와 있었고, 마네뜨 박사도 와 있었다. 그녀도 아버지 옆에 앉아 있었다.

남편이 들어오자 그녀는 그에게 그렇게도 기운을 주고 격려하며, 연모의 정과 애틋한 동정심을 담뿍 담은, 그러나 또한 그를 위해 용기를 낸 눈빛을 보냈기에, 그의 안색은 홍조를 띠었고, 눈길은 반짝였으며 심장은 쿵쿵 뛰었다. 그녀의 시선이 씨드니 카턴에게 미친 영향을 알아차린 사람이 있었다면, 거기에도 똑같은 영향력을 발휘했음을 볼 수 있었을 것이다.

그 부당한 재판정에서, 기소당한 사람이 어떤 합리적인 심리審理를 받을 수 있는 절차는 거의, 혹은 아예 없었다. 모든 법과 형식과 절차가 애초에 그렇게 괴물같이 남용되어 혁명의 자기파괴적인 복수가 그런 것들을 모두 바람결에 흩날려버리지 않았더라면, 그러한 혁명은 없었을 것이다.

모든 사람의 시선이 배심원단에게로 향했다. 어제와 그 전날, 그리고 내일과 그 다음날과 똑같은 그 단호한 애국자요, 선한 공화파였다. 그중 뭔가 갈망하는 표정으로 늘 손가락을 입술에 올려놓고 있던, 특히 눈에 띄는 열렬한 한사람의 외모가 구경꾼들에게 만족감을 주었다. 생명에 굶주리고, 식인종같이 생기고, 살벌한 배심원은, 바로 쌩땅뚜안의 3번 자끄였다. 배심원단 전체는 마치 사슴을 재판하기 위해 배심원으로 선출된 개 떼 같았다.

모든 사람의 눈은 다섯명의 판사와 검사에게로 향했다. 오늘은 그쪽에도 별로 기대할 것이 없었다. 타락하고, 무자비하며, 살인을 일삼는 것만이 전부였다. 모든 사람의 눈이 이제는 군중 속에서 다른 시선을 찾았고, 그것을 발견하자 서로 만족스럽게 반짝이고는, 서로 머리를 까닥하며 인사를 나누더니, 긴장감에 가득 차서 앞을 바라보았다.

샤를 에브레몽드, 일명 다네이. 어제 석방. 어제 다시 고발되어 재수감. 어젯밤에 고소장이 전달됨. 공화국의 적, 귀족, 독재자의 가족, 추방된 종족의 일원으로서 인민을 악독하게 억압하는 데 그들의 폐지된 특권을 사용하였음. 샤를 에브레몽드, 일명 다네이는, 그러한 추방령에 입각하여 법적으로는 죽음이 확실함.

되도록 말을 적게 사용하여, 이런 취지로 검사가 말했다.

의장이 물었다. 피고는 공개적으로 고발되었는가, 아니면 비공개로 고발되었는가?

"공개적으로입니다, 의장님."

"누가 고발했나?"

"세사람입니다. 에르네스뜨 드파르주, 쌩땅뚜안의 포도주상입니다."

"좋소."

"떼레즈 드파르주, 그의 아내입니다."

"좋소."

"알렉상드르 마네뜨, 의사입니다."

법정이 크게 술렁였고, 그 와중에 마네뜨 박사는 얼굴이 창백해진 채로 떨면서 앉은 자리에서 일어났다.

"의장님. 저는 이것이 위조요 사기라고 강력하게 항의하는 바입니다. 의장님은 피고가 제 딸의 남편이라는 것을 알고 계십니다. 제 딸과 그녀가 사랑하는 사람들은 제게는 목숨보다 훨씬 더 소중합니다. 내가 내 아이의 남편을 고발한다고 말하는 그 거짓된 모의자는 누구며, 어디에 있습니까!"

"시민 마네뜨, 진정하시오. 법정의 권위에 복종하지 않으면 위법이오. 당신 목숨보다 더 귀한 것에 관해서라면, 선량한 시민에게 공화국보다 더 소중한 것은 있을 수 없소."

이 반박에 커다란 함성이 뒤따랐다. 의장은 종을 울리고 열띠게 말을 이었다.

"만약 공화국이 당신 딸을 희생하라고 요구한다면 당신은 딸을 희생할 도리밖에 없소. 다음 얘기를 들어보시오. 그리고 조용히 하시오!"

열광적인 환호 갈채가 다시 들려왔다. 마네뜨 박사는 주위를 두리번거리며 입술을 떨면서 자리에 앉았다. 그의 딸은 곁으로 바싹 다가앉았다. 배심원석에 앉은 굶주린 표정의 사람은 손을 모아 비비고는, 다시 입으로 손을 가져갔다.

드파르주가 등장했고, 법정은 그의 말을 듣기 위해 조용해졌다. 그는 박사의 수감과, 그가 박사의 시중을 들던 어린 소년이었다는 것, 그의 석방, 그가 석방되어 자신에게로 인도되었을 때의 상태를 빠르게 설명했다. 이어서 짧은 심문이 있었다. 그 법정은 일을 빨리 처리했기 때문에.

"당신은 바스띠유 점령 때 훌륭한 역할을 했죠, 시민?"

"그렇다고 생각합니다."

여기서 군중 속에서 흥분한 한 여인이 새된 소리를 질렀다. "당신은 그곳에서 최고 애국자들 중 하나였어요. 왜 그렇게 얘기 안합니까? 당신은 거기서 대포를 쏘았고, 그 저주받은 요새가 함락될 때 그곳에 제일 먼저 들어간 사람 중 하나잖아요. 애국시민 여러분, 제 얘기는 진실입니다!"

그것은 **복수**였고, 그녀는 청중이 열띠게 칭송하는 가운데 이렇게 진행을 도왔다. 의장은 종을 울렸으나 복수는 격려에 힘입어 소리를 질러댔다. "나는 그 종을 무시합니다!" 그러자 마찬가지로 환호성이 울렸다.

"그날 바스띠유에서 당신이 무슨 일을 했는지 법정에 고하시오, 시민."

"저는," 드파르주는 그가 올라선 계단 아래에 서서 그를 계속 올려다보고 있는 자기 아내를 내려다보며 말했다. "저는 제가 말하는 이 죄수가 북쪽 탑 105로 알려진 감방에 갇혀 있었음을 알았습니다. 그로부터 직접 들었지요. 그는 제 보호를 받으며 구두를 만들고 있을 때 북쪽 탑 105라는 이름으로밖에는 자신이 누군지 알지 못했습니다. 그날 제가 총을 들고 있을 때, 전 그곳이 함락되면 그 감방을 조사해보리라 결심합니다. 그곳이 함락됩니다. 전 배심원의 한사람인 동료 시민과 함께 간수의 안내를 받아 그 감방으로 올라갑니다. 그 방을 아주 세밀하게 조사합니다. 굴뚝에 돌 하나가 빠졌다가 다시 끼워졌는데, 그 구멍 속에서 글을 한편 발견합니다. 이것이 그 글입니다. 전 자진해서 마네뜨 박사의 필체를 검토해보기로 합니다. 이것이 마네뜨 박사의 필체입니다. 전 마네뜨 박사가 쓴 이 글을 의장님께 제출합니다."

"읽어보시오."

죽은 듯 조용해진 가운데— 재판을 받는 죄수는 아내를 사랑스럽게 바라보고, 그의 아내는 그를 바라보다가 아버지를 간절하게 바라보고, 마네뜨 박사는 읽는 사람을 뚫어지게 쳐다보고, 드파르주 부인은 죄수에게서 눈을 떼지 않고, 드파르주는 마음껏 즐기고 있는 그의 아내를 바라보고, 다른 모든 사람의 눈길은 그들을 보고 있지 않은 박사에게 집중하는 가운데—그 글이 다음과 같이 낭독되었다.

10장
그림자의 실체

"보베 출신으로 후에는 빠리에 거주했던 불행한 의사인 나 알렉상드르 마네뜨는 1767년 마지막 달에 바스띠유의 음울한 감방에서 이 우울한 글을 씁니다.[84] 나는 이 글을 매우 어렵게, 몰래 짬을 내어 씁니다. 나는 이 글을 굴뚝 벽 속에 숨길 계획입니다. 나는 힘들여 느릿느릿 이것을 숨길 장소를 거기에 마련해놓았습니다. 나와 내 슬픔이 다 먼지가 되었을 때, 누군가 나를 불쌍하게 여기는 사람이 발견할 수도 있을 것입니다.

이 글은 내가 수감된 지 십년째 되는 해의 마지막 달에, 녹슨 쇠꼬챙이로 굴뚝에서 검댕과 석탄가루를 긁어모아 피와 섞어서 어렵게 쓰는 것입니다. 희망은 내 가슴에서 완전히 떠나갔습니다. 나는 나 자신에게서 감지한 끔찍한 경고들로 인하여 이성이 그리 오래

---

84 뒤에 이어지는 마네뜨 박사의 글은 칼라일이 인용한 바스띠유 죄수 께레데메리의 편지에서 힌트를 얻은 것으로 보임.

온전하게 남아 있지 못할 것임을 알고 있습니다. 그러나 나는 지금 이 순간에는 제정신임을, 내 기억은 정확하고 상세하며, 나는 이 글을 사람들이 읽게 되든 아니든, 내가 마지막으로 기록하는 말에 대해서 최후의 심판 자리에서 책임질 수 있는 진실을 쓴다는 것을 엄숙하게 선언합니다.

1757년 12월 셋째 주의 어느 흐린 달밤, (아마도 그달 22일이었을 것입니다) 나는 의과대학이 있는 거리의 내 집에서 한시간 정도 떨어진 쎈 강 부둣가의 외딴곳을 산책하며 찬바람을 쏘이고 있었습니다. 그때 마차 한대가 뒤편에서 매우 빠른 속도로 다가왔습니다. 그대로 있으면 그 마차가 나를 치고 지나갈 것 같아서 마차가 지나가도록 옆으로 비켜서는데, 어떤 사람의 머리가 창문에서 튀어나오더니 마부에게 멈추라고 하는 소리가 들렸습니다.

마부가 말고삐를 잡자마자 마차가 멈췄고, 바로 그 목소리가 내 이름을 불렀습니다. 나는 대답했습니다. 마차는 그때 나를 한참 앞질러 있었으므로, 내가 그 마차까지 다가가기 전에 두명의 신사가 문을 열고 내렸습니다.

나는 그들이 모두 외투를 입고 자기 신분을 감추려는 것 같다는 사실을 알아챘습니다. 그들이 마차 문 가까이에 나란히 서 있을 때, 나는 또한 그들이 내 나이 정도이거나 조금 젊으며, 그들이 키나 태도, 목소리, 그리고 (내가 볼 수 있는 한에는) 얼굴까지 매우 닮아 있는 것도 보았습니다.

"당신이 마네뜨 박사요?" 둘 중 한사람이 말했습니다.

"그렇소."

"마네뜨 박사, 보베 출신." 다른 사람이 말했습니다. "젊은 내과 의사, 원래는 외과전문의, 최근 일이년 사이에 빠리에서 명성이 자자하다죠?"

"이보시오," 내가 말했습니다. "내가 당신들이 그렇게 고맙게도 칭찬해주는 그 마네뜨 박사요."

"당신 집에 다녀오는 길입니다." 첫번째 사람이 말했습니다. "불행히도 거기 안 계시고, 아마도 이 방향으로 산책하고 계실지 모른다는 이야기를 듣고 따라잡을 수 있을까 해서 따라왔습니다. 마차에 타주시겠습니까?"

두사람은 태도가 오만했고, 이렇게 말하면서 움직여서 나를 그들과 마차 문 사이에 놓았습니다. 그들은 무장을 하고 있었습니다. 나는 아니었고요.

"이보시오," 내가 말했습니다. "죄송합니다만, 저는 보통 누가 제 도움을 원하시는지, 내가 불려가는 일의 종류가 어떤 것인지 여쭙습니다."

이에 대한 대답은 두번째 사람이 했습니다. "의사 양반, 당신 고객은 몸에 이상이 있는 사람이죠. 그 용태에 관해서라면, 당신의 기술을 믿으니 아마 우리가 설명하는 것보다 당신이 직접 보고 더 잘 확인할 수 있으리라 믿습니다. 이제 됐고요, 이만 마차에 타주시겠습니까?"

나는 그 말을 들을 수밖에 없었기에 말없이 마차에 탔습니다. 그 두사람도 내 뒤를 따라서 올라탔고, 마지막에 올라타는 사람이 계단을 접었습니다. 마차는 출발하여 조금 전의 속도로 내달렸습니다.

나는 이 대화를 있는 그대로 정확하게 옮깁니다. 이것이 한마디 한마디 정확하다는 것에 의심의 여지가 없습니다. 나는 정신이 산란해지지 않도록 긴장하면서 모든 것을 일어난 그대로 설명합니다. 다음에 나오는 쉬는표들을 해놓은 곳에서는 내가 잠시 글을 중

단하고 내 글을 은신처에 숨겨놓는 것입니다. ******

마차는 거리를 내달려 북쪽 장벽을 지나 시골길로 접어들었습니다. 방벽에서 삼분의 이 리그 지점—당시에는 거리를 측정하지 않았지만, 나중에 되짚어보았는데—에서 큰길에서 나와 곧 외딴집 앞에 멈췄습니다. 우리 셋은 마차에서 내려 방치된 분수가 흘러넘치는 정원의 축축하고 부드러운 보도를 걸어 그 집의 문까지 갔습니다. 종을 울렸지만 문은 즉시 열리지 않았고, 나를 데리고 간 두사람 중 하나가 묵직한 장갑을 낀 손으로 문을 연 남자의 얼굴을 후려쳤습니다.

이 행동에 내 주의를 특별히 끌 만한 점은 없었습니다. 왜냐하면 나는 서민들이 개들보다 더 자주 치고받고 싸우는 것을 보아왔으니까요. 그런데, 둘 중 또 한사람도 마찬가지로 화가 나서 팔로 그 남자를 똑같이 때리는 것이었습니다. 두 형제의 외모와 행동이 그렇게 똑같아서, 나는 그때서야 처음으로 그들이 쌍둥이 형제임을 알아차렸습니다.

우리가 대문에서 마차를 내린 때부터 (그 대문은 잠겨 있었고, 형제 중 한명이 그것을 열어 우리를 들여보내고 다시 잠갔습니다) 나는 위층에서 비명이 흘러나오는 것을 들었습니다. 나는 바로 그 방으로 안내되었고, 우리가 계단을 올라갈수록 비명 소리도 점점 커졌습니다. 나는 뇌염에 걸린 듯 고열에 시달리는 환자 한명이 침대에 누워 있는 것을 보게 되었습니다.

그 환자는 매우 젊고 아름다운 여인이었습니다. 스무살을 갓 넘겼을까요. 그녀의 머리카락은 헝클어져 텁수룩했고 팔은 허리끈과 손수건 등으로 옆구리에 묶여 있었습니다. 나는 이 묶는 것들이 모두 신사들 옷의 일부라는 것을 알아차렸습니다. 그중 하나는 예복에 사용하는 가두리 장식이 달린 스카프였는데, 나는 거기에 귀족의 문장紋章과 'E'라는 글자가 새겨진 것을 보았습니다.

나는 이것을 환자를 살피면서 초반에 보았습니다. 그녀는 불안하게 발버둥을 치며 침대 가장자리에 얼굴을 파묻고 엎드렸고, 스카프 끝을 입으로 집어넣어서 질식할 위험에 처해 있었으니까요. 내가 한 첫 행위는 호흡을 돕기 위해 손을 쓰는 것이었습니다. 스카프를 치우자 구석에 있던 자수가 내 시선을 사로잡았던 것입니다.

나는 그녀를 부드럽게 돌아눕히고는 진정시키고 가라앉히기 위해 그녀의 가슴에 손을 얹고 얼굴을 들여다보았습니다. 그녀의 눈은 크게 뜨여 있었고, 사나운 눈빛이었으며, 계속 귀청을 찢을 듯 고함을 지르며 이런 말을 반복했습니다. '내 남편, 아버지, 내 동생!' 그러고는 열둘까지 세고는 '쉿!'이라고 말했습니다. 더도 아니고 아주 잠시, 그녀는 말을 멈추더니, 다시 귀청을 찢는 고함을 계속 지르기 시작했고, '내 남편, 아버지, 내 동생!'이라는 외침을 반복하다가 열둘까지 세고는 '쉿!'이라고 말했습니다. 그 순서와 방식에는 아무 변화가 없었습니다. 이 소리를 내뱉는 데는, 규칙적으로 쉬는 순간을 제외하고는 중단이라는 것은 없었습니다.

'얼마나 오래,' 내가 물었습니다. '이렇게 계속했습니까?'

그 형제들을 구분하기 위해 나는 한 사람은 형, 다른 사람은 동생이라고 부르겠습니다. 형은 그중 더 권위적으로 보이는 사람을 뜻합니다. 대답한 사람은 형이었습니다. '어젯밤 이맘때부터요.'

'남편과, 아버지와, 남동생이 있습니까?'

'남동생이 하나 있죠.'

'동생 되십니까?'

그는 아주 경멸 어린 표정으로 대답했습니다. '아니요.'

'최근에 열둘이라는 숫자와 무슨 연관이라도?'

동생이 참지 못하고 끼어들었습니다. '12시요?'

'이보시오,' 하고 나는 여전히 두 손을 그녀의 가슴에 올려놓은 채 말했다. '당신들이 나를 여기 데려온 게 무슨 소용이오! 내가 뭘 보게 될지 알았더라면 준비를 하고 올 수 있었을 텐데. 일이 이렇게 되었으니 시간을 허비할 수밖에요. 이런 외딴곳에선 약을 얻을 수가 없으니.'

형이 동생을 쳐다보며 거만하게 말했습니다. '여기 약 상자가 있습니다.' 그리고 벽장에서 그것을 꺼내어 탁자 위에 올려놓았습니다. ******

나는 병들을 몇개 열어서 냄새를 맡고 마개를 입술에 대어보았습니다. 그 자체로 독이나 마찬가지인 마취약을 제외하고 무엇인가 쓰고 싶어했다면, 그중 어떤 것도 투여하지 않을 것이었습니다.

'그 약들을 의심하는 거요?' 동생이 물었습니다.

'자, 보세요, 이것들을 사용할 겁니다.' 나는 이렇게 대답하고 더 말하지 않았습니다.

나는 환자에게 매우 어렵사리, 그리고 엄청난 노력 끝에, 내가 주고 싶은 약을 삼키게 했습니다. 나는 잠시 후에 다시 그 약을 쓰고자 했고 그 효과를 관찰할 필요가 있었기 때문에, 침대 옆에 앉았습니다. 소심하고 주눅 든 여인 하나가 시중을 들고 있었는데, (아래층 남자의 아내였지요) 그녀는 이미 구석으로 물러가 있었습니다. 그 집은 습하고 낡고, 가구도 별로 없었습니다. 분명 최근에 점거하여 임시로 사용하는 것이었지요. 창문 앞에는 비명 소리를 죽이기 위해서 낡고 두꺼운 커튼 같은 것을 못질해놓았습니다. 그 소리는 규칙적으로 '내 남편, 아버지, 내 동생!'이라고 외치고 열둘까지 세고 '쉿!' 하고 계속 이어졌습니다. 그 광란 상태가 너무 격렬하여 나는 그녀의 팔을 묶은 끈을 풀지 않았습니다. 그러나 내가 보니까 그렇게 아프지는 않아 보였습니다. 그녀의 병세에서 단 한 줄기 희망이라면, 내가 환자 가슴에 손을 올려놓은 것이 달래는 효과를 발휘하여, 한번에 몇분 동안만이라도 그녀를 안정시켰다는 것입니다. 다만 비명에는 효과가 없었습니다. 어떤 시계추도 이보다 더 정확할 수는 없었으니까요.

내 손이 이런 효과를 냈기에, (제 생각에는) 나는 반시간 정도 침대 옆에 앉아 있었고, 두 형제가 이를 지켜보았습니다. 그러다 형이 말했습니다.

'환자가 또 하나 있습니다.'

나는 깜짝 놀라서 물었습니다. '위급합니까?'

'직접 보시죠.' 그는 아무렇게나 대답하고는 등불을 집어들었습니다. *****

다른 환자는 두번째 계단 건너편의 뒷방에 누워 있었습니다. 마구간 위에 있는 다락방 같은 곳이었지요. 그 방 일부에는 낮은 회벽 천장이 있었고, 나머지는 기와를 얹은 지붕 가장자리까지 트여 있었으며, 가로지르는 대들보도 있었습니다. 그곳에는 건초와 짚이 저장되어 있었고, 불을 피울 장작과 모래에 저장해놓은 사과도 한 무더기 있었습니다. 그 다른 환자에게 가기 위해선 이곳을 통과해 가야 했습니다. 내 기억은 상세하고 틀림없습니다. 나는 이런 세부 사항들을 잡혀온 지 십년이 가까워오는 이때 바스띠유의 내 감방에서도 그날밤 보았던 것처럼 눈앞에 생생하게 다 보는 듯합니다.

바닥에 놓인 건초 위에 잘생긴 소년 농부 한사람이 머리에 쿠션을 베고 누워 있었습니다. 기껏해야 열일곱살이나 되었을까 한 소년이었지요. 그는 이를 악물고 오른손으로 가슴을 부여잡은 채 이글거리는 눈으로 똑바로 올려다보며 누워 있었습니다. 그의 옆에 한쪽 무릎을 꿇으며 앉았을 때, 나는 그의 상처가 어디인지 볼 수가 없었습니다. 그러나 나는 그가 날카로운 뭔가로 찔린 상처로 인해 죽어가고 있다는 것을 알았습니다.

'애야, 난 의사란다.' 내가 말했습니다. '좀 보자꾸나.'

'보여주기 싫어요.' 그가 말했습니다. '그냥 놔둬요.'

상처는 그의 손 밑에 가려져 있어서, 나는 그를 달래어 손을 치우도록 했습니다. 상처는 스무시간에서 스물네시간 정도 전에 검에 찔린 상처였습니다. 그렇지만 그 상처를 즉시 살펴보았더라도 어떤 기술로도 그를 살릴 수는 없었을 것이었습니다. 그 당시 그는 급속도로 죽어가고 있었습니다. 눈을 들어 형을 바라보자, 나는 그가 생명이 빠져나가고 있는 이 잘생긴 소년을 마치 상처입은 새나, 산토끼 혹은 집토끼쯤 되는 듯이, 동료 인간이 전혀 아니라는 듯이 내려다보는 것을 보았습니다.

'어떻게 된 겁니까?' 내가 말했습니다.

'미친놈의 개새끼! 농노 주제에! 내 동생더러 칼을 뽑게 해놓고는 내 동생 칼에 찔려 쓰러졌다니까 — 제가 무슨 신사라고.'

그 대답에는 어떠한 동정심, 슬픔, 인간애의 흔적도 없었습니다. 말한 사람은 마치 그 다른 종자가 그곳에서 죽어가는 것이 불편하며, 차라리 그가 늘 그러하듯 버러지처럼 미미하게 살다 죽었더라면 좋았을 거라고 인정하는 듯이 보였습니다. 그는 그 소년이나 그 소년의 운명에 대해서 어떤 애틋한 감정도 느낄 수 없는 사람이었습니다.

그가 말하는 동안 소년의 눈이 그에게로 돌아갔다가 다시 천천히 나를 바라보았습니다.

'선생님, 그들은 너무 거만해요, 그 귀족들요. 그렇지만 우리 천한 개들도 때로는 자존심이 있다고요. 그들은 우리를 약탈하고 모욕하고, 때리고, 죽여요. 그렇지만 우리에게도 자존심이 조금은 남아 있다고요. 누나는—누나를 보셨나요, 선생님?'

멀리 있어서 약해지기는 했지만, 그곳에서도 비명과 고함 소리가 들렸습니다. 그는 마치 그녀가 우리 앞에 누워 있는 것처럼 그 소리를 가리켜 말했습니다.

나는 말했습니다. '누나를 봤단다.'

'선생님, 제 누나예요. 저들, 저 귀족들은 오랜 세월 동안 우리 누이들의 정조와 미덕에 대해서 부끄러운 권리를 가지고 있었어요. 그렇지만 우리 가운데도 훌륭한 여자들이 있다고요. 전 알아요, 아버지가 그렇게 말씀하시는 걸 들었거든요. 누난 훌륭한 여자예요. 누나는 역시나 훌륭한 남자와 결혼했고요. 그의 소작인이었죠. 우리는 모두 그의, 저기 서 있는 저 사람의 소작인들이죠. 다른 사람은 그의 동생인데, 악한 종족 중 최악이죠.'

소년은 온 힘을 다해서 어렵게 말을 이어갔지만, 그의 영혼은 무시무시한 어조로 말했습니다.

'우리는 저기 서 있는 저 사람에게 착취당했어요. 우리 개 같은 평민들이 저 우월한 존재들에게 늘 그렇게 당하듯 말이죠. 가차없이 세금을 내고, 보상도 없이 그를 위해 일하고, 그의 방앗간에서 곡식을 갈아야 하고, 보잘것없는 우리의 곡식으로 그가 키우는 수십마리의 가금을 먹여야 하며, 우리 자신은 평생 가금 한마리도 키우지 못하고, 그렇게 털리고 빼앗겨서 우리가 우연히 고기라도 한 조각 얻게 되면, 그의 하인들이 그것을 보고 빼앗아가지 못하게, 문에 빗장을 채우고 덧문을 닫은 채 두려움에 떨면서 먹어요. 우린 그렇게 강탈당하고 쫓기고 그렇게 가난해져서, 아버지께선 세상에 아이를 내놓는 일이 끔찍한 일이라고 하셨고, 우리가 가장 간절하게 기도하는 건 우리의 여인들이 불임이 되어서 우리 이 불쌍한 종족이 멸종했으면 하는 거예요!'

나는 억눌렸다는 생각이 그렇게 불처럼 터져나오는 것을 이전에는 본 적이 없었습니다. 나는 그것이 사람들 가운데 어딘가에 틀림없이 숨어 있으리라고 생각하긴 했지만, 그것이 터져나오는 것을 본 적은 없었습니다. 그 죽어가는 소년에게서 볼 때까지는 말이죠.

'그럼에도 불구하고, 선생님, 누나는 결혼을 했어요. 그 불쌍한 사람은 그때 병을 앓고 있었고, 누나는 애인과 결혼을 해서 그를 우리 집에서, 사람들이 그렇듯 개집 같은 우리 오두막에서 그를 돌보고 위로해주려고 했던 거예요. 그런데 결혼한 지 몇 주도 안되어 저 사람의 동생이 누나를 보더니 맘에 들어서 저 사람에게 누나를 빌려달라고—도대체 우리 같은 사람들에게 남편이란 뭔지요!—한 거예요. 그는 기꺼이 그러겠다고 했지만, 누나는 훌륭하고 정숙한 여자라서 그의 동생을 내가 싫어하는 것만큼이나 싫어했어요. 그러자 저 두사람이 자형을 설득하여 누나에게 영향력을 발휘해서 누나 마음을 돌리게 하려고 어떻게 한지 아세요?'

나를 바라보던 소년의 눈이 천천히 지켜보던 사람에게로 옮겨갔고, 나는 두사람 얼굴에서 소년이 말한 모든 것이 사실임을 알았습니다. 두 대립하는 자존심이 서로 맞서고 있는 모습이 이 바스띠유에서도 내 눈에 선합니다. 신사의 무심한 냉담함과 농부의 온통 짓밟힌 마음과 불타는 복수심 말입니다.

'아시죠, 선생님, 이 귀족들의 권리 중 하나는 우리를 개처럼 수레에 매고 우리를 몰아대는 거예요. 그들은 그에게 마구를 씌우고 그를 몰아댔어요. 그들의 권리 중에는 우리를 그들의 토지에 밤새 붙들어놓고, 그 귀족들이 방해받지 않고 잠을 잘 수 있도록 개구리를 조용하게 만드는 것도 있다는 거 아시죠. 그들은 그를 건강에도 해로운 안개 속에 밤새 내놓고 낮에는 다시 마구를 차고 있으라고 명령했어요. 그러나 그는 설득되지 않았죠. 아니요! 어느날 정오에 식사를—먹을 것이 있다면—하라고 마구를 풀어주었는데, 그는 종이 한번 울릴 때마다 한번씩 열두번을 흐느껴 울고는 누나의 가슴에서 숨을 거두었어요.'

그가 당한 모든 학대를 다 말하겠다는 결단 말고는 어떤 인간적인 것도 그 소년의 생명을 지탱해줄 수 없을 것 같았습니다. 그는 꽉 쥔 오른손을 계속 꽉 쥐고 상처를 가린 채, 다가오는 죽음의 그림자를 억지로 밀어내고 있었습니다.

'그러자 저 사람의 허락을 받아, 심지어 도움까지 받아, 그의 동생이 누나를 데려갔어요. 나도 다 아는 얘기지만 누나는 틀림없이 그의 동생에게 이야기했을 겁니다. 그게 무엇인지는 의사 선생님도 곧 알게 되실 거예요. 이제 그의 동생이 누나를 데려갔으니, 그것이 잠시 동안 그의 즐거움과 오락을 위한 것이냐고 말입니다. 난 누나가 길에서 내 옆으로 지나가는 것을 봤어요. 내가 그 소식을 집에다 전하자 아버지의 가슴은 터져버렸죠. 아버지는 마음속에 꽉 차 있던 말을 한마디도 내놓지 못했어요. 난 누이동생을 (누이동생이 하나 있어요) 이 사람이 찾지 못할 곳으로, 최소한 누이가 저 사람의 노예가 되지 않을 곳으로 데려다놓았죠. 그리고 여기 있는 동생을 찾아서 어젯밤에 숨어들어가—비천한 개가 말이죠, 그러나 칼은 들고서—그게 저 다락방 창문이었나? 그게 여기 어디

였던가요?'

그의 시야에 방은 점점 어두워지고 있었습니다. 주변에 보이는 세상이 점점 좁아지고 있었습니다. 나는 주변을 둘러보고는, 바닥에 마치 싸움이라도 했던 듯 온통 건초와 짚이 흩어져 짓밟혀 있는 것을 보았습니다.

'누나가 내 소리를 듣고 달려왔어요. 난 그가 죽을 때까지 우리 근처에 오지 말라고 했죠. 그가 들어오더니 처음에 내게 동전 하나를 던져주었어요. 그러더니 나를 채찍으로 때렸죠. 그러나 난, 비록 천한 개 같은 놈이지만, 그를 공격해서 칼을 뽑게 만들었어요. 그 사람 마음대로 산산이 다 부러뜨리라고 해요, 내 천한 피로 물든 그 칼 말이에요. 그는 자신을 방어하기 위해 칼을 뽑고─살기 위해서 온 기술을 다해 나를 찔렀어요.'

불과 조금 전에 나는 시선을 내려뜨려 건초 사이에 놓여 있던 부러진 칼 조각을 보았습니다. 그 무기는 신사의 무기였습니다. 다른 곳에는 군인이 쓰던 것처럼 보이는 낡은 칼이 놓여 있었습니다.

'자, 절 좀 일으켜주세요, 선생님. 일으켜주세요. 그는 어디 있나요?'

'여기 없단다.' 나는 소년을 일으키며 그가 그 동생을 말하는 것이라 생각하고 말했습니다. '그 사람요! 이 귀족들은 자존심은 강한데, 날 보기를 두려워해요. 여기 있던 그 사람 어디 있어요? 제 얼굴을 그쪽으로 돌려주세요.'

나는 소년의 머리를 내 무릎에 기대어 일으키며 그렇게 했습니다. 그러나 순간 뭔가 특별한 힘이 솟아난 듯, 그는 완전히 몸을 일으켜서, 나한테도 일어나달라고 했습니다. 그렇지 않으면 내가 그를 지탱할 수 없을 테니까요.

'후작,' 하고 소년이 눈을 크게 뜨고 오른손을 올리며 그를 향해서 말했습니다. '이 모든 것을 책임져야 할 그날이 오면, 난 당신과 당신네 족속을 당신의 그 악한 종족의 마지막 사람까지 소환해서 이 모두를 책임지게 할 거야. 내가 그렇게 한다는 표시로 그에게 이 피의 십자가를 표시한다.'

그는 가슴에 난 상처에 두번 손을 올리고는, 허공에 검지로 십자를 그었습니다. 그는 손가락을 위로 올린 채 잠시 서 있다가 손을 내리면서 쓰러졌고, 나는 죽은 소년을 눕혔습니다. ****

내가 다시 그 젊은 여인의 병상으로 돌아왔을 때 그녀는 똑같은 순서로 계속 헛소리를 하고 있었습니다. 나는 이것이 몇시간 동안 계속될지도 모르며, 아마도 그러고 나선 무덤의 침묵으로 종결될 것임을 알고 있었습니다.

나는 그녀에게 주었던 약을 다시 투여하고 밤이 깊을 때까지 침대 옆에 앉아 있었습니다. 그녀가 지르는 귀청을 찢는 것 같은 비명은 누그러지지 않았고, 단어들의 분명함이나 말하는 순서가 흐트러지지도 않았습니다. 그것은 언제나 '내 남편, 아버지, 내 동생! 하나, 둘, 셋, 넷, 다섯, 여섯, 일곱, 여덟, 아홉, 열, 열하나, 열둘. 쉿!' 이었습니다.

이것은 내가 처음 그녀를 보았을 때부터 스물여섯시간이나 계속 되었습니다. 나는 두번 더 그곳을 왕래했고, 그녀가 말을 더듬기 시작할 때 옆에 앉아 있었습니다. 나는 조금이라도 도움이 될 만한 일들을 했고, 곧 그녀는 혼수상태에 빠져 죽은 것처럼 누워 있게 되었습니다.

그건 마치 길고 무서운 폭풍우 뒤에 바람과 비가 마침내 잦아든 것 같았습니다. 나는 그녀의 팔을 풀어주고 나를 돕던 여인을 불러 그녀의 얼굴과 그녀가 찢어놓은 옷을 정돈해달라고 했습니다. 그때서야 나는 그녀가 처음으로 엄마가 되리라는 기대가 생겨나는 그런 상태였음을 알게 되었습니다. 내가 그녀에게 가졌던 작은 희망을 버린 것은 바로 그 순간이었습니다.

'죽었소?' 내가 아직 형이라고 부르는 후작이 말에서 내려 장화를 신은 채 방으로 들어오며 물었습니다.

'아직 안 죽었습니다.' 내가 말했습니다. '하지만 곧 죽을 것 같네요.'

'도대체 그 천한 육신들에 무슨 기운이 그렇게나!' 그는 호기심 어린 얼굴로 그녀를 내려다보며 말했습니다.

'비범한 힘이 있습니다,' 하고 내가 대답했습니다. '슬픔과 절망에는.'

그는 처음엔 내 말에 웃더니, 곧 얼굴을 찡그렸습니다. 그는 발을 내 가까이 뻗은 채로 의자에 앉아 시중드는 여인을 물리더니 나지막한 소리로 말했습니다.

'의사 선생, 내 동생이 이런 촌뜨기들과 얽혀 곤란한 처지에 있으니, 당신 도움이 필요합니다. 당신은 명성이 높고, 앞날이 창창한 젊은 사람이니, 당신의 이해관계에 신경이 쓰이겠지요. 여기서 당신이 본 것은 봤어도 절대로 말하면 안됩니다.'

나는 환자의 숨소리를 들으며 대답을 피했습니다.

'내 말 듣고 있소, 의사 양반?'

'후작님,' 하고 내가 말했습니다. '제 직업에서는 환자와 소통한 내용은 늘 비밀입니다.' 나는 조심스럽게 대답했습니다. 내가 듣고 본 것으로 인해 마음이 어지러웠기 때문이죠.

그녀의 숨소리가 점점 잘 들리지 않게 되어서, 나는 조심스럽게 맥과 심장박동을 짚어보려고 했습니다. 목숨이 붙어 있을 뿐이지, 그 이상은 아니었습니다. 다시 자리에 앉으며 주위를 둘러보니, 두 형제가 나를 골똘히 바라보고 있었습니다. *****

나는 글을 쓰기가 너무 어렵고, 추위가 너무 가혹하며, 이 일이 발각되어 완전히 깜깜한 지하감옥으로 이송될까봐 너무 두렵기에, 이 이야기를 짧게 줄여야겠습니다. 내 기억에는 어떠한 혼란도 쇠퇴도 없습니다. 나는 나와 그 형제들 간에 오고간 대화를 한마디 한마디 다 기억할 수 있고, 상세하게 설명할 수 있습니다.

그녀는 일주일을 더 그렇게 버텼습니다. 마지막이 다가오자 나는 그녀의 입술에 내 귀를 바싹 대고 그녀가 말해주는 몇마디를 알아들을 수 있게 되었습니다. 그녀는 자기가 어디에 있느냐고 물었고, 나는 대답해주었습니다. 내가 누구냐고 묻기에 대답해주었습니다. 그녀의 성을 물어보았지만 소용이 없었습니다. 그녀는 베개 위에서 힘없이 고개를 저으며 그 소년이 그랬듯이 비밀을 지켰습니다.

마침내 내가 그 형제에게 그녀가 급속도로 악화되고 있어서 그날을 넘길 수 없을 것 같다고 말할 때까지, 나는 그녀에게 어떤 질문을 할 기회도 갖지 못했습니다. 그때까지, 그녀는 시중드는 여인과 나 이외에는 어떤 사람의 존재도 의식하지 못했지만, 형제 중 한쪽은 내가 그곳에 있을 때마다 침대 머리의 커튼 뒤에서 시샘하는 표정으로 앉아 있곤 했습니다. 그러나 사태가 이 지경에 이르자, 그들은 내가 그녀와 어떤 이야기를 나누든 별로 개의치 않는 것처럼 보였습니다. 마치—그 생각이 내 머릿속을 스쳐갔습니다—나도 죽어가는 것처럼 말이죠.

나는 언제나 그들의 자부심이 그 동생(내가 생각하기에는)이 일개 농부와, 그것도 소년 농부와 칼을 겨루었다는 데 씁쓸하게 분개하고 있는 것을 보았습니다. 그들의 마음에 영향을 주는 것처럼 보이는 유일한 생각이란 이것이 그 가문에 엄청난 모욕이며 우스꽝스러운 일이라는 것뿐이었습니다. 동생의 눈을 볼 때마다 그 눈빛은 내가 그 소년으로부터 들어서 알고 있는 일들 때문에 나를 심하게 싫어한다는 점을 상기시켰습니다. 그는 형보다는 조금 더 부드럽고 예의 발랐지만, 나는 이것을 알았습니다. 또 나는 내가 형의 마음에도 거추장스러운 존재라는 것을 알게 되었습니다.

내 환자는 자정이 되기 두시간에 전에 죽었습니다. 내 시계로는, 거의 내가 처음에 그녀를 본 순간과 비슷한 시각이었습니다. 나는 그녀와 단둘이 있었고, 젊은 그녀의 쓸쓸한 머리가 한쪽으로 툭하고 떨어졌고, 지상에서 그녀가 겪은 모든 가혹 행위와 슬픔은 끝났습니다.

형제는 이제나저제나 가고 싶어 안달하면서 아래층 방에서 기다리고 있었습니다. 나는 침대 곁에 홀로 앉아서 그들이 승마용 채찍으로 장화를 탁탁 치며 이리저리 배회하는 소리를 들었습니다.

'드디어 죽었소?' 내가 들어가자 형이 말했습니다.

'죽었습니다.' 내가 말했습니다.

'축하해, 아우님.' 그가 돌아서며 한 첫마디였습니다.

그는 전에도 내게 돈을 주겠다고 했지만 나는 나중에 받겠다며 미뤘습니다. 이제 그는 내게 두루마리로 감은 금화 한줄을 주었습니다. 나는 그의 손에서 그것을 받았지만, 탁자에 내려놓았습니다. 나는 이 문제를 계속 생각하고 있었고, 아무것도 받지 않기로 결심했던 것입니다.

'죄송합니다' 하고 내가 말했습니다. '상황이 이러하니, 안 받겠

습니다.'

그들은 서로 시선을 교환하고는 내가 그들에게 고개를 숙이자 나를 향해 고개를 숙였습니다. 우리는 서로 아무런 말도 더 하지 않고 헤어졌습니다. ****

나는 지치고, 지치고, 지쳐—불행에 지쳤습니다. 나는 이 여윈 손으로 쓴 것을 읽을 수도 없습니다.

이른 아침, 그 두루마리에 감은 금화가 내 이름이 곁에 쓰인 작은 상자에 담겨 내 집 앞에 남겨졌습니다. 처음부터 나는 내가 어떻게 해야 할까 초조하게 생각했습니다. 그날 나는 사적으로 장관에게 편지를 써서, 내가 불려간 두 환자들의 상태와 내가 간 곳에 대해 진술하고, 결과적으로 모든 상황을 다 진술하기로 결심했습니다. 나는 궁정의 영향력이 어떤지, 귀족들의 면책특권이 어떤 것인지 알고 있었고, 그래서 나는 그 문제를 아무도 듣지 않을 것이라 예상했습니다. 그러나 나 자신의 마음을 홀가분하게 하고 싶었습니다. 나는 아내에게까지도 그 문제를 극비로 했습니다. 이 역시 내 편지에 쓰겠다고 결심했습니다. 나는 내가 처한 실제 위험에 대해서는 아무 염려도 하지 않았습니다. 다만 다른 사람들이 내가 가진 지식을 공유함으로써 어떤 사람들의 체면이 손상된다면 그들에게는 위험할 수도 있겠다는 것은 의식했습니다.

나는 그날 매우 분주했고, 그날밤 편지를 다 마칠 수가 없었습니다. 나는 다음날 아침 평소보다 훨씬 일어나 그 편지를 마치려고 했습니다. 그날은 그해의 마지막 날이었습니다. 그 편지가 막 완성되어 내 앞에 놓였을 때, 나는 어떤 여인이 나를 만나고 싶어 기다리고 있다는 이야기를 들었습니다. ***

나는 내가 착수한 이 일을 점점 더 감당할 수 없게 되어갑니다.

너무 춥고, 어둡고, 내 감각이 너무 무뎌졌고, 내게 내린 어둠이 너무나 무섭습니다.

그 여인은 젊고, 매력적이고, 미인이었지만, 장수하는 타입은 아니었습니다. 그녀는 엄청나게 흥분한 상태였습니다. 그녀는 내게 자신을 에브레몽드 후작의 아내라고 소개했습니다. 나는 소년이 형제 중 형을 지칭하던 그 직함과 스카프에 수놓인 머리글자를 연결 지었고, 그래서 내가 아주 최근에 그 귀족을 만났다는 결론에 어렵지 않게 도달했습니다.

내 기억은 아직 정확하지만, 우리가 나눈 대화를 한마디 한마디 다 적을 수가 없습니다. 나는 예전보다 더 심하게 감시당하는 것 같습니다. 그리고 언제 감시를 당하는지도 알지 못합니다. 그녀는 그 끔찍한 이야기와 남편이 거기서 한 역할, 그리고 내가 불려간 일과 관계된 주요 사실들을 일부는 의심했고, 일부는 알아냈습니다. 그녀는 그 여자가 죽었다는 것을 모르고 있었습니다. 그녀가 매우 고통스러워하며 말하길, 그녀의 희망은, 그 여인에게 은밀하게 같은 여자로서의 동정심을 보여주는 것이었답니다. 그녀의 희망은 오랫동안 고통받는 다수에게 혐오스러운 존재였던 그 집안에 대한 하늘의 노여움을 피하는 것이었습니다.

그녀는 그 여인의 여동생이 살아 있다고 믿을 이유가 있다면서 자기가 가장 원하는 바는 그 여동생을 돕는 것이라고 했습니다. 나는 그런 여동생이 있다는 것, 그외에는 아무것도 모른다고밖에는 해줄 말이 없었습니다. 아무것도 말해줄 수가 없었습니다. 그녀가 내게 은밀하게 오게 된 것은 내가 그녀에게 그 이름과 거처를 알려줄 수 있으리라는 희망 때문이었다는 것입니다. 그러나 이 끔찍한 순간까지도, 나는 둘 다 아는 바가 없습니다. ******

종이들이 없어졌습니다. 하나는 어제 경고와 함께 압수되었습니다. 내 기록을 오늘 끝내야겠습니다.

그녀는 훌륭하고 동정심이 넘치는 여인이었으며, 결혼 생활은 행복하지 않았습니다. 어떻게 행복할 수가 있겠습니까! 시동생은 그녀를 불신하고 싫어했으며, 그의 영향력은 모두 그녀를 거스르는 것이었습니다. 그녀는 그를 두려워했고, 남편도 두려워했습니다. 내가 그녀를 배웅하려고 문으로 갔을 때, 그곳에는 두세살쯤 되어 보이는 예쁜 소년이 그녀의 마차에 타고 있었습니다.

'저 애를 위해서라도, 선생님,' 하고 그녀는 눈물을 흘리며 소년을 가리키며 말했습니다. '전 제가 할 수 있는 어떤 보잘것없는 보상이라도 모두 하고 싶어요. 그렇지 않으면 그는 물려받은 유산으로 잘 살 수가 없을 겁니다. 저는 이 일에 대해서 다른 어떤 순진무구한 속죄가 이루어지지 않는다면 언젠가는 저 아이를 요구하리라는 예감을 가지고 있어요. 제가 제 것이라고 부를 수 있는 남은 것—고작해야 보석 몇점밖에 안되지만—을 저는 그의 첫번째 목숨값으로 내놓으려고 해요. 그 누이동생을 찾을 수만 있다면 이 상처입은 가족에 대해서, 그의 죽은 어머니에 대한 위로와 슬픔과 함께요.'

그녀는 그 소년에게 키스하고 어루만지며 말했습니다. '이건 다 너를 위한 거란다. 넌 약속을 지킬 거지, 샤를?' 아이는 그녀에게 씩씩하게 대답했습니다. '네!' 나는 그녀의 손에 키스했고, 그녀는 아이를 팔에 안고 쓰다듬으며 사라져갔습니다. 나는 그녀를 그후 다시 보지 못했습니다.

그녀는 내가 알 거라고 생각하고 남편의 이름을 언급했지만, 나는 내 편지에 그 이름을 언급하지 않았습니다. 나는 편지를 봉해서,

내 손을 벗어나면 믿을 수가 없기에, 그날 내 손으로 배달했습니다.

그해의 마지막 날인 그날밤, 9시쯤 되어서, 검은 옷을 입은 남자 한명이 문 앞에 와서 나를 보자고 하고는, 당시 청년이던 내 하인 에르네스뜨 드파르주를 따라 조용히 위층으로 올라왔습니다. 내 하인이 나와 아내—오, 내 아내, 내 사랑! 내 어여쁘고 젊은 영국인 아내!—가 앉아 있는 방으로 올라왔을 때, 우리는 현관 앞에 서 있어야 할 그 사람이 말없이 그의 뒤에 서 있는 것을 보았습니다.

쌩오노레 가에 급한 환자입니다, 하고 그는 말했습니다. 지체할 새가 없습니다, 마차가 기다리고 있습니다.

그 마차는 나를 이리로 데리고 왔고, 나를 내 무덤으로 데려왔습니다. 내가 집에서 나오자 검은 머플러가 뒤에서 내 입에 단단히 물렸고, 두 팔은 묶였습니다. 그 형제가 길 건너편 어두운 모퉁이에서 건너와 단 한번의 몸짓으로 내 신분을 확인했습니다. 후작은 주머니에서 내가 쓴 편지를 꺼내 내게 보여주고, 그가 들고 있던 등불에 태워 그 재를 발로 꺼뜨렸습니다. 아무 말도 오가지 않았습니다. 나는 이리로 호송되었습니다. 나는 산 채로 이 무덤으로 오게 되었습니다.

이 끔찍한 세월 동안, 만약 하느님께서 그 형제 중 누군가에게라도 그 가혹하게 굳은 마음을 돌려 내 사랑하는 아내의 소식을 허락했더라면—살아 있다거나 죽었다는 말이라도 전해주었더라면—나는 하느님께서 그들을 완전히 저버리신 게 아니라고 생각했을지도 모릅니다. 그러나 이제 나는 그 붉은 십자가의 표시가 그들에게 치명적이 되어, 그들은 하느님의 자비를 얻을 수 없게 되었다고 믿습니다. 그들과 그들의 자손들, 그들 종족의 마지막 한사람까지, 나 불행한 죄수 알렉상드르 마네뜨는 1767년의 마지막 밤, 참을 수 없는 고통 속에서 이 모든 것의 댓가를 치르게 될 그 시절을 향하여 고발하는 바입니다. 나는 그들을 하늘에, 또 지상에 고발합니다."

이 서류를 다 읽고 나자 무시무시한 소리가 울렸다. 피라는 말 말고는 아무것도 분명치 않은, 간절하게 열망하는 소리였다. 그 이야기는 그 시대의 가장 복수심 넘치는 열정을 불러일으켰고, 그 이야기 앞에서 고개를 숙이지 않을 자는 그 나라에 아무도 없었다.

그 법정과 방청객 앞에서 어째서 드파르주가 그 서류를 줄줄이 나온 다른 바스띠유 죄수들의 비망록과 더불어 공개하지 않고 때를 기다리며 보관하고 있었는가는 구태여 보여줄 필요가 없었다. 이 혐오스러운 가문의 이름이 쌩땅뚜안에서 오랫동안 저주받아왔으며, 그 치명적인 명부에 새겨졌다는 것도 군이 보여줄 필요가 없었다. 그날 그 장소에서 자신의 미덕과 봉사로 그러한 고발에 버텨낼 수 있는 사람은 지상에 없었다.

운이 다한 그 남자에게 더욱 나쁜 것은 고소인이 유명한 시민이며 자신의 절친한 친구이며 아내의 아버지라는 사실이었다. 대중의 광적인 갈망 중 하나는, 의문의 여지가 있는 고대의 공공 미덕[85]을 따르라는 것, 그리고 민중의 제단에 자신을 제물로 바치는 희생을 하라는 것이었다. 그러므로 의장이 공화국의 훌륭한 의사는 여전히 귀족들의 흉악한 가문을 뿌리 뽑음으로써 공화국에 더 좋은 자격을 갖추게 될 것이며, 분명히 그의 딸을 과부로, 그녀의 아이를 고아로 만듦으로써 신성한 광휘와 기쁨을 느낄 것이라고 말하자 (아니면 그의 머리가 그냥 어깨 위에서 떨리게 하자) 인간적인 동정심

---

85 로마의 초대 집정관 루시우스 유니우스 브루투스가 자신의 두 아들이 타르퀴니우스 왕의 복위에 가담하자 그들에게 사형을 언도한 일을 암시함.

이라고는 조금도 없는 거친 흥분과, 애국적인 열정이 넘쳐났다.

"주변에 영향력이 크다고, 저 의사가?" 드파르주 부인이 복수에게 미소를 지으며 중얼거렸다. "지금 그를 구해봐, 의사 선생, 그를 구해보라고!"

배심원들이 투표를 할 때마다 함성이 일었다. 또 한표, 또 한표. 함성, 또 함성.

만장일치였다. 마음으로도 혈통으로도 귀족이며, 공화국의 적, 민중에 대한 악명 높은 억압자. 라 꽁시에르주리로 돌려보내라, 그리고 스물네시간 안에 사형에 처하라!

11장
황혼

이렇게 죽을 운명을 맞은 무고한 사나이의 불행한 아내는 선고가 내려지자 치명적인 타격을 입은 듯 쓰러졌다. 그러나 그녀는 아무 소리도 내지 않았다. 그에게 불행을 더해주는 것이 아니라 그를 지지해줄 사람은 이 세상에 오직 그녀뿐이라고 주장하는 내면의 목소리가 너무 강력하여 그 목소리가 그녀를 그런 충격에서도 얼른 일으켜세웠다.

판사들이 문밖에서 일어나는 대중의 시위에 참여해야 해서, 재판은 중지되었다. 법정에서 수많은 사람이 빠져나가는 성급한 소음과 움직임이 미처 끝나지 않았을 때, 루시는 얼굴에 오로지 사랑과 위로의 마음만을 담아 남편을 향해 팔을 뻗으며 일어났다.

"그를 만질 수만 있다면! 그를 한번만 껴안을 수 있다면! 오, 훌륭한 시민들이여, 당신들이 우리를 그렇게 동정해주신다면!"

어제 그를 데리고 갔던 네사람 중 두명과 간수, 그리고 바사드만

이 남아 있었다. 사람들은 모두 거리에서 벌어지는 공연을 보러 나가버렸다. 바사드가 나머지 사람들에게 제안했다. "그녀가 그를 안 아보게 해줍시다. 잠깐만이라도." 사람들은 말없이 묵인했고, 그들은 그녀를 좌석들 건너 연단으로 보내주었고, 그곳에서 그는 연단 너머로 기대어 팔에 그녀를 안을 수 있었다.

"안녕, 내 영혼의 사랑이여. 이별의 인사를 받아주오. 곤한 자들이 쉬는 곳에서 우리 다시 만날 것이오!"

이것은 그녀의 남편이 그녀를 가슴에 껴안으며 한 말이었다.

"참을 수 있어요, 사랑하는 찰스. 하늘이 보살펴주셔요. 나 때문에 고통스러워 마요. 우리 아이에게도 작별인사를 해줘요."

"아이에게도 인사를 전해주오. 이 키스도 전해주오. 당신을 통해서 그 아이에게도 작별인사를 전하오."

"여보, 안돼요! 잠깐만요!" 그는 그녀로부터 떨어지고 있었다. "우린 오래 헤어져 있지 않을 거예요. 제 가슴이 조금씩 부서질 것이라고 느껴요. 그렇지만 할 수 있는 동안은 내 의무를 다할 거예요. 내가 그 아이를 떠날 때면 하느님께서 제게 그렇게 해주셨듯이 그 아이에게도 친구를 만들어주시겠지요."

그녀의 아버지가 그녀를 따라와 그 두사람 앞에 무릎을 꿇으려고 했다. 그러나 다네이가 손을 내밀어 그를 잡으며 이렇게 외쳤다.

"아니요, 아닙니다! 우리에게 무릎을 꿇으시다니, 무슨 짓입니까, 무슨 짓이에요! 우린 이제 당신이 예전에 어떻게 고투했는지 압니다. 우린 이제 당신이 내 혈통을 의심했을 때, 그리고 그것을 알았을 때 어떤 심정이었는지 압니다. 우린 이제 당신이 그녀를 위해서 당연히 생겨나는 반감과 싸워서 이긴 것을 압니다. 정말 감사드립니다. 진심으로, 사랑과 도리를 다해서요. 하느님께서 함께하시길!"

그녀의 아버지는 대답을 하지 못하고, 손으로 흰 머리카락을 움켜쥔 채 고통의 비명을 지르며 쥐어뜯었다.

"이렇게 될 수밖에 없었어요." 죄수가 말했다. "모든 것들이 어쩌다보니 그렇게 된 거예요. 처음 저를 당신 가까이 데려간 내 불쌍한 어머니의 희망을 이루려는 건 소용없는 노력이었어요. 그런 악으로부터는 좋은 것이 나올 수가 없고, 행복한 결말이란 본질적으로 그렇게 불행한 시작에서 나올 수는 없는 법이죠. 고정하시고, 저를 용서하세요. 하느님께서 축복하시길!"

그가 끌려나가자 그의 아내는 그를 놓아주고 기도하듯이 두 손을 모으고 격려의 미소를 띤 환한 얼굴로 배웅했다. 그가 죄수 출입문으로 나가자 그녀는 돌아서서 아버지의 가슴에 사랑스럽게 머리를 기대고 뭔가 말하려고 하다가 그의 발치에 쓰러졌다.

그러자 어두운 구석에서 이제까지 한번도 움직이지 않던 씨드니 카턴이 나와 그녀를 일으켰다. 그녀의 아버지와 로리 씨만이 그녀와 함께 있었다. 그녀를 일으키고 그녀의 머리를 받쳐주는 그의 팔이 떨렸다. 그러나 그에게는 단지 동정심만이 아닌—상기된 자부심 같은 분위기가 감돌았다.

"그녀를 마차로 데려다드릴까요? 거의 무게를 느끼지 못하겠군요."

그는 그녀를 가볍게 문으로 안고 가서 마차 안에 부드럽게 내려놓았다. 그녀의 아버지와 그들의 오랜 친구는 마차에 올라탔고, 그는 마부 옆에 자리를 잡았다.

그가 몇시간 전 어둠속에서 어떤 포석 위를 그녀가 밟았을까 혼자 그려보던 입구에 도착하자, 그는 다시 그녀를 안고 계단을 올라

신고 이후

방으로 갔다. 그는 그녀를 긴 의자에 내려놓았고, 그녀의 아이와 프로스 양이 그녀를 보고 울었다.

"깨우지 마세요." 그는 그들에게 부드럽게 말했다. "그냥 두는 게 나아요. 정신이 들게 깨우지 마세요, 또 기절할 거니까."

"오, 카턴, 카턴, 카턴 아저씨!" 어린 루시가 뛰어올라 팔을 두르며 울음을 터뜨렸다. "이제 오셨으니, 엄마를 도와서 뭔가를, 아빠를 구할 수 있게 뭔가를 하시겠죠! 오, 엄마 좀 보세요, 카턴 아저씨! 엄마를 사랑하는 사람으로서, 엄마가 저렇게 된 것을 차마 두고 볼 수 있어요?"

그는 아이에게 몸을 숙이고 피어나는 꽃송이 같은 뺨에 얼굴을 갖다댔다. 그는 아이를 부드럽게 떼어놓곤 정신을 잃은 아이 엄마를 바라보았다.

"가기 전에," 그는 잠시 말을 멈추었다. "내가 엄마에게 키스해도 될까?"

그가 몸을 숙여 그녀의 얼굴에 입을 맞추었을 때 뭔가 중얼거렸다고 나중에 기억되었다. 그와 가장 가까이에 있던 아이는 그들에게 나중에, 그리고 그녀가 멋진 할머니가 되었을 때 손자들에게 그가 이렇게 말하는 것을 들었다고 이야기해주었다. "당신이 사랑하는 생명을."

그는 옆방으로 가서 뒤따라온 로리 씨와 그녀의 아버지에게 갑자기 돌아서더니 그녀의 아버지에게 이렇게 말했다.

"당신은 어제까지는 아주 큰 영향력이 있었습니다, 마네뜨 박사님. 최소한 시험은 해보죠. 이 판사들과 권력에 있는 모든 사람이 당신에게 아주 친근하고, 당신이 한 일을 인정해주던데요, 그렇지 않습니까?"

"찰스와 관련해서는 나에게 아무것도 숨긴 것이 없었소. 나는 내가 그를 구할 수 있을 거라 확신하고 있었지. 실제로 그렇게 했고." 그는 아주 힘겹게 천천히 대답했다.

"다시 한번 시도해보시죠. 내일 오후까지는 시간이 얼마 없습니다. 그렇지만 한번 해보세요."

"해볼 생각은 있소. 한순간도 쉬지 않을 거요."

"좋습니다. 박사님 같은 에너지라면 엄청난 일들을 할 수 있을 거라고 생각합니다. 이제까지는 말이죠……" 그는 미소와 한숨을 동시에 지으며 덧붙였다. "하지만 이렇게까지 큰일은 해본 적이 없지요. 그렇지만 해보세요! 삶이라는 게 우리가 잘못 쓰면 별 가치가 없는 것이지만, 노력해볼 가치는 있는 거니까요. 그게 아니라면 포기하는 게 낫겠죠."

"가겠소," 마네뜨 박사가 말했다. "곧장 검사와 의장에게 가겠소, 또 일일이 거명할 필요가 없는 다른 사람들에게도 가겠소. 편지도 쓰겠소. 그렇지만, 잠깐! 거리는 온통 축제라서 밤이 되기 전까지는 아무도 만날 수 없을 텐데."

"맞습니다. 자! 그러니 기껏해야 희망이 없는 상태고, 밤이 될 때까지 연기된다고 해도 더 나빠질 것도 없습니다. 얼마나 서두르실 수 있는지 알고 싶네요. 그렇지만 명심하세요! 전 아무것도 기대 안합니다! 언제 이 무시무시한 권력자들을 만날 수 있을 것 같으세요, 마네뜨 박사님?"

"밤이 되면 곧 만날 수 있을 거요. 지금부터 한두시간 뒤."

"4시가 좀 지나면 해가 질 겁니다. 한두시간 더 기다려보죠. 제가 9시에 로리 씨에게로 가면 이분에게서나 당신으로부터 당신이 한 일을 들을 수 있겠네요?"

"그렇소."

"그럼, 행운을 빕니다!"

로리 씨는 씨드니를 따라 현관으로 나와서 그가 가려는데 어깨를 붙잡아 돌아서게 했다.

"희망이 없어." 로리 씨가 낮게, 슬픈 목소리로 속삭였다.

"저도 그렇게 생각합니다."

"이들 중 어떤 사람이, 혹은 이들 모두가 그를 봐주고 싶어한다고 해도—그게 참 허황한 가정인 게, 그의 목숨이, 아니 누구의 목숨인들 그들에게 대체 뭐라고!—나는 법정에서 그렇게 시위를 했는데 그들이 감히 그를 사면할 수는 없다고 생각하네."

"저도 그렇게 생각합니다. 저도 도끼날이 떨어지는 소리를 들은 듯했어요."

로리 씨는 문기둥에 팔을 기대고 그 위로 얼굴을 숙였다.

"낙담하지 마세요." 카턴이 아주 부드럽게 말했다. "슬퍼하지 마세요. 제가 마네뜨 박사님께 이 생각을 부추긴 것은, 언젠간 그게 그녀에게 위로가 될 것 같다고 느꼈기 때문입니다. 그렇지 않으면 그녀는 '그의 목숨이 아무렇게나 던져지고 낭비되었다'고 생각할 수도 있어요. 그러면 고통스럽겠죠."

"그래, 그래, 그래." 로리 씨가 눈물을 닦으며 말했다. "자네 말이 맞아. 그렇지만 그는 죽을 거고, 실제로는 희망이 없어."

"네, 그는 죽겠지요. 실제로는 희망이 없어요." 카턴이 반복했다.

그러고는 단호한 발걸음으로 아래층으로 내려갔다.

12장
어둠

씨드니 카턴은 어디로 갈지 결정하지 못한 채 거리에 멈춰섰다. "텔슨 은행 사무소, 9시." 그는 생각에 잠긴 얼굴로 말했다. "그 사이에 내가 사람들 눈에 띌 수 있을까? 그럴 것 같아. 사람들이 나 같은 사람이 여기 있음을 알게 하는 게 최선이야. 안전한 예방조치고, 필요한 준비야. 그렇지만, 조심, 조심, 조심! 잘 생각해보자!"

어떤 대상으로 향하던 발걸음을 멈추면서, 그는 이미 어두워진 거리를 한두번 돌아, 마음속에서 자신이 생각하는 바의 가능한 결과들을 추적해보았다. 그가 처음 떠올렸던 생각에 대해 확신이 섰다. 그는 마침내 마음을 굳히고 말했다. "이 사람들이 나 같은 사람이 여기 있다는 것을 아는 게 최선이야." 그리고 그는 쌩땅뚜안으로 향했다.

드파르주는 그날 쌩땅뚜안 교외의 포도주 상점 주인이었다. 그 도시를 잘 아는 사람이라면 아무것도 묻지 않고도 그의 상점을 찾기가 어렵지 않았다. 이런 상황을 확신하고 카턴은 그 좁은 길에서 빠져나와 음식점에서 저녁을 먹고 식후의 단잠에 빠져들었다. 여러해 만에 처음으로 그는 술을 많이 마시지 않았다. 어젯밤부터 그는 가볍고 묽은 포도주를 약간 마신 것 외에는 아무것도 마시지 않았고, 어젯밤에는 마치 브랜디와 연을 끊은 것처럼 로리 씨의 난로에 브랜디를 천천히 떨어뜨렸던 것이다.

그가 기운을 차려 일어나서 다시 거리로 나갔을 때에는 이미 7시였다. 쌩땅뚜안을 향해 가면서 그는 거울이 있는 진열장 앞에 멈춰서서 그의 느슨한 넥타이와 외투 깃과 산발한 머리카락을 조금 정돈했다. 이 일을 마치자 그는 곧 드파르주의 주점으로 가서 안으로 들어갔다.

가게 안에는 불안정한 손가락과 목쉰 소리를 가진 3번 자끄밖에 아무 손님도 없었다. 배심원석에서 보았던 이 사내는 작은 카운터에 서서 술을 마시며 드파르주 부부와 이야기를 나누고 있었다. 복수도 그 가게의 고정 일원인 듯 대화를 거들고 있었다.

카턴이 들어서서 자리를 잡고는 (매우 무심한 프랑스어로) 포도주 작은 잔을 달라고 하자, 드파르주 부인은 무심코 그를 쳐다보다가, 자세히, 그리고 더 자세히 들여다보고, 그러고 나서는 직접 그에게로 다가와 무엇을 주문했는지 물었다.

그는 아까 한 말을 반복했다.

"영국인이에요?" 드파르주 부인이 캐묻듯이 검은 눈썹을 추켜올리며 말했다.

프랑스어를 단 한 단어만 말해도 느리게 이해된다는 듯이, 그녀를 보고 나서 그는 예의 그 강한 외국인 억양으로 말했다. "네, 부인. 네, 영국인입니다."

드파르주 부인은 포도주를 가지러 카운터로 되돌아왔고, 그가 자꼬뱅 잡지를 집어들고는 그 의미를 알아내느라 여념이 없는 척하는데, 그녀가 이렇게 말하는 소리가 들렸다. "정말이야, 에브레몽드 닮았어!"

드파르주가 그에게 포도주를 가져와서 저녁인사를 했다.

"뭐라고요?"

"안녕하시냐고요."

"오! 안녕하세요, 시민." 포도주잔을 채우며. "아! 좋은 포도주네요. 공화국을 위하여 건배."

드파르주는 카운터로 돌아와서 말했다. "정말, 조금 닮았네." 드파르주 부인이 고집스럽게 반박했다. "많이 닮았다니까." 3번 자끄가 평온하게 말했다. "너무 그 사람 생각을 많이 하나봐요, 부인." 상냥한 복수가 웃으며 덧붙였다. "그래요, 정말! 그리고 내일 그를 다시 한번 볼 생각에 기대가 크잖아요!"

카턴은 진지하게 집중하는 표정을 하고 검지로 천천히 신문의 문장과 단어 들을 더듬어갔다. 그들은 모두 카운터에 팔을 기대고 낮은 소리로 이야기를 하고 있었다. 그가 자꼬뱅 편집자에 기울이는 관심을 방해하지 않은 채로 모두 그를 바라보다 잠깐 침묵이 흐른 뒤, 그들은 다시 대화를 시작했다.

"부인이 하는 말이 맞아." 3번 자끄가 말했다. "왜 멈춰? 엄청난 힘이 있는데. 왜 멈추냐고?"

"자, 자." 드파르주가 말했다. "그렇지만 어디선가는 멈춰야 해. 결국, 문제는 그래도 어디서 멈출까 아닌가?"

"멸종시켜야지." 부인이 말했다.

"멋져!" 3번 자끄가 그르렁대며 말했다. 복수도 또한 동의했다.

"멸종이란 훌륭한 교리야, 여보," 다소 불편한 표정으로 드파르주가 말했다. "일반적으로는. 난 거기에 반대는 없어. 하지만 이 의사는 고생을 많이 했어. 당신도 오늘 그를 봤잖아. 그 글을 읽을 때 그 표정을 봤잖아."

"그 표정을 봤지!" 부인이 경멸 어린 표정으로 화가 나서 반복했다. "그래, 난 그 표정을 봤어. 난 그의 표정을 보고 그가 공화국의 진정한 친구가 아니라는 걸 알았어. 그 표정을 조심해야 할걸!"

"당신도 봤잖아, 여보," 드파르주가 변명하는 투로 말했다. "그 딸이 겪는 고통이 그에게도 무시무시한 고통일 텐데!"

"그 딸도 봤어." 부인이 말했다. "그래, 그 딸도 봤지, 여러번. 오늘도 봤고, 전에도 봤어. 나는 그 딸을 법정에서도 봤고, 감옥 옆 거리에서도 봤어. 내 손가락을 들겠어—!" 그녀는 손가락을 드는 듯하다가, (듣는 사람의 눈은 계속 신문을 보고 있었으므로) 마치 도끼날이 떨어지듯이 그녀 앞의 선반에 딸깍 소리를 내며 떨어뜨렸다.

"시민이 최고야!" 배심원이 그르렁거리는 소리로 말했다.

"당신은 천사야!" 복수가 그녀를 껴안았다.

"당신은," 부인은 무자비하게 자신의 남편을 지칭하며 말했다. "당신에게 달려 있다면—다행히도 그렇진 않지만—지금이라도 이 사람을 구해줄 기세야."

"아니야!" 드파르주가 항변했다. "이 잔을 드는 것만으로 그럴 수 있다고 해도 아니야! 이제 이 얘기는 그만하자. 자, 여기서 그만해."

"이봐, 자끄," 드파르주 부인이 화난 채로 말했다. "이봐, 나의 복수. 둘 다 여기 봐. 들어봐! 나는 이 종족을 독재자요 억압자로서 오랫동안 기록해왔어. 종말을 맞아 멸종될 운명의 이 종족을 말이야.

내 남편에게 물어봐, 정말인지."

"정말이야." 묻지도 않았는데 드파르주가 동의했다.

"이 위대한 시절의 초창기, 바스띠유가 함락되던 날, 그는 오늘 읽은 그 글을 발견해서 집으로 가져와. 한밤중에 이 술집을 청소하고 닫아놓고는, 우리는 바로 이 자리에서 이 등불에 그 글을 읽어. 물어봐, 정말인지."

"정말이야." 드파르주가 동의했다.

"그날밤, 그 글을 다 읽고, 램프는 다 타버리고, 저 덧문 위로 저 쇠창살 사이로 날이 밝아올 때, 나는 털어놓을 비밀이 있다고 그에게 말하는 거야. 물어봐, 정말인지."

"정말이야." 드파르주는 다시 동의했다.

"난 그에게 그 비밀을 털어놔. 난 지금 이렇게 하는 것처럼 두 손으로 내 가슴을 쥐어뜯으며 이렇게 말해. '드파르주, 난 바닷가 어부들 사이에서 자라났어. 바스띠유의 글이 설명하듯 두 에브레몽드 형제에게 상처입은 그 농부 가족은 바로 내 가족이야. 드파르주, 치명적인 상처를 입고 쓰러진 소년의 누나가 바로 내 언니고, 그 남편은 내 언니의 남편이고, 그 태어나지 않은 아이는 그들의 아이고, 그 소년이 내 오빠고, 그 아버지가 내 아버지고, 그 죽은 자들이 바로 내 죽은 식구들이고, 그래서 그들에 대해 책임을 지라는 소명이 내게로 내려온 거야!'라고. 물어봐, 정말인지."

"정말이야." 드파르주는 다시 한번 동의했다.

"그러니까 멈추라는 말은 바람이나 불에게 해." 부인이 대답했다. "그러나 내겐 멈추라는 말 하지 마."

그녀의 말을 경청한 두사람은 모두 그녀가 가진 분노의 치명적인 본성에서 공포스러운 쾌감을 이끌어냈다. 귀로만 듣는 그 사람은 그녀를 보지 않고서도 그녀가 하얗게 질려 있음을 느낄 수 있었다. 두사람은 그녀의 이야기에 매우 감탄했다. 나약한 소수가 되어버린 드파르주는 동정심 많은 후작 부인에 관한 기억을 되살리고자 몇마디 끼워넣었지만, 아내로부터 마지막 대답을 다시 한번 들었을 뿐이었다. "그러니까 멈추라는 말은 바람이나 불에게 해. 내겐 하지 마."

손님들이 들어오자 그 모임은 해산했다. 영국 손님은 마신 것을 계산하고, 당황한 채로 거스름돈을 헤아리고 낯선 사람답게 국립 궁전이 어느 쪽이냐고 물었다. 드파르주 부인은 그를 문까지 데리고 나가서 그의 팔에 손을 얹고 길을 가르쳐주었다. 영국 손님은 그때 그 팔을 잡아서 쳐들고 그 아래를 날카롭고 깊게 찔러버리는 것이 좋은 일 아닐까 하는 생각도 없지 않았다.

그러나 그는 그의 길을 갔고, 곧 감옥 담벼락 그림자 속으로 사라졌다. 약속한 시간에 그는 거기서 나와 로리 씨의 방에 나타났고, 그곳에서 그는 그 노신사가 초조하게 이리저리 걸어다니고 있는 것을 발견했다. 그는 방금 루시를 만났으며 약속을 지키기 위해 잠깐 그녀를 혼자 놔두고 왔노라고 말했다. 그녀의 아버지는 4시경에 은행 사무소를 떠난 이후로 보이지 않았다는 것이다. 그녀는 그의 중재로 찰스를 구할 수 있지 않을까 하는 희미한 희망을 가졌지만, 그 희망은 너무 미약하다는 것이다. 그는 다섯시간 이상 자리를 비웠다. 도대체 어디에 있을까?

로리 씨는 10시까지 기다렸다. 그러나 마네뜨 박사는 돌아오지 않았고, 그는 루시를 더이상 그냥 놔둘 수가 없어서 그녀에게로 돌아갔다가 자정에 다시 은행으로 돌아오기로 했다. 그러는 동안 카턴은 불 옆에서 박사가 오기를 혼자 기다렸다.

그는 기다리고 또 기다렸고, 시계가 12시를 쳤다. 그러나 마네뜨 박사는 돌아오지 않았다. 로리 씨는 돌아왔지만, 그의 소식을 얻지 못했고, 아무 소식도 가져오지 못했다. 그는 도대체 어디에 있을까?

그들은 이 문제를 토론하며 그가 오랫동안 자리를 비운 것을 근거로 희미한 희망의 구조물을 쌓아올리기 시작할 판이었다. 그때 그들은 그가 계단으로 올라오는 소리를 들었다. 그가 방에 들어서 자마자, 모든 것이 틀렸음이 분명해졌다.

그가 누군가에게 정말로 갔었는지, 혹은 그가 그 시간 내내 거리를 헤매고 다녔는지는 알려지지 않았다. 그가 그들을 노려보며 서 있을 때 그들은 그에게 아무것도 묻지 않았다. 그의 얼굴이 모든 것을 말해주고 있었으니까.

"찾을 수가 없네." 그가 말했다. "그게 있어야 하는데. 어디 있지?"

그는 머리와 목을 드러내고 있었고, 무기력한 시선으로 주변을 돌아보며 외투를 벗어 바닥에 떨어뜨렸다.

"내 긴 의자는 어디 있나? 긴 의자를 찾으러 온갖 군데를 나 찾았는데 없네. 내가 하던 일거리는 어떻게 한 거야? 시간이 없는데. 그 구두를 완성해야 해."

그들은 서로 쳐다보았고, 가슴이 철렁 내려앉았다.

"이봐, 이봐!" 그는 징징거리는 듯한 애처로운 목소리로 말했다. "일하게 해줘. 내 일거리를 줘."

아무런 대답도 없자 그는 정신 나간 어린애처럼 머리카락을 쥐어뜯고 발을 굴렀다.

"이 불쌍하고 외로운 놈을 고문하지 마." 그는 무시무시하게 절규하며 그들에게 애원했다. "그냥 내 일거리를 달란 말이야! 오늘 밤에 그 구두를 완성하지 못하면 어떻게 되는지 알아?"

가망이 없다, 전혀 가망이 없다!

분명히 그와 합리적으로 이야기를 하거나 그가 정신을 차리는 것은 바랄 수 없었으므로—마치 합의라도 한 듯이—그들은 그의 어깨에 손을 올려놓고 그를 달래어 난로 앞에 앉게 하고는 곧 일거리를 주겠다고 약속했다. 그는 의자에 주저앉아 잉걸불을 물끄러미 바라보며 눈물을 흘렸다. 마치 그 다락방 시절 이후의 모든 일들이 한순간의 환상, 혹은 꿈이었다는 듯이. 로리 씨는 그가 드파르주가 돌봐주던 바로 그때의 모습으로 쪼그라드는 것을 보았다.

그 황폐한 광경에 무서운 인상과 충격을 받은 두 사람에게, 그런 감정에 빠져 있을 시간은 없었다. 마지막 희망과 의지할 곳을 잃어버린, 혼자 있는 그의 딸이 그 두 사람에게 시급하게 다가온 것이다. 다시금 마치 합의라도 한 양, 그들은 같은 의미를 띤 얼굴로 서로를 바라보았다. 카턴이 먼저 말했다.

"마지막 기회도 사라졌군요. 크게 기대하지는 않았지만. 네, 저분을 그녀에게 데려다주는 게 좋겠습니다. 그렇지만 가시기 전에 잠시만 제 얘기를 들어주시겠어요? 제가 왜 이런 약정을 하려고 하는 것인지, 왜 이런 약속을 이행하는 것인지는 묻지 마시고요. 그럴 이유가 있어요, 그것도 아주 훌륭한 이유가."

"의심하지 않겠네." 로리 씨가 대답했다. "말해보게."

그들 사이에 의자에 앉은 사람은 그러는 동안 신음 소리를 내면서 단조롭게 몸을 앞뒤로 흔들고 있었다. 그들은 마치 병상에서 밤을 지새우며 지켜보는 사람들이 사용할 법한 어조로 이야기를 했다.

카턴은 몸을 굽혀 거의 그의 발치에 걸려 있던 외투를 집어들었다. 그가 그렇게 하자, 박사가 그날 해야 할 일들을 적어 가지고 다니던 작은 상자가 바닥에 톡 떨어졌다. 카턴은 그것을 집어들었고, 그 안에는 접힌 종이가 한장 있었다. "이것 좀 보세요!" 카턴이 말했다. 로리 씨는 고개를 끄덕여 동의했다. 그는 그 쪽지를 열어보고 외쳤다. "맙소사!"

"뭔가?" 로리 씨가 애타게 물었다.

"잠깐만요! 이건 때가 되면 얘기할게요. 우선," 그는 외투에 손을 넣어 또 하나의 쪽지를 꺼냈다. "이건 제가 이 도시를 벗어날 수 있게 해주는 증명서입니다. 보세요. 보이시죠─씨드니 카턴, 영국인?"

로리 씨는 그것을 쥔 다음 펴서 진지한 얼굴로 보았다.

"이것을 내일까지 좀 맡아주세요. 아시다시피, 전 내일 그를 만나기로 했는데, 이걸 감옥에까지는 가져가지 않는 게 낫겠어요."

"왜?"

"모르겠어요. 그냥 안 그러고 싶어요. 자, 이제 마네뜨 박사가 가지고 다니던 종이를 볼까요. 이것도 비슷한 증명서예요. 그와 그의 딸과 그녀의 아이를 어느 때건 장벽과 국경을 넘어 지나갈 수 있게 해주는! 그렇죠?"

"그렇군!"

"아마 그는 어제 악에 대한 마지막, 그리고 최고의 예방 조치로서 이것을 얻었을 거예요. 날짜가 언제죠? 하지만 상관없어요. 들여다보고 있지 마세요. 이걸 제 것과 당신 것과 함께 잘 보관해주세요. 자, 보세요! 한두시간 전까지만 해도 전 그가 이런 서류를 가지고 있다, 혹은 갖고 있을 수도 있다는 것을 의심하지 않았죠. 이건 회수되기 전까지는 유효해요. 그렇지만 곧 회수될 수도 있어요. 그렇게 생각할 이유가 있어요. 그럴 겁니다."

"그들도 위험한 건 아니겠지?"

"그들은 매우 위험해요. 그들은 드파르주 부인에게 고발될 위험에 처해 있어요. 그녀 입으로 직접 들었어요. 오늘밤 그 여자가 하는 말을 엿들었어요. 그들이 위험에 처해 있음을 강렬한 색깔로 제게 보여주더군요. 이후 전 시간을 아껴서 그 간첩을 만났어요. 그가 제게 확인해줬죠. 그가 알기로는, 감옥 벽 옆에 사는 나무 켜는 사람이 드파르주 부부의 통제하에 있는데, 그가 그녀를 보았고"—그는 루시의 이름을 말하지는 않았다—"그녀가 죄수들에게 신호와 표시를 보내는 것을 보았다고, 드파르주 부인과 연습했다는 거예요. 감옥 안의 음모를 사주했다는 흔한 핑계일 것이고, 그로써 그녀의 목숨을—아마도 그녀 아이의 목숨도—그리고 아마도 그녀 아버지의 목숨도—앗아갈지도 모른다는 것은 쉽게 예상할 수 있지요. 왜냐하면 둘 다 그곳에서 그녀를 본 적이 있으니까요. 그렇게 두려운 표정 짓지 마세요. 당신이 그들 모두를 구하게 될 겁니다."

"내가 그럴 수만 있다면야, 카턴! 그렇지만 어떻게?"

"어떻게 할지 제가 말씀드리지요. 당신에게 달렸어요. 그리고 이 일에 당신보다 더 적임자는 없어요. 이 새로운 고발은 틀림없이 내일이 지나기 전까지는 이루어지지 않을 겁니다. 아마도 이틀, 혹은 사흘 후까지도 없을지 몰라요. 일주일쯤 후에 이루어질 가능성도 커요. 기요띤에서 처형된 죄수를 애도하거나 동정하는 것은 중죄라는 것 아시죠. 그녀와 그녀의 아버지는 틀림없이 이 죄로 기소될 것이고, 이 여자는 (그녀의 집요한 원한은 뭐라고 표현할 길이 없네요) 기다렸다가 그녀의 죄목에 이것을 덧붙여서 이중으로 확실하게 하려고 할 것입니다. 제 말 알아들으시겠어요?"

"잘 듣고 있네. 자네가 말하는 것을 확신하기에 잠시," 그는 박사가 앉은 의자의 등받이를 짚었다. "이 고통을 보지 못하고 있었네."

"당신에겐 돈이 있으니, 할 수 있는 한 가장 빠르게 해안으로 가는 여행수단을 마련할 수 있을 겁니다. 영국으로 돌아가기 위한 준비를 며칠 동안 하셨잖아요. 내일 아침이면 말이 준비될 테고, 그러면 오후 2시에는 준비를 갖추고 출발할 수 있을 테죠."

"그렇게 하겠네!"

그의 태도가 너무나 열렬하고 용기를 주었으므로, 로리 씨는 그 불길을 받아 젊은이처럼 활기차게 되었다.

"당신은 훌륭한 분입니다. 우리가 의지하기에 당신보다 더 적임자는 없다고 말씀드렸나요? 그녀에게 오늘밤, 그녀의 아이와 아버지까지 위험해질 수 있다는 사실을 알려주십시오. 잘 생각하세요, 왜냐하면 그녀는 남편 곁에 기꺼이 그녀의 아름다운 머리를 누일 생각도 하고 있을 테니까요." 그는 잠시 머뭇거리다가 아까처럼 말을 이었다. "그녀의 아이와 아버지를 위해서 당장 그들과 당신과 함께 빠리를 떠나야 할 필요성을 강조하세요. 그것이 그녀 남편이 마지막으로 마련해둔 것이라고 말씀해주세요. 그녀가 믿거나 혹은 바라는 것보다 많은 것이 이 일에 달려 있다고 말해주세요. 이런 딱한 상태에서도 그녀의 아버지가 그녀의 말을 따를 거라고 생각하시나요, 아닌가요?"

"그건 확실하네."

"저도 그렇게 생각합니다. 이곳 마당에서 모든 준비가 조용히, 꾸준히 이루어져서 마차에 당신이 자리를 차지하게 되면, 제가 이리로 오겠습니다. 그러면 저를 태우고 가시면 돼요."

"어떤 상황에서도 자네를 기다려야 한다는 것인가?"

"다른 사람들 것과 함께 제 증명서를 가지고 계시니, 제 자리도 마련해두셔야 해요. 다른 건 필요없고 제가 자리에 앉을 때까지만 기다리시면 됩니다. 그러면 곧장 영국으로 가는 거죠!"

"그럼," 로리 씨는 그의 열성적인, 그러나 아주 굳건하고 침착한 손을 잡으며 말했다. "이 모든 것이 노인 한사람에게 달려 있는 건 아니고, 내 곁에 젊고 열렬한 한사람이 있는 것이겠군."

"하느님이 도우셔서, 그렇게 될 겁니다! 우리가 지금 서로 맹세한 길에서 어떤 일이 있어도 경로를 바꾸지 않겠다고 엄숙하게 약속해주세요."

"결코 그러지 않겠네, 카턴."

"내일 이 말을 기억하세요. 어떤 이유에서든 경로를 바꾸거나 지체하면, 한사람도 살아남을 수 없을 것이고, 불가피하게 여러사람의 목숨이 희생될 겁니다."

"기억하겠네. 내가 맡은 역할을 충실하게 할 것일세."

"전 제 역할을 하겠습니다. 자, 안녕히 계세요!"

그는 진지하고 의젓한 미소를 띠며 이 말을 하고 심지어 노인의 손을 입술에 갖다대기도 했지만, 바로 그와 헤어지지는 않았다. 그는 그를 도와서 죽어가는 불씨 앞에 앉아 흔들거리는 사람을 일으켜 외투를 입히고 모자를 씌우고, 아직도 그 사람이 신음하며 갖겠다고 하는 그 긴 의자와 일거리가 있는 곳을 찾으러 나서자고 꼬드겼다. 그는 그의 한쪽에 서서 그를 보호하며, 상처받은 마음─그가 자신의 쓸쓸한 마음을 그녀에게 드러냈던 그 중요한 순간에는 그렇게도 행복하던─이 그 끔찍한 밤이 새도록 지켜보고 있는 그 집의 마당까지 갔다. 그는 마당으로 들어가 그곳에 혼자 잠시 서서 그녀의 방 창문에 켜진 불빛을 올려다보았다. 돌아가기 전, 그는 그 불빛을 향해 축복의 인사, 그리고 작별의 인사를 날려보냈다.

13장
쉰둘

라 꽁시에르주리의 검은 감방에서, 그날 선고를 받은 자들은 그들의 운명을 기다렸다. 그들의 수는 한해의 주만큼 많았다. 쉰둘이라는 숫자가 그날 오후 그 도시의 생명의 파도를 넘어 끝없는 영원의 바다로 갈 예정이었다. 그들의 감방이 비기도 전에 새로운 수감자가 지정되었다. 그들의 피가 어제 흘려진 피로 흘러들기도 전에 그들이 내일 흘릴 피와 섞일 피가 이미 나뉘어 있었다.

서른여섯명의 사람이 호명되었다. 그가 가진 부로도 자신의 생명을 구할 수 없었던 일흔살의 징세 도급인에서, 그녀의 가난과 미천한 신분이 그녀를 구하지 못한 스무살의 여자 재봉사에 이르기까지. 인간의 악덕과 방치에서 비롯된 육체적 질병이 온갖 종류의 희생자를 덮쳤다. 말할 수 없는 고통, 참을 수 없는 억압, 무자비한 냉대에서 나온 무시무시한 도덕적 무질서는 구분을 두지 않고 똑같이 엄습했다.

감방 안에 홀로 있던 찰스 다네이는 그가 재판정에서 이곳으로 올 때부터 어떤 달콤한 착각에 기대어 버텨내지 않았다. 그가 듣는 모든 이야기에서 그는 유죄판결을 들었다. 그는 어떤 개인적 영향력으로도 그를 구할 수는 없음을, 수백만명으로부터 선고를 받은 것이나 마찬가지임을, 군대가 와도 소용없음을 잘 알고 있었다.

그럼에도 불구하고 사랑하는 아내의 얼굴이 떠오르자 마음을 진정하고 견디기가 쉽지 않았다. 생명에 대한 그의 집착은 강렬했고, 그것을 놓아버리기는 아주, 아주 어려웠다. 한쪽에서 노력하여 조금씩 열어놓으면 다른 쪽에서 꽉 더 그러쥐는 것이었다. 그가 온 힘을 모아 그 손길에 가하면 항복하는 듯하다가, 다시 꽉 붙들곤 했다. 또 그의 생각 속에는 그렇게 포기할 수 없다고 싸우는, 격렬하고 열띤 마음이 있었다. 잠시라도 포기했다고 느낄 때면, 그가 죽은 뒤에도 남아 살아야 할 아내와 아이가 항의하며 그것은 이기적인 일이라고 말하는 듯했다.

그러나 이 모든 것은 처음에만 그랬을 뿐이었다. 오래지 않아, 그가 맞이할 운명에 어떤 수치스러운 것도 없다는 생각, 그리고 수많은 사람이 부당하게 같은 길을 걸어갔으며, 매일 꿋꿋하게 그 길을 갔다는 생각이 솟아나와 기운을 북돋았다. 그러고는 사랑하는 사람들이 미래에 누릴 마음의 평화는 그의 조용한 강인함에 달려 있다는 생각이 뒤를 이었다. 그래서 생각을 훨씬 더 높은 곳으로 올려놓고 위로를 끌어내릴 수도 있을 때에, 그는 조금씩 좀더 나은 상태로 차분해졌다.

그가 판결을 받은 밤 어둠이 깊어지기 전, 그는 그렇게 그의 마지막 길을 왔다. 글을 쓸 도구들과 램프를 사도 된다는 허락을 받아, 그는 감옥의 등불이 꺼질 시간까지 앉아서 글을 썼다.

그는 루시에게 기나긴 편지를 써서, 그녀로부터 직접 듣기 전까지는 그녀의 아버지가 수감되었던 사실을 몰랐다는 것, 그 글이 읽히기 전까지는 그녀와 마찬가지로 그 불행한 사건에서 그녀의 아버지와 그의 삼촌이 한 일에 대해서 몰랐다는 것 등을 설명했다. 그는 그가 저버린 이름을 그녀에게 숨긴 것은—지금은 다 이해할 수 있는 일이지만—그녀의 아버지가 그들의 혼인에 대해서 내건 단 하나의 조건이었으며, 그들이 결혼하던 날 아침에도 여전히 지킨 단 하나의 약속이었음을 이미 설명한 바 있다. 그는 그녀에게, 아버지를 위해서라도 아버지가 그 글의 존재를 잊었는지, 아니면 그 옛날 일요일에 정원의 플라타너스 그늘 아래서 탑 이야기가 나왔을 때 기억이 난 것인지 (잠시 동안인지, 영구적이었는지) 알려고 하지 말라고 간청했다. 만약 그가 그 글에 대한 분명한 기억을 간직하고 있었다면, 그는 군중이 거기서 발견하여 세상에 널리 알려 설명했던 죄수들의 유물 사이에서 아무런 언급이 없었다는 것을 알고 그 글이 바스띠유와 함께 없어졌으리라고 생각했다는 데에 의심의 여지가 없을 것이었다. 그는 그녀에게—그것이 소용없는 일임을 안다고 덧붙였으나—그녀의 아버지가 자책할 만한 일은 아무것도 하지 않았으며, 단지 그들의 엇갈린 운명을 한결같이 잊고 있었을 뿐이라는 진실과 더불어, 그녀가 생각할 수 있는 모든 애틋한 수단을 동원하여 아버지를 위로해줄 것을 간청했다. 그의 마지막 감사의 마음을 담은 사랑과 축복을 간직해줄 것이며, 슬픔을 극복하고 사랑하는 그들의 아이에게 헌신해달라는 말 뒤에, 그는 그들이 천국에서 만날 것이며, 아버지를 위로해드리라고 간청했다.

그녀의 아버지에게도 그는 같은 어조의 편지를 썼다. 그러나 그는 그녀의 아버지에게 그의 아내와 아이를 돌보아달라고 분명하게 말했다. 그리고 그는 그가 겪을 법하다고 예상되는 우울과 위험한 회고로부터 그를 일으켜줄 것이라는 희망과 함께, 이 말을 매우 강력하게 전달했다.

로리 씨에게는 그들 모두를 부탁하며 세속적인 일들을 설명했다. 우정에 대한 감사와 따뜻한 애정을 담은 문장을 여러줄 덧붙이고 나서 이 편지를 마무리하자, 모든 것이 끝났다. 그는 카턴에 대해서는 생각해보지 않았다. 그의 마음은 다른 사람들로 꽉 차서, 한 번도 그를 생각해보지 않았던 것이다.

그는 램프가 꺼지기 한참 전에 이 편지들을 마무리할 수 있었다. 짚 침대에 누웠을 때, 그는 이제 이 세상과는 작별이구나 하고 생각했다.

그러나 이 세상은 그를 잠에서 불러내어 빛나는 모습으로 그의 앞에 모습을 드러냈다. 자유롭고 행복하게, 쏘호의 옛집으로 돌아가서, (실제 집과는 전혀 다르게 생겼지만) 왜 그런지 알 수 없지만 석방되고 마음이 가벼워져서, 그는 다시 루시와 함께 있었고, 그녀는 그에게 모든 것이 꿈이었노라고, 그는 갔던 적이 없노라고 말하는 것이었다. 잠깐 기억을 잃고 심지어 고통을 겪은 후에 그는 그녀에게 죽은 채로 평화롭게 돌아갔지만, 그에게 달라진 것은 없었다. 그는 잠시 깜빡했다가 어슴푸레한 아침에, 어디에 있는지 무슨 일이 일어난 것인지 모르는 채로 잠이 깨었다. 그러다 갑자기 퍼뜩 이런 생각이 들었다. "오늘이 내가 죽는 날이구나!"

그는 쉰두명의 머리가 떨어져나갈 그날까지 몇시간을 그렇게 보냈다. 이제 그가 마음을 가라앉히고 종말을 영웅답게 조용히 맞을 수 있을 것이라고 희망하는 동안, 그의 깨어 있는 생각 속에서는 통제하기가 매우 힘든 또다른 활동이 시작되고 있었다.

그는 그의 생명을 끝내기로 되어 있는 그 도구를 본 적이 없었다. 땅에서 얼마나 높은지, 계단은 몇개인지, 어디에 서게 되는지, 어떻게 만져질 것이며, 그를 만지는 손은 붉게 물들어 있을지, 얼굴은 어느 쪽으로 돌려질지, 그가 제일 처음으로 죽을지, 아니면 마지막으로 죽을지. 이와 비슷한 수많은 질문이 의지와는 상관없이 계속해서 수없이 밀려들었다. 그중 무엇도 두려움과 연관된 것은 없었다. 그는 아무런 두려움도 의식하지 않았다. 오히려 그때가 오면 어떻게 해야 할지 알고 싶다는 이상하게도 끈질긴 욕망에서 나오는 것이었다. 그것이 가리키는 찰나의 순간에 비하면 어울리지 않게 커다란 욕망, 그 자신의 것이라기보다는 그 안에 있는 어떤 다른 영혼의 궁금증 같은, 그런 궁금증이었다.

그가 이리저리 걸어다니는 동안 시간이 흘렀고, 그가 다시는 들을 수 없는 숫자들을 시계가 울렸다. 영원히 가버린 아홉, 영원히 가버린 열, 영원히 가버린 열하나, 이세 다가왔다가 가버릴 열둘. 마지막으로 그를 혼란스럽게 하는 이런 이상한 생각의 작용과 힘겹게 싸운 끝에, 그는 마침내 이겨냈다. 그는 그들의 이름을 부드럽게 되뇌며 이리저리 걸어다녔다. 최악의 싸움은 지나갔다. 그는 이제 정신을 산란하게 하는 환상에서 벗어나, 그 자신과 그들을 위해 기도하며 이리저리 걸었다.

열둘도 영원히 지나갔다.

그는 마지막 시간이 3시라고 알고 있었고, 그보다 조금 일찍 불려나가서 사형수 호송마차가 무겁게 천천히 거리를 덜컹거리며 갈 것이라고 알고 있었다. 그러므로 그는 이제 마음에서 2시를 그 시간으로 작정하고 그사이에 스스로 강하게 마음을 먹어서 그 시간

후에는 다른 사람들의 마음을 든든하게 만들어주리라고 결심했다.

가슴에 팔짱을 끼고 이리저리 규칙적으로 걸으면서, 라 포르스 감옥에서 이리저리 걷던 그 죄수와는 전혀 다른 사람이 되어, 그는 1시 종소리가 울리는 것을 놀라지 않고 들었다. 그 시간은 다른 여느 시간처럼 측정되었다. 그의 자제력이 회복된 데에 하늘에 감사하며, 그는 '이제 한번 더 남았구나' 하고 생각하며 다시 걷기 시작했다.

문밖의 돌로 된 통로에 발소리가 들렸다. 그는 멈춰섰다.

열쇠가 자물쇠로 들어왔고 돌려졌다. 문이 열리기 전, 혹은 문이 열리면서 어떤 남자가 낮은 목소리로 영어로 말했다. "그는 날 여기서 만난 적이 없어요. 그의 눈에 띄지 않아야겠소. 먼저 들어가요. 나는 가까이서 기다릴 테니. 빨리!"

문이 재빨리 열렸다 닫혔고, 그의 앞에는 조용히, 그를 바라보며, 환한 미소를 지으며, 주의하라는 듯 손가락을 입술에 댄, 씨드니 카턴이 서 있었다.

그의 표정에는 뭔가 아주 환하고 특별한 데가 있었기에, 죄수는 처음에 그가 자신이 상상해낸 유령이라고 생각했다. 그러나 그가 말을 하자, 그건 그의 목소리였다. 그는 죄수의 손을 잡았고, 그건 실제 그의 손길이었다.

"세상 모든 사람 중에서, 나를 보리라고 기대하진 않았겠죠?" 그가 말했다.

"당신이라는 것을 믿을 수가 없었어요. 지금도 못 믿겠소. 당신은," —갑자기 걱정스러운 생각이 들었다—"죄수는 아니죠?"

"아니오. 여기 간수 중 한사람에게 우연히 힘을 좀 쓸 수 있어서, 그 덕분에 당신 앞에 서 있는 거요. 그녀에게서—당신 아내에게서 왔어요, 다네이."

죄수는 그의 손을 꼭 잡았다.

"그녀의 청을 가져왔어요."

"뭡니까?"

"가장 진지하고 절박하고 간절한 청이고, 당신에게 그렇게 사랑스러운 목소리로 가장 슬프게, 잘 기억해달라고 말한 겁니다."

죄수는 고개를 옆으로 돌렸다.

"왜 그것을 가져왔는지, 그 의미가 뭔지 물어볼 시간이 없어요. 그런 말을 해줄 시간이 없단 말이오. 당신은 그 말에 따라야 하오―일단 당신이 신은 그 장화를 벗고 내 장화를 신으시오."

죄수 뒤편, 감방 벽에는 의자가 하나 있었다. 카턴은 번개 같은 속도로 나서서 그를 의자에 앉히고 맨발로 그의 앞에 섰다.

"내 장화를 신어요. 이걸 손으로 잡아요, 얼른 신어요. 빨리!"

"카턴, 이곳을 빠져나갈 수는 없어요. 그렇게는 할 수 없어요. 당신은 나와 함께 죽을 뿐이오. 미친 짓이에요."

"내가 당신에게 탈출하자고 하면 미친 짓이겠지. 그렇지만 내가 언제 그랬소? 내가 당신더러 저 문으로 나가자고 하면 그때 미친 짓이라고 하고 여기 남아 있으면 됩니다. 그 넥타이도 내 것과 바꿉시다. 그 외투도 내 것과 바꿔요. 당신이 그렇게 하는 동안 나는 당신 머리에서 이 리본을 풀어 당신 머리를 내 머리처럼 헝클겠소!"

놀랍도록 신속하게 정말 초자연적인 의지력과 실천력을 발휘하여, 그는 이 모든 변화를 그에게 강요했다. 죄수는 그의 손에 맡겨진 어린아이와 같았다.

"카턴, 카턴! 이건 미친 짓이오. 실행할 수도 없고, 할 수도 없어요. 시도된 적이 있지만 늘 실패했어요. 간청하는데, 당신의 죽음을 내 쓰라린 죽음에 더하지 마시오."

"다네이, 내가 저 문을 지나가자고 요구했나요? 내가 그러자고 하면 거절해요. 탁자에 펜과 잉크와 종이가 있네요. 글을 쓸 정도로 손이 차분합니까?"

"당신이 들어올 때는 그랬죠."

"그럼 다시 차분하게 가다듬어서 내가 부르는 것을 받아써요. 빨리, 친구, 빨리!"

당혹스러워하는 머리를 손으로 누르며 다네이는 탁자에 앉았다. 카턴은 가슴에 오른손을 대고 옆에 가까이 섰다.

"내가 말하는 그대로 써요."

"누구에게 보내는 겁니까?"

"아무한테도 보내는 게 아니오." 카턴은 여전히 가슴에 손을 대고 있었다.

"날짜를 쓸까요?"

"아니오."

죄수는 질문을 할 때마다 올려다보았다. 카턴은 가슴팍에 손을 집어넣고 옆에 서서 그를 내려다보았다.

"당신이 만약," 그가 불렀다. "오래전에 우리 사이에 오간 말들을 기억한다면, 당신은 이것을 보자마자 이 말을 바로 이해할 것입니다. 당신은 그 말을 기억할 거라는 것을 압니다. 그 말을 잊는 것은 당신의 본성이 아니지요."

그는 가슴팍에서 손을 꺼냈다. 죄수는 글을 쓰면서 급한 와중에 궁금하여 올려다보았다. 뭔가를 움켜쥔 그 손이 멈췄다.

"'그 말을 잊는 것은' 하는 문장까지 썼소?" 카턴이 물었다.

"썼습니다. 당신 손에 든 건 무기요?"

"아니오. 난 무기가 없습니다."

"손에 쥔 게 뭡니까?"

"곧 알게 될 것이오. 계속 써요. 몇마디만 더 쓰면 됩니다." 그는 다시 부르기 시작했다. "나는 내가 그 말을 증명할 수 있는 때가 온 것에 감사합니다. 내가 이렇게 하는 것은 후회하거나 슬퍼할 일이 아닙니다." 그는 쓰는 사람에게 눈길을 고정시킨 채 이 말을 하더니, 손을 천천히 부드럽게 내려서 쓰는 사람의 얼굴로 가져갔다.

다네이의 손에서 펜이 탁자 위로 떨어졌고, 그는 멍한 눈길로 주변을 둘러보았다.

"이게 무슨 증기요?" 그가 물었다.

"증기?"

"뭔가 스쳐갔는데?"

"아무것도 못 느끼겠는데. 여긴 아무것도 없어요. 펜을 들고 마무리를 하시오, 얼른, 얼른!"

기억이 손상된 듯, 혹은 능력이 망가진 듯, 죄수는 다시 주의를 기울이려고 노력했다. 그가 흐려진 눈을 하고 전과 다르게 숨을 쉬며 카턴을 바라보았을 때, 카턴은――다시 손을 가슴팍에 넣고――그를 물끄러미 바라보았다.

"얼른, 얼른!"

죄수는 다시 한번 종이를 향해 머리를 숙였다.

"그렇지 않았다면," 카턴의 손이 다시 조심스럽고 부드럽게 내려왔다. "나는 이 오래된 기회를 이용하지 못했을 것입니다. 그렇지 않았다면," 그 손이 죄수의 얼굴을 덮었다. "저는 훨씬 더 많은 댓가를 치러야 했을 것입니다. 그렇지 않았다면……" 카턴은 펜을 보았고 필체가 알아볼 수 없는 기호가 되어 자취를 감춘 것을 보았다.

카턴의 손은 다시 가슴으로 움직여가지 않았다. 죄수는 원망하는 눈길로 벌떡 일어났으나, 카턴의 손은 그의 콧구멍을 단단하게 꼭 막았고, 왼팔은 그의 허리를 끌어안고 있었다. 잠시 동안 그는 자신을 위해 목숨을 내놓으러 온 사람과 힘없이 몸싸움을 했다. 그러나 잠시 후 그는 바닥에 의식을 잃고 뻗어버렸다.

재빨리, 그러나 그의 마음처럼 목적에 충실한 손길로, 카턴은 죄수가 옆에 벗어놓은 옷을 입고, 그의 머리를 빗어 죄수가 매고 있던 리본으로 묶었다. 그리고 그는 부드럽게 불렀다. "여기 와봐! 들어와!" 그러자 간첩이 나타났다.

"봤지?" 카턴이 정신을 잃은 사람 옆에 한쪽 무릎을 꿇고 앉아 종이를 그의 가슴에 밀어넣으며 올려다보고 말했다. "당신이 굉장히 위험한가?"

"카턴 씨," 간첩이 손가락을 소심하게 튕기며 대답했다. "이런 한창때 사업에선, 당신이 거래를 끝까지 잘 지켜주기만 하면, 내가 위험하진 않아."

"날 겁낼 것은 없어. 죽을 때까지 진실할 테니까."

"그래야지, 카턴 씨. 쉰둘의 합계가 똑바로 되려면 말이야. 당신이 그 옷을 입고 숫자를 딱 맞추면, 나야 겁날 거 없어."

"겁내지 말라니까! 난 곧 당신을 해칠 수 없게 되고, 나머지는 곧 여기서 멀리 가게 될 거니까, 다행스럽게도! 자, 그럼 도움을 요청해서 나를 마차까지 데리고 가지."

"당신을?" 간첩이 초조하게 말했다.

"저 사람 말이야, 나 참, 나와 옷을 바꿔입은. 나를 데리고 들어온 그 문으로 나갈 거지?"

"물론이지."

"나는 자네가 나를 데리고 왔을 때도 약해서 휘청거렸는데, 이제 더 정신이 없어서 자네가 나를 데리고 나가는 거야. 이별의 면담이 너무 감당하기 어려웠던 거지. 여기선 그런 일이 자주, 너무 자주 일어나잖아. 자네 목숨은 이제 자네한테 달렸어. 빨리! 도움을 청해!"

"날 배반하지 않겠다고 맹세하는 거지?" 덜덜 떠는 간첩이 마지막으로 멈춰서서 말했다.

"거참, 이 사람!" 카턴이 발을 구르며 대꾸했다. "내가 이미 끝까지 가기로 엄숙하게 맹세했는데 자네가 이 중요한 순간을 지금 낭비하는 거야? 자네가 아는 마당으로 그를 데리고 가서, 마차에 직접 태우고, 직접 그를 로리 씨에게 보여주고, 그에게 바람을 쐬는 것 말고는 강장제는 따로 주지 말라고 직접 말해. 그리고 어젯밤 내 말을 기억하라고, 어젯밤 그의 약속을 기억하고 마차를 몰아서 가라고 말하라고!"

간첩이 나가고 카턴은 탁자에 앉아 손으로 이마를 짚었다. 간첩은 두 남자와 함께 즉시 되돌아왔다.

"어떻게 된 거야?" 넘어져 있는 사람을 보며 그중 한사람이 물었다. "친구가 성녀 기요띤의 복권에 당첨된 걸 보고 상심해서 그런 거야?"

"훌륭한 애국자라도," 다른 사람이 말했다. "귀족이 꽝을 뽑았더라도, 이보다 더 상심할 수는 없겠구먼."

그들은 의식을 잃은 사람을 들어올려 가져온 들것에 올려놓고 옮겨가려고 허리를 굽혔다.

"시간이 얼마 없다, 에브레몽드." 간첩이 경고하는 목소리로 말했다.

"잘 알고 있어." 카턴이 말했다. "내 친구를 잘살펴줘. 부탁이다. 그리고 얼른 가."

"가자, 모두들," 바사드가 말했다. "그를 들어올려, 가자!"

문이 닫히고 카턴은 혼자 남았다. 온 힘을 다해 귀를 기울여 의심이나 경계를 할 만한 소리를 들어보았다. 아무 소리도 나지 않았다. 열쇠가 돌아가고, 문이 닫히고, 발소리가 저 먼 통로로 멀어져 갔다. 특별한 어떤 비명도 서두르는 소리도 나지 않았다. 잠시 자유롭게 숨을 쉬며 그는 탁자에 앉아서 시계가 2시를 칠 때까지 귀를 기울였다.

그가 그 의미를 다 알고 있으므로 두렵지 않은 소리가 들리기 시작했다. 몇개의 문이 연달아 열리고 마침내 그의 문이 열렸다. 손에 목록을 든 간수가 들여다보고는 "따라와, 에브레몽드!" 하고 말했을 뿐이며, 그는 멀리 있는 크고 어두운 방으로 따라갔다. 어둡고 추운 겨울날이었고, 마음속 그림자와, 또 바깥의 그림자로 인해서 그는 팔을 묶이려고 이곳으로 끌려온 다른 사람들을 단지 희미하게 구분할 수 있을 뿐이었다. 어떤 이들은 서 있었고, 어떤 이들은 앉아 있었다. 어떤 이들은 슬퍼하며 불안하게 움직이고 있었지만, 그러는 사람은 많지 않았다. 대다수는 땅을 뚫어지게 바라보며 조용히, 가만히 있었다.

쉰두명쯤 되는 사람들이 그의 뒤를 따라 방으로 들어오는 동안 그가 침침한 구석 벽 옆에 서 있는데, 어떤 사람이 지나가면서 마치 그를 아는 듯이 껴안았다. 그는 발각될까봐 두려워 몸이 떨렸다. 그러나 그 남자는 그냥 지나갔다. 잠시 후, 연약한 소녀 같은 체구에 핏기라고는 하나도 없는 예쁘고 여윈 얼굴에 커다랗게 뜬 순한 눈을 가진 한 젊은 여인이 앉아 있던 자리에서 일어나 그에게 다가와 말을 걸었다.

"시민 에브레몽드," 그녀가 찬 손으로 그를 건드리며 말했다. "난 당신과 라 포르스에 함께 있던 가난하고 어린 재봉사예요."

그는 우물거리며 대답했다. "그렇군요. 무슨 죄목으로 고발되었는지 잊었는데?"

"음모요. 하느님은 내게 어떤 죄도 없다는 걸 아시겠지만요. 말이 돼요? 저처럼 불쌍하고 어리고 약한 사람하고 음모를 꾸밀 생각을 하겠어요?"

그녀가 쓸쓸한 미소를 지으며 이렇게 말하자 그는 감동을 받아 눈물을 흘리기 시작했다.

"죽는 건 무섭지 않아요, 시민 에브레몽드. 그렇지만 난 아무것도 안했어요. 우리 가난한 사람들에게 그렇게 좋은 일을 한다는 공화국이 내 죽음으로 이익을 본다면 죽어도 괜찮아요. 그렇지만 어떻게 그렇게 될 수 있는지는 모르겠어요, 시민 에브레몽드. 이렇게 약하고 어린 사람인데!"

그의 마음이 따뜻하고 부드러워지는 지상의 마지막 대상으로서, 그의 마음은 이 불쌍한 소녀를 향해 따뜻하고 부드럽게 되었다.

"당신이 석방되었다고 들었어요, 시민 에브레몽드. 그게 사실이었겠죠?"

"그랬습니다. 그렇지만 다시 잡혀서 선고받았어요."

"시민 에브레몽드, 저와 같은 마차를 타고 가시면, 제 손을 잡아주실래요? 전 두렵지는 않지만, 어리고 약해서요. 제가 좀더 용기를 낼 수 있을 것 같아요."

그 순한 눈을 그의 얼굴로 들어올릴 때 그는 그 눈에서 갑작스러운 의심과 놀라움을 보았다. 그는 일로 거칠어지고 굶주림에 찌든 어린 손가락을 붙들고 그의 입술에 갖다댔다.

"그를 위해 죽는 건가요?" 그녀가 속삭였다.

"그리고 그의 아내와 아이를 위해서. 쉿! 그렇소."

"오, 제가 당신의 용감한 손을 잡아도 되겠어요, 낯선 이여?"

"쉿! 그래요, 내 가엾은 누이여. 마지막까지."

감옥에 떨어지고 있던 것과 똑같은 그림자가 그 이른 오후 같은 시각에, 빠리를 벗어난 마차 한대가 검문을 받으러 달려왔을 때 군중이 둘러싼 방벽에도 떨어지고 있다.

"누가 가는 건가? 안에 누가 탔소! 서류를 보여주시오!"

서류가 제출되고 읽힌다.

"알렉상드르 마네뜨. 의사. 프랑스인. 누구요?"

여기 있습니다. 손가락으로 가리켜진, 이 무기력하고 알아들을 수 없이 웅얼거리며 정신이 나간 노인.

"보기엔 시민 의사께선 제정신이 아닌 것 같은데요? 혁명의 열기가 너무 뜨거우셨나?"

정말 그에게는 너무 힘듭니다.

"하! 그 열병 앓는 사람들이 많죠. 루시. 그의 딸. 프랑스인. 누구요?"

여기 있습니다.

"그런 것 같군. 루시, 에브레몽드의 아내. 아닙니까?"

그렇습니다.

"하! 에브레몽드는 다른 곳에서 약속이 있는데. 루시, 그녀의 아이. 영국인. 이게 그 아이요?"

바로 그애입니다.

"에브레몽드의 아이야, 내게 키스하렴. 자, 이제 넌 너희 집안엔 없는 훌륭한 공화주의자에게 키스한 거다, 기억해라! 씨드니 카턴. 변호사. 영국인. 누구요?"

그는 마차 한구석에 누워 있다. 그 역시 가리켜진다.

"영국인 변호사께서 기절하셨군?"

그는 신선한 공기를 마시면 깨어날 거라고 한다. 그는 건강이 좋지 않고 또 공화국의 노여움을 산 친구와 슬프게 헤어졌다고 주장된다.

"그게 다요? 별것도 아니네, 뭘! 공화국의 노여움을 사서 갇혀 있는 사람이야 많지. 자비스 로리. 은행원. 영국인. 누구요?"

"납니다. 당연히, 마지막 사람이니까요."

이 모든 앞서의 질문에 대답한 사람은 자비스 로리다. 마차에서 내려 문에 손을 짚고서 일군의 관리에게 대답한 사람은 자비스 로리다. 그들은 느긋하게 마차 주위를 둘러보고, 느긋하게 마부석에 올라가서 지붕에 올려놓은 작은 수화물을 본다. 시골 사람들이 주변을 맴돌다가 점점 마차 문 앞에 가까이 다가와 게걸스럽게 안을 들여다본다. 엄마가 안고 있던 한 어린아이가 그들을 보고 짧은 팔을 뻗어서, 기요띤으로 향한 귀족의 부인을 만져보려고 한다.

"서류들을 다 봤고, 서명을 했소, 자비스 로리."

"떠나도 됩니까, 시민?"

"가도 됩니다. 출발하시오, 기수들! 좋은 여행이 되시기를!"

"감사합니다, 시민 여러분. ―이제 첫번째 위험은 통과했군!"

이것 역시 자비스 로리가 손을 깍지 끼고 위를 바라보며 한 말이다. 마차에는 공포가 있고, 눈물 바람이 있고, 정신을 잃은 여행자의 무거운 숨소리가 있다.

"우리 너무 천천히 가는 거 아니에요? 좀더 빨리 가달라고 할 수는 없나요?" 루시가 노인에게 매달려 묻는다.

"마치 날아가는 것 같을 거야, 루시. 그들에게 너무 재촉을 할 수는 없단다. 의심을 살 수도 있어."

"뒤를 봐요, 뒤를 봐요. 누가 우릴 따라오고 있는 건 아닌지!"

"길에 아무도 없어, 얘야. 이제까지는 쫓아오는 사람은 없다."

집들이 두세채씩 우리 곁을 스쳐간다. 외딴 농장과 폐허가 된 건물들과 염색 공장, 무두질 공장 같은 것들, 벌판과, 잎이 떨어진 채 늘어선 가로수들. 딱딱하고 울퉁불퉁한 길이 우리 아래에 있다. 부드럽고 깊은 진흙이 양옆에 있다. 때때로 우리를 덜컹이게 하고 흔들어대는 돌들을 피하기 위해 옆의 진창길로 들어서기도 한다. 때때로 우리는 바퀴자국이나 진창에 처박히기도 한다. 초조한 우리의 고통이 너무 커서 우리는 격렬하게 놀라고 마음이 급해서 그냥 내려 달려가고―숨고 싶다―멈추는 것 말고는 뭐든지 하고 싶은 마음이다.

벌판으로 나와서, 다시 폐허가 된 건물들과, 외딴 농장과, 염색 공장, 무두질 공장 등등의 사이로, 두세채씩 몰려 있는 오두막들, 잎이 떨어진 가로수들을 다시 만난다. 이 사람들이 우리를 속이고 다시 다른 길로 우리를 데리고 돌아간 걸까? 이 길은 같은 곳으로 두번째 지나가는 것 아닌가? 다행히도, 아니다. 마을이다. 돌아봐, 돌아봐, 그리고 우리가 쫓기고 있는지 살펴봐. 쉿! 역참이다.

느긋하게, 우리 네마리 말들을 끌어낸다. 느긋하게 말에서 풀려난 마차를 작은 골목에 세운다. 마차가 다시 움직일 가능성이 없을 것만 같다. 느긋하게 새로운 말들이 하나씩 하나씩 시야에 들어온다. 느긋하게 새로운 기수들이 나타나 채찍 끈을 빨고 땋아놓는다. 느긋하게 과거의 기수들은 돈을 세고 덧셈을 잘못하여 불만스러운 결과에 도달한다. 그러는 동안 우리의 무거워진 가슴은 이제까지 태어난 것들 중 가장 빠른 말들의 가장 빠른 속보를 능가할 정도의 속도로 콩콩 뛰고 있다.

마침내 새로운 기수들이 안장에 앉고, 예전 기수들은 뒤에 남는다. 우리는 마을을 지나 언덕을 올라가고 언덕을 내려가고 낮고 습한 땅으로 달려간다. 갑자기 기수들이 활발한 몸짓으로 뭐라고 서로 이야기를 하더니 말이 거의 웅크린 상태로 멈추어선다. 누가 우리를 따라오는 건가?

"어이! 거기 마차 안에. 말하라!"

"뭡니까?" 로리 씨가 창문으로 내다보며 묻는다.

"몇명이라고 했지?"

"무슨 말씀이신지 모르겠는데요."

"─방금 역마에서 말이야. 오늘 기요띤으로 몇명이나 산 거지?"

"쉰둘이오."

"맞아. 훌륭한 숫자야! 여기 내 동료 시민들이 마흔둘이라잖아. 열을 더 죽여도 가치가 있지. 기요띤이 일을 잘한단 말이야. 좋아. 앞으로 가. 이랴!"

밤이 어둠과 함께 다가온다. 그는 조금 더 움직인다. 그는 깨어나려고, 알아듣게 말을 하려고 한다. 그는 그들이 아직 함께 있다고 생각한다. 그는 그에게 이름을 묻고 손에 든 것이 무엇이냐고 묻는다. 오, 자비로운 하늘이시여, 우리를 불쌍히 여겨 우리를 도와주소서! 조심해, 조심해, 누가 따라오는지 살펴봐.

바람이 우리를 요란하게 스쳐간다. 구름이 우리를 지나쳐 흘러간다. 달이 우리 뒤에서 진다. 짐승 같은 밤이 온통 우리를 따라오고 있다. 그러나 이제까지 그외엔 아무도 우리를 따라오지 않고 있다.

14장
뜨개질 종료

쉰두명이 그들의 운명을 기다리고 있을 때 바로 그 시각에 드파르주 부인은 복수와 혁명 배심원단의 3번 자끄와 함께 음험하고 불길한 회의를 하고 있었다. 이들과 논의를 한 곳은 포도주 상점이 아니라 예전에 길 고치는 사람이었던, 나무 켜는 사람의 오두막이었다. 나무 켜는 사람은 회담에 참여하지 않았고, 약간 떨어져서 요청받을 때까지는 말하지 않도록, 혹은 청할 때까지는 의견을 내놓지 않도록 되어 있는 외곽의 위성처럼 기다렸다.

"그렇지만 우리 드파르주는," 3번 자끄가 말했다. "틀림없이 훌륭한 공화주의자잖아요? 응?"

"더 훌륭한 사람은 없죠," 입심 좋은 복수가 날카로운 어조로 말했다. "프랑스 전체에서."

"가만있어봐, 복수야." 약간 눈살을 찌푸린 채 그녀의 손을 부관의 입술에 얹으며 드파르주 부인이 말했다. "내 말 들어봐. 내 남편

540

은 동료 시민이자, 훌륭한 공화주의자고, 용감한 남자야. 그는 공화국의 인정을 받을 만하고, 신뢰를 얻고 있어. 그렇지만 남편은 그 나름의 약점이 있지. 이 박사에게는 누그러진다는 약점이 있단 말이야."

"거참 딱하네." 3번 자끄가 미심쩍다는 듯 고개를 흔들며 그의 잔인한 손가락을 배고픈 입에 대고 그르렁거렸다. "그건 훌륭한 시민답지 않은걸. 유감스러운 일이야."

"봐요." 부인이 말했다. "난 이 의사는 개의치 않아. 그는 내가 그에게 가진 관심 때문에 머리를 보존할 수도, 잃을 수도 있겠죠. 어느 쪽이나 내겐 마찬가지예요. 그렇지만 에브레몽드 족속은 다 멸종시켜야 해. 아내와 아이도 그 남편과 아버지를 따라가야 해요."

"그 여자 머리가 괜찮지." 3번 자끄가 그르렁댔다. "난 그곳에서 푸른 눈과 금발을 본 적이 있어. 삼손이 그걸 쳐들어올리니까 보기가 멋지더라고." 무시무시한 괴물이 된 그는 마치 식도락가처럼 말했다.

드파르주 부인은 눈을 내리깔고 잠시 생각했다.

"그 아이도." 3번 자끄가 자기 말을 곱씹어 즐기며 말했다. "금발에 푸른 눈이던데. 거기 아이가 올라간 경우는 거의 없잖아. 거참 볼만하겠네!"

"한마디로." 잠깐 생각에 잠겼던 드파르주 부인이 말했다. "이 문제에 있어선 내 남편을 믿을 수가 없어요. 어젯밤부터 나는 내 계획의 세부사항을 그에게 털어놓으면 안되겠다고 느꼈을 뿐만 아니라, 내가 지체하면 그가 그들에게 경고를 보내서 그들이 도망칠 위험도 있다고 느껴요."

"그렇게 되면 안되죠." 3번 자끄가 그르렁거렸다. "아무도 도망쳐선 안돼요. 아직 반도 안했는데. 하루에 일흔두명씩 해치워야 해요."

"한마디로," 드파르주 부인이 계속했다. "남편은 내가 이 가족의 멸족을 추진하는 이유를 몰라요. 나도 또한 그가 이 의사를 다감하게 대하는 이유를 몰라요. 그러니까 나는 혼자 힘으로 행동해야 합니다. 이리로 오시오, 작은 시민."

죽을 듯이 두려운 마음에 그녀를 존경하고 그녀에게 복종하던 나무 켜는 사람은 손을 붉은 모자에 얹고 앞으로 나왔다.

"그 신호를 해보세요, 작은 시민," 드파르주 부인이 엄격하게 말했다. "그녀가 죄수들에게 보낸 신호 말이에요. 바로 오늘 그것에 대해 증언할 준비가 되었죠?"

"네, 네, 그럼요!" 나무 켜는 사람이 외쳤다. "매일, 눈이 오나 비가 오나, 2시에서 4시 사이에, 늘 신호를 보냈죠. 어떤 때는 아이와 함께, 어떤 때는 혼자 왔어요. 제가 확실히 압니다. 제 눈으로 봤으니까."

그는 마치 그가 본 적도 없는 온갖 다양한 신호 중 몇가지를 우발적으로 흉내 내는 듯, 말하면서 갖가지 몸짓을 했다.

"분명 음모요." 3번 자끄가 말했다. "명백해!"

"배심원단은 틀림없겠죠?" 드파르주 부인이 그에게 음침한 미소를 지어 보이며 물었다.

"애국심 많은 배심원단을 믿으시오, 시민. 동료 배심원들은 내가 책임집니다."

"자, 그럼," 다시 생각에 잠기며 드파르주 부인이 말했다. "그래도 한번만 더 생각해봅시다! 내가 이 의사를 남편에게 내줄 수 있을까요? 난 어느 쪽이든 아무 감정이 없는데. 내가 그를 살려줄 수

542

있을까요?"

"그도 머리 하나로 계산됩니다." 낮은 목소리로 3번 자끄가 말했다. "정말로 머리가 얼마 없어요. 딱한 일이오, 내 생각엔."

"내가 그녀를 봤을 때, 그도 그녀와 함께 신호를 보내고 있었어요." 드파르주 부인이 주장했다. "이 사람을 말하려면 반드시 저 사람을 함께 말해야 합니다. 내가 가만히 있어서 사건을 전적으로 여기 있는 이 작은 시민에게 맡기면 안되겠어요. 왜냐하면 나는 나쁜 증인이 아니거든요."

복수와 3번 자끄는 그녀가 가장 우수하고 훌륭한 증인이라고 열띠게 주장하느라 서로 경쟁했다. 작은 시민도 지기 싫어서 그녀가 천상의 증인이라고 선언했다.

"그도 자기 운을 시험해봐야죠." 드파르주 부인이 말했다. "그래요, 난 그를 용서할 수 없어요! 당신은 오늘 3시에 약속이 있죠. 당신은 오늘 처형될 사람들을 보러 갈 거죠. ──당신은?"

그 질문은 나무 켜는 사람에게로 향한 것이었고, 그는 서둘러 긍정했다. 또 그 틈을 포착하여, 그는 가장 열렬한 공화주의자이며, 어떤 이유로든 그 익살꾸러기 국민 이발사를 감상하면서 오후 파이프를 피우는 즐거움을 누리지 못한다면 결과적으로 가장 우울한 공화주의자가 될 거라고 덧붙였다. 그는 여기서 너무 과장되게 말했으므로, 그는 그날 매시간 그 자신의 안전에 대해 개인적으로 작은 두려움을 가지고 있는 것이 아닌가 의심을 살 수도 있었다. (아마도 드파르주 부인의 머리에 달린 검은 눈은 그를 경멸하듯 보면서 실제로 의심했을지도 모른다.)

"나도," 부인이 말했다. "같은 장소에서 같은 약속이 있어요. 그것이 끝나면── 그러니까 오늘밤 8시쯤── 당신은 쌩땅뚜안에 와서 날 찾아요. 그러면 내 구역에서 그들에 대한 정보를 줄 테니."

나무 켜는 사람은 그 시민을 모시는 것이 자랑스럽고 영광이라고 말했다. 그 여성 시민이 쳐다보자 그는 당황했고, 강아지가 그러듯이 그녀의 시선을 피해서 나무 사이로 숨어들어 톱자루 너머로 자신의 혼란을 숨겼다.

드파르주 부인은 배심원과 복수를 문 가까이로 부르더니 그들에게 자신의 의견을 다음과 같이 자세히 설명했다.

"그녀는 지금 그가 죽는 순간을 기다리며 집에 있을 거예요. 그녀는 애도하고 슬퍼하겠지. 그녀는 공화국의 정의를 해치는 정신 상태가 될 거요. 그녀는 공화국의 적과 완전히 공감하고 있을 거야. 내가 그녀에게 가겠어요."

"정말 훌륭한 여성이오, 정말로 숭배할 만한 여성입니다!" 3번 자끄가 열광적으로 외쳤다. "아, 내가 존경하는 분!" 복수가 이렇게 외치며 그녀를 끌어안았다.

"내 뜨개질거리를 가지고 가." 드파르주 부인이 그녀의 부관 손에 뜨개질거리를 건네주며 말했다. "내가 늘 앉던 자리에 갖다놔. 내가 늘 앉던 자리를 맡아주고. 그곳으로 곧장 가. 아마 보통때보다 사람들이 더 많이 모일 거야, 오늘은."

"대장님 명령에 기꺼이 따르겠습니다." 복수가 민첩하게 대답하며 그녀의 뺨에 키스를 했다. "늦진 않으실 거죠?"

"시작하기 전에 갈게."

"사형수 호송차가 도착하기 전에 오세요. 꼭 오세요." 복수가 그녀의 뒤에 대고 부르며 말했다. 그녀는 이미 거리로 나가버렸기 때문이었다. "사형수 호송차가 도착하기 전에!"

드파르주 부인은 알아들었다는 듯, 그리고 시간 맞춰 도착할 테니 염려 말라는 듯 가볍게 손을 흔들고는 진창길을 뚫고 감옥 벽 모퉁이를 돌아갔다. 복수와 배심원은 그녀가 걸어가는 것을 바라보고는 그녀의 멋진 모습과 그녀의 탁월한 도덕적 자질을 몹시 칭찬했다.

그 시절, 무섭게 망가뜨리는 시간의 손길 아래 놓인 수많은 여인들이 있었다. 그러나 그들 중 지금 길을 걸어가고 있는 이 무자비한 여인보다 더 두려운 여인은 단 한사람도 없었다. 강하고 두려움 없는 성격에서나, 영리한 감각과 준비성에서나, 대단한 결단력에서나, 그 소유자에게 단호함과 적개심을 더해주는 듯 보일 뿐만 아니라 다른 사람에게 그러한 특징을 본능적으로 인식하게 만들어주는 종류의 아름다움에서나, 그 뒤숭숭한 시절은 어떤 경우에도 그녀를 높이 추어올릴 수 있을 듯했다. 그러나 어린 시절부터 잘못된 일에 대한 생각에 잠겨 있었던데다가 계급에 대한 뿌리 깊은 증오심을 가져온 덕에, 그녀는 기회가 다가오자 암호랑이로 발전했다. 그녀는 동정심이라고는 전혀 없었다. 그러한 미덕을 가졌던 적이 있다고 하더라도, 이제는 완전히 없어져버린 것이었다.

무고한 자가 조상이 저지른 죄 때문에 죽어야 한다는 것은 그녀에게 아무것도 아니었다. 그녀는 그를 보는 것이 아니라 그들을 보는 것이었다. 그의 아내가 과부가 된다거나 그의 딸이 고아가 된다는 것은 그녀에게 아무것도 아니었다. 그것은 처벌로는 부족했다. 왜냐하면 그들은 원래부터 그녀의 적이며 그녀의 먹잇감이었고, 그래서 살아갈 권리가 없었다. 그녀에게 호소하는 것은 그녀에게, 심지어 그녀 자신에 대해서도, 동정심이 없으니 아무런 소용이 없었다. 이제까지 참여한 수많은 교전 중 어떤 곳에서 길에 쓰러져 눕게 되었더라도, 그녀는 자신을 동정하지 않았을 것이다. 그녀가 내일 도끼날에 스러지더라도 그녀는 자신을 그곳에 보낸 사람과 자리를 맞바꾸고 싶다는 맹렬한 욕망 외에는 어떤 부드러운 감정도 갖지 않은 채 그리로 갈 것이었다.

거친 의복 아래 드파르주 부인은 그런 마음을 지니고 있었다. 아무렇게나 걸쳤지만 묘하게도 충분히 어울리는 옷이었고, 그녀의 검은 머리카락은 거친 붉은 모자 아래 풍성하게 보였다. 그녀의 가슴팍에는 장전된 권총이 숨겨져 있었다. 허리춤에는 날카롭게 벼린 단도가 숨어 있었다. 그렇게 복장을 갖추고, 그런 성격에 어울리는 자신감과, 어린 시절에 맨발로 다리를 드러내고 해변의 갈색 모래밭을 걸어다니곤 하던 여인의 유연한 자유로움으로, 드파르주 부인은 길을 따라 자신의 길을 갔다.

이제, 여행마차의 여정이 어젯밤 계획되어 모두 다 태우기를 기다리던 그 순간, 프로스 양을 태우기 어렵다는 것이 로리 씨의 마음을 복잡하게 했다. 마차에 사람을 너무 많이 태우지 않는 것이 바람직할 뿐 아니라, 마차와 승객을 검문하는 시간을 최대한 단축하는 것이 가장 중요했다. 그들의 탈출은 여기저기서 단 몇초를 단축하는 데 달렸을 수도 있기 때문이었다. 마침내 그는 초조한 궁리 끝에 그 도시를 자유로이 떠날 수 있는 프로스 양과 제리는 그 당시 알려진 가장 가벼운 바퀴가 달린 마차를 타고 3시에 그곳을 떠날 것을 제안했다. 짐이 없으니 그들은 곧 마차를 따라잡을 수 있을 것이고, 마차를 지나쳐 앞질러 가서 미리 말들을 주문해놓으면 지체하는 것이 가장 두려운 귀중한 밤 시간 동안 여행의 진전을 매우 수월하게 만들 수 있을 것이었다.

이 제안에서 그 위급한 순간에 실질적인 도움이 될 수 있다는 희망을 발견하고 프로스 양은 기쁘게 받아들였다. 그녀와 제리는 마차가 떠나는 것을 보았고, 쏠로몬이 데려온 사람이 누구인지 알았으며, 고통스럽게 조마조마한 마음으로 십여분을 보내고는, 이제 마차를 따라갈 조치를 마무리하고 있었다. 드파르주 부인이 길을 따라와서 그들이 의논하고 있는, 다른 사람은 없이 텅 빈 숙소로 점점 더 가까이 오고 있는 그 순간에도.

"자, 어떻게 생각하세요, 크런처 씨," 너무 흥분하여 말할 수도, 서 있을 수도, 움직일 수도, 아니, 살아 있을 수도 없었던 프로스 양이 말했다. "이 마당에서 떠나지 않는 게 어때요? 여기서 오늘 이미 마차가 떠났으니, 의심을 살 수도 있어요."

"제 생각은, 부인," 크런처 씨가 말했다. "당신 말이 맞습니다. 옳건 그르건, 당신을 지지하겠습니다."

"소중한 사람들에 대한 두려움과 희망 때문에 정신이 나가서요," 프로스 양은 엉엉 울면서 말했다. "어떤 계획을 세울 수가 없어요. 당신은 세울 수 있나요, 크런처 씨?"

"앞으로의 인생에 관해선 말입니다, 부인," 크런처 씨가 대답했다. "그럴 수 있을 것 같습니다. 지금 이곳에서 내 늙은 머리를 사용하는 것에 대해서라면, 그럴 수 없을 것 같네요. 지금 이 위급한 상황에서 제가 기록해두고 싶은 두가지 약속을 적어주시겠어요, 부인?"

"오, 맙소사!" 프로스 양은 여전히 엉엉 울면서 외쳤다. "당장 써서 감춰놓으세요, 제발."

"첫째," 크런처 씨는 덜덜 떨면서 창백하고 엄숙한 낯빛으로 말했다. "이것과는 전혀 상관없는 저 불쌍한 것들 말입니다, 전 그런 일 다시는 안합니다, 다시는요!"

"물론이죠, 크런처 씨," 프로스 양이 대답했다. "무슨 일이든 다

시는 하지 마세요. 그런데 그 일이 뭔지 구체적으로 언급할 필요가
있다고 생각하시진 않았으면 해요.”

“물론이죠, 부인,” 제리가 대답했다. “당신께 말씀드려서는 안됩
니다. 둘째, 이 일과 상관없는 저 불쌍한 것들 얘기인데, 더이상 저
는 마누라가 출싹거리는 일에 간섭하지 않겠습니다, 절대로요!”

“집안 살림이 어떻게 되는 것이든,” 프로스 양은 눈물을 닦고 마
음을 추스르려 애쓰면서 말했다. “크런처 부인께서 살림을 전적으
로 맡아서 관리해야 한다는 데는 의심의 여지가 없네요. ─오, 내
불쌍한 것들!”

“그러면 부인, 이런 말씀 드려서 뭣하지만,” 크런처 씨가 마치 설
교단에서 열변을 토하듯이 매우 급박한 어조로 말을 이었다. “제가
한 말을 적어서 당신께서 제 마누라에게 좀 전해주시겠습니까─
출싹거리는 데 대한 제 생각이 바뀌었다는 것이며, 제가 진심으로
바라는 것은 마누라가 지금도 출싹거리고 있으리라는 것이라는 얘
기 말입니다.”

“자, 자, 자! 부인은 지금 그럴 거예요, 아저씨.” 정신이 나간 프
로스 양이 외쳤다. “그리고 아마 부인은 그로써 자신의 기대에 대
한 응답을 받게 될 겁니다.”

“정말로,” 크런처 씨는 더욱 엄숙하게, 더욱 천천히, 더욱 열변을
토하고 버티면서 말을 이었다. “제가 이제까지 말하고 행한 것 때
문에 지금 저 불쌍한 사람들을 위한 내 진지한 소망이 좌절되지 않
았으면 좋겠어요! 우리가 이 무서운 위험에서 탈출시키는 데 (어
떻게든 도움이 된다면) 출싹거리지 않을 수 없잖아요. 정말로요,
부인! 정말, 저─엉─말로요!” 이것이 조금 더 나은 말을 찾기 위
한 기나긴, 그러나 헛된 노력 끝에 나온 크런처 씨의 결론이었다.

여전히 드파르주 부인은 길을 따라서 점점 가까이 다가오고 있었다.

"만약 우리가 고국으로 돌아가게 된다면," 프로스 양이 말했다. "당신이 그렇게 인상적으로 했던 말을 내가 기억하고 이해할 수 있는 최대한으로 부인께 꼭 전할 테니 걱정 마세요. 그리고 어떤 경우에도 전 당신이 이 끔찍한 시기에 정말로 진지했었음을 증언할 거라고 믿어도 좋아요. 자, 그럼 생각 좀 해보자고요! 훌륭한 크런처 씨, 생각 좀 해봐요!"

여전히 드파르주 부인은 길을 따라서 점점 가까이 다가오고 있었다.

"당신이 먼저 나가서," 프로스 양이 말했다. "마차와 말을 이곳으로 오지 못하게 하고 어디선가 저를 기다리면, 그게 좋지 않을까요?"

크런처 씨는 그게 좋겠다고 생각했다.

"어디서 기다릴 수 있겠어요?" 프로스 양이 물었다.

크런처 씨는 너무 당황해서 템플 바 말고는 아무 장소도 생각이 나지 않았다. 오호라! 템플 바는 수백 마일이나 떨어져 있고 드파르주 부인은 정말로 아주 가까이 다가오고 있었다.

"성당 문 옆에," 프로스 양이 말했다. "두 탑 사이에 있는 커다란 성당[86] 문 근처에서 저를 태우는 게 터무니없는 일일까요?"

"아닙니다, 부인." 크런처 씨가 대답했다.

"그러면, 이제," 프로스 양이 말했다. "바로 역참으로 가서서 일정을 바꿔주세요."

---

[86] 노트르담의 서쪽 문을 말하는 듯함.

"걱정되는 점은," 크런처 씨가 망설이며 머리를 흔들며 말했다. "당신을 여기 남겨두는 게 말이죠, 무슨 일이 일어날지 모르지 않습니까."

"그거야 모를 일이죠." 프로스 양이 대답했다. "그렇지만 제 걱정은 마세요. 3시에 성당에서, 혹은 되도록 그 가까운 곳에서 저를 태우세요. 제 생각엔 그게 우리가 여기서 나가는 것보다는 나을 듯싶어요. 확실해요. 자! 크런처 씨, 신의 가호를! 저를 생각하지 말고, 우리 두사람에게 달린 목숨들을 생각하세요!"

이렇게 서두를 꺼내며 프로스 양의 두 손이 정말로 간절하게 그의 두 손을 꽉 잡자, 크런처 씨는 결심이 섰다. 격려하는 듯 고개를 한두번 끄덕이고, 그는 곧 일정을 바꾸러 밖으로 나갔고, 그녀가 제안한 바를 따르도록 그녀를 혼자 남겨두었다.

이미 실행되고 있는 예방조치를 이렇게 생각해냈다는 사실에 프로스 양은 매우 안심이 되었다. 거리에서 특별히 주의를 끌지 않도록 외모를 가다듬을 필요가 있다는 것 또한 위안이 되었다. 그녀는 시계를 보았고, 시각은 2시 20분이었다. 시간이 없었고, 당장 준비해야 했다.

극도의 동요 속에서, 버려진 방들의 쓸쓸함에, 그리고 열려 있는 방문들 뒤에서 어떤 얼굴들이 내다보고 있을지도 모른다는 상상에 두려움을 느끼며, 프로스 양은 찬물을 한 대야 떠놓고 뻘겋게 부풀어오른 눈을 씻기 시작했다. 열에 달뜬 걱정에 시달리며 그녀는 한시라도 뚝뚝 떨어지는 물이 시야를 흐리는 것을 참을 수가 없었고, 그래서 계속 멈춰서 그녀를 지켜보는 사람이 없는지 둘러보았다. 그렇게 둘러보다가 그녀는 움찔하며 비명을 질렀다. 방 안에 어떤 사람이 서 있는 것을 보았기 때문이다.

대야가 바닥에 떨어져 깨지고 물이 드파르주 부인의 발치로 흘러갔다. 묘하게 단호한 방식으로, 그리고 발길을 물들이는 피바다를 뚫고, 그 발은 그 물을 맞이하러 온 것이었다.

드파르주 부인은 냉랭하게 그녀를 쳐다보며 말했다. "에브레몽드의 부인, 어디 있나?"

프로스 양의 머리에 문들이 모두 열려 있으므로 이미 도망갔다는 암시를 줄 수도 있겠다는 생각이 떠올랐다. 그녀의 첫번째 행동은 그 문들을 닫는 것이었다. 그 방에는 문이 네개 있었고, 그녀는 그 문들을 모두 닫았다. 그리고 그녀는 루시가 머물던 방의 문 앞에 섰다.

드파르주 부인의 검은 눈은 이 빠른 동작들을 계속 지켜보았고, 그 동작을 멈추었을 때 그녀에게 머물렀다. 프로스 양은 예쁜 구석은 없었다. 세월이 흘러도 그녀의 외모가 지닌 거친 느낌은 길들여지지 않았고, 그 엄격함도 부드러워지지 않았다. 그녀 역시 다른 방식으로 단호한 여성이었기에, 그녀는 드파르주 부인을 눈으로 샅샅이 훑어보았다.

"넌 외모로 봐서는 루시퍼의 아내로군." 프로스 양이 숨을 몰아쉬며 말했다. "그렇지만 넌 나를 이기지 못할걸. 나, 영국 여자야."

드파르주 부인은 경멸하는 표정으로 그녀를 쳐다보았지만, 프로스 양이 인식하기로는 둘 다 궁지에 몰렸다는 느낌을 가지고 있었다. 그녀는 오래전 로리 씨가 강인한 손을 가진 같은 외양의 여인에게서 본 것과 같은 빈틈없고 단단하며 억센 여인을 보았다. 그녀는 프로스 양이 그 가족의 헌신적인 친구임을 아주 잘 알고 있었다. 프로스 양은 드파르주 부인이 그 가족에게 악의를 지닌 적임을 아주 잘 알고 있었다.

"저리로 가던 길에," 그 치명적인 장소를 손으로 살짝 가리키며 드파르주 부인이 말했다. "사람들이 내 의자와 뜨개질거리를 미리 마련해놓았는데, 지나가던 길에 그녀에게 인사나 하려고 들렀어. 그녀를 보고 싶은데."

"네 의도가 사악하다는 걸 알아." 프로스 양이 말했다. "넌 그걸 믿고 있겠지. 나는 그에 반대되는 내 생각을 믿을 거야."

각자 자기 나라 말로 이야기를 했다. 그래서 둘 다 서로의 말을 이해하지 못했다. 두사람은 서로 경계하면서 표정과 태도에서 그 알 수 없는 말들이 의미하는 것을 뭐라도 추론해내느라 여념이 없었다.

"지금 그녀를 숨겨봐야 그녀에게 좋을 것이 하나도 없을 거야." 드파르주 부인이 말했다. "훌륭한 애국자라면 그게 무슨 의미인지 알 거다. 그녀를 만나게 해줘. 그녀에게 가서 내가 보고 싶어한다고 말해, 알아들어?"

"그 눈이 침대 원치라면," 프로스 양이 대꾸했다. "나는 영국식 네(四) 기둥 침대다. 그것으로는 나한테서 지저깨비 하나 떼어내지 못해. 어림없지, 이 사악한 외국 년아, 내가 상대해주마."

드파르주 부인은 이런 관용적인 표현을 세세하게 다 알아듣는 것 같지는 않았지만, 그녀를 무시하고 있다는 것을 알아차릴 정도로는 그 말을 이해했다.

"바보 같은 년, 돼지 같은 게!" 드파르주 부인은 얼굴을 찌푸리며 말했다. "너한테선 대답을 듣지 않겠다. 그녀를 봐야겠어. 내가 그녀를 봐야 한다고 전하거나, 문에서 썩 비켜라, 내가 들어가서 그녀를 만나게!" 그녀는 오른팔을 성난 듯 휘두르며 말했다.

"난 말이지," 프로스 양이 말했다. "너네 그 말도 안되는 말을 이해하려 해야 한다고 생각한 적이 없었어. 그렇지만 지금은 네가 그 진실을 의심하는지, 일부라도 의심하는지 알기 위해서라면 내가 입고 있는 옷만 빼고는 뭐든 다 주고 싶다."

둘 중 아무도 상대방의 눈길을 놓치지 않았다. 드파르주 부인은 프로스 양이 처음 그녀가 있음을 의식했을 때 그녀가 서 있던 그 지점에서 움직이지 않았다. 그러나 지금 그녀는 한발짝 앞으로 내디뎠다.

"난 브리튼족이다." 프로스 양이 말했다. "난 절박해. 난 나 자신은 두푼어치도 생각지 않아. 난 내가 너를 여기 오래 잡아두면 둘수록 우리 무당벌레에게 희망이 더 많아진다는 걸 알거든. 내 손가락 하나만 건드려봐, 그 검은 머리털을 다 뽑아버릴 테니!"

그렇게 프로스 양은 머리를 흔들고 빠르게 내뱉는 문장마다 눈을 빛내고 사이사이 심호흡을 했다. 평생 누구를 한번도 때려본 적 없는 그 프로스 양이.

그러나 그녀의 용기는 감정적인 성질의 것이었기에, 그녀의 눈에는 어찌할 수 없는 눈물이 고였다. 그것은 드파르주 부인이 약점이라고 잘못 알 정도로, 그녀는 이해하지 못하는 그런 종류의 용기였다. "하, 하!" 그녀가 웃었다. "불쌍한 것! 그 정도냐! 박사에게 전한다." 그러고는 목소리를 높여 외쳤다. "시민 의사! 에브레몽드의 아내! 에브레몽드의 아이! 이 딱한 바보 말고 다른 누구라도 시민 드파르주의 말에 대답하라!"

아마도 뒤이은 침묵이, 아마도 프로스 양의 표정에 숨어 있는 어떤 진실이, 아마도 이런 암시와는 별개로 갑작스러운 의혹이, 드파르주 부인에게 그들이 이미 가버리고 없다고 속삭여주었다. 그녀는 재빨리 세개의 문을 열고 안을 들여다보았다.

"이 방들은 전부 어질러져 있네. 급하게 짐을 꾸리느라 땅에 이것저것 떨어져 있어. 네 등 뒤의 방에도 아무도 없는 거지! 어디 보자."

"안돼!" 프로스 양은 드파르주 부인이 그 대답을 이해한 정도로 완벽하게 그 요구를 이해했다.

"만약 그들이 이 방에 없으면 가버린 거고, 그러면 추격해서 도로 잡아와야 해." 드파르주 부인이 혼잣말을 했다.

"그들이 그 방에 있는지 없는지 모르는 한, 너는 어떻게 해야 할지 확신할 수 없을 테지." 프로스 양이 혼잣말을 했다. "그리고 네가 알게 되는 것을 내가 막을 수 있다면 너는 알 수가 없을 테지. 내가 너를 붙들고 있는 동안에는 여기를 떠나선 안된다는 것을 알 테지, 아니, 모를 테지."

"난 처음부터 길바닥에서 살았고, 아무것도 날 못 막아. 그러니 너를 갈기갈기 찢어버리겠어. 그렇지만 일단 문에서 치워야겠다." 드파르주 부인이 말했다.

"아무도 없는 마당의 높은 집 꼭대기에 단둘이 있으니 아무도 우리 소리를 못 들을 거야. 너를 여기 붙들어둘 힘만 있으면 좋겠다. 네가 여기 있는 일분은 우리 아가에게는 수십만 기니의 가치가 있거든." 프로스 양이 말했다.

드파르주는 문으로 다가섰다. 프로스 양은 그 순간 본능적으로 두 팔로 그녀의 허리를 껴안고 꼭 붙들었다. 드파르주가 몸을 빼내어 타격을 하려 해도 헛일이었다. 프로스 양은 항상 증오보다는 더 강하기 마련인 사랑의 강력한 끈기로 그녀를 강하게 조였고 심지어 몸싸움을 하며 그녀를 바닥에서 들어올리기까지 했다. 드파르주 부인은 두 손으로 그녀의 얼굴을 치고 쥐어뜯었다. 그러나 프로스 양은 고개를 숙이고 허리를 끌어안고는 물에 빠진 여자가 꽉 잡는 것보다 더한 힘으로 그녀에게 매달렸다.

곧 드파르주 부인의 손이 때리기를 멈추고 허리 부근을 더듬었다. "그건 내 팔 아래 있어." 프로스 양이 숨 막힌 어조로 말했다. "뽑을 수 없을걸. 난 너보다 힘이 세. 천만다행으로 말이야. 난 우리 둘 중 하나가 기절하거나 죽을 때까지 널 붙들고 있을 거야!"

드파르주 부인의 손이 가슴팍으로 갔다. 프로스 양은 올려다보고 무엇인지 알아채고는 그것을 쳤고, 순간 불꽃이 번쩍이고 쾅 소리가 나고, 그녀는 홀로 섰다─연기에 눈이 먼 채로.

이 모든 것이 한순간이었다. 연기가 걷히며 무시무시한 침묵을 남기고 공중으로 사라졌다. 숨이 끊어져 바닥에 육신이 누워 있는 그 격노한 여인의 영혼처럼.

그녀가 처한 상황에 처음에는 두렵고 무서워서 프로스 양은 시신을 가능하면 멀찍이 지나쳐 아래층으로 내려와 부질없이 도움을 청했다. 다행스럽게도, 그녀는 그녀가 한 일의 결과에 대해 생각하고는 곧 자제하고 돌아왔다. 다시 그 문으로 들어간다는 것은 끔찍했다. 그러나 그녀는 들어가서 심지어 시신 가까이로 가서 그녀가 써야 할 모자며 다른 것들을 집어들었다. 이것들을 입고 계단을 빠져나와, 우선 문을 닫아 잠그고 나서 열쇠를 가지고 갔다. 그러고 나서 그녀는 잠시 계단에 앉아 숨을 내쉬며 울었고, 그러고 나선 일어나 서둘러 떠났다.

다행스럽게도 그녀의 모자에는 베일이 달려 있었다. 그렇지 않았다면 검문을 받지 않은 채로 길을 가기는 어려웠을 것이었다. 또 다행스럽게도, 그녀는 다른 여자처럼 그렇게 외모가 상한 것이 두드러지지 않을 정도로 타고난 외모가 특이했다. 그녀에게는 두가지 이점이 다 필요했다. 왜냐하면 할퀸 손자국이 얼굴에 깊게 남아 있었고, 머리카락은 헝클어졌으며, 그녀의 옷은 (떨리는 손으로 급하게 매무새를 다듬은지라) 백방으로 구겨지고 잡아당겨져 있었기 때문이었다.

다리를 건너며 그녀는 열쇠를 강에 떨어뜨렸다. 그녀를 데려갈 사람보다 몇분 먼저 성당에 도착하여 기다리면서 그녀는 생각했다. 그 열쇠가 이미 그물에 걸렸으면 어떻게 하나, 열쇠가 확인되면 어떻게 하나, 문이 열리고 남겨진 것들이 발견되면 어떻게 하나, 그녀가 관문에서 검문을 받고 감옥에 갇혀 살인 혐의로 고소되면 어떻게 하나! 이 모든 심란한 생각의 와중에, 그녀를 데려갈 사람이 나타났고, 그녀를 태우고 출발했다.

"거리가 시끄러운가요?" 그녀가 그에게 물었다.

"늘 그런 정도죠, 뭐." 크런처 씨가 대답했다. 그는 그 질문과 그녀의 외양에 놀란 듯이 보였다.

"안 들려요." 프로스 양이 말했다. "뭐라고 하신 거죠?"

크런처 씨가 했던 말을 되풀이해도 소용이 없었다. 프로스 양은 그의 말을 들을 수가 없었다. "고개를 *끄덕여야겠군.*" 크런처 씨가 놀라서 생각했다. "어쨌든 그건 볼 수 있을 테니까." 그건 그랬다.

"지금은 거리에서 소리가 들리나요?" 프로스 양이 곧 다시 물었다.

다시 크런처 씨는 고개를 *끄덕*였다.

"안 들리는데요."

"한시간 사이에 귀가 멀었단 말이오?" 크런처 씨는 이렇게 말하곤 매우 심란해져서 생각에 잠겼다. "무슨 일이 일어난 거야?"

"저는," 프로스 양이 말했다. "번쩍하는 빛과 쾅 소리가 났던 것 같아요. 그리고 그 쾅 소리가 평생 마지막으로 듣는 소리였던 것 같아요."

"저런 이상한 상태만 아니었으면 좋았을 것을!" 크런처 씨는 점점 더 심란해져서 말했다. "도대체 어디서 저런 용기가 났던 거야? 들어봐요! 저 끔찍한 마차가 굴러가고 있어요! 저 소리 들려요, 부인?"

"제 귀에는," 그가 말을 거는 것을 보고 프로스 양이 말했다. "아무것도 안 들려요. 오, 이봐요, 처음엔 엄청 크게 쾅 소리가 들렸고, 그뒤엔 정적이에요. 그 정적이 고정되고 불변이라 내 삶이 지속되는 동안은 더이상 깨어지지 않을 것 같아요."

"그녀가 이제 여정을 거의 다 마친 저 끔찍한 마차 굴러가는 소리를 듣지 못한다면," 크런처 씨가 어깨 너머로 돌아보며 말했다. "내 생각에 그녀는 이승에서 다른 어떤 것도 듣지 못할 것 같아."

그리고 정말로 그녀는 아무것도 듣지 못했다.

15장
발소리 영영 사라지다

빠리의 거리를 따라 죽음의 마차가 덜그럭덜그럭 공허하고 가혹하게 굴러간다. 여섯대의 사형수 호송마차가 기요면에게 그날의 포도주를 날라다준다. 상상력이 기록된 이래 상상되어온, 탐식하며 만족을 모르는 그 모든 괴물들이 하나로 융합되어 실현되어 있다. 기요면. 그러나 풍요롭고 다양한 토양과 기후를 지닌 프랑스 어디에서도 이 공포를 낳은 것보다 더 확실한 조건하에서 성장하는 풀잎, 나뭇잎, 뿌리, 가지, 열매는 하나도 없다. 비슷한 망치로 다시 한번 더 인간성을 일그러뜨린다면, 그것 역시 똑같은 일그러진 모양으로 구부러질 것이다. 다시 한번 그 탐욕스러운 방종과 억압을 다시 씨 뿌린다면, 그것은 분명 그 종류에 따라 똑같은 열매를 맺을 것이다.

여섯대의 사형수 호송마차가 거리를 굴러간다. 이것을 원래 모습으로 바꿔주시오, 강력한 마법사 시간이여. 그러면 그것들은 절대군주의 마차요, 봉건귀족의 마차요, 요란한 이세벨[87]의 화장품이요, 내 아버지의 집이 아닌 도적들의 소굴인 교회요, 수백만 굶주린 농부들의 오두막이라! 아니, 창조주의 지정된 명령을 훌륭하게 수행하는 위대한 마법사여, 변형한 것을 절대 되돌리지 마시오. "신의 의지로 당신이 이런 모양으로 바뀌었다면," 현명한 아라비아의 이야기에서는 목격자들이 마법에 걸린 자들에게 이렇게 말한다. "그냥 그대로 있어라! 그러나 당신이 단지 지나가는 요술에 의해 이런 모습이 된 것이라면, 원래 모습으로 돌아가라!" 변하지 않고, 희망도 없이, 사형수 호송마차는 굴러간다.

그 침울한 여섯대의 마차 바퀴가 굴러가면서, 그들은 마치 길거리의 군중 사이로 길고 구불구불한 이랑을 파는 것처럼 보인다. 얼굴이 이랑처럼 이쪽으로 저쪽으로 밀려나가고, 쟁기는 계속 전진한다. 집에 사는 사람들은 그 광경에 너무 익숙하여, 수많은 창문에 이제는 사람들도 보이지 않고, 어떤 일꾼들의 직업에서는 눈으로는 사형수 호송마차에 탄 얼굴들을 훑어보면서도 일손을 멈추는 경우가 그렇게 많지 않다. 여기저기서 수감자는 그 광경을 보러 온 손님들을 맞는다. 그러면 그는 손가락을 들어 큐레이터나 공식 해설자처럼 친절하게 이런저런 마차들을 가리키며 어제는 여기 누가 앉아 있었다든가, 그 전날에는 누가 있었다든가 하는 것을 말하고 있는 듯 보인다.

사형수 호송마차에 탄 사람들 중 어떤 이는 마지막으로 길을 가면서 이런 것들과 다른 모든 것들을 멍한 시선으로 관찰하고 다른 이들은 사람 사는 모습에 흥미가 남아 있는 것 같은 시선으로 관찰

---

87 이스라엘 왕 아합의 아내. 음란한 요부의 상징.

한다. 어떤 이들은 머리를 숙이고 앉아서 말없이 절망에 빠져 있다. 또 그들 중 어떤 이들은 자신의 모습에 관심이 많아서 군중에게 그들이 극장이나 그림에서 보았던 것 같은 그런 시선을 보내기도 한다. 몇몇은 눈을 감고 생각을 하거나 산란한 생각들을 한데 모으려고 노력하기도 한다. 오로지 한사람, 정신이 나간 듯 보이는 아주 초라한 사나이만이 두려움에 너무 흐트러지고 취해서, 노래를 부르며 춤까지 추려고 한다. 그 사람들 전체에서 아무도 외모나 몸짓으로 사람들의 동정심에 호소하지 않는다.

사형수 호송마차 가까이에는 잡다하게 구성된 기마병 근위대가 바짝 따라가고 있다. 그들 중 몇몇은 그들의 얼굴을 돌리게 하고 질문을 던진다. 늘 같은 질문인 것 같다. 왜냐하면 그 뒤에는 늘 사람들이 세번째 마차를 바짝 따라오게 되기 때문이다. 그 마차에 바짝 붙어가던 기병들은 칼로 마차 안에 탄 한사람을 자주 가리킨다. 주된 호기심은 그가 누구냐 하는 것이다. 그는 고개를 숙이고 호송마차 뒤편에 서서 마차 옆쪽에 앉은 소녀와 이야기를 나누며 그녀의 손을 잡고 있다. 그는 그 주변의 광경에는 아무런 호기심도 관심도 없고, 계속 그 소녀에게 이야기를 할 뿐이다. 여기저기 쌩오노레의 긴 길에서 그를 비난하는 외침이 들려온다. 그 외침이 그의 마음을 움직였대도, 그는 머리를 흔들어 머리카락을 좀더 얼굴 위로 흩트리면서 조용히 미소를 지을 뿐이다. 그는 팔이 묶여서 자기 얼굴을 쉽사리 만질 수가 없다.

교회 계단에서 사형수 호송마차가 오기를 기다리며 간첩 겸 밀고자가 서 있다. 그는 첫번째 마차를 본다. 거기 없다. 그는 두번째 마차를 본다. 거기 없다. 그는 벌써 중얼거린다. "그가 나를 팔았나?" 그때 세번째 마차를 들여다보고 그의 얼굴이 환해진다.

"누가 에브레몽드야?" 그의 뒤에 선 한 남자가 말한다.

"저 사람. 저 뒤에 있는 사람."

"여자애 손잡고 있는 사람?"

"그래."

그 남자가 외친다. "타도하라, 에브레몽드! 모든 귀족을 기요띤으로! 타도하라, 에브레몽드!"

"쉿, 쉿!" 간첩은 소심하게 그에게 간청한다.

"왜 안돼, 시민?"

"그는 벌금을 물게 될 거야. 오분만 더 기다리면 댓가를 치를 걸세. 그냥 가만히 있게 둬."

그러나 그 남자가 계속 "타도하라, 에브레몽드!" 하고 외치자, 에브레몽드의 얼굴이 잠깐 그에게로 돌아선다. 그때 에브레몽드가 간첩을 보더니 그를 빤히 쳐다보고는 그의 길을 간다.

시계가 3시를 치고, 군중 사이로 쟁기질되는 이랑은 돌아서 처형과 종말의 장소로 온다. 이쪽저쪽 밀쳐진 이랑은 이제 마지막 쟁기가 지나가자 무너져서 도로 덮인다. 모두가 기요띤까지 따라오고 있기 때문이다. 그 앞줄에는 마치 놀이공원에서처럼 부지런히 뜨개질을 하는 수많은 여인이 의자에 앉아 있다. 제일 앞줄 의자 중 하나의 옆에 복수가 친구를 찾아 두리번거리며 서 있다.

"떼레즈!" 그녀는 새된 소리로 외친다. "누가 못 봤어요? 떼레즈 드파르주!"

"전에는 빠진 적이 없는데." 뜨개질하던 자매들 중 한사람이 말한다.

"없죠. 오늘도 빠질 리가 없는데." 복수가 초조하게 외친다. "떼레즈."

"더 크게." 그 여자가 부추긴다.

그래! 더 크게, 복수여, 더 크게 불러라. 그래도 그녀는 당신 소리를 듣지 못할 것이다. 그렇지만 더 크게, 복수여, 약간의 욕설을 덧붙여 불러도 그녀가 올 가능성은 거의 없다. 다른 여인들을 이리저리 보내서 다른 어떤 곳에서 서성이고 있을 그녀를 찾게 하라. 그러나 전령들이 두려운 일들을 많이 해봤더라도, 그들이 자진해서 그녀를 찾을 수 있을 정도로 멀리 갈 수 있을지는 의문이다!

"망할!" 복수가 의자에서 발을 구른다. "호송마차가 왔는데! 그리고 눈 깜짝할 사이에 에브레몽드를 보내버릴 텐데, 그녀가 여기 없다니! 뜨개질거리는 내 손에 있고 빈 의자도 저기 준비해놓았는데. 정말 짜증나고 실망스러워서!"

복수가 올라서 있던 자리에서 내려와 이렇게 할 때, 호송마차는 실었던 것을 내려놓기 시작한다. 성녀 기요띤의 사제들은 이미 옷을 입고 준비를 다 하고 있다. 쿵! ──머리가 들어올려지고, 그 머리가 생각하고 말할 수 있었던 조금 전까지도 눈을 들어 쳐다보도 않던 뜨개질하는 여인들은 하나 하고 센다.

두번째 호송마차가 사람들을 내려놓고 간다. 세번째 마차가 온다. 쿵! ──그리고 일을 하면서 전혀 더듬거나 멈추지 않는, 뜨개질하는 여인들은 둘 하고 센다.

에브레몽드라 여겨진 자가 내리고 바느질하는 소녀도 그 뒤를 이어 내려진다. 그는 내리면서도 그녀의 양순한 손을 놓지 않고, 약속한 대로 꼭 쥐고 있다. 그는 계속 휘익 올라갔다 떨어지며 쿵쿵 소리를 내는 기계를 등지도록 그녀를 부드럽게 돌려세우고, 그녀는 그의 얼굴을 바라보며 고맙다고 말한다.

"당신이 아니었다면, 낯선 이여, 나는 이렇게 차분하지 못했을 거예요. 전 천성적으로 마음이 약하고 불쌍한 아이거든요. 돌아가신 그분을 생각하며 오늘 여기서 우리가 희망과 위로를 얻을 수 있다는 생각도 하지 못했을 거예요. 제 생각에 당신은 하늘이 제게 보내신 분 같아요."

"아니면 당신을 내게 보내신 건지도 모르죠." 씨드니 카턴이 말한다. "날 봐요, 그리고 다른 것은 아무것도 신경 쓰지 마요."

"당신 손을 잡고 있는 동안은 아무것도 신경 쓰이지 않아요. 그들이 빨리 끝내준다면 당신 손을 놓을 때도 아무 신경 쓰지 않을 게요."

"빨리 끝날 거요. 두려워 마요!"

두사람은 빠르게 줄어드는 희생자들 사이에 서 있었지만, 그들은 마치 그들 단둘이 있는 듯이 말한다. 눈과 눈을, 목소리와 목소리를, 손과 손을, 마음과 마음을 맞대고, 우주의 어머니가 낳은 이 두 아이들은 저 멀리 떨어져 다른 존재로 살아왔으나, 함께 집으로 돌아가 그녀의 품 안에서 쉬고자 어두운 큰길에서 하나가 된다.

"용감하고 너그러운 친구여, 마지막으로 한가지만 물어봐도 돼요? 정말 아는 게 없어서 걱정이 돼요─조금요."

"뭔지 말해봐요."

"사촌이 하나 있어요. 유일한 친척이고 저처럼 고아인데, 제가 정말 사랑해요. 그녀는 나보다 다섯살이 어린데, 남쪽 지방의 농가에 살고 있어요. 가난이 우리를 갈라놓았고, 그래서 그애는 내가 이렇게 된 줄 몰라요, 제가 글을 쓸 줄 몰라서요. 글을 쓸 줄 안다고 해도 어떻게 말하겠어요! 그냥 이대로가 낫죠."

"그래요, 그래. 이대로가 나아요."

"우리가 이리로 오면서 제가 생각한 것, 저를 이렇게도 강하게 지지해주는 친절하고 강인한 당신 얼굴을 바라보며 지금도 생각하고 있는 것은 이거예요. 만약 이 공화국이 정말로 가난한 사람들에게 이익이 되고, 그래서 그들이 덜 배고프게 된다면, 그리고 모든 면에서 고생을 덜하게 된다면, 그애는 오래 살 수도 있을 거라고요. 그애는 나이 먹어 늙을 때까지 살 수도 있다고요."

"그래서요, 친절한 자매님?"

"그러니까," 그렇게도 참을성이 많고 양순하던 두 눈에 눈물이 고이고 입술은 조금 열린 채로 떨린다. "제 생각에 당신과 내가 다행스럽게도 거하게 되리라 믿는 더 좋은 곳에서 그 아이를 기다리려면 오랜 시간이 걸릴 거라고 생각하세요?"

"그렇지 않아요, 아가씨. 그곳엔 시간이라는 게 없으니까, 그곳에는 걱정도 없으니까요."

"정말 위로가 되네요! 제가 너무 무식해서요. 당신께 키스해도 되나요? 그 순간이 온 건가요?"

그녀는 그의 입술에 키스를 한다. 그도 그녀의 입술에 키스를 한다. 그들은 엄숙하게 서로를 축복한다. 그가 한 손을 놓아도 그 손은 떨리지 않는다. 오직 달콤하고 환하고 굳은 지조만이 그녀의 양순한 얼굴에 있을 뿐이다. 그녀는 그러고는 그의 앞에 서서―떠나간다. 뜨개질하는 여인들은 스물둘 하고 센다.

"예수께서 말씀하시길, 나는 부활이요 생명이니 나를 믿는 사람은 죽더라도 살겠고 또 살아서 믿는 사람은 영원히 죽지 않을 것이다."

수많은 목소리가 웅얼거리는 소리, 올려다보는 수많은 얼굴, 군중의 가장자리에서 밀려들어 커다랗게 일렁이는 하나의 물결처럼 하나의 덩어리로 부풀어오르는 무수한 발소리들, 이 모든 것들이 번득이는 한순간, 사라진다. 스물셋.

그날밤 그 도시 주변에서 사람들은 그에 대해 이야기했다. 그들이 거기서 본 중 가장 평온한 사람의 얼굴이었다고. 많은 사람이 그가 숭고한 예언자 같았다고 덧붙였다.

같은 도끼날에 죽은 사람들 중 가장 눈에 띄는 사람은 어떤 여성[88]이었는데, 그녀는 조금 전에 그 단두대 아래에서 그녀에게 떠오르는 생각들을 적게 해달라고 요구했었다. 만약 그가 생각을 발설할 기회를 얻었더라면, 그리고 예언적인 생각이었다면, 그건 이런 생각들이었을 것이었다.

"나는 바사드, 클라이, 드파르주, 복수, 배심원단, 판사, 옛 억압자들을 파멸시키며 상승한 새로운 억압자들의 무리가, 이 처벌 도구가 그 현재의 효용을 다하기도 전에 바로 이 기구에 의해 멸망하는 것을 본다.[89] 나는 아름다운 도시와 멋진 사람들이 이 심연으로부터 솟아나고, 진정으로 자유롭게 되려는 그들의 투쟁과, 승리와 패배 속에서, 앞으로 오랜 세월에 걸쳐 이 시대의 악과, 그 악을 자연스럽게 낳은 앞선 시대의 악이 점점 스스로 속죄하고 사라지는 것을 본다.

나는 내가 목숨을 걸고 구한 그들의 삶이 내가 다시는 보지 못할 영국에서 평화롭고 유용하고 융성하며 행복할 것을 본다. 나는 그녀가 내 이름을 딴 아이를 가슴에 안고 있는 것을 본다. 나는 그녀

----

88 칼라일의 『프랑스 혁명』에 의하면 지롱드파인 롤랑 부인을 말함.
89 기요띤으로 왕과 귀족을 처단한 후, 지롱드파가 기요띤에 의해 처단되었고, 떼르미도르의 반동으로 실각한 로베스삐에르도 1794년 7월 28일 기요띤으로 처형됨.

의 아버지가 늙고 등이 굽었지만 회복되어 그의 진찰실에서 모든 사람에게 진실하며, 평화롭게 지내는 것을 본다. 나는 오랫동안 그들의 친구였던 그 훌륭한 노인이 십년 후에 자신이 가진 모든 재산을 물려주어 그들을 부자로 만들어주고 조용히 자신만의 보상을 받으러 소멸하는 것을 본다.

나는 내가 그들의 마음속에, 그리고 그들 자손의 마음속에, 앞으로 올 세대의 마음속에 신성하게 남게 될 것을 본다. 나는 나이를 먹은 그녀가 오늘을 기념하여 나를 위해 울어주는 것을 본다. 나는 그녀와 그녀의 남편이 그들이 생을 다하고 마지막 무덤에 나란히 누워 있는 것을 본다. 그리고 나는 서로가 상대방의 영혼에 영광스럽고 성스럽게 간직된 것보다 내가 그 두사람의 영혼에 더 영광스럽고 성스럽게 자리 잡고 있음을 안다.

나는 그녀의 가슴에 누워 있던 내 이름을 딴 그 아이가 한때는 나의 길이던 그 경로를 따라 출세하는 것을 본다. 나는 그가 그 일을 아주 잘해나가서 나의 이름이 그의 이름 덕분에 유명해지는 것을 본다. 나는 내가 그 길에 남겨놓은 오점들이 이미 사라진 것을 본다. 나는 정의로운 판사요 존경받는 사람들 중에서도 최고인 그가, 내가 알고 있는 그 이마와 금발을 가진, 내 이름을 딴 사내아이를 이곳으로—그때쯤엔 오늘날의 흉측한 모습은 흔적도 없이 멋진 곳이 되어 있을 텐데[90]—데리고 오는 것을 본다. 그리고 나는 그가 그 아이에게 부드럽고 떨리는 목소리로 내 이야기를 들려주는

----

90 1795년 기요띤이 설치되었던 혁명광장은 꽁꼬르드 광장으로 개명되었고, 왕정복고 이후 다시 루이 15세 광장으로 바뀌었다가, 1826년에는 루이 16세 광장으로 바뀜. 1830년에 다시 꽁꼬르드 광장으로 명명되고, 이집트의 룩소에서 가져온 오벨리스크가 세워져 오늘에 이르고 있음.

것을 듣는다.

내가 하는 일은 이제까지 내가 한 어떤 것보다도 훨씬, 훨씬 더 훌륭한 일이다. 그리고 내가 취하러 가는 휴식은 내가 이제까지 알던 어떤 것보다도 훨씬, 훨씬 더 좋은 휴식이다."

(끝)

격변기 역사의 참신하고 진부한 활용법

영국 빅토리아조(1837~1901)를 대표하는 작가 찰스 디킨스(Charles Dickens, 1812~70)의 장편소설 가운데 『두 도시 이야기』(*A Tale of Two Cities*, 1859)는 무엇보다도 단행본 소설 역사상 세계에서 가장 많이 팔린 작품이다. 아주 정확한 통계는 아닐 수도 있으나, 디킨스의 이 작품은 쌩떽쥐뻬리(Antoine de Saint-Exupéry)의 『어린 왕자』(*Le Petit Prince*, 1943)와 더불어 총 2억부 이상 팔린 것으로 기록되어 있다.[1]

물론 이는 소설의 예술적 가치나 영향력과는 별개로 순전히 판매량만을 기준으로 한 것이므로, 역사상 『두 도시 이야기』가 가장

----

[1] http://en.wikipedia.org/wiki/List_of_best-selling_books

훌륭한 소설이라는 뜻은 아닐 것이다. 대적할 수 없는 엄청난 판매량에도 불구하고, 대부분의 비평가는 물론 다수의 일반 독자들도 『두 도시 이야기』를 디킨스 최고의 작품으로 꼽지는 않는다. 오히려 이 작품은 디킨스의 소설 가운데서도 가장 열렬한 대중적 인기와 다소 냉담한 예술적 평가라는 대조적인 반응을 유발한 기묘한 소설로 기억될 수 있을 것이다. 조금 더 과장해서 말한다면 『두 도시 이야기』를 읽는 행위는 디킨스를 둘러싼 극과 극의 모순된 평가들 사이를 독자 나름의 방식으로 헤쳐나가는 과정이 될 수 있다.

이제까지 디킨스를 연구해온 수많은 학자와 비평가 들은 이 작품을 가장 '디킨스답지 않은' 작품으로 손꼽아왔고, 이는 어느정도 정설로 받아들여지고 있다. 조지 오웰(George Orwell)이 디킨스 소설의 특징인 풍성하고 다채롭고 화려한 스타일의 원천이 된다고 지적했던 '불필요한 디테일'(unnecessary details)은 이 작품에서 찾아보기 어렵고, 그 결과 문체는 상대적으로 훨씬 건조하고 간결해진다. (그래도 다른 작가들에 비해서는 여전히 화려한 만연체이지만.) 디킨스가 장편소설에 애용한 월간 씨리즈 발간 때문에 불가피하게 등장한 에피소드식의 느슨한 구성은, 주간지 연재로 인해 조금 더 급박하게 진행되는 복잡하고 탄탄한 플롯으로 대체된다. 월간 씨리즈 발간 방식에 익숙해진 중반기 이후로는 전체적으로 플롯이 정교해지고 전체적인 구성이 복잡해지는 현상을 보이지만, 이 작품은 특히나 상대적으로 짧은 길이로 인하여 이야기가 잠시의 설틈도 없이 매우 급박하게 진행되면서 등장인물들이 그다음에 어떻게 될 것인가 하는 궁금증을 끊임없이 자아낸다. 스토리텔링의 강렬함과 긴박함으로 치면 이 작품은 디킨스의 작품 가운데서도 손꼽힐 정도일 것이다. 반면에 디킨스 특유의 발랄한 유머는 거의 찾아보기 힘들 정도이고, 전체적으로는 음울하고 비장한 분위기가 지배한다. 게다가 1850년대 디킨스의 작품들을 특징짓는 당대 사회에 대한 날선 풍자는 다소 약화되고, 프랑스 혁명이라는 두어 세대 전 과거 역사를 배경으로 역사적 격변기에 처한 몇몇 개인들의 복수극과 로맨스가 작품의 전면에 부각된다. 멜로드라마적 플롯이 사회풍자의 거대한 구조물을 만들어내는 수단에 그치는 경우가 많은 후기 작품 가운데서, 이러한 설정과 전개는 상당히 특이하다고 할 수 있다.

그렇다면 디킨스의 작품세계에서 왜 이런 이질적이고 독특한 작품이 탄생했으며, 이 작품이 비평가들의 냉대에도 불구하고 대중에게 선풍적인 인기를 끌게 된 요인은 무엇일까. 물론 같은 질문을 뒤집어 할 수도 있다. 이 작품이 그 대중적 인기에도 불구하고 예술적인 평가 면에서는 다소 뒤처지는 요인은 무엇일까.

우선 제목에서 출발해보자. 『두 도시 이야기』를 읽은 독자들은 누구나 그 '두 도시'가 프랑스 혁명을 전후한 빠리와 런던을 의미한다는 것을 안다. 왜 그 시점에서 디킨스는 하필 프랑스 혁명을 소설의 배경으로 택했을까. 이 작품이 나온 1859년 시점에서 바스띠유 감옥의 함락이 이루어졌던 1789년은 꼭 70년 전의 이야기였다. 21세기 초반을 살아가는 한국 독자들에게 태평양 전쟁이나 한국전쟁이 아득한 옛날처럼 느껴지고 그에 대한 관심도 희미해지는 것처럼, 1859년의 영국 독자들에게 바다 건너에서 일어났던 혁명은 이제 서서히 잊혀가는 이야기처럼 느껴지고 있었을 것이라고 추측할 수 있다. 물론 프랑스에서는 혁명이 여전히 '현재진행형'이긴 했지만, 영국으로서는 굳이 프랑스 혁명에 대한 관심을 부추길 사회적 요구는 미약했다고 보인다. 영국에서 노동계급의 성장과 그들의 정치참여 요구가 대규모 시위와 사회운동, 나아가서 혁명 전야의 분위기까지 만들어낼 수도 있었던 인민헌장운동(Chartist Movement)은 1848년을 기점으로 그 급진적 열기를 잃었고, 산업혁명과 해외 식민지 개척으로 축적된 사회적 부로 인하여 영국은 유럽뿐만 아니라 전세계에서 가장 경제적으로 부유하며 정치적으로 안정된 나라가 되었기 때문이다. 유럽의 이웃 나라들이 왕위 계승 전쟁, 혹은 혁명과 반혁명의 격동을 겪을 때에도 이미 1688년의 명예혁명으로 왕권에 대한 의회권력의 우위가 정착된 영국의 입헌군주제는 선거와 여러가지 법 개정을 통해서 조금씩 각축하는 세력들의 정치적 균형을 맞춰가고 있는 과정에 있었다.

그러나 이런 상황에서 디킨스는 아마도 프랑스 혁명 전후의 역사를 통해서 당대 영국 사회의 부정부패와 모순을 지적하려 했을지도 모른다. 실제로 사십대에 접어든 1850년대에 디킨스는 중년기의 보수화라는 일반적인 공식을 거부하기라도 하듯 『어려운 시절』(Hard Times) 『블리크 하우스』(Bleak House) 『리틀 도릿』(Little Dorrit) 등 일련의 작품을 통하여 영국 사회의 다양한 방면을 향해 날카로운, 때로는 급진적인 비판의 시선을 보낸 바 있다. 디킨스는 영국이 빅토리아조 중기에 들어서면서 번영과 안정 속에서 점진적 진보의 시대를 구가한다는 당대의 사회 통념과는 달리, 영국 사회가 부패와 양극화로 인해 혁명 전야의 프랑스 사회와 다를 것이 없으며, 이러한 상황은 대부분 지배 엘리트의 책임이라는 생각을 숨기지 않았다. 그러므로 『두 도시 이야기』에서 디킨스가 잊혀가는 프랑스 혁명 전후의 역사를 새삼스럽게 소설의 배경으로 삼은 것은, 디킨스가 살고 있는 당대의 영국 사회에 대한 디킨스의 시각을 반영하는 것이라고 볼 수 있다.

문제는 이 작품에서 디킨스가 비슷한 시기의 다른 작품에서 보여준 것과 유사한, 특히 현대의 수많은 비평가들이 주목하는바 당대 사회에 대한 비판적인 시선이 적절하게 구현되었는가 하는 것이다. 그러나 유감스럽게도 '두 도시'에 대한 작가의 시선은 당대 사회에 대한 디킨스의 비판적 안목을 드러내주기보다는, 영국인들이 프랑스 혁명에 대하여 가지고 있던 전형적인 이미지들을 다시 환기시키며 '혁명'에 대한 정형화된, 혹은 '안전한' 생각을 공고히 하는 것으로 귀결된다고 말할 수 있겠다. 토머스 칼라일(Thomas Carlyle)의 저작 『프랑스 혁명사』(*The French Revolution: A History*, 1837)에서 주요 에피소드와 역사적 사실들을 대거 차용한 디킨스는 혁명이 지배층의 타락에 대한 일종의 천벌이요 섭리의 실현이라는 칼라일의 시각까지 그대로 차용하고, 피지배층의 처참한 삶이 더이상 견딜 수 없을 지경에 이르러 복수의 거대한 물결로 일어나게 됨을 보여주지만, 또 영국인들이 이후 프랑스 혁명의 기나긴 과정 가운데서 특별히 강조하여 기억하는 상투적인 이미지, 즉 기요띤과 공포정치, 인민재판의 폭력성을 혁명의 핵심적인 요소로 전면에 부각시키기도 하는 것이다.

명색이 '두 도시' 이야기이지만, 디킨스는 프랑스 전역에 퍼진 굶주림과 가난, 오만방자한 귀족들의 행태, 지배층에 대한 분노와 복수의 악순환을 매우 생생하고 구체적으로 묘사한 데 비하여, 영국의 사회상은 오래된 텔슨 은행의 고루함과 영국 제도의 보수성을 연결시킨다든가 변호사 스트라이버의 혐오스러운 캐릭터 등을 통해서만 산발적으로 구체화하는 데 그친다. 빠리와 프랑스는 혁명이 진행됨에 따라 점점 더 불안정해지고 폭력이 난무하는 곳으로 그려지며, 주요 인물들, 특히 작가가 긍정적으로 그려낸 모든 인물은 모두 '위험한' 프랑스를 떠나 '안전한' 영국에 정착한다.

에브레몽드 후작을 비롯한 프랑스의 부패한 지배층, 그리고 바스띠유 감옥을 함락하고 구체제를 타도하는 주체이자 피비린내 나는 복수의 화신으로 설정된 이들은 모두 프랑스에서 죽음을 맞고, 프랑스인 가운데서도 귀족의 지위와 특권을 자진하여 포기한 찰스 다네이, 귀족의 비열한 행위를 용감하게 고발한 마네뜨 박사, 사랑으로 모든 이들을 감싸는 루시만이 혁명의 소용돌이를 무사히 탈출하여 영국에서 안정된 삶을 영위한다. 제1권 1장을 비롯한 작품 곳곳에서 디킨스가 지적했듯이, 치안은 불안하고 사소한 범죄에도 사형이 남발되며, 비합리적인 법절차가 서민을 억압하고, 개선되기를 거부하는 고루한 체제가 존속하는 영국이지만, 프랑스 혁명기 공포정치로부터 탈출한 이들에게는 런던 쏘호 길모퉁이에 있는 마네뜨 가족의 작은 집처럼 편안하고 단란한 안식처를 제공하는 것이다. 프랑스와 영국의 이러한 대비는 디킨스의 원래 의도와는 별개로, 격동의 시기를 겪는 유럽 대륙의 국가들에 비해서 상대적으로 안정과 번영을 구가하는 당대 영국 독서 대중의 애국주의적 자긍심을 한껏 부풀리는 방향으로 작용했을 것이다. 아마도 이러한 애국주의적 성향이 이 작품에 대한 당대 독자들의 열광적인 반응에 한몫하지 않았을까 하는 추측도 가능하다.

당대뿐 아니라 그후의 독자들에게도 프랑스 혁명, 나아가서 혁명 일반에 대한 이러한 이미지들은 낯선 것이 아니다. 귀족, 혹은 지배층의 부패와 타락은 필연적으로 혁명을 초래하고, 따라서 혁명이라는 사태는 일차적으로 지배층의 책임이지만, 혁명의 진행 과정에서 오랜 세월 동안 복수심과 증오를 억눌러왔던 민중의 비이성적 폭력과 광기, 특히 기요땐으로 형상화된 살육의 일대기는 모든 것을 가차없이 쓸어버리는 성난 파도에 비유될 만큼 공포의 대상인 것이다. 디킨스의 작품은 혁명에 대한 독자들의 이러한 연민과 공포를 생생하게 구체화함으로써 다수 독자들의 공감을 자아낸다.

물론 어떤 독자들은 프랑스 혁명에 대한 디킨스의 이러한 시각에 동조하지 않을 수도 있다. 가령 "1793년 없는 1789년"을 논하는 것은 "카페인이 제거된 혁명, 즉 혁명의 냄새를 풍기지 않는 혁명"을 주장하는 것과 마찬가지라는 지제크(Slavoj Žižek)를 비롯하여, 국가주의 혁명 모델에 기초한 '로베스삐에르 패러다임'을 굳이 포기하는 대신 오히려 "지구상 최초의 공화국을 설립하려고 하는 고결한 야망"을[2] 가진 인간으로서 로베스삐에르를 재평가하고자 하는 독자들이라면, 『두 도시 이야기』에 묘사된 프랑스 혁명의 모습이 지나치게 단순화되었으며, 대중의 광기와 폭력만을 부각시키는 디킨스의 태도는 편파적이고, 그들의 민주적 폭발이 보여주는 역사적 잠재력은 부당하게 폄하되었다고 비판할 수도 있다. 그런 시각에서 보자면 이 작품은 당대 영국 중산층의 통념에 영합한 데서 더 나아가지 못했다고 비쳐질 수도 있을 것이다.

『두 도시 이야기』는 한마디로, 프랑스 혁명의 필연성과 민주공화국의 대의명분에는 공감하면서도 혁명의 폭력성에 대한 영국 중산층 독자들의 거부감에 적극 동조했고, 또 그러한 혁명의 상투적인 이미지에 기대어 영국 사회의 안정성에 대한 자부심에 호소했다. 프랑스 혁명의 대의는 영국의 사례에서 볼 수 있듯이 좀더 평화적인 방식으로 성취될 수도 있다는 것이 디킨스의 생각이었으

---

2 「혁명력 2년 떼르미도르 8일 연설」의 한 구절. 막시밀리앙 로베스삐에르, 배기현 옮김 『로베스피에르: 덕치와 공포정치』(프레시안북 2009) 255면.

며, 여기서 결정적으로 필요한 것은 다네이나 마네뜨 같은 지배계급의 선의와 루시, 프로스, 카턴 등이 보여주는 헌신적인 희생과 책임감, 사랑이라는 것이다. 이러한 역사의식은 너무 순진하고 비현실적이며 관습적이라고 할 수도 있겠지만, 도리어 바로 이러한 점이 폭넓은 계층의 독자들로 하여금 이 작품을 '역사소설'로서 별 거부감 없이 흥미롭게 읽게 하는 요인일 것이다. 독자들은 이 작품을 읽으며 프랑스 혁명의 역사적 전개나 대중의 분노와 그 폭발이 갖는 사회적 의미에 대해서 굳이 불편하고 새로운 생각을 수용해야 할 필요를 느끼지 않게 되며, 따라서 프랑스 혁명은 등장인물들의 개인사를 좀더 극적으로 만드는 배경의 위치로 물러난다. 조금 더 과장해서 말한다면, 그 배경은 개개인에게 극단적인 위기를 유발하여 어려운 선택을 강요하는 상황의 한 예에 불과하며, 어쩌면 굳이 프랑스 혁명이 아니어도 괜찮은 정도인 것이다.

사실 『두 도시 이야기』는 디킨스의 인생에서 일종의 '위기 상황'에서 나온 작품으로서, 프랑스 혁명이나 영국, 프랑스 간의 관계에 대한 디킨스의 정치적 판단보다는 디킨스 자신의 개인사와 좀더 밀접한 연관이 있다고 말할 수도 있다. 말하자면 이 작품에서의 프랑스 혁명은 디킨스에게는 '위기'의 한 예시였던 셈이다.

디킨스가 이 작품의 아이디어를 떠올린 것은 45세 때인 1857년, 후배 작가인 윌키 콜린스(Wilkie Collins)와 공동 작업한 『동결』(*The Frozen Deep*)을 공연할 때이다. 『동결』은 한 여자를 동시에 사랑하던 두 남자가 극지방을 함께 탐험하게 되었는데 그중 여자의 사랑을 얻지 못한 남자가 사랑을 얻는 데 성공한 자신의 연적의 목숨을 구해주고 자신은 죽는다는 스토리를 골격으로 한다. 이 연극에서 디킨스는 연적을 구해주면서 자신을 희생하는 리처드 역을 맡아 열연했다. 이 인물로부터 디킨스는 재능이 있음에도 불구하고 인생을 자포자기하는 심정으로 허랑방탕하게 살아온 사내가 한 여인에 대한 지고지순한 사랑으로 스스로를 희생하면서 연적을 구해줌으로써 사랑하는 여인의 행복을 지켜주는 『두 도시 이야기』의 씨드니 카턴이라는 인물을 구상했고, 씨드니의 연적으로는 자신의 이름과 머리글자가 같은 찰스 다네이를 구상했다. 당시 공연에 합류하여 두 남자의 사랑을 동시에 얻는 여주인공을 연기했으며 나중에 디킨스와 내연의 관계가 된 방년 18세의 여배우 엘런 터넌(Ellen Ternan)은 생긴 모습 그대로 소설 속의 루시 마네뜨가 되었다.

극지방을 탐험하는 두 남자와 그중 한명을 선택한 한 여자의 삼각관계를 프랑스 혁명기의 빠리와 런던을 배경으로 재구성하는 것은 그리 어려운 일은 아니었을 것으로 보인다. 『동결』은 결국 극단적인 어려움과 위기 상황에 처한 인물들의 선택을 주제로 한 다소 감상적인 멜로드라마이기 때문에, 그 어려움과 위기 상황을 극지방 탐험에서 프랑스 혁명으로 바꾸기만 하면 되었던 것이다.

역사적 격변의 순간에, 혹은 절체절명의 위기 속에서 사람들은 각기 어떤 선택을 하는가, 제도에 의해 억압자, 혹은 피억압자였던 사람들은 혁명의 순간에 자신의 위치를 어떻게 의식하며 또 어떤 행태를 보이게 되는가, 위기의 순간에 사람들 간의 우애나 애정은 어떻게 변하고 또 어떻게 지켜지는가, 인간의 미덕과 사악함은 어떤 상황에서 발휘되는가, 삶의 가치란 어떻게 결정되는가, 이런 것들이 디킨스가 『동결』의 멜로드라마 구도를 프랑스 혁명기로 이식하면서 품었던 질문들이었을 것이다.

물론 디킨스가 강조하려고 했던 것을 군이 요약하자면 그리 복잡한 내용은 아니다. 원한과 폭력과 복수가 난무하는 역사적 격변

속에서도 결국 중요한 것은 개개인의 양심, 책임감, 온정, 공감, 희생 등의 미덕이라는 것이다. 폭력이 난무하는 상황 속에서도 자신의 안위를 돌보지 않고 다른 이를 살리기 위해 위험을 무릅쓰는 이들을 작가는 애정을 가지고 묘사해낸다. 딸의 행복을 위해 과거의 상처와 치열하게 싸우는 의사 마네뜨, 숙부의 재산과 지위를 거부하고 자신의 손으로 생계를 유지하는 처지를 기꺼이 받아들인 다네이, 만나는 누구에게나 삶의 희망과 온기를 전해주는 루시, 목숨을 걸고 루시를 지키려 했던 프로스, 노구를 이끌고 자신의 책임을 다하기 위해 격변기의 빠리로 뛰어드는 로리, 방탕한 자신의 삶에 빛처럼 다가온 여인의 행복을 위하여 기꺼이 목숨을 바치는 카턴 등, 이 소설 속의 인물들은 다른 사람들을 죽이기 위해서가 아니라 살리기 위해서 평탄한 일상이나 세속적인 행복에 대한 이해타산과는 어긋나는 행위들을 서슴지 않는다. 결국 자신의 안위를 위해 타인을 억누르고 착취하며 그에서 생겨난 상처와 원한을 폭력으로 갚는 악순환에 빠지지 말고 개개인이 타인을 위해 사랑과 희생의 정신을 지녀야 한다는, 일견 당연하고도 손쉬운 결론을 위해서 이 복잡한 이야기가 필요했던 것이다.

물론 이 경우에도 누구나 손쉽게 말하는 '연민'이나 '희생' 혹은 '양심' 같은 미덕이 과연 그저 감상주의적인 미담의 그것과 다름없는 것인지는 조금 더 따져보아야 할 것이다. 정치체제상의 '혁명'이 아니면서도 그에 준하는 삶의 격변을 겪어야만 했던 19세기 중반의 영국 사회에서, 작가가 강조하는 미덕과 품성은 어쩌면 공권력이나 사회적 씨스템이 결코 올바른 방향으로 이끌지 못한다고 여겨지는, 따라서 개인으로서는 어찌할 수 없이 휩쓸려갈 수밖에 없는 커다란 변화와 위기 앞에서 나약한 인간이 유일하게 기댈 수 있는 마지막 보루인지도 모르기 때문이다. 작가로서, 또 결혼 생활에 난항을 겪고 있는 중년의 남자로서 여러 면에서 '격변'과 '위기'에 처한 디킨스는『두 도시 이야기』를 통해서 위기에 처한 개개인이 어떻게 하면 가치있게, 인간답게 살아남을 수 있는가, 하는 문제를 제기함으로써 자신의 '위기'를 다시 성찰할 기회를 얻었다고 할 수도 있겠다. 이 작품이 디킨스의 작품 중에서 가장 '종교적'이라는 평가를 받는 것은 바로 이러한 특수함 때문이 아닐까.

디킨스 특유의 숨 쉴 틈도 없이 장황하고 화려한 문체와 동시대 독자들이나 이해할 수 있을 것 같은 관용적인 표현과 시대적인 디테일들을 한국어로 옮기는 것은 참고문헌들의 도움을 얻는다 해도 결코 쉽지 않을 뿐 아니라, 아무리 시간을 투여해도 영영 만족스럽기가 힘든 작업이다. 그래도 이번 번역의 기회를 놓치고 싶지 않았던 것은, 디킨스 특유의 박력있는 전개, 풍요롭고 매혹적인 문체, 섬세하고 날카로운 관찰력, 또렷하고 생생한 인물들이 긴 작업 내내 역자를 즐겁게 해주리라는 믿음이 있었기 때문이었다. 과연 디킨스는 그러한 기대를 배신하지 않았다. 한국어판을 읽는 독자들에게도 그 즐거움이 되도록 많이 전달되기를 기대할 뿐이다. 좋은 기회를 주시고 세세한 부분까지 꼼꼼하게 편집해주신 창비 편집부에 감사드린다.

성은애(단국대 영문학과 교수)

작가연보

1812년   2월 7일 영국 포츠머스 근교 랜드포트에서 해군 경리국 직원 존 디킨스(John Dickens)와 엘리자베스 디킨스(Elizabeth Dickens, 결혼 전 이름은 배로우Barrow)의 여덟 남매 중 둘째이자 장남으로 출생.

1814년   가족과 함께 런던으로 이주.

1817년   켄트 주 로체스터 근처의 채텀으로 이사. 이 지역이 어린 시절의 기억에 남아서 후에 이곳에 주택을 구입함.

1821년   채텀의 윌리엄 자일스 학교(William Giles's School)에서 수학.

1822년   해군성의 구조조정으로 인하여 부친 실직.

1823년   3월 런던 북부 캠던타운으로 이사.

1824년	2월 2일부터 5월 28일까지, 부친이 부채를 갚지 못하여 채무자 감옥인 마셜시(Marshalsea)에 감금됨. 1월 말경부터 6월까지 주급 6실링을 받고 채링크로스 근처에 있는 워런 구두약 공장(Warren's Blacking Factory)에서 병에 라벨 붙이는 일을 하며 열악한 아동노동을 체험. 이는 후에 사회개혁과 노동조건 개선의 주장을 담은 산문과 소설 등에 반영됨. 투옥된 부친과 함께 거주한 다른 가족들과 달리 찰스는 캠던타운의 지인 집에서 하숙하며 공장에 출근하고, 일요일에는 부친을 면회함. 후에 이 채무자 감옥은 『리틀 도릿』(Little Dorrit)의 주요 무대가 됨. 증조할머니의 사망으로 받은 유산 450파운드로 부친의 빚을 갚고 다시 캠던타운으로 돌아옴.
1825년	웰링턴 하우스 아카데미(Wellington House Academy)에 다님.
1826년	가정 형편상 학교를 일찌감치 그만두고 법무사 몰로이(Molloy)의 사환으로 취업.
1827년	3월 가족이 집세를 내지 못해 퇴거당함. 5월 법무사 사무소 엘리스 앤드 블랙모어(Ellis & Blackmore)의 사환으로 취업. 짬짬이 속기술을 독학.
1828년	11월 엘리스 앤드 블랙모어를 그만둠. 속기술을 활용, 먼 친척인 토머스 찰턴(Thomas Charlton)의 소개로 민법박사회관(Doctors' Commons)의 프리랜서 기자로 일함. 이후 약 4년간 법조계 리포터로 일하면서 영국 법조계의 체제와 그 절차의 관료주의적 속성을 체험. 이후 소설 속에 종종 등장하는 법조인, 재판정, 소송 과정의 묘사에 반영됨.
1830년	런던 도서관에서 지속적으로 독서함. 마리아 비드넬(Maria Beadnell)에게 매혹되었으나 그녀는 냉랭한 태도를 보임.
1831~32년	국회에 출입하는 리포터로 일함. 특히 당시 부르주아 정치권력의

발흥을 상징하는 선거법 개정안(Reform Bill)이 상정되고 통과되는 과정을 상세하게 관찰.

1832년 어린 시절부터의 꿈인 배우가 되고자 연기 연습을 했으나 심한 감기로 코벤트가든 극장의 오디션에 참여하지 못함. 그러나 연극에 대한 열정은 평생 계속되어 후에 아마추어 극단을 조직하여 활동.

1833년 마리아 비드넬의 가족이 교제를 반대하여 그녀를 빠리로 보냄으로써 결별. 『먼슬리 매거진』(*The Monthly Magazine*)에 첫 기사인 「포플러 산책로의 만찬」(A Dinner at Poplar Walk)을 게재.

1834년 『모닝 크로니클』(*The Morning Chronicle*)의 기자가 되면서 어린 시절 집에서 장난스럽게 사용하던 이름인 '보즈'(Boz)를 필명으로 사용. 부친은 빚으로 인해 다시 투옥됨. 이번에는 경제력으로 부친을 구해줌. 8월 『이브닝 크로니클』(*The Evening Chronicle*)의 편집자인 조지 호가스(George Hogarth)의 딸 캐서린(Catherine, 1816~79)을 만남. 여러 잡지에 기고.

1836년 2월 그간 기고한 기사들을 모아 『보즈의 스케치』(*Sketches by Boz*)로 발간, 150파운드의 고료를 받음. 4월 2일 캐서린 호가스와 결혼. 켄트 주의 초크로 짧은 신혼여행을 다녀온 후 블룸스버리에 정착. 4월 채프먼 앤드 홀(Chapman & Hall) 출판사에서 월간으로 『픽윅 페이퍼스』(*Pickwick Papers*) 씨리즈 발간 시작. (1837년 11월까지 발행.) 원래 화가 존 씨모어(John Seymour)의 신사들의 여가활동을 다룬 풍속화에 디킨스가 간단한 일화를 붙여 매달 씨리즈로 발간하는 형태로 기획된 『픽윅 페이퍼스』는 그림을 그리던 존 씨모어가 자살한 뒤, 신인 화가인 해블롯 K. 브라운(Hablot K. Browne)을 고용하고 글과 그림의 비중을 바꾸어 디킨스의 글에 삽화를 덧붙이는 식으로 진행됨. 주인공인 은퇴한 은행가 픽윅 씨와 그의 하인

쌤 웰러(Sam Weller)의 모험 이야기는 대중적으로 큰 성공을 거둠. 이후 삽화를 곁들인 1실링짜리 소책자의 형태로 매달 초에 발행하여 20회까지 이어지는 씨리즈 소설은 디킨스 작품의 대표적인 발간 형식이 됨. 디킨스의 소설은 모두 이러한 월간 씨리즈나 주간지 연재 원고를 나중에 단행본으로 발간. 9월 29일 『이상한 신사』(*The Strange Gentleman*)를 쓴 트제임스 극장에서 상연. 12월 17일 『보즈의 스케치』 두번째 씨리즈 발간. 12월 22일 『마을의 요부』(*The Village Coquette*) 초연. 『모닝 크로니클』을 그만두고 새로 창간되는 『벤틀리스 미셀러니』(*Bentley's Miscellany*)의 편집장을 맡음. 12월 나중에 디킨스 전기를 집필하게 될 저널리스트이자 평론가인 존 포스터(John Forster)를 만나 절친한 친분을 맺음.

1837년   1월 1일 『벤틀리스 미셀러니』 창간호 발간. 1월 6일 장남 찰스 디킨스 주니어(Charles Dickens, Jr.) 탄생. 이후 캐서린과의 사이에 총 10명의 자녀가 탄생함. 2월 『벤틀리스 미셀러니』에 『올리버 트위스트』(*Oliver Twist*) 연재 시작. (1839년 4월까지 연재.) 4월 다우티 가 48번지로 이사. 동생 프레더릭(Frederick)과 처제 메리 호가스(Mary Hogarth)도 함께 이사. 현재 이 집은 런던에 남아 있는 디킨스의 실제 거주지 중 유일한 곳으로, '디킨스 하우스'(Dickens House)로 공개되어 있음. 5월 3일 문학기금(Literary Fund) 만찬에서 연설. 5월 7일 매우 가깝게 지내던 처제 메리 호가스가 병으로 사망. 메리는 리틀 넬(Little Nell)을 비롯하여 디킨스 소설에 자주 등장하는 천사 같은 여성 인물의 모델이 됨. 씨리즈로 발행하던 『픽윅 페이퍼스』와 『올리버 트위스트』 원고가 나오지 못함. 디킨스가 원고 마감을 지키지 못한 유일한 사건이었음. 7월 첫 유럽대륙 여행.

1838년	4월 『니컬러스 니클비』(*Nicholas Nickleby*) 월간 씨리즈 발행 시작. (1839년 10월까지 발행.)

1838년   4월 『니컬러스 니클비』(*Nicholas Nickleby*) 월간 씨리즈 발행 시작. (1839년 10월까지 발행.)

1839년   1월 6일 『벤틀리스 미셀러니』편집장 사임. 12월 데번셔테라스 1번지로 이사.

1840년   4월 『골동품 가게』(*Old Curiosity Shop*)를 『마스터 험프리스 클락』(*Master Humphrey's Clock*)에 연재 시작. (1841년 2월까지 연재.) 디킨스의 소설은 대중적인 성공을 거듭하여 이 작품에 이르면 판매고가 10만부에 이름.

1841년   2월 『바너비 러지』(*Barnaby Rudge*)를 『마스터 험프리스 클락』에 연재 시작. (11월까지 연재.)

1842년   1~6월 캐서린과 함께 미국 방문. 캐서린의 동생 조지나 (Georgina)도 동행. 조지나는 디킨스가 죽을 때까지 그의 가족을 돌보며 지냄. 뉴욕에서 저작권법을 옹호하는 강연 등을 하고 빈민가와 감옥, 월 가 등을 방문. 워싱턴 어빙(Washitong Irving), 윌리엄 컬런 브라이언트(William Cullen Bryant) 등 문학계 명사들을 만남. 10월 19일 여행기 『미국의 기록』(*American Notes*) 발간.

1843년   1~7월 『마틴 처즐윗』(*Martin Chuzzlewit*) 월간 씨리즈 발간. 이는 이전 작품보다 판매고가 다소 저조했으나, 12월 19일 첫 크리스마스 소설인 『크리스마스 캐럴』(*A Christmas Carol*) 발간. 5실링이라는 비싼 가격에도 불구하고 초판 6천부가 삽시간에 매진되는 상업적 성공을 거둠. 이후 1848년까지 크리스마스용 소설을 계속 발간함.

1844년   7월부터 1년간 가족과 이딸리아 제노아 거주. 12월 16일 크리스마스 이야기 『종』(*The Chimes*) 발간.

1845년   6월 런던으로 귀환. 벤 존슨(Ben Jonson)의 희곡 『모든 사람이 기분 좋아』(*Every Man in His Humour*)를 연출하고 출연. 12월 20일 크리스마스 이야기 『난롯가의 귀뚜라미』(*The Cricket on the Hearth*) 발간. 후에 『데이비드 코퍼필드』(*David Copperfield*)의 모태가 된 자전적 단편들을 쓰기 시작.

1846년 1~2월 『데일리 뉴스』(*The Daily News*)를 아주 잠깐 동안 편집. 스위스 로잔과 프랑스 빠리 여행. 5월 18일 이딸리아 여행기 『이딸리아로부터 온 그림들』(*Pictures from Italy*) 발간. 6월 금융계 집안의 상속녀인 앤절라 버뎃 쿠츠(Angela Burdett Coutts)와 함께 성매매 여성들에게 이민을 통해 새로운 생활을 하도록 유도하는 갱생단체 우라니아 코터지(Urania Cottage) 설립. 1847~59년에 100여명의 여성이 배출됨. 이후 쿠츠와 함께 10여년간 다양한 자선사업에 참여. 10월 『돔비 부자』(*Dombey and Son*) 월간 씨리즈 발행 시작. (1848년 4월까지 발행.)

1848년 5~7월 런던, 맨체스터, 버밍엄, 에든버러우, 글라스고우 등에서 아마추이 극단 활동. 9월 누나 패니(Fanny)가 결핵으로 사망. 12월 19일 마지막 크리스마스 이야기 『귀신 들린 사나이』(*The Haunted Man*) 발간.

1849년 5월 자전적 요소를 담은 『데이비드 코퍼필드』 월간 씨리즈 발행 시작. (1850년 11월까지 발행.)

1850년 오락과 시사를 결합한 주간지 『하우스홀드 워즈』(*Household Words*) 창간, 편집을 맡음. (1859년 5월까지 재직.) 이후로 잡지 편집 일을 계속함. 아마추어 극단 활동. 문학예술인 조합(Guild of Literature and Art) 활동.

1851년 캐서린이 신경쇠약 증세를 보임. 부친 사망. 딸 도라 사망. 문학예술인 조합을 위한 아마추어 극단 활동. 11월 태비스톡 하우스

(Tavistock House)로 이사.

1852년   5월 『블리크 하우스』(*Bleak House*) 월간 씨리즈 발행. (1853년 9월까지 발행.) 쿠츠와 저소득층 주거 문제 해결을 위한 활동.

1853년   여름을 프랑스 불로뉴에서 보냄. 10~12월 이딸리아 여행. 12월 버밍엄에서 첫 대중 낭송 자선공연. 2000여 명의 청중 앞에서 『크리스마스 캐럴』을 낭송함. 무대 위에서 소설의 한 장면을 마치 일인극처럼 낭송하는 이러한 공연은 이후 디킨스에게 커다란 수입을 가져다줌.

1854년   4~8월 『하우스홀드 워즈』에 『어려운 시절』(*Hard Times*) 주간 연재. 다시 불로뉴에서 여름과 가을을 보냄.

1855년   2월 첫사랑 마리아 비드넬의 편지를 받고 그녀를 다시 만났으나 환멸을 느낌. 이 경험은 후에 『리틀 도릿』에서 남자 주인공이 옛 애인을 만나는 장면으로 재연됨. 6월 아마추어 극단에서 윌키 콜린스(Wilkie Collins)의 『등대』(*Lighthouse*) 상연. 10월부터 이듬해 4월까지 빠리에 거주. 12월 『리틀 도릿』 월간 씨리즈 발행 시작. (1857년 6월까지 발행.)

1856년   친구 존 포스터 결혼. 어린 시절부터 동경의 대상이던 켄트 주 로체스터 근처 하이엄의 저택 개즈 힐 플레이스(Gad's Hill Place) 구입.

1857년   1월 콜린스와 협업한 희곡 『동결』(*The Frozen Deep*)을 연출하고 출연. 여름 개즈 힐로 이사. 6~7월 동화작가 한스 끄리스띠안 안데르센(Hans Christian Andersen)이 디킨스를 방문. 7월 아들 월터(Walter)가 동인도회사를 통해 인도로 파병됨. 8월 『동결』의 맨체스터 공연을 준비하면서 엘런 터넌(Ellen Ternan)과 그녀의 가족이 출연진에 합류. 이 시기부터 내연의 관계가 시작되었다고 추측됨. 엘런 터넌은 당시 18세. 8월경 존 포스터에게 보낸 편지에서 캐서린과의 불화를 고백. 유료 낭송 공연을 고려하기 시작.

1858년   4월 런던에서 유료 대중 낭송 공연 시작. 7월까지 계속됨. 5월 캐
서린과 별거. 『하우스홀드 워즈』에 캐서린과의 별거를 계기로 신
상 발언을 게재하여 항간에 떠도는 엘런 터넌과의 염문설을 부인.
별거 과정에서 처제 조지나는 디킨스를 지지하여 태비스톡 하우
스에 남음. 소설가 쌔커리(William Makepeace Thackeray)가 디킨
스의 별거는 엘런 터넌과의 관계 때문이라고 언급함으로써 심한
언쟁을 벌임. 에드먼드 예이츠(Edmund Yates)는 이 추문과 관련
된 자신과 쌔커리, 디킨스 사이의 언쟁을 모두 모아서 발간. 8월
2일 클리프턴에서 시작하여 11월 13일 브라이턴까지, 잉글랜드
와 스코틀랜드, 아일랜드 등지에서 대중 낭송 공연 순회. 총 87회
의 공연을 하였으며, 하루에 2회 공연을 하기도 함.

1859년   『하우스홀드 워즈』를 폐간하고 새 주간지 『올 더 이어 라운드』(*All
the Year Round*)를 창간. 판매고가 30만부에 이름. 이 잡지에 4월
30일부터 11월 26일까지, 총 31주 동안 『두 도시 이야기』(*A Tale
of Two Cities*) 연재. 소설의 인기로 인하여 잡지는 상업적 성공을
거둠. 프랑스 혁명기의 런던과 빠리를 배경으로 한 『두 도시 이야
기』는 그후 대략 총 2억부 이상 판매되어 소설 역사상 가장 대중
적으로 성공한 작품 중 하나가 됨.

1860년   9월 태비스톡 하우스를 처분하고 개즈 힐로 짐을 모두 옮기면서 뒤
뜰에서 사적인 편지 대부분을 태워버림. 엘런 터넌도 디킨스로부
터 받은 편지를 전부 소각, 그들의 내연관계를 확인할 수 있는 증
거 대부분이 소멸됨. 후에 디킨스의 딸 케이트(Kate)가 1929년 사
망 직전까지 작가 글래디스 스토리(Gladys Storey)와 작업, 1939년
『디킨스와 딸』(*Dickens and Daughter*)을 발간하는데, 이 책에서 케

이트는 아버지와 엘런 터넌의 사이에 어릴 때 죽은 아들이 하나 있다고 밝혔으나 확실한 증거는 없음. 디킨스는 사망 당시 엘런 터넌에게 연금을 남겨 경제적으로 독립할 수 있도록 함.『두 도시 이야기』 연재에 이은 찰스 레버(Charles Lever)의 후속 연재가 별로 인기가 없어 잡지 판매고가 하락하자, 월간 씨리즈로 기획한 작품을 주간 연재로 바꾸어 12월부터 이듬해 8월까지『막대한 유산』(Great Expectations)을 연재.

1861년 3~4월 런던에서 낭송 공연. 매제 헨리 오스틴(Henry Austin) 사망. 10월부터 지역에서 낭송 공연. 일부 공연은 빅토리아 여왕의 부군 앨버트 공의 사망으로 취소됨.

1862년 낭송 공연을 계속함. 오스트레일리아 낭송 공연 순회를 하지 않기로 결정. 10월 빠리 방문.

1863년 1월 빠리 낭송 공연. 3~6월 런던 낭송 공연. 9월 13일 모친 사망. 12월 엘런 터넌과의 염문으로 인해 사이가 틀어진 쌔커리와 쌔커리 사망 일주일 전에 화해. 12월 31일 아들 월터가 인도에서 사망.

1864년 1월 아들 프랭크(Frank)가 인도로 감. 5월부터 이듬해 11월까지 『우리 서로 아는 친구』(Our Mutual Friend) 월간 씨리즈 발행. 과로로 건강이 악화되기 시작함.

1865년 5월 아들 알프레드(Alfred)가 오스트레일리아로 이민. 6월 9일 엘런 터넌 모녀와 함께 빠리에 다녀오던 중에 스테이플허스트에서 기차 사고를 당함. 10여명이 사망하고 50여명이 부상을 입은 대형 사고였고, 디킨스는 구조대가 도착하기 전까지 부상자들을 도왔다고 알려졌으나, 엘런 터넌과의 관계가 공개될 것을 두려워하여 사고 조사에 협조하지 않음. 이후로 사고 후유증에 시달림. 이 사고 후 정확히 5년 후에 사망함.

1866년	4~6월 잉글랜드와 스코틀랜드에서 낭송 공연 순회.
1867년	1~5월 의사의 만류에도 불구하고 잉글랜드와 아일랜드에서 낭송 공연을 계속함. 11월부터 이듬해 4월까지 보스턴과 뉴욕을 오가며 미국 대중 낭송 공연 순회. 랠프 월도 에머슨(Ralph Waldo Emerson), 헨리 워즈워스 롱펠로우(Henry Wadsworth Longfellow) 등의 문인들을 만남. 건강이 더 악화되나 1868년 영국에서의 가을 공연 순회를 계획.
1868년	4월 18일까지 미국 동부 공연. 고형식을 먹을 수 없어 샴페인과 달걀만으로 연명할 정도로 건강은 매우 악화되었으나 19000파운드 상당의 수입을 올림. 9월 아들 에드워드(Edward)가 오스트레일리아로 이민. 10월 아들 헨리(Henry)가 케임브리지 대학 입학. 10월 새로운 낭송 공연 시작. 11월『올리버 트위스트』에서 낸시(Nancy)가 빌 싸이크스(Bill Sikes)에게 살해당하는 장면을 중심으로 보다 파격적인 낭송 공연을 선보임.
1869년	잉글랜드, 스코틀랜드, 아일랜드에서 낭송 공연을 계속함. 4월 프레스턴에서 경미한 뇌졸중으로 쓰러져 순회 중단. 5월 유언장 작성. 이후의 공연 일정을 취소하고 새로운 소설 집필에 몰두.
1870년	1월 11일~3월 15일 런던에서 12회의 고별 낭송 공연. 마지막임을 의식하기도 했으나, 더 직접적인 이유는 병으로 취소된 공연에 대한 손해를 투자자들에게 보전해주기 위한 것이었음. 3월 9일 빅토리아 여왕 알현. 4월『에드윈 드루드의 수수께끼』(*The Mystery of Edwin Drood*) 월간 씨리즈 발행 시작. 미완성 유작으로 남음. 5월 2일 로열 아카데미(Royal Academy)의 만찬에 참석. 이것이 공식 석상에서의 마지막 모습이 됨. 6월 8일 종일『에드윈 드루드의 수수께끼』집필 작업 후 쓰러짐. 6월 9일 자택 개즈 힐에서 뇌출혈로

사망. 로체스터 성당에 소박하게 묻어달라는 고인의 바람에도 불구하고 웨스트민스터 사원의 '시인 묘역'(Poets' Corner)에 묻힘. 9월 미완작 『에드윈 드루드의 수수께끼』의 마지막 씨리즈 발행. 유언에 따라 기념비는 세우지 않았으며, 유일한 동상은 필라델피아 근교의 클라크 공원에 있음.

발간사

고전의 새로운 기준, 창비세계문학

오늘날 우리는 인간의 존엄과 개성이 매몰되어가는 시대를 살고 있다. 물질만능과 승자독식을 강요하는 자본주의가 전지구적으로 확산되면서 현대사회는 더 황폐해지고 삶의 질은 크게 훼손되었다. 경제성장만이 최고의 선으로 인정되고 상업주의에 물든 문화소비가 삶을 지배할수록 문학은 점점 더 변방으로 밀려나고 있다. 삶의 본질을 성찰하는 문학의 자리가 위축되는 세계에서는 가진 자와 못 가진 자 할 것 없이 모두가 불행할 수밖에 없다.

이 시대야말로 인간답게 산다는 것의 의미가 무엇인지 근본적인 화두를 다시 던지고 사유의 모험을 떠나야 할 때다. 우리는 그 여정에 반드시 필요한 벗과 스승이 다름 아닌 세계문학의 고전이라는 점을 강조한다. 고전에는 다양한 전통과 문화를 쌓아올린 공동체의 경험이 녹아들어 있고, 세계와 존재에 대한 탁월한 개인들의 치열한 탐색이 기록되어 있으며, 새로운 세상을 꿈꾸는 아름다운 도전과 눈물이 아로새겨 있기 때문이다. 이 무궁무진한 상상력의 보고이자 살아 있는 문화유산을 되새길 때만 개인의 일상에서 참다운 인간적 가치를 실현하고 근대적 삶의 의미와 한계를 성찰하는 지혜를 얻을 수 있을 것이다.

'창비세계문학'은 이러한 문제의식에서 출발한다. 세계문학의 참의미를 되새겨 '지금 여기'의 관점으로 우리의 정전을 재구성해야 할 필요성이 그 어느 때보다 절실하다. '정전'이란 본디 고정된 목록으로 존재하는 것이 아니라 그때그때 주어진 처소에서 새롭게 재구성됨으로써 생명을 이어가는 것이다. 우리는 먼저 전세계 문학들의 다양성과 차이를 존중하면서 국가와 민족, 언어의 경계를 넘어 보편적 가치에 기여할 수 있는 가능성에 주목하고자 한다. 근대를 깊이 성찰한 서양문학뿐 아니라 아시아와 라틴아메리카, 중동과 아프리카 등 비서구권 문학의 성취를 발굴하고 재평가하는 것 역시 세계문학의 지형도를 다시 그리려는 창비의 필수적인 작업이 될 것이다.

여러 전집들이 나와 있는 세계문학 시장에서 '창비세계문학'은 세계문학 독서의 새로운 기준이 되고자 한다. 참신하고 폭넓으면서도 엄정한 기획, 원작의 의도와 문체를 살려내는 적확하고 충실한 번역, 그리고 완성도 높은 책의 품질이 그 기초이다. 독서시장을 왜곡하는 값싼 유행과 상업주의에 맞서 문학정신을 굳건히 세우며, 안팎의 조언과 비판에 귀 기울이고 독자들과 꾸준히 소통하면서 진정 이 시대가 요구하는 세계문학이 무엇인지 되묻고 갱신해 나갈 것이다.

1966년 계간 『창작과비평』을 창간한 이래 한국문학을 풍성하게 하고 민족문학과 세계문학 담론을 주도해온 창비가 오직 좋은 책으로 독자와 함께해왔듯, '창비세계문학' 역시 그러한 항심을 지켜 나갈 것이다. '창비세계문학'이 다른 시공간에서 우리와 닮은 삶을 만나게 해주고, 가보지 못한 길을 걷게 하며, 그 길 끝에서 새로운 길을 열어주기를 소망한다. 또한 무한경쟁에 내몰린 젊은이와 청소년들에게 삶의 소중함과 기쁨을 일깨워주기를 바란다. 목록을 쌓아갈수록 '창비세계문학'이 독자들의 사랑으로 무르익고 그 감동이 세대를 넘나들며 이어진다면 더없는 보람이겠다.

2012년 가을
창비세계문학 기획위원회
김현균 서은혜 석영중 이욱연 임홍배 정혜용 한기욱

창비세계문학 34

두 도시 이야기

초판 1쇄 발행/2014년 7월 10일
초판 17쇄 발행/2024년 6월 26일

지은이/찰스 디킨스
옮긴이/성은애
펴낸이/염종선
책임편집/권은경
펴낸곳/(주)창비
등록/1986년 8월 5일 제85호
주소/10881 경기도 파주시 회동길 184
전화/031-955-3333
팩시밀리/영업 031-955-3399 편집 031-955-3400
홈페이지/www.changbi.com
전자우편/lit@changbi.com

한국어판 ⓒ (주)창비 2014
ISBN 978-89-364-6434-9 03840